肖建国

著

中锋

ZHONGFENG
CHIQIU

持球

南方出版传媒
花城出版社
中国·广州

图书在版编目（ＣＩＰ）数据

中锋持球 / 肖建国著. -- 广州：花城出版社，
2016.2
ISBN 978-7-5360-7854-3

Ⅰ．①中… Ⅱ．①肖… Ⅲ．①长篇小说－中国－当代
Ⅳ．①I247.5

中国版本图书馆CIP数据核字(2016)第010544号

出 版 人：詹秀敏
责任编辑：蔡　安　欧阳蘅
技术编辑：薛伟民　凌春梅
封面设计：荆棘设计

书　　　名　中锋持球
　　　　　　ZHONGFENG CHIQIU
出版发行　花城出版社
　　　　　　（广州市环市东路水荫路 11 号）
经　　　销　全国新华书店
印　　　刷　佛山市浩文彩色印刷有限公司
　　　　　　（广东省佛山市南海区狮山科技工业园 A 区）
开　　　本　787 毫米×1092 毫米　16 开
印　　　张　22.75　2 插页
字　　　数　350,000 字
版　　　次　2016 年 2 月第 1 版　2016 年 2 月第 1 次印刷
定　　　价　45.00 元

如发现印装质量问题，请直接与印刷厂联系调换。
购书热线：020 - 37604658　37602954
花城出版社网站：http://www.fcph.com.cn

目 录

一

县长交托的神秘指令

那天，王大保怎么也没有想到县长钟海仁会把那样一个神秘指令交托给自己。

钟海仁是斜欹在跷脚岭头郑重交托的。

跷脚岭在县城西北角，去城七八里。岭上草丰林密，只在岭头有一块光秃秃的坪地。人在岭头上，可以遥见浑然一片的县城，高高低低的房屋，也挤密，也疏朗。早先，县城很小，只要行到东塔岭上，就可以把县城一揽子收入眼下。那时候王大保和钟海仁常常斜欹在东塔岭宝塔的石门上，俯瞰城里的房屋街巷。他们能清楚地看到衙门口（县政府）像城墙一样的门楼，能看到衙门口前面正街上白花花的青石板街道。他们不费一点功夫就能辨认出自家房屋的瓦顶。有炊烟从瓦背上袅袅升起，他们就知道自己的母亲开始起火做饭了，心里忽然一阵温暖。几十年过去，县城扩大得有点无边无沿，站在东塔岭上，再不可能看到县城的全貌。若想鸟瞰全城，就需要爬到跷脚岭来。跷脚岭很高，看得很远。一眼扫过去，能看到县城里透逶着一蓬一蓬的房屋。但都是模模糊糊的，疏疏淡淡的，只能看个大概，说不清哪里是哪里，不甚真切。钟海仁回到这个县里当县长以后，久不久就会到跷脚岭来一转。跷脚岭头的坪地里，有一栋守林员的守望台。守望台四方四正，青石基脚，水泥垒墙，钢筋门窗，坚固如堡垒。人在里头，可以将任何风霜雨雪，厉火大日头都阻隔在外面。钟海仁县长每次来了，从不进到里头，只是斜欹在岭头上，任烈烈山风吹着，对着县城望着。一望好久。

县长在望什么？政府办主任不知道。跷脚岭林场场长不知道。连他的秘书、司机也都不知道。他们只觉得县长的行为有点怪。

县长在望什么，只有王大保知道。

王大保不是政府机关的人，也没在任何公家单位做事，他只是个个体户，靠着祖传的倒炉头手艺经营自己的家庭企业。但他同钟海仁的关系不一般。两人是中学同学，都喜欢打篮球，常常球衣球裤，单手挽个篮球，四处找场子，早早晚晚腻在一起。两人打过校队，打过中学生队，后来又选进县里篮球队，打了主力。王大保体格高大，打的是中锋；钟海仁个矮，但速度快，弹跳好，投篮精准，在场上头脑十分清晰，司职的是组织后卫。那时候两人场上场下都是好伙伴，正所谓一根冰棒分头咬，一个包子分开吃，可以共块毛巾共根牙刷共一个尿桶同时撒尿的。钟海仁有时还就住在王大保家里。

当然这都是早年间的事情了。几十年的变化真是要好大有好大。如今，一个还是平头老百姓，一个却已经做到了县太爷，身份地位都有了巨大的差别，各人的心思，谋划都不一样，王大保怎么会知道县长钟海仁在望什么呢？

是钟海仁自己告诉他的。

钟海仁每次上山，都是让车停在林场场部，叫秘书和司机去场部喝茶，独自坐进巡山车，爬到半山腰上，再又一步一步地挨上跷脚岭头。那次他却叫上了王大保一路同行。他叫王大保同行的名义是让他进山打一次猎。他们在半山腰分了手，钟海仁往岭头上走，王大保带了他的猎狗从小路插了过去。两人约好在跷脚岭头见面。行不几步，就听到林子深处"砰"的一声铳响，地动山摇。待他走上岭头时，王大保已提着一只斑鸠等在守望台下面了。那条名叫瞎子的猎狗欢喜地在坪地里蹿来蹿去。

钟海仁几步拢过去，斜欹在守望台屋角上，

钟海仁瞟着王大保手里的斑鸠问："就打了一只鸟崽？"他是用当地土话问的。在县里，他很少说土话。他的土话说得不是太流畅。

王大保抬抬手臂，说："这鸟崽在天头飞到的，给我一枪就毁了下来。"

钟海仁问他："这岭上野物多吧？"

王大保老实说："好多。平素日子我们在外面打猎，经常是一天都碰不到一只野物。"

钟海仁多少带点憾意地说："我是着了好大的神才批给你进一次山的，你应该好好过一回瘾。"

王大保说："可以了。满足了。"停停又说："我心里清楚，你邀我进山不是专门为打猎的。"

钟海仁笑起来说："那你悟起是为什么事？"

王大保说："反正有事，不过我一时悟不透是什么事。"

钟海仁大笑起来，说："你说对了，是还有点事。——等下再说。"

钟海仁往前跨出半步，依旧斜欹着，抬手指着远处说："大保，你的眼睛厉火，看得清县政府在哪一块么？"

王大保用力看了一会，摇头说："看不清。"

"那你家的堂屋在哪里看得清么？"

"你说痴话哩，——更加看不清了。"

"那你看得清哪里？"

"哪里都看不清。"

王大保靠过来一步，仍然望着远处说："这样多年，房子是一栋一栋地起，不知道起了好多，都不高不矮，不乖不蠢，乱七八糟，没有一栋像样打眼的，看起去眼胀。"

"你也是这个感觉？"

"何止我一个这样说。"

"那就对了！"

钟海仁微微颔首，目光眯细起来，顿了顿，忽地问道："假如城里头凳起一栋二十层高的楼房，从这里看得到么？"

王大保哦一声，立刻回过味来了。笑一笑，说："你讲的是商业城吧？若是真的凳起来了，当然可以看得很清楚。——何时能凳起来呢？"

王大保这后一句话是有含意的，钟海仁心里明白。商业城是县里的一个大项目，是一个标志性的建筑。钟海仁还是副县长时就在酝酿了，扶正不久，就开始上马，成立筹备处，招商，征地，都很顺利。到拆迁时就碰到麻烦了，一些人家顽强地作出抗拒，无论如何不肯搬迁。商业城同这些人家的关系陡然紧张起来，剑拔弩张，形同水火，在县城里闹得沸沸扬扬，议论纷纷。但今天钟海仁并不是想跟王大保议论这件事。他另有所托。

钟海仁要托付的事情是请王大保找出井洞大塘底下两具沉尸的地点。

细想起来那都是三十多年前的事情了。年代久远，记忆有些模糊了，可是事情却还能一点一点地回顾起来。那应该是个响晴天，按农历还是那个月的月中。因为那天王大保和钟海仁一天都只穿短裤赤着上身，晚上的月光很皎洁，互相能看清对方的毛发。两人一早起来就同一帮小伙计跑到城边的广场上玩篮球。球场边上挨着一个旅社，有几级台阶通到上面的大门。不知什么时候，旅社门口的台阶上坐起了两个人，一个年纪老点，一个还很后生，都剃了光脑壳，身上穿着只有乡下人才穿的棉布汗衫。他们傻傻地盯着球场上看，神情好像很专注，又好像很木然。到中午过后，大家玩累了，小伙计们回家去，只剩王大保和钟海仁，也到台阶上坐下喘气，那两个人明显不是县城里的人（县城里的人他们都面熟），也不是本县的人（他们听不懂土话），是从外县过来的。他们是父子。儿子也是个初中生。攀谈起来，几句话一说，听得王大保和钟海仁毛骨悚然，身上一层鸡皮坨。原来这父子俩是刚刚从死里逃生出来的。不知什么原因，他们那一带的农民突然串联起来，成立了"贫下中农审判庭"，要灭掉村里的地主富农。这父子俩是昨天夜里给一群村民堵在家里抓住的，然后就押解到村外，丢进一个红薯窖里，又填进一捆刺蓬，再填土。那一带的红薯窖都像水井，直上直下的，深丈余，到底了再横着凿开两个洞穴，饭桌大小，用于储存红薯。做父亲的死到临头却还清醒，一被推下窖底，就将细崽塞进横洞里头，自己赶紧翻过身来，把腰一拱起，他用背脊扛住了随后砸下来的刺蓬。无数的荆刺扎进肉里，一张背脊麻痛成一团。他咬牙忍着，能感觉到泥土像水一样泼下来，一层层地覆盖。他开始还能听见上面的人声和脚步声，越来越遥远，好久才终于安静下来。他又挨了一阵，估计上面的人走远了，这才一下松塌下来，爬到细崽身边，喘了好久。然后，父子俩轮流上阵，拿手薅开刺蓬，扒开泥土，逃了出来。他们不敢走大路，连夜翻山越岭，逃到了这个县城。他们打算从这里搭汽车，到了地区再转火车，上北京去告状。他们不明白为什么无缘无故就要人的命，要去问个清楚，那位做父亲的一边说着，一边撒开十个血花花的手指给他们看，又撩起衣襟，现出背脊。背脊上一片瘀黑，还残留着好多刺苑子，龇牙咧嘴地，一望惊心。王大保只看了一眼，就转过脸去，不忍再看。那天，他对这父子俩生出了一种同情心。可是，他一个学生崽，能帮到他们什么呢？他能够做到的，只能是把自己作中午饭的四个肉包子给了他们。他每天早上出门，都会跟母亲要两角钱，四两粮票带在身上，中午就在球场旁边的旅社里买四个包子吃了，下午继续打球，一直打到傍晚。那天，钟海仁也学王大保的样，跟着去买回四个包子，给了那父子俩。

那天，他们两个人都是回家去吃的中饭。下午躺在凉床上，王大保好久睡不着，脑子里不断翻滚着那老地主（他断定那人是地主）猴在红薯窖里扛住刺蓬的情景，惊悸不已。待他醒来时，天已傍晚，急忙出门，顺路叫上钟海仁，一齐到了广场后面的井洞大塘。井洞大塘原先有一片大水，现在抽干了，成了一个大工地。县里要在这里修建三座灯光球场。县城里的人很奇怪，情绪和兴趣都是一阵一阵的，"文化大革命"开始时，热衷过砸四旧，热衷过写大字报，热衷过揪斗走资本主义道路的当权派，热衷过成立群众组织，热衷过抢枪搞武斗，热衷过夺权，后来忽然转向，又热衷看篮球比赛了。广场上每有球赛，必四处张贴海报，广为告之，一到赛时，那便是万人空巷，倾城出动，球场四周人挨人挤得水泄不通。新成立的县革委主任是武装部余政委兼任，那人也是球迷，于是顺应形势，拍板决定了把井洞大塘抽干水修建灯光球场。而且限时限刻，要在三个月内建好开打地区学生篮球联赛。这个决策得到了上上下下的欢呼，好多人都像望过年一样地希望灯光球场尽快建成，当然最高兴的还是王大保他们（他和钟海仁那时都已经入选县篮球队了），还有就是时任体委主任的黄知福。那段日子黄知福像打了鸡血，一天到晚脸红红的，劲格了。每天白天、晚上，都看到他在井洞大塘忙碌。白天，他在工地上四处走动，盯着工程队的师傅们作业；晚上，他带着一帮自愿过来参加义务劳动的人找事干，清淤泥，搬运河沙、水泥，抬石头，他都亲自动手，一直到深夜。王大保和钟海仁每天晚上都会过去出义务工，都会坚持到最后，跟着黄知福拉下电闸，才各自回家。他们就是在那天准备收工时，发现两具死尸的。那时候人都已经走得七七八八了，大塘的一头只剩下王大保和钟海仁两个人，他们踩着一摊淤泥往岸上走，脚下踢到了一具死尸，再一摸，又一具死尸。两个人吓得脚都软了，急忙把黄知福喊过来。他们把两具死尸挪到旁边一块硬地上，撕开一袋水泥，拿包装纸揩掉死尸脸上的稀泥巴，于是看清楚了，两具死尸都是光脑壳，一老一少，正是白天在广场球场上碰到的从外县逃过来的两爷崽。白天还是活溜了的人，现在居然就成了两具冷冰冰的死尸，王大保和钟海仁又骇怕又紧张，心里直打战，只问：要不要报案？要不要报案？黄知福抬手制止，要他们都不作声，让他想一想。黄知福想了又想的结果是：千万不能报案。黄知福沉郁地说道：只要民警一来，工地肯定停工。什么时候破了案，什么时候才能复工。现在公、检、法都瘫痪了，又是个无头案，鬼晓得什么时候才破得了案。而我们的工程太紧，县革委是下了死命令要限期完成的，一天半天都拖不起。黄知福加重语气说道：现在按时把灯光球场修好就是压倒一切的政治任务，我们只能这么办了。黄知福顿了顿，咬牙说道：就地掩埋。王大保和钟海仁倒吸一口冷气，仍然木呆呆地望着他，不敢开声。黄知福就又说：你们不是讲这两个人是地主分子么？反正烂命一条，没有埋在红薯窖里头，跑这么远死在了井洞大塘，就算是我们帮他们收了尸吧！黄知福又叹一声说：可怜的是我们哩，要给这样的人做一回孝子。说完就指挥两人将死尸挪回到淤泥里掩埋起来，并赶紧到南门口敲开香烛店的门，买回一些纸钱线香，在淤泥旁边烧了。然后又一起搬来十几包水泥，倒进淤泥里头，一顿搅拌，浇注出好大的一块水泥坨，将两具死尸包夹在里面，那时际王大保和钟海仁成了两具木脑壳，叫干什么就干什么，任凭调摆。干完这一切，三个人又在塘基上坐了一阵。黄知福望着大塘那头的球场工地，幽幽地说：幸亏这一块以后要修的是跑道和操坪，还不会碍我们的事。否则就真不好办了。说完又去摸摸灰泥坨，已经逐渐有点变硬了，就招呼王大保和钟海仁回家睡觉。临分手时，他再三叮嘱：这件事就到我们三个人这里打止，以后跟任何人都不能漏半点口风。切记，切记啊！两人惊魂未定，胡乱点着头，应承下来。

后来，王大保每回在灯光球场上打球，偶尔往大塘那头瞟去一眼，脚下即刻变得滞重起来。过了好久，他才渐渐淡忘了。

王大保不明白钟海仁怎么突然在跷脚岭头跟自己提起这段陈年旧事，不明白要他找出两具沉尸的准确地点做什么。他实在不想再去勾起那段往事，他觉得那是很折磨人的。

何况，经历几十年的变迁，井洞大塘那块地头几经改变，早已面目全非了。灯光球场建成没几年，就给填平，搭建起了几栋战备仓库，还在地下横七竖八地挖了几条防空洞；过几年，战备仓库毁平，那一带作了五金小商品市场，一栋一栋地凳起了好多活动板房，很是热闹了一阵；后来五金小商品市场撤销，又建美食一条街，好好的一块地皮，像割猪肉一样，这个分一块，那个分一块，都到了私人手里，各依各的心思设计建房，五花八门，式样翻新，曲折蜿蜒，人一走进去半天还转不出来；现在，政府又把那块地征下来，要建商业城。这样变过来变过去，井洞大塘早已不是过去的井洞大塘，地理方位完全搞不清，谁还能找得到当年沉尸的地方呢？

王大保找一块石墩坐下，苦笑着对钟海仁说：“你这是为难我！”

钟海仁仍复斜欹着，脸上纹丝不动，说：“我还只能找你来为难。”

王大保说：“你堂堂一个县太爷，手下兵多将广，王朝马汉，秦琼关公狄仁杰，什么角色没有，何必要我来做这桩事？”

钟海仁说：“别的任何人都不行，只有你。”

“为什么？”

“第一，只有你了解情况；第二，你是我的朋友，是老伙计。——这点你认不认？”

“你都认，我还有什么不认的？”

王大保喷着嘴，算是应承下来了。他还是不明白，你钟海仁要起高楼就起高楼，何必硬要把地下面的沉尸找出来呢？——多事！

“既然这样，我就把实在话都搭你说了吧！”钟海仁靠过来一点，望着王大保，把声音压了压，说：“你想啊，商业城起那么高，地基也要打得深，按我们建筑行业的规矩，五米以内的地表层都要清掉，这样一来，沉尸很可能就会被发现。毕竟是人命关天的事情，虽说过去三十多年了，但现在已经进入了法制社会，公安必然会介入，会要搞清楚来龙去脉，势必会把你、我、还有黄知福都牵扯进去，也势必会带来好多啰嗦事情，时间就可能无限期地拖下去。大保，你搭我想一想，我拖得起么？拖不起呀！第二哩，假设地下的无名沉尸给发现了，即算商业城凳起来，这里的人都迷信，还有什么人敢来住、敢来做生意？不还是白辛苦一场。这样跟你讲，应该明白了吧？"

王大保点头，但还有不明白的地方。

"我再多一句嘴，"他说，"即算找到了沉尸的位置，你打算怎么办呢？"

"我可以在做设计的时候避开它呀！商业城又不止是一栋大楼，它还有附属的建筑，还有草地，有花园，那些地方都是连地基都不要清的，只要找到位置，都可以处理。这下该明白了吗？"

"你是都说清楚了。"

"没有问题了？"

"没有了。"

"那你答应我了。"

"答应，答应。"

钟海仁就又告诉王大保，打算把他放到筹备处的临时编制，从那里领一份工资。他不会让他白跑腿。王大保一听就恼了，猛一下站起来，说："你不要把我同他们搅到一起！"

钟海仁愕然地望他一眼，似乎默到点什么，说："没有要你跟他们混同一起，只是挂在筹备处名下，好有个地方发工资。"

王大保说："不要工资。我不少那点钱。这是你开了口，我才会接这个砣，纯粹是给你帮忙。"停停又解释说："我做这件事，是要保密的。我到那里领份工资，又不上班，别人问起来我怎么回答？那不是给你找麻烦。"

钟海仁一想，这话说得对哩。到底王大保是老朋友，想得比自己还周到。

钟海仁说："你花了工夫费了力，这份工资总归要发的。我另外再找个名义吧！"

王大保说："你不要费神了，我不要。"

钟海仁说："你这就是让我为难。事情是我交代的，但也是为公家做。于公于私，我都不能够让你吃亏。什么年代了，还能让人做义务工？不行！"

王大保忽然笑了一声，说："你要是实在过意不去，就等我把位置找到以后，批准我再到跷脚岭打一次猎，算是给我的报酬。怎么样？"

"可以呀！——这个点子好！"

"到那阵我再请你好好铳一壶。"

"那是自然的。"

"下回呀，我要扎实在这跷脚岭头待一天，那就不是斑鸠野兔之类，肯定有更好的野物。"

"我就抻起喉咙等着了。"

"到时候一定拿你铳醉。"

"同醉，同醉。"

两个人哈哈大笑着，一身松快。

这时候日头已经当顶了，虽然还是初春天气，当了顶的日头还是有了热力，扑在头上有种蒙蒙的感觉。远处的县城清晰了许多。

钟海仁深深地舒了口气，说："大保，记得我们还是小把戏的时候，常常行到东塔岭上，第一眼看到的就是县城的衙门口。我那时候好奇怪，怎么每次一眼看到的就是衙门口呢？你知道吧，我后来查过县志，那衙门口还是清朝同治年间一个叫李同林的县长手里修起的。隔了一百多年，到我们还看得到，了不起哩！我们这个时代的人，总要强过古人吧。等商业城凳起来，我还要把跷脚岭打造成旅游林园，把本县的、外县的人都吸引到这里来游玩，要让他们一爬上跷脚岭头就能看到商业城，也至少要看一百年。这也是百年大计——百年大计啊！"

王大保淡淡地说道："这样的雄心壮志也是你们坐衙门的人才有。"又吆一声他的猎狗，"瞎子，下山回去了。"

被唤作瞎子的猎狗一跃而起，将斑鸠含在嘴里，就颠颠地走在前头开路了。

走在下山的路上，钟海仁又交代给王大保，会有一位负责商业城的建筑设计师来同他一起寻找沉尸位置。此公是钟海仁的大学同学，又是他在省建筑设计院的同事，他们也是朋友。

"是朋友就好说。哪样称呼？"

"叫林工。"

"哦，林工——林工什么时候到？"

"明天。"

"那我后天上午去找他。"

"不必，让他去找你。"

"那要不得。我是坐庄，他是行庄，没有行庄看坐庄的道理。"

"好好，这可以依你。"

他们很快走近半山腰，看到县长的越野车了。

二

林工也是篮球迷

按照约好的时间，王大保去了清风宾馆。

清风宾馆在政府大院的后院，绕过办公大楼，一条水泥路直通过去。过一道月亮门，脚下变成了砖铺的甬道，两旁安了几条长椅子，杨柳树的枝条一直拂到了椅子靠背上。一排芭蕉树，几蓬凤尾竹，都长得十分舒展，青翠欲滴；鸡冠花、喇叭花、牵牛花、木芙蓉花、夹竹桃花，各种花事正盛，一团团，一捧捧，只管争抢着往甬道里挤，晃得人眼睛迷乱。一缕清淡的香味，应该是栀子花发散出来的，滑进鼻子里十分松快。到得宾馆门前了，又有八盆罗汉松分列排开，像是两队精致而肃整的仪仗队，让人心情一爽。清风宾馆只有三层楼，早先是县政府的内部招待所，后来装修一下，就叫作宾馆了。

林工住在清风宾馆二楼的201房。

201房是个套间，里头卧室，外面是会客厅。会客厅里摆了巨大的真皮沙发，一长两短，茶几上供了只果盘，还伴了只花篮。王大保分明听到房间里电视机的声音响着，却敲了好久门才开了。林工半仰了脸望一眼王大保，嗨地一下笑出了声说道："我不用猜，是大保，对吧？"

王大保也笑一笑，说："正是。"就从林工让开的门里走了进去。王大保没有坐，说："钟县长要我来给你带路去看地，什么时候去？"

林工轻轻关落门，过来拉王大保在单人沙发上坐下，拿过一瓶矿泉水放他面前，自己仍复在长沙发上坐了。林工穿一身紫色起暗花的睡衣睡裤，摊手摊脚地坐在沙发上，说："急什么，以后有的是时间。我有个小小的建议，我们先看完这场球赛，别的事情都放以后再谈。"

王大保转过眼睛，这才注意到电视里头正在直播篮球比赛。他知道这是美国NBA的季后赛。他正好看到的是湖人队的中锋奥尼尔扣篮落地一个镜头，情不自禁就叫了一声："好！"

"我就知道你会说好的。"林工一边盯着电视，一边说，"我们都是球迷。但是球迷跟球迷也不一样。有的人是爱打球，也爱看球；有的是爱打球，不看球。我早就听说了你跟我是一路货色，爱打球，又爱看球，是真正的球迷。"

"你说的一点没错。"王大保呵呵笑着。他没有想到这个也是个打篮球的，看起来不过一米七多一点，年纪也跟自己差不多，瘦瘦筋筋的，倒是很精神，很紧凑，在场上也许打前锋吧。只是不知道投篮准不准。

"我就是投篮准哩。"林工兴奋地说，抬高手抖了抖手腕。这个动作是有点专业。他偏头望了王大保一眼，说："我知道你打中锋，是个很硬扎的中锋。我跟海仁读大学的时候都打校队，我打前锋，他打后卫。他经常提起你，说，如果你在一起，让你站在中锋位置上，组成一个铁三角，我们的球打起来就舒服了。后来大学毕业，我们又一起分到省建筑设计院，他还是经常这样提起。"

"是么，他经常提起我么？"

"经常提。而且他一提起你那神态都不一样，很亲热，听得出你们的友情很不一般。"

"是哩，不一般，很不一般噢。"

王大保忽然觉得跟林工的关系近了很多。

这时候电视里的球赛半场结束了，广告的音乐汹涌而起。林工站起来伸了伸懒腰，一边说："大保，喝水呀——吃点水果。"

王大保伸手拿起矿泉水，晃了晃，又放回去了，他看着果盘里的水蜜桃、香蕉、苹果都非常新鲜，水淋淋的十分诱人。

"噢——你是不喜欢矿泉水的？"

王大保闭着嘴巴，没有回答。他从不吃矿泉水的。他觉得那水比井水还不如，没有一点味道。他宁肯就口里那样干着。

林工赶紧给他泡了杯茶。他抓了一大撮茶叶放进杯子里。"好茶叶哩。"他说，"高山茶。宾馆招待的。多喝点，不喝白不喝。"

王大保端起茶杯在鼻子下面闻了闻，嗨地喝下一口。茶香让他的眼睛眯缝了起来。

"你这个还蛮讲究的喔。"

“嗨嗨，穷讲究。——不好意思了。”

“哪里，我就是喜欢跟像你一样直爽性子的人打交道。”

王大保在心里觉得跟林工又近了一层。

电视里广告的画面又换了。一大桶冰块上面，斜插着一支冰红茶。忽然奥尼尔大汗淋漓地走过来，抓起冰红茶就咕嘟咕嘟地往嘴里灌，然后，一个扣篮，把茶瓶子和篮球一齐扣进篮筐，于是万众欢腾，音乐骤起。

林工哈哈大笑起来。笑毕了问大保：“在NBA里面，你最喜欢哪个球星？”

王大保努努嘴说：“喏，就是刚才那位。”

“我知道你会喜欢奥尼尔。”

“你怎么知道的？”

“这还想不到，在场上你跟他打的是一样位置，又身体块头都大，喜欢他是自然的。”

“不止这些。”

“他持球后手上功夫也很了得。”

“还不止这些。”

“还有他在场上的统治力？那家伙是有杀伐，往场上一站就显出一种霸气。”

“也还不止这些。”

“那他还有什么特点，我好像找不出了。”

“你不觉得他这个人值得喜欢？”

“他这个人？”

“就是他的为人。”

“噢，——你一说我就明白了。奥尼尔在场下也是个让人喜欢的家伙。善良，宽容，幽默，又不古板，不小气，尊老爱幼，是个好丈夫、好父亲，还经常搞些慈善活动，——是这些吧？”

王大保点头：“他这个品性好。”

“是是，品性是不错。”

“这么多年我看来看去啊，这世界上打球打得好的多，可是球打得好、品性又好的就不多了。我就对这样的人服含。”

林工重重地说：“深表赞同，深表赞同。”

球赛到了第三节，越打越激烈了。第三节是轮转阶段，双方的主力都轮换下场休息了。但双方的比分咬得很紧，你来我往，差不多是交替上升，反而更趋激烈。林工坐直了身子，脑壳前倾，嘴巴微张，两眼死死地盯在屏幕上。王大保也不再开声，只是捧着茶杯一口缓一口地喝茶。电视是40寸的液晶大彩电，比自己家里的电视大多了。人像清晰，声音纯正，看起来非常过瘾。

王大保好久没有这样专注地看过NBA了。

球赛结束了。

看来林工是湖人队的铁杆粉丝，最后结果是湖人队赢了，他拍着手板，一连叫了无数声"好"！王大保也很高兴，重重地吁了口长气，他当然也是希望湖人队赢的。他还非常希望湖人队最后能拿总冠军。其实比赛的两个队跟他们都是毫无关系的，但是有了喜好自然就有了偏向，一有偏向，就带了情感，喜怒哀乐也便由此生发，徒增很多恼怨，也带发无穷的愉悦，狂喜和沮丧常在一瞬间。这真是没有什么道理好讲的。

两人以茶代酒，碰了杯，祝贺湖人队胜利。

林工给茶杯续上水，说："NBA打到季后赛，每一场都精彩，只要电视有直播，我是每场必看的。"

王大保问："你不要上班么？"他知道NBA的比赛都在上午。美国和我们的时差有十几个小时。那里晚上比赛，我们这边是上午，正是上班时间，可能每场必看么？

林工得意地说："这你就不清楚了。我们单位有几个会议室，每个会议室都有电视机，一有直播，我早不早就把钥匙拿到了手里，进去把门反锁上，想怎么看就怎么看，想看好久就看好久。"

王大保哼了一声，没有搭腔，他同林工不一样。王大保是个个体老板，自己有家铸造厂。名义上说是厂，实是夫妻档，员工就他和老婆两个人。总经理、技术员、模具工、炉前工、小工、销售、会计出纳，两口子轮流干。实在忙不过来了，老父亲、老母亲也会搭一把手，或是请两三个小工。小本经营，一家人的"米米"就靠着它，不可能有多少闲暇的。假如他大白天地困在电视机前看球赛，只怕会给人看作神经病。跟公家做事同给自己做事，到底不一样。这世上人跟人的差别真是太大了。王大保一时有点感慨。

球赛看完，已经快到吃中饭时间。吃完中饭，林工要睡午觉。看来今天是办不成事了，王大保只好告辞。林工哈哈笑着说："不急。今天不行有明天，明天不行有后天，事情嘛，是慢慢做的。到时候总会交出一份设计来。"

"不急，不急。"王大保随着说。一口喝干茶，又将杯子底下的茶叶抠出来塞进嘴里嚼着。

林工送他到门口，忽然站住，问道："你现在还打球么？"王大保晃了晃膀子，说：“都五十多岁人了，哪里还跑得动。不打了。”接着又补一句说：“有时候在家里还摸一摸篮球，过下干瘾。”林工说：“那你不如我。我在家里还经常打打半边场子，活动活动，出身大汗。”

林工建议，看钟海仁什么时候得空了，把他们当年篮球队的几个老伙计找拢来，一起打场篮球。林工说：“听海仁讲，那年子你们球队五个主力个个好功夫，打遍全县无敌手，在县城里风光得不得了，是真的么？”

王大保自豪地说：“当然是真的！”

“他们都还在县城里？”

王大保在心里默了一阵，挨个想了一遍，点头说：“都在。不过也是好久不打球了。只怕都打不动了。”

“那不怕。有旧底子摆在那里，一上场什么都回来了。到时候你把他们都找起来，我正好见识见识。我们一起组成一个元老队，让海仁安排一个女队同我们比赛，那会很有意思。”

王大保撇嘴说：“跟女队打？我们作什么要跟女队打呢？”想想又摇头，“没有神气。”

林工说：“我们都是老骨头了，难道还跟那些后生崽去碰撞？”

王大保高声说：“我再老也不肯跟女队去打。好倒面子哩！”

林工笑起来说：“想不到你还蛮硬气喔！”

“那是的！”

“我们现在不争。你先把你们那五虎将联系好，到时候再说吧。”

王大保转身，大步下了楼。

门口的花卉都披上了阳光，开得更热闹了。

王大保一边走一边想：我那些老伙计，还称得起五虎将么？

三

那个多事之秋啊

当年中学生篮球队的五虎将是：后卫，钟海仁、袁志；前锋，李本义、李石善；中锋自然是王大保了。这些人另外都还有个野名。野名也不是乱起的，大多跟本人的形体有着某种关联。钟海仁因其脑壳硕大，同身材简直不成比例，故名海脑壳；袁志一条腿粗，一条腿细（其实也不是很细，外人一般看不大出来），野名就叫大小腿；李本义一头灰发，跑动起来时那头灰发就一抛一抛地抖动，一个野名"灰毛砣"顺嘴就出来了；李石善长得圆滚滚的，脸是圆滚滚的，手是圆滚滚的，腰是圆滚滚的，腿也是圆滚滚的，眼睛却很细，笑起来就一眯起（他还特别爱笑，听说了什么事都笑，以致眼睛越眯越细），安个"奶猪崽"的野名实在是太贴切不过了。几个人里头，唯独王大保没有野名。那几个人的野名都是王大保给起的，他怎么可能给自己起野名呢？但那时候小伙计们在一起时，互相叫野名才显得亲热，是一种风气，王大保没有野名怎么可以呢？不知是谁起的头，叫他"大个子"，也就叫开了。这个野名没有特色，不独特，不痛不痒，有等于无，所以只限于在球场上叫一叫。也曾经有人根据他的姓氏给他取个野名叫"王八蛋"，但这个野名实在太恶劣了，只试着提了一次，就给众人否决了，不再有人提起。

这几个人的家都在县城里面，但不在同一所学校。只有大保和海脑壳都在一中读书。他们小学、中学，都是同学。同一座学校，还同一个班。两个人还是同年生人。大保生在年头，海脑壳生在年尾。都属龙。

大保和海脑壳是上初中以后才关系热火起来的。小学六年，同班，但不同组，虽是熟识，少有来往。县城里的小学，生源固定，学生主要来自三类家庭。一类机关干部子弟，一类手工业和小商贩家庭，还有一类是农业户。县城是座古城，有四百多年历史了，格局十分周正。旧时的衙门正在县城中心地带。解放后改作了县政府（也叫县人委会），当地人还是习惯叫那里"衙门口"。衙门口当然是很气派，很庄肃的。门头高大，全用青砖垒成，两扇大门包了铁皮，铁皮上密密麻麻地凸现着拇指大小的圆形铁钉。铁皮铁钉都很老旧了，乌黑沉重，更透出一种威严。衙门口早先应该是有两尊石狮子的，但解放后只余下两座石墩。石墩皆有一人多高，可以想见当年的石狮该是很高耸，很威武的。衙门口前面有一道小小的斜坡，下宽上窄，两侧各有几级石阶。早先，县城当然是有东、南、西、北四条城门的，依次叫作东门头、南门口、西门里、北门脚。如今，旧城门没有了，城墙也没有了，只在南门口和西门里余下几段城墙废墟。那些地名也沿袭至今。一条城门，代表一条街。街，都是石板街。街道两旁，不断有小巷口朝里伸延进去，一拐，一插，又横生出更多的小巷子。于是，以四条街道为经，无数的长巷短巷为络，结构出了一座错综繁复的县城。两条小河，分别从西门里和北门脚注入，流经全城，再在衙门口汇合（衙门口前面一段的河道上是用石板盖住的，都是一丈多长两尺余宽厚达尺余的青石板哎）。从石板桥下穿越十数丈，快到东门头了，忽然又现出在地面，水面一时显得宽阔拥挤，折身城东坝口，砸出訇然巨响。县城里头临街的住户，大多都是商铺，或是手工业作坊。房屋一水的皆为青砖黑瓦，都有一进、二进、三进，还有四进的。都是前店后家，是商铺，是作坊，同时也是住家。这些人家大多家道殷实，米缸充盈，饭桌上不断荤腥，油水很厚，每天能喝上壶把两壶水酒，家里小把戏的裤兜里总卷着几块钱零用钱。逢到仁和墟上的戏台楼头有大戏公演，或是电影院到了新片，或是县里湘昆剧团在大礼堂演折子戏，他们都会挤到里头去凑个热闹。他们的生活大致还是艰辛的，可是总算稳当。他们脸上常常浮着一层满足的笑意。

街道背后密挤的巷子里住了很多农业户。那里的堂屋错错落落，高高低低，大多很低矮，很逼仄，但也不少明窗亮瓦，高房大柱，各各显出上辈人的生活痕迹，这些人家虽然住在县城，却还是农业户口，在城外有田、有土，有自留地，日出而作，日入而息，每天计工分。他们的堂屋里旋转挂着镢头、耙头，竹篙上搭着干红薯藤。他们和城里人在同一口井里挑水，但脸盆架上的洗脸毛巾总是黑黑的。那里的巷头巷尾，常常忽然拉下一堆冒着热气的牛屎，不一会，就给人刮走了。他们的勤快，一点不逊于乡里农民，每天黑早，就挑着一担尿水上自留地去了，到天亮时，已经披着一身露水回来，尿桶里头装着水淋淋的青菜、南瓜、冬瓜、苦瓜、辣椒、葱姜大蒜，穿街过巷，在衙门口的街边上一停，几下几下就卖完了。那里的巷道里，常年飘荡着熬猪潲的带点酸涩的气味。那里的人家从早到晚都不安生，从门窗里不时传出大人子打骂小把戏的愤愤声（他们打小把戏不是甩耳光，是用竹扫把，用竹响篙，用铁火钳，用鞋底板，恶起来时也有抄板凳抄扁担的）。那里的婆婆姥姥时常聚在一起喝抬茶，男人抽烟都是裁报纸卷喇叭筒。他们吃饭用捧碗，夜晚出门点麻秆火照路，家里的小把戏上学路上拿个煨红薯边走边剥皮。

机关单位的人大多居无定所。他们大多不是本地人，是从邻县、从地区、从长沙调过来的，还有几户是南下干部。他们都靠租房子住。所以，他们住得很零散，不可能相对集中，街两旁，小巷里，四处都有。因为是租房，不可能周正齐全，有的是从一栋堂屋里劈出半边，有的是在一条长屋的后面隔出一间两间，有的是租住在人家的楼上，还有的干脆是拿杂屋厕所改造出来的。这些人家在一个地方都住不长，隔不好久就要搬一次家。钟海仁家就在东南西北四条城门都住过。这些人家的门一天到晚都是关着的，家里的墙壁都糊了白纸或报纸，桌子上覆了塑料布，电灯是有罩子的。他们大都穿中山装，上衣口袋里插一支（或两支）钢笔，下口袋时时鼓鼓囊囊地兜一本笔记本，走路迈四方步。他们理发都是到衙门口旁边的大理发店，他们喝水都是用一种洁白的搪瓷缸。冬天穿那种毛领大衣。他们来这里几年或十几年了，却还不会讲本地土话，开口都是外地官话。他们当然都是有国家工资的，吃粮吃油也有定量，但不少人家生活还是很拮据。家里的煤灶都很小，生火时四围的煤渣多过中间的炭，饭桌上经常是白菜豆腐，豆腐白菜，偶尔房东送过来一碟坛子菜，会喜欢得不得了。他们似乎跟当地的生活氛围有点格格不入，小把戏们却融入得快，小把戏们在家里还是讲官话，到了外面跟小伙计们在一起，就都是满口的土话了，半点不隔。

但他们的小把戏在骨子里却有着一种天生的优越感。凭什么？那又是说不清道不明的。在班上，他们都很活跃，脑子灵泛，口齿清楚，学习成绩都很好，老师在课堂提问时往往喜欢点他们起来回答。班里一些主要的干部职位：班长、少先队中队长、学习委员、体育委员，都是这些人。他们喜欢读课外书，经常互相交换着看。他们的作文常常被作为范文张贴在教室里的墙上。课间休息时，他们总是首先抢占住教室旁边的乒乓球台。他们都有自己的胶拍，在乒乓球台上噼里啪啦一阵抽打。动作潇洒，神情夸张。其他的人都只是挨着墙壁呆呆地看。这些人里头偶尔有人不服含，也会排队上去比试。但不过几个回合，就稀里哗啦败下阵来了，只好悻悻地退到一边去。他们知道，自己的世界在学校外面。他们的世界其实更为宽广，更为丰富多彩。他们在衙门口打纸麻拐（三角板），打抱箍子架，打泥炮，打线香棍子；他们到拱花滩头跳水游狗爬式；他们都很手巧（这是有家传的），会制作各式"短火"，泥巴枪、木头枪、铁丝枪、纸板枪，无不精妙绝伦，他们最喜欢玩的是"工兵捉强盗"，挥舞着自制的武器，啸聚在衙门口，再从南门追到北门，嬉笑喧闹，兴奋不已，吵翻一座县城。那些农业户家里的小把戏则比较乖，比较木讷。他们都有着比较沉重的生活压力。他们放了学还要去生产队出点集体工，或到自留地里给菜秧子淋点水。他们的口袋里总兜着炒花生，或是炒豆子，或是炒南瓜子，或是干红薯片，课上课下互相交换着吃，吃得一座教室都香气馥郁。在这香气流荡中，浮沉着那种童稚时代的自卑与自持。

小学六年，童时无忌，各自过得都很快乐，似乎一晃就过去了。王大保和钟海仁，没有同路上过学，没有同台打过乒乓球，没有同去圩水捉过鱼，更没有互相交换过零食，连在毕业时的集体照上，两人距离也很远。钟海仁站前排中间，王大保在最后一排的最边头。

上了初中，变化很大，班上原先的同学考进一中的只有一部分。这一部分同学也打乱重新分了班。王大保和钟海仁又分在了一起，同一个班，还同一个小组。跟他们一起分到一个班的还有两个女同学，一个叫朱慧琴，一个叫唐玲玲（唐玲玲后来改名叫了唐红卫）。两个女同学家里都是开商店的，朱慧琴家开的中药店，唐玲玲家是南货店，还都住在同一条街上，两家相隔不过七八间铺子。但两个人的资质却相差很大。朱慧琴长得秀秀气气，鸭蛋脸，淡眉，凤眼，细腰直腿，说起话来细声细气的，总有点害羞的样子；唐玲玲则有点胖，腰似水桶，腿如棒槌，手里常常抓了一把瓜子（南瓜子、葵瓜子、西瓜子）放进嘴里嗑，她只要在哪里一站，地下一阵子就散起了好多瓜子壳。朱慧琴读书十分用功，每天傍晚时候，她都静静地坐在柜台边的小桌上做功课，一大早就起来坐在后门的门槛上背课文了。她的学习成绩很好，比所有的女生好，也比所有的男生好。所以，小学六年，她一直在班里当班长。进了初中，她还是班长。那时候小学校里男生跟女生的界线分明，很少有说话的。在校不说话，在校外街上迎面碰到了，也是一偏头一低首，擦身而过。有的隔壁邻居，小时候都让父母带着串门，互相很熟络的，一到上了学，成为同学，忽然就都生分了。在学校里男生同女生多讲几句话，很快就会成为其他同学嘲喙的焦点。王大保生性孤傲，读小学时就跟朱慧琴和唐玲玲没有说过几句话，进了初中，在教务处报到时才知道跟她们还是同学，照理说是应该有种亲切感的。可是，没有。他只跟她们点点头，就走开了。他当然是早就知道她们也考到一中了，假期里放榜时就知道了。朱慧琴考取一中应该是顺理成章的事情。唐玲玲也进了一中就有点出乎意料了。有人议论说她是运气好，王大保想想也许是有道理的。后来过了好多年，经历了好多事情，发现每次几乎都有一些出人意料的结果，他就相信了冥冥之中是有一只手在推动事情发展的。

　　王大保和钟海仁上初中以后在一起的时间多一些了。原因是两人都喜欢上了打篮球。每天下午课外活动，两人都会同时出现在球场上，跟一群同学一起占住半边场子打散球。有时也分作两队打比赛。两个人的运动素质和基础都很好，跑得，跳得，手脚灵活，很快就在同学中脱颖而出，成了佼佼者。分边时，同学都会将两个人分开在两个队，各自带领几个人决雌雄。打完球，两人拎着衣服，背着书包，各自回家。回到家，王大保还要在天井里练一练拳脚。他很小就开始跟父亲学功夫。他父亲是个老铸匠，早年间常年四季出外面做铸造，去过广西、广东、浙江。他的功夫很好。倒炉头功夫好，拳脚功夫也好，他赤手空拳打两三个人不在话下，如果手里持有棍棒或板凳，十个八个人都拢不得身，父亲似乎预见到大保日后要继承他的衣钵做铸匠，小时候就告诫他：做我们这行的免不了经常要出门在外，学点功夫在身上，不吃亏。大保自五岁起跟父亲学功夫，每天早晚在家中的天井里练半个时辰，大保在天井里练拳脚的时候，父亲就架条板凳坐在堂屋门口，随时点拨。大保练了七八年，已经习惯了，每天不练一练，手脚都要发痒。有一次打球，钟海仁撞在他的手拐上，如同撞到了一根石柱，回家吃了两天跌打药，他就知道了，这家伙有功夫。

　　钟海仁跟他不同，是个喜欢安静的人。他喜欢一个人独处，静静地看书。他看的都是课外书。他也不知道怎么有那样多课外书，读完一本又一本，就像跷脚岭上的树叶一样总也掉不光。很多同学都羡慕他，找他借书，却无不碰壁。"我的书不外借！"他总是梆硬地一句回答，不怕让人难堪。他为了防止同学翻他的书包和课桌，常常把书藏掖在胸口的衣服里面，像个驮肚婆一样走到哪里带到哪里。他其实不是个小气的人。看到同学少了墨水，少了笔记本，他当即会给过去。有时打完篮球，正好有游动商贩背着冰棒箱过来了，他会给在场的每个同学买根绿豆冰棒捅在嘴巴里。那时候白糖冰棒三分钱一根，绿豆的要五分，他选贵的买。有回一个乡下来的同学鞋子烂了，没有钱买，第二天他就从家里带了双半新的解放鞋给那位同学。平心而论，他是真的不小气。但就是不借图书。这让不少同学心生怨怼。初中时的同学从乡里来的占了一大半，他们本来对县城里拿粮本本吃商品粮的人就有种生成的隔膜，他们认定是钟海仁对自己看不起。

　　大保也看不惯钟海仁这个样子。大保不是个太喜欢看书的人。如果碰到了，也会拿在手里翻翻，有时也看得津津有味，饭都忘了吃，如果不就势，也不强求，随便。他家住在南门口，那条街巷里的住家，大多是手艺匠人和商贩人家，家里的宝蓝柜下面都或多或少掖着几本书，都是旧书。像《三侠五义》《隋唐演义》《说唐全传》《三国演义》《水浒传》《西游记》《海上花列传》《拍案惊奇》《江湖奇侠传》之类。那里的人家都不保守，只要有，随便可以借。但大保看的大多是同样书名的连环画。连环画里那些有形有势的好汉或猛将让他神往。看了书，他有时也会遐想，想象自己如果生在那些朝代，只怕也敢跟天下第一条好汉李元霸过过招，或是上到梁山去占一席位，再或是跟随岳家军的八大铜锤大闹朱仙镇。遐想常常让他身上充满豪气。他不知道钟海仁看的是什么书，那样入迷。他也曾经想过借来看看，但是看到钟海仁那个歪相样子，这一点念头也就打消了。

谁知他们的一段情缘就出在书上面。

那天课间，钟海仁去上厕所大便。那是上午两节课以后的课间休息，时间稍长，有二十分钟。钟海仁都是在这个时候上厕所。钟海仁上厕所也会带上本书，蹲在里面看。学校的厕所是个统厕，有一间教室那么阔大，木板地上凿了一排十几个坑口，无遮无拦，蹲厕时可以左右交谈，互相递手纸。地面离粪池很高，为了消解秽气，池里灌了很深的水，从上往下看去只见一片恣肆汪洋。人在上头排泄，像扔炸弹，"咚"一声激响，溅起好高的水花。如果十几个坑口蹲满了人，"炸弹"纷纷坠落，咚咚咚咚——那场面是很壮观的。不过那厕所因为空间敞阔，打扫得又很勤快，倒是没有什么臭味的。一下课，钟海仁第一个冲出教室（他坐第一排座位，有这个便利），直奔厕所，占住紧里边的坑口蹲下，从怀里掏出书来，埋头看之，不管旁边是否人来人往，也不管有无臭味（有的人屙屎真是臭。那些人天天吃红薯，吃得气鼓气胀，屙屎还夹放响屁，特别臭），他却全然不顾，充鼻不闻，只管悠悠然看他的书。直到快打上课铃了，他才合上书本，系好裤带，急忙返回教室。每天如此，同学们都知道了他这个习惯。于是几个同学就密谋了一个方案，要倒他的丑。那天钟海仁刚到厕所蹲下，几个同学一拥到了跟前，伸手抢过书去，转身就往外跑。钟海仁猝不及防，往后一让，光屁股就坐在了坑口上。他也不管屁股干净不干净，提起裤子就追出去。说来也巧，那天大保正好也去上厕所，刚到门口，就见几个同学从里面冲出来，撞得他一歪，急急忙忙地跑过去，一路嘻嘻哈哈地大笑。接着就见钟海仁追了出来，一手提着裤头，两眼睁得溜圆，一副气急了的样子。大保不知道发生了什么事情，只是本能地估计是前面几个同学欺负了钟海仁，于是也立即跟了过去。大保脚快，几步追上，一探手就揪住了一个同学的手腕子。那几个同学停下脚步，返身向大保逼过来。大保喝一声："把书还给人家！"其中一个同学扬着手说："你以为你们城里人了不起啊！"大保说："谁都不要以为自己了不起。我只要你们把书还给人家！"大保说时，手下就使暗力紧了紧。那同学的脸即刻涨成了紫酱色，忙喊道："赶紧把书还给他。你松手，松手！"他知道大保的厉害了，不惹为好。

下午放学，钟海仁在校门口等到大保出来，靠拢去并肩走了两步，开口说："大保，我们交个朋友吧。"大保很奇怪，交朋友不交朋友，还要这样直咕隆咚地说出来？钟海仁说："当然要说出来，因为我认了你。"大保有点好笑了，你认了是你的事情，你晓得我认不认呢？钟海仁说："你也会认的。我测出来了，我们两个性格有很多相同的地方。"大保问自己：是么？钟海仁肯定地说："就是。书里头有描述的。"大保在心里头笑一声，书呆子。不置可否。

大保和钟海仁很快就成为朋友了。钟海仁去他家探访过铸造作坊，拉了一阵风箱，跟他父亲学了学做铸件模子，把油泥合得很匀，出了一身老汗。大保父亲很欢喜这个学生崽，赞他脑壳灵泛，手脚麻利，做事踏实。大保父亲说：这个人站有站相，坐有坐相，看样子没有练过功，但是脚底下桩子很稳，是个能做大事的样范。直问这是哪个家里的崽。老前辈跑过很多地方，经见过的人多矣，大保长这么大，还没听他这样夸赞过人的。他心里有点不服含。

大保也去他家看了他的书房。钟海仁家是租的房子，就在衙门口前面正街上的第一个巷口，房子一边临街，一边延伸到了巷子里。这栋房子的朝向有点奇怪，它的大门没有临街，却开在了巷子里头。巷子比别处的要宽，可以同时给四个人并行。巷子里石板铺地，同正街上的石板一个式样，都是又宽又厚，一块石板可以躺下一个人。进巷不远，在大门口的斜对面，有一口深井。井那边，斜对大门的地方有扇砖砌的照壁。井名曲龙井。井口不大，井却很深，离地有一丈余深，过来挑水的人都要随带一根绳，结在水桶把上，躬腰曲背，手上一抖一镇一用力，才能打上水来。一些小妹子躬腰曲背还够不上，还要单膝跪地才能打到水。这井是有来历的。传说井底盘了一条黄龙，头在衙门口那头，尾在南门口的仁和塘塘陂下，已经沉卧了几百年。井水从来没有干过，也从来没有涨过，无论天干落雨，都是那样深。也从来没有浑浊过。井里的水清凉，微带甜味，煮出来的饭特别香，馊起来都要慢些。这井水还有药效，南风天气人家的细毛毛身上长痱子，拿井水洗一道就好了。县城里好远的人家都到这里挑水，井边上常常排队。男男女女，老老少少，打水时无不躬腰曲背，那姿势有点类似朝拜。井沿上和巷子里（那巷子很短，一共不过十几丈长），从早到晚都是湿漉漉的，十分阴凉。大热天时每天都有人搬把竹椅坐在巷子里歇凉闲谈。巷子这一段还没有蚊子（这也很奇怪），晚上就有人在地上铺张竹床睡觉。这口井很出名。县城里的人都知道这个地方。大保也知道，但是没有进去过。他还知道钟海仁家租的房子过去是户大户人家，主人叫李荣生。知道这栋堂屋建造的时候特别讲究，一色的青砖，块块过选，拿井水洗过，用磨刀石细细打磨过，无不棱角分明，再又砌墙的，灰浆是拿糯米饭掺上等石灰掺细河沙调成的，砖缝细如丝线，整齐一律，固如磐石。堂屋很高大。县城里的堂屋多是二层，这栋堂屋多加了一层阁楼，是两层半。站在阁楼上可以越过别的屋脊看到衙门口的半截门楼。李荣生常年在广东、广西一带做买卖，生意做得很大，偶尔也回来做点善事，后来死在外面的。据说灵柩抬进县境内时，所经沿路，很多人跑到路上点放鞭炮。放鞭炮的人，即刻可得到一块光洋。解放以后，堂屋收归政府，分给了四户人家。钟海仁家租的是堂屋进门左侧的两间厢房，一楼二楼住父亲母亲和哥哥姐姐，钟海仁一个人睡阁楼上。钟海仁在家里是老满。大保去他家里时，钟海仁直接就带他上了阁楼。

阁楼很小，很矮，但光线很好，很洁净。大保站直身子，头就挨着瓦檐了。只有一床、一桌一椅，和两口大箱子。小小的四方桌子挨窗放着。钟海仁每天放学回家，就在这上头做作业，看书，累了就斜欹在窗户边凝望一阵远处衙门口的门楼顶。门楼罩在一团日光中，十分耀眼。

大保是第一个上到他住处的同学，钟海仁显得很兴奋，手忙脚乱地打开两口箱子给他看。大保惊讶地发现，两口箱子里全部是书；他又惊讶地发现，这是两口樟木箱子。从木箱里散发出的气味能闻出来。大保家里也有两口樟木箱子，但都是用来存放贵重物器的，放在父母亲床铺底下。大保没有想到钟海仁会有这么多书，真是大开眼界。箱子里的书都用画报纸包了书皮。一口箱子里装的中国小说，另一口箱子装的都是外国书。那些书名，大保好多都没有听说过。《三国演义》《水浒传》《西游记》《红楼梦》《老残游记》《三言二拍》《儒林外史》《封神演义》《东周列国志》《官场现形记》《二十年目睹之怪现状》《红旗谱》《林海雪原》《青春之歌》《苦菜花》《迎春花》《朝阳花》《烈火金刚》，《卓娅与舒拉》《当代英雄》《钢铁是怎样炼成的》《苦难的历程》《复活》《安娜·卡列尼娜》《童年》《我的大学》《青年近卫军》《静静的顿河》《契诃夫小说选》《泰戈尔诗选》《一千零一夜》《鲁滨逊漂流记》《高老头》《悲惨世界》《好兵帅克历险记》……大保抓起几本书持在手里翻了翻，那里头外国人的名字长得让他烦躁。

他把书丢回箱子里，斜欹在窗边，问："你哪里会有这么多书的？"

钟海仁说："买的啊。"

"你家里有钱哩，舍得这样给你买闲书。"

"这怎么是闲书呢？都是正经的书哩！"

"别说正经，我们那边人家都说这是闲书。"

钟海仁想了想，说："你要说它们都是闲书也没错，古人也是有这样说法。"

"这样多书是家里大人买的还是你自己买的？"

"当然是家里大人买的。我爸爸每个月发了工资，就到新华书店买一本书回来，包好送给我。他还要我哥哥我姐姐也经常给我。他要我有时间多读点书。他说多学点知识总归是有用处的。"

"你爸爸很关心你的学习喔。"

"那自然。他是老大学生。他希望我以后也要考取大学。"

大保听人说过，钟海仁的爸爸是个老牌大学生，旧职员，长沙人，家里很有钱。解放后在省政府的一个部门工作，后来成了右派分子，带起全家下放到了县里，安排在建筑公司当职员。他在大学学的经济，毕业后一直做经济工作（听说他的业务很强），忽然转到建筑公司做事，这也是件很奇怪的事情。按说命运出现那样大的拐弯，很多人都会萎靡不振的。可是在他身上看不到多少沮丧的神色。那是个很精神，很自信的角色。面色红润，双眼烁烁，一个厚肩膀担着一颗肉脑壳，走路很沉稳。建筑公司在北门外，大保有时在路上碰见他，总看到他跟这个那个大声地打招呼。一口长沙腔，好多年不变，声音很洪亮。他知道大保和海仁是同学，有一回街上碰到，他忽然主动跟他打招呼，问大保吃饭没有，还说没有吃就到他家里去吃。县城里还没有大人会这样跟小把戏说话的。大保觉得这个人很好玩。

大保说："你爸爸想得远喔，都想到以后考大学的事情了。"

钟海仁神情黯淡地说："我家里出身不好，我哥哥姐姐都没有读到大学，我爸爸就拿希望都放到我身上了。"

大保宽慰他说："你成绩一直都好，读书连不费力，以后考个大学还不是一碗饭的事情。"

谁都没料到大保一语成谶，后来国家的变动很大，钟海仁也经历了诸多磨难，最终竟还是考起了大学，得成凤愿。这是后话。

钟海仁幽幽地说："管他以后考得起考不起，一路这样读起去吧！"

"我爸爸都说，你有读书的命。"

"真的？他怎么看出来的。"

"他看了你的相，说你的额头、鼻子、嘴巴都生得好，说你额高三寸，可有威权，口大有棱，鼻大有梁，南面之职，说你以后有出息。"

钟海仁惊喜地问："你爸爸有这样神？"

大保骄傲地说："那当然。南门街上一块牌。"

"好！好！"钟海仁很兴奋，不断地点头。

过一会，他又冷了下来，说："实在不瞒你说，我心里还总有怀疑的，我出身不好，学习成绩再好，会不会有用。"

"有用。肯定有用！"大保说完心里也有点虚，感觉这话不着边际。但他不这样说又能怎样说呢？他总不能给人泼冷水。

"有用就好。有用就好！"

钟海仁忽然仰头大笑起来。

笑过了，他又显得很高兴。他指着箱子要大保挑一本书借回去看。

"你让我借你的书！"

大保意外地站直了身子，脑壳一下子顶在亮瓦上，阁楼里暗了一片。他想起钟海仁平素惜书如命的样子，连示人都不得肯的，现在却主动要借书给他，这实在是他没有想到的。

他反问了一句："你不是不借书给人的么？"问过了才发觉这话说得好蠢。

钟海仁恼怒地说："那些人都不懂得爱惜书，更不懂得尊重人，我为什么要借书给他们？！"

他又硬硬地问大保："你看不看吧。不看算了！"

"我看！我看！"大保赶紧应承。但他一时不知借本什么书好。他还是喜欢杀仗的书。

钟海仁这里没有杀仗的书，但打仗的书却不少。在他们的概念里，杀仗的是古人，打仗的是今人。他们以兵器划分。

钟海仁给他推荐了一本《青年近卫军》。

"是苏联的么？不看不看。"

"为什么？"

"外国人名字太长，记不住。"

"这本书好看哩，里头尽是打仗。"

"不看！"

钟海仁不再强求，想了想，从箱子底下掏出本《烈火金刚》。大保翻翻前面又翻翻后面，脸上一塌一塌地笑开了，说："这本书可以。"

大保拿着书兴兴头头地回去了。

大保一天一晚上就把书看完了。

第二天上学，大保悄悄地把书还给钟海仁，然后小心地问："我还可以搭你借书么？"

"可以啊。有借有还，再借不难。"

只是钟海仁不相信他这么快就把书看完了。

"看完了。绝对看完了。"大保赌咒发誓说，"从头至尾，一个字都没有丢。"

"好看？"

"好看！"

"好，放了学我们一起走。"

从此大保的生活有了很大的变化。放了学，他不再去找过去的小伙计们玩耍，不再一条街追过一条街地疯野，而是很快回到家。他觉得书中的世界比街巷里头的生活更让人神往。他借了书，不敢像钟海仁一样带到学校去，他怕搞坏，怕丢失，也怕别人开口跟他借。他像对待铸件模子一样小心。他把书压在床铺的枕头底下。回到家，要拴好门才拿出来看。那时他的坐功也变好了，可以一坐两三个钟头，不挪不动。他一翻开书本，就感觉魂魄游荡出去了，跟随书中人物一起南征北战，四处杀伐。夜色罩下来了，他不知道。吃饭了，他不知道。母亲在门口催了几道了，他才开门出去，很不耐烦地在饭桌边上坐下。父亲母亲都知道他是关在房子里看书，——看课外书。母亲说：看那些书作得什么用，是抵得饥还是抵得寒。父亲说：多读点书好，以后我们家里也出个读书人。父亲还常常会顺手赏给他一杯水酒，叫他：铳一铳。

以前到了星期天，大保总会要到父亲的炉头前帮帮忙的。父亲一个人开了个铸造作坊，常常搞手脚不赢。大保从小就过去打下手，学会了拉风箱，调油泥，除铁渣，几样技术活譬如做模子，看火候也已经慢慢上手。他成了父亲很得力的一个帮手。自从他迷上看书以后，父亲有意无意地纵容他，一切随他的意。大保要过去帮忙，他就可以有时间坐下喝几杯茶，可以多出点活；大保不去，他也不勉强。父亲真是个善解人意的宽容的好父亲。

到了星期天，大保常常会到钟海仁的阁楼上去，一泡一天。两个小伙计很快把作业做完，就开始看书。现在大保也不挑剔了，中国的，外国的，都看。外国人的名字长，他不全读，只读前头三个字。比如"潘捷莱·普罗柯菲耶维奇"（《静静的顿河》），他只读"潘捷莱"；"聂赫留朵夫"（《复活》）他只读"聂赫留"，"约翰·克利斯朵夫"他则直接只读"约翰"。这样一经省略，他发现外国人的名字也是很好记的。他觉得外国书读起来更有味道。他们一个坐在小桌前，一个斜欹在窗户边，各看各的书。有时也一起挤坐在凳子上，两个脑壳粘在一起，同时看一本书。往往是钟海仁看得快，大保总是跟不上，看完一面，钟海仁正好翻下一面时，大保即会一把摁住他的手，不准他动。偶尔争执起来，两个人又嘻嘻哈哈笑作一堆。有时看得兴起，他们也会大声朗诵书里头的一些句子。他们很喜欢《钢铁是怎样炼成的》里头一段话：人最宝贵的是生命。生命每个人只有一次。人的一生应当这样度过：回首往事，他不会因为虚度年华而悔恨，也不会因为卑鄙庸俗而羞愧；临终之际，他能够说："我的整个生命和全部精力，都献给了世界上最壮丽的事业——为解放全人类而斗争。"他们一声高一声低地读着这段话，努力制造一种抑扬顿挫的效果，感觉热血奔涌，情不自抑，浑身战栗。他们都把这段话抄在笔记本的扉页，当作座右铭。

大保也开始跑新华书店了。他把母亲给的零花钱集起来，把早饭钱省出来，都买了书。他不好意思总跟钟海仁借书，也要有自己的书去交换。他觉得这样才能长久。

他们的那段日子过得真是十分快乐。他们把钟海仁的藏书都快看完了，有的还看了两道、三道，他们记住了好多书里头人物的名字。能把一些章节倒背。他们在学校的学习成绩也比较稳定，钟海仁一直稳坐在班上的前三名，大保也在慢慢往前靠。他的目标是要跟钟海仁并列。偶尔他们也会想一想以后上高中考大学的事情，不免一阵调笑。他们常常一起走上东塔岭，看看阳光下静卧着的县城，以衙门口为方位，努力辨认每条街每条巷，想象一下熟识人家的日常生活，再看看县城边头的清陵江水在宽宏的河床上无语东流，忽然抬头，就看到一只岩鹰在宝塔顶上缓缓盘旋，巨大的黑影遮住了他们，一阵子又移开了。他们感觉到天空无限的灿烂、高远。

到初中二年级的下学期，钟海仁的父亲托人给他们在县图书馆每人办了一张借书证，图书馆就在正街上，和文化馆同在一个院子里。门面不大，但里头房间很多。大保和钟海仁曾偷偷溜进书库看过，挤密压密的书架上面，大多是毛主席著作和农业技术书籍，文学艺术类图书只有一个书架，还没放满，稀稀松松地歪放着。他们粗粗地扫了几眼，有点失望。都是些大路货，是他们看得不爱看了的。但手里有了本县图书馆的借书证，他们还是很兴奋的。他们知道，能在图书馆办出证来的人只能是机关单位的干部职工，这是一种身份和地位。他们不信一个县图书馆，会没有一些他们想看的书，只要耐烦找，总能找得出的。图书馆不是每天都开放，只在每个星期的一、三、五下午和星期天开门。他们约好了星期天去图书馆。

可是还没等到他们在图书馆借到书，"文化大革命"就开始了。运动一来，很多事情停止了，很多事情加速了，一切都乱了套。

大保对运动的明显的感觉是：兴奋、迷惘。

参加红卫兵、破"四旧"，这让他非常兴奋。大保是第一批参加红卫兵的。参加红卫兵的要求很严格，要出身好、表现好、学习成绩好，比加入少先队还严，比评"三好学生"的要求更高。班里第一批参加红卫兵的有六个同学。从县城来的只有朱慧琴和大保，县城的同学大多出身不好，有些出身好的（如唐玲玲）学习成绩又不好，左不成右不就。参加了红卫兵的同学都很得意，把红袖章套在左臂上，在校区里走来走去，见了同学打招呼都是扬左手，晚上在宿舍里睡觉也不褪下来。有个同学上场打篮球，只穿背心的手臂无法别别针，就拿条细带子将红袖章绚在手臂上，兴奋地满场飞跑。领到红袖章时，大保也很激动，小小的心兴奋得乱跳。但他又有点小小的遗憾，因为钟海仁没有参加红卫兵。这却是没有办法的事情，谁叫他出身不好呢？不知为什么，他戴着红袖章见到钟海仁时，心里会忽然有种对不住人的感觉。红袖章像块凹凸镜，将他同钟海仁之间的区别凸显了出来。

破"四旧"是件让人很来神的事情。那段时间里，他每天一早到学校和同学们集合，手里提着锤子，抓着起子，扛着木棒，分作无数个小分队，从几条路口进入到县城里。每支小分队前头，都有两个同学举着一条横幅，上书："砸烂旧世界，誓将无产阶级文化大革命进行到底！"或是："要破除一切旧思想、旧文化、旧风俗、旧习惯！"他们的目标似乎很明确，又似乎极其模糊，谁也不能说得十分明白。他们手握威力无比的生杀之权，足以让年轻稚嫩的身体膨胀，神气雄唐，耀武扬威。第一批扫荡的地方是文庙、寺院、祠堂、戏台，里头的木雕、石雕、砖雕、泥塑、香案，统统捣毁，无有幸免。接着就深入到了街巷里。县城的人家，多是砖房、旧房，一栋大堂屋里住过好几代人，几十上百年的时光流逝，多少会积留下一些古旧物器。大门上的铜环，堂屋里的神龛，八仙桌，太师椅，窗户上的木槅，屋檐下的雕塑，兽形的大门礅，天井前面屏风上的木刻，睡房里的雕花大床，厨房里的洗脸架，还有细毛毛脖子上的长命锁、老婆婆头上的银发簪、床底下的铜尿壶、碗柜上的银筷子……只要是同学们认为是旧东西的，一律毁灭。有家商铺门口摆了个木躺椅，下钉子的地方不是拿洋铁皮做的垫片，垫的是铜钱，立即点起火，烧成灰烬，他们在街上看到穿瘦裤腿的、穿高跟鞋的、留包菜头的，都没得客气，瘦裤腿，剪掉；高跟鞋，敲掉；包菜头，嚓嚓几剪刀下去，转眼变成个阴阳头，一片狼藉。他们有个称呼，小将。他从小就想要当将军。现在"小将"，将来"大将"，在社会上建功立业创一番事业。他不知道"文化大革命"到底要做什么，但"破四旧"让他得到了极大的快感。当他猛一锤子将石人石像砸得碎片乱溅的时候，当他摁住那些社会青年的肩膀嚓嚓几下剃成光头的时候，心里也有一种东西在欢快地爆裂。他觉得"破四旧"比读书有意思。

大保有一段时间没有读书了。他也有一段时间没有同钟海仁在一起了。等到"破四旧"搞完，想起来时，他心里陡然一惊，竟生出了一丝对人不住的歉疚。他很明白钟海仁家里出身不好，运动开始时流传很广的那副对联对他打击很大。那副对联说：老子英雄儿好汉，老子反动儿浑蛋。对联从北京传过来，本地人又加注一条：龙生龙，凤生凤，老鼠生儿会打洞。班上的同学跳到讲台上大声念这两副对联时，钟海仁的脑壳即刻勾了下去，好久没有抬起。看到对联，大保有点骄傲，但又觉得不是很有道理。他家里出身好，是可以值得骄傲的资本，可是他也看到好多出身好的家里养出烂崽头的。反过来一些出身不好的人却可以做伙计的。比如钟海仁。他怎么看都觉得钟海仁表现是很好的。

他赶紧到曲龙井旁边的家里去看钟海仁。

钟海仁一个人独自在阁楼上忙碌。小桌上摊放着钳子、锉刀、铁皮和几块玻璃。看到大保突然上来，他站起身，嘿嘿地笑。大保从这笑声中，体味出一种生分。

阁楼上很热。两匹阳光从亮瓦上透进来，一匹落在小桌上，一匹搭在钟海仁头上，可以清晰地看到他额头上一粒粒亮晶晶的汗珠。

大保把他往旁边拨了拨，躲开阳光。

"你这是在做什么？"他问。

"做点手工活哩。"

"你这人好积极，还把学工学到家里来了？"

那时学校里有三分之一的时间让学生学农或者学工，但那都是集体活动，没有听说谁回到家还学的。大保觉得钟海仁是在搞假积极。

大保的猜想错了。钟海仁做的是毛主席语录牌。他看到报纸上的照片，毛主席接见红卫兵的时候，旁边的林彪和周恩来总理胸上都戴了毛主席语录牌，上书"为人民服务"，还有好多红卫兵也戴了毛主席像章和毛主席语录牌，他就想，我也可以做一个给自己戴起。

"我没有资格跟你们一起去'破四旧'，"钟海仁说，"我就要用这个行动表示我对毛主席的忠诚。这个想法怎么样？"

"这个想法了不起，亏你想出来！"

"也是冤枉主意哩！——冤枉主意。"

"我也正想要有块语录牌。我们一起做？"

"这是我巴不得的。我有想法，能力有限，怎么做都不如法。你来一起动手就好了。"

"你早搭我说啊。"

"早说怕你那头走不开。"

"那也是。不过现在说也不迟。"

"不迟。不迟。"

大保看了看桌上的工具和材料，说："到我屋里去做吧。我屋里什么工具都现成，方便。"

两个人就将东西收拢来，拿书包装了。走到正街上，大保又弯进百货公司买了几口别针。

到了大保家，两人一头钻到房里，就开始工作。自然是钟海仁动口，大保动手。大保自小跟着父亲倒炉头，粗通一些钳子锉子钻子功夫，做个语录牌自然不难。工序简单，无非是在玻璃里头衬一张毛主席语录，再用一块铁皮自四周浅浅地包住，最后在铁皮后头固定住一口别针，就成了。事情无巧，但需要耐得烦，过得细，原因是语录牌的面积不大，比半块橡皮擦子还小，要将铁皮的四个角剪出四个小小的整齐的略带点三角形的叉口，使之卷过来正好能浅浅地包住玻璃。那还是要点功夫，要点巧劲，要点耐心的。深了不行，浅了不行（深了不好看，浅了包不住），比小妹子的绣花也差不多了。大保一连做了五块，钟海仁都不满意。到了做出第六块时，钟海仁才点头了。

大保扯过毛巾揩着满头的汗水，说："同你做事真是不轻易哩，要求太高了。"

钟海仁眯着笑眼说："你不要怪我要求高。你要知道，我们做的是毛主席语录牌，是要戴在身上给人看到的，不做得最好怎么行？"

"这个道理我晓得。"

"知道你晓得。"

钟海仁将语录牌小心地别在胸口上，退后两步，让大保看。

"不错。很雄唐。"大保夸赞说。

钟海仁低头看了看，也说："我悟起都是很雄唐的。再做一块嘛。"

"为什么？"

"你自己不要一块么？"

"哦对，我当然也要一块。"

大保就又做了一块，给自己戴上，两个人都很高兴，意气焕发，在屋子里挺胸走了几圈正步，约好第二天一起戴着到学校去。

学校早已经停课，但同学们都没有离校，有的缩在宿舍里睡懒觉，不少人三三两两地在校园四处游荡，寻找新鲜刺激，有人在篮球场上投篮，大保和钟海仁刚走近教室门口，眼尖的同学就发现他们胸前戴着的毛主席语录牌了，即刻爆发出一阵惊喜和感叹。同学们围住他们，好多只爪子伸过来，都想摘过去看一看，再戴一戴。大保知道，这些同学见到什么东西就想要的，"看一看""戴一戴"，然后就再也回不来了。何况毛主席语录牌犹如圣物，谁都有权力配有，抢了也不算抢。抢过去就再要不回来了。慌急之中，他抬起双手，掌心向外，虚虚地护在胸前，一边说："只准看，不准动手！"

倒是钟海仁大方，一把摘下语录牌，拍在眼前的一只手板上，说："拿去，送给你了。"

同学们一阵欢呼，然后就一齐大喊：

"大保，大保，大保——"

他们要用这个办法逼大保有样学样。

大保偏就不吃这一套。他不喜欢别人用任何方式来勉强自己。他的脸一塌一塌地阴下来，沉声说："大保不是钟海仁，我的物器不给人。"

他伸开双手，像游泳一样把跟前的人群扒到两边，昂起头，转身走下操场。

钟海仁在跑道的沙坑边上找到了大保。两人默默地坐了一阵。钟海仁忽然开口说："大保，你这样做是对的。我那样是不对的。"大保一愣，脑壳里一时没有转过弯来，转脸望着他。钟海仁又说："我们劳神费力，辛辛苦苦做的语录牌，这些人喊声要就拿过去了，不仁义。"大保点头说："我就是不服含这种做法。"钟海仁又说："要让谁碰到心里都会过得。"大保说："就是哩！"钟海仁说："我尤其心里过不得。但是我又不得不那样做。"大保又偏转脸去望他。望了一会，点点头，明白过来。大保啐了一声："可恶！"钟海仁低着脑壳重复一句："十分可恶！夺人所好，是最最不仁义的事情！"大保起身说："我去找他们要回来。"钟海仁拉他坐下，说："给了别个的东西，再去要回来，那就显得我们不仁义了。——做不得！"大保将一根枯枝慢慢折断，一截一截地砸在沙坑上。大保说："我再搭你做一块。我要做得更加好。"钟海仁感激地望他一眼，小声说："谢谢你！"

过一会，钟海仁又说："只做一块恐怕不行。"大保不解："为什么？"钟海仁说："我还是戴不出来。"大保说："哦，你怕他们还来抢？"钟海仁点点头，"嗯"了一声，若有所思。大保就又说："我看他哪个还敢来抢，对他不客气。"钟海仁喃喃地说："没有用。没有用的。"大保说："没有用？你看我不一拳打得他到墙壁上巴起！你怕他们，我不怕。我家里出身不比他们差。"

钟海仁勾下头去，好久没有开声，大保忽然悟到讲错话了，正自懊恼，就见钟海仁慢慢抬起头来，说："我想只有一个办法了。"大保忙问："什么办法？"钟海仁望他一眼，犹豫一会，说："搭他们每人做一块语录牌。"大保瞪起眼睛说："给他们做？卵都没有给他们嗳！"钟海仁忽然坚定地说："对，只有这个办法了。"又说，"你不肯做，你就教我，我来做。"大保瞪眼望他一会，猛然将手中枯枝摔出好远，然后勾下头说："好吧，我们一起做。不过把话说在前头，我是为你做的啊！"钟海仁说："我清楚是为了我。"神情黯然。

两个人守在大保家里关了三天。两个人分了工，大保负责裁剪铁皮、熔锡水和把别针粘上去；钟海仁则要拿砂布把每块玻璃打磨光洁，最后用绒布把语录牌擦拭干净。三天时间，做好了四十六块语录牌。

第四天一早，两人回到学校，给班里的同学每人送了一块语录牌。同学们都很高兴，一边把语录牌别到胸前，一边拍着钟海仁的肩膀夸他心灵手巧。钟海仁低眉盯着语录牌，不停地说："为人民服务。为人民服务。"

大保跟在后面，只把眼睛望着远处，不作声。

不久，大保听到消息，外地有好多学生开始串联了。北京、上海、广州、韶山、井冈山、延安、遵义、大渡河……有徒步的，也有坐火车的。只要手里有一纸学校证明，无论坐车、吃饭、住宿，统统免费。大保立即找到钟海仁相约一起出去串联。两人商量一个晚上，定下串联路线：先步行到郴州，再搭车到长沙，然后又步行，走到韶山去，瞻仰伟大领袖毛主席的故居。第一次出去串联，他们也不敢走得太远，先完成这个夙愿，以后怎么走，再看。

第一次出门远行，两个人都很兴奋，一夜没睡着觉。两人一早在衙门口会合，顺大街出西门，走到马路上，就感觉是真正踏上征途了。意气风发，一身轻快。他们都身着一件旧军衣，脚踏解放鞋，背一只黄挎包，兜里只带了十块钱。黄色的马路像一条飘带，弯弯扭扭地往前面伸展。空中飘着零星的冻雨，风声凛冽。他们的心里却像裹着一团火，不断哈出热气。他们忽然很想唱歌。其实两个人都五音不全，在学校里最厌烦的就是唱歌课。可是这时候却觉得唯有唱歌最能抒发心里的情怀，于是一首歌曲就冲口而出："我们走在大路上，意气风发斗志昂扬……"他们不是在唱，而是在吼。竭尽气力地吼。一边吼唱，一边蹦跳着前行。马路两边，远远近近散布着很多村庄。他们有时会折下马路，深入到村子里，坐在火炉边，一手支住下颚，皱眉，凝神，模仿革命先辈的样子倾听村民的诉求，然后又用高亢激昂的声音，拿报纸和传单上看来的东西，给村民宣讲文化大革命的意义。但他们没有收到想象中的效果。村民们一个个目光呆滞，有的连连哈欠，有的还蹲到一边去剁猪菜，丁丁丁剁出一屋的噪音。由此他们更痛切地感悟到毛主席的那句教导：严重的问题在教育农民。

第三天下午他们到了郴州。两百里路走了两天半，一点没有累的感觉。如果要他们一直走下去，两万五千里路也是走得完的。他们找到火车站，从窗口把学校证明传进去，不一会，里头一个女声很清晰地传出来，要他们先去地区学生串联接待办公室办理手续，在那里拿到坐车证，就可以直接上火车。他们问清楚接待办在地委里头，马上找了过去。

地委大院在十字街头上去一点的街边上。那里好热闹。大院里拥了好多学生，有的戴了红卫兵袖章，有的没有戴。有几个学生打了一面红旗，上面几个黄字：清华大学红卫兵长征队。让他们肃然起敬。一打听，学生来自四面八方，有本市的，有下面各县的，也有广西、广东的。年纪跟他们都差不多，都一副风尘仆仆的样子，却都十分精神。他们挨到接待站，顺利地拿到了两张火车乘车证。当天已经没有车次，要到第二天下午才能上车。他们被安排到地区卫校暂住一晚。

地区卫校在市郊。从地委出来，走了一个多小时才到。卫校里头也设了接待站，顺着临时路标的指引，他们一路走去，没有走一步冤枉路，很快找到了接待站，又很快拿到了住宿证，一个工作人员带着到了住宿的地方。那是由一排教室临时改成的宿舍，搭的地铺，左、右各有六个铺位，互相对称。床单、枕头、被子，都很新，白得有点晃眼。临时宿舍刚刷过墙，有股淡淡的石灰水味道。给大保和钟海仁安排的是右边五号、六号铺位，两人靠在被窝上坐了一阵，喝完一茶缸水，顺走廊走过去，下阶梯，拐个弯，走过一截砖铺的甬道，迎面是一个大操场。操场好大。比他们学校的操场至少大一倍。篮球场、排球场、羽毛球场，都有。都不止一个。靠边的树荫下放了一排有十几张乒乓球桌，桌上都架了墨绿色的球网。两人绕着乒乓球桌走了一圈，在每张桌上都拍了一巴掌。穿过操场，就到了教学大楼。楼的四周种满了树。樟树、柏树、玉兰树、法国梧桐，都长得十分高大，枝繁叶茂，寒木春华，蓊然成荫。教学楼顶上拉着一条横幅，上书：誓将无产阶级文化大革命进行到底！教学楼外墙贴满了大字报，重重叠叠，满满当当，足有半寸厚，一直铺陈到墙壁的拐角处，给人一种铺天盖地的感觉。一些新贴大字报上都用红笔特别标明：不许覆盖！或：保留三天！违者格杀勿论！旁边还斜画了一把尖刀，让人倒吸一口凉气。两人挤在人群里看了看，似乎也无什么新意。无非是些北京来电、长沙消息、最新动态之类，同县城里衙门口的大字报差不多。而且，文采不行，毛笔字也差火。两人就又进到楼里，逐层走了走。教学楼高四层，每一层都分布着教室和实验室。他们扒着窗户看了看，教室里的布置跟中学差不多，不同的只是这里都是单人课桌，还有就是每块黑板一侧都挂了人体解剖图。他们很想看看人体解剖图上面有些什么物器，可是隔得远，怎么努力都无法看清，也就罢了。

两人怏怏地往回返去。大保说："看来读卫校是没有什么神气。"钟海仁说："我们以后要考就考北大清华。"大保疑虑地说："这个样子，以后还有书读么？"钟海仁迟缓地说："一个国家，总不能不给人读书吧。"大保想想，是这个道理。

两人仍然信步乱走着。教学楼后面有一个小树林，隐隐约约能看到一片红瓦屋顶。刚走近树林子，忽然一阵阴风袭来，陡然都打了个寒噤，大保疑惑地问："这是什么鬼地方？"钟海仁说："管它什么地方，过去看看。"再又趋前一看，却是一栋长方形的平房，水泥打墙，铁门，钢窗，窗户上安着磨砂玻璃。小平房门窗紧闭，四周围阒静无声，显得十分神秘。两人心里忽然生发出很大的好奇心，围着平房转了一圈，终于在一个窗户上找到一条缝隙。钟海仁攀上窗台，凑近缝隙朝里看了一眼，换个眼睛又看了一眼，随即默默地一纵身弹下地来。大保也凑近去，贴着缝隙一看，心里一噤。他没想到里头放着的是两具死尸。尸体各用一只玻璃柜装着，里面泡了药水。尸体没有头发，皮肤皱得很厉害。尸体是平躺着的。大保的膝盖骨一下就软了，跳下地来就往回走。开头是小步走，后来就是大步狂奔了。钟海仁紧紧地跟随在后面。

好久以后他们才知道，那尸体是卫校作为人体解剖教学用的。

可是这个场景给大保心里留下的印记太深刻了。夜里躺在铺上，久久无法入眠，一闭上眼睛，枯皱的尸体就浮现在眼前。他扯过被子蒙住脑壳，还是不能摆脱。沉黑中，那影像反而更清晰了，那么挺挺地、枯枯地，脑壳光秃着。周围的铺上睡满了人，鼾声一片，却一点也减退不了心里的恐惧，越来越紧缩。

好久他才迷糊过去。

忽然空中响起一声炸雷，有人大声喊道：

"起来。都起来！"

大保猛一下蹬掉被子，跪身站起来。

宿舍里灯光大亮。一伙红卫兵纠察队挤在门口，正挨铺问过来。问是哪里人，问什么出身。

很快到了钟海仁跟前，钟海仁似乎还在睡梦中，迷迷瞪瞪地，小声嘟哝："贫农。贫农哩！"说完就把头埋下。红卫兵纠察队没有多停留，就走过去了。

宿舍里很快安静下来。有人关了灯，大保再又睡倒身子时，一阵放松，立即睡着了。一觉睡到天光，身边朦朦胧胧有了人声，宿舍里有人起床了。大保侧过身，看到钟海仁倚坐在枕头上，双眼大睁。大保问："就起来了？"钟海仁说："没睡。"大保一眨一眨地睁着眼睛，问："怎么不睡呢？这被窝好热和。"钟海仁顿了顿说："我想今天返转去。"大保反问道："回去？"钟海仁说："回去！"大保一下爬起来，问："你不是说梦话吧？"钟海仁摇摇头，说："我不想走下去了。"大保说："以后再有人来查，你只管说自己出身'红五类'，怕条卵啊！"钟海仁还是摇头，不开声。大保就又问："你硬是不想走了？"钟海仁说："不走了！"大保默了默，无奈地说："那我也不走了。我跟你一起回去。"大保看到钟海仁眼睛里一滴泪水一闪，砸在被头上。

回到家里后，大保天天晚上做噩梦。梦醒好久，泡在药水中的尸体还尽在眼前晃动，身上的汗水冷一阵热一阵地往外涌，周身瘫软。

他有好多天不出门了。

这天，家里来了几位班上的同学。奇怪的是，扯头的是唐玲玲。在家几天，学校里的形势又上起了变化，别的班的同学都拉起旗杆成立了造反组织。他们不甘人后，也打算成立自己的红卫兵。大保出身好，擅作文，钢笔字也漂亮，是个人才，一个组织必须得有这样的人。他们专程来拉大保入伙。

讨论一夜，名称定下来了：八一造反兵团。名称是大保提出来的。他从小崇敬解放军，心头有个当兵的结。取名"八一"，还"兵团"，气象很大，很能表现他的意愿。他没有想到唐玲玲会竭力赞同他的提议。本来唐玲玲套用了毛主席诗词中的一个词，提议叫：丛中笑造反司令部。诗词的全句是：待到山花烂漫时，她在丛中笑。可是在各种提名争执不下时，放弃了自己的提议，支持大保。

唐玲玲是他们这个红卫兵组织的司令。

那时唐玲玲已经改了名字，叫：唐红卫。

对这个名字，大保好久都喊不惯。

司令唐红卫委了他一个职务：宣传部长。一下将他心里的邪火又挑高了。一身劲格的。他这宣传部长是光杆一个，手下没有兵。大小事情，都是他亲力亲为。写标语、抄大字报、刻钢板、印传单、调糨糊、领纸张笔墨、布置大批判会会场，他都是一个人干。每天吃过早饭，他就出门了，先到衙门口，把新出的大字报浏览一遍，搜集搜集传单，再到学校。他们占领了学校教务处作为司令部，把里头的小仓库清出来给他专用，外头一天到晚都非常热闹，人来人往，争争吵吵，喊声不断，里头却十分清静。他安静地坐在桌前，先把各式传单看一遍，再在脑子里把刚浏览过的大字报过一遍，凝一会神，就在稿纸上刷刷地写起来。他的记性很好，综合能力也很好，能把各种信息归纳到一起，梳理梳理，再用自己的语言表述出来。唐红卫时不时会踅进来，俯在他身后，看看桌子上的传单，或是拿起一两页写好的稿子看一看。唐红卫身上有一种说不清的女娃子气息不时荡进他的鼻孔里，让他感到烦躁。他是个做事很专注的人，不喜欢别人的打搅。不一会，他就把一篇（或几篇）稿子拟就了。然后，铺开白纸，将墨汁倒在一只饭钵子里，伸进毛笔在里头滚几滚，略一凝神，提笔就写。这时候总有几个人围在旁边看，一边看一边啧啧赞叹。大保的字其实不怎么样，他是拿写钢笔字的方式写毛笔字的。可是他的气势不得了，一落笔便如飞鸟出林，惊蛇入草，笔笔都是铁画银钩。好久以后他回想起来才回过神，那些同学大约不完全是看他写字。因为那里面大多是女同学，尤其唐红卫在的时候多，不断呷嘴夸赞，有时还帮他展纸倒墨，动作夸张，有意无意就碰他一下。大字报写得了，摊在地下晾干。歇口气，就卷拢来，夹在腋下，到衙门口去张贴。他身高手长，总能把大字报贴得比别人的高。大字报刚刚贴上，跟前马上就围起了一堆人，有人还踮起脚尖扯长了颈根看。衙门口天天有很多大字报贴上墙，可是内容都差不多，有些是互相转抄，有些是炒现饭，把前段日子的内容再又翻一遍，有些是抄报纸，有的干脆就是满版口号，或是骂娘挖祖宗。少有新意。大保笔下的大字报是用了脑子，是认真的。综述、评论、批判，有实有据，言之成理。时不时还引用一段马克思或者列宁或者毛主席的论述，引向一个高度。而且，文笔很好。看了的人都感到很过瘾。

下午，刻钢板。到了晚饭边子，他们的传单就像炸弹一样落满了大街小巷。

很快地，八一造反兵团在县城里很有些名声了。那段日子，有几个造反组织很出名。但出名的方式各有不同。有的以打人出名。有的以砸领导机关出名。有的以抄家出名。有的以外地消息快捷出名。有的以批判会开得多出名。八一造反兵团则是以批判文章出名。他们在一片肃杀的气氛中表现的是一种温良同理性。

可是这种理性很快就给破坏了。

大保的这个红卫兵组织，起事时很单纯，只是同班的几个同学，有了点影响后，很快就扩张起来了，不少外班甚至外校的学生都来投靠，队伍一下壮大了。没有了管束的学生崽热衷做的是带有破坏性的事情。揪斗权威，抢夺公章，打砸广播室，给人挂黑牌，抓人游街，跪罚班主任老师，到食堂偷钵子饭吃。他们没事的时候就坐在总部的房子里念空话吹牛。大保没有参加过他们的行动，也很少同他们坐在一起念空话。他看不惯有的人歪戴帽子，把红袖章紧箍在手腕上的样子。一个个坐没坐相、站没站相。不是坐在地下，就是坐在桌上，坐凳子还要翻起来坐，好像不做出点瘟相就不是红卫兵。他也不喜欢听他们绘声绘色地讲述一些事情。比如如何锯下一块铁板做成黑牌；比如如何拿一把生了锈的剪刀给女老师剪头发；比如如何一脚就将广播室的门蹬碎了。有一次抢到了学校的公章，有个同学在自己的脸上、手上、腿上都盖满公章印，还撩起衣服给大家看肚皮上的一圈章子。同学们看了都哈哈怪笑。大保也凑过去看了。却一点笑不起来。他觉得太不可思议。他尤其不喜欢听他们讲述打人的事情。他们拿校长抽耳光，左一个，右一个；右一个，左一个；抽得自己的手板都成了酱紫色。他们拿竹扫把甩打教导主任。扫把上的竹枝细如钢丝，十分硬韧，抽在皮上钻心地痛。他们脱掉教导主任的上衣，抽了后背抽前身。抽着抽着，教导主任脸上的汗珠就泉水一样滚落下来了。他们打班主任老师用的是皮带。皮带高高扬起，抢一个圈，啪一下打在班主任老师的头上，一声惨叫，腾空而起。他们说，原来班主任老师也那样不经打，早先那么严厉的人，只两下就打得鬼喊鬼叫，就地打滚，脑壳尽往裤裆里钻。听他们这样那样地说，大保只觉得心里一阵一阵发紧。他不明白他们怎么就下得去手。这都是教过自己的老师啊！自小父亲教的，书上说的，从来只有大人打细娃子，先生打学生，如今都倒过来了，完全没有了天理。他是从心里头不能接受。每天出门，父亲都要叮嘱一遍：你去参加文化大革命，我不阻你，这是毛主席号召的；但是打人抄家的事，你千万不能做。从古到今，我只听说打人犯法，杀人抵命，没有听说过打人有理的。他把父亲的话，牢牢记着。所以，但凡伙计们有行动，他都以要写大字报为理由躲开了。

可是到底没能躲得开。

这天，家里的窑炉开炉，他跟父亲帮了一阵忙，将炉火烧旺了，这才往学校里去。刚出北门，就给同学们截住了。呼呼隆隆一大帮红卫兵，都戴了红袖章，腰扎黄皮带，一副临战状态。里头有八一兵团的战友，也有别的红卫兵。几个人扳住他肩膀向后转了个身，裹住他就往城里走。

一头走，一头问清楚了，是机关单位的造反派今天行动，去抄一些历史反革命和现行反革命的家，人手不够，请求红卫兵支援。他们是去助威的。

说着话，队伍已经到了衙门口。有人在石座下面接着，简单地说了几句，大家就重新集结，分作几部分，像洪水一样向几条街道卷去。

大保跟随着自己的队伍，懵懵懂懂地走不多远，往右一拐，进了巷口，等他醒过神来时，抬头一看，竟是到了曲龙井边。

这里是钟海仁的家门口。

眼前的场景有点让大保心惊。钟海仁家的物器都给搬出来了，堆在堂屋里，散乱在水井边上。太师椅、绸面被子、绣花枕头、红漆马桶、热水铜壶、相框、留声机、收音机、皮鞋（男式、女式，有好多双）、龙井茶叶罐、大前门香烟、细瓷白碗、象牙筷子、竹麻将……前面一个红卫兵抓起一瓶雪花膏在鼻子下头闻了闻，挖出一坨，胡乱地往脸上头上乱抹。一股香味立即弥散开来。真好闻呀！大保常到钟海仁的阁楼上看书，但每次去了，都是直奔楼上，从未进过他父母亲的房间，他没想到他们家里会有这么多属于资产阶级生活方式的东西。这些物器在县城里都是不多见的。他心里有点好奇，往前又走了半步。于是他看到了堂屋里几个横眉立目的建筑公司的工人，看到了脸朝墙壁站着的钟海仁的父母亲，最后才看到了钟海仁。钟海仁缩在一个角落里，勾着头，眼睛失神地瞪着，好久不眨一下。大保心头一悸，赶紧退后一步，躲开了。他意识到，这就是抄家，自己正在亲历"抄家"的现场，一些小说中也有"抄家"的描写，古代被"抄家"的都是犯了好大的罪，有些会充军发配，还有满门抄斩的。钟海仁的父亲有这样厉害么？

堂屋里有人喊起了口号：

"打倒地主资本家钟又坤！"

屋里屋外的人都举起拳头跟着喊：

"打倒地主资本家钟又坤！"

里头又喊：

"把右派分子钟又坤揪出来示众！"

一窝声地跟着又喊：

"把右派分子钟又坤揪出来示众！"

……

大保的手抬了抬，喉咙里却像给痰卡住了。终究没有喊出声来。他知道钟海仁的父亲叫钟又坤。他每次见到钟又坤都要尊一声：钟叔叔。眨眼之间就要让他把这人"打倒""揪出"，他实在喊不出口。

他以手遮脸，把身子一点一点地塌下去。

忽然，口号声停下来，前面的人群闪开一条道，有人抬着两口箱子一前一后走出门，丢在水井边上。箱子砸在青石板上，瞬间烂开，一些书散落出来。大保对这箱子太熟悉了，里头的好些书就是坐在箱子上看完的。这些书给过他多少美好的记忆。可是现在它们也作为"四旧"物资给抄出来了。他心里忽然有点难过。

人堆里冒出一声："烧掉它！"

即刻有人随声呼应：

"烧掉！烧掉！"

一根火柴一晃，引燃了《钢铁是怎样炼成的》封面。火苗抖了抖，迅即兴奋起来，纵身一挺，舔着《苦难的历程》燃上去。又烧着了《青春之歌》《艳阳天》，然后迟疑了一下，暗了暗，几条火蛇钻进书的缝隙，先是有黑烟腾起，接着就轰一声蓬起了明火。那些书似乎知道反正逃不过这一劫，索性表现出十分大义，自动地、飞快地将书页翻卷上去，让火烧得更顺畅。熊熊大火借势把书的灰烬托举到空中，又纷纷扬扬地跌坠下来，砸在水井里，砸在人们身上。

大保身上也落满了灰烬。当第一片灰烬飘落在他头顶上的时候，他像被子弹击中了一样，头皮一麻，心就紧缩了起来，脚下变得飘忽。他用力稳住身子，一动不动，死死地盯住那堆大火。他感觉到心里头一凉到底。

突然他听到有人在叫："看水井！看水井！"

接着就好多人惊呼：

"喔！喔！"

他费力地转过脸。他看到曲龙井里的井水翻腾着漫上来了，一直漫到了井沿边上。他看到井水是浑黄的，像烧开了一样翻着水泡。他看到浑黄的井水翻了一阵水泡，又哗一下退下去了。他看到井沿四壁留下一层浑黄水渍。

他呆呆地想道，传说中不是说曲龙井的水几百年都没有涨落过么？！他又想，传说中不是说曲龙井的水几百年都是清澈的么？！可是眼面前，曲龙井中水涨了，曲龙井水也浑了。

曲龙井。曲龙井啊！

他再转过脸。不知什么时候，钟海仁站在了门口，傻傻地望着那堆大火。

他看到了钟海仁。

钟海仁也看到了他。

四目相触，大保听到了火花一闪一闪的嗞嗞声。

他赶紧把脸掉转来，满脸灼痛。

他不知是怎样迷里迷糊回到家里的。那时候他母亲扒开人群欺到跟前，一把捉住他的手腕，凶道："哪个叫你欺到这里来的？搭我回去！"他母亲年纪不算很大，但身坯很大，样子显老，人都称她"柏良婆"。她这辈子很少骂大保，但这时显得很恶，上嘴唇都翘起来了。柏良婆的嘴唇很肥，一翘起来就很难看。她很少发脾气，不想给别人难看。

柏良婆攥住大保的手就往外头挤。走不两步，一抬眼看到了钟海仁，一搭手也捉住他的手腕，说声："你也搭我走！"

唐红卫侧身拦住，连声问："做什么做什么？"

"做什么？"柏良婆好像给问住了。嘴唇皮一搭，翻上来又说："他借了我屋里老头子的钱不还，拿他回去还钱哩！"

说着，一头撞开前面的人墙，一手牵大保，一手牵钟海仁，横着出了巷子。

柏良婆拉着两个学生崽的手一直走一直走。走到家门口才松脱手。两个人的手腕都给攥痛了，攥出一道血印子。

父亲王孝德正坐在堂屋门口的条凳上躬腰吃烟，见到他们，一下把手里的烟甩掉，说："这样快就归来了。"柏良婆说："你也不看是哪个出马。"王孝德说："有本事！"柏良婆骄傲地说："那是自然。"王孝德就吩咐她："牛肉我割回来了，还买了个猪心，都在灶屋里，你去炒。"又叫两个学生崽："跟我来，到炉头上做点事。"

父亲王孝德这天有点过分，不停地指挥钟海仁搬这搬那，手脚不停，累得腿都酸了。

他们过了中午才吃饭。饭桌上摆了一大盘辣椒炒牛肉，一大盘酸菜炒猪心，一碗小白菜。王孝德热了两壶水酒，一壶归自己，一壶给大保和钟海仁分了。

钟海仁一坐下来，眼睛就又开始走神，不肯端筷子。王孝德给他把酒碗端起来，说："你不要担心你爸爸妈妈，几十岁的人了，什么事情没有看到过，他们经得起的。"柏良婆也接嘴说："管他天塌下来，也要先吃饭再说。吃！"

钟海仁捧起酒碗，试试探探地饮了一小口，接着就又饮了一大口。他的额头上立刻沁出了汗珠子，亮闪闪地布满一排。

这餐饭吃得很快。转眼工夫，酒也干了，菜也光了。大保有种微醺的感觉，也累了，扯着钟海仁进到屋里，一人一头，蜷起身子睡了。

一觉醒来，屋里暗了。王孝德仍然坐在堂屋的条凳上吃烟，王孝德问："醒了？"钟海仁说："嗯，有神气了。"王孝德就说："那你现在归屋去，看你爷娘吃饭没有。没有吃饭就自己摇手做。"又叫大保，"你送一下海仁。记住，送到他家巷口就打转归来。"

大保送了钟海仁归来，吃过晚饭就又睡了。这回却睡不着了，睁眼到天光。

这天大保没有去学校。

转过一天，大保还是待在家里。睡觉。发呆。从堂屋转到天井。又从天井转到堂屋。

唐红卫找到家里来了。八一造反兵团已经几天没有大字报上街，司令着急了。

唐红卫见到大保有点恼火，说："你还活着的啊！——走，搭我到学校去！"

大保说："不去！"口气很硬，没有抬头，不看唐红卫。

"是不是病了？"唐红卫抬手去摸大保的脑门子。大保偏头躲开了。

"你不要碰我。"他说。

"我问你是不是哪里不舒服。"

"没有。没有哪里不舒服。"

"那就到学校去啊！"

"不去！"

"为什么？"

"不为什么。就是不想去了！"

"硬是不去？"

"硬是不去！——怎么，你还要搭我来硬的？你不是不清楚，我家里的成分比你家还要硬！我会怕哪个？"

"这人真是，吃了闹药啊！"

唐红卫转身走了。

大保仍旧在家里待着。他预想着唐红卫还会再来，打算给她说点更厉火的，让她死心。

可是，唐红卫再没有来过。

等不来唐红卫，大保自己出门了。

他去了钟海仁家。

钟海仁家的门口贴了很多大字报和大标语。家里已经收捡过了，劫后余生，少了很多物器，但还整洁。钟海仁躺在床上睡觉。原先放书箱的楼板上留下两块空白，像两只睁得很大的眼睛，一望心惊。看到大保，钟海仁一撅屁股坐起来。钟海仁说："我正要去寻你哩。"大保笑嘻嘻地说："想寻我玩？"钟海仁说："对，寻你玩。我在家里悟了几天，今天悟通了。目前这形势，太不似个家伙了。要读书读不了书，要串联串联不了，好像只有等老。我们还年轻，不能天天这样坐等。我想，我们一起去打篮球怎样？"大保说："打篮球好啊！我喜欢！"钟海仁说："打篮球锻炼身体哩。"大保说："对，锻炼身体。"钟海仁又说："我们打篮球别人没有理由来干涉了吧。"大保说："哪个干涉。我屌他的娘！"钟海仁说："唐红卫就干涉哩。她昨天还专门来警告我。要我不要找你玩，拉你下水。"大保骂道："唐红卫，我屌他的娘。"钟海仁说："不要屌娘，你屌她吧！"大保说："屌她就屌她，你以为我不敢屌啊！"就对着窗外大喊一声："屌你唐红卫！"

两人都笑起来，笑得嗬嗬的。大保感觉一头的阴霾都散去了。

两人跟家里各要了三块九角钱，凑拢来，买回一个橡皮篮球。他们把气打得太足了，往街上轻轻一丢，蹦起好高。从此，打篮球成了他们的专业。县城里篮球场不多。人委会、县中队、邮电局、商业局、文化局，只这几家单位有球场。那是机关，都有门卫把守。外人禁止入内。学校里自然是有球场的，但他们心里还是有点怯火，怕去得。他们常常去的是水利局的场子。水利局远离县城，从南门口出去要走好远一截路。水利局的场子很差，是在一块凹凸不平的泥地上竖起两个篮球架，连个边线都没有画。有时人多要打半边场子的时候，只好在周围摆一圈砖头瓦片作界线。可是他们在那里玩得十分畅快。运球、投球、三步上篮、边线突破上篮……他们也练快速跑、转向跑，练定点投、急停跳投……一玩一天，十分酣畅。后来城边的广场上建了个篮球场，他们就每天早起到那里占场子打球了。他们常常跟去占场子的球友斗狠。比投篮，比弹跳，比赛打半边场子。赢多输少。

一年过去了。

大保又长高了半个脑壳，快有一米八了。四肢很发达，很匀称，肌肉饱满，两个手板张开来像个小簸箕，原地一跳，能够触到篮圈。走在街上，总有人问："这是哪个家里的崽？生得这样后生。"钟海仁却似乎没有长，只是脑壳更大了，大了一圈。打球歇憩的时候，他常常坐在地下似乎托住脑壳出神。大保有时笑他："你那样大的脑壳，里头要装多少东西啊！"

有一天，他们正坐在球场边的台阶上歇憩，一个人慢慢走拢来，在跟前站住了。那人问：

"你们叫什么名字？"

两人抬头一看，赶紧站起来，局促地拿手在身上抠痒。他们认识那人是县体委的干部，知道那人叫黄知福。他们看到过他在县里篮球联赛的赛场上张罗好多事情。还看到过他在决赛场上吹裁判。他的哨声干净、利落，声音很亮，到了空中还能拐弯。

"我叫钟海仁。"

"我是王大保。"

"你们球打得不错。"

"呵呵，你都这样夸我们？"

"我夸你们，是夸你们在同龄的学生中很突出。严格地讲，你们还没有入门。只是你们素质不错，基础很好。但是要想有造就，必须要经过严格的训练。尤其这位王大保同学，坯子很好，练得好以后应该是有名堂的。"

"呵，我们这是野路子，打着玩的。"

"好多人都是打野球打出来的。有的还打出了大名堂。这就要看一个人有不有抱负，努力不努力，要看造化。——好了，今天不谈这些。今天找你们，是要让你们参加县中学生队。后天有一场比赛，是桂阳县的学生队过来，打场访问赛。"

"哈，我们也能代表县学生队？"

"这只是临时组织的一场比赛。以后你们能不能参加学生队，还要看。"

"好。我们努力！"

第一次上场比赛，难免紧张。大保和钟海仁早早地就到了赛场。比赛就在广场的球场上。地下新画了界线，三秒区、跳球区，都十分清楚，篮圈下面挂了红白相间的篮网，让篮筐变得非常醒目。场边还设了裁判台，放了扩音喇叭。他们穿了印有本县字样的背心球裤，身体似乎陡然长高了三寸，跑起来有点虚飘。大保作为中锋首发出场，站在中间跳球线上时，能感觉到场外几百双目光投射过来的热力。跳球。奔跑回场。接球。转身投篮。球打在篮板上，斜弹过去，进了。他听到四周骤然响起的掌声，像在做梦。他的身体优势很快显现出来了。高，而且壮实，更要命的是弹跳力还出乎寻常地好。他往篮下一站，对方立即有两个队员包夹过来。他不怵火。两名队员又如何，就是三名队员合围也不怕。球一到手，照投不误。第一次不中，他能抢下篮板来二次投篮。他听到黄知福在场边不停地挥手大叫："球给中锋。给中锋持球。"他知道这是黄知福对自己的信任。他必须好好地表现。他也真是把吃奶的力气都拿出来了。投篮，抢板；再投篮，再抢板。凶狠顽强，拼劲十足。

那一次钟海仁是替补出场，只打了五分钟。投了一次篮，可惜是三不挨——篮圈、篮网没有挨上，连篮板都没有挨上。他是太紧张了。他站在罚球线一边，那是他投篮最有把握的位置，大保已经持球作出投篮的架势了，忽然又出人意料地将球回传给了他。他一把接住球，起跳出手。不知为什么，他的手腕会忽然抖了一下，投出一个三不挨。好久以后，他总还记得这次失误，总是说："我是很有把握的球啦，怎么会投出个三不挨呢？"十分沮丧。

那次比赛，大保拿的是7号球衣，钟海仁分到的是8号。以后，这两个号码一直跟随他们，背在身上，征战经年。

不久，县里正式成立了中学生篮球队。大保自然是首发。让人意外的是，钟海仁也选拔进去了。他在球队最矮，比别的球员都要矮一截。黄知福的解释是："这头学生崽基本功好，篮准，最可取的是篮球意识好。"听的人都不明白"意识"是什么。一笑。

在中学生队，他们有了新的伙计：李本义、李石善、袁志……个个身怀绝技。大保给他们都起了野名：灰毛砣、奶猪崽、大小腿……

他们在一起待了近一年。

四

当年风采今何在

　　林工终于有时间去勘察地形了。大保在县政府门口等到了他，一起往县城里走去。

　　他们直接到了美食一条街，早先这里就是井洞大塘的地块。历经几十年变迁，井洞大塘早已面目全非，看不出半点原先的痕迹了。现在这里画了好大一圈红线，连美食街在内，还有街前街后一片民居、商铺的地都给征收了，用于做商业城，起高楼大厦。美食街已经歇业，好多商铺都空了出来，有的把门、窗都卸掉了，虚张着大大小小黑黢黢的口。也有几家商铺还在营业，卖粉面的，卖包子的，卖日杂百货的。街头一家门口凳了只煤灶，还在炸油糍粑卖。地下到处是碎砖、碎木头、残断铝合金片和各种塑料袋。一堆狗屎拉在街中间，冒着袅袅热气，几只绿头苍蝇在上头盘旋。周边的居民楼搬迁的却不多。楼房大多为三层，也有两层、四层的，这里一栋，那里一栋，像山里的笋子一样散乱地戳着，挤密压密，在第一层都安了卷闸门。每栋房屋的墙上都写了大大的"拆"字，画了圆圈圈起来，凶猛地跟人对视，起着震慑的作用。那些楼房的主人却全然不为所动，笃定地过着自己日常的生活，有人在门前翻晒黄花菜，有人开着自来水龙头哗哗地冲洗碗筷，有人坐在门口的竹椅上，敲着响篙，嗬叱嗬叱地驱赶鸡鸭，洗衣机自动停止了，一管水沫吐出来，洇湿了一大片地。一个果贩从拐角上转出来，板车上装着半筐苹果，悠长地吆喊着："苹果，苹果，刚从北方过来的苹果，不起虫眼的苹果——"慢慢走了过去。

　　大保带着林工，先在美食街上走了一转。他还是四年前来过这里了。那阵子美食街刚刚开业，他过来凑热闹的。刚刚开张的美食街真是十分红火。街前高架着彩色的充气牌楼，街筒子里到处张灯结彩，灯火通明；人挨人，人挤人，水泄不通。满街飘着油烟香味。趁新鲜他吃过一盘炒猪心，买过一串烤牛肉。炒猪心没有他做的一半好，烤牛肉就更是没味道，让他不舒服了好久。从此他再没来过。没想到才过去四年，美食街就在一片"拆"声中变得如此破败凋敝，心下不免一阵一阵喟叹。但让他发出更大喟叹的是井洞大塘变得实在太厉害了，简直无从寻起。记忆中的井洞大塘十分阔大，从这头游到那头要游半个多小时，横渡也要二十多分钟，放鸭子的人总要架张竹排在上头来回划，还半天靠不到岸。大塘的左岸有一片杂树林，柏树、柳树、樟树、鸡爪树、芙蓉树、芭蕉树、金樱子、刺榆，都长得不高，可是很挤，很茂盛，枝叶浓密，无风自凉，游完水都喜欢钻进来歇一阵凉；右岸是一片菜地，清晨和傍晚都有人挑着尿桶在那里浇淤肥；一条大路从菜地旁边弯过去，在大塘那头点了点，又一直往前，通到跷脚岭。菜地过去是肉食品公司养猪杀猪的地方。如今这些都没有了。杂树林没有了，菜地没有了，连肉食品公司也早已毁平起了好多民居。大保走走停停，东张西望，努力地辨认眼前的景物，希望能找到一点旧时记忆。他相信只要找到一点标识性的东西，以此为坐标，就能找到井洞大塘的地块；找到井洞大塘，再寻埋葬那两具陈尸的地方就不难了。

可是，没有。一点带标识性的东西都没有。他们在美食街上走完一转，又在周边逛了一圈，大保眼前仍是一片茫然。

"井洞大塘会在哪里呢？"他问自己。

"你就完全记不得了么。"

"记就记得。不过都看不出来了。"

"找当地的老住户问一问。"

"这里有鬼的老住户呵！早年子这里就是一片田土，麻雀就有，鹧鸪就有，野猪也有。它们才是老住户。如今到哪里去找起？现在的住户都是后头搬来的，好多还是外地来的，在这里住起顶多不过七八年，哪里会晓得过去的事情。这些年的变化实在是太大了。不晓得怎么就冒起这么多人，凳起这么多房子，把县城扩大得不成个样子。"

"噢，县城还有样子的？"

"原先的县城就是有模有样的。衙门是衙门，商铺是商铺，民居是民居，街道是街道，巷子是巷子，都是有规矩的，乱来不得。哪里像如今这样子，整个就是乱七八糟，你说是县城，可以，你说是农村，也没有错。"

"老县城还有？"

"有。不过是很旧了。我就还住在老县城。"

"远么？"

"不远。这里走过去不要十分钟。"

"哪天你带我过去看看。"

"行。哪天都可以。"

话题还是转回到井洞大塘。林工启发他："你再把思路放开，看看有没有其他人知道这个地方。这又不是空气，说没有了就没有了。几十年时间也不是太长，总会有人记得起来。"

"你不要着急，地方找得到的。"

"不急，不急。慢慢想。"

大保知道林工不是安慰他，是真不着急。他已经看出林工有住下来慢慢设计的打算。他摸出烟来，在街头一张旧沙发上坐下，一边打火一边说：

"等我慢慢悟一悟看。"

满口烟喷出来，迷蒙中，一部摩托车飞驰过来，嚓一下停在面前。

"哈，这是大保啦！"

大保一抬头，"嗬，奶猪崽啊。"

就给林工介绍说："这就是我给你提到过的奶猪崽李石善，篮球队后卫。"又给奶猪崽介绍了林工。他隐去了林工的真实身份，只说是省里的一个朋友，过来耍的。

见到大保，奶猪崽很高兴，摸出烟弹几弹，给林工和大保各开一支，自己也叼了一支在嘴上。

大保把烟夹在耳朵上，问奶猪崽："你到这里来做什么？未必你同拆迁还沾了边？"

他知道奶猪崽在跷脚岭下头办了个养猪场，手下养了上百头瘦肉型土猪。大保有次打猎，拐进去讨过一次茶喝。这家伙有本事，租了好大一片地，总有上百亩。他很会经营，空地里都种了菜，一半喂猪，一半运到农贸市场卖；一片橘子树也长得有一人多高了。年年挂果，进钱不少；他还开了口人工鱼塘，鱼塘旁边竖了一个篮球架，每天晚边子一个人跑去投投篮，活动活动。他一身的松泡肉，肥白肥白的，那样地活动，却也没见掉多少膘，还是圆嘟嘟的。他天生一张奶猪脸，五十多岁人了，脸上还显粉嫩，一笑，眼睛就眯成了一条缝。

他眯笑着说："美食街，顾名思义，是人都可以来。"大保说："对啊，是人都可以来。你是什么？"奶猪崽说："我是披着人皮的奶猪崽。"大保说："你没看到街口上凳了块牌子？"奶猪崽说："什么牌子？我不识得字。"大保说："那我读把你听？"奶猪崽说："洗耳恭听。"大保说："上头写的：施工重地，家畜绕道。"奶猪崽说："我看到的怎么不一样？"大保说："哪点不一样？"奶猪崽说："我看到的是：施工重地，闲人绕道。"大保说："都差不多，说的都是你。"奶猪崽大笑着说："你搭我一样，都是绕道进来的。"

笑过之后，奶猪崽又给两人开了一次烟，这才告诉大保，他是过来看看这里的拆迁开始了没有。

大保抽着烟，问："这关你什么事？"

奶猪崽说："同我关系大哩。"

"这我就听不大懂了。"

"你蠢啊，这都不懂。只要他们一拆迁，那些门啊，亮窗啊，砖啊瓦啊，就都成了废品。这里是废品，我运回去盖猪栏屋都是好材料。"

"难怪你在这里寻无本生意。"

"也不完全是无本生意。"

"你不说是废品么？也要花钱买？"

"东西不要花钱买，管这东西的人不要花钱打点？"

"这要花钱打点？"

"你不要错误理解，说花钱就理解是送包封。寻人家办事，烟少不了吧，酒少不了吧，那些东西不要花钱买啊。这叫点眼药水。其实哩，这些物器拆下来就是一堆废品，请人运走还要付运费。你拿去作用就不同了，他可以给你，也可以不同意给你，权在人家手里。这就看各人本事了。"

"你的本事就是上眼药水。"

"如今办什么事不要先点眼药水？老班子都有句话：火到猪头烂，钱到事情办。"

大保摇头。奶猪崽就又说："老班子还有句话：蛇吃蛇，鬼吃鬼，蛤蟆吃大腿。如今的人啊，只要有一点权，都要用尽用绝，不得轻易放过。我算是搅明白了。你要烟就送烟，你要酒就上酒。还是老班子一句话：打蛇要猛，捉猴要哄。有权的人都属猴，你要有东西哄才得下来。反正一条，我要划得来才去做。"

"你灵泛哩！"

"不是灵泛，是现实教的。换作你也会这样做。"

"我不得做！"

"好，你高尚。来来，给高尚的人敬根烟。"

大保没有接了，说："吃我的。"就摸出烟来，硬筑了过去。

奶猪崽接住烟，横着在嘴上抹了一下，说："吃你的吃我的还不是一样，你这人真是糯黏。"

大保说："歪相。你的烟留起敬神吧。"

奶猪崽说："不是敬神，是敬王八。"就狠狠地吸进一口烟，说："这桩事啊，便宜是大便宜，也操心哩！"

"有好操心？"

"也不晓得他们哪一日哪一时会拆屋，我就必须每天来打个转，捕着，一有动作就要赶紧喊人来捡物器。好多日子了，一点动静都没有，害得我天天跑冤枉路。"

"你估计好久拆得成？"

"难说。这一回项目大，拆迁户多，难免有些人悟不通，悟不通就搭你做钉子户，拆迁办的人天天上门做工作。横竖是不通。"

"钉子户多么？"

"不少，起码有几十户。"

"有那样多？"

"就有这样多。如今的人都讲实际，目的就是多要补偿费。依我看啊，有些钉子户不是没有一点道理，有些就是乱搅，口开得太大了，纯粹是烂崽头，搅屎棍。拆迁办的拿他们没有一点办法。"

"那么说事情还有得拖？"

"难说，反正这番日子是没看到有什么动作，政府这边也是不会做事，如果认准了这个项目是为了发展经济，为老百姓谋利益，就硬起来，是不合理的，加些补偿；是无理取闹的，就拿出点杀伐来。自古以来，百姓敢搭政府作对，吃亏的只能是百姓。"

"应该让你去当县长。"

"当县长不敢说，起码请我去当拆迁办主任，我会比他们当得好。"

"说痴话。"

"我也晓得是说痴话。"

两个人大笑。林工也转过脸，抿了嘴笑。

正笑着，前面路口走过来一群人，有二三十个的样子，每人头上都戴了藤帽，身披雨衣，脚着长筒套鞋，手里拿着、提着标语、横幅和糨糊。两个人找了梯子。那群人在一个地方停住了，竖起梯子，有人手里扯着横幅往上爬。

三个人都偏过身子，屏息看着。

林工问道："这是拆迁办的人么？"

奶猪崽说："不是他们还会是哪个。真是白天不要说人，夜晚不要讲鬼，还说来就来了。"

"他们都戴起藤条帽，这是做什么？"

"怕挨打呀！"

"谁敢打他们？"

"敢！明的不敢，暗的敢。不晓得什么时候，从楼房的哪个亮窗里就打下一件暗器，躲都躲不及。不戴藤帽不行，不敢来。"

"那披雨衣穿套鞋呢？"

"那暗器是各式各样的。石头、砖头、饮料瓶、瓦罐、茶缸、饭碗、棍子、板凳、花盆、台灯、秤砣、锅铲子……抓到什么砸什么，什么都敢往下头砸，有的是往下头倒水。他们一群人在下头站着，哗———一桶水泼下来了，一身浇湿。有回泼的还是粪水。他们都没有经意，等到闻到臭味，才发觉是粪水。"

"呵，还泼粪水？"

"就是粪水咧。巴黏巴黏的，洗都洗不脱。听说拆迁办给每人发了一瓶洗洁净去冲洗。"

"听说外地有个地方还有泼硫酸的。"

"这个我们这里倒没有。那个东西伤人太厉火了，他们还不敢。"

"不过这也够厉害的了。"

"所以呀，他们拆迁办的人出来执法有三个特点，一哩，都要戴藤帽披雨衣穿套鞋；二哩，不会一个两个出来，一来就是一大帮；三就是不敢站墙壁下，都站起好远，还专门有人抬脑壳盯住上头，时刻防备有东西打下来。"

"这样讲起来拆迁办的也不容易哩！"

"是不容易，只说给人淋粪水那一回，一头一身的屎粑粑，我默起他们只怕三天都吃不进饭。不过哩，他们一些事情也做得过分……"

"好了，不说了。"

大保打断他，站起身来。这时候那边已经把横幅扯好，一伙人一齐往这边走过来。

远远地看到那条横幅上写着：谁要让我难受一阵子，就让谁难受一辈子！有点触目惊心。

奶猪崽一下兴奋起来，说："难怪这番日子都没有动作，看来他们是有新的对策了。我们过去看看？"

大保问林工说："我们不去看了吧？"

林工说："我们去凑那个热闹做什么？不去！"

"好。那我自己去了。"奶猪崽将摩托车掉了个头，又说："大保你有空带这位朋友去我那里耍，吃土猪肉，吃血灌肠。"

"好。土猪肉好——血灌肠是什么东西？"

大保说："明天我带你吃一次就晓得了。"

两人和奶猪崽道过别，转过两栋楼房，行不几分钟，就到了一条街道上。街道是新修的，地下铺的水泥，不时有汽车鸣着喇叭驰过，惊得路上的行人纷纷往两边躲。汽车过去，行人又回到马路中间，继续往前走。两人转了这半天，都有点渴了，就在十字路口一座茶楼找了个靠窗的位子坐下，要了一壶绿茶上来。

他们坐的地方视野很开阔，可以看到十字路口过往的车辆，汽车、摩托车、拖拉机、单车，旁若无人地自由驰骋。到了路口迎头碰上了，才会慢下速度，鸣响喇叭，互相错开；可以看见一条狗夹住尾巴横穿马路，灵巧地避开一部又一部车子，终于平安到达对面。对面是灵泉宾馆，是县城唯一的三星级宾馆，里头游泳池、歌舞厅、桑拿房、麻将室，无不具备。宾馆门口蹲了一排擦鞋女。擦鞋女都在三十多到四十岁之间，乍暖还寒的天气，却穿得很单薄，领口开得很低。每人面前一张竹椅，一张矮凳。有客人时，客人坐竹椅，自己坐矮凳，低头擦鞋；没有客人时，擦鞋女就自己坐竹椅，把一双脚搭在矮凳上，十分悠游。

大保忽然嘿地一下笑出声来。林工奇怪地问："什么事情那样好笑？"

大保点手指着对面一个正在擦鞋的人。那人已经擦了好一阵鞋了，一直低头盯住擦鞋女的胸口。大保说："一看就是个乡干部。"

"你怎么看出人家是乡干部的？"

"这还看不出。"大保就告诉他，乡干部一般都生得黑、胖，年纪很后生，穿的是名牌西装，却不大合身，还总是皱巴巴的，喜欢打大红领带。胳肢窝下习惯性地夹个黑色公文包，手里抓瓶矿泉水。见人就开烟，说的普通话，还没开口先打几声哈哈，对谁都是称兄弟，说起话来喜欢"这个……""那个……"地打点半吊子官腔。最后还会来一句："向你学习！"一进城就先到宾馆门口擦皮鞋，一擦好久。擦完了，站起来还要左歪一下头，右歪一下头，察看皮鞋干净了没有，光亮不光亮。哪里有点不如意，还要指点擦鞋女俯下身去再擦。又要折腾一阵，直到十分满意了，这才用手扯扯西装下摆，款步离去。

好像是要印证大保的说法，对面那位后生终于擦完皮鞋了，慢慢站起身，低头前后看看，指点着擦鞋女这里加加工，那里加加工，让擦鞋女围着他的皮鞋转了一个圈，这才似乎满意了，抖抖身子，扯扯西装下摆，往宾馆里头去了，留下一个宽整的背影。

大保和林工对视一眼，拊掌大笑。

"你可以当作家。"

"作家有什么巧，我是给文化大革命耽误的，书读少了。不然我是可以当作家的。"

"书读少怕什么，好多人照样当作家。"

"我不行。生成的眉毛长成的痣，我生成是倒炉头的。所谓知天命，晓人事，烦恼就少，日子才过得下去。"

"你再说说县城的科局长。"

"我同你讲，在县城里真正称得起角色的是这些科局长。个数个都是土地公公，硬骨硬腮，有杀伐。"

"这话什么意思？"

"有句老话，神仙下凡问土地，听说过吧？"

"再讲细点，再讲细点。"

大保却不肯往细往深说了，点到为止。他只是淡淡说起，局长们基本都是本地人，都有帮，黄姓李姓刘姓分得很清楚。他们在场面上说普通话，回到家里说土话。每天早上到烈士公园跑步，冷天穿长袖运动服，热天穿背心，背心上都印着字。晚边子跟老婆在东塔岭下散步。走在路上，随时跟人挥手打招呼。大声大气，神色夸张，跟谁都很亲热。清明节一定开车回去扫墓。八月中秋家里的粽子吃不完。（这里土俗同外地不同，吃粽子在中秋节。）他们穿西服的不多，穿夹克衫的多。夹克衫的拉链总是拉齐到脖子上。他们是不会随便坐在街边上让擦鞋女擦鞋的，总是在家里捡拾熨帖了才出门。他们打牌。麻将、纸牌、"三打哈"、斗"地主"，都会。而且，出手阔绰。但他们打牌挑人，一般人不会一起打。不会去棋牌室，只到宾馆和茶楼的包间。出差在外时，常会玩通宵。一干同行聚在空调房里，抽烟喝茶，大声骂人操人，把纸牌甩得啪啪地响。烟屁股甩落一地。那是他们最松快最见性情的时候，这些人应酬很多。气色都很好。

林工接着就问起了县领导。大保摇头说，那级领导不熟悉。那一级的领导都是大领导，不是我们百姓轻易接触得到的。那级领导换得快，一下子这个来了，那个走了；一下子又那个走了，另外一个来了，水车一样地转，只怕在街头会到面也不认得。只听说他们也很少在街头露面，多数日子，要不就在办公室和会议室，要不就下乡，或者是出差在外头，神龙见首不见尾。一句话，不了解。不了解的事情，我们老百姓不能乱评价。

"你跟钟海仁不是很熟么？"

"过去是很熟。是好伙计。"

"如今呢？"

"如今？——如今当然也还是熟。不过毕竟分开有二十多年时间，我下放，他也下放，我去了我的老家，他回了长沙的老家；后来我当工人，他进了大学读书，由此走上仕途。我们就似如两片树叶跌落在溪河里，各人走各人的路。当然对他是奔前程，在我来说是过日子。过去二十多年我们天各一方，他在省里，我在县城，联系很少。即使后来他到县里当副县长，又当县长，我们会面的机会也不多，一年也可能就是一回两回三回。每回都是他来看我们——看我的爷娘，我没到他的衙门去找过他。不过从这一点看得出这个人还是很讲情义。毕竟人家是县太爷，我只是平头百姓一个。"

"他在县里口碑如何？"

"可以！在我认得的熟人里头，讲他好话的多，讲丑话的——好像还没有。"

"会不会是人家知道你们的关系，所以才在你面前这样讲？"

"不至于，也没有必要。他们都知道我这人的脾气性格。"

"讲点具体的？"

"具体的我也不清楚，讲不出。我同他没有业务和工作上的联系。不过有一点，钟海仁当政的这几年，县城的变化很大，干净很多，管理很到位，物价也很稳定。我们老百姓看你这个官当得好不好，主要看你是不是给老百姓带来了益处，让我们的日子过得平安、富足。这点做得不错。还有一点是，他当政几年，还没有听到有打油诗出来。"

"打油诗？什么打油诗？"

"你不晓得，我们这地方的民间有个特点，若是老百姓对哪个县太爷不满意，即时就有打油诗编出来。传得个个晓得，前头几个县长都没有躲得脱。"

"怎么说的？讲几段给我听听。"

"记不得了。当时都是当笑话听的，别人那样说，我就那样听，哈哈一笑，过后都忘记了。谁还去记那些东西。"

"你是跟我打马虎眼吧？"

"你要这样说，我也没得办法。"

大保不肯说，林工倒也不勉强。他并不是来考察干部，也不是来做社会调查的，这些事情跟他关系不大。大保肯说，他听一听，笑一笑，身心愉悦一下；不肯说，也就算了。

两人就又重新斟上茶。正喝着，忽然一个人趋步过来，大声喊道："大保伙计啊，怎么今日得空坐茶楼了？"到了跟前，自己拖过一把椅子，在一侧坐下了。又叫服务员过来添个杯子，提起壶，欠身给桌上的杯子添了茶，再给自己倒满了，一边继续说，"大保老哥啊，有段日子没有看到你老人家了哩！"他说的是本地土话。

大保点点头，算是招呼过了，说："你忙，我也忙，两个鸟子日日忙于寻食，有日子会不到面是正常的。"

"我忙那是瞎忙，你忙才是正经的忙。最近又到哪里发财去了？"

"我还能到哪里发财？日日困在屋里倒炉头，发不了财，也饿不到人。"

"又来了，又来了。我说过你无数百遍，眼门口凳着个财神菩萨，你就是不去抱。"

"你哪里这样讨嫌，动不动就要拿钟县长搬出来讲事。他怎么就是我的财神菩萨了？"

"以你搭他的关系，他只要随便发一个话，寻点事给你做，你不发财都不行。那不是你的财神菩萨啊。"

"灰毛砣，你这样是说丑了我。我们好歹也熟悉几十年了，我王大保是那种靠人发财的人么？你总是这样乱话三千，会吃亏的！"

"大保老哥你着什么气，我又没在外人面前说，我们两兄弟念念空话有什么关系。"

"影都没有的事情，在哪个面前都不能乱说。这种话是乱说得的！"

"好，你要我不说了就不说了，我听你的。"举杯跟林工示意一下，自己喝了口茶，又用土话继续说，"今天是什么日子，这样闲。我还悟着去屋里寻你呢，出门就在这里撞到你了。"

"你寻我一定没有什么好事。"

"就是有好事哩！"

"有屁就快放。"

"好，明人面前不说暗话，你直套，我也直套，我就直说了。我想请你搭钟县长面前说句话。"

"做什么？"

"请他在商业城工程那边批个把两个项目给我做。"

"你又不是不认得钟县长，你自己寻他去说，我不去！"

"我是认得他不假，我跟他关系不错也不假，到底没有你面子大。只要你出面一说，十成就有九成的把握。你放心，做兄弟的懂江湖上的规矩，绝对不会亏待你。"

"你趁早打消这个想法。你就是说通眼，说出花来，我也不会去说。我也没有这样大的面子。"

大保敲桌子叫服务员结账。灰毛砣忙抢在前头把钱付了。大保没有同他争。一壶茶水，要不了几个钱。大保情愿给他这个面子。

大保和林工走到门口了，灰毛砣的声音追过来说："哪天我两兄弟铳一壶（酒），我要摆起八碗八碟请你。"

大保没有回头，答了声："要——得！"

出了门，林工小声问道："这是谁呀？"

"灰毛砣。"大保说，"大号李本义。"

"也是你们的球友？"

"你记性好。早年子我们都在一起打球的。"

林工好奇，又问起灰毛砣如今做什么，大保就说："他做什么？可以说什么都做，又什么都不做，无业流民一个。"

林工望他一眼，说："我听不懂。"

大保紧走几步，大声说："皮条客，懂吧？"

"噢，就是中介啰。我们长沙叫提篮子。"

"对，外面叫中介，那是好听的。我们这里喊皮条客。好人不做，要做皮条客。"

"皮条客很丑么？"

"也不能讲有好丑。只是我看不来！"

"灰毛砣这个人怎么样吧？"

"人是聪明人。是讲义气的人。就是不舍力，一世人尽想吃松活饭。他最大的本事就是那张嘴巴，半斤的鸭子八两嘴，五寸的喉咙深似海，一身的道行都在舌头上。那真是舌头卷一卷，公鸡能下蛋；舌头伸一伸，河水能点灯；对着先生讲书，对着屠夫讲猪，对着门板大嘟噜。坑蒙拐骗，样样都能，吃喝嫖赌，没有不会。奇怪的是，他的日子比哪个都过得好。"

"这有什么奇怪的。一块肉烂了，什么东西最嗯瑟？蛆婆子。"

"他骗人还有理论。"

"骗人的理论？"

"他说，县里有七八十万人口，他只要骗到万分之一，一世的吃穿用不完。"

"真是岂有此理！"

"他讲这个话的时候一点不脸红。"

"这种人都没有脸了，还红什么红。"

"海仁一到县里，灰毛砣就要我带起去拜会他。我没有答应。后来又讲过无数百次，我反正是一个不理。我不能害海仁。"

"他跟钟海仁不熟么？"

"熟。在一起打了一年多球，还能不熟？我测度他肯定找过海仁，碰了钉子。海仁是何等醒目的人，打个照面就清楚眼目前的是什么人，沾都不会沾他！"

"他一路来就是这样的么？"

"早年子一起打球的时候还不觉得，人也不拐，也是后来变的。像是变了一个人。"

"真是时势造就英雄，时势也成全小人。"

说着话，两人已经走完一条马路，到了横路上。这是一个丁字路口。大保站在路边打望了一会，对林工说："我带你去认识一个人。"

大保带他认识的是野名大小腿的老球友袁志。此时袁志正在对面路口的报刊亭下面招呼客人。穿过马路走到跟前了，林工才发现袁志是坐在轮椅上的，膝盖上头铺了一块小棉被。他陡然慢下脚步，迟迟疑疑地跟过去。

大保走到跟前了，才俯下身去，叫着袁志的名字，轻声问道："生意还可以吧？"

袁志刚刚卖脱一份报纸，将几块零钱塞进胸袋里，抬头一见是大保，忙笑道："托你的福，生意还过得去。"

"过得去就好！"

大保拖过两张小凳子，一张给林工，一张自己坐了。大保隔在林工侧边，不让他闻到袁志身上的尿骚味。

大保告诉林工，早年子袁志的球打得好哩，他的三步上篮，动作特别漂亮。两步跨过以后，腾空跳起，双腿交叉成X形，身体会在空中停顿几秒钟，然后再单手托球，尽量伸高，手腕一勾一抖，球就进篮了。他的中距离投篮也是一绝。在三秒区附近只要给他起跳，几乎弹无虚发，投中的还都是空心。每次比赛进攻时，大保守篮下，袁志中距离，加上钟海仁的远篮，三个人组成火力网，随处都能攻陷对方的防线，投篮得分。那时的每次进攻真是酣畅淋漓。

林工想象着袁志当年的骁勇，不禁偷偷瞟了一眼袁志的双腿。现在他的腿却像两段木头，平直地搁置在轮椅的踏板上。林工的心一下沉重起来，有种刺痛。

大保就又说，他这双脚是给下放害了的。他去的地方也在跷脚岭上，隔我下放的地方不远。他们那个生产队都是冷浸田，六月伏天田里的水都冷得浸骨头，生产队的人一多半有关节炎。袁志这人个性好强，刚下放那阵子知青都要图个表现，他做事特别发狠，又霸蛮，队里头最苦最累的活都争着去做。那里最苦的活是什么？无非是下田。当地的社员祖祖辈辈生活在那里，都习惯了，城里的学生崽巴巴地到那里，刚开始真是很受不了。但是受不了也得硬起卵子受呀。我们是去接受再教育的，就是该得要受。春天下田插秧，热天下田踩田，秋天下田割禾，冬天有时还要下田去做点零碎事情。当地的社员下田以前都要喝几口酒，活血热身。袁志不喝，他自己不会做酒，也没有钱买酒喝。他就是仗着自己年轻、体质好，以为抵挡得起。他又没有打算在那里长期住下去，以为迟早要招工回城，熬几年，不怕。谁知道生活是不能有权宜之计的想法的。一年以后，他就得了关节炎。他忍着，没有到城里来诊，怕耽误了工影响招工。他那时候最大的心愿就是招工回到城里。不要讲国营厂子，即使大集体、小集体（工厂）都阿弥陀佛了。只想着招工回到城里再去诊也不迟。他后来才晓得这个想法是大错特错了。这人世上好多事情都可以拖，就是病痛拖不起。他的一双脚硬是给拖残了。他小时候得过小儿麻痹症，应该是诊好利索了的，不然在球场上怎么跑得那么起劲。可是他太不爱惜自己了。关节炎发作起来是很痛的，他照样下田。插秧、踩田、割禾，半天都不耽误。后来又学会了犁田耙田，下田的日子就更多了。过了几年，招工还是没有希望。他出身不好，在城里又没有任何门路，招工哪里轮得到他头上。等到几年过去，知青大返城的时候，他的关节炎已经好严重了，小腿开始萎缩，常常痛起来下不得地。这个样子差不多成了一个废人，就是回到城里也找不到工作，这时候如果到长沙或者北京的大医院去诊，两条腿或许还能保住，可是家里拿不出这个钱来，只能在县医院看一看，寻些偏方敷一敷，一边还要打点零工赚钱糊嘴巴。这样再一拖，一双脚就彻底完蛋，瘫了。好雄堂的一个后生，再就站不起来了。嗨！

大保忽然换作土话粗声骂出一句痞话。林工听不懂，但大致能悟出是什么意思。他略略惊讶地瞟了大保一眼，又转脸去看袁志。

袁志似乎很淡定。一双眼睛默默地望着马路上过往的人车，脸上是漠然的，好像在听大保讲述别人的故事。时不时有人过来买份报纸或要一瓶饮料，接钱找钱时，手指微微有点抖索。有一次还把一个硬币掉到地下了，是大保探手捡起丢回给他的。

袁志接钱时的动作却是非常干净利落的。一伸手臂，单手一把捞住硬币，再迅速收缩回到胸前，另一只也及时盘过来护在了上面。林工依稀看到了他当年接球时的风采，心里又是一阵刺痛。

林工笑一笑说："光从这个动作就能看出这位老兄的手上功夫扎实。"

大保也咧出一点笑，说："那还消讲！"

可是手上的篮球功夫扎实有什么用呢？那当不得饭吃，自从下放到农村，他就很少打球了。回城以后，双脚瘫掉，球技就完全废了。父母亲是在他回城后的第四年去世的。两位老人像约好了一样，就在前后三天相继老了。父母亲还是对得住他的。老的前一年，到底给他张罗了一门婚事，娶回来一个乡下的女崽。十个月后，又看到了孙子出世。父母亲给他留下了一间大瓦房。袁志上头还有两个姐姐，都出嫁了，瓦房自然归他。瓦房虽然破旧，但前后有三进。袁志腾出一间出租，一家三口住两间屋还不算逼仄。袁志托人给老婆在环卫处找了个事做。官名环卫处，实际就是扫大街。扫街的收入不高，但时间很灵活，就是要起早床。她负责一条大街和两条巷子。每天早上五点钟起床，扫完街回家还能做早饭。下午再出去扫一遍，一天就算完工了。前后加起来不过四个钟头。老婆扫大街的这点收入，自然是不够家里头搅用的，袁志还得每天出去找点零工做。一个瘫子，出门都是坐轮椅，能找到什么事做呢？那一阵他真是遭孽啊，四处转，四处问人家，寻丝觅缝，见事就上。给人守过仓库，织过草席，到麻将室看过场子，守过灵堂，捶过石头，还到工地上做过保安。经常做的是逢墟天到仁和墟陂上占摊位。我们这里逢二、五、八赶墟，到时候一早起来，往墟陂上占摊位。等到赶墟卖东西的农民进来了，再把摊位卖给他们。占摊位的钱随便给，有给一块的，也有给五角的。他每次都是占五个摊位。自己坐在轮椅上占一个，左右各摆两把凳子再占四个，加起来五个摊位。乡里人讲仁义，看他是个瘫子，一般都会给一块整钱。他也不亏待人家，会把凳子借给人家用，等到散墟了才去收回。也是在赶墟这一天，他才会到肉摊上买块猪肝，或是一坨精肉，带回家打汤。这样苦巴捏巴地过了几年，竟然干狗屎回润，终于等来了一个贵人。

贵人就是钟海仁。

钟海仁来县里上任不久，就听说了袁志的事情。他到袁志家看了看，即时把民政局长和城管局长请到办公室，当场给他们交代了两件事情：一、给袁志一家办好低保；二、给袁志搞一个报刊亭。他还特别交代，报刊亭的地头要好，而且隔袁志家里要近。

林工转头看看，这个地头确实不错。前面两条大马路，一横一竖，组成个丁字形；背后是一家超市的入口。两旁都是小吃店。南来北往的人很多，时不时还造成小小的拥堵。挨着报刊亭，有两蔸高高大大的梧桐树，枝叶厚实，到了热天就会罩下一地阴凉。冷天气如果出太阳，第一片阳光肯定会首先打在这里。袁志被这片阳光烘着时，心里也一定是温暖的。

"海仁来看过你的报刊亭么？"

"来过。扯常来。他坐小包车经过这里，每次都会停车下来，搭我打招呼。"

"他对你蛮有感情喔。"

"是他看得起我。"

听说林工跟钟海仁是老同事，又听说林工会要住一番日子，袁志很高兴，说："你给钟县长搭句话，哪天空了，我硬要请你们一起到家里坐一坐，饮一壶酒。"

"你当面请他呀。"

"当面请过好多回，他总是讲忙，来不起。他帮我这样大的忙，不请他饮壶酒，心里过意不去。这次你来了，正好。"

"嗨呀，人家是一县之长，每天吃饭喝酒肯定都安排不过来，不会在意你这餐饭的。"

"他吃不赢是他的事情，我请他是我的心意。这个心愿不能不了。"

"好，我一定帮你请到！"

听到林工答应下来，袁志更高兴了。他将轮椅摇到前面一点，说："大保，我经常夜晚做梦梦到我们一起打球的那个时代，那是我这世人最松快的一段日子。"

大保说："我当然搭你是一样的。"

袁志说："那阵子呀，日日里吃过早饭就到广场上集中，先围住广场跑五圈，然后才开始练球。体委的黄知福又是领队，又是教练，对我们要求好严格，跑五圈就硬骨硬腮是五圈，一步都不得少。一个动作没做好，就要倒倒转转做十次、二十次，做好为止。日日重复一个动作，把人都做烦。"

"我也做得卵根子扯。"

"我们那阵小把戏不懂事，不晓得训练的重要性，心里头只盼着分边比赛玩得松快。"

"我也是只要打比赛就有劲头。"

"你当然是打比赛更有劲头啦！"

"我知道你又要说什么了。"

"未必不是么？一打比赛，黄知福在边上喊得最多的就是：给中锋持球！给中锋持球！"

大保骄傲地说："我打中锋，在篮下威胁大，当然要给我多持球。"

"也不完全对。"

"怎么不对了？"

"有一半因素是他太喜欢你了。"

"今天我才明白了，你那阵总不肯传球给我，是心里嫉妒啊！"

"有一点，不多。你有你的优势，我也有我的优势。你的中距离投篮就不如我雄。"

"是要差点。但也差不得好远。"

"你承认就好。"

袁志说着就笑起来。几个人都笑了一阵。临走，林工在摊子上挑了两份文摘报和一本《收藏与拍卖》，摸出五十块钱，转身离开。

袁志摇着轮椅追过来，将零钱找给他，说："我懂你的意思，但是我现在不需要扶贫了。谢谢你！"接着又叫声大保，双手一推做个传球动作，喊道：

"中锋，接球！"

大保赶紧转身，明白袁志在逗他，随即一个勾手投篮，也喊道："两分有效！"

袁志拍着轮椅扶手，扯起嘴巴大笑。

他好久没有这样快活过了。

五

虎将出自龙门

大保和袁志是同时选进中学生队的。

袁志比大保高一年级，读的是城关中学。袁志还长大保两岁。两个人以前只是打过照面，没有交往。城关中学在城西的丙穴旁边，四周一片田畴，入学的学生都是没有考取一中、二中落下来的，成绩不好，大多是农业户。如此就让他们心里总有种自卑感，在小伙计们面前抬不起头来。相反县中那些学生的优越感就很明显了，见到他们都会不自觉地把胸脯挺一挺。

大保和袁志都没有这种情愫。他们身上涌动的只是一种争强好胜的劲头。头回交手，是在临时组建的中学生队训练场上。袁志时刻贴住大保，努力蹦跳着总想从他的领空抢下篮球；大保却也死盯住袁志，只要他起跳投篮，立即飞扑过去，高高跃起，试图盖帽。这样的较劲自然是难分高下的，也不会明说，都只是在心里暗暗憋劲，随时爆发。

这样的较劲在以后一段时间里忽隐忽显地发生，然而，并不影响他们成为很亲密的球友。

县里的学生篮球队很快正式组成了，有领队，有教练，有裁判，十二个队员生气勃勃，阵容整齐。

体委的黄知福兼做领队和教练。

黄知福是从省师院体育系毕业的。他是本地人。黄姓是本地大姓。"文化大革命"的前两年毕业回县，他没有到中学教书，分在了县体委上班。体委设在县政府里头，也有三间办公室，一间给了黄知福，一间堆放体育器材，还有一间空着。据说空着的那间办公室是留给体委主任的，可是主任迟迟没有到任，就只好锁在那里。体委其实就是黄知福一个人。黄知福分到体委工作，自然是很高兴，胸怀一番抱负的。可是刚刚把办公室整理出来，打扫干净，凳子还没有坐热，就抽调到中心工作组，下乡搞社会主义教育运动去了。一去一年。在乡下，他和工作组的成员一起住在社员家里，实行"三同"——同吃、同住、同劳动。白天，同社员一起下田劳动；夜晚，把社员们集中在队屋里，读报纸、读文件，宣讲社会主义教育运动的伟大意义。工作组的成员中，只有黄知福年轻，文化高，每天晚上读报纸读文件的事都由他做。那时候村里没有电，照明靠的是煤油灯，他总是要把报纸抵在灯罩旁边，才能认清上头的字。一个晚上，煤油灯就照着他的鼻子熏，将两个鼻孔熏得乌漆墨黑，第二天早上，擤出来的鼻涕里头都裹着煤油烟色。回到城里好久，他还看到煤油灯就恶心。社教结束，返回城里，不久就又抽调去帮助文化馆搞一个全县汇演。学体育的去搞文艺，完全隔了行，他到处插不上手，只能见事做事，帮着收收材料，发发节目单，送送给领导留的贵宾座位票。有几次还被喊到台上去拉大幕。更多的时候是闲着。黄知福本来是个心气很高的人，这样给人支来派去，到处打杂敲边鼓，心里憋得真是有屎都拉不出。天天回到住处就砸床板。好容易汇演搞完了，气还没有喘匀，"文化大革命"又起来了。这真是一场让人心惊肉跳的运动。当街门口和县委高墙刷出第一批横幅大标语时，他心里有种东西就轰然一下垮塌下去了。书记、县长、局长、科长们一夜之间就被送上了审判台，打倒、油炸、火烧、砸烂狗头，还要踏上一万只脚，他心里感到的是震惊、惶惑；同时还有一种隐隐的幸灾乐祸式的快意。外面的大字报，他都仔细地看过，一张不漏。他都是在清早天刚蒙蒙亮的时分出去看的。很快地出门，很快地看完，又很快地回来，尽力不让人发觉。面对满墙满壁的大字报，他脸色漠然，龇起嘴角，似在咬牙，又似在冷笑，神情十分奇怪。有人来拉他参加造反组织，他婉拒了。婉拒过后，又有点失落和悔意，心情非常复杂。就在他犹豫徬徨的时际，有人找上门来，要给他做媒。黄知福那时已经二十七岁，早过了结婚年纪，他的小学同学、中学同学，都已经做父亲了，自己实在是再不能耽搁。他很快同女崽见了面。一见之下，大喜过望。女崽的职业不错，在纺织品公司做出纳；家境好，父母亲都是干部，上头两个哥哥也都参加了工作；当然这都不算什么，让他心动的是女崽本人。那女崽长得是真乖。高挑、婀娜、瓜子脸、蟤首蛾眉，一双眼睛像水洗过一样晶莹明澈，倒映着细细的长长的眼睫毛，顾盼含情。黄知福很快就陷入到了热恋中。他和女崽天天见面，一起爬了东塔岭，沿清陵江走了几十来回。也抱了，也亲了。可是，热了不过三个月，两个就散了。是女崽踢开他的。黄知福关在宿舍里煎熬了半个月，房里的物器全都砸了个稀巴糟。再开门出到街上时，人都瘦得脱了形。脸色蜡黄，头发凌乱，脚步迟缓。不过他很快就回过阳来了。回过阳了的黄知福精神矍铄，傲睨自若，大张旗鼓地出去找女崽谈恋爱。黄知福当然是本钱很足的。他是大学生。那时候县城里的大学生非常稀少，扳起手指脑都数得出来。学历高的人在什么时候都受尊崇，何况黄知福人才还如此出众。黄知福上大学时学的体育，成天跑、跳、玩、乐，身体不会太差，肌肉也是结实匀称的。可谓站有站相，坐有坐相。再托人从上海买回一套行头：酱紫色两面穿夹克，毛料有裤缝的长裤、尖头皮鞋，又把头发理成小分头，在两颊轻轻抹点雪花膏，那气度、风采一下就出来了。铮铮佼佼、拔萃出群，逗起了多少女崽的心底波澜。一时间做介绍的纷至沓来，踩滑了门槛。也有的女崽胆大，主动找他交友。黄知福很放得开，来者不拒，谁做介绍都慨然前往，而且都会交往一段时日，他不断地结交女友，又不断地抛弃。短的交往三五天，长的也不会超过一个月。他就是跟她们玩。他有本事跟每个女崽都打得火热，让女崽的心思搅得乱乱的，恨不得给白马王子奉献一切。不过他玩得也有底线，可以卿卿我我，缠缠绵绵，可以搂抱，可以抚摸，可以亲嘴，但到此为止，绝不上床。他知道上了床就可能带来无尽的麻烦。他还不想让自己毁在这上头。他只是用这种恋爱游戏来麻醉自己，得到一种报复的快感。他的一些同事亲友日复一日地深陷在内战中，写大字报，辩论，互相攻讦，抓人游街，参加批斗会，夺权，武斗，棍棒交加又上升到枪林弹雨，一时扬眉吐气，一时又跌了；他则日复一日地结交一个又一个女友，相亲，吃饭，逛商店，逛郊野，摘野花，扯笋子，捡毛栗子，打球爬山，游泳（有时还裸泳），情绪一来就抱在一起，亲嘴，亲耳朵，亲头发，亲脖子，亲奶子，亲肚脐眼，亲屁股上的某粒痣……那些同事亲友是在玩，他也是在玩。他觉得自己比他们玩得有味道。

　　这样过了一年，他忽然觉得疲了，累了，腻了，甚至有点厌恶了，感觉很无聊。原来人世上什么事情玩久了都会让人厌烦。这时候命运忽然给了他一个转机，邻县的学生篮球队要来县里打一场访问赛，让他临时组织一支队伍应战。他临急临忙考察几天，凑出一支年轻的球队。让他没有想到的是，小小的县城里竟然潜藏着不少青年才俊。虽说是野路子出来的，身上却具有很大的潜力，不比他见到过的一些专业球员差，好好调教一番，也许能打出点名堂来的。说不定在地区，甚至在省里都能拿名次。这个想法令他非常兴奋。其实带一支好篮球队出来的想法他早已有之，在学成归来到体委报到时就有了，只是几年过去，穷于应付各种中心工作，根本没有时间和精力来筹策这件事情。现在，天缘巧合，他觉得该是自己施展宏图的时候了。

于是，一支精心挑选出来的学生篮球队就组建起来了。黄知福指定大保当队长。

黄知福打报告跟财政批了点经费，给球员们买了球衣球裤球鞋，每人长袖一套，短的两套。队员们穿着一色的球衣站在一起，十分鲜亮，都非常兴奋，脸红扑扑的，屁眼里都是劲。黄知福做出了十分详尽的训练计划，让学生们从基本功练起。他告诫弟子们："万丈高楼平地起，你们一定要把基本功打扎实。"又说，"志气立得大，雷公拿得下。你们要努力打到地区去称雄！"一番话说得个个热血沸腾，跃跃欲试。

黄知福换了装束，成天一套运动服套在身上，胸前吊一只哨子，走进走出。

弟子们练得都好发狠。他们的训练都在广场上。所谓广场，其实不大，也就三四个篮球场大小，中间还有一条马路穿过。有时批斗大会就在广场召开，号称"万人大会"，其实每次都站不满。广场东侧有几排大楼，挨次是旅社、邮电局、武装部。武装部门口竖了块大牌子，上书八个大字：提高警惕，保卫祖国。好远就能看到。武装部门口有哨兵荷枪站岗，西侧是一片荒地。有人在上面开出来种了菜，东一块西一块的，都不大，却总是青青翠翠的，看着可人。常常有人站在里头屙尿。荒地下去，就是井洞大塘了。

篮球场在广场的东北角。每天上午，球员们在篮球架下集中，然后沿着广场跑五圈。跑完五圈，约莫四千米，还是要点气力的。都出了汗，有点喘了。回到篮球场上，稍事休息，又开始训练。有一段时间训练都是不拿球的，是一些基础训练。快跑、跨步跑、侧身跑、变速跑、后撤跑、跑动中急停转身。弹跳练习也分好多种：原地跳、连续跳、行进中跳、负重跳、单腿跳，还练压腿、练俯卧撑、练劈腿、练站桩……每个动作，一练都是好长时间，要重复无数遍。弟子们训练的时候，黄知福就在周边游走，嘴里含着哨子，见到有谁稍有偷懒，哨声立即"吱——"地一叫，所有人一惊，提起精神重新再做。

他们最多的当然是练球。练运球，练投篮（投篮又分定点投篮、跑动中投篮、跑动中急停投篮、三步上篮），练传接球，练一对一攻防、二对二攻防、三对三攻防……最后的收官戏是分作两队打比赛。全队人一齐上场，满场飞。

大保最喜欢分边打比赛。在教练黄知福的几套战术方案中，以中锋为核心强打篮下是最重头的。不到十六岁的人却身高已达一米八，而且看样子还不断地在往上长，这在南方的县城里是不多有的。因此黄知福十分器重大保，几乎所有的方案都围绕大保来制订。他知道年轻人都好表现，如果不加强调和限制，个个都会是一条龙，拿到球就不会轻易出手。他站在场边，不停地跟球跑动，不断地高声大喊：

"喂球给中锋！""给中锋持球！""中锋……""中锋……"有时会莫名其妙地吹哨停球，把某个球员狠狠地训一通。挨训的原因无非是该球员没有及时把球传给中锋。他每天会拿出一个钟头给大保开小灶，亲自指点，教他如何站位，如何抢位，如何腾身，如何跨步，如何持球，如何护球，还教他如何利用身体的优势使用倒拐将防守队员顶开。每次大保完成一个动作，他就大声喊"好"，毫不掩饰对大保的钟爱，更不在意其他队员的感受。他清楚自己在这些学生心里的分量，一些事情做得过分点没关系。他要做成一件事，就不能顾及人家的感受。我行我素。

他们每天穿着运动服在广场上训练，周边就站了不少人看新鲜。那时"文化大革命"已经进行了快两年，揪也揪了，打也打了，砸也砸了，抢也抢了，棍棒枪弹也上过了，你来我往，此起彼沉，彼上此下，都经不起如此长时间的闹腾，都有点疲了，觉得好没有意思。好多人的心里，都希望有点新鲜的东西拱出来，让精神得到转移。广场上忽然出现这样一群学生崽生蹦活跳地在那里训练，一下就让人们感到新鲜极了。看他们穿着整齐的运动衫，在广场上绕圈子跑步，嘴里还"一二一二"地喊着口号，觉得这比看大字报看大队伍游行有意思。看他们在三秒区集体做俯卧撑汗水满面手发抖，觉得这比看打人出血下跪低头有意思。再看他们在球场上龙腾虎跃兔起凫举你争我抢纠斗不止，觉得比看枪弹乱飞血溅墙头有意思。有时看到大保上篮左顶右扛强攻得分，或是钟海仁一过中线便出手远投空心进篮，就都会开心地放声打哈哈，笑得一俯一仰。好多人很久没有这样开怀大笑过了，都觉得心头的阴霾在一点点散去。学生篮球队的出现，给县城里剑拔弩张的紧张酷烈气氛带来了一缕新鲜气息。

这个效果却是黄知福没有料想到的。他觉得还可以把动静闹得更大一点。一天早上，他忽然通知队员们起床就到广场集合，十二个人排成一路纵队，他在旁边跟随，跑步进入县城。他们一律身着天蓝色长袖运动衫、白球鞋，随着嘹亮的哨声，有节律地甩动臂膀，踩得石板噔噔响。经北门，直奔衙门口，稍作停留，踏步踏了一阵。黄知福吐掉哨子，喊起号令："一、二、三——四！"队员们跟着也喊："一、二、三——四！"再又伸向正街，过南门口，绕经仁和墟陂，出西门，沿马路返回广场。他们在县城里差不多兜了个大圈，把一座县城都搅动起来了。县城里的人都知道了县里有一支学生篮球队。最为兴奋的是小把戏和狗，都是泥鳅听不得水响的货，听到哨音，顾不及洗脸刷牙，爬起来就跟在后面跑，一直尾随到广场上。小把戏留下，继续看他们练球，狗回去。

这些小把戏后来都成了铁杆球迷。

不光小把戏，好多人都成了他们的球迷。

训练两月，队员们有了明显的长进，都有了打比赛的欲望。黄知福联系了县商业局的球队。这支球队在县里不是最强的队，也不算很差，属于中等偏上吧。黄知福权衡很久，才定下先拿他们试试钢火。赢了哩，再逐层往上，如果输了，那就再说吧。不过以他的分析，自己这头胜算还是蛮大的。他需要有第一场的胜利来证明自己。同时也鼓舞士气。

这是学生篮球队的第一场出战，队员们都很兴奋，也有点提心吊胆，他们都期望一战成功，更多的却是担心首战告负。毕竟他们都还年轻，往常都是赛场外面的观众，都曾经是他们的球迷，如今要同场较量，能赢得起么？他们像一群饿极的小把戏，面对即将上桌的大盘红焖狗肉，既馋涎欲滴，又怕消化不了胀坏肚子。两难。

他们找来纸墨，推大保执笔，写了五张海报，分别张贴到了四条城门和衙门口，广而告之。衙门口的大字报早都糊满墙壁，但都已经陈旧凋零，很久没有新内容上墙了。忽然一张篮球比赛的海报巴在上面，让人感到新奇。

那天的观众到得很多，连旅社门口的台阶上都站满了人。一些小把戏还坐到了场子里头，两腿叉开，仰高了脑壳看。

黄知福派遣首发上场的五名主力队员是：王大保、袁志、李石善、李本义，还有钟海仁。他是在最后一刻才决定让钟海仁上场的。钟海仁个子不高。别的队员都在一米七以上，他却只有一米六。他比大保矮了整整一个脑壳。显得队形很不整齐。篮球基本上是高个子的运动。个头高了，要占很多便宜。但钟海仁有他的长处。速度快，投篮准，爆发力特别好。黄知福用的就是他的长处。对方球队五个人，实际上靠的两个人，其他三个基本上是配相，两个人一高一矮，高的姓安，身高一米七八；矮的姓金，身高只有一米六五。两个人在县城篮球场上征战多年，是赫赫有名的悍将。两个人的名字常常会出现在篮球队的大名单上。这两个人的发挥，能决定球队的胜负走向。如果这两人打顺了，球队一路高歌；如果被限制住了，必输无疑。巧的是两个人的鼻子周围都有几粒麻子，人们干脆就将老安叫作大麻子，把老金唤作小麻子。这场争斗，大麻子有大保对付，小麻子呢？黄知福在最后一刻决定把钟海仁派上了场。

黄知福给钟海仁只交代了一句话："你今天只有一个任务，贴住小麻子，把他拖死！"

钟海仁十分忠实地执行了黄知福的布置。他就是块牛皮糖，是条橡皮筋，是个鬼影子，如影随形，贴在了小麻子身上。小麻子跑到哪里，他跟到哪里。小麻子跑得快，他跑得更快。小麻子从后场跑到前场底线，他从后场跟到前场底线。小麻子在后场游走，他跟住在后场游走。有几次小麻子甩脱他了，队友正想传球，一眨眼他又挡在了小麻子身前。一场比赛小麻子就没有摸到几次球，更别说得分了。气得他不断地鼓起眼睛去瞪钟海仁。钟海仁不怕不软，不动声色，只绷紧一张脸，抿嘴耸眉，死死地盯紧他的脚步，随时移动，不让他溜走。小麻子很快就出汗了。钟海仁的汗水比他更多。两个人的汗水常常互相摩擦，混在了一起。到后来场外的观众都不看比赛了，只看他们两个人追逐较劲，都笑得哈哈的。

这场比赛，学生队赢了。大赢！

首战告捷，士气大振，队员们欢喜了好多天。他们议论最多的是钟海仁缠斗小麻子。他们反复地描述小麻子狼狈颓丧的每一个细节，说完了就笑。大家都笑，十分松快。

钟海仁也高兴了一阵，但他很快就沉寂下来。他很惭愧，很自责，他想：为什么是我去盯死小麻子呢？为什么不是让对手来盯我呢？他反复想起黄知福说的那句话：志气立得大，雷公拿得下。他责问自己：小麻子比我也高不了一篾片，为什么他做得到，我就做不到呢？他觉得自己能够比小麻子做得更好。

他知道要想让自己做到更好，只有比别人付出更多的汗水，别无捷径。蒸出的包子发出的面，火候到了，自然有成。他给自己的训练加了码。每天跑步，他给自己两只脚上一边绑了一个沙包。俯卧撑人家做三十下，他一口气做五十下。休息的时候，他也抓着篮球在手里玩，从右手捯到左手，从左手捯到右手，片刻不歇。训练结束，队友们都走了，他还要独自练一阵投篮（这时候大保都会陪着他）。他偷偷地压杠铃、举哑铃。他把一百斤重的杠铃压在肩膀上，蹲下，站起，再蹲下，再站起，一张脸挣得通红，小腿肚子直打战。他一手一只哑铃平举着。三分钟，五分钟，十分钟了。他咬牙坚持着。满头的汗水汇聚到下巴尖上，串珠一样跌落地下，吧嗒，吧嗒，吧嗒。他在自家堂屋的墙壁上画了个篮圈，落雨天就在家里练习投篮。周围都是坛坛罐罐，每次投篮都得小心翼翼。他还在门框上拿铁丝绞了两只吊环，每天早晚各做一百下引体向上。他希望这样能把身体拉扯得长一点。这个想法当然是没有科学依据，很可笑的。可是不管有没有用，只要想到了，他就要去做。他不能给自己有片刻闲着。有一段时间他感觉很累，腰酸腿痛，四肢沉重，每天上阁楼都十分困难，早上起不来床。可是他坚持着硬挺下来了。每有比赛，他从不惜力，总是全神贯注，全力以赴，兢兢业业，不会因为对手强悍而怯惧，也不会因为对手弱小而懈怠。他表现了一种职业的体育精神。黄知福非常欣赏他的这种精神。

钟海仁在主力位置上稳稳站定，成了组织后卫的不二人选。

一天，训练中间休息时，黄知福忽然跟大家说："你们听说了么？武装部的余政委兼起县革委会的主任了。"

队员们都望着他，不明白他为什么会突然扯起这个话题。他们实在是隔政府太远了，不认识余政委是谁，更不知道这个人兼起了革委会主任对世界会起什么变化。他们都木然。

黄知福又说，样子已经有点兴奋了："你们不知道么？余政委是个球迷。"

大家仍然不解余政委是个球迷跟自己有什么关系，仍然木着。沉寂一会，钟海仁似乎悟到点什么，试探着问道："革委会主任就是县太爷吧？他喜欢篮球，是不是会给我们带来益处？"

"这句话回答得聪明，你以后可以搞政治。"黄知福朝钟海仁抢一眼，开了句似乎是玩笑的话。接着就又说："既然余政委是个球迷，对我们这些人来说，只会有好处，不得有坏处。"

"能有什么好处？"大保傻傻地冒了一句，"未必还能给我们一个官当当？"

黄知福嗔道："你一个学生崽，卵毛都还没有长全，就想当官？"

"崽就想当官。我只想每场比赛多进几个篮。"

"你还真是当不得官，连这样的事都听不懂。"

"我要怎样才得懂？"

"这样跟你们讲吧，余政委是球迷，他是不是会喜欢看球？他喜欢看球，是不是就会对篮球重视起来？他要重视起来，好多事情就都好办了。"

"什么事情好办了？"

"你这个脑壳呀，真是蠢不带发。"

"呵，我晓得了，"一旁的灰毛砣李本义蹿过来，说，"以后要找他批个经费啊，批点物资啊，就都容易了，对吧？"

"讲得没错，不过好处肯定不止这些。"

"那好处肯定不止这些，比如摆个酒席请我们饮一壶呀，那是走不脱的。"

"你饿痨鬼投胎呀，只晓得吃。"

又一天，黄知福迟到了。队员们训练了好一阵，他才小跑着过来。一到就叫大家停止训练，招着手说："你们晓不晓得今天哪个找我去了？"不等回答，就又说："余政委哩！余政委今天一上班就通知我去他办公室，同我谈了一个钟头的话。晓得吧，一个钟头哩！"

队员们都急切地想知道谈了些什么。黄知福就说，当然是先谈革命形势，现在无产阶级文化大革命运动的形势是一片大好，越来越好。运动经过了斗、批，现在进入到"改"的阶段了，改是改什么呢？就是改那些旧思想、旧风俗、旧习惯、旧东西，把人民群众的思想行动改到目前的形势上来。下一阶段，革委会的主要任务是抓革命、促生产，而体委的主要任务就是把群众性的体育运动搞起来，要搞好，搞大，搞得越热闹越好。余政委还三次背诵了毛主席语录：发展体育运动，增强人民体质。可见余政委对体育运动的重视程度。

黄知福最后得意地说："我的预见性没错吧！余政委上台那天，我就晓得我们的春天要来了。"

大家都搓手顿脚地很高兴。灰毛砣疑惑地问："余政委说的是搞好体育运动，也没有专门指篮球。你就能肯定是针对我们来的？"

黄知福挥手刷他一下脸颊，说："你们这些人怎么那样呆？余政委最迷的是什么？篮球！他讲要把体育运动搞起来，其实就是指的把篮球运动搞起来。这是明白不过的。这就是领导的讲话艺术。当领导的都不得把话讲得那样直接，会要拐个弯，讲个大方向，这就要靠我们下面的人懂味，懂得察言观色，听话听音，要会揣摩。嗨，现在跟你们讲这些，你们也不得懂。对牛弹琴。"

弟子们确实都不大懂。但还是纷纷点头，表示呼应。

他们练得更发狠了。每天黄知福走了，他们还要在场上再练一阵才回家。

大保有好长一段时间没有到父亲的工场帮忙做事了。有时忙起来，父亲只好叫上母亲一起加晚班赶工。父亲很累，常常要坐在大门槛上抽两三支烟才进去洗脚睡觉。大保成天地在外头打球，父亲心里还是略有不快的。但他什么也没说，他很少管束崽女，只让他们自由地发展。他信奉那句古训：儿孙自有儿孙福，他们想玩，就给他们玩去吧，不管。

只是那一天大保回家来，在饭桌上说起余政委，说起余政委对黄知福的重托时，他忽然插了一句："无非是换了个太爷么，值得你那样欢喜？"大保一点没有察觉父亲话里的冷淡，仍然兴致很高地说："这个太爷不同，他重视篮球哩！"父亲说："他重视不重视，搭你关系很大么？"大保说："关系当然大啦。"父亲问："怎么个大法？"大保想了想，却说不上来。父亲就说："人家是县太爷，高高在上的人，喜欢篮球，说一句话，就是重视了。而你也喜欢篮球，但是你同他隔得太远，归根结底，他就是他，你就是你，两回事，扯不到一起。"这时母亲也插嘴说："你一天到黑打篮球，是当得饭，还是当得衣？"大保忽然发气道："我喜欢。怎样啦？"父亲咳了一声，说："只要你喜欢，只管去玩就是的，玩饱玩厌，我们没有二话，绝对支持。后生的时候不玩，以后没得日子玩。不过我把一句话说完了，你不要拿它太当回事。我们这样的人靠打球是寻不到吃的，还是要靠倒炉头寻得到吃！"大保撇着嘴说："我就不信打球寻不到吃。我会寻给你们看！"父亲高声喝彩说："好，我们等着！"端杯敬了大保一杯。

大保仍然天天往球场上跑。

篮球比赛明显地多了。有时三天一场，有时两天一场，有一次连续两天都安排了比赛。每次赛事都是他们去找对手下的战书。每天上午集中，第一件事就是联系找哪支球队比赛。县城里头，能拉出一支球队来的单位和部门不是很多，算起来也就二十多不到三十支。虽说余政委主政后，都知道他是球迷，为了助兴，一些小单位也拉起了篮球队，或是从乡下抽调人来，或是几个部门联合组队，但毕竟有限，也多不了几支球队。他们已经找所有的球队厮打过了一遍。有的还反复交手。像公安局、邮电局、县人委会、商业局、农业局、县中队、物资公司、教委这些传统强队，都不止一次过招。每有比赛，海报贴满一城里。现在也不必大保动手书写海报了，县里指派了文化馆的书法家肖老师专门操刀，又艺术，又规整，像印刷品。衙门口和一些主要街道的大字报已经清洗干净，篮球海报贴在上头，非常打眼。每有赛事，一些单位的领导都会给职工提早下班，让他们早点回家做饭吃了好去广场上凑热闹。现在广场上是真热闹。球迷们看球，不看球的就四处游走，看看宣传栏（宣传栏的内容很丰富，小故事、小幽默、政治抒情诗、生活小常识、农业生产知识、游记，都有，还有灯谜、时事问题有奖征答。形式生动，内容活泼，没有了太多火药味，读着有趣），看看县文艺宣传队的演出（表演的节目也多样了，有样板戏的折子戏，有快板，有对口词，有三句半，有女声小合唱，有男声二重唱。有一次还唱了几首本地伴嫁歌，勾起好多老人的情绪，纷纷落泪，伤感不已），有的就坐在广场边的石凳上，吃烟闲谈，一边看灯开灯灭，看人影幢幢。

最热闹的地方当是篮球场。人多。小把戏多。后生多。中年男人多。人多得挤成了堆。比赛还没开始，四周就已站满了人。场边的中间摆了几把籐椅，那是给余政委及其随员预留的。余政委真算是最忠实的球迷，一般都到得十分准时（他是军人，军人都是守时的）。偶尔也有迟到，那只能推测是有特殊原因。作为一县之主，特殊情况总是难免的。如果迟到了，比赛就会往后推迟一点，等到他进来落座了，才会吹哨开球。场边的籐椅也有黄知福一张，但他都不坐。他接到余政委，安顿好坐下，就到赛场里四处走动忙去了。留给他的靠边的那张籐椅一直空着。

比赛结束，余政委立即起身就走。那时候黄知福必定站在椅子后背，亲自送出去。人们都很奇怪，明明看到他一直在场边吆喝走动，怎么一下子就出现在余政委的身后了。有时余政委也不立即离开，会笑眯眯地走进球场里头，亲切接见球员们。这是因为那天的球赛让他看得非常舒服，赏心悦目，或许还让他勾起了一些旧事联想。余政委年轻时也是篮球场上的一员骁将，左边切入上篮简直出神入化。偶尔兴起，他会叫人传球过来，表演一下上篮动作。从他接球的一刹那以及躬身起步时的动作，完全能看出确实功力不俗。他很喜欢大保，觉得他身坯很好，夸赞他的篮下功夫不错。他也很欣赏钟海仁的球风，教导球友们学习钟海仁在场上的拼搏精神和进攻欲望。他还搂住钟海仁的肩头，比一比身高。他比钟海仁高不了多少。但他比钟海仁胖。胖很多。文化馆的人将他们两人笑起来的头像放大了嵌在宣传橱窗上，看到的人都说两人有点像。

黄知福又出了新招，组织起一次全县篮球联赛，请余政委挂名担任组委会主任。通知一下，报名者踊跃，连一些向来跟篮球不沾边的部门如妇联、统计局、工商联、肉食品公司等等都组队参加。每个公社也拉起队伍前来征战。参赛的球队一下子暴增到六十多支，抽签分作十个小组。这真是一次盛况空前的联赛。黄知福很会造势，在衙门口和每条街道的上空都扎起了横幅，热烈祝贺全县篮球联赛顺利进行！还在广场入口处竖起一块高大的告示牌，将第一轮比赛的球队以及时间、地点详细公布。又把地区体委的领导请过来，坐镇观看，亲临指导。一切都井井有条，有声有色。

这次联赛打了一个半月。除了广场作为主赛场，县人委会、邮电局、商业局、物资局、供销社的篮球场都提供出来作了分赛场。小组循环赛，复赛，淘汰赛，半决赛，决赛。比赛循序进行。夜夜笙歌，轮番上阵，观者踊跃，如水赴壑。那段时间县城里到处看到穿着运动服装走来走去的人，满城生春。

大保同他的队友们在这次联赛中拿到了亚军。他们毕竟是头一次打这种正式的比赛，难免紧张；他们毕竟年轻，难免轻狂，没有经验。开始碰到的都是弱队，稍一发力就能大比分赢球。场外观众一边倒地为他们鼓噪喝彩，他们头脑发热，近乎忘形，有点不知天高地厚了。一路砍瓜切菜，势如破竹，直到半决赛才遭到了顽强的抵抗，死缠烂打，总算险胜对手。到了决赛，再想调整状态已经迟了。决赛的对手是县人委会球队。那是一支老牌强队，有实力，有经验，知道怎么样压制住这帮后生崽的势头。大保自己都不清楚在场上怎么会总使不上劲，该接住的球转眼就被偷走了，该进的球也进不了，一些动作都做不出来，打得十分窝囊。他这个点哑了火，其他的点发挥再好也无济于事，只能无可奈何地输球。

第一次参赛就拿了亚军，队友们都很高兴。大家一起聚了餐，喝了酒。小半桶水酒喝得精光，醉倒一队人。大保是头一个喝醉的。以大保的酒量，这些酒是醉不翻他的。可他硬是醉了。第一碗酒下去就醉了。他还喝了第二碗、第三碗……直到不省人事。

他觉得心里有口气出不来。窝囊！

那天黄知福也喝醉了。他比大保醉得还过火。大保醉了跟平常没有好大变化，只是脸通红，不说话，一个人呆坐着，眼睛发直。黄知福不同。他寡白着一张脸，眼睛血红，忽然就哇一下大哭出声，他哭得啊——啊的，有时感觉气都快要接不上来了。让人听了心里发紧。一边哭，一边告诉弟子们三个好消息：一是地区体委的领导看了他们的篮球联赛，非常满意，当场决定把年底的全区学生篮球联赛放到我们县举办；二是余政委告诉他，县革委会决定了，把井洞大塘改造成一个大型体育场，重点是建好三个灯光篮球场，赶在全区学生联赛之前完工；第三个好消息是关于他自己的。他将被任命为县体委主任。

为这三个好消息，他们又多干了三碗酒。

井洞大塘工程很快就上马了。县革委会只把一份文件发下去，所有的手续在五天之内办妥，施工队就进场了。县革委会再把一个"关于派人参加井洞大塘工程义务劳动"的通知发下去，各机关单位无不响应，抽出人力，轮流到工地上参加义务劳动。这些人干不了技术活，可是热情很高，一些诸如清淤泥、搬运石头、搅拌水泥之类的粗活，都包干了。一些女职工体质弱，粗活也干不了，就蹲在地下捡拾干树枝、水泥纸袋，然后拿撮箕运到远远的地方倒掉。有的就在砖石垒就的临时炉灶上烧开水，又灌进茶壶里，一碗一碗给做事的人送去。她们做得都很认真，很细致。完全是一种在家里做家务事的耐心。那情景令人看了是很感动的。

大保同球友们也常去工地帮忙。跟他们一起去的还有一大帮球迷小伙计。没有谁的号召，也没有谁的强制，他们只是觉得这事情跟自己有关，就去了。完全是自觉自愿。他们好希望灯光球场在一夜之间就建起来。

每天，大保还是带着球友们在广场上练球（那时黄知福已经担任了井洞大塘工程指挥部的指挥长，大部分时间都在工地上，很少过来），晚饭后才去工地。到处走走，看看，随时搭把手做些事情。有时也跟在黄知福后头，指指点点。夜半收工时，大保和钟海仁总是会随黄知福走在最后，察看一遍这天新赶出来的工程，将散落的水泥归置到一处，最后关掉电路总闸。灯火通明的工地瞬间陷入巨大的黑暗中。他们会在夜地里静静地待一会，然后，走人。几个人一起走到广场出口处，才挥手道别，各自回家。

工程进展很快。五台抽水机同时上马，日夜不停，只用几天时间就抽干了塘水。又用了不到半个月，将水塘四处切削方正，塘底的淤泥也清得七七八八了，好多地方已经现出了硬底，接下来就可以正式施工了。可是就在这个当口，一天夜晚出了件鬼事。大保和钟海仁清场时，发现在一洼淤泥里裹了两具死尸。那是一对从邻县逃跑过来的父子，成分很高，是两个死地主。他们白天还在广场上的旅社门口见到过这两个人，见其可怜，他们把自己作中饭的四个包子都给了那两个人。那两爷崽死里逃生，是想到北京去告状求个生天的，可还是没有逃得了，竟莫名其妙地死在了井洞大塘里。"文化大革命"搞起快两年了，人性丑恶，乱象丛生，他们也见到过一些惨烈的场景，但死人还是第一次碰到。大保一时给吓到了，一屁股跌坐在泥淤里，只用眼睛去望钟海仁，抖着喉咙问："怎么办？"钟海仁也很惶恐，但还没有乱方寸，想了想，说："赶紧告诉黄知福。"

黄知福来了。黄知福围着尸体转了三个圈，低头不语。大保看到他的脸黑得像包公，牙齿咬得咔咔响。黄知福忽然站住了，良久，问他们："你们是说这是两个四类分子？"大保说："应该是。"黄知福厉声说："是就是，不是就不是，不要含糊。"大保望钟海仁一眼，说："是！"又补一句，"他们自己说是地主分子的。"黄知福又不说话了，一时低头看看尸体，一时冒起脑壳看天，大保连打几个尿噤，说声："我想撒尿。"退后几步，转身撒了一泡热尿。钟海仁也说："我也想撒尿。"走过来，靠着大保，褪下裤子就撒，一股浓烈的尿臊味蒸腾起来，两人都长长地嘘了口气。他们同时记起了听老人说过，如果在外头碰到鬼就赶紧掏出鸟崽哥撒泡尿。人尿如绳，以绚鬼。是鬼闻到都怕。

两人返回去，黄知福还在望天，大保定了定神，说："去派出所喊人来吧？"

"报警？"黄知福嘴皮动了动，随即又说，"你说什么，报警？"他凝了凝神，脸色更冷峻了，严厉地小小声说："你们在说痴话呢！你们就不想一想，警察同志一来，工地还不得停工么？！什么时候破了案，什么时候才能复工。如今公、检、法都瘫痪了，也无人办公，又是这样一个无头案，什么时候能破案只有天晓得。破不了案，工地就不可能复工。但是我们耽误得起么？你们都晓得县革委会是下了死命令限期完工的。现在按时修好灯光球场就是压倒一切的政治任务。压倒一切，明白吧？若是完不成，我们是要担政治责任的。这个政治责任，只怕哪个都担不起。哪个担哪个死！"

大保巴巴地望着黄知福，没开声。

钟海仁也没开声。

后来大保问了声："那怎么办？"

黄知福反问："你们说怎么办？"

大保和钟海仁互相望一眼，都摇头。

黄知福一硬脖颈，狠声说："只有一个办法！"

"什么办法？"

"就地处理！"

"哪样就地处理？"

"就地掩埋掉。再不给第四个人晓得！"

大保倒吸一口冷气，两脚有点站不牢了。他看到钟海仁一下把脑壳勾到了胸口上。

黄知福接着说："你们不是讲这两个人是地主分子么？专政对象，反正烂命一条，没有埋在红薯窖里头，跑这样远死在了井洞大塘。我们背时，就算是给这两个人收了尸吧！真是背时哩，要给这样的人当一回孝子！"

黄知福又喝一声："就是这样了。赶紧动手！"就指挥大保和钟海仁将死尸挪了挪，让脑壳对着他们家乡的方向，先拿淤泥掩埋起来，并赶紧进城去敲开香烛店的门，买回纸钱线香，给死者烧了。然后又一起动手，搬过十几包水泥，倒进淤泥里头，一顿搅拌，形成好大的一块灰泥坨，将两具死尸包裹在里面。完了又点燃一炷香插起。

干完这一切，大保感觉身上的力气已经用完用尽了，犹自惊悸不已，就在塘基上蜷腿坐下。线香的烟缕扯起很长，飘飘袅袅，闪出一种黛绿色，斜着刺入夜空。大保在心里默祷：去吧，去吧，一路走好啊！双手抱拳算是一个揖。

线香烧到头了。黄知福过去把香棍子拔出来揉进泥里，又摸摸灰泥坨，有点发硬了。再过一晚，灰泥坨就会变得石头一样硬，钢钎都凿不进去。可以走了。临走黄知福再次叮嘱两人：这件事情就到我们三个人这里打止，以后千万不要跟任何人讲起！一定记得！

大保和钟海仁都点头，应承下来。

两人又在回路上撒下一泡长尿，倒退着走过球场地基，走上塘岸。离岸很远了才转身跟上黄知福。

不知为什么，那晚黄知福没有关电闸。

井洞大塘上空一直亮晃晃的。炽白一团，亮得耀眼。

在进入县城的路口两人跟黄知福分了手。大保和钟海仁继续往城里走去。这时已经半夜过身，街道两边的人家都已关门上闩，黑着灯，屋檐下的黑暗特别浓重。没有谁招呼，两个人紧紧地挨在一起，左腿巴右腿，在街道中间走着。好多路灯都坏了，偶尔亮着的也非常昏暗，将两边的房屋渲染得怪异狰狞。他们都不敢走快，更不敢走慢，只能不快不慢。他们听见对方的脚步踏在石板上细碎的嚓嚓声。他们听见街边的溪水淙淙地响，好像比人走得更急。他们忽然听到背后有轻细的脚步声跟过来。踏踏踏踏，擂得石板街都震动起来。两颗孛心一下冲到了喉咙口，两个身体靠得更紧了。脚步声近了，更近了，就到身后了。两个人猛地往旁边一跳，同时回身。一只黑狗。黑狗擦着他们的腿边蹿过去，踏踏踏踏，走远了。两个人都嘘出一口长气，跟在黑狗后面一阵紧走。很快走到衙门口了。一下敞亮起来。四角都有路灯，好亮啊！两人没有停留，经衙门口，拐入正街，到巷口了。钟海仁扯住大保，说："陪我入去！"不容分说，就扯着大保一起摸黑走进巷子，敲开家门，兀自进去了。大保看着那扇大门吱呀一声关严了，便逃也似的几步跑出小巷。

现在是大保独自回家了。他身上涌起了从未有过的豪气，双手攥拳，全身绷紧，大踏步地踩着石板街道往前走。他不停地转动脑壳往两边张望。哦，百货公司；哦，缝纫社；哦，文化馆；哦，派出所——派出所里头果然黑灯瞎火，大门紧闭，好像是没人；然后是饭店、面馆、煤店、布店、中药铺——中药铺门口有股淡淡的药香，以前从来没有闻到过。这药香真好闻，有点撩鼻孔。他不自觉地狠吸几口，放缓了脚步。接着是照相馆。那里拐弯是南街。他的家就在街那头。大保从小在这条街上长大，对这里十分熟悉。熟悉这里的人家，熟悉这里的气味，熟悉这里的每一块石板，知道哪家铺面的铺板有几块。他的心踏实下来，脚步放缓了，像平常一样拖拖地走着。到家了。母亲给他留着门，轻轻一推，就开了。他闪身进去，反手闩好门，把闩上的暗销插紧。他摸黑走进堂屋，走进自己的房间。书桌上凳着半茶缸子水，他端起一口喝干了。然后一塌身子在小竹椅上坐下。庞大的身坯压得小竹椅轻轻叫起来。这时他才感觉到一身腊软，一点力气都没有了。他只想赶紧爬到床上去睡一觉。

大保到快天亮时才睡着。下午醒来时觉得后脖颈很硬，心也有点硬。他双手枕住后颈窝，望着蚊帐顶，呆呆地想：在这世上为人，心肠是不是应该硬一点？

他想了好久都没有想清楚。

那天大保没有去井洞大塘的工地。

后来的几天都没有去。

再后来的一天上午，他正独自待在房里，百无聊赖，不知道该干点什么，忽然听到有人在堂屋里招呼他母亲："伯娘，大保在屋里么？"

他踱到门口一看：朱慧琴。

大保很奇怪：她怎么来了？

"哦，你寻我？"

"到你屋里，不寻你寻哪个？"

大保更奇怪了："你来我屋里寻我？"

朱慧琴娇嗔道："你屋里是金銮殿，不能来啊？"

大保心里一动。他看到朱慧琴脸颊上涸起了些许娇羞的红晕。妹子本来长得就乖，眉目清楚，皮肤白净，稍一作态，格外动人。他不由就跨出门去，双手抱胸斜倚在门框上，斜睨着她说："乖妹子来到我这金銮殿上，有什么好事？"他想同她调调口味。

朱慧琴也有意逗他，说："当然有好事啊！"

"那你说。我洗耳恭听。"

"你先去打盆水来。"

"打水做什么？"

"洗耳朵呀！"

大保过了一霎才明白过来，大笑着，抬起食指掏了掏耳朵，说："这样也算吧？"

"也算。"

"那你赶紧说。"

"你先估一估。"

"我这人生成的蠢，估猜不出。"

"蠢人子能把篮球打得那样雄？"

"噢——你看到过我打球？"

"我闲剩得痛啊，去看打球。"

"那你怎么晓得我打球很雄？"

"我没有耳朵？不会听人说啊！"

"嗨，原来只是听到别个说啊！"

大保有点沮丧。她要到了现场看自己耍动作打球，才会知道牛皮不是吹的，火车不是推的，才会真正地佩服，于是说："你要到球场去看了才晓得我有好雄。"

"吧，你还能雄过《三国》里头的赵子龙？"

"这句话说得对，我就是雄过常山赵子龙！"

"好好，你英雄。"

"那是自然！"

两人正说着，不经意大保母亲端杯茶进来了，满脸笑意盈盈，说："妹子，吃茶。"

朱慧琴双手接住茶杯，欢快地"哎"了一声，说："伯娘莫客气，我不口干。"

大保看着离去的母亲背影，奇怪好多同学来过家里，这是她头一次给人筛茶。他家的规矩从来是小辈给长辈筛茶筛酒，不能僭越。

大保想起了朱慧琴来家里是有事情要说的。

"喂，半天了，你的事情还没有说哩！"

"不是我的事。是我们大家的事。"

朱慧琴就告诉他，学校要复课了。

"复课？那不是又要每天背起书包上学堂了？"

"是啊。你不觉得这是我们大家的好事？"

"好事——自然是好事。怎么不好呢？"

大保觉得有点突然。读书，好像是很久远的事情了。自从"文化大革命"至今，已经两年，停课也快一年半了，他都已经不觉得自己的身份还是学生。他有时还会去学校走走，也会想起读书时的那段时光，觉得那段时光是美好的。可是再美好也不如打篮球有意思。报纸上，收音机里，看到的听到的都是说读书没有用。也真是没有用。刚进初中时，老师常说一句话：学好数理化，走遍天下都不怕，现在看来也是句卵话。数理化学得再好，对打篮球有作用么？想起打篮球，大保卵根子上都是劲。他觉得打篮球是人世上最好玩、最有意思的事情。如果复课，他还能整天泡在球场上么？何况，停课这么久，那些课本早不知道丢哪里去了。

他幽幽地叹了声气，想说："这时候还复什么卵课啰！"话到嘴边，又吞了回去。

朱慧琴一直睁大眼睛看着他，见他久久无语，就叫一声："嗨，悟瞪啊！"

大保回过神来，尴尬地笑笑。

"没有悟瞪哩！"他说，"只是有点突然。"

"突然什么。学生就是要读书的，复课是迟早的事情。天经地义。"

"天经地义这话是你说的。那阵让我们停课的时候，上头就不是这样说的。"

大保忽然来了气，拿手拍了门板一巴掌。

"你这是发哪个的气？"

"无名之气。"

"那是我来通知你回学校还错了！"

"没有没有。"大保赶紧道歉，又说，"我是气愤现在怎么这样，喊停课就停课，喊复课就复课，没得一点规矩。"

朱慧琴也柔缓了脸色说："悟那样多做什么？这些事情还能由得我们老百姓的？只能顺着来，我爸爸经常说：顺时者乖，顺气者健。"

“你是个乖乖女。”

“我就是个乖乖女！”

说着两个人都笑了。朱慧琴捧着茶缸小口小口地抿。大保将双手从胸前放了下来。

他忽然有了同朱慧琴念念空话的心绪。

“停课这番日子，你都做些什么？”

“在家里。守屋。”

“不出门？”

“不出门。社会上那样乱，出门遭殃。”

“日复日守在屋里，过得？”

“过得。每天事情做不完。挑水、洗菜、做饭、洗衣服，还洗被窝，有时去帮我爸爸站站柜台。我懂得好多种中药了。我还学会了切草药。”

“还有呢？”

“夜晚没事了就看看书，打打毛线。”

“你屋里还有书看？”

“……哦，我看的是医书，是我爸爸的，有时也翻翻以前的课本。”

“有那样乖？”

“你自己说的我是乖乖女。”

“乖乖女好哩。”

“好么？——我还以为你不喜欢乖乖女哩！”

“也谈不上喜欢不喜欢，只是认为女子家就应该这样子，不要似唐红卫那样——叱！”

“唐红卫是哪样？”

“我也说不清楚。反正不似个女子家。”

“那她像个男人？”

“比男人还过为。”

“吧，她不过是生得粗一点吵，也不要那样说人家。”

“不是粗不粗细不细的问题，我讲的是她的作为不似个女子家。”

“作为？什么作为？”

“还有什么作为？打人、抄家、撕书，那样子狠得，不比男人还过为？我看不惯！”

“我也看不惯。”

"你是没有看到，有一回打人，打的还是教过我们数学的张老师。唐红卫拿的是皮带抽。一皮带抽下去，张老师就扑倒在地下了，一双手护住脑壳，痛得在地上打滚。她举起皮带还要抽，我当时在场，实在看不过眼了，就抢脱她的皮带。她还搭我发燥气哩，讲我一个男生没得造反精神，气得我恨不得也抽她一皮带。"

"抽了么？"

"我也不会抽她。气气而已。"

"啧啧啧啧——"

朱慧琴咂着嘴，没有说话。不知是感叹唐红卫做事过为，还是遗憾大保没有真的抽她一皮带。女子家的心思常常说不清。

咂过一阵嘴皮，朱慧琴说："唐红卫也遭孽哩！"

"她遭什么孽？"

"你不晓得么？她给人家抓起来了。"

"啊——什么人还敢抓她？"

"她们的对立面，治安联防队。如今是这一派人掌权了，给她安的罪名是：打、砸、抢分子。听说是一伙人昨天冲到她家里抓的。"

"她还是学生哩。也抓啊？"

"派性斗争，还管你学生不学生，照抓。"

这一次是大保的情绪变得复杂了。一方面他觉得唐红卫行事过为，会遭报应；另一方面又觉得一个学生女崽给一群后生崽抓起，有点不可思议。他知道那年头只要抓人就都是五花大绑的。他很难想象唐红卫给人五花大绑的样子。

"唉，她这是自己害自己。"

"也不能完全说是自己害了自己哩！"

"这怪得别个？没有人逼她去抄家打人吧！"

朱慧琴家里也给抄过家，但没有人挨打。说起这些人她心里就有种恨意。

大保说："是没有人逼她那样做，但是她为什么敢那样做呢？"

朱慧琴说："这个你要去问她自己。我只知道，你没有那样做，我也没有那样做，就她好样做了！"

大保说："打人抄家的也不止她一个人。"

"都是坏人恶人神经病！"

大保没有想到朱慧琴一下会如此激愤。他扫了她一眼，他看到她的一张脸都涨红了，鼻尖上聚起了一丛细密的皱纹。原来恼怒中的妹子家也很好看。他不想继续说唐红卫了，就转过话题说："几时到学校报到？"

"明天。"

"这样急促？"

"还急促啊。你悟一下我们停课都停了好多日子了，天天这样熬阳寿，我恨不得即时就开学上课，听到说要复课，我真是好高兴哩！"

大保"嗯"了几声，没有说话。他想的是学校复课了，篮球训练还搞不搞呢？

"读书也不会太妨碍打篮球。你可以下午放学以后打，可以礼拜天打呀。"

"时间上还是少好多去了。"

"这是没有法子的事情。你总要分得出轻重，书上说过，少壮不努力，老大徒悲伤，我爸爸教我：检屋趁天晴，读书趁年轻。我们都这么年纪轻，毕竟打球还是其次的，读书才是第一位。你说这道理没错吧？"

"没错没错。千真万确。"

"你明天要按时到校。"

"一定按时！"

"以后我去看你打篮球，欢迎么？"

大保一下睁大了眼睛，欢声说：

"欢迎啊！——太欢迎了！"

"那我走了。"

"就走啊？"

大保忽然有点不舍，言犹未尽的样子。他迟迟挨挨地送朱慧琴到门口，看着她离去。

他看到朱慧琴走出十几米后，忽然蹦跳起来，双手一扬一扬的，有歌声回过来：

解放区的天是晴朗的天，

解放区的人民好喜欢。

……

"好喜欢""好喜欢"，这个词反复地萦回在大保耳边。他心里有种麻麻的东西漫起来。

他斜欺在门边上好久。

中午，钟海仁来了。几天不见，钟海仁好像瘦了不少，脑壳显得更大了，额头凸起好高。原来他也是几天都没有出门了。

大保说："那你也没有去练球么？"

钟海仁摇头："哪里都没有去。每天在家里睡了吃，吃了睡，只不想动不想挪。"

"我也一样。"

"一睡觉就想起那天晚上埋人的事，心里好怕。晚上都不敢关灯。"

"一样。都一样哩。那事情过不得想。"

"是过不得想。——太过不得想了：两个活溜了的人，中午还打过照面的，晚上就死了。也不晓得他们是怎么死的。自杀？他杀？给蛇拐咬到了？我在那地方是看到过蛇拐的。"

"都有可能。我们是大意了，也没有好好检查一下，话说转来，我们又敢碰死尸么？"

"也没有时间。黄知福催得那样急促。"

"看不出，黄知福真是敢想哩！"

"黄知福呀，嗨，黄知福！"

有句话两个人都没有说出来。那句话是：黄知福那人，心蛮狠哩！可是他们从互相的眼神里头看出来了。一阵无语。

正沉默间，外面起了喧哗，有口号声远远地传过来。两人起身走到门口，就见一支游行队伍缓缓过来了。有一番日子没看到游行队伍了，人们都很新奇，街边上站了很多观看的人。

那队伍很快就到了门口。打头的是一队红旗，分作两组，一组八人，共是十六面红旗。后面接着几个方阵。一个是穿了劳动布工作服的工人队伍，十分整齐，一个是农民队伍，一个是解放军战士队伍。大保和钟海仁都认识这是县中队的那些兵。他们到县中队打过比赛，大多见过。他们奇怪的是"文化大革命"以来，县城里有过无数次游行，从来没有过解放军战士出现在游行队伍里。这是头一次。解放军战士都着装整齐，步伐一律，都年轻，目光平视，神气野野。他们出现在游行队伍里，立刻让这次游行显得特别庄严和神圣。再后面是机关单位干部职工。这节队伍有点懒散，很随意。有时几个人拥作一队，有时又稀稀拉拉地像老头子撒尿，好久才一滴。一边走一边说笑，不时地有人扬起手跟街边的观众打招呼，完全不成个队形。到了最后面，人们的眼光忽然一紧，过来的是一队荷枪的民兵。更后面的也是一队荷枪的民兵。两队荷枪的民兵之间，押解着几十个胸前挂了黑牌的人。男女都有。男多女少。这些人一律五花大绑，胸前的黑牌上，一律拿白字写着：打、砸、抢分子×××。这些人都衣衫不整，负重如牛，但神态各异。有的低头勾腰，脚下拖沓；有的一摇一晃，走着螃蟹步；也有的全身瘫软，步履不稳，是由两个人驾着走的；还有的明显不服含，脑壳昂昂地冒着，腰背挺直。不时有民兵过去将冒着的脑壳按压下去。一松手，不一会那脑壳就又昂起来了。这些人都是曾经的风云人物，有一段时间天天在县城里呼啸来去，好多人都认识他们。这时就不免指指点点，拿他们的昔日威风和当下衰糜作比，吐出一声接一声的嘘叹。也有人小声数着挂黑牌子的人：一、二、三……十一、十二、十三……二一、二二、二三……声音清晰地钉进人们的耳鼓。

忽然大保的眼光定住了，一口气卡在了喉咙里吐不出来。他看到挂黑牌队伍中的唐红卫了。此时的唐红卫有点惨不忍睹。上身穿一件皱巴巴的卡其布蓝衫（此前看到的唐红卫长期穿的是绿军装），给一条笤索横一道竖一道捆得像粽子一样梆紧，双手背在身后绚着，一个脑壳快要勾垂到胸前的黑牌子上了，两只带布襻子的布鞋不太跟脚，紧一下慢一下地捯动着。唐红卫慢慢走近了。走到门前的石板街上了。大保看不清她的脸（她的脸给耷拉下来的头发遮住了），但清楚地看到了她鼻子里挂下来的一条清鼻涕。清鼻涕怕有寸把长，像冬天气结在屋檐下的冰凌，尖子上还凝成了一粒珠子。唐红卫走一步，清鼻涕就荡一荡，摇摇欲坠，却总又坠不下地。她没有去擦它（她的双手反剪了绚着，也没有办法擦），就那样尽它去荡。大保没有想到面前的唐红卫会是这样一副形象，不忍再看，赶紧矮了矮身子。这时却见母亲柏良婆扒开人群走出去，一直走到唐红卫跟前，从裤口袋里挖出一条手帕，一手扶住唐红卫的脸，给她把清鼻涕擦干净了，顺手又给她把头发撩到脑后。这才转身，慢慢走回门口。

唐红卫抬起头飞快地看了柏良婆一眼。

游行的队伍拐过仁和墟陂的凉亭，上了西街，很快不见了。

大保看清了游行队伍后面的横幅上写的是：

无产阶级专政万岁！

看热闹的人也都散了。钟海仁随着大保返转堂屋，忽然对柏良婆竖起大拇指，说：“伯娘胆子大，佩服！”

柏良婆说：“不是胆子大不大，是看到女子家遭孽，看不过眼。她是好大的人哪，搭你们同学，十六岁都还没有满吧！还是学生崽哩！”

钟海仁又说：“伯娘菩萨心肠，了不起！”

柏良婆撇撇嘴，进里屋去了。

走到门边了，又回头说一句：

“什么菩萨心肠。好大一尊事啦，是人都会这样做！”

母亲的话在大保心里很深的地方扎了一下，麻酥酥地痛。

大保问钟海仁："唐红卫也有今天，你看到心里松快吧？"

"你也悟一下，她跟我无怨无仇，为什么会带人来抄我的家？抄的也不是我一家，抄过好多人的家。她为什么要这样做？为什么敢这样做？都是有原因的。"

"什么原因？"

"这你还悟不明白？"

大保悟了悟，好像有点明白，又好像还是不明白，像雾里看花。他捡起朱慧琴上午问过的问题，问钟海仁："没有人逼她去抄家吧？"

钟海仁说："可以讲有人逼，也可以讲没得人逼，是一种鬼才晓得的力量把她心里的恶挤压诱发出来，让她那样去做。她是鬼迷了心窍。"

"我听不懂你说的什么。"

"听不懂就算了。"

钟海仁不想同他讨论这件事情，就此打住。

钟海仁问大保接到回校复课的通知没有。约好大保第二天去学校时顺路叫他一起走。

又开学了，同学相见，都有种劫后余生、久别重逢的感觉。学校的大门口、办公楼前面，还有礼堂、厕所，都洗刷过了，虽然一些砖缝里还残留着丝丝缕缕大字报的遗骸。但还是给人一种焕然一新的面貌。早先打得你死我活对立过的两派学生，见了面先会点点头，再是笑一笑，然后就坐下来，说到一起去了。

大保在班上没有看到唐红卫，不知为什么，他心里涌起一点淡淡的忧伤。

唐红卫以后还有书读么？

当然这只是大保一闪而过的念头。他很快就进入到了学习活动中。他们每天的安排是：上午，上课；下午，学农，或者学工；下午放学后再到广场上同篮球队员会合，练一阵球。上午的课都是政治课，讲的是马列主义基础原理，讲"文化大革命"的重要意义，很多时间是讲毛泽东主席著作。他们每人都发了一本《毛泽东著作选读》，讲的都是上面的文章。老师要求每篇文章都能背诵。老师讲解完课文后，就让大家在座位上默读。朱慧琴还是最发狠、记性最好的学生。她常常给老师点名到讲台上背诵课文。山泉一样晶莹的声音在教室上空流荡，同学们都敛眉肃目静静地听着。这时候大保总会将目光飘向窗外，心里有种异样的感觉。有时也分组讨论，大家都遵规遵矩地依次发言，不越雷池半步，经历了前一段时间的动荡，同学们都变得更规矩、更听话了。每到周末，照例是全校学生集中在礼堂里听大课。照例是校长在台上大声宣讲一通。校长总是十分尽力，声音洪亮，条分缕析，排比句很多。学生们也都用心谛听，却似乎什么也没听进耳朵里，最后只听清了一句："下课！"才纷纷起身，背起凳子排队走出礼堂。

下午的学农活动会有意思点。老师说学农的意义不在于学做农活，在于培养同学们劳动的意识。在我们社会主义祖国，唯劳动者是高尚的。他们那段时间学农做得最多的是培育营养钵。这是一种新方法。营养钵的外壳是拿纸做成的，茶碗大小，一张作业本的纸即可折成一个，里头填上肥料便是营养钵了。营养钵里种的是棉花苗。在营养钵里填充的肥土有讲究，必须是山里岩石上的潮泥。这样一来自然就有了分工：女同学在教室里折营养钵，男同学上山去收集潮泥。营养钵做好了，又种起棉花秧子了，再搬到外面的学农基地上排放起来。学校有两块学农基地。一块在校园里，一块在校园后面的山坡上。一中的校园很大，进门即是一排教室，左边四间，右边四间，中间一条通道，通道过去，是一道慢坡，顺慢坡上去，百余米，是一个大操场，操场那头，又是一栋两层楼的教学楼。就在进校门的教室和慢坡之间有一大块空地，现在成了学农基地。同学们把营养钵一只挨一只整齐地排列在这块土地上，横看成排，竖看也成排，棉花秧子都青葱嫩绿，连成一片，竟也成了一道风景。学校的另一块学农基地在围墙后面的山坡上，很大的一片黄沙地，给整成了一条一条梯土，一路攀上了山顶。那里全部种了烤烟。烤烟长得有半人高了，底部的叶子伸展开来，有手板那么宽，一尺来长。隔两天大保和班上的同学就会上来，给烤烟浇水、施肥。这是他们比较松快的时光。可以在山坡上奔跑追打，可以在烤烟地里捉迷藏，还可以潜到隔壁岭上偷吃瓜果。隔壁岭上有一片梨树林，梨树下面到处种了西瓜、花瓜。那番日子正好梨子熟了，西瓜、花瓜也熟了，空气中飘荡着瓜果的甜香。他们分作几路，避开守瓜人的眼界，悄悄潜入进去，摘一兜梨子，或是抱一个西瓜，拔腿就跑。跑回来找一处阴凉地方躲起，再坐地分赃，分而食之。梨子还没有熟透，有的酸得掉牙齿。西瓜却个个都甜。甜，而沙。

他们也组织去到县城附近的乡下，插过田，割过禾，还挑过牛栏淤。时值"双抢"，耕收大忙，一边要把早稻收上来，一边要把晚稻插下去，事情急如救火，晚半天都不行。大保跟着生产队的社员踏踏实实地做了几天，才真正体会到了抢收抢种的涵义。每天早晨，他们到了乡下的时候，社员们已经做了两三个钟头的事了。他们都是天不亮就出工，天黑尽了才回家，中午饭是送到田里吃。大保只做了三天，就累得腰都有点直不起来了。

同学们私底下都起了议论：这个，就是复课么？这样能学到什么东西呢？他们大多从农村来的，还没上学就开始下田做事，对农活都很在行，对农民的生活、思想、感情都十分了解，还用得着去学习和体验么？好多同学都希望赶紧正式开课，学点文化知识。

大保心里也有这种疑惑，但他没有说出来。做营养钵、种烤烟、插田、割禾、挑牛栏淤，事情虽然没有什么意思，却也还有种新鲜感。同学们在一起嘻嘻哈哈的，也还好玩。再说，他身高体壮，力气有的是，做这点事情，不怕。每次学农，他都十分认真。

这种日子不久就结束了。井洞大塘的灯光球场即将修好，全区学生篮球联赛的日期也越来越迫近了。黄知福以体委的名义给学校请了假，把球员们抽调出来，集中训练。

这次县里很舍得本，提早让球队集中住进了县招待所，吃、住都在一起。一日三餐，伙食很好。早餐是豆浆、油条、包子，中午、晚上，四菜一汤，米饭尽饱，夜里练完球后还有夜宵，每人一碗肉丝面，油水放得很足。

井洞大塘的灯光球场已经基本完工，三个篮球场一条线排列在下面。崭新的篮球架，红白相间的篮网，球场四周黑色的边线、中线、三秒区，十分打眼。裁判台、记分牌、电子记时钟，在镝钨灯下更有一种光泽，宣示出这里的正规和秩序。四围都是看台，砌成了台阶的样子，延伸到底。看台很大，可以坐下半个县城的人。站在看台的任何一处地方，都可以望见大塘那头的一块标语牌。牌子上写着毛主席的手书大字：发展体育运动，增强人民体质。篮球场只占了大塘的一多半，还有一小半没有铺水泥，是留作以后修建跑道和足球场的。大保带着他的球友们在灯光球场上跑动练球的时候，常常会往大塘那头瞟过去一眼。他已经辨别不清埋葬那两具无名死尸的具体位置，但知道就在脚下的这块土地上，感觉两个游魂就在周边飘荡，脚步总有点滞重，有点飘忽。过了好多天，这种感觉才慢慢淡了。

地区学生篮球联赛如期举行。全区每个县都派了球队过来参加，加上地区几所中专学校的球队，一共有十六支队伍参赛。这是"文化大革命"以来的第一次全区性体育盛事，隆重，热烈，自不待说。开幕式盛况空前。县一中的洋乐队也调了过来助兴。嘭嘭嚓，嘭嘭嚓，激越的鼓乐声震耳欲聋。鲜花、礼花，交相辉映，天上和人间共享欢乐。入场式上，第一个进场的是大保和他的球队。大保走在队伍最前面。听到四周看台上的掌声忽然像洪水一样爆发起来，好像在做梦。一股豪气也突然在身上涌动，不由就恶向胆边生，攥拳想道：当了这条命也要争取拿冠军！他发誓要在家门口的赛场上尽力表现一下。

比赛十分激烈。十几支球队大多年龄相当，水平相当，都是初生牛犊，都打得非常卖力，比赛往往要到最后三分钟才见出分晓。旗鼓相当，场面火爆，这样的比赛才有看头。每天晚上，天还没断黑，球场上头的灯光就都大亮起来了，站在几里路外的东塔岭上都能看得见。好多观众比球员还要性急，早早地吃了晚饭（有些单位下午都放了假，一些商铺下午都关了门），早早地就到了球场上占位置。有些人去晏了找不到座位，只好站在台阶上面观战。每晚八点，三个球场准时开打。哨声一响，人们就都振奋起来了，双眼跟着场上的篮球来回奔跑。内行看门道，外行看热闹。观众里头，看门道的有，看热闹的也有。一有好球，看门道的鼓掌，看热闹的也随之鼓掌。三个球场同时比赛，随时都有好球出现，不拘这个场子，就是那个场子。同时打出好球的精彩场面也时有发生。县城里的人已经有了经验，往往是一处地方响起掌声，别处也跟着鼓噪。此伏彼起，此起彼伏。于是，一个晚上球场上都掌声不断，沸反盈天，热闹得不得了。

他们最欢喜的是看到本县的子弟兵出战。他们都知道了那些学生崽的野名。学生崽为了显示自己是生猛的，充满活力，都是跑步进场。看到他们，立即有掌声响起来。海脑壳，哗——掌声。灰毛砣，哗——掌声。奶猪崽，哗——掌声。大小腿，哗——掌声渐热。最后到了大保出场，呱——呱——呱，掌声就成了有节奏的浪潮了。受到如此热烈的欢迎，无不热血沸腾，身体膨胀，觉得不赢球实在是对不起场外的父老乡亲。

他们没有让父老乡亲失望。联赛之前，黄知福召集队员们开了个会，给他们说了一句话：要把每场比赛都当决赛去打。黄知福又透露了一个秘密：来的球队普遍不看好他们，理由是他们普遍个头不高。队中居然还有一米六几的矮个子。这当然指的是钟海仁了。又说，队里只有一个大个子，身坯是不错，可是看上去一副呆相，估计到球场上也出不了好多水。这无疑说的是大保。黄知福的话不知是不是真，效果却出奇地好，气得钟海仁当场蹦了三个高，大保则一拳擂在墙壁上，把墙皮擂脱了一大块。擂得四个手指血肉模糊。其他队员也都憋了一肚子气。

这股气当然要在球场上爆发出来。他们也真是把每场球都当作决赛来打的。他们跟任何一支球队相遇，就会设想到对手嘲笑的神态，气就不打一处来，分外眼红。他们每场球都拼得很凶，首先在气势上就震住了对手。他们一场一场地拼下去，居然一路凯歌高奏，最后打进了决赛。

决赛的对手是地区师范学校队。

这是支类乎半专业性质的球队。队员们大多是体育系的学生。个头整齐，技术全面，体质很好，他们每次在场上排队的时候，人们眼睛就会一亮，一些妹子家想办法也要挤到球场前面的看台上，有意无意地将脸块昂得很高。她们不是看球，是看人。他们热身上篮的时候，跑动起来的身姿非常潇洒，上篮的动作很规范，或单手，或双手，大多能把球托进框里，显示出良好的训练素质。大保去看过他们的几场比赛，得出的结论是：花架子，并不实用。他悄悄对钟海仁说："怕他个卵啊！你莫看他们跑篮的动作好像飞得起，其实没得哪个投篮比你准，也没得一个比我硬扎。我一个猫罩就能扑倒他们一片。一定要毁平他们！"钟海仁没有说话，只在鼻子里哼了一声，脚下展了展劲。

大保的大话说得有点早，他把很多事情都想到了，就是没有想到自己会受伤，半决赛时一次冲篮抢球，他的右膝头撞在对方球员的膝头骨上，当时就痛得落不了地。医生诊断后说，他的右脚筋腱轻微撕裂，虽不严重，但医生建议他卧床休息。规劝他最好暂时不要上场打球，以免再次受伤。

好在那场半决赛他们赢了。

好在半决赛后，要休息一天再打决赛。

大保是回到家里去休息的。父亲王孝德早年练过打，家里常年浸得有药酒，也多少懂点诊治跌打损伤的方法。他让大保斜躺在睡椅上，把脚放平，周遭掐捏一阵，又拿药酒揉了好久，巴上膏药。大保顿时就感觉不痛了。但父亲警告他还不能下地走路，只能躺在床上，吃饭喝水都由母亲送到他手里。

大保在床上睡了一天两晚。

第三天下午，大保感觉好多了，起来在房子里走动一圈，基本没有大碍。他对父亲说："今晚上我们打决赛。"父亲说："我晓得！"大保说："这场决赛很关键。"父亲说："我清楚！"大保说："我要上场！"父亲说："一场比赛有那样重要？"大保说："很重要很重要！"父亲望他一眼，说："我知道拦不住你。你硬要去就去吧！自己在场上多留点神，不要太霸蛮。"大保说："要我不霸蛮做不到，那不如不去！"父亲说："你去你去！你这个崽比老子还霸蛮！"大保说："生成的。"

父亲给大保把脚又掐捏了一会，抹上药酒，拿布带一圈套一圈箍紧，亲自给他把护膝、护踝套好。大保在地上跳了跳，说："很好。没有一点问题了！"

父亲说："我送你到灯光球场去。"

"不要不要。你当我还是三岁小把戏啊！"

大保摇着手，赶紧出了门。

门外有人等着他。那人影在隔壁人家的柜台旁边，一见大保，就闪了出来，叫着说：

"大保，你去哪里？"

大保定睛一看："咦——朱慧琴？"

"是我哩！不识得声音还不识得人？歪相！"

朱慧琴转个身，跟大保并排顺大街走下去。街上人很少，街两边好多人家都上了锁，冷火秋烟地，想必都到灯光球场上去了。大保心急，走得很快，朱慧琴要小跑着才能跟得住。

"慢点慢点，那样急促做什么？"

"我不能慢了，球场上等我上场哩。"

"你真是还要上场呀？"

"那当然。球队不能少了我！"

"你不是伤了脚么？"

"那点伤算什么！红军不怕远征难，万水千山只等闲。下定决心，不怕牺牲，排除万难，去争取胜利！"

"你拿毛主席语录背得很溜啊。"

"那当然，活学活用啦！"

"你们能拿冠军么？"

"能拿！"

"——你等一下。"

朱慧琴站住了。在傍晚时分衙门口路灯光的映射下，她脸上有种异样的光泽。朱慧琴从口袋里抄出一个小包，把手绢一层一层揭开，托到大保眼面前。

"这是什么东西？"

"西洋参片。"

"给我的？"

"给你！"

"你哪里来的这个东西？"

"偷的。"

"偷的？"

"从我家里药柜上偷的。"

"哦——那算不得偷。"

"你赶紧拿几片嚼烂吞进肚子里，把神气提起来，留几片等下上场的时候含在口里。"

"这东西有作用？"

"有作用。养崽婆难产，放两片含到口里，马上唰地一下，崽就生出来了。"

"你说起，神一样的。"

"就是神一样的。"

大保拈起几片西洋参填进嘴里，几嚼几嚼，吞下肚去。他真的就感觉肚子里有股气往外顺，一双脚梆紧的。

朱慧琴把手巾包里的西洋参都控在大保手板上，要他抓在手里。

"你一定要拿冠军！"

"好，一定拿冠军！"

"消灭法西斯。"

"胜利属于人民！"

朱慧琴自己都没有想到会冲口说出这句电影里头的台词，也没有想到大保会即时接得那么自然，不觉掩口而笑。

大保也呵呵大笑。

两人就此别过。大保先走了。他跨着大步，脚步噔噔的，两只手臂甩起好高。

出北门，经广场，远远看到了灯光球场上空一片璀璨，人影幢幢，他一下兴奋起来。

有人从后面小跑着过来，越过他，到了前面两步远才一个转身，立定了。

"嗨呀，钟海仁，你怎么还在这里？"

"寻你呀。"钟海仁说，仍然踏步跑着，他这是在做赛前的预热活动。"他们直接到球场去了，我绕个弯去家里寻你。你爸爸讲你已经出门往球场去了，我就赶紧赶过来了。怎么样，上不上得场？"

"我来了就是要上场的。"

"这句话听起来舒服。"

钟海仁在暗夜里笑了。大保摊开手板数了数，还有六片西洋参，就拈了三片给他。

"什么好东西。"

"当然是好东西，——西洋参。"

"你还吃这个？——肯定是有人给你的。"

"朱慧琴给的。"

"哦，这个妹子家有意思。"

"不多说了。赶紧含起来。"

"好，含起来。"

灯光球场已经人山人海。高音喇叭里在一遍一遍地播放《大海航行靠舵手》。看台上面的空地里摆满卖零食的摊担。卖甘蔗的，卖瓜子花生的，卖冰棒的，卖糖果的，卖爆米花的，卖酸萝卜酸豆角的，卖油炸糍粑的。每个摊担前都燃着一盏煤油灯。有人挑了一担井水，一边穿行一边高声吟叫："冻井水，冻井水啊。又清又甜的曲龙冻井水啊——"三面看台都坐满了，好多人还在来来回回地走动，看到有缝隙就赶紧过去，拿屁股左磨右磨硬磨出一个位置来。

决赛在中间那个球场。球场两边临时摆了一圈靠背椅。队员们也刚到，正在场边脱衣服、紧鞋带，蹦跳着活动。钟海仁和大保侧着身子从人行道里往下跑。有人看见他们了，鼓起了掌。很多掌声随之而起，连成一片。大保低头跑着，身上像家里的那台老式座钟，上紧了发条。

见到大保，伙计们都很高兴。黄知福俯身弹了弹他的右脚，问："又硬腮了？"大保说："硬骨硬腮。"黄知福叫声好，招呼几个队员说："你们几个听清楚了，还是老方案，多给大保传球，强攻篮下。下半场怎么变，看情况再说。"

晚上八点，场边的靠背椅也都坐满，余政委就坐在裁判台对面的正中间，满面笑容。球赛开始。大保站在中线一边，半蹲下准备跳球，忽然一瞥眼看到高高的看台上一个熟悉的身影，像是唐红卫。再一定睛，真是唐红卫。他一时有点分神：哦，她给放出来了？她也来看球了？他直了直腰，深深吸进一口气，重新把盘子扎好。

一声哨响，跳球了。

大保猛然跃起，把球拨给后场的钟海仁。他们抢到了第一个球。这是个好兆头。四周的掌声响起来，为他们的抢占先机欢腾鼓噪。大保兴奋起来，脚下像装了弹簧，劲头十足。篮球一到他手里，似乎立即接通神经，成了身体的一部分，运作自如，他凭借自己的身高力沉，不停地在三秒区左右移动，随时接球就起跳，或上篮，或跳投，有几次还用勾手投篮也得中两分。他是超水平发挥了。对方的教练很有经验，叫了"暂停"，改变策略，缩小防守，用了包夹战术。只要大保一拿球，立即就有两个防守队员一前一后贴身夹住，让他挪动不得。有一阵子甚至防得大保连球都接不到。这让大保很窝火，非常烦躁。

好在上半场结束了。

上半场双方战成平手。

大保在场边坐下时，才感觉到右脚小腿肚子上一阵胀痛，心里叫声："拐场了！"又暗暗祈祷："脚啊，你要痛也等打完这场球再痛。那时候再痛再痛我也甘愿。"

然而那脚却不为他的祈祷所动，反而一阵一阵刺痛，更厉火了。他心里慌乱起来，正不知怎么办好，就见跟前的人往旁一退，走拢一个人来。他抬头一看，父亲王孝德。

他一下子来了神气，小声说："你来做什么？"

父亲却不搭话，只一屁股坐到地下，把大保的右脚搬到自己腿上放平了，给他解开鞋带，脱下鞋子、袜子，又褪下护踝、护膝，再把布带一圈一圈松开。大保的小腿本来扎得梆紧的，一下松开来，由白转红。小腿又有点肿胀了。父亲按了按伤处，问大保："痛不痛？""不痛。""到底痛不痛？""痛！""是不是这里痛？""正是这里痛。""哪样痛法？""胀痛胀痛。""好。我晓得了。"父亲就拿大拇指按住伤处，另一只手在四周掐捏一遍；再从口袋里抠出一个小瓶子，倒上药酒又掐捏一遍。然后，拿布条绑紧，套上护膝、护踝，穿好袜子，穿好鞋，说："你自己把鞋带系好。"

大保自己把鞋带系好了。

他让一双脚放在地下踏了踏。

一直在旁边紧张地看着的黄知福，这时问道："可不可以？"

王孝德说："可以了。再打半场球没问题。"

黄知福说："我不是问你。我问大保。"

王孝德不高兴地说："他是我的崽，我还不晓得的？"

大保望着黄知福，眨了眨眼。

王孝德举起瓶子看了看，里头还剩得有一口酒。他递给大保，说："饮了它！"

大保就抬起下巴一口把酒干了。

哨声响起，下半场又准备开始了。黄知福只来得及给队员们交代一句："下半场多打外线。"又指着灰毛砣、奶猪崽和大小腿，"你、你、还有你，多抢板，多捅球。"又抚了抚钟海仁的霸脑壳，"拿出你中投的本事来，有了空当就投篮。下半场要靠你多拿分。"

黄知福说的都是土话，因为他看到一个疑似师范学校校队的队员一直在周围徘徊。

下半场的厮拼更趋激烈。开场不到一分钟，大保的右脚就给对方球员的脚踢到两次。他一门心思专注在篮球上，没有在意。到第三次，他就明显发觉对方的故意了。他起跳投篮，对方却没有跟着跳，只靠过来，拿手肘狠狠给了他的右脚一拐子。这一下太狠了，大保大叫一声，扑地倒下。但随即一挺腰站起来，将篮球夹在胯下，一张脸通红，盯住对方，用土话骂了句粗口，更意外的是，裁判吹了他"带球走"。大保一时气极，将球狠狠砸在地上。看台上的观众也看出蹊跷来了，嘘声四起，尽是倒彩。黄知福赶紧叫了暂停。大保一瘸一跛地走到场边。黄知福问："怎么样？"大保踢踢腿，咬牙说道："没关系。""还能不能打？""能打！""好，能打就继续打。你站在场上摆个样子都能震慑对方。不过千万不能起火。起火就上对方的当了。一定冷静，明白没有？""冷静，我会冷静。"

这边正说着话，裁判台那边却起了骚动。原来是一群球迷冲到裁判台，正跟裁判理论。黄知福远远地看了一会，问大保："叫得最起的那个是谁？"大保说："大名黄德傲，野名能者八个眼。"黄知福说："还有这样的野名？"大保说："这个人野怪得很，鬼名堂最多，最能搅事。不过他也是最忠实的球迷。"黄知福问："有没有人喊得住他？"大保说："只怕没得人喊得住他。这个人是属泥鳅的，水越深，越来神。"黄知福看了看大保，说："你去喊住他。"大保说："我？我有这个本事？"黄知福说："我看只有你有这个本事。"大保说："那我去试试。"黄知福说："不是试试，是一定要喊住他。你只跟他讲一句话：你要想我们输球，就闹；你要还希望我们赢球，就赶紧起开。"大保说："只这一句话？"黄知福说："只这一句话。这句话只有你去讲最有作用。"

果然，大保过去一说，能者八个眼即刻带着人走了。

比赛继续。

大保很少持球。右脚小腿上一阵一阵撕裂一般地痛，他知道那一定是伤处又加重了。对方的中锋仍然是跟他对位攻防，紧紧地盯着他，只是贴得不那么近了，动作显然也规矩多了。大保看着对方清秀的眉目，心想这个人打球怎么会那样鄙，竟使那种阴招呢？他几次都想回敬对方一下。他自信一拐子擂在那张脸上，擂折那鼻梁骨是没有问题的。可是他都忍住了。这是打球，不是打架，有必要那样睚眦必报么。关键是要拿出本事来，把比赛打好。然而他不可能还发挥得淋漓尽致了。旧伤复发，拖了他的后腿。几次在篮下起跳投篮，位置很好，姿势很好，可是在空中将要最后出手时，脚下一阵刺痛，顿时全身瘫软，气力尽失，篮球不是偏离篮筐，就是投出界外，连板都没有挨到。这使他十分沮丧，心气也就差了许多。好在这时几个队友都发了狠，齐齐爆发。大小腿袁志的中距离，海脑壳钟海仁的远投，都有进账，灰毛砣李本义和奶猪崽李石善的防守十分顽强，形同牛皮糖，防得对方两位主要得分手没了脾气。钟海仁不停地来回跑动，满场飞，总能及时地补上大保的防守空位。在最后三分钟时，大小腿竟然神奇地从对方中锋头上摘下一个"帽"，又一条龙运球突到前场，上篮得分。大小腿自己也为这次得分非常得意，高兴得在地上连翻两个跟头。

两队战平了。

时间剩下不到半分钟。

球又到了钟海仁手里。他运着球，慢慢往前场推进，眼睛睃视着自己队员的位置。这应该是最后一搏了，成败在此一举。这时全场观众都站起来了，却没有一点声音，屏息望着。黄知福早已跑到前场边线外站定。他比场上队员还显得紧张，骑马蹲裆式站着，一只手握拳前举，瞪眼看着钟海仁运球。呼，呼，呼呼……他忽然大叫一声："球给中锋！"声到球到。篮球即刻传到了大保手里。此刻大保已经抢到了有利位置，只要出手，得分有把握。对方也早早有布置，跟着就有三个队员狼一样扑拢过来，困住了他。有人还暗暗下手揪住了他的球裤。无论如何，大保也是要起跳了的。就在他鼓足了吃奶的力气要起跳的时候，瞥见了钟海仁从空位上斜插进来。主意就在一瞬间改变。他一个背后头顶传球。篮球又回到了跑动中的钟海仁手里。钟海仁顺势一个空中上篮。

球进了！

终场的哨声随即响起。

一球定了乾坤。

大保听到四周轰起一片欢呼声，有点不相信这是真的。球赛真的结束了么？我们真的赢了么？他冒起脑壳往四周张望。他首先看到的是父亲王孝德。父亲又拍手又跺脚，欢喜得像拜年路上的小把戏。他又看到了朱慧琴，看到了唐红卫，一个在东边看台，一个在南边看台，都笑盈盈地望着这边。他感觉到给人挂了一下，低头一看，能者八个眼正举着一包刚开封的纸烟，嬉笑着说："冠军，抽烟。"他把烟接到手里，这才醒过神来：哦，我们是冠军了。

人们慢慢散了。看台上一时显得格外空旷。也还有人坐在上头抽烟，这里一个，那里一个。成为点缀。球员们都不想离开，就在球场上席地坐下。有人给黄知福和大保搬了两把靠背椅过来。一些球迷跟随在旁边站着，听他们议论这场胜利的每一个细节。时不时还插进来补充一句，他们一起又把这场球复原了一遍。

后来念到了最后一锤定音的那个球。黄知福说："大保你那个球处理得真是妙啊。它让我想起一句成语。你们知道怎么说的？"

钟海仁接嘴说："神来之笔。"

黄知福一拍钟海仁的肩膀，赞着："太对了。就是这句成语，你怎么知道的？"

钟海仁说："书里头有。"

黄知福说："你还读过蛮多书？"

钟海仁说："不多。恰好撞到过这个词。"

黄知福点头说："以后这也会是个角色。"

其实大保也想到这个词了的。他同钟海仁读过的书差不多多，但他没有接话。他摊手摊脚地坐在靠背椅上，脚痛得很厉害。不想动，也不想说话。他还在想着刚刚打完的这场球。他想起球赛结束，双方队员握手致意时，地区师范学校的球队教练和领队都过来了，问他，中学毕业后，愿不愿意去地区师范学校，他们可以特招。当时他只是含糊地"唔"了一声，没有正面回应。现在想起，有点好笑。以他的意愿，想去的地方起码是长沙，甚至北京。地区师范学校这口塘，太小了。大保想着，忽然一个人失声笑了一下，挥手叫能者八个眼："火呢？"就点起烟抽了一大口。

县里的学生篮球队拿了地区冠军，一座县城都变得有生气了。热闹了好多天。在衙门口和几条主要街口，还有广场上，灯光球场上，都拉起了横幅：热烈祝贺我县学生男子篮球队荣获地区联赛冠军！县毛泽东思想文艺宣传队搞了专场演出，结束时让球队队员全体上台，接受县里领导的亲切接见。县文化馆的宣传栏里，整栏都是学生篮球队训练和比赛的照片。正街拐角处的照相馆门口，橱窗里从来挂的是女崽的相片，相片都放得很大，衣饰光鲜，面目姣好，一根根眼睫毛都数得清，十分打眼。好多过身的人走过去了，还要返过头看一眼。现在那里换上了大保的照片。照片比真人还大，更俊朗，更雄唐。大保天天从那里经过，一到跟前，忍不住就放缓脚步，一直盯着看。他看照片，照片也看他，眼睛对住眼睛。外头的和里头的都笑了。大保现在真是春风得意，走到哪里都有人认得他，给他打招呼，喊他过去坐，给他敬烟。他去理发，有人赶紧起身，客人给他让位，理发师喊他到前头去。有一次他去面馆吃面，要的光头面，老板却端来了一碗肉丝面，吃完了硬不收钱，他也不客气，一抹嘴巴，走人。时时处处，他都能感受到县城里人对他的关注和仁义。他好像生活在一团光环里。

一晃过去了一个多月。这天街上又过了一队游行的队伍，这次游行是欢庆毛主席的最新指示发表。毛主席的最新指示说："知识青年到农村去，很有必要……"接着学校把学生都召回去开了会。会上宣布：这次是三届高、初中毕业生同时离校，包括六六、六七、六八届。这次的毕业生有四个面向，即面向农村，面向工厂，面向边疆，面向学校。但很快又有消息纠正说，没有四个"面向"，所有的毕业生只有一个去向——下放农村。这个消息让一座县城的神经都绷紧了。读了几年十年，甚至十二三年书，到头来却是这样一个结果，好多人家都急得没了路。

大保开始也着急过几天，但很快就平静下来了。他听到母亲赌气同父亲说，我的崽哪里也不去，留在家里，我们养他。父亲说，这是政策，留得住的？母亲说，我就要留，未必还会来家里赶人走？父亲说，你以为不会来家里赶人？政府要做的事，抵得住的？到时候把粮食户口一迁，卵都没得嗖。母亲叹着气说，这么说来就没有一点法子，我的崽就只能去当农民？父亲生气地说，做农民有那样丑？我搭你不是做农民出来的？儿孙自有儿孙福，他要有本事，自然会走出一条路来，我们养他到十六岁了，以后的路就靠他自己去寻了。说到这里，母亲再没有开声，只是嗷嗷地哭起来。

大保心里也很难过。他稳了稳神，平静地走出去跟父母亲说："我自己的事情我自己去办，不消你们再多操心。放心。我心里有定准的。"

大保去找了黄知福。县里成立了知青办，黄知福给调过去当了主任。大保很奇怪，黄知福学的是体育，自己的专业不搞，怎么会肯去当知青办主任。不过他也有点庆幸，毕竟自己同黄知福很熟，甚至可以说是他的弟子，也许能够帮忙开个后门，给自己留城，大保是抱了侥幸的心情去找黄知福的，可是他错了。黄知福一口就回绝了他的请求，还给他讲了一通大道理。大保很失望，有点伤心，怎么一换位置，就变了个人一样，口里头尽是官腔了呢？

大保又悄悄去了趟地区师范学校。他记得他们的教练和领队许诺过，可以特招他进校。两位老师很客气，还从教工食堂打钵饭请他吃了。可是他们爱莫能助。国家有政策，谁也违抗不了。他们都劝他响应国家的号召，到农村去，那里天地广阔，也能有机会，有作为的。离开时，两位老师一直送他到学校外面，一再说，只要有机会，一定会首先想到他。说得他心里暖暖的。

大保从此死心，不再找人，铁了心下农村。居委会的人再来上门登记去向时，他遵从父亲的意愿，填报了去父亲的老家烟溪村，烟溪村在跷脚岭的尽里头，再过去就是邻县地界了。那里还有父亲的一栋祖屋。

大保的同学大多是集体下乡，像他这样回乡插队落户的，很少。李本义、李石善、朱慧琴、唐红卫，去的是跷脚岭知青点，袁志去的也是跷脚岭上的村子，能者八个眼黄德傲则去了共产主义劳动大学。这些同学都还在同一个县里，以后容易会到。钟海仁可能就不轻易会到了，他要跟随父母亲回长沙乡下老家插队落户。临下放前的一段日子，同学们天天互相串门，聚在一起。"下放"这个词像一味黏合剂，将他们强力地粘拉在一起。也没有男女界线了，也不管有没有地隔阂了，也不论熟不熟了，都怀着一种"同是天涯沦落人"的情意，互相走动。他们的父母亲天天跑百货公司，给他们准备毛巾、香皂、袜子、牙膏、牙刷、煤油灯、蛤蚧油、脸盆、冰铁桶、网兜……他们却天天聚在一起话别念空话、打平伙、互相赠送笔记本。

大保送出十几个笔记本，也收到十几个笔记本。他还收到一个篮球。

篮球是朱慧琴送的。

钟海仁比大保先动身。临离开的头天晚上，两人到东塔岭上坐了一晚，两个人将两壶酒都喝光了。清早下山时，两个人都带了醉意，顶了一头的露水。

大保没有跟随大队伍一起走。他厌烦那种敲锣打鼓的欢送场面。他也没有让父母亲和兄弟姐妹去送。提早一天就走了。独自挑着一担行李，一头是被窝，一头是个木箱子。扁担尖上吊着个篮球。父亲说："早年子我第一次下广东也是这样一副行头哩。只是少一样篮球。"

大保说："篮球是我的命。"

大保搭上公共汽车在跷脚岭下下车，又走半天山路，在烟溪村的祖屋里住下来了。

大保属龙，这年十六岁。

六

拿早酒一冲

大保请林工去喝早酒。

"呵，还有喝早酒的？"

"你来县里几天了，没听说过我们这里的早酒？"

"没听说过。"

"我们这里的早酒好出名的。全中国独此一家。有句老话：早酒一冲，一天都有威风。"

"呵，有点意思！"

"去见识一下？"

"那还消讲。"

"要去就要赶早。"

"晚了不行？"

"不行。喝早酒一个是酒，二个是菜。"

"这个我想象得到。"

"你没喝过不晓得。都有讲究的。"

"我不信还能讲究到哪里去。"

"讲究多了。要不要我先讲点搭你听？"

"讲吧讲吧！"

"先说酒。这酒不是白酒，是自己家里拿糯米酿的酒。"

"糯米酒我们那里也有。"

"你们那里的糯米酒能跟我们的糯米酒比么，我们的糯米是拿到石碓上人工舂的，米皮和胚芽都保持的。酒药也是自己制作的。"

"酒药在我们那里叫酒曲，对吧？"

"外面是叫酒曲，我们本地的酒药是拿十几种酒药草做成的。配制方法都是上几代人传下来的，秘不外传。各家的酒都有自己的特色，浓的，淡的，甜的，有劲的，有一家的酒做好了，还要给里头放冰糖、红枣、金缨子，盖上荷叶，再拿湿煤炭封住坛口，放三个月，等里头的糯米酒糟都化成了酒汁，才开坛舀酒。我不讲那酒香不香，只讲那酒汁——"

"怎么样？"

"拿双筷子插到酒里头提上来，筷子头上都能吊起酒丝丝，喝到口里粘嘴唇。"

"浓的？"

"就有那样浓。"

"好。我们就去这家。"林工来了兴致，接着问，"那菜呢？"

"菜是再平常不过的东西。"大保淡淡地说，"大多是从猪身上取，无非猪肝、小肠、猪脚、肚尖、猪舌子、猪耳朵、夹心肉、猪脑汤、血灌肠……"

"还有猪脑汤？"

"这你没有吃过吧？外地来的人都讲没有吃过，猪脑嫩呀，比豆腐脑还嫩。又鲜。一进到口里就化了，好舒服。"

"血灌肠呢？"

大保就比画着告诉他，如何拿木盆接猪血，如何洗猪大肠，清水洗了盐水洗，如何将猪血灌进大肠里，如何拿稻草结扎，又如何煮……

"问题是这些东西新鲜啊。新鲜得恶。酒店的伙计半夜就起身守到杀猪场，看到他们杀猪，看到他们灌肠，看到舀出猪脑心，端起就送回到了酒店。吃什么东西都要吃个新鲜，你说对吧？"

"不说了不说了。再说我就要流口水了。"

"肯起早床了？"

"你只说几点钟吧。"

"七点半。早不早？"

"不早不早。"

"我先订好位子。到时候接你。"

"好！"

吃早酒的地方在城东。穿过大马路的窄巷里。门面很小，没有什么特别的标志，只在门前斜插了一面小三角旗，上书：早酒。既为门面，自然是有铺板的。铺板却是一早就卸下了，坦现出里头一溜五六个灶台，人家的灶台都是在后头，在稍为隐蔽点的地方，这家早酒店却将灶台大大方方地安在前头。客人都要从这里路过，一抬眼就看得清清楚楚。灶台里的红火都烧得很旺，火苗像蛇信子一样乱吐乱舔。每个灶眼前面都据守着一个掌勺师傅，一手掌勺，一手掌锅。一时这口锅抬起来了，红亮大火随之蹿高，一时那口锅里浇下了一勺滚油，油烟滚炸而起，搅得一个灶台间到处烟生火爆，滚沸激扬，香浓不散。林工驻足只看了一会，就摇头大叫道："有意思！有意思！"

　　早酒店是拿一栋民居顺势扩建的。没有大厅，都是包房。楼有三层，每层五六个房间。大的可容十几位，小的只坐得下三四人。林工上下看了看，每个房间都有人，送菜员忙乱地跑进跑出。各种声音和香味从敞开的门里鼓荡出来，直撞脸。林工的鼻子和耳朵都有点发涨，赶紧往大保预订好的房间找去。

　　大保已经在包房里坐着了。包房很小，再多来一个人就转不开身了。桌子上简简单单地铺了一块塑料薄膜，放着一张茶壶。

　　大保取过一次性纸杯放在林工面前，提起茶壶就给倒满了。林工端起来闻闻，疑惑地问："是茶还是酒？"他闻到一股酒味。

　　大保笑笑说："当它茶就是茶，当它酒就是酒。"

　　林工再闻："就是酒嘛！"

　　大保说："在这里酒是当茶饮的。"

　　林工"呵"一声，拿筷子捅进杯里，提起来时，筷子头上果然吊了一丝丝的酒汁。又端杯抿了一口，果然好酒，醇厚，沁甜。嘴唇巴酽的，留有余味。

　　林工忍不住又喝了一满口，权当漱嘴。

　　林工问："点好菜了？"

　　大保点点头，推过一张菜单给他看。上面简单地写着"猪舌、瘦肉血肠、夹心肉猪脑汤、小肠猪肝、骨头肉、寸肠、辣椒炒牛肉、萝卜菜。"林工数了数，竟有八个菜。

　　"就我们两个人，点这么多菜？"

　　"横也是它，竖也是它，这个店子里的菜都在这里了。给你都尝一尝。"

　　"多了。"

　　"你吃一吃就知道多不多了。"

　　说着话菜就上来了，眨眼间摆满一桌。林工先鼓起眼睛看过一遍，给眼睛吃饱了，这才动筷子。他把每样菜都先吃过一轮。一个突出的感觉是：鲜，香。特别合口味。

"真是没有吃过这样合口味的菜哩！"林工说。满意地直咂嘴。他经常到外面出差，给一些地方做规划设计，所到之处，都有招待，把一张嘴巴都吃刁了，进口就知道菜的好歹。他说起长沙的臭豆腐、益阳的松花皮蛋、洞庭湖边的巴陵鱼、邵阳的猪血丸子，都不及眼前这桌菜鲜美。宁乡的口味蛇也是好吃，但口味太重，咸，辣，不如这里菜的味道纯正，有肉味，有鲜味，炒得嫩。有一次在湘西饱逮（湘西人说吃是"逮"）过一餐野猪肉，那肉是新鲜，刚从山里头打下来的，可惜厨师的功夫欠了点，做得很粗糙，放多了八角茴香，吃不出肉味来。他进而说到对吃的讲究，他觉得现在的生活水平提高了，很多人都追求吃得营养，吃得精细，这是错误的。这不是享受，是折腾。说到营养，如今餐鱼餐肉，营养不会不够，只会过剩。把东西做得那么精细。哪里还有什么味道？所谓口腹之欲，就是吃东西吃得有味道，说到底还是享受这个吃的过程。所以他吃东西，从来不在意珍贵不珍贵，只看合不合口味。

林工一边津津有味地吃，一边津津有味地说。一口酒一口菜，吃得热气腾腾，鼻尖发红，喉咙越来越敞。

大保一直谦恭地陪着。林工喝好多，他喝好多。他也走过很多地方，林工说的那些东西，他都吃过。他很赞同林工的说法。吃东西和交朋友一样，都讲究一个合口味。

"这菜真合你口味？"他问林工。

林工说："我喝这么多酒了还会说信口？"

大保欢喜地说："那你到我们县里是来对了。我们这地方啊，偏是偏点，可是好吃的东西多啊，一点不比你们大城市差。"

"你说的就是今天喝早酒这个水平？"

"你说痴话哩。比这好的东西多。"

"数几样给我听听看。"

"比如说——狗肉。"

"狗肉？"

"我晓得你想说什么。不错，狗肉是到处都有，但是我敢说，哪里的狗肉都比不上我们这里的好吃。"

于是大保就念起了狗肉那本经。他说，吃狗肉讲究一黑二黄三花四白。黑狗的肉最养人，味道最鲜美。黄狗差点。花狗更差。白狗就简直不值一提了。为什么？

白狗的肉有酸味，炒起来，一泡水，总也炒不干。所以这街上你看不到有白狗跑。个个家里都不肯养。又说，狗的大小也有讲究。都说"斤鸡六狗"，意思是要吃一斤重的鸡，六斤重的狗。六斤的狗补啊，肉又嫩生，连骨头都不要吐。还说，这里最讲究的是炒狗肉。通常的做法是：踢三脚，饿三天，炒三炒，焖三焖，加三次盐……

林工开始有点不经意，这时一下来了兴趣："什么叫踢三脚，又饿三天？"

大保得意地说："这你就不懂了吧？这狗崽买回来了哩，先在它肚子上踢三脚，把它肚肠里头的东西都哕出来；再关起饿三天，硬要等它肠子里的东西都哕干净了，再杀。杀狗不是用刀，是摁在水里头闷死。为什么不是打死，也不是杀死，是闷死？这也是有讲究的。狗在水里肯定要挣扎，对吧？一挣扎起来，气血就在狗身上游走。沾了气血的狗肉那才鲜美……"

林工摇头说："不可想象。不可想象。"

他接着又问："那炒三炒、焖三焖……呢？"

大保说："我们这里炒狗肉是用生茶油。茶油，你知道吧？"

林工说："知道。我们家里炒肉经常用茶油。"

大保点头说："我这话问得有点好笑。都知道湖南人爱吃茶油。茶油香啊！拿茶油炒狗肉又特别香。闻到都香。"

"你快点讲怎么个炒法吧。"

"你急什么呢？我会要讲怎么个炒法的。其实不复杂，先拿狗肉放锅里炒干水分，淋上茶油炒一道，放水焖干，再倒茶油，再炒，再焖干，又倒茶油，又炒，又焖干。炒一次，加一次盐，炒到第三次，焖干水，狗肉也就熟了。切狗肉的时候切得算盘珠一样大，炒熟了以后一粒粒黄亮黄亮的，像煮熟了的板栗……"

"像板栗？"林工望着大保，有点走神了。

"这时候起锅的狗肉出了一层胶，不巴锅，但可以扯出丝丝来。"

林工的眼睛动了一下。他又在想象着出了胶、可以扯出丝丝来的狗肉是个什么样子。过一会，他大概能想象出什么了，使劲地点头。

接着，大保又说到了炸皮团子肉、粉蒸肉、油淋子鸡、馅豆腐、血鸭、瘦肉汤……

"瘦肉汤？这太普通了。"

"普通？普通的菜做出好味道，才不普通。我先问你，猪身上哪里的瘦肉最好吃？"

"应该是腿子上的肉吧？"

"我就知道你是不清白。告诉你，猪颈根上的瘦肉最好吃。猪的一身哪里活动最多？不是脚，也不是嘴巴，是颈根。活肉好吃，这个道理你应该懂。会吃的人，不会要第一刀下去的肉。第一刀下去的肉有血腥味。要的是第二刀、第三刀割下来的肉。那肉纯正。"

这真是闻所未闻！林工惊奇得呼吸都有点紧促了。"吃一块肉都这样讲究呀，不可思议。"

"我还没有跟你讲千家洞水库的乌鱼哩。"

大保还要继续说，林工一竖筷子做个"暂停"的动作，说："不讲了。我知道那又是一种难得一遇的好东西。我打定主意了，多住一段时间，把你们这里所有有特点的东西吃过了再走。"

"算你每天吃一样，只怕一个月还吃不到。"

"那就再多住两个月。"

"好呀！有时间了我还可以带你到乡下走走。乡下也有好东西。乡下人也会吃哩。"

"乡下好东西多。什么野鸡、野鸭、野兔子、脚鱼、蛇。听说跷脚岭还有穿山甲？"

"那是有。"

大保就说起当知青时的一次经历。那天他跟生产队会计王庆生一起到岭上捡柴，看到一条黑黑的东西从跟前梭过去，一下钻进土里不见了。只看到一个洞眼开得很大，有很多泥土从洞眼里抛出来。大保有点紧张，以为遇到了蛇。庆生说不是蛇，是穿山甲。他赶紧叫大保一起，从旁边舀水过来淋在松土上。庆生有经验，知道穿山甲钻洞厉害。但也是钻干土厉害，碰到湿土它的爪子就没有用了。果然，洞眼里不再往外抛土了。庆生拿柴刀当镢头，挖开旁边的土，就看到一只穿山甲缩在那里一动不动，那只穿山甲好肥，几个伙计打了一顿扎扎实实的平伙。吃了穿山甲的那几天都几多威风。真是好东西。至今不忘。

林工说："找个时间，带我去烟溪村走走，也捉只穿山甲吃吃。"

大保说："穿山甲不敢保证，但可以保证给你吃到泥鳅。"

"泥鳅？"

"是的。泥鳅。烟溪村的泥鳅跟别处的泥鳅不一样，长不大的，只长到小手指大就不长了，短粗短粗，肉就香甜。那里的泥鳅氽豆腐也是一道名菜。"

大保又说起烟溪村的泥鳅氽豆腐。一锅清水，把豆腐和泥鳅同时放下去。水一烧热，泥鳅就往豆腐里头钻。钻到里头就不出来了。那么奇怪，一块豆腐里头只盘一条泥鳅，不会多，也不会少。只几分钟，起锅。撒点盐，撒点胡椒，还漂点葱花。马上吃，泥鳅跟豆腐一样嫩，汤都是沁甜的。县领导招待客人，有时还派人专门到烟溪村调泥鳅。

林工又开始走神了，眼光直直的，带点醉意了。"妈妈的屄。"他忽然骂了声娘，说，"钟海仁这家伙太不讲友情了，这里有这么多好吃的东西也不给我安排一下。"

大保忙说："你不要怪他，怪我。海仁安排我招呼你，是我没有尽到地主之谊。"

"不怪你。怎么能怪你呢！"林工说，已经有点口吃了，"我也不怪钟海仁。他是一县之长，工作忙，顾不过来。"

"这就对了。以后有什么想法，都跟我说。我们是朋友了，不要见外。"

"我同你不得见外。我们第一次见面就看出来，你这个朋友值得交。如今这个社会，像你这样的人不多了。"

"我这人生得蠢。"

"不是蠢。是厚道、实在、不奸猾。"

"你意思说我是个好人？"

"当然是好人！"

"你在骂我哩！"

"我怎么是骂你？"

"如今说人忠厚、老实，是骂他哩。骂他没得卵用。得幸我不在政府做事，不然那些人会在心里骂你的娘。"

"那说什么？说他们奸猾？"

"也不能那样去说。实际是那样做的，但是不能说出来。如今不奸猾混不好呀！"

"也是事实——到处都一样的。"

停停，林工又说："不过我还是喜欢你这样忠厚本分讲仁义的人。同你打交道很舒服，不累。如今同人打交道是件很累人的事情。"

"心累。"

"你说的一点没错——是心累！人跟人打交道总感觉在防着你什么，或是想从你身上套取点什么，给人不舒服。比如我来你们这里才几天，就有好几个人问我同钟海仁什么关系。"

"你怎么回答？"

"我？笑而不答。问多了，我就要他自己去问钟县长。我量他也没有胆量去问。"

"你这样子回答也是够奸猾的。老实说，如果不是海仁那样出面来请，我是不得沾这件事情的。公家的事情，沾得好就好，沾不好会惹好多麻烦。我现在自食其力，自由人一个，不想靠哪个，也不想沾哪个，只想靠自己的本事吃饭，过安稳日子。但是海仁出面就不同了。这样的老朋友，建商业城这件事情哩，凭良心讲，也是对老百姓确实有利的。我们作为这里的子民，出点力也应该。不过我同海仁讲明了，我只做他派给我的事情，别的，一概不探。"

"我同你想法一样，只做我的设计，这是我的职责，别的什么事情都不晓得，一问三不知。"

"这样最好。"

两个人将最后一口酒喝干。再拿筷子探到菜盘子里，却连渣渣都夹不到一点了。一餐早酒，喝了三个钟头，两个人把八盆菜吃得精光，却还只是觉得刚刚够饱。两双筷子在汤底下撞到了，同时举起来，不觉哈哈大笑。

两人互相搀扶着走出门，天上竟难得地挂起了大太阳。煞白一片，照得眼睛发花。站在浓重的檐影下，林工有点发木。他这时不想回到宾馆。"早酒一冲，一天都威风。"热风一吹，酒劲上来了。他现在就只想要威风一下。他混沌的脑壳里，忽然闪出一条缝来。他问大保："县城边上有间八个眼客栈，你晓得么？"

大保说："晓得。没进去过。"

他不明白林工为什么提起这个地方。

"昨天晚边子散步，走那门口经过，那里好像很热闹的？"

大保冷冷地说："那种地方，当然热闹。"

"那里好像是……？"

"——鸡窝！"

"我看到也是像鸡窝。"

"就是鸡窝！"

"我们过去看看？"

"啊——？你对那种地方有兴头？"

"也谈不上有兴头。只是——想了解了解。到了一个地方，什么都想看看。"

"那种地方，想起都龌龊。"

"我们又不是要到那里做什么，管他龌龊不龌龊。走，去看看。"

"好吧，我就陪你走一转。"

大保带着林工包了个大圈。走过一条马路，又走过一条马路，慢慢行。有一阵太阳落在后背，一阵太阳又照在了前身。渐渐地酒劲发散了许多，脚下变得轻快起来，他暗暗希望拖到后面林工会改变主意。

林工才不理会他的想法，喷红着脸，只管一脚重一脚轻地往前走。目标坚定，眼无旁骛。

大保不好再兜圈子了。一座县城，拢共有好大？总不能走来走去总没有个头吧。后来他干脆抄了近道，过马路，穿越派出所后门，经垃圾站，到一条横街。大保指着横街尽头的一栋五层楼房，说："是那里吧？"

林工抬头看看，欣喜地说："一点没错，正是那里。"他看着在大太阳下却仍然显得暗沉的客栈招牌，说："怎么叫八个眼客栈，这名字起得怪，不过好记。"

大保说："这客栈的老板野名就叫能者八个眼。大名黄德傲。"

"你认得里头的老板？"

"岂止认得。我们都有几十年的交道了。早年子那也是个铁杆球迷，天天跟在我们后头跑，比守家的狗还忠实。这是个比老鼠子还拐的角色，这些年发了不少浑财。"

林工对能者八个眼这个野名有了兴趣，就叫大保又重复了一次，念记在心。

"这个野名总是有什么来历的吧？"

"来历大哩，几句话说不清。等下同你说。"

这时两人已经到了客栈门前。一路台阶，通到客栈大门，大保说："这台阶是八磴。你数数看是不是？"

林工摇着手指点了一遍，正是。

"这也有讲究么？"

"有讲究。能者八个眼，名字里头含个'八'字，他就在好多事情里头都带'八'。八级台阶，一张桌子坐八个人。逢八做寿。这客栈五层，每层八个客房。连里头的'鸡婆'也不多不少养了八个。"

"如今的'八'是个好数字。"

"这都是广东那边兴起来的。"

"越有钱的地方越想'发'。"

"说到底还是一个'钱'字逗起人发神经一样，没得个样式了！"

正说着，客栈门口晃出一坯矮人。那人眯细了眼看过一会，尖细着嗓子叫唤道："那是大保吧，到门口了也不上来坐一槌？"

大保征询地望望林工，大声说："进去喝杯茶再走？"

林工做出顺水推舟的样子，点点头。

矮人用眼睛接住他们，三个人转身往大堂进去时，林工发现那老板是个瘸子，他也是瘸得太厉害了，往前走一步，身体就要往右边大幅度地倾斜一下，脑壳的摆动比脚步还展劲。大堂里横着摆起两张长沙发，脏兮兮地，让人不敢落座。服务台没有看见人，矮人就扯起喉咙喊道："来客人了，不晓得上茶啊！"

林工已经知道这矮人就是能者八个眼。随着话音，一个服务员一手捏纸杯，一手托茶壶款步出来。到了跟前，能者八个眼冷不防抬起那条瘸腿踢在肥臀上，骂道："眼睛连不观场，来了客人还使起躲到里头去了。"

服务员似乎习惯了他的踢打，心里随时防备着，那条瘸腿刚一起势，她的屁股早已一扭，躲开了，只让脚尖点住一下。但她一扭，却将身体扭出一个S形，顿时绽放出一种韵致，砸得林工心里一动，泛起好多想象。

服务员给客人筛好茶，就退回到服务台后面。她低着头不知在做什么，看不到脸，只能看到头顶上一只蝴蝶夹偶尔一动。蝴蝶夹上头的墙壁里钉了一幅画。画上满幅热带风光，几棵椰子树上巴了厚厚的檐尘。一只绿头苍蝇"嗡"地飞过来，又"嗡"地兜了回去，没进里头的走道上不见了。

走道上没有开灯，暗糊糊的，两边房门紧闭，不见人，也没有声响，阒冷清静。

大保端起茶杯，在手里握了握，又放下了。

"听说这里生意不错？"

能者八个眼啐地笑一声，说："你都不来关照，我这生意能好到哪里去。"

"你说痴话哩！我就住城里头，有家不住，要来住你的客栈？"

"歪相歪相，你才说痴话哩，你不来住，可以来耍啊！"

"你这是客栈，来了不住，有什么好耍的？"

"我这里好耍哩。"

"耍什么？"

"耍人吧？"

林工陡然插进来一句，逗得能者八个眼蹬脚笑起来，一边笑一边说："这位老哥有眼法，一看就准。人世上要讲耍，还有松快过耍人的？就是耍人哩！"

"那你是什么，鸡头？"

"这个名词不大好听。不过我不在乎怎么叫。嘴巴生在别个身上，爱哪样叫哪样叫。"

大保说："前面就是派出所，你不怕抓？"

"这个话你就问得蠢了。有句话叫作：事在人为。又有句话叫作：只要有钱，天都打得穿。如今不合理不合法的事情多了去了，如果工作没做好，即使派出所远在天边也会抓你；如果工作做到了家，哪怕派出所近在眼前也看不到。这就是现实。"

"你就肯定不会有人来管你？"

"肯定。不说百分之百，也有百分之九十九点九九九。"

"我就不清楚你凭什么可以夸这样的海口。"

"凭什么？我一有钱，二有人。钱行得通就上钱，钱行不通就上人。"

"你有钱我知道，还有人？"

"我有的人你是没有见识过。我这里八个服务员，个个乖（漂亮）得跟卵一样，要她软就软，要她硬就硬，比穿山甲还厉害，什么泥土钻不进。"

"我还是不明白。"

"不明白自己慢慢去悟。我也只能把话讲到边边上，再不得深下去了。"

能者八个眼说着就又在大堂里走动起来。看来这是个属陀螺的人，一刻也停不下来。走几步，坐一坐。屁股还没沾到沙发哩，就又站了起来走动。他个头很小，只比那刚刚发育的小把戏略大一号，嘴巴很细，眉目模糊，脑门还很光滑。穿一套肥大的灰西装，敞着怀，打了领带，后颈根上的白衬衣领子黑乎乎的。一只裤脚是卷起来的。另一只裤脚长出来的一截就让它自由地拖在地上。走一步，裤脚就在地上扫一把。他来来回回地走动，裤脚把走过的地方都扫干净了。

能者八个眼见林工盯着他的跛脚看，就停下来说："你信不信，我这条腿抵十万块钱哩。"

林工不明白这是什么意思，抬高眼望住他。

"早先娘老子给我的两条腿也是一崭齐，灵泛得很哩，跑得，跳得，还打得篮球。不信你问大保。"

大保点头，说："是很硬扎。"

"后来怎么瘸的？"

"还不是坏事做多了，给人打瘸的。"

"哦——？"

"事情很简单，我骗了别个十万块钱，给人捉到了。那人拿根钢管指到我，问我还钱。我讲没得钱还。那人讲不还钱就要打脱我的脚。我想了想，说：我两只脚值二十万，你们要打也只能打我一只脚。那也是个猛子，真的一钢管扑下来，硬就把我一条腿打脱成两节。"

"啊——！"

"要讲起来，拿条腿斟十万块，也抵得。瘸一个脚算什么，不影响我走路，也不影响我赚钱，更不影响我打眼，没有亏本。"

能者八个眼又说："如今这社会，是乱打乱发财，各显神通。有权的权讲话，有钱的钱讲话，我没权也没有钱，只有脚讲话。我要没有那十万块钱，还发不到今天这个样子。"

大保一下想起了很多事情，血往上涌，愤愤地说了句："有些事情你做得太过为了。"

"不过为。一点不过为。大保你不要不服含。现实就是这样的，我不那样做，就发不了财，没有好日子过。人不为己，天诛地灭。我到这人世上走一转，过不上好日子，我不甘心哪！"

能者八个眼说着就又抬起脚走动起来，动作更大了，脚步拖得地板嚓嚓地响。

林工看到大保脸黑了，紧绷成一块。他直觉到他们之间也有过什么过结，却不便多问，凝一会神，就端起茶杯喝水。

他已经喝干三杯水了。

一时无话。正沉默间，里头走道上有了响动，小门吱呀一开，走出一个妹子来，二十岁样子，穿一身粉红睡衣，头发蓬松，睡眼迷离，踢着一双绣花拖鞋，袅袅娜娜地走进大堂，擦着他们身边过去，一直走到门外。妹子站在阶沿上，张开双臂，朝天伸了个大大的懒腰。然后，返身又回转走道里。

只一会，妹子又出来了，嘴里含一支牙刷，手里端杯水，站在阶沿上刷牙。从大堂里望过去，能看到妹子一耸一耸的背脊。

妹子身上宿夜的香水味尚未消散，又有牙膏清凉味飘进来，刺激着林工的鼻孔都张大了。他身上有种麻酥的感觉，燥热难当。

他轻声问大保："这会不会就是那种妹子？"

大保冲口道："我比你还不清白哩！"

"服务员。"

能者八个眼伏在沙发靠背面，把头伸过来，声气很大地说。

林工说："这服务员身材很好。"

"脸相也好。"

"你自己这个样子，招的服务员倒不错喔。"

"这就是各人的本事了。我这里有八个服务员，一个比一个乖，屁股肉嫩软的，要不要都赶出来拿给你们看看？"

大保赶紧摇手说："不看，不看。"

林工心里是很想看看的，听到大保这样说，就没有接话了。他觉得大保何必口气这样铳。

门口的妹子刷完牙了，含了漱口水在喉咙里哇啦啦一阵，"噗"地喷到空中，风把牙膏沫刮进来，顺便亲到了几个人的脸上。大保抬手去擦脸。能者八个眼就朝门口骂道："烂麻皮，刷个尿牙不晓得走远点啊！"

妹子刷完牙，摆着手臂穿堂而过，进到里头去了。一会儿，走道里的某一间房子里就传出了咿咿呀呀的哼唱声："树上的鸟儿成双对，夫妻双双把家回……"哼得走腔走调，似在催眠。

能者八个眼绕到沙发前面来，眨着小眼睛细细声说："进去耍一下？"

大保一下瞪起了眼睛。

"不去！"

"我不是问你哩。我知道大保你是个规矩人。我也知道远嫖近赌的道理，不得跟本地人揽生意。我是问这个老哥。"

能者八个眼说完，就拿眼睛觑着林工。

林工又端起了茶杯，逗在嘴巴上，却没喝的意思。他心里像炼粥一样翻腾，有股热气直往脑壳顶上冲，一身发胀。他没有开声。

"如果刚才这个不满意，也不要紧。我这里昨天刚刚来了两个新人。嫩得出汁的新鲜货，十八岁不到。我知道很多客人喜欢尝鲜。"

林工还是不开声。

"想尝新就要赶紧啦。我这客栈很快要拆迁，开不得好久了。"

大保转过脸来，有点意外地问："你这里也要拆迁？"

能者八个眼指着门口说："你没有看到啊，外面墙壁上脚盆大的一个'拆'字。"

大保说："我看到好多房子都拆迁了，你这里没有一点动静，还以为不在拆迁范围之内。"

"当然在拆迁范围之内。政府那头来下过几回拆迁通知单了，我没有动。"

"为什么？"

"条件谈不拢。他们给的拆迁费是两千块钱一平方米，我要五千块。"

"你也太咸了吧。咸得没有边了。"

"一点不咸。我还恼火自己一开始开口太小了。你搭我悟一下，我的客栈开在这里，已经做熟了，就像一蔸摇钱树，天天收钱不赢，现在要我拆迁，不等于砍了我的摇钱树，断了我的财路啊。我不能吃这个亏。"

"但是你这要求也提得太高了。县里修商业城也是为了发展……"

"你不要搭我讲大道理。这种话拆迁办的人天天来讲，听得耳朵发涨，卵根子抽。我不要听大道理，我只要现金兑现。政府有钱修商业城，就应该有钱补偿我们这些拆迁户。我就算要价高了点，我还有栋房子凳在这里。那些当官的又吃又拿又贪，有什么作本钱？婆婆的奶，个个吃得。他们不满足我的要求，我是不得走的。"·

"你是要做钉子户哩。"

"钉子户有蛮丑么？拆迁办的找些烂崽头天天来恐吓，以为我会怕么。他们也不悟一下，我这野名怎么来的？能、者、八、个、眼，我本人就是烂崽头的祖宗。什么打恐吓电话、砸玻璃、往门口浇大粪，哪件事都是我先做过的，拿他们给我做徒弟还不得收。蚂蟥咬到薅田棍，我会怕么？！"

"我要出个主意给他们，你肯定怕。"

"你有什么馊主意？"

"抓嫖。"

能者八个眼尖声笑起来，笑得下巴上一撮稀疏的胡子一翘一翘的。他又开始在地上走了。

"你这个馊主意，他们早想到了，我也早想到了。我还以为你比我们都聪明哩。"

"不怕？"

"当然不怕。什么事情就怕没有防备。有防备了，还怕个卵。"

"有防备？"

"当然有防备。摆在我眼面前的无非两条路，一、金盆洗手，干干净净；二、找好退路，不给人捉到把柄。捉贼捉赃，捉奸捉双，你不在床上捉到，就可以不认。即使在床上捉到，卵袋不在里头，也可以不认。再说，我有那么蠢，会等到给人来捉，我们不会跑啊。"

"哪个都晓得你的客栈有后门，真的提你，只要前、后门一堵，掐死鱼一样就提了。"

"真的有那样的时候，蠢哥才会走后门逃。"

"你还有另外的路跑？"

"那自然。狡兔还有三窟，我比兔子还是要灵泛一点吧！"

"那怎样跑？还能从地下跑？"

"你这人真还不蠢，小时候我们都看过电影《地道战》，不可能不得点启发。"

"你还挖了地道？"

"不告诉你。"

"不告诉就不告诉，你以为我爱听这些乱七八糟的事情啊。"

能者八个眼转了一个圈过来，就又忍不住挨在大保耳边说："我那地道啊，你都出过力哩！"能者八个眼的胃气很重，熏得大保肩膀一耸，赶紧偏过头去，斜睨着他说："你的事情不要牵扯到我。我们没有任何关系。"

能者八个眼嬉笑着说："三十多年前你是不是在井洞大塘塘墈上挖过防空洞？"

大保不明白他怎么会突然提起这件陈年旧事。那是他心里头一辈子的伤痛，轻易不肯去触动它，他不知道能者八个眼又要胡说些什么。他摸出一根烟来，抖着手点燃了。

"我晓得你不想说这桩事。不说了。"

"你说！"

"那我就说了。你不要怪我。"

"这个事我怪你做什么？有屁就放！"

"实在话搭你说吧，那些防空洞就在我家客栈后门出去的下面，距离恐怕两百米不到。"

"哦——？"大保忽然弹身站起，俯身看着能者八个眼，很有兴趣地问道："那我们现在的位置就是在当年的灯光球场上头？"

"也不是在灯光球场的正上边，准确点说，是在灯光球场的那一头，挨到井洞大塘西边的墈墈上了。不过到底是在塘墈上呢，还是在大塘里头，这就很难说清楚了。"

大保很快地回想了一下当年井洞大塘的位置，忽然有点兴奋。如果能者八个眼的客栈真是在井洞大塘的西头，当年埋葬两具无名死尸的地方应该就是在这附近了。但他不敢相信能者八个眼，这个人说话太喜欢信口，十句话难有一句话是真的。他需要亲眼看到证据。

最好的证据就是防空洞。

他想起来，防空洞的进口就在井洞大塘西头的塘墈上，距离埋葬无名死尸的地方不过几十步，每天挖了防空洞，出到洞口，常常会不经意地瞥一眼那个地方。那时他正受到一桩"反革命案件"的牵扯，身陷囹圄，是被捉去强制劳动的，身后就有枪杆子指着，万念俱灰，即使看到那个地方，也再没有了感触，没有恐惧。他常常想起那段伤心往事，就在钟海仁交代他寻找埋葬无名死尸的地方以后，也还想起过，但他就没有把两件事情联系起来想。

没想到是能者八个眼提醒了他。只要找到防空洞的具体方位，下面的事情就容易很多了。他很自责，怎么早没有想到这点。

"带我去看看防空洞。"

"你什么企图，怎么突然想起看防空洞？"

"什么企图都没有，就是想看一看，以后商业城修起来，只怕想看也看不到了。"

"你不会是公安局的眼线，来摸我的底的吧？"

"你悟起我会是那种人么？"

"我想你也不得是那种人。"

"那就带我去啊！"

"不行！我还是悟不明白，未必你还是学那些酸腐文人的样子，去怀旧？"

"让你说对了一点点。"

"那个地方有什么旧好怀的，对你来说，看了只会伤心，今夜晚又会睡不着觉。"

"伤不伤心是我的事，你只带我去看看。"

"看看可以，你先答应我一个条件。"

"这点事情还有条件？说出来我听听。"

"请我铳壶酒。"

"这算什么条件，应到你。"

这时林工已经歪在沙发上睡着了。嘴里的半截烟都没有摘下来，已经熄了，烟灰结起好长。大保拿手板轻轻给他把烟灰接了，说："不要摇他，让他睡。"

两个人就穿过大堂，往里头走去。走道尽头有间配电房，还兼着杂屋，堆着破凳子、旧床垫，以及撮箕扫把塑料桶之类。搬开一张床垫，竟有一张窄门。窄门后面就是地道了。弯腰走下去，不几步又有一道铁门。铁门那边就是平路了。地道有一人来高，大保却还是要勾着腰。手电筒晃前晃后地照着，地下很平整。又走了几分钟，眼前豁然开阔了。大保一看就知道，这正是防空洞的进口，心里忽然翻腾起来，血往上涌。他靠在防空洞进口的石壁上，没有再往前走。他知道里头阔大得很，两条通道斜进去，深有几十米，七弯八拐，躲几个人在里头只怕鬼都寻不到。这个能者八个眼真是比别人多一个眼，这样的事情亏他想得到。大保粗声说："可以了，转去吧！"

两人回到上面，能者八个眼移过床垫将窄门遮起，又搬动几张凳子挡在前面，大保就先出门去了。走道两边的门都关着，只有最外面的一间房门丫开了一条缝。大保忽然动了好奇心，轻轻推开房门，探头往里一看，里头摆了两张床，雪白的被子摊开着，一个老婆婆坐在床边上发呆，听到门响也没有反应，脑壳都没有动一下。

能者八个眼从后面跟上来，把门带关了。

大保一边走一边转过头去问："这也是旅客？"

能者八个眼说："不是。我姨妈哩。"

"原先从来没有听说你还有个姨妈呀？"

"不是至亲的，有点巴掌亲。没得崽没得女，是个孤老，我看她遭孽，就接起来一起住。我这里有房子有服务员，招呼起来方便。"

"看起去岁数不小了。"

"八十一（岁）了。"

"这桩事你做得好。"

"我也不晓得好不好。积点德吧！"

"这样悟就对了。到这个岁数的人，我们都要多做行善积德的事。"

"说得好！"

到了大堂，林工还在沉睡。大保敲醒他，招呼说要回去了。林工睁着惺忪睡眼，左右转看一圈，好一阵才清醒过来。他刚刚做了个好梦，脑壳里余兴未尽，犹自萌动不已。

日头已经当顶了，阳光有了硬度，直往衣服里头扎，灼得皮肤烧热。大保带着林工出了横街，便直奔附近一座茶楼。他出了早酒店还没喝过水，口里早已焦干的。

林工说："在客栈里头老板给我们泡了茶的啊。"大保说："那种地方的水我哪里敢喝。"林工问："为什么？"大保轻蔑地说："邋遢。"林工笑一笑，说："你那是心理作用哩。"大保说："不管是什么作用，反正我感觉那种地方的东西都不得干净。"林工说："你好像很看不起他？"大保说："这县城里头就没有几个人看得起他的！"林工问："为什么？就因为他开了客栈？"大保说："这也是个原因，但不是主要的原因。主要的原因还是他在社会上做人不行。你没有听到他自己说？他就是烂崽头的祖宗。——先喝茶，我同你慢慢讲。"

林工去趟厕所回来，大保自斟自饮快把一壶茶喝干了。

他同林工慢慢说起了能者八个眼这个人。

能者八个眼大名黄德傲，可是县城里没有几个人喊得出他的名字。当面背后都是叫：能者八个眼。人生来脑壳上有七窍。眼睛、鼻子、耳朵、嘴。我们这地方不叫"窍"，叫"眼"。黄德傲生成的比别人多一个眼。这个人从小不学好，尽跳搋皮，鬼点子特别多。你看到了的，他眼睛特别细，看人的时候眼珠子是不动的。可是一动起来的时候，就是在打鬼主意了。人家《三国》里头的周瑜是一步三计，他比周瑜不得差。我们县城东门外有条汇水河，汇水河上有座汇水桥，是座石拱桥，热天的晚上，很多人都到石拱桥上歇凉。那时候大家都穷，热天都是穿一双"趿趿鞋"，就是一块木板上钉块胶皮的那种，广东人叫木屐，我们这里叫趿趿鞋。只有少数有钱人穿布鞋。拿个板凳坐在桥上歇凉，自然都是把鞋子脱了放在地下的。能者八个眼挨着人一个一个走过去，嘴里打着招呼，脚下轻轻把鞋子踢到河里去了。第二天早上醒来一看，下面河湾里的水坝前面浮满了趿趿鞋。能者八个眼长到八岁上小学一年级了（他比别人晚一年开蒙），还穿开裆裤，经常吊起一个小鸡鸡在操场上追女同学。有一天，灰毛砣李本义邀他到同学家里打扑克。那天下雨，八个眼穿的趿趿鞋，灰毛砣穿的是棉绒布鞋。中途，灰毛砣有点事要回去打个转，就同八个眼换了趿趿鞋。下雨天路上湿，趿趿鞋不怕雨水。谁知道灰毛砣穿着趿趿鞋刚到家，八个眼穿着他的棉绒布鞋也淋着雨跟进了门。可怜一双崭新的棉绒鞋上尽是泥水。灰毛砣恼火不过，问他跟起来做什么。他说："我是来跟你换鞋的呀！"这个人心思不大好，一天不生点鬼名堂捉弄一下人就一身都不舒服。我家门口有个仁和墟陂，逢三、六、九赶墟。有一天八个眼去墟上买干红薯藤。干红薯藤分量轻，每担都是好大两捆。八个眼专门挑了一担最大的买。我们这里的规矩，买了红薯藤是要负责跟着送到家，放下薯藤，再交钱的。八个眼带起卖主转到一条小巷子里。这条巷子两边都是高墙，很窄，刚好够一个人走过。他跟卖主说：穿过这条巷子，就到我家里了。他还帮卖主的忙，让卖主挑起红薯藤在前头走，他在后头推。走到巷子中间，他松脱手，转身不声不响一个人走了，丢下卖主在那里进不得退不得，骂娘都没得用。这还是跟他素不相识，无怨无仇的人，若是得罪了他，那他更加歪栽。有一回，跟他住在同一间堂屋的邻居在家里请客。我们这地方规矩，同一间堂屋的人请客，都会要请起邻居上桌陪到饮一杯酒。这也是一种情谊。但是那邻居平时就讨嫌八个眼，少有来往，再加上他吃相很丑，一上桌就饿痨鬼一样，边吃还边流口水，没有请他。这个死崽做得出。他不声不响一个人坐在家里，烧起一炉大火。听到外头客人一个一个到来，他没有动；听到客人都到齐，还没有动；直到听到"起菜"了，他才起身舀起一罐大粪架到火上去炼。他把家里几张门都关了，只打开通堂屋的那张门。那臭气熏到堂屋里，谁还坐得住。邻居只好打起响炮请他去坐上席……

林工听得直反胃，端起的茶也不喝了，骂声："缺德！"

就是这样一个歪栽缺德、游手好闲的人，八十年代以后却发起来了。政策一放开，他就知道致富的机会来了。他在这方面比狗的鼻子还灵。他做过长途贩运，把县里生产的铁锅、钢丝钳、苎麻运到广东，又从广东贩了尼纶袜、凉鞋、衬衫、电子表回来卖。他还卖过收录机、黄色录像带、盗版碟。还开作坊做过腊肉、香肠。他做的腊肉、香肠，外表都很光亮，油莹鉴人，可是本地人都不敢吃。都知道那是拿灾猪肉在柴草上撒了硫黄熏出来的。当然，他的腊肉、香肠本来也没有打算在本地卖，都销到了广东。广东人好吃，但不识货，价钱出得还高。做过一段时间灾猪腊肉生意，他就收手了。说起来这人也是鬼精得很的。再没有时间，但有一件事情是每天要做的：看报、看电视新闻。他心里成天只琢磨两件事情：一是怎样骗人赚钱；二是看国家的政策有什么变化。那时候他手里已经积了一些钱，就买下现在的这些地皮，盖起客栈，作古正经当起了老板。

大保本来还想说，那块地其实是他先看中先谈好的，后来给能者八个眼鬼搞鬼搞又搞走了。话到嘴边打了个转，又吞回去了。他怕自己说起那件事情又会来气，他摇摇头，只淡淡地说："那间客栈也做几年了，买地皮和起房子的本钱应该早收回来了，他还要怎样呢？"

他指的是能者八个眼决意做钉子户的事情。

林工说："人都是贪心的，好了还想好。"

大保说："人有贪心很正常，好了还想好也不奇怪。奇怪的是八个眼这种人好像特别适应现在的社会，要风得风，要雨得雨，十分如法。"

林工说："有什么好奇怪的？这就是社会出了毛病哩！老实守法不一定光荣，坑蒙拐骗也不觉得可耻。只要搞得钱到手，就是有狠。好多事情都乱了套，颠倒了。"

大保说："那个地方平素我是走错路都不得去的，我不想看到这个人。"

林工自责地说："是我不该提起那里。"

大保说："还搭帮去了。看到防空洞，我们要找的地方就在附近了，给我们省了好多事。"

"那就好。"

说着话，两壶茶水喝下去，两个人的肚子都有点饿了，就胡乱要了几样点心哄了哄肚子。看看日头也快偏西了，大保记起下放过的烟溪村还有人约了到家里买铸件，就喊服务员过来结了账，起身先走了。

七

烟溪村里无烟兮

大保家在烟溪村的祖屋紧靠村头，是一座独立的小堂屋，村子不大，只有二十多户人家，百十来口人。村里人都姓王，是一个祖公发下来的，都沾点亲。村人见面，都以伯叔或兄姐相称。村子在一个山坡上，是一个狭长形。祖屋左边，是朝门。大保后来才知道，一个村子的风水，都集中在朝门上。朝门也是全村人的主要进出通道，后来好多次看到村里人讨媳妇，花担都要在朝门口停一停；或是村里有人"老"了，棺材也要在朝门口歇一歇，点三炷香，放挂鞭炮。他于是明白父亲一直留着这栋祖屋的意图了。跨过朝门，一条石板小道往上延伸过去，两旁错落着一栋栋青砖瓦屋。这些青砖瓦屋都有年头了。已经老旧，但不显委顿。村子里看不到一间草屋。大保也是后来才知道，这里的人特别看重生和死。生要住青砖瓦屋，死要睡重漆杉木棺材。祖屋门前有那条烟溪河淌过。河宽也有丈余，深不过膝，十分清亮。祖屋右边墙上，用石灰水写了几个浓白大字，上书：农业学大寨。上去点还有一行大字：忙时吃干，闲时吃稀。很远就能看到。

小河对面是一片田峒。收割后的田里都蓄起了水，可以清晰地看到阡陌纵横，田水连畴，水光潋滟。然后就是连绵的山峦，山上堆集着油茶树和松树、杉树、柏树、樟树，满目苍翠。

大保的祖屋同他家在县城的房屋格局一样，只是祖屋要小很多。当年他父亲就是依照祖屋模式在县城南门建的房子。屋里天井、堂屋、东西厢房、杂屋、灶屋，都有，还有神龛。神龛上供着祖宗牌位，前头的铜香炉里插满残香棍子。床铺，八仙桌、谷厦、炉灶、水缸，也都齐全。天井边上卧了块很大的磨刀石，天井里头的苔藓积起有寸把厚了。

烟溪村现在是石羔公社辖制下的烟溪生产队。

大保回乡那天，刚一进村，队长和生产队会计就在朝门口等着了。打开大门的牛尾锁，队长站在朝门口吼了一声，就有很多人像鱼一样地游进了这栋祖屋里。后生仔、老爹爹、老婆婆、大嫂子、年轻妹子、小把戏，差不多全村的人都来了。有的人还抱了木柴，拿了扫把、抹布。队长又吼了几声，人们就分头动手，只一阵工夫，堂屋里外都打扫得清清楚楚，光亮新炽。灶膛里的柴火也烧起来了，噼噼啪啪地炸起火星。几个小把戏将篮球解下来，在堂屋里砰砰地拍着。大保心里热热的，有点不知所措。他感觉是回到了一个温爱的大家庭。

坐在火炉凳上喝茶的时候，大保才记住队长叫王六富，会计叫王庆生。队长比他高一辈，他该称六富叔；会计矮他一辈，但比他大两岁，他该叫庆生哥。这都是村里的规矩。

一些婆婆子守在灶屋里不肯散去，她们上上下下地打量大保，惊叹孝德的崽竟长得这样高大。她们简短而细碎地用本地土话交谈，不明白孝德出去几十年了，现在还要把儿子打发回来。大保听了，在心里苦涩地一笑。

第二天是公社墟场赶墟的日子。庆生陪大保去了一转墟场。买了锄头、镢头、柴刀、菜刀，买了盐、豆油、煤油、火柴，买了蓑衣、斗笠、套鞋、草鞋，还砍了一斤肉、买了几个大萝卜和一把青菜，都作一担挑了。东西都是庆生挑的，也是庆生出的钱。国家给每个知青都发了安置费，下乡的两百一十块，回乡的一百五十块。大保的安置费由庆生代管，每次买东西去找他支取。庆生很仔细，买的东西都拿个小本子记下了。买的什么、单价好多、实价好多，一笔一笔都很清楚。大保听别的知青说过，安置费都是发放到个人的，他也很想这笔钱由自己掌握。可是看到庆生如此认真，也就不好意思提出了。

这次买东西总共花去十七块八角五分，余额还有一百三十二块一角五分。大保点点头，在心里记下了这个数字。

大保请庆生在墟边的小摊上吃了碗肉丝面。

大保第一次出工是挖山。烟溪村周边都是油茶山，每到冬季，就要把油茶山挖一遍。这个事不难，没有技术，只要力气。大保有的是力气。队长只讲一遍，他就都懂了。他混在男女老少中间，从山下开始往山上挖。他身大力沉，一镢头下去，就翻起来好大一坨土。他一镢头一镢头沉着地挖下去，很快超越了一些人，接着又慢慢超越了一些人。到中午时分，他紧跟着队长六富叔差不多同时挖到了山顶。一下子从茶树林里钻出来，站在高坡上，任北风吹拂，大保心里滚烫得不得了。六富叔摸出烟荷包来，一边挖出一抹烟丝卷着，一边夸赞地说："是个好劳力哩！"然后又说，"其实哪个劳力都不差，就看每个人是不是有私心。"

大保正在琢磨队长的话，就见社员们一个个从茶树底下钻出来了。他们手里都夹着一捆杂树蔸子。这些树蔸阴干了，是最好的烧柴。挖一冬天茶山，年前年后的烧柴就有了。队长眨了眨眼，吧一口烟，解释说："这就叫公私兼顾，也是件顺手的事情。"

大保也眨眨眼，还是不大明白。他觉得在给队上出工的时候怎么可以顺带做私活。

下午收工很早。吃过晚饭，庆生来喊大保去队屋开会。队屋里每天晚上都要召开社员大会，统计出勤，记录工分，有时也读读报纸，或集中听广播。这天晚上还多一个内容：给大保评出底分，队里每个社员都要有底分。

走在路上，庆生先给他透了底：队委会商量了，给他定的底分是6分。大保一听就站住了。之前他已经知道，队里最高底分是12分。当然那是身体强壮、技术全面的全劳力，他不能跟人家比。可是几个同他年龄相仿的年轻人却也有8分。即使是那些瘦弱的女崽，也都是7分。他竟然都不如他们么？庆生拉一拉他，继续往前走，又告诉他，这个底分是队长六富叔提议的。其他队委都同意。这也是队上的规矩，每个刚参加劳动的劳动力一开始都是这个底分，以后时间长了，掌握了更多的劳动技能，比如插田啊、犁田啊、耙田啊，底分就会加上去的。庆生劝他不要想不通。

大保倒也没有那样想不通，只是心里有点憋屈，不服气。他大步地走着，没作声。

队屋在村子上头的高坡上，是一栋独立的大屋，门前有一块土坪。早先这里是王家祠堂，解放后改作了村公所，成立公社后就又做了生产队的公用屋场，两边厢房是保管室，社员集会都在正厅里。时近初冬，外头的风割得手脸生疼，队屋里头却是热蓬蓬的。一架柴火在屋中间烧得正旺，火苗子燎起好高，照耀得神龛上的毛主席像红扑扑的。队屋里已经拥了好多人，嘤嘤嗡嗡，像蜂巢一样热闹。大保在后头一根大柱子的阴影里坐下，把后脑勺懒懒地顶在砖壁上，半眯起了眼睛。

他听到庆生挨个地喊着名字，接着就有操着各种嗓门的人回答："10分……""12分……""8分……"他都还不认识这些人，只是听到一个名字，就在心里问一声：这个人比我强么？他凭声音就能断定：自己比这些人都不会差。他在心里涌起一股力量，绷紧膀子左右晃了晃。他觉得这膀子是有力量的，觉得一双腿把子更是紧扎的。他只是有点迷茫，自己就将在这里和这些人一直过下去了么？

他忽然听到庆生在大声地喊自己的名字：王大保。他冲口答道：6分！

队屋里的人似乎都没有想到他会这样回答，静了一会，轰地笑起来。散了会，大保跟着前面的麻秆火一直走到石板路的尽头。他没有点灯，摸着黑，关门落闩。他从水缸里舀一瓢水喝了，一阵汹涌的水流把五脏六腑都浸透了，脑壳冷却下来。他躺上床去，扯过被子把头蒙起来，心想：我一定会很快把犁田、耙田一套功夫都学会的。

他很快睡着了。

睡着了的烟溪村十分安静。

农活其实不难学。

插田。大保在学校里参加学农活动的时候就做过，一学就会。他觉得这是件很带诗意的农活。春天雨多。山上的雨水尤其多。烟雨迷蒙中，他们都蓑衣斗笠下到水田里，左手分秧、右手鸡啄米一样叼起秧苗一下一下往泥里戳。人往后退，绿往前推。飞快地，一条条一块块绿色就在水光中洇润起来。大保年轻，脚长手快，只做一天就快赶上全劳力的速度了。可他总还是比全劳力慢那么一篾片。原因是山里水田蚂蟥多，不知怎么的，大保特别怕蚂蟥。说起来也是那么大的一坯粗人，却一看到蚂蟥就心里发虚，脚下打飘，恶心得要吐。每次下田，脚上总要巴住几条蚂蟥，他一看见，即刻会狂奔上田。开始时没有经验，只知道拿手去摘。后来别人告诉他，只需提脚在地下一踩，蚂蟥自然就都抖落了。别人还告诉他，蚂蟥是打不死的。即使碎尸万段，砸成齑粉，还能复生。只有拿细棍子将蚂蟥的肠子翻转过来，才能让一条蚂蟥的命彻底结束。大保每次都会咬牙切齿地找出细棍子，龇牙咧嘴地翻转蚂蟥的肠子，让这吸血鬼永世不得翻身。他翻过了无数条蚂蟥的肠子，那种恶心的感觉才淡了很多。插田过后是踩田。这是一件简单的劳动。负责任的人会弯腰下去拿十指在田里抓挠，抓到杂草或小石头随手就甩到田岩上去了；如果要图松活，只需站直了腰身，使脚在泥土里游走，也无人指责。大保初干农活，处处小心，生怕触断了禾苗的根须，或是哪处做不到功，所以他都是弯腰用手去踩田。不经意间，禾苗就扬花抽穗了，这时候虫子也随之而起，杀虫也就成了一件刻不容缓的事情。杀虫是很苦的。苦，且脏。队里这类农活，往常都是指派"四类分子"去做。"四类分子"是当时地主、富农、反革命分子和坏分子的统称。烟溪村二十多户人家，没有地主，只有一个富农。往常年景，虫害很轻，有这个富农分子往田里打一遍农药，差不多就够了。可是那一年虫害特别严重，一个人忙不过来。大保觉得这正是表现自己的时候，就跟队长要求让他也去。他不怕吃苦，就怕给人看不起。但他没有想到杀虫会那样苦。那时正是六月伏天，日头像火炭一样厉害，整个山坳里没有一丝风，稻田里的虫子天生狡诈无比，平时藏得很深。只在日头当顶、热不可当的时候，才会出来为害稻禾。它们常常能一阵子就将一片稻田毁了。那真是一场跟虫口夺粮的紧张战斗。那时候社员们都回家歇憩了，连狗都吐着舌头躲在阴凉地方睡着了，大保却要穿上长袖衣裤，戴起草帽，捂紧口鼻罩，脖子里围一条毛巾，把全身包得严严实实，下到田里，一边摇动喷雾器，一边大步往前走。淡黄色的"六六六"粉末喷射而出，像一条条黄龙掠过稻田，铺洒开来，一些药粉粘附在了稻禾上，也有一些粉末扬上天去，在空中凝结不动，把太阳都遮暗了。田水滚烫，空气刺鼻。大保干得兴奋起来，在心里不住地念叨：要消灭一切害人虫，全无敌！他觉得自己也成了个英雄。

大保最喜欢的是扮禾，上手就会。一大把稻禾攥紧在手里，高高扬起，猛然拍在禾桶上，"砰"的一声炸响，谷子便纷纷撒落桶底。他喜欢听这"砰砰"的响声，喜欢稻禾拍在禾桶板上一刹那时的感觉，喜欢看着稻谷像雨一样撒落禾桶，他更喜欢跟队里的后生们比赛扛禾桶。禾桶有一人多长、一人多宽、半个人高，分量不重，可是体积庞大，一般都是四个人各抓一角抬着走。大保却一个人就扛在了背上，两手伸长兜住禾桶两边。不摇不晃，稳稳当当，一路小跑。那时候的感觉比什么时候都好。

还有犁田耙田，这是能不能成为全劳力的标志。不少人务一辈子农，却不会犁田，耙田也耙不好，人一站到耙上就往下栽。大保一到队里就决心学会这门农活。他知道队长六富叔犁田又直又平又匀，在队上数第一。他看过六富叔犁田，一手扶犁把，一手挥竹鞭，轻轻吆一声，牛就缓缓走动起来，湿黑的泥土就像书页一样给犁刀抄翻上来，整齐地晾晒在太阳底下。那一刻他发现做农活做到了极致也会给人一种艺术欣赏的愉悦。队里不会给任何人拿出专门时间教练，大保也不例外。六富叔有心，在他犁田的日子，就叫大保跟在身边打杂，修修埂头，锄锄草，将大团的泥土打碎，先让他瞟学。大保是个灵泛人，心里会意，一边打杂，一边只管拿眼睛去看六富叔犁田。如何扶犁，如何吆牛，拐弯时如何使巧劲"哗"一声提起犁头重新起行。这样看得几日，自觉看得熟了，心痒痒地躁动，直想上去操练一把。六富叔也看出他的心思，但他不会直接就喊他过去抓犁把，借口自己累了，要到埂头上坐下吃根烟。看到大保飞一样地蹚着泥水奔跑过来接过犁把，却不走开，也不说话，只把他的手校正了一下，拍拍牛屁股继续往前走。大保也随着牛屁股往前走。一身的劲都聚到了手膀子上，手下的犁头一时深了，一时又浅了，走得趔趔趄趄。六富叔站在后头看了一会，起嗓喊道："把手膀子塌下来！"又喊："眼睛看到前头！"又喊："手板不要太用力，平起抓到。平起——"大保在一声一声的断喝下，镇定下来，从容起来，手下的犁头竟有了点小小的自如。等他从田的尽头拐弯过来，发现六富叔已经坐在垠头上，眯眼卷着纸烟。

学习耙田却没有那么顺当。大保万没想到一向引为自傲的高大身躯在这件事上给他带来了问题。耙田需要的是有人站在木耙上面，形成平衡，再驱牛前行的。队里劳力，个头相差不大，轻重差别也就在十几斤，站上木耙，正好压住泥面，一路耙过去，平平展展，顺顺当当。大保却比他们高出一个头，躯体庞大，且骨紧肉实，重量多出很多，站在上面一下就将木耙压得陷到了泥土下头。牛是老牛，有经验，有灵性，耙不对头它是吆不动的。大保上去下来，下来上去，如是几次，牛只打着响鼻，站立不动。大保不敢霸蛮。他知道硬要打牛拖耙，会要搞出麻烦来，只好作罢，等以后再说吧。

还有浸种、育秧、种红薯、种烤烟、种苞谷、出牛栏淤、摘油茶籽……

大保还到油榨坊去打过几天下手。

油榨坊在村子外头的溪边上，孤零零一栋青砖房，门前有道石板桥，还有一轮好旧的水车。油榨房很宽敞，窗户开得很大，有哗哗的流水的声音吵进耳朵。茶籽榨油也有几道工序：碾碎、蒸熟，再压成脸盆大小厚约三寸的枯饼，再上榨榨油。榨油的场面真是很壮观，很激动人心。开榨的时间是在半夜过后。榨坊里不点灯，只在四周烧起几堆大火，轰轰灿灿，一派热气蒸腾，人一走动，就有巨大的身影巴上墙去。榨油的师傅还是六富叔。他指挥着后生们抱起枯饼一个个排放在巨大的木榨里。放满了，又把几块木楔子楔进去。然后，六富叔斜欹在窗户边，卷一根粗大的喇叭筒，捡根柴火点燃了。六富叔将喇叭筒咬在嘴里，细眯了眼，神情凝重。到喇叭筒将尽未尽时，啐一口吐到火堆里，猛然将衣服一摔，裸着上身，一步跳到油锤前头。油锤是用两条粗绳吊住的一截木头，又粗又长。六富叔单手掌住油锤，站好了桩子。三个后生同大保随后跟过去，一边两人站好了，皆赤脚赤膊，抿嘴拧眉，将腿把子打得绷紧。就听六富叔喝一声："架势！"油锤在九条手臂的托举下，悠了起来。悠着悠着，突然起势，"嗨——"一声，重重地撞击过去。接着，再悠起，再撞。只一根烟的工夫，哗——金黄金黄的茶油就从木栓塞下面流出来了。茶油从木槽里汇流到篓子里，看着看着往上涨，就有人搬过铁锅架上火堆，将刚出榨的茶油倒一满锅，等油一开，再把糯米糍粑、肉丸子、红薯片、豆腐等一堆东西倾倒进去。不一刻，熟了，浮满一锅。六富叔抓过一把大捞箕，兜住锅底捞起来，拍在米筛子上，给后生抢食。他自己则舀出一铜瓢滚油，放凉了，咕——低脖喝下去。大保是头一回看到有人把油当水喝，好久都没有想明白。

榨过油的枯饼可以作肥皂用，女子家拿了洗头发，尤其黑亮。枯饼捣碎了放到田里，可以闹泥鳅。枯饼闹上来的泥鳅，清水一煮，不用放油，香味就很浓，大保一下搬了两块枯饼回家，用了一年。

大保的底分涨到九分了。那次收完晚稻队里评分，小后生们涨了一分，大保却一下跳了三分，底分一下就拉平了。这让大保有点得意，心想照这样下去，他还有可能超越他们。

他觉得在农村生活也不错，并不见得有好苦。

每天清早，天还黑着，喊工员就在村巷那头吹响了哨子。喊工员是六富叔的老婆，叫翠英。村里人都叫她翠英婶。快五十岁年纪了，精神却好得很，宽脸肥臀，腰子同腿子都粗，大嗓门，大脚板，常常哈哈喧天。翠英婶沿着街巷走下来，吹一声哨子，唱一遍山歌："太阳一出晒北坡，金花银花滚下河。天上有跌（掉）要起早，地下有捡要赶黑。——出早工的人家哎，要起身了啰！"声音破空而来，有一种欢快，有一种亲热，不像喊工，倒像是催人约会，不由得一下兴奋起来，神清气爽。

大保总是在听到第一声哨响就起来了。队上规定，妇女和单身汉是不用出早工的，理由是这些人早晨要在家里煮早饭、剁猪菜、熬猪潲、喂鸡喂狗，有的还要照顾小把戏。大保亦属此列。但他每天还是照出早工。他只做一个人的饭菜，简单至极，要得了多少工夫呢。他没养鸡养猪养狗，没有小把戏，完全不用劳神。他不想白白耽误早晨的时光。每天大保起得很早，还在翠英婶吹响第一声哨子的时候，他就起来了。淘米，烧火，他把柴火烧得很大。等到翠英婶一路唱到朝门口，米饭就已经在鼎锅里开得啵啵的了。这工夫他已经把菜洗净、切好了。撇下鼎锅，坐上菜锅，一顿翻炒，转眼间就熟了。他把柴火抽出来，埋进灰堆里，再把菜盛好关进鼎锅，壅在火灰上。火灰的余烬还会燃很久，到他出完早工回来，饭菜都还是热喷喷的。一个人吃完了饭，然后就悠悠地抽一支烟。

大保是到村里不久后学会抽烟的。开始他是在田里抽。出工时大家聚在一起做事，做了一阵，当然会要休息一下。可是领头的不叫"休息"，是喊："吃筒烟啰！"领头的也不是固定一个人，有时队长，有时副队长，有时会计，有时出纳，有几次还就是一般的社员，可是每个人的口气都是一样。于是大保明白了："抽烟"就是"休息"的代名词。而他不明白的是，怎么那么多人都会抽烟。他看到大的小的，老的少的，听到喊声就纷纷走上埂头，找地方坐下，摸出烟包来。那时候没有人抽纸烟，都是卷喇叭筒。他不抽烟，不好意思跟过去，就继续做事。田里常常就只剩他一个人待在那里。这样有几次以后，有人过意不去了，叫他也上去歇下憩。他很听招呼，听到领头的叫赶紧就上了埂头。（他实在也有点累了。）看到他坐在垠头上百无聊赖的样子，就有社员递过烟荷包来，说："卷根烟耍一耍？"大保迟疑一霎，到底还是接过烟包，抽起了耍烟。如此几次后，大保不好意思了，他不能总是这样抽伸手牌的耍烟。于是托人买来几把烟叶，在地下晾软了，放床板下面压成饼，切成细丝，找只塑料袋作烟包；又将旧课本裁成半个手板大小的卷烟纸，随身兜起。出工到了歇憩的时候，领头的一声吆喝，他也拔脚就上了岸，拣一块地方舒舒服服地坐了，摸出烟包，拈出一张烟纸，抓一撮烟丝摊上去，细细地摊匀，再卷拢来，顺势到唇边一抹，使口水粘牢了。课本纸和烟丝燃烧的气味很呛人，他常常抽一口烟就要咳嗽一声，喉咙呛得难受。但慢慢就好了，劳累一阵坐下来，抽一口烟感觉是种很大的享受。队里出工每次歇憩都要抽上三五筒烟，过足了瘾才继续做事。

大保抽烟有点上瘾了。中午、晚上，独自一个人时也会卷根烟抽起。乡里的日子单调而悠长，中午、晚上的时间尤其难挨。中午歇憩的时间很长，搞饭吃了，眯一觉醒来，还要好久才会出工。大保有时就坐在屋里抽烟，有时会踱到外面的朝门口，看那些小把戏踢毽子、跳绳、下五子棋，或者挨着几位老者在石板上呆坐一阵。老者们一个比一个老，手指枯得像乌爪子，无事就喜欢到朝门口呆坐。大保把烟一根一根卷好，送到他们手里，给他们点上火。这时他们就会有一句没一句地讲起烟溪村的掌故，讲起大保的父亲一辈、祖父一辈好多旧事。大保慢慢地就知道了自己的祖上是怎样找到这块地方定居下来，繁衍生息，营造家园的；也知道了父亲小时候是如何调皮，又如何赌气出走，硬是在外头闯出一番天地的。他觉得在这块地方生活的乡亲们不容易，走出去的人生活也多有艰难，他开始明白人生来就是多苦多难的了。

队里的后生经常来找大保玩。这些人都读过小学、中学，有点文化，兴趣爱好广泛，军棋、象棋都会，吹、拉、弹、唱也略通，比如庆生就还担任过公社中学毛泽东思想文艺宣传队的队长，很见过点世面的。这些人都很随便，把这里当作自己家一样，推门就进，进来就自己动手烧水泡茶。然后，坐的坐，站的站，喝茶念空话。兴起时会一齐撕起喉咙吼一阵歌。他们肚子里的歌曲十分有限，翻来覆去就是那样几首：《大海航行靠舵手》《北京有个金太阳》《打靶归来》《东方红》《我是一个兵》《毛主席的战士最听党的话》……奇怪的是他们天天吼唱，歌词却记不全，不是这里丢一句，就是那里接不上。接不上没关系，哼哼着就滑过去了。又不是表演，只是一种情绪的宣泄。大保只在心里跟着哼唱，他还不习惯这样扯起喉咙吼。吼过一阵，就开始下军棋。七八个人围在棋盘周围，七八个脑壳同时出主意，一个要走团长，另一个要出旅长，还一个坚持上连长就行了，常常动一个子要争半天，又常常是不欢而散。他们还常常在堂屋里摆开战场，比赛掰手腕、纠扁担、举石锁、挑担子、打抱箍子架。久不久地，会一起打场平伙。打平伙就是大家凑在一起吃、喝。这些后生崽特别喜欢打平伙。谁打到了一只野兔，或是捉了一条蛇、捡了几条泥鳅，都是打平伙的由头。实在一段时间没有收获，从自留地里摘个南瓜，也要喝一顿。打平伙是每人都要凑份子的，他们都没有钱，只能偷偷从家里带出米、油、酒、柴，搬到大保家里。他们好多次是把米磨成粉，炸成油糍粑拿来下酒。那里的人家，都会做酒，家家的神台背后都有几口酒坛子，糯米酒、红薯酒、苞谷烧、南瓜酒、金缨子酒，常年不干。除了糯米酒，那几种酒大保以前都没有喝过，都是酒精度不高但很冲的酒，俗称打脑壳酒。头几次喝，大保感觉像在吞刀子，直割喉咙。但看到后生们个个兴致勃发，喝得好有兴头，也就硬起颈根喝下去。喝过几次，也就喝顺了。他后来常常想起老家烟溪村的红薯酒、苞谷烧、南瓜酒、金缨子酒，喉咙还有点发痒，舌下生津。

　　生产队收工往往很迟，要到日头下山一阵，天都黑了才吹哨回家。但有两种人例外，一种是妇人家，一种是单身汉。这两种人都需要提早点回家做饭。每天收了工，大保并不急着归屋，一个人拐上大塘去泡一阵。大塘在对门茶山的山腰上，早先只是一口小山塘，大跃进时在山口上筑起一道石头坝，蓄满水，就成了一座水库。村里人却还是习惯叫大塘。大塘修起，下面百多亩地都不再怕天旱，有时还能惠及更下头的村子。大塘水面不宽，但水很深，碧绿碧绿的。大保脱光衣服，石头一样砸下塘里，傍着土岸游一阵狗爬式，又静静地泡一阵，等四肢关节都泡酥了，这才上岸穿衣，一步一步走回家去。

　　大保在村里接触最多的人有三个：一个是会计庆生，一个是队长六富叔，还有一个是富农分子王六顺。这几个人在村里的地位都很特殊，都是人物。

　　庆生差不多每天都要来大保家一转。有时中午，有时晚上。来了，就往火炉凳上一坐，上身同时就歪在了墙壁上，一副很疲惫、很颓唐的样子。大保不明白庆生为什么会那样疲惫、又有什么好颓唐的。庆生只比大保大几岁，还不到二十的年纪，一双手白白净净，腰杆子也很细，挑个八十斤的担子就出气不赢，犁田、耙田也都不会，底分却和队里的全劳力一样，就因为他是队里的会计。他这个会计也真是潇洒，很少看到他跟社员们一起出工，田里很少看到他的身影。每天晚上的社员大会，他倒是到得最早。顶个小分头，披着外衣，口袋上插着两支钢笔，在小方桌前顿直地坐着。那是他最忙的时候，也是他最嘚瑟的时候，他依着名册上一个一个地喊着社员的名字，再把每个人报上来的底分记下。那时候他的一张脸上都泛着油彩，光焰四射，同大保在自己家里看到的庆生形同两人。

庆生的口味很重，喜欢喝酽茶。每次来了，第一件事是抓一撮茶叶添进茶壶里，推进火堆啵啵地炼一阵。炼过一阵的茶汁滗到碗里，黑墨墨的如同中药。大保尝过一口，苦得他哇一下就喷到了灰堆里。庆生却喜欢得很，端起碗深深地抿一口，再悠悠地哈出一口长气，像是喝下了什么灵水妙药，一身都松快了。庆生心里淤积着无边的怨艾。

他怨艾自己生错了人家，怎么会投生在跷脚岭这么远这么偏僻鸟都过不来的地方。他怨艾生不逢时，本来"文化大革命"给了他机会，他都组织起一支学生造反队伍了，可是还没有来得及杀进县城，就给解散了。他怨艾生产队会计的起点太低。生产队上去是大队，大队上去是公社，公社上去是县……一级一级地拱，什么时候才拱得上去啊！他怨艾家里早早就给他定了亲。对象的家比烟溪村更偏远。妹子家长得乖有什么用呢？两家农业户成了亲，这世人就更莫想走得出去了。他宁可讨城里头的老母猪做老婆，也不肯采跷脚岭上的一枝花。他怨艾队长六富叔是个死脑壳，只晓得抓生产，成天到晚琢磨的是田里如何提高产量、油茶树如何多结果，从不考虑青年人的出路。他还怨艾队里怎么只有一个富农，当年土改的时候怎么不多划几个地主分子出来……

"多几个地主分子对你有什么好处？"

有一次大保忍不住，终于问了他一声。

庆生说："对我没有好处，但是可能多一些机会。"

"地主分子能给你什么机会？"

"这个都悟不到？"

大保凝神想了一会，摇头说："悟不到。"

"你是城里人，当然悟不到啦。"

"这种事情未必跟是不是乡里人有关系？"

"我们想法不同。"

这话就更玄了。大保又凝神想了一会，还是一派迷茫，就怔怔地望住庆生。

庆生"啐"地冷笑一声，说："我问你，地主分子是不是属于外部阶级，是不是我们的敌人？"

大保点头，接着又"唔"了一声。

庆生说："我们读书的时候，课文里头说了的，这些阶级敌人'人还在，心不死'，总想着变天复辟，搞破坏活动，对吧？"

大保说："对。我们都学过这课文。"

庆生忽然兴奋起来，比画着说："我的眼睛是雪亮的，地主分子要搞破坏，肯定逃不过我的眼睛，我肯定头一个冲上去，一个扫堂腿，把他打倒在地，再上去踏上一只脚，这样子我就能成为英雄，我就出名了。"

庆生接着又说："出了名，以后的路就好走了。"却即时又黑下脸怨道，"村里连个地主分子都没得，哪里捕得到机会呢？"

大保总算是跟住他的思路了。他真是没有想到庆生脑壳里会是这样一种想法。他心里陡然翻出两个字：可怕。

大保提起茶壶给庆生斟茶。壶嘴一时对不准茶杯，都滗到灰堆上去了，激起一片烟雾。

大保不明白庆生为什么要同他说这些。是把他当朋友？好像他们之间的情分还没有到那一功。而且，这种心思总不是那么磊落，怎么好拿出到口里说呢？那么，就是在心里淤积得太狠，不吐不快了。不知怎么的，大保跟他接触那么频密，心里却总没有那种融洽、心心相应的感觉，总有点隔。他还会常常想起，你还有一百三十二块一角五分钱的安家费没有给我哩。庆生却好像忘记了，从来不提。

大保还感觉到，庆生总在跟他较着劲，什么事情都要搞赢他。下军棋、下象棋、下跳子棋，他一定要赢。掰手腕、绞扁担，是大保的强项，队里无人能敌，他就专挑大保比赛。虽屡战屡败，但他绝不服输。输了再来，输了再来。直到大保让他一次为止。连喝酒这样的事情也不放过。大保拿杯，他拿杯；大保拿碗，他拿碗；大保用壶，他用壶。哪怕喝到昏然大醉，最后他还要坚持比大保多喝下一口，这才罢休。有时候两人坐在茶子山上，良久无话，庆生忽然一跃而起，掏出下面的鸡鸡，要同大保比赛撒尿。两根尿柱同时射向下面的火土灰上，激起两蓬灰雾。尽管庆生抿嘴努臀，他的尿线还是比大保短了一截。他敲着鸡鸡，沮丧地说："连屙尿都比你不赢，我还有什么用。"大保看到他的鸡鸡黑黑的细细的像根柴棍子。有一次他们一帮后生跟随大保到林场打篮球，分边之前他就声明，他不跟大保打一边。这个声明让同伴们十分奇怪。他们都知道大保篮球打得好，在县队都是打主力的，都希望跟强者分在一边，那样能有成就感。庆生却偏偏额外一条筋，不肯跟大保做队友。庆生自有庆生的想法，谁都不明白，一开球庆生就盯住了大保，把他防得死死的。他张开两条长臂，像老鹰一样贴身挡在大保前面，随时使出下三滥的动作，又拉又扯又打手，有几次还抱住大保，让他动不开步。气得大保顿脚说道："你这是犯规动作！"庆生笑笑说："谁说这是犯规动作？"大保说："要有裁判，早就吹你了。"庆生说："裁判呢？裁判在哪里？"大保说："有不有裁判你这都是犯规。"庆生说："没有裁判我这就不是犯规。"大保知道跟他无法理喻，只好自认输了。

大保时常跟随队长六富叔出工。

六富叔是个很细心的人。大保到烟溪村的那天，六富叔吆起社员们帮他把家安顿好后，返回家又打发翠英婶送了一筐瓜菜过来，顺带还拿了几包蔬菜种子，并告诉他，队里已经给他划了一块自留土，等落点雨后，就把蔬菜种子撒到土里，再往上头盖一层草木灰。送来的这筐菜正好可以接到自留土里的新菜出来。

没几天，土里的菜秧子就长起了二三寸高。萝卜菜、大头菜、大芥菜、条羹白菜，葱、蒜，每样都一点，移栽到土里。翠英婶见天来教大保淋次肥。头一次要淡，一勺尿兑三勺水；第二次稍浓，一勺尿兑两勺水；以后再浓点，一勺尿兑一勺水，隔两天淋一次。自留土里的蔬菜很快就长密了，青葱一片。大保吃着自己亲手种出来的菜，心里对六富叔和翠英婶充满了感激。

六富叔一般很少跟大队伍一起出工，单独行动的时候多。他是队长，管着队里一百多号人、一百多亩田、几十亩土和几片山林，需要操心的事情很多。每天清早，翠英婶开始扯起喉咙喊工时，他也同时出了门。他揹着一把锄头，经朝门口出去，过小桥，慢慢走，很快陷没在田野里了。六富叔穿一身黑色棉布衣服，腰里扎一条白布帕子，赤着脚，裤脚永远是卷在膝盖上头的。他在垠头上慢慢走着，这里看看，那里看看。他把路上的牛粪或狗屎铲起来抛进田里，把塌了的垠头补一补，除掉杂草。把倒伏了的禾苗扶一扶，把不知是谁丢弃的柴棍子竹鞭子捡开去。他常常还要补漏。山里黄鳝很多，泥蛇也多，夜里出来活动，常常把垠头钻穿一个洞，害得上丘田的水都漏到了下丘田。他一看洞口，就知道这是黄鳝坏的事，还是泥蛇作的孽。是黄鳝，他只拿两根手指探进去，不一刻，就夹住鳝鱼脑壳揪出来了；是泥蛇，他只需看准一个地方，一锄头挖下去，就把断作两截的泥蛇翻了上来。然后，再去挖开月口，把上丘田的水放满，让下丘田的水泄掉。稻田里总是有杂草和稗子随时长出来，他看到了，立即会一脚踩到田里，扯起杂草或稗子，远远地甩到大路上去。他常常走到水田中间，小心地看一看禾苗、禾穗，把手探进根部，摸摸泥土的温度。凭经验，他只要这样一看、一摸，就知道这丘田是要退水还是要进水、是不是要施肥，或是该得杀虫了。他这样走走停停。田里土里的情况了然于胸，同时第二天的派工也就谋划好了。六富叔每天都要在田峒里兜两圈，早晨一圈，傍黑边子一圈，风雨无阻。常常地，大保吃过晚饭，坐在家门口歇憩了，才看到他揹着锄头，顶一头夜色，踽踽过来，心里不由一阵感动。

六富叔对农活当然是十分精通的，不然他也当不了生产队长。那时的生产队长都是全能型的。浸种、育秧、犁田、耙田、扮禾、点豆子、棉花育苗、红薯育苗、砍杉树、榨油，无所不能。他插田又快又整齐，横看成行，竖看成行，斜看还成行。他耙的田一坦平，扮过禾的地方扮桶外面看不到几粒谷。他能把一担堆得溜尖的湿谷子一肩挑回保管室，大气不喘。他还会箍桶、烧砖、砌墙、破篾、剃头、打红薯窖、沤火屎（外地叫烧木炭）、做酒、做油漆。乡里人该会的事情，他样样插得上手。

大保同他接触很多的原因是他常常喊大保跟随一起去出工。六富叔是队长，出工不用人派，都是自己定，常常独往独来。浸谷种、育秧、犁田、耙田、看水、榨油，他做的都是有技术含量的农活。大保下放到烟溪村以后，久不久六富叔就喊起他一同去，跟着打下手。打下手都有拜师傅的意思，六富叔却并不教他，只管自己一个人做，让他在旁边看。他是在考他的悟性。六富叔话语不多，嘴巴里像含了金子，撬口不开。做事的时候没有话，歇憩抽烟的时候也没有话，就那样呆坐着。偶尔说出一句两句，大多都是谚语。六富叔说："种田无法宝，节气要抓好。"六富叔说："作田不选种，只把自己哄。"六富叔说："崽女平日教，种子隔年留。"六富叔说："作田没巧，三年两蔌。"六富叔说："麻婆崽好，麻禾谷多。"六富叔说："东赚钱，西赚钱，不如灌水就犁田。"六富叔说："不怕田瘦，就怕田漏。"六富叔说："耕得深，耙得细，一亩要当两亩地。"六富叔说："扯秧莫扯灯盏窝，插秧莫插狗爪禾。"六富叔说："插田嫁女，不避风雨。"六富叔说："做官凭印，种田靠粪；写字要纸，作田要屎。"六富叔说："插田水平掌，踩田水平腰。"六富叔说："禾过三道脚，米都不缺角。"六富叔说："人怕老来病，禾怕老来虫。"六富叔说："割禾要轻，扮禾要稳。"六富叔说："雨种豆子晴种棉，种菜最好在阴天。"六富叔说："岭南三尺雪，米稻十年丰。"……日久天长，大保学农活学得有个边了；六富叔说过的农谚，他都记在了心里，比他读过的课文记得还牢，后来几十年都没忘。

大保不得不跟富农分子王六顺经常在一起。

王六顺也是单身。他其实有两个崽，也有老婆的。崽都成了家，另外开火；老婆没有离婚，但是同他分开过的，一栋堂屋劈作两半，互相没有来往。王六顺既为单身，按规矩就是不用出早工的，他又不养鸡不养猪，自留土都是两个媳妇帮他打理了，家里杂事很少，他就可以舒舒坦坦地睡个早觉。他大约是起床很晏的，每天吃过早饭，要出上午工了，才看到他最后一个匆匆忙忙出门，脸都没洗，眼屎巴沙的。庆生常常当面骂他："这个万恶的阶级敌人，真是晓得享福。"

据说王六顺犁田、耙田的功夫很好，作田也很有一套，解放前他家田里的收成总是比别人家要好。但现在队里不可能再让他去犁田、耙田了。浸种、育秧那类事情更不能让他拢边，只安排做些粗活、脏活。他经常做的是出牛栏淤、出猪栏淤、打农药、烧草皮灰。这些事情很多人都不太甘愿去做。队里干脆就指派他去，算是对四类分子的一种惩罚。然而这类事情又常常一个劳力是不够的，以前队里都是临时派人，轮流地去。临时派的人能有优惠，做一天算一天半的工。大保来了，这个问题就很好解决了，一到需要临时派人，第一个就是他顶上去。这让他十分恼丧。他不怕吃苦，也不是怕邋遢，是受不了歧视。他不明白自己怎么变得跟富农分子一样待遇了呢？！（好久以后，他才知道这是自己的一种误解。）

大保心里恼火，都怪到王六顺身上。两个人做事的时候，他从不跟他挨在一起。王六顺在东边田里喷农药，他就到西边田里去喷；王六顺在山这边烧草皮灰，他就在山那边铲草皮；同在一间牛栏里出淤肥，他也是跟他各站一头，自己干自己的。歇憩的时候，他会走得远远的，一个人坐在石头上抽烟。王六顺的后半辈子是太不顺了，从里到外都透着卑微，见了谁都是巴结地一笑，大保看到他笑，赶紧就把头掉过去了。王六顺在人前很少看到他说话，可是同大保在一起时，却总想找他搭腔。他问大保："你父亲老人家身体好么？"他问大保："在乡里生活惯不惯？"他问大保："粮食够不够吃？"……大保从不接话，绷着脸，眼睛望着远处，心想：我睬你？失我的格哩！

后来有两件事，让大保的心思有了松动。

有天朱慧琴忽然来了。朱慧琴下放在跷脚岭林场的知青点，离烟溪村有十几里路。路不算远，可是上山下山，曲里拐弯，红日当头，走得也很辛苦。那天大保正和王六顺在田里打农药，朱慧琴就找到田里来了。先碰到的是王六顺，王六顺即刻领她到了大保那里。同学突然光临，在这空敞敞的田峒里，大保一时有点不好意思，不知道该如何接待她。王六顺笑笑，说："外头晒，转屋里去吧。"本来大保也是这样想的，可是话给王六顺说出来，他又不想那样做了。他摸着脑壳，抬眼望着远处犹豫。王六顺就又催了："去吧去吧！"又嘱他到上面大塘洗个澡，把身上的农药味洗掉。还问他家里有不有菜，说是自己家里还有块干腊肉。大保不想同他啰嗦，抬脚往大路上走。走出一段路了，朱慧琴问他："刚才这个老人家是谁呀？"大保说："队上的富农分子。"朱慧琴"哦"一声，回了回头，说："这是富农分子？"又自言自语说："我看到怎么不像呢？"大保硬硬地问："怎么不像？"朱慧琴说："我跟他打听你在哪里做事，他先是手一指，说就在那边。跟着又要带我过来。我说不消带，我自己找得到。他说大保的客人来了，不带起过去没有礼性。走上岸来，喷雾器都没有解就带我过来了。"大保脚下顿了顿，没有搭腔。

大保还是把朱慧琴带回到了家里。两个人坐在堂屋里说话，大门敞着，不时有热风闯进来溜一溜，打个转身又出去了。朱慧琴搬动脑壳，把堂屋上下看了一遍。她看到墙上挂着蓑衣、斗笠、柴刀、渔网、鱼篓子，还有一把烤烟叶；她看到堂屋边上靠着锄头、镢头、二齿耙、四齿耙，一担箩筐叠放着，箩筐边上勾着一把镰刀；地下散乱着几根柴棍。再一抬头，天井的瓦檐下巴着一个燕子窝，有燕声呢喃。朱慧琴抿嘴笑笑，说："社员家里怕都是这样吧？"大保点头，说："一点不走样。"朱慧琴说："接受贫下中农的再教育，你比我们做得好。"大保说："到了这样的环境里，只能这样。我就是要让他们晓得，即使当农民，也不得比别个差。"朱慧琴说："我最佩服的就是你这股劲头。我们知青点有二十多个人，一半是男同学，没有一个似你这样的。出工就磨洋工，挖土还没有我们女同学挖得快，种的树不是歪的就是倒的，扯常打返工。下了工就是一起打牌、喝酒。没有下酒菜就到附近的农村里偷鸡摸狗，扯常有农民追到知青点来打架子。带队干部都拿他们没有一点办法。"大保说："我若是在那里，也会同他们一样。"朱慧琴睁眼望着他，问道："真的？"大保说："当然！"朱慧琴笑一笑说："我也相信是真的。"又说，"不过那些人横是横，遇到事情也讲义气哩。"她就说起有一次接到家里电话，父亲病了。守电话的人跑到知青点去报的信，她刚刚下工，衣服都没有来得及换就跑到马路边去等过路车。那时候，已是晚边子，过路的货车本来就少，好容易等到一部，还没等她招手，呼一下就冲过去了。又等了一阵，还是没有拦住车，急得她眼泪水都快出来了。这时候那帮男同学来了。他们不是站在马路边上，是横挡在马路中间。这样子有过路车就不得不停下来了。车一停，那个野名叫灰毛砣的李本义一下跳到驾驶室旁边的踏板上。他一手举着一把刀，一手举着一条狗腿（他们下午刚刚搞到一条狗），对司机说："你自己选，肯要哪一样？"司机吓得直往里头躲，问他："兄弟把话再说清楚点。"李本义指着朱慧琴说："我们这位知青姐妹有点急事，想搭顺路车回县城。你若是答应哩，回到家里有焖狗肉下酒；若是不肯哩，就把这个（刀子）给你。"司机说："不答应你未必还敢杀人？"李本义说："杀人犯法，我没有那样蠢。但是我把你汽车的四个轮胎放走气不犯法。"司机赶紧说："喊她上车！"

　　大保眼睛望着门外，用心地听着，听到最后，哈地笑道："灰毛砣是我们篮球队的朋友。"朱慧琴说："我晓得。他投篮比你还准。"大保说："你相不相信，我若是在那里，我也会那样做。"朱慧琴说："我当然相信。"顿了顿，又说，"你相不相信，你若是在那里，我就会喊你送我回去。"

　　大保心里"砰咚"一响，不自然地动了动身子，把竹椅子压得吱吱地叫。他想：你若是真的喊我送，我就真的会送。

两人又念了一阵空话，看看天井里的阳光已经拉直，到晌午边子了，就起火做饭。趁大保做饭炒菜的工夫，朱慧琴给他把泡在脚盆里的衣服洗干净，晾在门口的竹篙上，顺便又把堂屋扫了扫。她捏了捏搭在篙子上的洗脸毛巾，黏滑的，知道是好久没有搓洗了的，就又拿到门口溪水边，打上香皂，搓了一阵。吃着饭，两人又念起了一些同学。首先念到的自然是海脑壳钟海仁。朱慧琴知道大保同他是最好的朋友，也知道他跟家里一起下放回了长沙的老家。知道他们一直有联系。朱慧琴问："钟海仁有信来么？"大保说："有哩，昨天还接到一封。"说着就放下筷子，起身到睡房里拿了封信来。朱慧琴看着信封，说："钟海仁的字写得好欢气哩。"大保说："比我的字欢气。"朱慧琴说："都欢气。"大保说："你真会说话。"朱慧琴斜他一眼，抽出信，飞快地看过，然后叹一声说："钟海仁遭孽哩！甝个地方，日子还是那么难过。"大保说："他家里出身不好，到哪里都是遭孽，这是没有办法的。"朱慧琴说："他还是不应该跟父母亲回老家。"大保说："不回老家，又能去哪里呢？"朱慧琴说："可以像我们一样集体下放呀。假如在我们那里，起码不得那样受歧视。"大保说："我看未必。"朱慧琴说："真的，我们知青点有两个出身不好的，也没有人歧视她们。"大保问："男的女的？"朱慧琴说："女的。"大保："可能她们比较乖巧吧？"朱慧琴想了想说："你说得很对，她们是很乖巧，很本分。做事都好发狠的，从来不多话，一收了工就缩在宿舍里打毛绳子衣，睡觉以前都给我们一个一个打好了洗脚水，还扯常帮男生那边的人洗衣服、洗被窝。我们那里每个人一个月可以请三天假，我们都嫌假少，下来几个月了，她们还一天假都没有请过。"大保问："她们也不回家看看父母亲？"朱慧琴说："她们讲起家里就好恨，不想回家。"大保说："这样要不得。自己的娘爷，无论如何要记着敬着，毕竟是他们生了我们养了我们，是骨肉至亲。海脑壳就不一样，我从来没有听到他怪怨过一句家里。"朱慧琴说："钟海仁是让人服含哩。你看他在信里写到受了那样多苦，也不见得有好悲哀，相反地还感觉到一种豪气。"大保说："海脑壳人聪明，有抱负，如果不是出身不好，如果不是碰到'文化大革命'，他是一定能读完初中读高中，读完高中读大学，一路读上去的。"朱慧琴说："要依学习成绩，我们三个都是能读上去的。"大保重重地点了一下头，说："完全可能！"说完又轻轻叹了声气。

这餐饭吃了很久。吃完饭，不觉日头已经偏西，朱慧琴要回知青点去了。

大保送朱慧琴，到了离村很远的山口上，看着她消失在山那边的树林里，这才匆匆打转。他心里隐隐地兴奋着，一身都绷着劲。太阳光已经很弱了，把他的影子拖得很长。他想，今晚上反正是睡不着的，打点晚工，把中午耽误的工夫赶出来。他知道杀虫这事情是一天都耽误不得的。

转回田峒，张眼一望，心里忽然噔地跳了一下。他看到王六顺在禾田那头飞快地走着，背上的喷雾器吐出一条灰龙，由近而远不断地横扫过去。田峒上空板结着一团灰色的云。王六顺已经把这一块禾田喷洒得差不多了。

大保跑到王六顺对面的埂头，大声喊道："你这个四类分子，干什么把我的事都做完了？"

王六顺停止了喷洒，把口罩扯下来，慢慢走上岸，一屁股塌坐在泥地上。他看来是累得一点力气都没有了。为了赶在太阳落山以前把这片田峒的虫杀完，他没有回去吃中饭，没有歇一下憩，独自干着。他是很累了，坐下好久才积聚起了一点说话的力气。他巴结地笑了笑，说："还只剩下半丘田了，辛苦你做完它？"

大保没有理他，赌气一样，套上长衣长裤，围好脖子，戴上草帽和口罩，背起喷雾器，一脚踩下田去。

王六顺在背后问了声："那是你女同学吧？"

过一会，他又抬高声气说了句："你那女同学好欢气啊！"

大保没有回头，忽然大声说道："是的哩！"

他一下把喷雾器搅得飞快。

这件事让大保对王六顺生出了一点感慨，觉得这个人心思还不拐；后来又看到一件事，这种感慨就又浓了一点。

那天是两个人在对门岭上烧草皮灰。这个活除了要体力，还稍稍要有点技巧，技巧就在如何堆垒草皮上。一坯一坯的草皮层层堆垒上去，中间要留下恰到好处的空隙，让柴火都能烧到。空隙大了，容易起明火；空隙紧了，容易熄火，烧不透。烧不透的草木灰达不到预想的肥力，撒到田里，功效减半。草皮灰是要拿暗火沤着烧的。沤着烧一天一夜，那才是好肥料。大保的动作很快，一锄头下去，一坯草皮就翻转过来了，连不费力气，半天工夫，就在岭脚的荒地上拱起了八个草皮堆——左边四个是大保堆的，右边四个是王六顺垒的。给草皮堆点着了火，大保就坐在一处高坡上卷烟抽，王六顺远远地坐在草皮堆旁边。

大保把一支烟卷好了，抽到一半了，就看到八个草皮堆尖上也冒了烟。开始那烟只像筷子粗细，怕丑一样的，扭扭捏捏往上长。还没长得筷子高哩，就给风吹散了。可是很快就从草皮堆的各处往外吐烟，一出来就纠合在一起，像瀑布一样往上飘升。飘升到一间房子高时，又像听到什么号令一样往一堆积聚，眨眼间就积聚成一团，慢慢抬升着往高处、远处飘移。大保的眼睛也追随着往高处、远处飘移，心里头真是无比松快。

可是这种好心情很快就给一股明火破坏掉了。明火是从中间一个草皮堆上突然而起的。王六顺离得近，等大保看见时，他已经走过去，搬起一坏草皮，用力拍在上面，一下就把明火拍黑了。只见几股浓烟奔突而出，再没有明火。烧草皮灰出明火，经常会有，并不是什么大不了的事情。谁知这次恰好给路过这里的庆生撞见了。一场灾难就落在王六顺头上。

"好，你搞破坏！"庆生冲过来，一把就揪住了王六顺的后衣领。大保看到，王六顺满脸惊惶，马上就变了色，身子直往下塌。

"没有，我没有哩！"他哀哀地说。

"你还敢狡辩？"

庆生捡起一根柴棍，左一下右一下地扑在王六顺身上。王六顺没有躲让，只拿双手护住脑壳，还是哀哀地叫着说：

"没有，我没有哩！"

突然而至的扑打也让大保惊呆了。等他反应过来，看了看草皮堆，忙飞跑过去，拉住庆生的手，说："这个草皮堆是我垒的。"

庆生没有理他，气狠狠地说："不可能！"

大保说："这是摆明摆白的事，哪，左边四堆是我垒的，右边四堆才是他垒的。"

庆生仍然不看他，说："我讲是他搞的就是他搞的，任何人来洗白都没得用。"又拿柴棍抵住王六顺的后脑壳问道："你自己讲，是不是你？"

王六顺含混不清地应着，口里呜呜啊啊，好像说"是"，又像说"不是"，这就勾起了庆生更大的邪火。他又朝王六顺抽打起来。打一棍，骂一声："你为什么不老实。"再打一棍，再骂一声，"你为什么不搞破坏！"打得王六顺直往地下垮，口里像狗一样地低噑。

大保心里的火气也无可遏制地冲起来了。他看不得这样打人，也看不得如此不讲道理。他一把抢过庆生手里的柴棍子，说："我告诉你了，是我出的错，你还要打他做什么？"

庆生恼他一眼，仍然气咻咻地说："我看到他心里就有气。"一脚踢飞柴棍子，走了。

王六顺一直趴在地下低噑，等庆生走远了，他才翻身坐起来，他的脸上也挨了柴棍子，打破出血了。他抓了撮火灰巴在伤口上。

大保说："一开始你就应该告诉他，那是我做的。"

王六顺苦着脸说："我敢讲么？"

大保说："那你就是活该！"

这是句气话，也有点不近人情了。大保自己也不明白怎么一下就冲出来这样一句。

从那以后，大保就同庆生生分了许多。庆生还是经常到他家里头，他也一样接待，遇酒喝酒，遇茶吃茶，格外周到，但他心里却冰冰凉，探不到一点热气。

大保又长高一些了，脸也晒黑，站在朝门口像煞了门神。他同社员们一样地出工，一样地穿草鞋箍大帕，一样地卷喇叭筒烟，一样地烧柴火做饭，一样地挑起尿桶去淋自留地，一样地收工进门前先在烟溪河里洗干净手脚，一样地在社员会上拿土话大声争吵。他的杂屋里也添了腌菜坛子。村里有了红白喜事，主家也会给他下一份帖子。乡里土俗，谁家办大事都要把村里人家请到（王六顺除外），一到日子，每户人家派一个人去坐席。大保也同人家一样随上五角钱的礼，然后大大方方地坐到席上，海吃一顿。那里的人不兴敬酒，也不兴划拳，只是同席的人不断举杯，不停吃菜，直到把主家的酒坛子喝到见底，把桌上的八荤八素吃得精光，才会散场。大保已经融进了村里的生活之流中，每天忙碌，日子过得很快。他好像也没有了多少念想，一日三餐都能把肚子塞饱就不错了。他的油水也还可以，脑门上总是泛着一种光彩，他一天都是乐乐呵呵的，只有到了晚边子，收工回到家里，扒开灶灰，拿麻秆掰散引燃柴火，把鼎锅坐在火上时，才会有一种孤独感漫上心头。那时候家家户户的饭菜都做好了，村巷里有妇人扯起嗓子喊小把戏们回家"种肚子"（吃饭）了。大保却才是刚刚点燃灶上的火，锅里还没有冒热气。他没有点灯，一个人坐在小板凳上，一根一根地往灶上续着柴。灶火在他脸上一闪一闪地舔着，无边的寂寞包裹着他，把他的心搓皱又抚平，抚平又搓皱，好难挨，好难耐。那是他一天里头最难过的时候。

他还有一件难耐的事情是——打篮球。

下乡时朱慧琴送给他的篮球，就挂在床后头的帐杆上，人一躺下，就能看到。每天晚上他都要盯住篮球看一阵，才酣然入睡。篮球常常让他想起早年间的那段辉煌时日，犹自激动不已。有时想得痴了，半夜醒来，朦胧中就会听到篮球发出一种嘈嘈切切的声音。在暗夜中辨听良久，就能听出那是一种艾怨的诉说。篮球哀哀地诉说道："大保啊大保，你还记得篮球场是什么样子么？你还记得勾手上篮的感觉么？……"

大保当然记得篮球场的样子，更记得勾手上篮的那种快感。他从来没有忘记过篮球。他会常常请假到跷脚岭林场的球场上过一阵球瘾。

生产队里也有假。十天一假。到了放假那天，社员们都有很多私事要做，上山捡柴，挖自留土，出猪栏淤，请人捡漏，走走亲戚，或是到公社的墟场上赶一天墟，都是忙不赢的。大保单身，杂事不多，平时搭个手也就做了，遇到放假，他就抱起篮球，奔林场去了。林场距村有十多里路，在跷脚岭的半腰。球场紧挨在办公楼一侧，一般是不对外人开放，也不准在上班时间打球的。可是大保例外，原因是场长也是球迷，看过大保打球，知道他曾是县队的主力中锋，于是格外开恩，让大保随时可以去玩，还免费供他开水。大保到了球场上，就像蚂蟥听到水响，精神抖擞，一身的骨头都发乍。那球场是太陋秽了，还极其粗糙。就一块平地（倒是极其阔大），连石头瓦砖都没有清理干净，凹凸不平，球架是自制的，篮板和篮圈一看就不标准。可是这些都不重要，重要的是摸着篮球在球场上奔跑上篮的那种感觉，没有同伴，没有人喝彩，大保独自一人在球坪上跑着。他就是一直在跑哎！他运球，从这边篮一直运到那边篮，上了篮，接住球接着又往这边运。他来回地跑，一直跑到脚抽筋，没有一点力气了，才停下来，走到办公楼的会议室，倒一杯开水，坐着慢慢地喝。一边喝，一边有一下没一下地看墙上挂着的"林场职工守则"、"林场职工奖惩条例"、"林场防火须知"。都看过一遍了，身上的汗也收了，体力恢复过来，就又返转球场上跑一阵，投一阵篮。中午了，就交一角五分钱、半斤粮票在林场的职工食堂搭一份餐（这也是场长关照的）。林场的职工食堂是有公家补贴的，交那么点钱，却有一大钵子饭、一个回锅肉、一份青菜，还有一碗酸菜汤，有荤有素，他觉得这是给自己打牙祭了。吃过饭，他还会在球场勾留一阵，直到完全过足球瘾了，这才慢拖拖地回家去。队上的社员都知道大保请假跑十几里路去玩篮球的事，都不明白，这是何苦来的。有几次翠英婶都跑到屋里来跟他说："那样劳神费力做什么，又没得工分记，你是发癫了吧？"大保笑笑，在心里说："同你讲不清场，鸡又哪里晓得鸭的事。"

打了一天球，大保已经十分疲困，天一断黑，他就睡了。摊手摊脚，打着很粗重的猪婆鼾，一觉睡到大天光。

门口田峒里的禾苗绿了又黄了，早稻进仓了。社员家家都分到了新谷。按照政策，知青们下放第一年有安置费，按月发给粮票，是没有分配的。但队里照顾，还是给他分了五十斤新谷。他挑着新谷到队里的碾米机上碾了回来，拿柴火细细地焖了一锅米饭。

米饭熟了，满屋子飘起了饭香。

就在这时候他听到门外头的石拱桥那边起了一阵人声，接着就看到门口有人一个一个地跑过去，便也跟着往那头跑。到了跟前一看，围在人群里头的那人他认识，是灰毛砣李本义。

原来是，李本义偷鸡偷到烟溪村来了，他看准了正在一堆牛栏淤旁边觅食的一只老鸡婆，双手抄起一捧田泥，慢慢走拢去。村里的鸡婆跟人都是亲的，见有人来，并不回避，还扬起脑壳，炫耀它嘴巴里刚刚叼住的一条虫子。李本义火速起手，将一团烂泥巴一下砸在鸡婆身上。李本义本就是投篮高手，从好远投篮都又稳又准，对这只近在身旁的老鸡婆自然是不在话下，可怜那只老母鸡连叫都没有叫得出一声，就给一坨烂泥巴结结实实闷住了。谁知这一幕正好给翠英婶看见，一声嘶喊，李本义抱着鸡婆还没跑出几步，就给闻声跑来的社员围住了。烟溪村人讲仁义是远近出了名的，好多年了，村里没有出过偷窃事情，连地下掉根针都要捡起还给人家的，却有人居然光天化日之下偷到村里来了，这让社员们十分气愤，几个后生架住李本义就要揍他。这时他一眼看到大保，赶紧喊道："大保大保。"

大保也认清人了，说一声："咦，灰毛砣，怎么是你呀！"就怔在了那里，心里恼火这人怎么偷鸡偷到这里来了，却又担心他会挨打。他知道那些后生气愤之中下手是很重的。

好在这时队长六富叔来了。六富叔喝住了后生们，喊他们松开手，又问大保："你认识他？"

大保说："认识。我们一起打球的老朋友了。"

"那他也是下放知青啰？"

大保点头说："他在林场的知青点。"

六富叔就嗬嗬地笑响了说："你这样一讲我心里就清白了，他们的名气蛮响咧。"

六富叔问清楚了鸡婆是上屋里灶良婆婆家的，就交代翠英婶说："你即时转去屋里，选只鸡婆赔给灶良婆婆。"翠英婶气恨地问："事情就这样算了？"六富叔说："不这样算了还要哪样？你看看人家知青是好大年纪的人哪？小小年纪就离开爷娘，下放到我们这山里头来，轻易么？"又对大保说，"还欺在这里做什么？老朋友来了，还不赶紧接到屋里去。既然到了我们村里，你的客也是我们的客，这只鸡婆就算是我拿来待客的菜。你们先回去做好了，吃饭的时候我过来陪客，好好饮一壶。"就叫众人散了。

大保把鸡捧起，同灰毛砣相跟着回到家，才告诉他刚才那人是队长六富叔，又责怪了他几句。灰毛砣不断地点头认错。两人就开始烧鸡。大保没有烧过这种鸡，就听着灰毛砣指点，撤下鼎锅，烧起细火，把鸡婆连泥巴一起架在火上烧。烧一阵，翻过边来，再烧，然后，再转边，再烧。不过一个钟头，就有一股奇香飘溢出来。撤下来丢在地上晾一晾，接着拿手剥去泥块。泥块都是粘住鸡毛的，泥块剥光，鸡毛也干净了。抠掉鸡肚子里的内脏撒点盐，再放回火上稍许蒸一会，就好了。满屋子的鸡肉香味。大保又到自留土里摘了一篮菜回来。苦瓜、丝瓜、茄子、辣椒、豆角、红苋菜，做了满满一桌。菜刚上桌，六富叔就提着一壶红薯烧酒进门来了。灰毛砣十分恭敬地请他在上席坐下，还没筛酒，先就将鸡头连脖子拗下来敬到了他的碗里。六富叔撕下一坨鸡肉吃了吃，欢喜地说："这肉真是香得新鲜，我还在门口好远就闻到香味了。你是怎样做出来的呢？"灰毛砣讪笑着说："我是乱搅的，乱搅的。"又忍不住得意地说，"这鸡的做法也是有名头的，喊作'叫化鸡'。我从书上学到的。"六富叔夸他说："后生崽一看就是个灵泛相，书读得不少吧？"灰毛砣连忙说："前辈面前，哪里敢显灵泛。"六富叔就正色道："后生崽灵泛点是好事哩，只是一定要学好！"灰毛砣默了默，又笑上脸来，说："前辈的话，我懂了！"

六富叔扯头喝干一杯酒，又说："你搭大保是老朋友，要不要听我说句直套话？"

"你说。我都听到的哩。"

"你们知识青年到农村里来，这是毛主席的号召。毛主席发了话，我们都要听。我们都欢迎你们来。不过你们有些事情做得不好，搞得自己丑了名声。你悟一悟，农村里的人跟鸡狗是最亲的，养鸡是要生蛋拿到墟上换油盐钱的，养狗是给来守屋的，你们偷起去吃了，这是造孽哩，人家不卵根子抽，恨死你们了啊！你若真是大保的朋友哩，就听我一句劝，以后再不能做这样的事了！"

"好，我听前辈的！"

"这就对了。我们喝酒！"

"我先敬你一杯！"

"一杯不行，三杯才是有诚意！"

"好，三杯！"

"大保一起陪。"

"我当然要陪。"

于是一齐端杯。三杯酒喝下去，都还没有感觉；再三杯酒下肚，头上开始冒热气了；又三杯，鼻尖上就一粒一粒地爆汗珠了。六富叔和灰毛砣竟都是一个德性，酒喝到堂，话就多了。两个人的颈根都胀起好粗，话语像跷脚岭上的泉水，咕咕地往外冒，岩头都堵不住。两个人一句顶一句地说着，密不容针，其实话头又互不搭界，只是自说自话。灰毛砣说他们知青点的事，六富叔说队里的事。大保插不进裆，就只能喝酒、吃菜，睁着眼睛听。语句含混，但意思都很清楚，他知道了灰毛砣他们劳动辛苦，生活无聊，尤其是心里极其苦闷，感觉到前途渺茫，心里好厚的滞淤总想找地方发泄。他惊奇地发现队长六富叔还是个伟大的理想主义者。他在心里给烟溪村设计了一幅远景规划。他想着要把对门岭一座山头都开发起来，办一个木材厂、一个养猪场、一个铸造厂，赚了钱以后就在烟溪河上头修一个水电站，在村里办一个幼儿园、一个敬老院。他要让村里人不光吃得饱饭，还要天天有肉吃，年年有新衣服穿，过上好日子。六富叔很兴奋，不断地抹着鼻尖上的汗珠。他对大保说：我晓得你对倒炉头（铸造）很内行，跟你爷爷老子学的，等把铸造厂办起来了，请你到厂里当师傅。大保也很兴奋，但他头脑还清醒，赶紧说：师傅不敢当，打下手还可以。六富叔握住酒杯一顿，说：师傅，我讲要你当师傅就当师傅。大保往他手指缝里筛着酒，笑着说：好，当师傅就当师傅。灰毛砣也帮腔说：就是，当师傅就当师傅，我们这些人生来就是当师傅的料。将来大保还要当大师傅！

说着，三个人一齐大笑。

三个人都有点醉了。

这餐酒真是喝得痛快。叫化鸡好吃，新米焖饭好吃，新鲜瓜菜放的是猪板油，特别可口。三个人喝光了一茶壶烧酒，把一只鸡吃了，连骨头都嚼烂吞了下去（骨头都烤酥了），把一锅米饭吃了（那锅巴尤其香、脆），还把一桌瓜菜扫得精光。最后，六富叔趴在桌子上就睡着了，大保一双腿也重得站不起来，灰毛砣是独自歪歪倒倒走回去的。

后来，大保再没吃到过那么好吃的鸡，也再没吃到过那么喷香的米饭。

日子沉重而滞缓地过着。大保手上结起了新茧，新茧又硬化成了老茧，大保的底分涨到十分了。生活证明了他一点不比别个差。队里收成不错，十分工能值到八角钱。那时的物价，八角钱能砍一斤多肉，能买一担红薯，能买四十盒火柴。不少了。大保有时发傻了就会生起一点想法：假如以后在乡里讨个老婆，能有双份底分，再养点鸡，喂头猪，侍弄好自留土，日子也能过得下去的。他的心思安定了很多。

然而生活总是不会按照个人的意愿前行。那次六富叔酒后说过的话，并非虚言。这年晚稻归仓，田里普遍撒下红花草籽以后，队里果然在对门岭上辟出一块场地，着手筹建铸造厂。六富叔亲自登门，邀约大保出马。六富叔真的是要大保当师傅，这让大保为了难。大保父亲是倒炉头的老师傅，手艺精湛，在那个行业中颇有口碑，读书时大保常给他打下手，但都是做的杂活，并没有学到技术。倒炉头需要技术，也需要经验，大保一样不熟，心里不免怯火。六富叔说："不怕，起码你比我懂。不瞒你说，我也跑了几个地方，访了几个老师傅。想请他们过来掌苑。可是政策不允许个人外出，他们都吃过苦头，再不敢出来。我是实在没有办法，只能指望你了。你现在就回家一转，能请动你爷老子过来，最好；若来不了，你就守在家里跟你爷老子现学，十天就十天，半个月就半个月，总而言之务必要把真经学到手再返回来。我这里给你每天记双份工分。"

大保很着神，回家半月，大门都没有出一次，天天跟在父亲身边学手艺。大保主动回来讨教倒炉头，父亲也很高兴。他早就有心要将自己的全套功夫传给儿子，中国民间好多身怀绝技的匠人、艺人，到老了时最大的心愿就是将自己的技艺传授给下一代男丁，这是家族里的一件秘事，也是一件大事。父亲悄悄请出炉头祖师的神像，拂拭干净了，敬了三炷香，父子俩吃过拜师酒，这才正式开教。因为时间紧促，父亲也没有按常规的程序教他了，直接要他当师傅，自己做下手。鞍前马后，随时点拨。倒炉头其实并不难学，关键要看是什么人教，又怎样教。和泥、踩泥、做内模、做外模，大保以前都做过，只要父亲稍加指点，很快就熟练了。浇铁水也好掌握。最难学、最难把握的是火候。好多人倒了一辈子炉头，还学不到家。煤层和木柴如何叠放，大模子和小模子如何参差错落，都有讲究。诀窍却又在窑温的掌控。那时候大小出火口都在喷吐火苗，有的红，有的黄，有的蓝，有的冒黑烟，就得随时估测着窑内的温度退柴或添柴，稍有差池，出窑就成残次品，所以特别需要好眼力，还要特别经心。最后松模就简单了，先松外模再松内模，只需按着套路去做，不要太多功夫。打蛇打七寸，大保集中精力学习察看火候，白天晚上守候在窑炉旁边，一双眼睛死死地盯牢出火口，分析火苗的变化。十几天下来，两只眼睛熬得血红，身上瘦脱十斤肉。半个月过后，父亲让他单独烧了一窑犁头，脱模出来，无不合格。父亲把十二个犁头摆成一圈，逐个端详一遍，高兴得大笑，说："好，你这世人不怕寻不到饭吃了！"

母亲这时也松了口气，心里直喊菩萨保佑。儿子回家，她天天担心给居委会发现。她知道政策有规定，知青回家，都是要带上有公社盖章的请假条到居委会报到的，假期最多不能超过三天。她还听说了北门口的大小腿袁志偷偷回城住了几天，后来是给押送回去的。她担心大保给人发现，害怕自己的儿子也会给人在屁股后头戳着长枪押送出城，就天天搬把竹凳子坐在大门口。儿子学成，她的心才放回去。

大保连夜回到烟溪村。六富叔已经睡过一觉醒来了，一见大保，赶紧倒碗冷茶给他喝了，责怪说："你这人怎么这样死板，讲十五天就十五天打了转身？"

大保说："我不能不守信用。"

六富叔问："学成了？"

大保点点头，说："不过我还只学会倒犁头和犁嘴，其他的实在来不及学了。"

六富叔说："这已经足够了。我们乡下用得最多的就是犁头犁嘴，磨损也快，一架犁一年换得好几副，做出来就卖得脱。够了够了！"

大保说："那就好！"

第二天清早，六富叔就喊起大保到了对门岭上。铸造厂已经拉起了架子，掩藏在一片松树林里，两座窑炉一东一西，遥遥相对，一为熔炉，一为煅模窑。空坪里码着黄泥、禾草、木柴、块煤和铁锭。木柴都是松树柴，油黄油黄的。看了场地，大保很满意。当天中午，就举行了开张仪式。仪式是悄悄举行的，除了铸造厂职工，六富叔只喊了队干部来参加。窑口上供起炉头祖师神像，师公子身着红袍，焚香、燃烛、化纸、祭酒、杀鸡公，把鸡公血淋在窑炉上，又引领众人跪拜过了窑神。仪式做得庄重而不张扬。

按例是由师傅点燃第一把火。六富叔将火柴递给大保，大保"嚓"一下就划燃了。松柴真好，火头只在上面一晃，立即腾起了一片亮火。大保看着轰轰烧起的柴火，心里也有一片火光在闪烁。他想，我就要以这里为起点，发狠做些事情出来。

窑火把所有人的脸都映红了。

万没想到，一场灾难正在悄悄靠近。当天晚边子，一支由县中队、公安、民兵组成的队伍围住烟溪村，从一张张撬开的门洞里抓出人来。抓起的人都拿箩索勒住喉咙反背了手捆得绑紧，连夜押送到县城，关进看守所。

那天晚上烟溪村里的狗叫了一夜。

大保生平头一次给人绳捆索绑，恶语呵斥，背后还有枪杆子冷冷地顶住，一时吓蒙了。他不知道自己犯了什么罪，只是在暗夜中虚一脚实一脚地跟着往前头走。走完山路，上了一部大卡车，卡车中间已经蹲起好几个人，一律脑壳低垂。大保从后脑勺上认出都是村里的队干部。他看到队长六富叔的脖子硬硬地梗着，嘴里像咬了东西，不停地在动。卡车四周站了一圈荷枪的人，枪口朝天直凳着，枪管上闪着凶狠的寒光。那晚的月亮很好，大保却感觉到一片乌黑。

大保的一双脚一直在抖。

好久以后，大保才知道自己莫名其妙地陷进了一桩反革命案。

大保过了快两年才回到南门口的家。

八

大保这一苋子人

大保的家在县城南门口的墟陂上。

说是墟陂上，却又还没到墟陂，还隔着十来家铺面，就在街边。大保家的门头并不起眼，同这条街上的人家大致一个模样，都是木头门框木门板，石条门槛。进了门才知道里头大有乾坤。一条麻石甬道直通进去，长约六米，到了尽头才见有一方天井。正对天井又是一道大门。门两边黑底金字，刻着一副对联：

积德前程远

存仁后步宽

对联很旧了，金漆大多脱落，但还是一看就能认出。门里头是堂屋，两旁各是两间厢房，神龛上供着天地君亲师的牌位。他们家当然会要供奉炉头祖师的。炉头祖师的神像不大，木头雕就，戴顶烂草帽，一口白胡子，是一个满脸皱纹非常严肃的小老头。炉头祖师供奉在神龛的背面，对着一张窄门。出窄门，是一个很大的工场。工场里一边是窑炉，一边是敞棚。敞棚下面堆放着泥模、生铁和木柴、煤炭。挨着窄门长了兜苦楝树，树下靠了张帆布躺椅。工场没有围墙，只在四周垒了一圈破缸烂盆旧桌椅，也有一人多高，旨在拦挡鸡狗和闲杂人等。工场那边，有一条溪水流过，常有人蹲在溪边上洗菜，洗衣服。春夏之际，一些小把戏就光着屁股趴在溪岸上摸鱼虾。小溪下面，是一片水田。春天碧绿，秋天金黄，十分养眼。

林工毫不费力就找到了大保家。

大保很守信，专门请林工来家里吃狗肉。

林工看了天井，看了门上的对联，看了炉头祖师神像，在工场走了一圈，回到堂屋里又同大保的父亲母亲会了面。林工很高兴。他觉得这是一个十分实在的人家。像后头工场上的炉头一样朴实，也像炉头一样厚实。这家人家散发着一种气息，他迷恋这种气息。大保的父母亲都八十多岁了，都还很健旺，搬凳子端茶手都不抖。让人看了很是羡慕。

大保是跑到乡下去买的狗，已经关起三天了。林工随他到后头的敞棚里看了看，一条黑狗，总有十六七斤吧。饿了三天了，却还四条腿站得凳直，一条尾巴翘起，一点没有倒威。看到人来，就耸起嘴巴呜呜地低吠。林工很有兴头地也要跟到河边去看大保闷狗，却给大保的父亲孝德喊住了。孝德公站在窄门边摇着手说，狗是通人性的，它也是一条命，人跟到去看，见死不救，是要遭报应的。接着就听到大保的母亲柏良婆在更里头的堂屋里大声说，狗、猪、鸡、鸭、鹅这些畜生东西，就是老天爷安排给人吃的，遭什么报应，放狗屁哩！孝德公没有搭腔。只管对着林工又摇手又摇头。

林工自然看懂了孝德公的意思，只是觉得两位老人家的斗嘴很好玩，就嘿嘿嘿地笑，眼看着大保牵起狗，拉开栅门，往溪边去了。

孝德公在后面喊：走远点，——再走远点去。

林工就随孝德公返回堂屋坐下。柏良婆早已泡好茶等在八仙桌上，林工端起一杯茶，一股香味直扑上脸，不禁说声：好茶。

孝德公得意地说：你到了我家里，饮茶、饮酒，吃任何东西，都完全可以放心，不会有污染。

林工就逗他说：莫非你是县长啊，有特供。

孝德公瘪起嘴巴说：特供就没得。不过我朋友多啊，有特别的门路给我家里送东西。

林工顺势问道：听说您老人家年轻时际走南闯北，走过好多地方？

孝德公说：年轻时的事情说不完，那时要寻吃，到处跑。湖南的邵阳，湖北的荆州，广西的柳州，广东的韶关、清远，都到过。

林工问：倒炉头很赚钱吧？

孝德公说：旧时我们这里有句老话，一阉二补三打铁，四倒炉头五破篾。这几个行当都赚钱，倒炉头排在第四。不是很多，也不得少。

林工又问：既然倒炉头赚钱，何必还跑到外面去做？

孝德公说：一来倒炉头的人多了，市场就那样大，分不过来；二来外面的钱要好赚些。喝口茶，又说：不过要把赚到的钱带回来也不轻易。

林工忙问：此话怎讲？

这个话讲起来就长了。

孝德公是八岁才离开烟溪村，出来跟父亲学倒炉头的。那时候父亲已经在县城站稳了脚跟。孝德公父亲手艺很好，为人也很义道。他做出来的鼎锅比别人的都结实。从灶台上跌到地下，一般跌不烂。别人一年做三百个鼎锅还卖不脱，他却能卖完五百个。偶尔卖不完，余下的悄悄送人。对外宣称还是卖了五百个。他一世人急公好义，没有做过伤天害理的事。遇到乞讨的老人小孩，他总要往那破瓷碗里放下一个两个铜板；每有补路修桥的好事，他都会头一个捐上不多不少的一笔钱；有时乡下人来买锅少了几文钱，他一挥手就给人家免了；同行生嫉妒，业内人难免有磕碰有纠纷，往往是他出头找人三头对六面把事情摆平；前街后街时有人打老婆，或是不孝崽女恶爷娘，他看见了一定会出面讨伐……所以，一条街上的人都对他颇为敬重。

人们对他敬重还因为，他有打。做手艺的人，常年出门在外，大多会点打。他比一般人都厉火一些。他本来身坯就好，倒炉头又是件力气活，常年地搬运铁件，练得手把子腿把子都格外粗壮，再学得一手功夫，那还了得，只要站好桩子，三五个人都拢不得身。

父亲把他的一身好手艺、一身好品德，还有一身好功夫，都传给了孝德公。

到孝德公成人立业的时候，世道大变，抗日战争正是紧张，人心惶惶，民不聊生，战事频传，一夕数惊，生意一跌千丈，靠倒炉头是很难混饱肚子的，孝德公就邀了几个伙计，远走到广东清远去谋生路。那里深山大岭，远离战火，没有兵祸，却有盗匪出没。孝德公打听清楚了，盗匪只是小股人马，不过三五人一伙而已，且没有枪支，只使大刀长矛，他仗着自己还有一点功夫，心里不是太怕，就胆壮壮地去了。年头出门，做到年尾，竟也赚到了一些钱。过年自然是要回家来的。他们收捡收捡，一副担子一头是生铁模具，一头是铺盖，扁担尖上装了铁矛，拿块布包住，遇有险情，扯脱布巾就是武器。他们没敢走大路，只拣一条小路翻山过来。山很大，一座衔着一座；林子也深，绵绵延延地无边无沿；路边的草丛里不时地惊起一只野鸡，或是野兔，把人吓一跳。走了大半天，到了一处叫作鸡公岭的岭脚下，众人都有点乏了，正想找处地方歇脚，就给一伙打抢的土匪蛮子逼住了。孝德公松下担子，用土话招呼几个伙计莫慌，把脸向外站成一个圆圈，先都别动。看他的眼色行事。然后，就朝为首的强盗拐子打一拱手，说道："这位兄弟，我们出门做事，是来求财的，你们占山为王，也是求财的，在这里撞到也是种缘分，我们就交个朋友，跟你打个商量，行不行？"

对方一时有点愣，他还没有见过如此镇定的路人。以往每次打抢，只要他们一露面，路人早都丢下担子打起飞脚奔逃了。他觉得这次这个人气势有点不一样，说的话也还中听，就还一拱手，说："你想打什么商量？"

孝德公说："我们做一年手艺赚的血汗钱都带在身上了，家里都有老婆崽女，是要带回去养家活命的。你们若是都要拿去，这不公平。"

对方问："怎样才算公平？"

孝德公说："按山里规矩，见者有份。把你们的人都喊出来，我们把钱都拿出来，一起按人头平分。这样大家都能把日子过下去。"

对方耸肩大笑道："新鲜。这样的讲法我还是第一次听到。新鲜！太新鲜了！"

"怎么，你不肯？"

"肯了怎么样，不肯又怎么样？"

"肯了哩，大家都好；不肯哩，我们也没得办法，不过马上就喊过年了，你让我们卵袋精光地回到家里，你们的良心就过得去？那样的话，你们连日本鬼子都不如！"

"少啰嗦。肯了！"

对方就把他的人喊出来。孝德公问道："你的人都在这里了？"

"是的。把钱都拿出来吧！"

孝德公扫了他们一眼。对方只有五个人，自己这里却有八个人。那些人身材短小，自己的手臂比他们的脚把子还粗，看样子都经不得一下打。他在心里默了默，说："我们做一年的血汗钱就这样拿出来分了，心里想起都不松快，回去给人讲起也没有面子。"

"那你还想怎样？"

"我想跟你比试几下。如果我输了场合，心服口服，就算是拜师傅的财礼，再无二话。"

"好啊，那就来吧！"

那强盗头子就一撸袖子，蹲桩站好，孝德公脸上笑着，一步一步移过去，说："讲起来你是坐庄，我是行庄，按规矩坐庄要先让行庄三招的吧。"

"这是哪国的狗屁规矩？不让！"

"让吧！不让我会输得回家的路都找不到。"

说着话孝德公已经走到了跟前，眼睛跟眼睛对住了，忽然起手，一拳就照脸上播过去了。对方忙拿双掌来挡，岂知这个拳头却是虚的，脚下才是实招。他抬腿照着对方的脚掌一脚踩下去，就见那人"唉哟"惨叫一声，往后扑地便倒，一双手抱住脚在地上打滚。

这边的伙计们见孝德公已经出手，也都纷纷抽出扁担，扯去包布，横着亮晃晃的矛头指住了其他几个土匪蛮子。眼看大势已去，若还霸蛮动手，寡不敌众，他们只会吃亏。几个人只好乖乖地站在原地，低头服软。

孝德公算是义道，临走，丢给那土匪头子两块光洋，说声："得罪了！"便急急地翻过鸡公岭，寻路而去。

孝德公那次并没有把事做绝。要照他的功夫，只要拿膝盖骨照对方胯下一冲，不死也要变作废人。但是那样一来，仇隙就结大了，不能那样狠。以后人世上的路还长，他还要到这边来做手艺赚钱，山不转水转，不晓得什么时候就又撞了面，到时候也还有话好说。

果然，第二年还是那个日子，还在那个地方，他们就又跟那伙土匪蛮子撞上了。

为头的还是上年碰见过的那个蛮子。不过这次他剃了个光脑壳，前额突出似岩头，显出一种霸悍。这次他们人多了很多，还换了武器，一碰面远远地就拔出手枪指住孝德公吼道："站在原地不要动。动一下我就一枪打死你！"

孝德公忙说："不动不动。你只让我把担子放下来。"

孝德公同几个伙计都把担子放下了，站在原地，一动不动。一副尽凭发落的样子。

霸脑壳拿枪点着孝德公，说："去年的这个时候，你一脚把我的五个脚趾头全部踩成粉碎性骨折，在床上诊了四个月才能下地走路。你自己讲，这笔账怎么算！"

孝德公说："我不是给了你两块大洋做医药费么？"

霸脑壳说："我正是念到你还讲点仁义，今天才没一枪就要了你的命。不过事情也不能这样就了了。"

孝德公说："我们把钱都给你留下。"

霸脑壳说："这是当然的。不过还不够。"

"那你还要我做什么？"

"很简单，我也要伤你一回脚。"

霸脑壳说着，枪口一低，就扣动了扳机。

孝德公听他说那句话时，心知不妙，见他一低枪口，紧忙就往旁边倒地一滚。枪声响了，子弹打在地上，溅起一线烟尘。孝德公竟丝毫无损。

周围腾起一片喧嚣。伙计们惊呼，土匪们惊羡，连霸脑壳也兴奋起来。

霸脑壳看着孝德公一翻身爬起来又站回原地，不由也点着头说："你的功夫让我佩服。我们之间的梁子就算了了。"

孝德公说："你这人讲义气。"

霸脑壳得意地说："江湖上的人，义字当头。"

霸脑壳心里佩服，但买路钱不能不给。孝德公就叫伙计们把钱都拿出来，放在一块摊开的洗澡帕上。都是些散碎纸币，堆伙大，但数量不大，霸脑壳一看就黑起了脸，叫他们脱下棉衣，翻转了所有口袋，还把铺盖散开，逐件将过，又把箩筐倒扣过来看过，所获还是不多。

霸脑壳说："你们做了一年工夫，就这点卵子钱？哄鬼吧！"

孝德公说："你也不看如今什么世道，兵荒马乱的，哪里有好多事做，经常做一天就要歇两天，有时货拿走了，钱还要不回来，讲是先欠到。这点钱还是想到家有老有小在等起，勒紧肚皮省下来的。真的都在这里了。"

霸脑壳还是不相信。孝德公就又说："身也给你们搜了，箩筐也翻转来看过了，你若还是不相信，我们也就只剩下几条性命了。不过，我默起你们是图财的，不是要害命的。江湖上有江湖上的规矩，你若这样就要了我们的命，传出去也会坏了你的名声。你以后还有什么脸面在江湖上混？再说，我们打过一回交道了，我看你也不像是那种天良灭绝的歹人，不至于就把事情做绝吧？！"

霸脑壳斜眼瞄住孝德公，拿枪的手垂下去，然后，侧过了身。

他旁边有人喝道："赶紧走吧！"

孝德公忙招呼伙计们将行头装回箩筐，担上肩，抬脚就走。霸脑壳忽然一声断喝："站住！"

孝德公心里一紧，一下把担子戳在地上。

霸脑壳拿枪点住洗澡帕上的钱币，说："每个人抓一把铜钱再走，路上做盘缠。"

孝德公松落一口气，说："哦，盗也有道。"

霸脑壳得意地说："你有仁，我也有义。"

孝德公打一拱手："好，是个角色！"

孝德公还是不放心，让伙计们挑起担子先走，自己断后。伙计们很快转过山口，看不到身影了，他才又朝霸脑壳打一拱手：

"朋友，后会有期了！"

就挑起担子，不紧不慢地走了。

霸脑壳那帮强盗拐子哪里想得到，孝德公他们做了一年手艺，怎么会只有那么点钱。他们是把光洋藏在生铁模具里了。主意是孝德公出的。办法很简单，把光洋从模具的浇注口塞进里面，再拿铁水将口子熔住，丢进炭灰里沤一天，拿出来又用炭灰抹几遍，抹得上下颜色都一样了，谁也看不出做了手脚。他们拿这办法躲过一劫，心里都很高兴，回家好好地喝了一餐酒，表示庆贺。

孝德公说起这些旧事，仍然非常得意，说到高兴处，就咧开嘴巴，无声地大笑。

林工听了也大笑，他觉得孝德公、霸脑壳，这些人物都很有意思。

林工说："你明明知道鸡公岭下有土匪蛮子，第二年就不应该再走那条路。"

孝德公说："我们只能走那条路。"

"你是要冒个险？"

"不是，走大路更冒险，走小路我心里反倒有定准。"

"定准霸脑壳不得要你们的命？"

"也不是。土匪蛮子的心思，不会有定准。我讲的是鸡公岭。你们都不晓得，鸡公岭是我的吉地。"

"鸡公岭怎么是你的吉地？"

"我是民国十年出生的，属鸡。人的属相你懂吧？我的老家有座山，叫鸡婆岭，我还就出生在鸡婆岭上。那天我母亲到鸡婆岭割草，肚子一痛，就把我生出在草堆上了。人家生毛毛好困难，我母亲不难，像鸡生蛋一样轻易。生完我，自己咬断脐带，又自己走回家里。长大一点我去鸡婆岭上割草捡柴，运气总是特别好，总能捉到只把野兔、野鸡，或是斑鸠，拿回家里打牙祭。有时瞌困来了，就仰在岩石上睡一觉，特别舒服，连蛇拐蚂蚁都不来拢边。算八字的先生讲，鸡婆岭是我的吉地。鸡婆岭、鸡公岭，一个湖南，一个广东，隔得不远，在土地公公的账簿上它们应该是有关系的。后来头一回从鸡公岭下面过身，看到那上面的树啊、草啊、岩头啊，都好熟悉，连路都是差不多的，看起好舒服。我心里就清楚了，这里是我的吉地，我在这里，任何凶险都可以化解。"

林工大笑起来，笑得嗬嗬的，连说："有意思，有意思，原来还有这样的说法。"

孝德公也嘻嘻地笑，端起茶杯，才发现茶水喝干了。林工起身找到热水瓶，给两个杯子都添满水。正在这时，大保倒提着修好的狗进来了。狗毛刮得很干净。狗皮上闪着一层惨白的光洁。狗脑壳上两槽牙齿都龇在外面。

孝德公问："狗鼻子抠干净了吧？"

大保说："抠干净了哩！"

孝德公说："狗身上最邋遢是鼻子，不洗干净会带臭气。"

大保说："我晓得。"

孝德公又问："肠子哩，没丢掉吧？"

大保又说："当然没丢掉，我翻转来洗了几道，保证干干净净。"

孝德公说："这就对了。'吃狗不吃肠，等于没有尝'。等下这是下酒最好的物器。"

孝德公还要唠叨，大保不耐烦了，说声："我又不是三岁小把戏，还要你左教右教。"就出堂屋进到厨房里去了。柏良婆在厨房等着他。

不一刻，那头就传出很响的剁肉的声音。

再一刻，狗肉下锅了，"嗞"地一响。

孝德公大声说道："肉下锅了要赶紧翻炒啦！"侧起耳朵没有听到回应，就起身要过去。林工忙拉住他说："大保都会做哩。他都同我讲过，这里吃狗肉都兴踢三脚、饿三天，炒三炒、焖三焖，加三次盐。前面踢三脚、饿三天，我搞懂了。后头这炒三炒、焖三焖，加三次盐，我一直不清楚。为什么是三，不是四，不是五呢？这里头有什么讲究？"

孝德公扶住桌子坐下，神气来了，大大声说："这里头讲究大哩！我跟你先讲炒三炒：一炒干水，二炒出油，三炒出巴锅。这在食谱上都是有说法的，叫作'打干锅'。三炒之后加水进去，水要刚刚盖住狗肉，焖三焖，一焖出肉香，二焖出胶汁，三焖进八角桂皮香味。狗肉开始粘锅了，放第一次盐；这次盐不能放完，要留一些等狗肉炒到半熟的时候放；第二次还不能放完，还要留一点点等到全部熟烂了才放。这样还不算完成，还要把狗肉铲出来，洗干净锅，再倒生茶油进去炸几分钟，把生姜、大蒜头、一个个的干辣椒和八角茴香丢进去炒。这还不行。起锅前还要沿锅边淋一圈生茶油。听到嗞嗞地响了，狗肉的香味就完全出来了。半条街都闻得到。这时候狗肉才可以上桌，可以吃了。我们这里还讲究吃满口肉，一口一块，吃得你皱鼻子。"

林工就吧咂着嘴巴，真的开始皱鼻子了。

"不过哩，狗肉这物器，我只晓得讲，也晓得炒，但是我不吃。"

林工一下僵住了，脸上木木地，问："你不吃狗肉的？"

"早年子喜欢吃，后来不吃了。"

"那是为什么？"

"为什么？讲起来我心里就会来火。"

"讲一讲！讲一讲！"

"你真的想听？"

"想听。"

"好，我讲！"

那竟是非常哀苦的一段记忆。

1971年，农村又搞起了一个新名堂：割资本主义尾巴，限定社员每户人家养猪不得超过一头，养鸡、养鸭每个人头不得超过一只，自留土里种的辣椒、茄子都要经干部苋苋过数，超过限额的一律拔掉。农村严控，县城里头更不得例外，居委会通知所有单干的手工业者都要归拢到铁木社，统一管理。孝德公也接到了通知，但他不想就范。他单干了半辈子，凭手艺赚钱吃饭，过惯了无拘无束的自在日子，不愿意给人管束，也不愿意拿着那点死工资在围墙里头集体磨洋工。接到通知的当天晚上，他就把模具和铺盖一担挑了，悄悄出城，搭便车到了郴州，再又转道广东清远，在一个村子旁边破庙里住下，到处接事情做。那里的社员见他做事发狠，手艺不错，价钱公道，人也和气，都愿意帮衬他，买他的东西。他的生意很好。日子过得飞快，说话间就到了过年边子，他也盘算着要回家了。他知道回家会要冒很大风险，比如赚的钱可能会给没收，可能会给罚款，甚至可能还会被游斗，可是无论如何，过年就是要回家跟老婆崽女团聚的。为人在世，在他心里这是件大过天的事情。他必须要回家。他依循二十多年前的经验，把赚到的大部分钱藏进模具里头，只留一点放身上，预备交罚款。他是腊月二十九晚边子才回到县城的，他不敢白天到家，特意坐的最晚一班车。汽车站在北门外，下了车他没有从北门进城，走城外包个大圈，慢慢挨近到墟陂上。那天他很走运，在路上碰到个卖狗崽的。那是个乡里人，在墟上站一下午没有把狗崽卖脱，只好打算带回去。乡里人牵着狗崽从戏台楼下转出来，一下撞上他。乡里人顺嘴问了句："买小狗崽啵？"孝德公是个开朗人，顺口反问一句："好多钱？若便宜我就买。"那乡下人也实在，就说："我本来是想把狗崽牵到墟上来卖点钱，再买点年货回去过年。哪里悟到站了一下午没有卖脱手。你要真的想买，好多钱随便你给。我不还价。"那狗崽很通人性，看到两个人说话，好像也懂了意思，就耸起两瓣爪子在孝德公的裤脚抓挠，一下把他的心抓痒了。他摸出五块钱塞给那乡下人，接过草绳子牵了。小狗崽对着旧主人轻轻吠了一声，掉头跟着孝德公走了。孝德公很高兴，脚步一下轻快起来，心想：好啊，过年可以吃顿饱狗肉了。他这辈子最喜欢吃的就是狗肉，还坐在车上就想过，回到家里好好睡一觉，第二天再到乡下去转一转，找人买只鸡、砍几斤肥肉，再捉条狗回来，一家人好好过个年。没想到人走运门板都挡不住，还没进门，狗崽就自己送到手上来了。

但让他更没想到的是，他牵着狗崽回到家里，大门刚刚关上，就又给人撞开了。大门开处，拥进一伙人来，每个人的左手臂上都箍着红袖章。孝德公认得为首的是居委会主任，他也认得旁边几个是治安联防队的人。他知道是祸事来了，倒也没有怎么惊慌，只笑笑地望住他们。他听到主任凶声说道："王孝德，你还敢回来？"他轻轻说："这里是我的家，过年了自然要回来。"主任又说："你晓不晓得自己犯了什么错？"他点头说："我晓得。我认错，甘愿罚款。"说着就把口袋里的钱统统挖出来，放在石墩子上。这是他早就想好，捺住性子做的。他不想顶撞他们，只唯愿事情快点过去，能够平安地过个年。主任望了望石礅子上的钱，说："不止罚款，必须没收全部收入，还要到居委会去做检查！"孝德公说："罚款也好，没收也好，反正钱都在这里了，你们都拿去。"主任哼地笑了声，说："你把我们当蠢子耍啊？你哪样讲，我们就哪样信？"说罢，下巴一翘，一个后生崽抄起一把铁锤，高举过头，照着生铁模具用力一砸。砰地一响，模具应声而开，里头一大卷钞票暴露出来。主任指着钞票，冷冷地问道："这是什么？"孝德公眼鼓鼓地望着他，没有作声。"说，这是什么？""钱。我吃苦巴力赚的血汗钱。""你不是讲赚的钱都在那里了，怎么这里又拱出一堆来？偷的？还是抢的？"孝德公知道是"叫花子碰到饿鬼，贼牯子遇着强盗"了，不再争辩，默了默，突然抬脚，直扑那卷钱。不想主任已经料到他这一手了，身子一横，挡在了前头。后面也即刻扑过几人，薅住了他的上身。就听主任狠狠地说："你吃得米，这里还有吃得谷的。你以为就你本事大？都松手。只要他不怕坐牢，就让他动动看！"几个人松开胳膊。孝德公的手也垂下来。他感觉到一身的血都涌到了肩膀上，紧得发胀；他听到一对拳头捏得咔咔地响，有股气直顶到了鼻尖上来，脑壳有点恍惚了，现出一片空白。这时又有什么东西在拖他的裤脚了。其实那时他也想过一下可能是那只狗崽。可是他没有细想，只是感觉有了一个发泄口了，就狠狠地一脚照那堆黑糊糊的东西踩下去。果真是那只狗崽。他下力太重，可怜那只狗崽连哼都没有哼出一声，就给踩扁了。两股东西从前头和后头飙出来。前头的是啰物，后头的是狗屎。啰物飙到了主任身上，狗屎飙到门口一个人脚上。主任的火气也给那团啰物点着了，他大怒说："没听说你屋里养了狗的啊！这是你带回来过年的吧！好，我就让你过年！"

　　主任抹下一团啰物，撒在了孝德公嘴巴上，一股怪味把孝德公熏晕了过去。

　　柏良婆好晚才回到家里，只见：一捆铺盖、一只烂粉的模具、一条死狗、一溜稀狗屎，孝德公仰在天井里。

　　从此孝德公再不吃狗肉。

　　林工一直没有插嘴，听着孝德公慢慢叙说。他像坐在冰厂的出风口，心里一阵阵发冷、发紧，手脚僵直。

好久，他才气促地问了句："这个居委会主任怎么会这样狠。"

孝德公喃喃地说："狠哩。够狠。"

"他还在么？"

"不在了。早好多年就不在了，灌酒灌多了，暴死的。——唉，也遭孽哩。"

林工忽然问道："主任姓什么？"

"姓姚。"

"哦，姚主任。"

林工蘸点茶水，无意识地在桌上画了个"姚"字。

一会儿，那茶水就干了。

林工带点愧意地说："你自己都不吃狗肉，何必还专门打条狗，请我过来。"

孝德公笑笑说："没关系哩！大保说了，你喜欢吃狗肉。还说应承了要打条狗请你到家里来吃一顿。应承过后又打悔，默起我是不吃狗肉的。我说那有什么关系，应承了的事情就要做到。我看到你们吃，心里一样欢喜。"

林工感叹说："你们一家人太实在了。"

孝德公叹着说："就为了这'实在'，大保吃过好多亏哩！"

"哦——？"

孝德公又说："大保吃的亏比我还多。"

林工正想问下去，门口一阵喧哗，几个人裹着一阵风进来了。扯头的是大保的大崽王笑笑。笑笑手里牵着家里叫瞎子的那条狗。随后是女儿王珍珍。珍珍怀里抱着一个小毛毛，一路噢噢地哄。最后进来的女人手里搭着一条婴儿被，另一只手提着一兜苹果。孝德公笑眯眯地介绍说：这是我的媳妇、大保的老婆，喂——媳妇你告诉客人一声喊什么名字？

做媳妇的对林工笑笑，说："我叫唐红卫。"就放下婴儿被，进厨房给柏良婆和大保帮手去了。

几个人进来，屋里一时就热闹了。珍珍让毛毛见过林工，又见过孝德公，柏良婆已经奔过来，接过毛毛亲个脸，小心地放进摇窝里。林工起身拿了个包封塞到毛毛的小手上。头次上门，这个礼性是要的。毛毛抓住红包封，咿咿呀呀，笑得一脸的肉乱颤。瞎子脱了狗绳，得到解放，见了红包封似乎也有兴头，拱过来，前脚抻高了直往林工肩膀上搭，尾巴摇得像风摆柳，亲热得不得了，把一屋人逗得大笑。

柏良婆出去回来，眨眼间就把碗筷调羹酒杯都摆好了，大保在外头喊一声："狗肉来啰——"一阵风样卷进来，一脸盆狗肉就摆上了桌，然后，顺手拉起林工在八仙桌旁坐下。又招呼孝德公在上席坐了，就要倒酒。

酒壶却给笑笑按住了。笑笑说声："搭你讲个事。"就拉大保起来，走到门口天井旁边，背对这边，急促地小声说着什么。

孝德公不耐烦了，颤巍巍地喊道："你们两爷崽进来陪客啦！"

笑笑扯住大保的手还要继续说，给大保一下甩开了。大保气恼地说了句："这种事你不要寻我！"大保声音很大，堂屋里的人都听到了。

孝德公拿眼睛迎住大保进来坐下，问道："又什么事哪？又什么事哪？"

大保说："让笑笑进来自己说。"

笑笑就跨过一步，一脚门里，一脚门外，背倚住门框，气急气促地说了。

还是商业城那边房屋拆迁的事。政府今天下了文，主要还是对着那些钉子户来的。说是，钉子户强硬不搬迁的，家里凡有直系亲属在县属机关上班的人一律调往乡镇去。笑笑谈了个女朋友。女朋友的哥哥也是钉子户。女朋友在烟草公司上班，下午领导已经通知她了，要她考虑考虑，自己选择。女朋友当然不想去乡镇，很着急。笑笑也很着急。他要大保出面找一找钟海仁县长，放他女朋友一马。

大保气恼地说："我不去找。要找你去找。"

笑笑说："你的面子大。我没有面子。"

大保说："你晓得自己没有面子就提都不要提。"又软下口气说，"搭你们讲过无数遍了，海仁这个县长当得好着神呢，真的不轻易，我们帮不到他什么呢，起码不要给人家添麻烦。搭今天一样，本来也请了他，他也答应了来，临时又八百磴起了山火，他要赶过去指挥救火，一下又来不了。我看他当这么多年太爷，哪里安生过？没有一天安生的。"

笑笑说："那你就搭我找一下庆生叔，他是副县长，又是商业城的指挥长，找他也有用。"

大保突然非常恼怒，说："我若碰到他，射尿都不得对到他射，你还要我去找他？！"

柏良婆在外头搭话，训他说："你是做爸爸的人啦，说话这样不文明。"

笑笑生气地说："你这样不帮忙，这个女朋友我也不谈了。"

大保无所谓地说："你以为你是在帮我谈女朋友啊，不谈就不谈，关我卵事。"

唐红卫端菜进来，刚好听到这句话，就笑道："你这话说得没良心，人家是亲过你的啊！"

林工听了吓一跳，正探起眼睛去看大保，就听一屋人"轰"一下大笑起来。

连笑笑也掩嘴而笑。

大保就很凶的样子骂了他一声，叫他过来坐下筛酒。林工听出他的骂声里透出一种欢喜，心里更加疑惑了。

三个女的都没有上桌。珍珍在给毛毛往奶瓶子里调牛奶、试温度；柏良婆和唐红卫还在厨房里忙，她们还有好多菜没有炒出来。四个男人，就各据桌子一方坐妥了。

这里人刚坐好，那边瞎子一蹿出门，在石门槛下卧下了，转着脑壳到处找人。就见柏良婆端着一盆蒸好的米饭，过去放在它的嘴巴旁边。瞎子朝八仙桌这边瞟过一眼，算是打过招呼，就将嘴巴撅进饭盆，大口先吃了。

大保笑笑说："我家里这瞎子懂事哩！"

林工点头赞同。

大保就又说："今天家里要杀狗，这事情是不能让瞎子看到的。狗若看到杀狗，会气得发癫。所以我早早地就喊笑笑带它出去耍。它好像也晓得家里今天要杀狗，早上起来就没有一点精神，笑笑喊它走，只喊一声，就乖乖跟起去了。若在平常，会闹半天。"

"哦——"林工在心里唏嘘着，又转头看了瞎子一眼。瞎子正埋头绕着盆沿吃饭，吃得热火朝天，没有理他。

这时笑笑已把酒都筛满了。孝德公端起酒杯，对林工点点头，扯头干了，几个人也都一饮而尽。

孝德公夹起一块狗肉过到林工碗里。林工接过一口吃了。果然是香、滑、油，——油而不腻。满口肉，满口香，这话真是说绝了。

他忍不住又夹起一块狗肉吃了。

三杯喝过，大保又单独同林工喝了三杯，一时热上身来，就将毛背心脱了，说："林工，我估猜你心里还在想到一件事。"

"哦，我会想什么事？"

"我老婆刚才讲的那句话。"

"你老婆讲了什么话？"

"你装宝啊。她说笑笑的女朋友亲过我。"

林工狡黠地眨眨眼，没有承认，也没否认。

"这事必须要跟你讲明白，不然我以后不得清场。笑笑，你自己同这个叔叔讲。"

"我不讲。我要给爷爷敬酒。"

"你不讲我讲。你怕我还不好意思讲得？"大保坐到笑笑起身空出的位置上，凑过头来，说："我这笑笑崽啊，人是灵泛人，就是读书不来神，读到底就是个高中本科毕业，文凭都没得一张；又没得一个正式工作，人也生得不出众，家庭又是这样一个家庭，一没权，二没钱，三没势，我默起他找老婆都困难哩。也不晓得是祖坟哪块地方开了坼，偏偏他很逗女孩子喜欢。那些女孩子一个一个往我这家里跑，还都长得好乖一个，家庭条件都不错。我们都喊应他，要谈爱就好好谈一个，不要搞七搞八，我们做大人的不允许。去年年底，三十晚上了，家里一下来了两个女孩子，坐在堂屋里念空话，念了一下午，菜上桌了，都不肯走。只讲要在我家里吃团年饭。这个不行。若只一个，在我家里吃了年饭，我就认了你作媳妇，现在一下来了两个，留不得，以后麻纱扯不清。我发了脾气，一定要她们回家过年。两个女孩子只好走。走就走吧，出门之前都还想表示一下殷勤。一个端来一盆热水，拿毛巾浸到水里搓几下，绞干，放到我的手里给我擦脸。那女孩子会讲话哩，嘴巴好甜，还学到笑笑的口气喊我一声'爸爸'，说爸爸洗个脸，把旧年的霉气洗脱，新的一年顺顺利利。几句话讲得我心里好松快。另外那个女孩子呢，一下子没得主意了，总不能学样再打一盆水给我洗脸吧。你想都想不到，她也喊一声'爸爸'，还说爸爸我好喜欢你，把两个手伸过来，捧住我的脑壳，嘴巴就在我脸上亲了一下。他们刚才笑的，就是这件事。这下你清楚了吧？"

大保说完，林工已经笑得把头都抵到桌面上去了。他抬起头，仍然笑哈了地说："这个媳妇要得，你应该帮她的忙。"

大保丧气地说："我是应该帮忙，我也想帮忙，可是我好难，这个忙不好帮啊。讲句实在话，县政府发那样的文件，我有看法。这是古代人株连九族的做法。钉子户搞事你就找钉子户做工作，不能连累亲戚。不过话又说转来，有的钉子户也是不像话。政府搞建设，是好事，我们都应该支持。你讲给的补偿不合理，你可以提要求，但是不能漫天要价，以为政府的钱是婆婆的奶，个个吃得，不吃白不吃。事情总要有个度。像前几天我们一起会到的能者八个眼，要价那样高，纯粹是胡搅蛮缠扯乱弹。政府要做事，碰到这样的人有什么办法，只能采取特殊手段，搞走一户是一户。你说这阵子我去找海仁县长，这不是搅事啊，人家会好为难。我一个老百姓，看事情没得那样深入，也担不了什么责，我只晓得一个人什么时候都要讲良心。"

林工说："要是个个都有你这样的想法，天下太平好多。"

大保撇撇嘴，正想说话，一转头发现笑笑站在身后，正苦巴巴地看着他。

笑笑说："我女朋友的老兄不是那样的。他没有漫天要价。他也不想搭政府作对，他是得罪了筹备办的人，人家要害他。"

"那些人得罪得起的，他怎么得罪人家了？"

"那头人搭她哥哥讲，会帮他把拆迁的面积算大，不过要抽水。那人吃得咸，要五五对半，他哥哥没有答应。"

"他们有不有证据？"

"都是嘴巴对嘴巴讲的，没有证据。"

"没有证据还说我条卵，只有吃亏。"

"他就是怄不得这口气。"

"要是我也怄不得这口气。"

"那你帮下他们啊！"

"我不帮，——我也帮不到。"

"你们这代人就是这样的，没一点正义感。"

"我敲你一栗磕，来搭我扯正义感。"

林工见这两爷崽都有点上火了，忙站起，拉过笑笑问道："你说的都当真？"

"当然真的。她哥哥不说假话。"

林工就说："你先敬我一杯酒，我帮你们去找海仁。"

"真的？"笑笑笑了，蹦起好高，说，"林叔叔我敬你。我三杯，你一杯。"

笑笑就绕到对面，筛三杯酒倒齐一个碗里，一口气饮了。

林工也笑眯眯地吃下一杯酒。

桌上一时又活跃起来，大保的脸色也缓和过来。瞎子已经把一盆米饭吃完了，进来兜个圈，在每个人的腿肚子上撞一下，又回到石门槛下卧倒了。毛毛抓着奶瓶一下一下地砸，嘴里咿咿呀乱叫。珍珍小心地给他擦去下巴上的奶渍。酒又霍霍地筛满了杯。

一大盆狗肉很快见底了。

唐红卫端上最后一盆青菜，回厨房摘掉围裙，洗干净手，拿了一只碗返转来，她给林工倒了一碗酒，也给自己的碗筛满，双手端稳，清清楚楚地对林工说："林工，我从来不端酒杯子的，今天也敬你一碗酒。"说完，咕嘟咕嘟就把一碗酒喝下去了。完了还用手背揩揩嘴巴。

林工对她点点头，也将一碗酒吃下去了。

他感到一股酒劲往上涌，眼睛有点花了。

他听到唐红卫缓滞地说："你们慢慢吃，我就不陪了。"便拿着碗出去了。

林工问大保："你老婆不吃饭？"

大保还没答话，柏良婆先把话接上了。柏良婆端了碗饭进来，边夹菜边说："她呀，还不得空，要去给一个寡公送菜。"

林工正疑惑间，笑笑告诉他："我们这里的寡公，就是你们说的鳏夫。"

林工压抑着不断涌上来的酒嗝，说："我想这里头又是有什么故事的吧？"不知为什么，来这里做了半天客，他对这一家子人充满了好奇。

大保一点点地夹起菜碗里的蒜头往嘴巴里丢，一边说："这事情扯起来又长了。"

还是要扯到"文化大革命"。如今的好多事情，好也罢，歹也罢，都要扯到"文化大革命"，都是从那个时候发的荪。唐红卫在"文化大革命"中当过红卫兵组织的头头。她原来的名字叫唐玲玲，后来改的，可见她对"文化大革命"有好狂热。唐红卫他们很喜欢做的一件事情是抓人游街。抓校长游过街，抓书记游过街，抓教务主任游过街，也抓一些老师游过街。每次抓人游街，都不是一个两个，是一群。至少五六个，有时十来人。他们以为这样才有声势。只有一次，只抓了一个人游街。那个人是教音乐的老师。那个老师叫陈玉蓉，是位女老师。

陈老师教过大保他们班一年多的音乐，一个星期两节课，都在星期一的下午。陈老师很年轻，好像三十岁还不到。陈老师长得不是很好看，但是有一种韵味。细高的身材，瘦长的脸庞，细眯的眼睛，喜欢抿一抿嘴巴，浅浅一笑。她常常穿一条白底带蓝花的连衣裙，裙摆很宽大，脑后扎一朵白色的蝴蝶结。她的嗓子很好，甜美，滑润。她的手风琴也拉得很好。她拉手风琴的时候，上身略略后倾，左手按键，右手一时将琴身拉长了，一时又收拢了，身子也跟着微微摇摆，脸上的表情十分丰富，非常陶醉。手风琴一响，她的音乐课也就开始了。她教学生们唱《歌唱祖国》，唱《浏阳河》，唱《十送红军》，唱《解放区的天》，唱《八月桂花香》，唱《挑担茶叶上北京》，唱《毛主席来到咱村庄》，唱《北京的金山上》，唱《在那遥远的地方》……歌声扬起来，又落下去。像高山上的流水，很清亮，很激越，有点杂乱。课间十分钟休息的时候，她就坐在讲桌旁的凳子上，静静地看着空荡荡的教室，轻轻地揭开茶杯盖子喝开水。不是喝，是小小地一口一口地抿。据说她的开水杯里放了很多白糖。

大保不喜欢唱歌，可是喜欢上陈老师的音乐课。喜欢看陈老师手抚风琴的身姿，喜欢听她清亮的歌声。那身影歌声，总是逗起他无边的遐想。星期一的音乐课让他一个星期的精神都好得很。

陈老师的家在学校教学楼后头的教工宿舍，一溜平房最东边的一间。陈老师的爱人廖老师也在学校里教高年级的语言课。看起去廖老师要比陈老师老相很多，经

常穿一件中山装，一双黑布鞋，袖口上沾满粉笔灰，走路迈外八字。听说他的教学
水平很高，每个月都在学生食堂上一次大课，学生坐满，连一些青年教师也搬把凳
子挤在后面托起下巴听。他们已经有了一个四岁的小女儿。每天傍晚，一家三口都
会一起到学校后门的围墙边散步。两位老师让小女儿走中间，一边一个牵住一只小
手，从门口的砖铺甬道上走过去，经一片矮松树林，眼前是大块大块的菜地。这菜
地是学校的学农基地，人工花得多，肥料也下得足，一年四季都是青青葱葱的，十
分可人。菜地边上，靠近侧门的地方有一个人工挖出来的小水塘，水塘里面常年覆
了一层水浮莲，塘边种了很多花。山茶花，凤仙花，鸡冠花，蔷薇花，茉莉花，菊
花，杜鹃花，美人蕉——美人蕉开的花特别热烈，在晚霞中像一蓬蓬燃烧的火焰。
晚边子的水塘边十分静谧，有青蛙麻蝈躲在浮萍下沉声聒叫，陈老师一家三口绕着
塘边一圈圈地踱步。陈老师到了这里，就会浅声哼唱起来。她轻轻地唱着："在那
遥远的地方，有位好姑娘，人们走过了她的帐房都要回头留恋地张望……"她又轻
轻地唱着："美丽的草原我的家，风吹绿草遍地花。彩蝶纷飞百鸟唱，一弯碧水映
晚霞……"经过美人蕉旁边时，她会略一停顿，抚一抚花片，接着唱道：

花儿为什么这样红？

为什么这样红？哎——

红得好像、红得好像燃烧的火，

它象征着纯洁的友谊和爱情。

花儿为什么这样鲜？

为什么这样鲜？哎——

鲜得使人、鲜得使人不忍离去，

它是用了青春的血液来浇灌。

陈老师不歇憩地唱着，廖老师有时看看她，大多时候是低头凝思，一语不发。
他的思绪大约沉浸在桃花源和古岳阳楼。到天完全黑透了，他们回到家，给小女儿
洗过脸，洗过脚，安顿到床上睡下，两个大人就开始备课。陈老师坐在床边，廖老
师坐在窗口。他们家窗户是打开的，窗帘也是拉开的，里面的情景看得清清楚楚。
陈老师常常备着课，挪屁股就坐到了床边上，很低声很低声地吟唱起来。她是在给
小女儿催眠。她的歌声像水一样浸透在了小女儿的睡梦里。

他们的生活过得安然而静好。

"文化大革命"来了。"文化大革命"打乱了这种安然和静好。他们不必每天
去教室上课。他们也很少到水塘边散步了。

他们家的窗户上，也给一张大字报遮严了。学农基地的菜土荒芜了。

水塘边的各式鲜花却仍然热热闹闹地开着。

有一天晚边子，陈老师又到水塘边去了。她是一个人去的。她单肩背着手风琴，施施然穿过矮松林，顺土路走到水塘边。那天晚霞浓厚，满天灿烂，映得一地的鲜花红的越红，黄的越黄，紫的浓成了黑色，陈老师把手风琴卸在一块土墩上，垫块手绢坐下来，手托下巴，眯眼望着满塘水浮莲默了很久的神。青蛙麻蝈的叫声从这里冒出来，一时很响，一时又歇了。叫时好热闹，歇时静得瘆人，能听见水泡鼓出水面时"咕——"一声，"咕——"一声的碎响。一只蟋蟀在身后唧唧地唱。到暮色四合时，她起身，整了整衣裙，把手风琴背到胸前，微微斜了身子，面对池塘拉了起来。这天她脸上有点忧伤，但很专注。她低头望着手风琴，小心地挥动手臂试了试音，然后一抖脖颈，头发甩了起来，一串颤音伴着琴块破喉而出。琴声起时，蛙声戛然哑了，虫鸣也止息了，天地顿时变得十分肃静，只有水泡鼓涌得更欢快了，"咕——"一声，"咕——"一声，似乎给她的歌声琴声作后台伴奏。她唱得十分陶醉。左手指头在手风琴琴键上灵快地弹击，右手扶住琴身，时而拉开了，时而又收紧了，拉开时仰高了头脸，收拢时窝起了上身；时而繁急，时而柔曼，时而奔放，繁急时高亢入云，柔曼时如诉如泣，奔放时如高山流瀑，砸地起回音。也欢快，也沉郁，也缠绵，也峻急。很多时候，她一边拉一边唱，有时也光拉不唱，只在喉咙里随音哼哼。那天很奇怪，她唱的拉的都不是中国歌，是苏联曲子。《莫斯科郊外的晚上》《红莓花儿开》《三套车》《春天里的花园花儿多美丽》《伏尔加船夫曲》《伏尔加纤夫曲》《草原》《灯光》《故乡》《喀秋莎》《小夜曲》《多瑙河之波》《田野静悄悄》《遥远的地方》《友谊圆舞曲》《祖国进行曲》《妈妈我要出嫁》《从边境到那边境》《太阳落山》《我们举杯》……真不知道她肚子里怎么装下了那么多的外国歌曲，一支接着一支，没有重复。只有一支歌反复唱了好多遍。那支歌叫《朋友》：

我亲爱的手风琴你轻轻地唱，

让我们来回忆少年的时光，

春天驾着鹤群的翅膀，

飞到了遥远的地方。

我亲爱的朋友你别忘记，

我们的母亲给我们准备行装。

送我们上前方，

走向多瑙河畔，走向艾里巴江。

过去的事情就让它过去，
我们并不惋惜，嘿！
我们深厚的战地友谊，
就在那行军路上，
温暖我们的心，
道路引导我们奔向前方。

夜风从矮松林那头旋过来，将她的裙摆鼓得饱满丰盈，像一朵大美人蕉。

夜很深了，天空显得更加高远，水塘里的水浮莲更浓黑了，青蛙、麻蝈、蟋蟀也可能睡着了，她也累了，该回家睡觉了。把手风琴换了个姿势背着，走过菜土，穿过松树林，回家去。

廖老师和小女儿还在灯下等着她。

万没想到，陈老师那晚上的歌声，不光给花听到了，给水浮莲听到了，给青蛙麻蝈蟋蟀听到了，也给一个同学听到了。陈老师唱了好久，这个同学就坐在松树林里听了好久。

他当晚就把这件事情报告给了唐红卫。

第二天一早，唐红卫就带领一群红卫兵杀到了陈老师家门口，他们将连夜写就的大字报大标语糊到她家两面墙壁上，踢开门，将陈老师从床上揪了起来。他们喊里咔嚓剪去她的头发，拿一块黑牌往脖子上一挂，就在她家门口召开了现场批斗会。

他们一家一家地敲门，把宿舍区的老师和家属都轰起来观看这场批斗会。

她一点思想准备都没有，完全被这场突然而至的袭击吓蒙了。在一片哄闹中，她听到小女儿在房子里尖锐的哭声。她想返身回去哄哄女儿，可是两只胳膊都被牢牢揪住，动弹不得。她感觉到一双厚掌握住了她反剪在背后的手，她知道那是廖老师的手。可是那双手很快被撬开了。她脑子里变得很虚空，眼前的人物和景物一片模糊。她听到有人厉声宣布批斗会开始，接着就有人尖声地念起了批判稿。这时她才明白了灾难竟是来源于头天晚上自己在小水塘边上独唱苏联歌曲。知道了事情的原委，她似乎镇定了一点，不再那么惊惧了。她觉得不过唱了几首歌，至于跟政治、跟斗争、跟"文化大革命"拉扯上么？谁知还就是拉扯上了，而且还拉扯得无限地高，这是她从接下来震天动地的口号声中敏悟过来的。那些口号将她喊成了

"封、资、修的残渣余孽""苏联修正主义的黑爪牙""苏修特务"，后来还离谱到成了"破鞋""烂陈皮"。红卫兵们图一时痛快，把他们有限的知识里头能想到的最恶毒的语言都喊了出来。她一下就给这些大帽子吓垮了，脑子一片空白，身子直往下塌。

批斗会过后，接着是游街。这次游街，改了路线。他们没有走县城，连校门都没有出，而是去了学校后面的学农基地。这次的游街，真是十分奇特。前头一面洋鼓开道，一边一人架着陈老师（她已经全身瘫软得走不动步了），后头跟着一大群红卫兵和家属孩子。这支游街队伍傍着围墙慢慢地走，绕了菜土一圈，到了小水塘边，停下来，踩倒鲜花站住，又呼了一阵口号，才又转回到教工宿舍区。

最后唐红卫向陈老师宣布，勒令她写出深刻检查，待在家里等候处理。

陈老师坐在床边的桌子前面，桌子上放了纸和笔。以前，每天晚上她都坐在这里备课，哄小女儿睡觉。现在她却要坐在这里写认罪书。她呆呆地坐着，一个字也写不出。中午，廖老师端来饭、菜，让她吃一点。她还是摇头，不想吃。到了晚边子，她忽然摇摇晃晃地站起来，找块绸布把脑壳包住，单肩背起手风琴。她对廖老师说想到外面走走。廖老师要陪她一起走，她摇摇头，说："不用！"只一天时间，她就瘦脱了一层皮，下巴都变尖了。廖老师向来对她依从惯了。她叫他不要陪，他就真没有陪。但他到底不放心，只暗暗地在后面跟随。陈老师出了门，径直往学校后面走去。她身上已经没了多少力气，几次手风琴从肩上滑落下来，都要费好大劲才又背上去。她顺着砖铺甬道，捯动着脚步慢慢往前面走。廖老师远远地看到她的一边肩胛骨耸起好高，心里酸楚得直痛。过了松树林，廖老师没敢再跟，驻脚站在一棵松树下，定定地望着她。他看到她走到小水塘边了，一脚高一脚低地站下来。她脚下是一片被践踏得乱七八糟的花草。她扭动脖子，左边看看，右边看看。她好像很惊异，昔日那么鲜活可爱的花朵，怎么成这个样子了呢？她凝神望着水塘里的水浮莲，望了好久。一只蜻蜓飞过来，在她头上站了站，又飞走了。忽然，好像是受到什么启动，水浮莲下面的青蛙麻蝈一齐鼓噪起来："哇——哇——"叫声怪异而凄楚。廖老师悚然一惊，正想跑过去，就见她轻轻一跃，俯身倒下了水塘里。

廖老师跳下小水塘，抱起陈老师时，陈老师已经停止了呼吸。她是头朝下跌进水塘里的，手风琴的带子死死地勒在脖颈上，那块包住头发的绸布满是泥污。

安葬过陈老师，廖老师也有点傻了。他见人就说："我真蠢！我那天实在应该陪着她的！"

学校复课了。廖老师还能讲课，他的课还是很受欢迎，只是偶尔会出现一点时空错乱，比如把《桃花源记》安在范仲淹的头上，把陶渊明又说成是《岳阳楼记》的作者。但这只是一点小瑕疵，不影响他的讲课质量。

廖老师上课去了的时候，就把小女儿一个人丢在家里。小女儿五岁多了，已经识了不少字，知道自己玩，自己看书，渴了知道自己倒水喝。只是体质很弱，常常病。有一次发烧，烧得迷迷糊糊的，忽然跳下床来就往学校后面跑。她跑得很快。病中的小孩应该跑不得这么快的。可她就像受了什么感召，跑得飞快。跑到小水塘边，她低了低头，张嘴喊了声"姆妈"，一脚踩下去。

等把小女儿捞上来时，小身体都已经硬了。人们都很奇怪，小水塘里的水不过半个人深，平时舀水浇菜时，木构底都能刮到塘底，怎么会浸得死人呢？他们议论，只怕是陈老师在招魂了哩。

学校派人将小水塘填平了。

廖老师提前退休，不再教书了。他也没有再娶，就那样一个人过着。后来，学校搬迁，给他在西门口安排了一房一厅一厨的居民房。廖老师搬了新房，一下好像老了很多，精力也很不济了，时常痴痴呆呆的。新房门口是条石板小巷，他常常坐在门口，觑起眼睛看过往行人。太阳光照在西墙上，慢慢移下来，在他身上照拂一阵，又移上东墙去了。他有时坐在门口择菜。择苋菜，择白菜，择大头菜，择毛豆子。他总是出错，把黄叶子留着，菜心倒掉。

唐红卫听说了廖老师的境味，专程去他家看了。一边看，一边流泪，一包纸巾都用完了。从此，每过两天，她就会去一转廖老师家里，给他把换下来的衣服洗了，打扫一下卫生，给他做一顿饭菜，自己家里炒了好菜，她也是一定要送一碗过去的。这天，她就是给廖老师送狗肉去了。她知道廖老师牙齿很稀，专门给那碗狗肉又加了一道火，煮得粉烂的。

林工听明白了：她这是在给自己赎罪哩。

林工问："她这样做有好多年了？"

大保说："怕有六七年了。"

柏良婆说："已经七年饱的了。今年里是第八年。"

"七年都坚持两天就去看老师一次？"

"两天看一回，只有多，没有少。比方廖老师病了，天天去，有时一天看几轮。"

"怎么不跟他请个保姆呢？"

"红卫不肯，其实那廖老师有份退休工资，请保姆也请得起。红卫不肯，只说她要自己去伺候，还要给他送终。"

"哦，难得，真难得！"

林工很感慨，眼神顿了一下，忽然问："你们叫她什么，唐红卫？"

"对，唐红卫。"

"这名字一听就是'文化大革命'中起的，这样多年了，也不改过来？"

大保说："我是劝过她拿名字改转过来，她不肯。她说这名字是历史的烙印，是烙在心里头的，再改名字也改不脱。还不如就这样给人叫，也好让自己时刻记得年轻时犯过的错。"

林工轻轻点头，说："大保你真是好福气，这样的女子，全国少有。"

柏良婆哈一声笑起来说："我早就说过这女子是好女子吧。那年子我给他说，他还不听，死都不肯讨她做老婆，这下你肯信了吧！"

大保皱眉说道："这样多年头了，崽女都这样大了，还提那些做什么！"

孝德公也不满，说："老婆头就是话语多。"

笑笑和珍珍却听着喜欢，一齐调笑他们的父亲，说："爷老子还怕丑呵！"

大保似是有点恼了，一敲桌子，说："去去，捡场，洗碗！"

一屋人都笑仰了。林工跟着也笑。

他们一齐把最后一杯酒饮了。

酒席散了，大保一家人把林工送到门口。小毛毛依在珍珍怀里，小手一扬一扬地跟林工道别。林工已经有了八分醉意，在石板街道上深一脚浅一脚地走着，唯有一点意识还清醒的，心想：看来大保这两口子也很有故事，找个时间，好好听他讲一讲。

林工走了好久才回到清风宾馆。

九

看守所里熬阳寿

把大保半夜从烟溪村抓走，当天就送进了看守所。

看守所在县城里头，就在县中队的旁边，周围都是民居。县中队门口是一块很大的晒谷坪，旁边有两口水塘，水塘的小路那边是一排茅厕，有一条狭小的泥路通到北门城外。大保对那里很熟。上中学时，常常懒走北门大街，就从衙门口侧边的巷口折下去，拐一个弯，斜插过去，挨住塘边迤迤斜斜地走，一阵阵臭气冲得鼻腔发虚。县中队门口有持枪站岗的解放军战士，正目凝神的样子让人心生敬畏。县中队过去的短巷尽头是看守所，门口也有解放军站岗，里头的土坪空空敞敞，总似有一股阴森之气倾吐出来，匆匆瞄一眼，就疾步走过。大保做梦都没有想到，有一天自己会给关到这里头来。

大保跟随在一队人后面被押送进看守所时，天色已经大亮，他的两条腿不再发抖，心却紧张得缩成了拳头大小，咚咚咚地跳得很响。他惊异地发现地下铺的竟是一色的长条青石板，蓦地记起，听人说过这里原来是文庙，1938年日本鬼子路过时放火烧毁了，成了废墟，解放后就在这块旧址上建成了看守所，围墙比原先的更高，上面拉了铁丝网，东北角和西北角上各有一座碉楼，站了岗哨，一只黑壳探照灯在旁边衬着，虎视眈眈，充满杀气。

后面有《东方红》的乐曲声一阵一阵地播过来，在院子里铺撒开去。看守所后头过去一点，就是县城小学的后山。大保读书时常到学校后山的小树林里玩。后山有蛇。

正是开早饭的时候，监室的门打开了，囚犯们排着队出来，人手一双筷子。每人领一钵米饭、一小碗汤，蹲在地上吃。一刻工夫，院子的周边就蹲起了一圈人，吃得吧唧有声。

最后才轮到大保他们。一个伙夫模样的人挑了一副担子过来，一个箩筐里装着钵子饭，另外一个箩里装了半桶汤和一沓碗、一把竹筷子。大保们依次过去领了饭、汤和筷子。大保看清楚了，汤是酸菜汤。

有人大声喊："蹲下来吃！"

六富叔把钵子饭托在手上，边找地方边说："以前只听说进看守所就是蹲黑屋子吃钵子饭，真是没有讲错哩。"

他挨住大保蹲下来。

大保小声地、带点怨气地问他："我们到底犯了什么事？"

六富叔一脸无辜地说："我也不晓得哩，莫名其妙就给一索子捆起捉进来了。"

大保说："你不可能不晓得。"

六富叔把酸菜汤在地上放稳了，一只手扶住大保的手膀，说："我真的不晓得。不过我悟起，也有可能我连累了你。问题是我自己都不晓得犯了什么事啊！"

大保看着地下，说："他们总不得无缘无故抓人吧！"

六富叔说："道理是这个道理，但是现在这个时候，好多事情是没有道理可讲的，全靠自己把握，我这话你听明白了吧？"

大保把钵子饭轻轻放到地上，咬牙叹一声：

"嗨——"

"先不要悟那样多，抓紧吃饭。"

"吃不入！"

"你说痴话哩！这样大的后生崽，吃不入也要吃，筑都要筑进去，即算马上抓去枪毙打靶了，也要先填饱肚子再说。吃饭！"

大保迟迟缓缓地端起钵子饭，看了看，几口就扒进了口里。

这时他才感觉到肚子好饿了。

六富叔又从自己的钵子里挖出一坯饭给他，叫他赶紧吃了。

大保又把酸菜汤都喝下去，感觉到身上有了热气，心定了很多。

吃完饭，几个人就分别给带进了审讯室。

审讯室的桌子后面已经坐起了两个干部，眉头深锁，目光沉滞，正威恨地瞪着门口，大保一脚跨进门里，心就一沉，两条腿又虚了。

他听到一个人恶声说道：

"走进来一点，坐倒！"

他这才看到屋子中间放了张凳子，就走过去，在凳子边顿了顿，坐下了。

他的腿又抖起来了。他不得不把两个膝头往一起挤靠，竭力表现自然。

等了好一阵都没有人开声，他心里的压力更大了，忍不住暗暗抬了抬头，这时他清楚地看到了对面的两个人，一个年纪偏大，有近四十岁了，平头，四方脸，鼻梁很端正；另一个是年轻人，比自己大不了几岁，留着分头，眼睛十分漂亮，像女人一样还带点吊脚梢。大保觉得平头很眼熟，他即刻就想起来了，这是个球迷，以前在篮球赛场上看到过好多次，每次去了都不坐看台，喜欢坐在篮球场边线的一侧，每次大保在篮下攻球得手，他就把手举过头顶拼命地鼓掌。他那时候的掌声好响啊，大保没有想到会在这种场合碰到这个人，心里忽然放松了，默起他应该不至于太不友好吧，或许还会暗中给点关照哩。

正思量间，平头开始问话了：

"喊什么名字？"

"——哦，王大保。"

"我先正告你，以后问你什么就答什么，不要在前后左右加感叹词。听明白没有。"

"明白了。"

大保的心又凉了，分开的膝头不自觉地又靠紧了，他赶紧顺下眼睛。

"喊什么名字？"

"王大保。"

"知道我们为什么抓你？"

"不知道。"

"我再正告你一次，我问话是不喜欢问到第三次的。知道我们为什么抓你？"

"我真的不知道。"

"你是打算跟政府顽抗是吧！"

"我出身手工业家庭，做什么要跟政府顽抗？"

"你不老实交代，就是跟政府顽抗！"

"我没有做坏事，要我交代什么？"

大保忽然感到了天大的委屈，心想怎么可以这样地就把自己当作犯人对待呢？从昨晚上被抓起开始，他就一直在想自己到底做了什么坏事，想痛了脑壳，也没想出一点名堂。

沉默了一阵。这种沉默是很慑人心的。

"想好了没有？"

"想不出来。"

"是想不出来，还是不肯讲？！"

"只要我做过的事，我都肯讲。"

"那你讲吧，最近一段时间做过什么？"

"最近一段时间？——每天在生产队出工，收工回家搞饭，吃完饭睡觉，睡觉起来又出工。"

"就这些？"

"就这些。"

"看不出你年纪不大，还蛮狡猾，蛮老练噢。我再问你一声，你是在哪里出工？"

"早一番日子都在田里，后来在铸造厂。"

"这就对了。"平头兴奋起来，上身往前倾了倾，吩咐一旁的分头，"准备记录。"又问大保："你是怎样到的铸造厂？"

大保动了动膝头，说："我家里是搞铸造的，我也懂一点倒炉头的技术，队里成立铸造厂，就喊起我去做师傅。"

"就这些？"

"就这些。"

"你还是不老实！"

"到了这种地方，我还敢不老实？"

"你清白就好！那你就把你们如何密谋建铸造厂，又如何把铸造厂作为反革命活动的基地，下一步计划准备怎样搞，都要老老实实、一五一十地交代清楚！"

大保一下子像给子弹击中了，吓得一弹。他一身都抖了起来。

大保结结巴巴地说："这些我一点都不晓得。"

又喃喃自语："这怎么可能呢？"

"你放老实点！"平头一拍桌子，脸块扭结得像盘泥模，分不清眉毛眼睛了。他咬着字一个一个地往外吐，"王大保，你应该晓得我们的政策，坦白从宽，抗拒从严。你不坦白，只有死路一条。你老实交代！"

大保不再抖了，一下一下地抬起眼睛。平头盯了他几秒钟，身子往后一靠，放缓语气说道："王大保，我干脆给你交个底，有关你们的材料，我们都已经掌握得清清楚楚，不然也不会随便抓人。现在我们是给你一个机会，让你坦白交代以王六富为首的反革命集团，是如何进行活动的，如果坦白得彻底，我们会考虑给你从宽处理；如果能检举新的材料，也可以视为立功表现；如果抗拒不交代哩，你也晓得看守所的牢底是石板做的，只怕到死都坐不穿，王大保你是个聪明人，你应该明白我这话的意思，肯走什么路你自己选择！"

一股邪火从大保屁股底下蹿上来，他有点坐不住了。平头的话已经明白不过，王六富真是有一个反革命集团，他还把自己也带进来了，害刮死人。他一时觉得王六富太可恨了，这样害了自己一世哩！他忽然想起吃早饭时王六富蹲在自己身边说的一番话，内里是藏了玄机哩。可是王六富在村里时就是个兢兢业业的生产队长，怎么想也不像个反革命。而且，他出身那么苦，还当队长，做什么要反革命呢？

正在大保犹豫要不要把王六富早晨说的话检举出来时，平头又开声了。平头敲着桌子说："王大保，我们的耐心是有限度的，你若硬是油盐不进，死心塌地跟反革命分子捆在一起，自绝于人民，等待你的只会是死路一条！"

一句话又让大保改变了主意。他耐不得别人这样凶神恶煞地对待自己。他将十指扣在一起，绞扭了一会，冷冷地说："人家的事情我不清楚，没有什么好坦白，也没有什么好检举的。"

"好啊，你硬是不坦白是吧！"

大保懒得开声了。

"你说！"

大保还是不出声。

"要不是耐住性子，我真恨不得甩你几个耳巴。告诉你，在这里不说，有人会让你说的。"

大保琢磨了一会，明白了他话里的意思，是要把他丢到监室的犯人堆里，挨一顿打。

他把嘴巴抿紧了。

他给两根枪杆子押着，出了讯问室，经过岗哨，往监室走去。

地上的石板很硬，脚步踩在上面却没有一点声响。大保沉缓地走着，脑壳里头急速地转着主意。他听说过看守所里犯人打犯人的事情，那些杀人犯，强奸犯，纵火犯，盗窃犯……个个饿狼一样，都是把人往死里打，那些人急于表功，下手都狠，不把人打服不得收手。看来挨餐打是逃不脱的了。那么，还不还手呢？依他的功夫，三两个人还不在话下，可是，监室里肯定不止三两个人。假如打得赢，只会招来更凶狠的报复。犯人的报复，后果不可想象。然而不还手，就只有白白挨打了。但王大保是那种人么？！宁可擂穿鼓，不可放倒旗，一定要出手。打得赢是一条好汉，打不赢也是好汉一条，是死是活卵朝天，打！想好了，就把一双拳头捏得铁紧，一身的骨头咔咔地响，两眼充血。

监室的门丁令咣啷打开，又砰一声关死了，大保背倚铁门站好桩子，眼睛很快适应了室内的光线，就飞快地一轮，看清了两边各是一排席子。席子下面铺了稻草，每铺席子上都蜷腿坐了一个人，脸都板得铁紧，目露凶光，斜盯过来。只有左边尽里头有个人是背对外面坐着的。那个背影好像有点熟。大保没有多想，目光一扫而过，定在了近前方。

没有一个人动，也没有人开声。大保闻到了身边尿桶里冲上来的臊臭味，耸了耸鼻子。

尽里头传来一声长长的口哨声，犯人们也都"噢"一声，耸身站起。大保在心里叫一声："好，架势了！"就把双拳一左一右护在胸前，运了运气，随势沉下屁股，随时准备将第一个冲到跟前的人一拳打回去。他的眼睛开始喷火。

尽里头的人忽地怪叫一声："架势！"所有的人就都原地一跳，前后脚分开站好桩子，左拳前伸，右拳曲在腹下，一齐指向大保。这些人动作很夸张，但身手很笨拙，显然无功底。

大保却没有理会他们，只顺着声音寻过去，略一凝神，忽然叫道："灰毛砣。是灰毛砣吗？"

果然是灰毛砣。只见那人缓缓转过身来，脸上笑吟吟的，接着就快步跑过来，张开手臂一把抱住大保，嘴里嗨嗨嗨地发出嗥叫，不知是笑还是哭。大保也没有想到会在这种地方碰到他，心里满是疑惑，开不得声。

待了一会，灰毛砣就拉着他的手，一步一步走到尽里头去。这时众人犯也都收了势，踩着席子跟过来，有的坐，有的站，围在他们面前。灰毛砣指了指旁边一个草包，让大保坐在上面，然后对众人说："都给我听到，这是我的兄弟大保。"

"中锋王大保。"一个后生在一旁接嘴说道，显然那是个球迷，认得他。

大保朝他点点头。

"对了，中锋王大保。"灰毛砣继续说道，"要说打篮球，县城里没有不知道他。但是可能很多人不知道，他的功夫也是很了得的，只要他动手，随便几个人不要想拢他的边。你们信不信？"

"信。信。"有几个人胡乱应着。

灰毛砣扫了众人一眼，指着一个汉子叫道："疤脑壳，你若不信，要不要搭他玩一下？"

疤脑壳是个炮仗后生，剃着光头，跟灰毛砣差不多高，身坯却要壮得多，一件旧卫生衣紧绷在身上，一看就知道是这个监室里最狠的角色。他将双手交抱在胸前，冷冷地看过来，不点头，也不摇头。

"玩不玩？"

"不玩！"

"好，那你也服含了。"

"我要比手杆子劲。"

"那是要搭他掰手腕？"

"对不住，——是的。"

"好，就掰手腕。"

"掰手腕，掰手腕。"好多人在喊。

灰毛砣小声问大保："怎样样？"

大保无所谓地说："可以。随便他！"

众人闪出了一铺席子的空地，在周围耸起了一圈人墙。大保和疤脑壳头抵头趴下去，伸出右手杆在席子上，两只巴掌交握一起。灰毛砣做裁判，扳住两个巴掌晃动着校正位置。疤脑壳身上一股气味好重，呛鼻子。大保硬了硬脖颈，一下看见了疤脑壳头顶上的一条刀疤。一公分宽，一指长，像条被翻转了肚皮的蚂蟥一样在暗色中发着幽光，令人一见惊心。大保在心里叹道：这是个狠角色哩！就在身上暗暗地运劲。听到灰毛砣喊一声"开始"，松开手，他就将全身的力气推涌到手腕上去了，稳稳地凳着。他感觉到对方的手臂也灌足了力气，在微微颤抖。他有点惊讶疤脑壳的力气不小。他看到疤脑壳头上刀疤在瞬间就涨红了。他听到疤脑壳"嗨，嗨"地低噪着发力，喘气也粗了。他知道这时候双方势均力敌，都在摽力相持，也都在等待对方的松懈，好尽力一击。这时候他又看到了疤脑壳头上的刀疤。刀疤已经变得像血一样鲜红，涨鼓得晶亮，似乎吹弹得破。他一下得到了某种神谕，心里得意地笑了起来。他猛吸一口大气，再又口鼻并用，徐徐地对着刀疤吹去。疤脑壳感到头上一阵瘙痒，越来越痒，稍一分神，大保就势发力，手腕一压，耸高起右肩膀猛地一掰，只一下就将那只手背压倒在铺席上了。

"好！"

灰毛砣兴奋地大叫一声。

"噢——"

周围的人跟着起哄，拍手顿脚，轰轰地笑。

大保一蜷腿耸高了身子，顺势将疤脑壳拉扯起来。大保嘿嘿地笑着说："只这一盘，分不出输赢。"疤脑壳抚着头上的刀疤，好一阵才悻悻地说："你赢了就是你赢了，我服含。"

众人嬉笑着，回到各自的铺位上，监室里安静下来。灰毛砣拉住大保坐下。他踢了旁边的人一脚，说："转铃崽，你搬门口去睡，这里让出来给我兄弟。"

大保知道新进来的人都只能睡门口。那地方嘈杂，又傍着尿桶，臊臭充鼻，半夜有人起来撒尿，有时会把尿点子甩到口鼻上。睡门口是给新进的人最开始的惩罚。大保想既然进来了，该受的就都得受，不肯坏了规矩。他就喊住了小后生，说："你不要挪了，我去睡门口。"

小后生只迟疑了一霎，就听到灰毛砣瞪眼喝一声："快去！"赶紧卷起被窝搬门口去了。

大保碰碰灰毛砣的手，玩笑地说："你这架势像牢头哩。"

灰毛砣笑笑说："古书上称牢头，我们这里面如今喊老幺。"

"哦，老幺。——你是这里的老幺？"

"你没悟到吧？"

"我还真是没有悟到。"

大保倒是马上悟到了，正是因为灰毛砣在这里做了老大，他才免了进门的第一顿打。原来灰毛砣从窗口看到把大保往这个监室里送，就安排众人同他开了场玩笑，让他虚惊一场。灰毛砣说："坐在里头好闷，搞点事要一耍，让大家松快松快。你不得在意吧？"

"我要谢谢你哩！"

大保问灰毛砣怎么进了看守所，还做了牢头老幺。灰毛砣就告诉他，给自己头上安的罪名是"盗窃罪"。定这个罪名也是没有错。刚下乡那年把，自己是偷过鸡，摸过狗，还偷偷进山挖过竹笋，但充其量也就算小偷小摸，何况后来还知道错了，自从到烟溪村偷鸡给六富队长教育了一盘，就洗手上岸，再没干过了。谁知"严打"一来，旧账重提，一索子捆起，就给抓进了看守所。他进来快三个月了，吃了好多亏，搭帮他拳头骨硬，也搭帮大小腿暗中关照，后来当上了老幺，这才算又活过来了。

"大小腿，——你是说袁志也在这里？"

"他在这里。不过他不是在这里坐牢，是在看守所当火头军。他在乡里得了风湿性关节炎，就办了病退回城。正好看守所招厨师，他炒菜炒得好，就给招进来了。他听说我关在这里头，就跟看守打了招呼，每餐给那看守打菜里头的肉额外多，请他关照我。"

"袁志还蛮讲义气噢！"

"可以做朋友。"

大保想了想，忽然嘿嘿地笑起来。

"你笑什么？"

"我是笑啊，看守所可以组成一支篮球队了。"

"是喔，那肯定打遍天下无敌手。"

两人就又笑，笑酣了，灰毛砣问大保怎么也进了看守所。

大保就把事情大致说了一遍。

灰毛砣听毕，摇头说："六富队长我打过交道的啦，好朴实，好实在的一个人，讲他是反革命，还是反革命头子？我不相信。"

又重重地摇头："打死我都不得信！我敢肯定这里头冤枉人家了。"停一停，又说，"还把你也讲成反革命，我更加不得信了，一万成都没有一成，乱搞起的！"

"是啊是啊，我也是这样悟的。"

大保这样说时，心里忽然有点躁。想起在提审室时，真的以为六富叔是反革命集团的头子，差点还要检举他，感到真是对人不住。其实细想起来，六富叔说那番话能有什么深意呢？无非是担心自己年轻，经的事情少，受不住吓，自己毁了自己。他只是在提醒和安抚。

他那时候最需要的也是提醒和安抚。

大保有一阵子都没有开声，转着头朝四处张望，监室不大，但很高，周围正正的，像缩小了的一节火车厢。对面一张铁门，铁门旁边有一孔窗户，书桌大小，上面安了粗圆钢，黝黑黝黑的，看着十分坚固。地上两排通铺，一溜的席子铺过来，大保在心里数了数，一边十人，另一边九人，加上自己，正好是二十个人饱的。

大保细细声问灰毛砣："这些人都是犯了什么事？"

先从睡门口的转铃崽说起。他是个盗窃犯，专门偷脚踏车，这个人好怪，一般的脚踏车不偷，只偷有转铃带胀刹的。偷了车，他就骑了到外面马路上通世界地转。他骑车的技术很高，可以不用手掌握龙头，将一双手背在身后，把车骑得飞快；可以背转身子坐在脚踏车上，反手掌住龙头，说走直线就走直线，说拐弯就拐弯，灵活自如；可以站在三角架上骑；可以坐在后座上骑；也可以单腿曲在三角架下面，拿手摇动踏板骑；快时可以追上卡车，慢时跟蚂蚁爬差不多。东门头的汇水河上有座汇水桥，汇水桥是座石板桥，两边的护栏也是石条，宽仅一尺，长有三丈，护栏那边是滔滔汇水，水面离桥有两丈多高，胆小的人看一眼都头晕，有一次跟人打赌，他坐着脚踏车，从护栏这头骑到那头，又从那头转到另一条护栏骑回这头，从容去来，大气不喘。每次偷脚踏车，他还顺手把旁边车上的转铃摘下来。公安局到他家里捉人时，搜出了三部脚踏车，另外还有半箩筐转铃。转铃崽刚满十七岁，父亲不在了，母亲改嫁去了下边一个镇上。家里只有奶奶。

转铃崽过来的铺上睡的是个师公子。六十岁了，刮瘦，但是皮肤还很光滑，下巴上蓄着一绺半拃长的胡须。他把这绺胡须看得格外金贵，他身上哪块地方都尽可以给人摸、给人碰，独只这绺胡须是摸碰不得的。他说这绺胡须是他的护身符。他这回给抓进看守所，就是一次做道场时，中途坐在凳子上打瞌睡，一个小把戏调皮，偷偷捋了他的胡须，才让他遭了厄运。师公子是东边乡里人，在那一块地方还有点名气。他自称不光会做道场，还会看风水、算卦，还晓得点医术。他小时候读过几年私塾，粗通文墨。他的记性很好，悟性很高，幼时读过的文章，如今还背得。他做师公子是拜了师傅，得了真传。他说师公子不是凡人都能学的，凡人孪心是满的，开不了窍。只有他们这种人（包括师公子、巫婆、打卦婆、八字先生、风水先生等等），孪心是通透的，里头有很多眼，一点就开窍，能跟神鬼对上话。他熟读《葬经》《灵城精义》和《堪舆漫兴》，无师自通地学会了看风水，经常给人请起去择坟算日，山祖、水源、太安、勾留、属喜、择口、小吉、空亡，吉穴凶穴，好日恶日，说得一顺溜。他最爱说一句话，"不怕世上千人挣，只要土里一人困"，葬得好是最重要的。他讲了很多故事，主角都是他自己。都是他如何如何翻山爬岭看龙脉，选吉穴，又如何如何旺了人家，说得神乎其神，雪里打出火。他还亲眼看见过鬼打墙、吊颈鬼扯索子、浸死鬼勾魂、暴死鬼回来寻脚迹印，他比画吊颈鬼的舌头伸出来有一拃多长，像块猪肺吊在下巴上，而浸死鬼则披散一头乌发，脸面如生前一般鲜嫩瓷白，说得像真的一样，听得人毛骨悚然，一身发寒打战。他读过《黄帝内经》《伤寒论》《金匮要略》和《本草纲目》。那些书特别古奥，他反复揣摩，算是学到了一点皮毛。他记死了一句话，"阳根于阴，阴根于阳；无阳则阴无以生，无阴则阳无以化。"他认为身体要健康的根本在于阴阳协调。他就靠着这点理解，加上一本《本草纲目》作拐棍，给人把脉问诊，居然也诊好了一些小病小痛，成了半个郎中。他还有一绝，算卦。他只会算一种卦，给人算偷盗案。乡里社会小，偷盗的事情多。丢了一只鸡，少了一只鸭，晒在门口的套鞋给人收走了，自留土里的南瓜少了两个，都找他算。他算卦同别人不一样，不用卦筒，不用灵马白鼠之类，只要失主从家中米缸里拿竹筒量一筒米，再拿木盆舀一盆清水，将黄表纸覆盖在米筒上面，咿咿唔唔地念一通咒语，围着米筒转三个圈，揭下黄表纸，点燃，待到快要燃尽时，往木盆里一丢，再端起木盆，逆着转三个圈，一边转圈，一边曲起拇指和中指蘸水弹向前方，嘴里咿咿唔唔地呼唤玉皇大帝、王母娘娘、太上老君、土地菩萨等各路神仙。然后，站住，闭眼略一凝神，大声指出贼牯子所在何方。他当然是说不出贼牯子姓甚名谁的，只给人指出方向，只说贼牯子在东方，或在南方，或在西方，或在北方，让失主自己去悟。他应该是有点灵验的，不然那些村人不会前脚接后脚地找他去算。因为做道场、看风水、给人诊病、算卦，他把方圆几十个村子都走遍了，也把那方山水踏勘过好多遍，对那块土地上的风土人情，历史变迁十分熟悉，好多人家，他都喊得出名字，知道家里养了几头猪、几只鸡，做的酒是甜还是酸（他给人看风水、诊病、算卦，礼金可以不拘丰薄，一顿酒却是不能少的）。这人嘴巴敞，好讲，看守所里日子苦闷，众人一有机会就拖住他念这些空话。不论他怎么说，大家都当真的来听。一个个兴味盎然，眼睛发直，那是众人最松快的时候。

再过来那位姓曹，是公社中学教政治课的老师。他的罪名是：破坏军婚。你看曹老师那身材，那五官，那皮肤，离美男子也只差得一篾片了。他的嗓子很好，才学也很好，低沉圆厚，出口成章，眼睛还一亮一亮的，这样的人不犯点生活作风错误那真是天理不容。只是他万不该犯在军婚上。那就是一片长满鲜花的雷区，只看得，碰不得。这种事情终归是很丑的，曹老师这个人很要面子，进来的时候都不想活了，脑壳撞墙、割手腕、吞钉子，都搞过，只想寻死路。他不大跟人交谈，总是一个人坐在铺位上，半眯了眼睛，咄咄哆哆地默诵什么，间或眉毛一扬，眼睛也随即闪开了，神色焕然。有人问他默诵什么，他会过一刻才慢慢回答："伟大领袖毛主席的诗词哩！"据说他能把毛主席的诗词倒背如流。监室里的学习时间，都是让他给大家念报纸。

又再过来那个是三只手，惯偷。他专门在赶墟的日子出手，只要出手，很少落空，最多的一天抠过十几个荷包。他七岁就练习从开水盆里钳豆腐，一年多就练出了一只钳子手，手艺十分了得。他的左右手明显不同。左手跟常人无异，右手的四根指头像细妹子，纤纤细细，又白又嫩生。在看守所里他也不安分，时常偷人家的烟。在看守所里有两样东西最金贵，一样是烟，一样是草垫子。外面的人都以为这里头最金贵的是粮食，人以食为天么，其实不然。看守所里一天三餐都有一个钵子饭，菜是简单点，不是酸菜就是白菜，还无油少盐，寡淡得很，但好歹肚子里有东西填。但烟就不同了，太难搞到。看守所规定，不准抽烟喝酒。很奇怪，进到这里头的人会吃烟的还特别多。发了烟瘾时哈欠连连，周身不舒服。于是就想好多办法把烟搞进来。搞到了烟，又怕给看守发现，还怕给同监室的人发现，就东一根西一根地藏起来。（在看守所，烟是论根来说的。）有的藏在席子下面的禾草里，有的藏在鞋子里头袜子里头，有的藏在裤头上，有的藏在衣领里。但无论你藏在什么鬼地方，三只手都能知道，都能偷到手。这鬼家伙不光手快，鼻子还特别灵。不过他也因为偷烟，挨过好多骂，有一次偷到疤脑壳头上，还挨了一餐打。疤脑壳下手好重，跳起来就一拳擂在他胸口上，一下弹出两米多远，坐在地下，几分钟没有出得声来。吃了半个月跌打药才不痛了。

这就要说到挨住三只手旁边睡的疤脑壳了。你只从他头上那条刀疤，就能悟到这人不是良善之辈。疤脑壳跟曹老师是一个镇子上的人，家里是开杂货铺的。这人从小就不学好，还在卵袋拖灰的年纪就好多名堂，经常偷货柜里的东西吃。偷就偷吧，偷完了还做出一些让人哭笑不得的造孽事。比如，他把纸包糖的糖纸剥开，嗫两口又重新包回去，放回货柜里卖；他偷偷从酒坛子里舀酒喝了，怕大人发现，又偷偷往坛子里头掺足分量，你知道他掺什么，掺尿。他喝过了酒，就势往里头屙泡尿进去。在县城里的杂货店往酒里掺水的事也有，但是往里头掺尿的事情听都没听说过，这有好缺德哪！他小学都没读完，就不读了，在社会上打流。打了十几年的流，什么正经事都不干，成天跟一帮社会上的流子在一起，念空话，吃饭，喝酒，打群架，找女孩子调口味，骑起脚踏车到县城转一圈又骑回去，风流快活。莫看他长得一副鬼像样子，要相貌没相貌，要本事没本事，要工作没工作，讨个老婆却据说长得好乖。他进来那天，刚好有人释放回家，他就托那人给老婆带了封信出去。信里只三句话，说是"我若判一年，人等屄等；若判两年，人等屄不等；若是三年以上，人不等屄不等"。"屄"字不知道写，他还向曹老师讨教了半天。只看这封信，就大概可以知道这人品性如何了。他自恃拳头骨硬，总想做监室里的老幺，无奈监室里很多人不服他，有的人还看不起他，总没做成。

还再过来那个，纵火犯……

又还再过来的是搞长途贩运、投机倒把的……

还有，纵火犯，鸡奸犯，书写反动标语的人，老右派……

大保不想听了。他这时才真确地感觉到自己是到了一个什么地方，心里充满了悲凉。心很软，身子直往下塌陷，满地都是蛆婆子。他本来烟瘾不是很大，这时却极想吃几口烟。灰毛砣就叫转铃崽守在门口盯住外面，从屁股后面捅出一根烟来。听到划火柴的声音，几个人一猫腰爬起来，一个跟一个围在大保面前。大保不解地看着灰毛砣。灰毛砣就说："这是监室里的规矩，有福同享。你赶紧吃几口，剩下的丢给他们去倒瘾。"

大保狠狠地抽了一口，头都没抬，就把烟递给了面前的一个人。那人抽了一大口，又依次传给旁边的人。没有人说话，只看见烟头明了，又暗了，一根烟让好多人倒了瘾。

临了，灰毛砣喝一声："还不说谢谢兄弟？"几个人就朝大保鞠个躬，齐声说："谢谢兄弟！"

大保抬起头来，看着他们回到各自的铺位上，仰面躺下。

大保有点累了，也想躺倒睡一睡。灰毛砣让他先起来，从自己铺下面抽出一草垫子来。灰毛砣说："刚才讲到监室里有两样东西最金贵，一样是烟，还有一样是草垫子。为什么呢？这地下铺的是石板，特别硬，一层禾草根本没有用，硌得人睡觉不着，早上起来一身痛。加层草垫子就舒服多了。一间监室只有一条草垫，也算是老幺的待遇。"大保一听，赶紧作势推却。灰毛砣就又说："你我兄弟之间，还客气什么？你巴巴地进来，身上骨头又比任何人都硬，不加条草垫子睡不好的。"再不由分说，就给大保把草垫子垫上了。

大保点点头，仰面躺下，立刻就睡着了。

第二天，又提审了大保一次。提审者还是那个平头和分头。平头的眼光仍然十分冷峻，分头的眼睛更秀媚了。大保沉稳地坐在高凳上，两个膝头骨不再发抖。他不断地告诫自己：我不是反革命，也从来没有人叫我参加反革命活动。这就是实话。其他的，一概不知。他表情极其诚恳，回答每一个问题之前，都要先说上一句："向毛主席保证，我的每一句话是真实的！"

他的确没有说半句假话，也就不可能正面回应审问的人任何问题。他让平头和分头都十分恼怒。平头骂他一声："这真的是一坨茅厕里的石头，又臭又硬。"就又把他送回了监室。

后来很久都没有再提审大保。大保就那样不明不白地关在看守所里，熬着阳寿。看守所的人犯都编了号，一般叫人都不喊名字，喊编号。大保的编号是77号，听到这个号码，大保心就一跌：他在篮球队的号码一直是7号，如今到了看守所，号码竟然只是重复了一个数字。两次号码都是别人随意给的，却是如此雷同，未必是冥冥中的安排。以他那时的年纪和阅历，尚不明白很多东西，只在心里感到一种深深的恐惧。他的心情坏得一塌糊涂，成天黑着脸，绞着眉头，躺在铺席上撑开眼睛望住屋顶，半天不开声。灰毛砣怕他想不开，久了会憋出毛病来。知道光是开导也没用，——何况他又能给他什么开导呢？就发动监室里的人都想点子，搞点热闹出来解闷。他让曹老师站在监室中间用三种语言背诵毛主席语录。一种普通话，一种县城官话，一种是本地土话。普通话、县城官话，都容易，张口就有。而要用地道的本地土话背诵毛主席诗词，类同拿英语翻译古曲诗词，真的好难。好多词语都找不到对应的土话。曹老师真是个聪明绝顶的人，竟然都能找出一个相近的比喻安上去。好多时候有人不明白，他一解说，好像还真是那么回事，只是常常有点滑稽，却反而带来意想不到的效果，再又重复时，不由都哈哈大笑。众人笑，大保跟着也笑，又不免在心里想道：这曹老师也太冒失了，对毛主席的诗词敢这样解说。

灰毛砣叫三只手表演他的扒子手功夫。他把烟、银毫子分别藏在大保身上，口袋里、衣领上、裤裆里、鞋底下，都有，当众站好，让三只手走他身边经过，可以碰，不准挨，每次必须钳一件东西出来，三只手很愿意当众表演。他要让众人知道，他以前说的不是吹牛皮，是真本事。更重要的是，他只要钳得到手，东西就归他了。烟可以马上点燃抽，银毫子可以拿去加餐。很多人看得高兴，也都把自己私藏的东西贡献出来作道具，那段时间三只手收获颇丰，每天气色很好，总找到灰毛砣问："什么时间还让我表演表演？"

灰毛砣当然不会尽让他一个人表演。一来他的"奖品"有限，二来把戏不可久玩，玩久了总会有腻烦的时候，什么事都要见好就好。

他要师公子把以前讲过的故事再讲一遍。

师公子本就是个嘴巴歇不住的人，那些旧事，从乡里讲到看守所，已经讲过无数百遍了，要他再讲一遍，仍有新鲜感。他在大保旁边一坐，周围即刻扯乱线一样凑过来好多人，都尖起耳朵，巴巴地听。每回讲事之前，他照例先来一句："打从盘古开天地，三皇五帝到如今，天下多少兴亡事，世上无数劳碌人，吉凶祸福天注定，一命二运三风水……"接着，说到某年、某月、某日（都是农历），他给某家请去看风水。有时间、有人物、有情节，说得有鼻子有眼。

有一天，师公子讲了段旧事，叫"蚂蚁结坟"，说是，日本鬼子投降那年的九月初六，隔壁大圲村一姚姓村民家里出殡，事先已经请他在一个叫圲山的岭上看好了一处坟地。大圲村隔圲山有一段路，中间要爬两座山，过三道桥，拐九道弯。世人都知道，抬棺材出行，到了过桥和拐弯的地方，都要放响炮，孝子孝孙要跪拜磕头。一路走去，响炮放了几十封，膝头都跪肿。清早出门，中午边子才到圲山脚下，抬夫们都有点累了，就停住棺材，架在两条长凳上，走到一边去吃烟、喝水、打点心。等他们打完点心回到抬杠边，就看到棺材下面有好多黑蚂蚁络络连连地往一处涌，聚起了一个蚂蚁堆。师公子过去一看，心里顿时一喜。这在堪舆学上有个说法，叫：蚂蚁结坟。现成的一块吉地，是要旺后代子孙的。师公子当即就在边上焚香烧纸放响炮，指点姚姓家人挖出一个大坑，将棺材葬了下去。众人听时，都惊异地"嗬"一声，把眼睛睁得好大。

大保也听得入迷，却忽然就"咦"一声，疑怪地说："不会是抬夫们偷懒搞出的名堂吧？"

"你说什么？"

"我告诉你，有一回我在屋门口倒了一调羹肉汤，蚂蚁跟着就络络连连地排起队过来了，只十几分钟，就聚起了一坨饭碗大的蚂蚁球。"

"你看到的同我看到的不一样，我看到的那堆蚂蚁，比一泡牛屎还大。"

"你倒一钵子肉汤试试看，招来的蚂蚁肯定比脸盆还要有堆伙。"

"跟你扯不清，我那是有书对的哩！"

"有书对也是迷信思想。"

"你要这样讲我就没话说了。——我不说了！"

灰毛砣忙解围说："大保他是搭你斗霸哩。继续说，继续说。"

众人也都催道："说吧，说吧！生什么气。"

师公子当然不会生气，他要的就是这个效果。他继续说道："后生崽不要性急，听我把故事说完。这家人第二年就生了个黄花崽，斯崽聪明，五岁开蒙，十七岁中专毕业，一分分到了地区行署，如今在行署当科长，那个村子也有一百多头人，能读到中专毕业这是第一人，能当到科长也是第一人，为什么？因为祖坟葬得好呀！"

"那是搭帮你喽！"

"当然是搭帮我。你要不信，我就再讲点以后的事情。这姚姓人家得了块吉地，喜欢不过，就在坟头附近栽了一百蔸松树。树是都活了，没悟到一场山火，把树烧得净净光。那家的大人子跑到我家里报信，我说你们赶紧回去再栽一百棵树。他问我，已经过了栽树的时节了，还栽得活？我说：赶紧栽，活得好多算好多。我没有把话说完，只要他过一个月以后看活了好多树再给我报个梦。一个月后，那家人来告诉我，坟头上的松树活了五十六蔸。超过了一半，他还很高兴。只我知道，活一蔸树，代表他的一年阳寿，他只能活到五十六岁，再没得多。果不其然，前年子那家人的大人子死了，我一打问年纪，刚进五十六岁。"

众人都"嗨"一声，倒吸一口凉气。

"真的假的？"

"嘴是扁的，舌是卷的，我六十多岁的人了，还说假话哄你？这话我不是现在才说，也不是前年人死了才说，是二十多年前就说过了，不信可以到他村子里去问。"

"信哩，信哩。"

大保咧了咧嘴，脸上的笑纹有点僵滞。

"好，信了就要得。人老了，坐着话多，睡着梦多，我就再多说几句。按说这姚姓人家葬了好坟头，子孙是要兴旺发达的，为什么大人子又命不长呢？这要怪他们自己不检点。读了中专，当了科长，自然是好事，但自己也要多做好事，要帮助人家，要积德。还是那句话，人要安好，一命，二运，三风水，四哩，要积德。'不做功课，没得斋饭吃'，'砌塔七层，不如暗处一灯'，'活在世上不做好事，跌在盐罐子里也要起蛆'，这些老话都是教人要积德的。"

"你这句话说得好。"

"我哪句话不好？都好！"

"都好，都好！"

大保附和一声，随了众人笑起来。

他把这句话记死在心里了。

大保的心情慢慢平稳下来了，脸色也开朗很多。既然已经跌进了阴沟里，就要能忍受得了污秽，恼火没有用，痛苦没有用，颓伤也没有用，都是作难自己。这又何苦哩！什么都只能等了。无论如何，总还要讲事实吧。事实会证明自己是无辜的。他常常同灰毛砣聊天，聊当年一起打篮球的诸多往事。聊起篮球，大保心里就会兴奋起来，有种隐隐的激动。他忘不掉篮球给他带来的快乐和荣耀。这种聊天也会带发出埋藏在身上的球瘾。这种球瘾比烟瘾更麻痒难耐。下放到乡里时，球瘾发了，还能到林场的陋秽不堪的球场上倒一倒瘾，在看守所里，却只能拿两个手板来回搓扭，然后，将手板狠狠地拍在石板地上。他有时也会参与监室里其他人的聊天，那时候话题就往往是漫无边际的，话题也随时变换。他们都喜欢拿嘴巴说事，拿卵子开玩笑，这是在里头最欠缺的两样东西。每个人都随时可能成为被攻击调侃的对象，靶子就是他们各自的罪名。这些人拿嘴巴攻击别人的时候特别刻薄，甚至歹毒，什么话都说得出口。他们问，三只手的钳子手那么厉害，从女人的奶婆和下身钳到过东西没有？乡里来的人都知道，有的女人进城，听说城里的扒子手厉火，是把荷包藏在这两个敏感部位的，一挨就晓得。他们问，曹老师是不是变态，什么女人不好搞，要去搞军婚，是不是军人老婆那物件跟别的女人不同？他们拷问，师公子是怎么给人看妇科病的，一个男人，为什么要学看妇科病？给人把脉的时候，手都搭在什么地方？问他给人看病是不是要倒贴钱。他们都知道疤脑壳给老婆信的内容，追着他问，人等屎等是什么意思？人等屎不等又是什么意思？有人涎着脸问他，如若三年后自己比他先出看守所，可不可以去找他老婆？疤脑壳居然就无皮无血地应承可以，于是好几个人报名，争着让他写路条，打闹成一堆。那些人好像都有种默契，把每个人都拿出来当味精一样调过口味，唯独对大保没有调笑过，都小心翼翼地避开他。不知是灰毛砣打过招呼，还是惧怕他的拳头，抑或是都避讳"反革命"这个词，都闭口不提。大保不参加他们这种近乎粗俗恶劣的起哄，很重要的原因是怕把战火烧到自己身上。他怕听到"反革命"这个词。他想他们如果拿这个罪名同他开玩笑，他一下就会暴怒起来的。看来这些人还讲点义道。他感觉到有些东西在一点一点地消融。

但他有两个心结无法释怀。

一个是这件"反革命集团"案怎么会把他也牵扯进来呢？他检索了自己去烟溪村的一贯表现，应该是循规蹈矩，谨言慎行，连一句出格的话都没有说过的，没有做过伤天害理的事情，也没有得罪过人。他想过诸种缘由，就是没有想到，有的时候，有些事情，是没有道理可讲的。世道就是如此。

另一个心绪是总没有亲人来探望。

看守所一个星期有两个下午是探视日，一在星期三，一在星期六。到时候看守所门口早早就会站起一些人，等着探望亲友，那个日子监室里的人就像过节，得到通知的人似如打了鸡血，兴奋得坐立不安，在铺位上坐一会，又在过道上走一会，听见看守喊到号码，即刻扑到了门口。会见过亲友回来的人，大都很高兴，脚步轻快，脸有喜色，迫不及待地就抠出私带进来的东西，比如烟，比如饼干，比如纸包糖，比如炸糍粑，招呼大家过去分享。来探视的亲友，一般都会带些生活物器和吃的东西，或者送点钱，这些东西都不准带进监室，得由看守检查过后，代为保管，需要时再去申请领取。谁都不肯走这个程序，东西短斤少两不说，申领的手续也麻烦得人死，不如偷偷藏着掖着带进来更刺激。他们招呼人过去分享食物，同时就把刚刚听到的亲友的消息转述给大家。家里老少平安，或是女崽上学了，猪婆一窝生了十头猪崽，自留土的南瓜结起有脸盆大。在短短的探视时间里，亲友们讲述了好多事情。他们听到什么事都新鲜，放在口里说得半天。自然有时也会带来伤心事。有一次转铃崽会见回来，眼泪汪汪的，一个人趴在铺席上低声哭泣。他的奶奶去井里打水，——奶奶已经挑不起水了，只能拿只桶半桶半桶地提水回家，路上不留神滑一跤，把脚骨摔断，在床上躺了四个月，从此成了跛子。经常连口饭都搞不到嘴里。转铃崽趴在地上嗷嗷地哭，哭得众人心里都酸酸的。大保也在心里跟着掉泪，他觉得自己连转铃崽都不如。转铃崽虽惨，还能知道奶奶的消息，他却连父母亲的一点音信都没有。

他后来才知道，其实他母亲那段日子天天到看守所来，求也求了，哭也哭了，还下了跪，只求能让她见一面大保。可是无论她怎么求，就是不准。她不明白，大保即算犯的事再大，为什么母亲都不能见上一面。她每天早上来，天黑尽了才回去，她不是一个人来，身边总有人陪着。陪她的是大保的同学唐红卫。

母亲是唐红卫鼓起到看守所来的。

唐红卫有过三次进出看守所的经历。三次进去，都是同一个罪名："文化革命中的打、砸、抢"分子。她的认罪态度好，每次进去的时间都不长，加起来不超过两个月，可是她对这地方都熟了，见了门口的岗哨还会打招呼（虽然人家都不理她）。她其实是一辈子都不想再到这地方来了的，但她一听柏良婆说大保也给关进了看守所，即刻鼓起老人家应该去看他。她知道进到看守所的人，最想的就是见到自己亲人。她也知道以大保现在的这个罪名，要见一面很难。但再难也应该去，尽情意，尽人事吧，总比困在家里着急焦虑要强。说不定到了那门口还能找到机会哩？

机会还真的让她们等到了。

那天俩人刚刚走拢水塘边，就看到一队犯人在民警的押解下从看守所大门走出来。两人站住了，四只眼睛鼓鼓地看着。她们很快看见大保了。大保比那些人都高出半个脑壳，一下就能看见。柏良婆看见大保，"嗯"地哭出声，即刻就要扑过去。唐红卫拉住了她，细声说："等一下，不能急！"两人就噤声屏息，又看了一会，队伍经晒谷坪，斜插进小路，一直往小巷里去了。唐红卫想了想，说："我们到前面去等。"就搀起柏良婆，折转身，回到街上，急急地出了北门。两人刚在邮政局围墙的石墩下站好，看见犯人的队伍也从小巷里转出来了。唐红卫松开搀住柏良婆的手，说："等下你千万不要管我，抓住机会就过去搭大保说几句话。"说完，就见队伍已经过来了，唐红卫几下把头发抓乱，一步冲到队伍前头，往地下一栽，口吐白沫，身体抽搐成一团。队伍一下乱了，有人大声喊道："不准乱动，都原地站好！"接着又有几个声音在喊："站好！站好！"过一会，有人大声报告："一个女人发了羊癫疯，倒在路上。"就又有人命令道："上去两个人，把人抬开！"两个人上去了，折腾一阵，又喊道："两个人抬不起，再来两个人。"……

说话间，柏良婆跑到了大保身边。大保看到母亲，心里一热。刚要抬脚，给一边的民警喝止住了。他用眼睛迎住母亲，心里一遍一遍地呼喊："妈妈啊！妈妈呀！"柏良婆过去一把薅住他的手，只管仰折了脖子盯住他看。母子俩人只来得及说了几句话，就给民警隔开了。他们把柏良婆架到了远远的墙边上。

那头，唐红卫也给抬到了路边。队伍随着口令蠕动一会，个个双手握拳作了作势，就小跑起来，很快转过广场去了。

好远还听到口令声："一、二、一；一、二、一……"

唐红卫跑拢围墙边，双手一拢头发，问柏良婆："搭大保见到面了哟！"

柏良婆有点痴痴的，叹着气说道："唉呀哩，我的崽瘦了好多。"

唐红卫嗔怒道："你说痴话哩，坐牢不瘦那还叫坐牢啊！"

柏良婆讷讷地说："这我也晓得哩！"

唐红卫又问："搭他说了话吵？"

"说了。"

"说了什么？"

柏良婆摇摇头："悟不起了。"

唐红卫又拢一拢头发，说："你还没有老到那个样子吧，刚才说过的话就悟不起了？"

"等我悟一悟。"

柏良婆伸手给唐红卫头上的几绺乱发拢顺，一拍巴掌说："我悟起来了，我说，崽啊崽，你哪样瘦成这个样子了。看到他我就想哭。"

"又来了。"唐红卫苦笑一声，"他说了什么？"

"他说？他说：我不是反革命。我也说了。我说，我们屋里的人就不会出反革命。"

"这话说得好！"

"我真是这样说的，我们屋里的人就不会出反革命！我都奇怪，我的崽怎么会反革命呢？！"

"是的，说透眼都不会有人相信！"

"不行，他肯定是遭了冤枉，我一定要搭他讨还清白！"

"我陪到你！"

"有你陪到我就更加不怕了。"

"这世界上本来就没有什么好怕的！"

"也是难为你了。"

"没有什么难为的。我搭大保是同学哩！"

"哦，同学，是哩，是同学。"

柏良婆轻轻叹一声，点点头，有一种若有所思的迷茫。

柏良婆还想到广场那边看看，唐红卫劝她不必去了。她已经打探清楚，他们是到那边挖防空洞。警备森严，去了那里也拢不得边。

"挖防空洞会不会很辛苦啊。"柏良双有新担心了。唐红卫说："这个你就不要操心了。我告诉你吧，即算做事辛苦点，也比天天困在里头要好。这我太晓得了。"柏良婆面无表情地说："你说的也是可能有道理，那我们转去吧！"

她还是不相信挖防空洞不辛苦。

挖防空洞自然是非常辛苦的。一开始大保也不知道是去挖防空洞，听到喊叫全体集合，还以为要给拉去游街，心里紧张了一阵。等到出了看守所大门，插到北门外的土路上，突然看见母亲一下撞到跟前，还没有从错愕中醒过神来，就又给驱赶着往前跑了。他偷偷回了两次头，第一次还看见母亲站在路边上张着一双失神的眼睛，再次回头就没有看见人了。他带着一种从未有过的怅惘心情，跟随前头的人继续小跑前进。在这种地方撞见母亲，他觉得有点不可思议。那时他没有一点心理准备，冲口一句话说的是："我不是反革命"。他也仅仅来得及说出这句话。这句话在心里埋压了好久，见到母亲，一冲而出，心里顿时松快了好多，他觉得母亲那句话也回得好，"我们屋里的人就不会出反革命"，斩钉截铁，毫不含糊。他心里暖烘烘的，再一低头时，就看到广场下面的灯光球场了。灯光球场上寥无一人，整个井洞大塘都寥无一人，显得空旷而荒漠。大保心里又一阵热浪翻起，想起几年前夺冠为县争光的情景，竟有隔世之感，脚下一阵趔趄。

到了井洞大塘那头的土坡下，他们才知道，从那天开始，每天都要过来挖防空洞。

挖防空洞非常辛苦。

大塘上面的菜土里布起了岗哨，闲人不让过来。大塘下面的南北两头各有一个洞口开挖。劳动力分了工，一部分挖土，一部分运土。挖土使的是大镢头，运土用翻斗车。一个监室为一个单元，各室老幺自然做了监工。另外还有技术员，有质检员，这些人是人防办派过来的。洞子挖进去一段后，抽出一些人，开始砌砖。边挖边砌。防空洞是件永久性工程，两边和拱顶都要砌上砖墙护住，马虎不得一点。大保做的是挖土。这是件辛苦活，是他自己要求的。灰毛砣本来安排他拖翻斗车，那样轻松些，还可以拖着车到外面倒土，可以透透气，可是他不干。他就是想让自己辛苦，狠狠出几身透汗。他双手攥紧镢头，一镢头接一镢头地朝前挖着，大坯的土块像炸弹一样往身后甩。很快地后面撮土的就跟不上了，急得师公子不停地喊："你这不是做事，是在宕命哩！"大保心里说："我就想要宕了这条命！"他不理，相反挖得更狠了。只一阵子，汗水就从他脑门上、鼻尖上淌下来了，短裤湿了一截。灰毛砣没有阻止他，只是提早了五分钟宣布休息，换一班人上去。换上去的人谁也不会像他一样宕命，只是轻一下重一下地磨洋工，把时间消耗完了好坐到一边歇憩。大保再次上去又是一顿猛挖。半干的短裤顷刻间又是溃湿的了。师公子也不劝他了，只对灰毛砣说："他要这样做，能顶过三天，算他有狠。"灰毛砣笑笑，没有理他。

大保真还是这样猛干了五天。到第五天夜里，疲困就开始显形了。一身的筋骨作痛，躺在草席上翻来覆去总睡不安稳。灰毛砣将嘴巴凑过来，轻声问："睡不落？"大保说："一身痛。"灰毛砣说："我晓得你那样宕命地干不行的。"大保说："不那样宕命心里不松快。"灰毛砣问："现在松快了？"大保说："松快了一点点。"灰毛砣说："松快了就好，来日方长，你要保持好体力。"大保说："这点我懂。"灰毛砣说："你懂就好。"

灰毛砣把一个拳头塞进大保的被窝里，说："接到，搭你搞了瓶松节油，原来我每次打完球就在全身涂一遍这东西，消除疲劳，很见效。"大保握住他的拳头，说了声："兄弟！"

第二天灰毛砣就把劳动分工做了调整。挖土、撮土、拖翻斗车，每个人轮流干。挖一阵土，歇一歇，再去撮土，然后再去拖翻斗车。拖翻斗车要出洞口，斜着穿过半块操坪，顺一条斜路上去，将土倾倒在上面，再由汽车拉走。拖翻斗车可以呼吸到新鲜空气，可以看到灯光球场，可以看到广场那头的景物和天上缓缓流动的云彩。拖翻斗车比挖土有意思。

大保在工地上偶尔还会碰见烟溪村的老乡，六富叔、副队长、民兵排长、出纳，都见到过，看守所有规定，严禁犯人互相交谈。碰见了，都只能对一对眼神，顶多还咧一咧下巴，就各自走开了。他很奇怪，怎么一次都没有碰见会计王庆生。有一次他在斜路上又看见六富叔了，赶紧拉起空车急走几步，和六富叔走成并排，低着头小声问道："庆生会计没有进来么？"六富叔目不斜视，也放慢了步子，说："进来了，又放回去了。"大保惊讶地问："为什么？"六富叔哼一声说："他经不住吓，问他什么就承认什么，还捏白说谎，有的无的一通乱咬，洗清了自己，害惨了我们。这种人啊，以后生崽都会没有屁眼！"说着，拉起翻斗车头前走了。大保却怔在原地，好一阵拖不动步子。他没有想到王庆生竟是这样的人，也才明白提审自己两次，就再不来管，一下定了案。他想起自己因此蒙受了这么大的冤屈，恨得卵根子直抽。

大保现在再恨也没有用，事情已经这样，一切他都只能受着，熬着。眼下最无法忍受的，是肚子饿。他身坯大，食量也大。在看守所吃的是统一的钵子饭，不会因为谁的体积大就给加点餐。一钵饭下肚，还填不满肚子的一个角落，根本吃不饱。挖防空洞的劳动开始后，每个钵子里加了一两米，青菜也多了一个，但还是不够——远远不够。他一天从早到晚都是处在饥饿的状态，晚上经常饿醒来。其他人也是一样的饭菜，一样的没油水，可是他们常有亲友探监时送点钱进来，拿钱可以另外点个肉菜，久不久打打牙祭，不至于显得那么饿势。大保不给探望，没有钱打牙祭，他只有把裤腰带勒紧，又勒紧。他好瘦了。

防空洞已经挖进去好深，中间拐一个弯，又拐一个弯，拐起有三道弯了。防空洞宽有两米，恰恰能容两部翻斗车交错而过，高还不到两米，一个人可以从容走过。但大保就不行了，虽然明知道头顶离洞顶还有至少巴掌宽的距离，总感觉就会碰到头顶，所以一进洞口，不自觉地就佝起了腰，弯身而行。只有到了拐弯的地方，才敢直起腰来。拐弯处便是一个地下室，很周正，也高很多，可以容下几十个人。自从开始劳动，他们的一日三餐就分在了两处，早饭、晚饭在看守所吃，中饭就在防空洞里解决了，有人送过来。

大保常常坐在第一个拐弯进口的地方独自吞食。

这天，太阳很大，天气燥热，似乎划根火柴就能点燃。听到开饭的哨声，大保丢下镢头就往洞口走去。他排在队伍后面，往前一张望，心里忽然一跳；怎么送饭的换了个人？站在那里派饭的竟是大小腿袁志。他有点慌乱。他已经越来越怕碰到熟人了。他很想退回到防空洞里，可是不去领出饭菜，他就只能饿肚子。他饿得起么？

他低着头，硬着头皮排到了袁志跟前，他的头皮给太阳光刺得发涨。他看到有汤汁跌到泥地上，瞬间就干成了酱黑色。他僵硬地伸出双手，一手接住饭钵，一手接住菜钵。这时他用眼睛的余光看见袁志两眼热热地盯着他看，似有话说。他没有接他的碴，转身走了。

大保在防空洞第一个拐弯的地方盘腿坐下把菜钵子放在砖头上。这时他才发现菜比平常多了好多，沉沉地摁紧，起了堆。他拿筷子插进菜钵子里，发了一会怔，然后就埋头吃了起来，嘴里发出很响的咬嚼声。

他恍恍惚惚感觉到有条黑影晃到跟前，蹲下来系着鞋带。他认出来是袁志。他停住筷子，无言地望着那个脚跟。头顶上的灯光很暗，只能影影绰绰地看到一只烂粉了的篮球鞋。忽然，袁志将一小卷东西丢进他的饭钵子里。他听到袁志轻声说："你家里给你的一点钱。"然后，袁志慢慢站直了身子。袁志的身影轻轻地披住他。他听到袁志又说了声："想办法多吃东西，身体不能够垮。"

他一下抬起头来，袁志已经走远了。袁志的两条腿都有点跛了，走得一倒一歪。

大保在心里轻轻地说："多谢了，兄弟！"

他捡起饭钵子里的那卷钱，搓搓紧，不动声色地塞进了裤腰带里。

晚上，大保悄悄把钱转到灰毛砣手里，请他代为加餐。灰毛砣常常点回锅肉。

此后，每隔个把月袁志就要亲自送一次饭到工地，他已经跟看守的民警都很熟了。每次来，都要钻进防空洞里头转一转。

大保差不多又胖回到原来的样子了。

转铃崽要释放回去了。临走前，他在大保和灰毛砣的草席边坐了好久。相处过一段日子，这个没娘没爷的野崽子对两个人有了一份依依之情。两个人像大哥一样关照他。这情分让他终生难忘。大保进来之前，他简直就是疤脑壳的下饭菜，随便就可以恶他，打他。一天夜里，疤脑壳起来往尿桶里撒尿，握住卵子将尿乱撒，撒得转铃崽的被窝上一片渍湿，有几滴尿还直接撩到了脸上。转铃崽从梦中惊醒，冲口一句娘骂起，疤脑壳一步跨过去，一脚踢在屁股上，又一脚踢在脑壳上，痛得转铃崽趄地打滚，喊爹叫娘。一屋人都从铺位上坐起来，都直瞪瞪地望着，都没有开声。疤脑壳还要再踢，这时大保扑过去挡在了前面。大保说：“不能打人！”疤脑壳恶狠狠地说：“我就打了他，你奈我何？”大保说：“我奈你不何？那就试试。我一定搭你今晚上把尿灌饱！”疤脑壳跟他瞪了一阵眼，到底没敢动手，悻悻地回铺上去了。大保望着他又追一句：“我劝你今后也再不要欺负人家，积点德！”从此以后疤脑壳再没有对转铃崽动过拳脚。转铃崽从小缺少营养，长得脚细手细，一身都细，像根豆芽，身上没有四两力气。挖防空洞开始时，灰毛砣只安排他跟在大保后面撮土，没有让他去挖土和拖翻斗车，有时看他做不赢，还过去帮一把。有那么久就帮他申请一次病假，在监室里歇一天憩。他那么细弱，不用装也像个病人。大保还常常从加餐菜里挑出肥肉来给他吃，让他也多长点肉，长得壮实一点。他奶奶从小把他养大，也疼他，但好像没有这样给他关爱过。他早就在心里头把他们两个视为了老兄。现在要离别了，他无以表达，只想再陪他们坐一阵。他把最后一根烟抠出来，点燃火，轮流敬给他们抽着，心里有一种情绪在无限地放大。

一根烟抽完了，看守在门口喊着转铃崽的号子。大保站起来，说：“你走吧。出去后学门手艺，照拂好奶奶。”那情形完全是在嘱咐自己的小弟弟。

灰毛砣也站起来，说：“出去就再不要搞脚踏车了啦，要记得！”

转铃崽的眼泪出来了，他哽咽地说：“我出去就找事做。我要自己赚钱买脚踏车，等你们出去的时候，我骑车来接你们。”

大保说：“我就喜欢听你这句话。”

转铃崽又转着眼睛看了大家一眼，走了。大保和灰毛砣站在铺位上没有动，目送出门。

隔一天三只手也释放出去了。

铺位腾空的当天晚上就进来了人，又是个后生崽。剃个平头，皮肤漆黑，手里夹了卷铺盖,一进门就转着眼睛四处看。疤脑壳凑过去,喝问道:"哪里人?"后生点点头:"圮山咯。"师公子抬起眼睛看他一眼,曼声道:"圮山咯?我怎么不识得你。"后生崽定睛看了看,叫起来说:"我却识得你哩,你到我们村里做过道场,有一回我还拿你的帽子戴起耍过。"师公子的眼睛瞬间被点亮了,他眨着眼睛,得意地说:"那你就真的是圮山人了。"疤脑壳不耐烦听他们扯淡,又喝问道:"犯了什么事进来的?"后生崽说:"破坏样板戏。"疤脑壳问:"你还会演戏?"后生崽说:"不是我会演戏,是破坏样板戏。""少啰嗦,说清楚点。""说清楚点就说清楚点。是这样的,县昆剧团到我们圮山演样板戏,连续五天,天天是《沙家浜》,看得我卵扯,就编了段顺口溜臭他们。"

疤脑壳让他把顺口溜说一遍,他就说了:

演出到圮山,

天天沙家浜。

中间洋意子,

两边挂尿罐。

后生崽解释说:"戏台楼上一边一盏汽灯挂起,像挂两个尿罐,我说得形象吧。"

曹老师隔好远问道:"就凭这个把你捉进来了?"

后生崽说:"后面还有哩。"就又念道:

蠢子当司令,

拐子尽名堂。

头子是伤兵,

婊子哩格啷。

念完又作注解:蠢子指胡传魁,拐子指刁德一,头子说的是郭建光,婊子讲的阿庆嫂。

后生崽沮丧地说:"拐就拐在后面这句话。我其实编的是'嫂子哩格啷',一传一传就成了'婊子哩格啷',一下把我害惨了。"

《沙家浜》这个戏大家都看过,故事很熟,人物也很熟,一说就明白意思。一明白了意思就都笑起来,笑得嘎嘎的。

疤脑壳也笑了,但他即时地刹住了笑,脸上变得很狰狞。他就狰狞着脸说:"你晓得不晓得,是人进到这里头都必须先挨一顿打?"

后生崽一听就变了脸色,哑哑地说:"大哥,放过我吧!"

疤脑壳啐道:"谁是你大哥?喊爷爷!"

"爷爷，爷爷爷爷……"

疤脑壳没有理他，招招手，就有几个人拢了过去。几个人都转过脖子看灰毛砣。灰毛砣是监室老幺，他们要看他的眼色行事。天气已经热了，吊扇在头顶上嗡呀嗡地转。

大保也看着灰毛砣，看了一会，说话了："老幺——我也尊你一声老幺啊……"

"怎么搭我也生疏了？"

"生疏了可以说点直套话。"

"随便你说。"

"我的意思免了这顿杀威棒。"

"为什么？这是规矩。"

"我看他也不像个恶人，可能就是调皮点，说话不知道轻重，还给人传话传讹了，一下捉进看守所，心里已经好冤屈了，要再挨餐打，遭孽哩！将心比心，要换作你我，心里会怎么想？还是那句老话：砌塔七层，不如暗处一灯。做点好事，免了吧！"

"恐怕不行哩，不能坏了规矩。"

"你不是坏过一回规矩了么？"

"因为那是你，不同一样。"

"一样呢，都是人，有什么不一样的？"

"当然不一样，你是朋友；他哩，不识得。"

"不识得就该得挨打？这是什么王法！以前不识得，进了这个屋不识得了？说不定以后也会成为朋友呢？在一起也是一种缘分吧。"

"孽缘！"

"你这话说得很差乎，我现在也在这里头，我们也是孽缘么？"

"我是说人家，你哪样硬要搭自己身上扯哩！"

"你不知道我身上背了好大的冤枉啊，你这样说，我心里不松快！"

"要哪样说你心里才松快？"

"你让他们放过这个后生崽吧！"

"你这人真是好霸蛮哩！"

"我们兄弟，就霸这一次蛮吧！"

"我对你真是服尽了含哩！这后生崽撞到你，算他走运。"

灰毛砣就抬起下巴，喊疤脑壳他们几个莫动手了，记下这餐打，以后再说。

他说以后后生崽的名字就喊作沙家浜。

师公子帮沙家浜把铺盖摊开，大家都睡下来。大保把脸侧过灰毛砣那边，细声说："搭你说个话，不知道你爱听不爱听？"

灰毛砣也侧过脸来，带点睡意地说："爱听不爱听都要听，你说。"

大保说："我悟呀，进监室头一件事要挨餐打的规矩是不是应该废除？"

灰毛砣一下醒了睡意，说："为什么呀？一路来都是这样的，我进来也先挨了一餐饱打。"

大保说："那我问你一句，挨了打心里松快不松快？"

"你这话说得蹊跷，挨了打还会松快？"

"你都知道挨打不松快，做什么还打别个？"

"我没有动过手。"

"你指挥别个动手，性质是一样的。"

"你知道的，这是规矩，一路来的规矩。"

"规矩也是人定的，这样的规矩太没有人性，就应该废除。我从来反对打人。"

"在这种地方还讲什么人性。"

"在哪里都要讲人性，讲文明，我们毕竟都是人，老话说，百年修得同船渡，坐船才好多时间？坐牢又好多时间？还不知道要好多年才修得来，这也是一种缘分哪。不管是你说的孽缘也好，善缘也好。是缘分就不要讲打，挨打的人遭孽。打人的人是造孽，你说我这话讲得有不有道理？"

"你等我悟一悟。"

灰毛砣翻了个身，把脸也掉过去了。大保嘘起嘴巴凑到他颈根后面，说："你好好歹歹悟一悟吧！人在世上，还是少造点孽为好。"

头上的吊扇嗡呀嗡地更响了，监室里高高低低的鼾声浮起来，偶尔还带出一声两声梦呓，或长长一声叹息，余音悠悠有点吓人。空气浓稠得似乎用手都可以捞起来。

监室里只有两个人没有睡着，一个是沙家浜，另一个是灰毛砣，一个睡门口，一个在顶里头。沙家浜看到灰毛砣一阵就起来屙尿了，一阵又起来屙尿了，一直折腾到快天亮。

此后又有人陆续释放，师公子走了，纵火犯走了，鸡奸犯走了，投机倒把犯走了，盲流走了……老的一走，新的跟着跟着就进来了。新的人进来，都很安和，不见有传闻中的那种血腥，惊奇之下，把一颗悬起的心放踏实了一点。无不对监室老幺灰毛砣心存感念。这时灰毛砣才悟到，有些东西，不是靠暴力、血腥就能让人服膺的，反而是平和、宽容，更能深入人心，即使是在看守所这种地方，也不例外。他对大保有了一种佩服。

等他悟到这些时，挖防空洞的工作已近尾声，他也要出去了。得到通知的头天晚上，他把所有的钱拿出来加了几份菜，和监室里的人一起吃了一餐。每人都吃到了两三块肉。吃完饭，他和大保靠墙坐在铺位上，说了好久的话，其实也没有好多话可说的，一年多朝夕相处，该说的话已经都说过了，两人肩膀挨住肩膀，很多时间都是默默地坐着，在心里咀嚼着那种像牛皮糖一样的情意。

门口吹哨关灯了。灰毛砣说："睡吧！"大保也说："好，睡。"两人就退下身子，将头放倒在枕头上。不一会就吐起了粗重的鼾声。

第二天吃过早饭，监室的人都要出去做事了，灰毛砣留下来等家里来人接他。他站在门口，默默地送大家出门。大保走在最后。两人张开臂膀拥抱了一下。灰毛砣在他耳边："好好歹歹，你自己保重。"说时，声音有点哽咽。大保喉咙也紧了，只说声："我晓得！"

晚上回到监室，大保看着旁边空了的床铺，想起自己顶了个"反革命"的帽子，还不知道几时才能出去，悲上心来，好想哭一餐。

那天，他一个晚上都没有睡着。

让他万万没有想到的是，没过几天，他竟接到了无罪释放的通知。没有任何解释，也没有任何多余的话，就只告知，可以出去了。消息突如其来，大保似在梦中，好久都没有回过神。他心乱如麻，百感交集，很想问个究竟，可是又怕一问就把刚刚得到的福音一下打失，他宁可相信这就是在做梦。他没有做一句声，连铺盖都不要了，即时走人。

大保一脚出了看守所的大门，就看到坪上等了一群人，站在前头的是母亲柏良婆，还有唐红卫、灰毛砣，还有两个表兄弟，袁志在远远的水塘边站着，大保朝他点了点头。

一群人没有说话，拥着大保往南门口走，忽然一串转铃声在后头响起，众人没有回头，只把路让了让。一部脚踏车贴着水塘边嗖地插过去，挡在大保前头刹住了。大保一看，是转铃崽。

转铃崽骑了一部崭新的转铃带胀刹的脚踏车。三角架上的包装纸还没有撕掉，铃铛锃亮。

大保咧咧嘴，笑了。

大保说："你还真的骑脚踏车来接我了啊。"

转铃崽得意地说："那当然。我说过的话，一定要做到。"

大保点点头，又笑了一下。

灰毛砣也笑了，说："这回不是偷的了吧？"

转铃崽急忙说："不是不是，绝对不是了！"

"自己买的？"

"当然自己的，我有发票。"

"你这样快就有钱买得起脚踏车了？我不信。"

"你说得不错，我确实还没有赚到钱，还买不起脚踏车。不过我说过等大保哥出来的时候，我要骑脚踏车来接他的，男人说话将军箭，女人说话咬断线，自己说过的话做不到，那还是男人啊！我找人借钱买的。"

"哦！"大保感动地绷紧了脸。灰毛砣也赶紧说："我说错话了，对不住！"

"不怪你！"

转铃崽大度地挥挥手，一拨转铃，"滴零零"一串响，清脆明亮。

转铃崽对大保说："坐上来，我搭你归屋。"

大保抚一抚坐垫，说："不消了。我坐上去会把车子轮胎压爆的。"

转铃崽说："压不爆，你要看是谁当骑手哪。"

大保商量说："我还是走一走吧，我领你的情了。"

转铃崽同意了，骑着车摆动龙头跟在后面。

一群人出了小巷，正要往正街上走，大保站住了，说："我们走城外包过去吧，正街上人多。"

柏良婆在心里叹一声，带头出了城。

回到家大保才知道，老爷子孝德公病了。过年前孝德公到广东那边做生意回来，给居委会主任带人把钱没收了，把模具炉头都砸了，还把一条小狗崽也打死了。又把人搞到治安指挥部关了半个月。回来就病了，困了两个多月还起不得床。大保走进睡屋，跪在床前，叫一声"父亲"，说："我回来了！"

孝德公在床上抬了抬颈根，说："回来了就好！"虽在病中，依然声音洪亮，神气很足。顿了顿，又说："倒得炉头起么？"

"倒得起。"

"打拳呢？"

"也打得。"

"打路拳搭我看看。"

　　大保就起身，站好桩子，冲拳，摆肘，抖、搂、腾、挪，一路拳打下来，身上热汗涔涔，出气就有点粗了。

　　孝德公叹一声，说："还马马虎虎。"又说："有人就有物，人回来了就好！"

　　柏良婆留住众人，炒了几个菜，中午一起热闹一下。吃饭时，孝德公也起来同大保喝了几杯酒。喝完酒，孝德公对大保说："这几年我们家里总不大顺，快到清明节了，过几日选个天气好的日子，我们两爷崽回趟烟溪村，给祖坟挂个青，多烧点钱纸，给祖公爷爷多拜几拜。"

　　大保在看守所待着，早已不记时日，这时听父亲一说，才恍然想起：哦，又到清明节了。

十

清明时节烂粉粉

这里都兴清明前挂坟。不知从什么时候开始，人们对坟堆里的前辈特别重视起来，还是在清明前半个多月，县城里的小车就陡然多了，大多是外地牌照，又以广东居多，也有广西的、福建的、湖北的，还有省城的。一些人可能过年都不一定回来，但清明节是一定要回来挂坟的。一些亲戚聚会、同学聚会、战友聚会，都放在清明前后。那段时间里，宾馆需要预订，餐馆火爆，周围但凡有坟堆的山头从早到晚鞭炮声不断牵。阴间的鬼过节，阳世的人也热闹。如今生活水平提高，人们也没有忘记犒劳地下的先人，城边四围的香烛店里，除了传统的线香、蜡烛、响炮、钱纸，又增加了好多物品，西装、旗袍、高跟鞋、汽车、手机、洋房子、麻将、电视机、冰箱，都有，钱纸的面额每张高达亿元，还有美金、英镑、欧元，积千累万，无以数计。礼花炮码得齐了屋檐高。

大保家里终于定下来要在清明前一天回老家挂坟。平常年里，提前一个星期他们就挂过坟了。事情迟早要做，早做早心安。今年是大保忙着海仁交付的事情，一天推一天，就拖到了这时候，一家人都急了，天天催，大保才只好放下手头这桩事，同林工知会一声，先去祭拜祖公。

东西都早置备齐了，孝德公叮嘱不要那些洋意子，只得线香、蜡烛、钱纸、水酒、生鸡公、猪肉，外加一盘苹果即可，只在买响炮时破了点例，买了一封十万子鞭。他希望听到响炮响得长久一点。老人家说，响炮驱邪。

笑笑借来部面包车，把东西塞进后备厢里，又把人一个一个推进座位上坐好，一家人就出发了。豪雨初晴，天很白，太阳很淡。汽车油门一阵轰响，说话间就到了乡间公路上。公路两边的山野湿漉漉的，水洗过一样非常干净。笑笑显然很高兴，摇下车窗，一手掌方向盘，一边吹口哨。他如何能不高兴呢，林工没有食言，真的将他女朋友因拆迁受牵连要调往乡下去的事情同钟县长说了，钟县长很敏锐，意识到事情做得有点过了，即时纠正了过来。女朋友解除了下乡之虞，一身松快，主动约他到东塔岭的绿道上牵手游了两圈，卿卿我我，如胶似漆，半夜才分手回家。他动力很足，一路把车开得飞快，只一个多钟头就到了烟溪村口。

烟溪村已经很凋敝了，朝门口的木柱子都带点斜了，瓦缝稀疏，苔痕蜿蜒，不堪入目。停好车，一行人就提着、捧着各式祭品上山。大保家的祖坟离村不远，就在对门山上，一处向阳坡地里。一条小路通上去，久不走人，两边的草木都长到路上来了。大保和笑笑父子两人一个拿锄头，一个拿柴刀，在前头开路，将树枝杂草斩落一地。到了坟头上，柏良婆一眼看到墓碑旁边爬着一条地龙，正蠕动着滚圆的身子一耸一耸的，惊怪地说道："唉呀唉呀，老前辈看我们到这时候了还不来挂青，等不及了，出来看了呢！"就捡起一根树枝，将地龙往一个洞眼里拨，一边念道："归去归去，我们不会少了你们的钱纸线香。我们会烧好多钱纸给你拿到那边去花，你们只好好保佑我的崽我的孙，让他们平平安安，顺顺利利！"一直目遂地龙隐没到洞眼里去了，她才动手把头年的香棍子蜡烛支子扯掉，换上新的。众人也各自找了事做，有的铲草，有的挖来土坯，将坟头整修一遍，又在周围插上一圈线香，然后，供上祭品，割开生鸡公的喉咙将血洒在坟头上，再淋一遍水酒，轮流着一边烧钱纸一边跪拜过了。跪拜时各人心里都是要念叨一个愿望的。往年大保的愿望都是求祖先保佑一家人平安，今年他换了个心愿，祈望顺利做好钟海仁交付的事情。祈祷完了，心里又有点好笑，先人都没有到过县城，知道他想找的是什么地方么？

一切妥帖，大保又将烧尽的草灰拨开，把火星扑灭，就招呼大家下山。这里笑笑撕开响炮的红纸包装，铺在坟头一侧，柏良婆扶着孝德公往山下走，走到一处岩头背后，孝德公大声说："可以点火了。"笑笑就揿了打火机，点燃响炮引子。然后一蹦跳开。响炮引子滋了一阵火花，突然就炸响了，先还能听清噼里啪啦的响声，接着就轰响成一团，震天动地。珍珍将手指塞住两个耳朵，缩起颈根蜜笑。

十万响的响炮经得打，好一阵，响炮声才停歇下来。柏良婆拍手大笑，说："今年子响炮好响啊！"孝德公侧耳听着，忽然说："不对，还有一截响炮没有响。"

笑笑闻言，就又返回去，在一堆碎纸屑里果然翻出一截手把长的响炮，赶紧点燃了。

孝德公在下面看着一团青烟往天上飘去，喃喃道："哪样会有一截响炮没有响呢？"

他的脸也黑得像那团青烟。

柏良婆大声说："响了哩，哪里没有响。"

大保小小声说："响了哩，是响了。"

孝德公再没开声，领头往山下返回。

大保没有一起随车回城，他一个人留下，还要去看望一下六富叔。

每年清明回来挂坟，他都要去看六富叔。

六富叔还是住在原来的堂屋里。他一年比一年老了，堂屋也一年比一年老了。他的脚把子瘦成了一根柴，堂屋的侧墙也用两根杉树打起了撑，都一副风雨飘摇的景象。那年他从看守所释放回来都还健旺，还能下田插秧，后来跑了十几趟县里和地区，硬是讨到了一纸给他以及受他牵连的人们平反的文字东西，回家就病倒了。那病来得陡也来得怪。他兜着那张平反通知书走进家门，坐在火炉凳上，抽出灰堆里的茶壶，滗一碗茶喝了，又滗一碗茶喝了，再要滗第三碗时，突然往前一栽，就起不来了。六富叔一病半年，吃了无数服药，最后好了。好是好了，却成了副虚架子，身子轻飘飘的，手脚不得力。再下不得田里做工夫，只能坐吃现成。好在他老婆翠英婶身体好，做得，一个女两个崽也跟着跟着大了，都能从队里赚回工分了，生活也还过得去。每天有一餐白米饭，喝得起一杯红薯酒。可是不久霉运就开始了。先是女儿出事，她是在割草回家的路上出的事。这里的女人最早出门做事，就是从割草开始的。能干的女人一早上能割一百斤草。一百斤草值五分工。六富叔的女儿那时年纪还不大，身体还没有长成，一个早上很努力也才能割五六十斤草，割草是很辛苦的，很多女人是割一天草歇一天，只有她天天上山。那天她出门很早，太阳刚刚出山，她就已经挑着一担草往回走了。她挑着堆尖的一担青草，下山转到大路上，没留神一条蛇横在路中间，一脚踩上去，那蛇反身一口咬在她的小腿肚子上。那是条铲头风，学名叫眼镜蛇，毒性很大，常常一口致命。得幸救治得及时，总算保住了性命，一条腿却从膝盖以下锯掉了，成了残疾。六富叔的大崽更惨，他是在整治梯田时，给大石头压死的。家里接连发生祸事，六富叔十分伤心。可是伤心有什么用呢？未必还能拿石头去打天？他们的日子还得过下去。好在翠英婶的身体一直健健旺旺的，无病无痛，吃也吃得，做也做得，里外一把手，坚强地把这个家撑持下来。过了几年，好好歹歹女儿嫁了出去，嫁到了一个更僻远的山里。那时候细崽也大了，本来在家时做田做得好好的，听到一个信息，突然就跟人跑到广东打工去了。一去三年。回来时带了个四川媳妇，小两口陪父母亲过了个年，就又返转去了。他们铁了心要在那边生根，以后只逢年过节得空才回来一趟。他们在那边已经有了一个小把戏，自己带着，每到年底，就会寄点钱回来。如今偌大一栋堂屋，就只住着六富叔老两口，他家的堂屋中间摆了张躺椅，周围放了好多条靠背凳，很多时间，他就仰在躺椅上，眼瞪瞪地望着屋顶，有时起来，扶住凳子靠背哆哆嗦嗦地走一阵。每天也会到门口坐一坐，手里抓根响篙，久不久就举高了"啪"一声敲在地上，然后侧耳捕捉余音，独自咧嘴笑一笑，这时他脸上的笑容像出生不久的毛毛。六富叔每天的生活，如此而已。好在还有翠英婶。翠英婶也老了，虽然手脚尚健，但家里的几亩田是做不出的了，就租给了人家，每年纯收几百斤谷子。她同六富叔相反，一天到晚没有空闲的时候，她早就不做喊工员了，但她照样起得很早，窗户纸刚现一点灰白，就起来了，挑一副担子，一头是尿桶，一头是菀箕，去到菜土里，给菜淋一道水，拔掉这里那里刚刚冒头的杂草，顺便扯几根葱蒜，摘一把辣椒和茄子，或丝瓜苦瓜，小白菜，放在菀箕里挑着又回来了，回到家，抽开鸡窝门，将两只老鸡婆"嗬叱嗬叱"地轰出大门，就淘米点火熬稀饭。那里稀饭在啵啵地炼着，这里就已经把堂屋、睡屋、杂屋、神台背和大门口都扫干净了。六富叔一起身，她已经给他把热水倒在脸盆里了，稀饭也舀出来晾在桌上了。他们的早饭很简单。乡下人的早饭都很简单。一碗稀饭、一个煨红薯、一碟霉豆腐、一碟酸菜，很开口胃，又很饱肚子。然后，挑水，洗衣服，洗好的衣服一件一件抖开晒在门口的篙子上。做完这些，已经到了半上午，就出门喝茶去了。村里的婆婆姥姥们每天都要聚在一起喝一台围茶。茶是芝麻豆子盐姜茶，就茶的点心很丰富，炒花生、炒包谷、炒黄豆、炒葵瓜子、炒南瓜子、油炸豆腐、酸萝卜、酸豆角、酸黄瓜、酸大蒜头、干红薯丝、干红薯条、油炸红薯片、油炸糯糍粑……东西都是各人带过去的，十几二十个碟子，能摆满一张大圆桌。她们围桌而坐，每个跟前，都放了一块红片糖。喝一口茶，细细地咬下一角红片糖，咂咂嘴，神情怡然。她们嘻嘻哈哈地叫着对方的奶名，端坐着细细碎碎地念些空话。到了一碗茶喝到见底，碟子里的点心也抯干净了，把碗里的茶叶芝麻豆子抠出来填进嘴里，就该回家搞中饭了。中饭基本上是早饭的重复，只是会多炒一个茄子，或是苦瓜鸡蛋，到底多出一份滋味。中午一般都要栽一个瞌困，有时在靠背凳上，有时在石门槛上，也有时会占住六富叔的躺椅躺一躺，时间都很短，刚一眯眼，即刻一个激灵就醒来，那是她听到纸牌在召唤。她站起身抻一抻衣服，顺巷走下朝门口，果然几个老婆婆也都到了。她们玩的是那种两指宽，数字有阿拉伯字也有中文繁体字的纸牌。一摞纸牌往桌上一顿，她的神气立刻来了。一张一张纸牌抓上来，在手里插成了一把芭蕉扇。她静静地看着芭蕉扇，眼神柔和，神态安然，那样子是很令人感动的。似乎半世人的辛勤劳顿，都在这凝神中融化干净。她也会根据手上来牌的变化，神情略有起落，皱一皱眉，笑一笑。或拿手板在桌角轻拍一下，也都很轻柔，很细微的。她们一般都不会玩太长时间，两个钟头，三个钟头，就收手了。她们当然也要打点小钱的，一场结束，输赢只在三五块钱之间，赢了钱，翠英婶就会到水井边的摊担上买一块豆腐，用手托着，走回家去。她好像手气不错，隔天把就去光顾豆腐摊。豆腐成了她家晚饭桌上的主菜。一天里，也就是这餐晚饭最正式了，做的时间也长。一般都有一荤一素一汤。豆腐算是荤菜，没有豆腐的时候，就从茶油坛子里捞一块油炸肉出来，切薄了炒辣椒大蒜伴豆豉。饭是白米饭，碗筷上桌的时候，两只鸡婆也回来了，翠英婶就抓一把米撒在饭桌底下。人在上面吃，鸡在下头啄，"嗒嗒、嗒嗒……"很有节律。吃完饭，天就断黑了，鸡婆自去笼里歇息，翠英婶洗过碗筷，把上午洗好晾起的衣服收回来，烧两盆滚水，同六富叔并排坐着静静地烫一阵脚。然后，关门落闩，睡觉。

他们家很少有亲戚朋友过来。大保是少有的一个。

大保每次去看六富叔，都会在村头小卖部买一箱牛奶，走时再给他兜里塞两百块钱。

六富叔正坐在大门口拍响篙听声音，见到大保显得非常激动，颤颤抖抖地就要站起来表示迎接。大保忙过去扶住他，喊他不要动。大保进屋放下牛奶，又走到灶屋里，抓把茶叶填进茶壶，煨进灶火边尽它去炼，再搬把凳子出去，挨六富叔坐起。过一会，估计那茶也炼得差不多了，遂去将茶壶端出来，先给六富叔滗一碗，再给自己滗上。两人都把茶碗放在地下，时不时端起喝一口。六富叔按例会要客气一下，叫住路过的人，让他喊翠英婶回来搞饭招待客人。大保也按例会坚决地阻止，只说自己喝杯茶就要赶回去。于是两人放松身体坐下，安心地念空话。算起来，六富叔还只七十几岁，不算很老，却老得不成样子了，端一碗茶，手都要抖半天，看着让人心痛。他的思维还很清晰，对人世上的事情心里都很清明，只是表达常常受阻，别人半分钟可以说完的事情，他会要说上几分钟。一个字一个字地往外吐，黏黏连连，不清不楚，听起来很吃力。大保却不太费力就能听清他说话的意思。

六富叔说，细崽今年没有回来过年，听说是落了大雪，路上有冰冻，不通车。打了电话来，也寄了钱回来。可是那有什么用呢？我没有见过钱啊？我要的是人回来给我看看。说穿了什么都是借口，要真想回来，哪样想办法都回得来；不想回来总可以寻到借口。

六富叔说，上边房头的本生老弟在年前也去县城，跟崽和媳妇一起住了。走的时候来搭我辞行，我只讲了一句话：今天才晓得，你这人心狠。如何不是心狠呢？脚下这方土地养育了我们世世代代，我们自己也困在这上面活了几十年，如今喊离开就离开了，我总是悟起土地如果有感觉，它也会哭泣的。

六富叔说，我当队长的时候，村里有56户人家，187号人，几十年过去，如今只剩下32户人家，76号人，如何越过越倒回去了呢？我坐在这上头，天天看得到前面的那片田峒，那是一片好田土啊！我当队长的时际亩产就达到八百斤，如今好多田都荒起了，只长草不长禾，看到心痛！

六富叔每次都会跟大保提说起王庆生。王庆生家的堂屋就在下面，坐在门口能看到他家的瓦背。那里久不住人，瓦背上长起了好深的野草，随风摇摆。六富叔很慢很慢地说，这人心思不好，总会要遭报应的。这世人不遭报应，来世也走不脱。人在做，天在看。他很奇怪那个人怎么会做官越做越大。副县长在旧时候是喊太爷的哩，他说，那时候太爷出行都要坐八抬大轿，前头四块大牌子，鸣锣开道，肃静回避，厉火得很。

这番话大保听六富叔说过好多道了。六富叔这个年纪，这副身体，已经看淡了好多事情，遗忘了好多事情，唯独对王庆生不能释怀，会他一次说一次，话里多有不甘。大保从不搭腔。不搭腔并不表示他就忘记了那些事情。他是不愿意提起。有那个神气，还不如留着口水养牙齿。他只记死了王庆生还欠他一百三十二块一角五分钱安家费。几十年了，这个数字他还那么清楚地记得，他自己都觉得奇怪。

六富叔忽然说到了死。六富叔说，今年开春以来，身体就总不大对头，心慌，气促，夜里睡觉梦多，有几次都梦到阎王老子派小鬼来追命，怕是阳数到头了哩！死就死，我悟得通，这世人我没有做过一桩亏心事，不怕到阎王老子那里报到。六富叔不担心死，担心的是死后连抬棺材上山的八个后生都找不齐。他叫翠英婶先到附近村子里请好人，到时候做得用。搭翠英婶骂了一餐饱的。

"骂得好！"大保搭上一句，又说："你说这样的痴话作什么，你这样子要活一百岁哩！"

六富叔淡淡地望着远处，说："我知道搭你说你就会这样劝我。我不是说痴话。我自己的事情我有定准。生在哪块天，死在哪块地，都是老天安排的。天大由天，命大由命，这辈子就这样了，多活一阵，少活一阵，又有好大不同。万事万物都用'命'这个字就说完了。"

大保当然明白他这番话后面的悲凉意味，但他不太认同六富叔这种人生态度。其实他比六富叔经受的挫折更多，不同的是六富叔像狗尾巴，一次被打折就再也威风不起来了，自己却像狗骨头，几锤子几棍子还没有打得烂。他也信命，有两次还颓丧得万念俱灰，直想死掉算了，可是他还有父母亲在，还有好多事情要做，还得生活下去，颈根一硬不还是挺过来了。当然六富叔跟他不一样，年纪不一样，生活环境不一样，脾气性格也不一样，背着冤枉，病着，一二十年足不出户，都是默默地忍受着，想一想真是不轻易哩！据说一个人大限将至的时候，自己是有感觉的，莫非六富叔真的感觉到了某种征兆？这样一想，大保心里有股凉气透上来，眼窝子也酸了，他觉得现在能让老人家高兴一点就是最好的了。

他决定留下来同六富叔一起吃餐饭。

等他从村头小店里买回腊鱼、腊肉和酒，翠英婶已经烧起火在煮饭了。柴干火猛，只一阵子工夫，饭菜就上了桌。大保招呼六富叔在上头坐下，自己同翠英婶打横坐了。六富叔看到翠英婶只拿出两个酒杯，一定要她给自己面前也摆上一只。六富叔的脑门亮亮的，保证就只喝一杯。

他一口一口地抿，把一杯酒都喝干了。

那天他欢喜得像小把戏过年。

他的嘴巴一直在动，不是吃菜，就是说话。他的眼睛发光，嘴巴上抹起一层油，不时地嘿嘿嘿笑。他好久没有这样欢喜过了。

吃过饭，大保告辞，自行从村头的马路走到上边，去拦过路车。刚抽完一支烟，就有一部客车下来了。大保上了车，走到后面找个位置坐下。汽车拐个弯，就开始下山了。大保闭上眼睛，摇摇晃晃地打起了瞌睡。

忽然他听到一片叫声：

"起火了！""起火了！"……

他睁开眼睛，看到车厢里的人都扭转脖颈往后面车窗玻璃上张望，也赶紧转身去看。他看到跷脚岭半腰冲起了好大一柱黑烟。

汽车停住了。几个乡政府的人和交警拦在前头，招呼所有乘客下车，临时征用客车拉人上去救火。

大保站在路边，看着客车慢慢掉头，然后一群人呼啦啦拥上去，开走了。

跟着从后面就有一溜汽车开过来，前面两部救火车都拉着警笛，尖厉地叫着呼啸而过。

马路边站了很多人，都抬头往跷脚岭那头望着。那柱黑烟更粗更浓了。大保听到身边有人在大声议论：

"今天这场火不小哩！"

"怕又是哪家人挂坟打响炮，引发了山火。"

"若是那样，这家人今年就背时倒灶了。"

"如今哪样搞的，年年清明都要发山火。"

……

大保忽然一惊，想起自己也是刚刚在上面挂过坟，放了十万响的响炮，该不会惹事吧？这样想时，身上一乍，汗就泉水一样涌出来了。他仔细辨认了一番，确认烟溪村在跷脚岭那边，而起火的地方在岭这边，中间还隔得远哩；又过细回想一遍，他们离开时四处查看过，把草灰堆、响炮屑子都翻过了，没有见到一点火星，才走的。他确信自己做得非常仔细，绝没有留下隐患，心才稍稍放下了点。却又没有完全放下，还想看个究竟。他看到马路边的山脚下有间农家乐，就一步一步挨过去，拣了个靠窗的位置坐下，要了一壶狗脑贡茶，慢慢喝着，一边望住远处岭上的烟柱。

值得庆幸的是，岭上一直没有明火起来，烟柱也在一点一点地变小，想来是救火的队伍很得力，把山火控制住了。

大保就把茶钱结了，正要起身离去，门口忽然进来几个警察，几双眼睛四处一扫，就一齐走到了大保跟前。其中一个警察指着大保问：你姓什么？大保一时有点懵，鼓着眼睛没有回答。警察就又问了一声。大保这才回答：姓王啊。警察再问：今天去挂坟了？大保说：今天上了岭。警察的眉头塌下来了，说：那你跟我们走一转。大保不自觉地站起来，随即又坐下去，只问：做什么？警察说：不做什么，找你了解一些情况。大保说：了解情况不可以在这里问么？警察说：啰嗦什么？起来，走！大保望他一眼，慢慢起身，夹在几个警察中间往马路上走。马路边停了部大客车。

大保弯腰上了客车，看到客车后部已经坐了一些人，正不知往哪里坐，忽然一个脑壳冒起来喊道："大保！"

是能者八个眼正朝他扬手。

大保在这里见到熟人很高兴，忙过去挨他坐下。能者八个眼很奇怪地问道："怎么把你也搞上来了？"

大保说："我也奇怪哩！"就把经过说了一遍，能者八个眼拍手笑道："搞错了。肯定搞错了。"

原来是，这天黄姓家族联络了几百个族人上跷脚岭给祖坟挂青，一到山上，几百个人就散了，听招呼的在祖坟周边铲草、培土、烧钱纸，不听招呼的就到处跑起去找野果子，扯笋子，捡雷公屎。不知道是烧钱纸放响炮没注意，还是乱丢烟头惹的祸，反正大家祭完祖刚刚下山，黑烟就冒起来了。队伍一下子乱了，一些人提脚就朝山下跑。搭帮老县长黄知福稳当，一点没有慌神，赶紧招呼几个人下去把跑开的人喊回去，能喊回好多算好多，剩在山上的人即时救火。本来这次挂祖坟就是他老人家牵头组织的，他的话大家都听，马上都返转回去扑火。好在扑救得及时，山火没有蔓延；也好在救火车来得快，乡政府组织的大队人马也跟着就到了。人多力量大。只两个钟头，山火扑灭了。损失不大，只烧掉了上百兜杉树。但这也是一起事故。每年清明，县、乡两级政府都是严阵以待，就是怕挂坟的人打响炮引发山火。每出事故，必须上报。所以山火一灭，警察就开始行动，把黄姓的人都留下了，要带到县里去做笔录。同时也要把走掉的人都捉回来。当地土话，"黄""王"不分，所以一问到大保姓"王"，不由分说，就带进来了。这又是一起"黄狗吃屎，黑狗遭灾"的冤案。能者八个眼说着就冒高了脑壳朝前面喊了一声："领导，这里有个人你们搞错了对象，人家是三横一竖的'王'，不是共田八的'黄'。彼'王'非此'黄'。你们放他下去。"

车上的人都朝这边看过来，内中有认识大保的，也说："是哩，他不姓黄，不是一起的。"

把守在车门口的乡干部没有回应，无动于衷。能者八个眼就又喊："告诉你们，不要又制造'冤、假、错'案啊，人家搭钟县长是兄弟，到时候告你们一状，我看你们是寻时背哩！"

大保没想到能者八个眼会这样说话，心里很恼火。他不喜欢别人在公开场合把自己跟钟海仁扯在一起。正想说他几句，就看到前排座位上一个脑壳慢慢冒高了，慢慢转过来，轻飘飘地望过来一眼。

那人竟是老县长黄知福。

黄知福扭脸对乡干部说道："你们真是搞错人了哩，他姓王，不关他的事。"

乡干部赶紧要大保下车去。

大保对能者八个眼点点头，侧着身子往前头走，到车门口时，正想对黄知福道声谢，却给黄知福一扯衣袖坐下了。

黄知福说："莫急到走，好长日子没见过面了，坐一坐，念几句话。"

大保只有半边屁股落在座椅上。一种陌生感觉挠得颈根好痒。他不知道跟黄知福说点什么。他没有想到会在这里碰到他。

"坐拢来点，未必跟我还生疏了？"

"没有，没有。"

"那你总抓颈根做什么？"

"颈根上可能有虱婆子。"

"说痴话哩，现在哪里还那样多虱婆狗蚤。"

"我们老百姓不讲卫生，虱婆狗蚤总会有。"

说着话，黄知福往里头坐了坐，再隔开点。

"要讲卫生，是要讲卫生哩。"他说。

大保只在心里冷笑，把屁股往里坐牢了。

"最近在哪里发财？"

"老领导怎么也出口就是讲发财？"

"讲发财有什么不对么？我在位的时候大会小会经常讲，要让老百姓都富起来，让他们个个发财，这是符合上头精神的，也是我们当干部的意愿。你还记得那阵子那句口号吧，让老百姓'要发财，财要发，发财要'！"

"这话听起来心里松快。"

"你不知道吧，这口号就是我提出的。"

"老领导文才好！"

"你这阵子才夸我文才好没有用，上级领导早就夸过了。"

"好话什么时候说都不为迟。"

"我这世人好话听得多，丑话也不少，想听就装进肚子里，不想听就当作耳边风。怎么说都可以，没有人奈得我何！"

大保心里惊一下，这话好像有点情绪了。他侧脸望望黄知福，看到这位曾经的县长大人斜倚在车窗边，一条腿蹺在凳子上，一条腿趔得很直，脚尖还在那头一点一点的，安逸得很。大保心里感叹：说起来是一个退休了的人，还等着要去公安局做笔录，倒像是坐在办公室一样，没有倒一点威。这不是人，是精怪哩！他这世人都不想跟太精怪的人多打交道。

"老领导，我先走了。"

"急什么，那头的山火已经扑灭了，不消等你去救哩。——坐到，陪我念念空话。"

"我还好多事哩。"

"什么事？和尚赶道士！我还不晓得，你也跟钟海仁一个卵样，看到我是一个退了休的人，边都不想拢。"

"老领导你说岔了哩，钟海仁是县长，你们才是一样的人，搭我扯不上。"

"我说的不是职位，是德性。"

"钟海仁德性很差么？"

"很差！我只讲一件事，王庆生副县长要调我的小子到拆迁办当副主任，他硬是扳住不同意。他不想想当年我是怎样培养他打篮球的，无论如何我都是他的恩师啦！现在有权了，顺水人情的事都不肯帮，什么玩意！"

大保没有搭腔，大约颈根上的虱婆子又出动了，又痒起来。黄知福的儿子他认识，完全就是一副衙内做派，那样的人做个办事员都不合格，还当得副主任？！黄知福曾经是个那么威风的人，在县城里没有办不成的事，如今也有碰到硬砣子的一天，大保在心里为钟海仁叫好。

黄知福动了动屁股，把脑壳偏过来一点，问道："你们经常来往吧？"

"谁？"

"还会有谁，自然是讲钟海仁。"

"他是什么人，我是什么人，中间隔开几十条街，能有什么来往。"

"你们是几十年的老朋友哩。"

"几十年，干腊肉都会变走味哩。"

"不是吧，听说你们一起上过跷脚岭哩！"

"喔？"

"还听说你跟他在设计院的同事林工天天在一起，喝早酒都喝醉了。"

"啊？！"

大保偏过脸飞快地瞟了黄知福一眼，心里惊诧莫名，有股凉意在脚趾间拂拂地游走。他悟不清黄知福把他的行踪了解得这样清楚是为什么，又为什么要这样跟他说。几十年的交往，他太清楚黄知福的为人了。他感觉到了一种凶险。

黄知福又凑近了说："县政府那座红砖围墙的岭头上，我在里头滚打了几十年，钟海仁才进去几年？有道是，衙门深似海。海是什么东西？它看不到边，也探不到底，不要以为自己能坐在上面就得瑟，搞不好就会死得好看，连骨头渣滓都不晓得到哪里去捞。不能嘚瑟哩！"

大保闻到了一股血腥味，他的颈根不痒了，脚趾也不凉了，肠胃却翻腾起来。肚子里气鼓气胀的，想吐。他摁住肚子，说："我这人生成的蠢，你的话，我听不懂，你们的事情，我也不清楚，我就不陪了。"说着，伸脚踩在踏板上，躬身下了车。

大保小心地避开马路上凳着的人，冒高了脑壳昂昂地走。拐上公路，他也懒得拦汽车了，只靠在路边上，慢慢地往前走。柏油路边上的泥地经连日的雨水泡软了，给人一踩，都烂粉了。他不管，只往烂粉了的路上宽一脚窄一脚地走。他心里很乱，很烦，还有点躁，黄知福在他的脑壳里总挥不开，他不蠢，已经从黄知福的话里听出了很多意思。那意思当然是不善的。黄知福是个报复心很强的人。钟海仁得罪了他，他肯定会要他不好过。这个人说得出，也一定做得出。做出来的只会比说出来的狠得多。大保似乎能感觉到一张无形的大网，网上挂满钩钩刺刺，正在悄无声息地逼近钟海仁。他不知道钟海仁在反对黄知福的小子当拆迁办副主任时，是不是考虑了会带来什么后果。照理说，黄知福都退休了，闲人一个，还能对钟海仁怎么样呢？可是听说官场上的事情，好多是拿常理说不通的。从黄知福的那种气度看，一点没有倒威，照样衣角都能打死人。本来，他们之间爱怎么斗就怎么斗，不关他卵事，问题是现在他也给牵扯进去了，黄知福居然把他的行踪也了解得清清楚楚。他一时又有点怨怪钟海仁找自己去井洞大塘查寻无名死尸，更加恼火黄知福吃羊肉，发狗癫，把自己也稍带着要敲一棍子。他现在是一脚踩在牛屎上，进也进不得，退也退不得，想洗都洗不干净了。

大保随便吃了点晚饭，心里那股郁气却总出不来，还想出去走走，出了门，顺脚几拐几拐，到了一条横街，猛地听到有人一声大喊：

"大保！"

大保一昂脑壳，竟是到了八个眼客栈门口，能者八个眼正坐在阶基上独自喝茶。他的心定了定，忽然意识到走来走去想见到的正是这个人。他一步一步走上台阶，拖张凳子坐下了。

大保喝了口茶，好像才想起似的，问道

"你不是给拉到公安局做笔录去了么？"

"是啊。"

"这么快就回来了？"

"这还算快？你也不看我们是同哪个在一起。"

"哪个？——黄知福？"

"算你聪明。你没有看到，拉我们去的汽车还没有到公安局，局长就已经在门口等起了。汽车一停稳，局长就陪着黄知福进去。等我们走进会议室，黄知福已经坐在里头跷起二郎腿喝茶了。我还看到局长坐在侧边给他点烟。"

"哦——那笔录不消做了？"

"当然要做。不做笔录交不了差。那也就是做个样子，走下过场。黄知福连过场都没有走。只把我们这些百姓人家喊出去，问几句话，在笔录上签个名，摁个手印，就万事大吉了。"

"然后就放你们回来了？"

"不放回来还留我们在那里吃晚饭？出了门我才晓得，原来公安局长是黄知福在位的时候一手提拔起来的，有知遇之恩。"

大保"啧"了一声，把眼睛低下去。

能者八个眼喝口茶，吧咂一下嘴巴，又说："以前只听别个说黄知福如何如何厉火，我还半信半不信，今天亲眼实见，我是服尽了含。"

大保忽然抬起头问道："今天是你们黄姓家族祭祖挂青吧？"

"是的啊。"

"县里不是清明前就出了通告，不准以一宗一姓的名义组织祭祖？"

能者八个眼乜起一只眼睛，说："哪个那样蠢，会承认自己是有组织的？我们自发去给祖坟挂个青，在路上碰到一起了，这没有错吧？你今天不是也到岭上给祖坟挂青去了？"

"你这样说我就没有话讲了。"

"本来一件事可以翻过来这样说，也可以翻过去那样说，就看你怎样悟了。"

"这样说等于是放屁！"

大保怒冲冲地将茶杯凳在地下，说声：

"走了！"

"不陪！"

大保走下阶基，远远听到能者八个眼又送过来一句："有空过来坐。"

大保没有回头。路灯忽然亮了。橘黄的灯光将他的身影放得庞大无比。他站住，凝神看了一阵自己的身影。他很奇怪几条灯光一交叉，就把一个人的影子勾画得如此清晰，有棱有角有型，两腿粗圆，双肩平阔，圆脑壳变作了长方块。他也很奇怪自己怎么变得像那些酸腐文人一样多愁善感起来，自己答应过了钟海仁的事，还生出那样多犹犹疑疑做什么。

他想，就是在这一两天之内，要把井洞大塘无名死尸的准确地方搞出来，告诉林工。

能者八个眼让他把一些旧事都想了起来。

十一

寻一条活路

　　大保从看守所出来在屋里困了几天，就跟父亲悄悄上了趟烟溪村，到祖坟上挂了次青。也没敢放响炮，只点了两根蜡烛，烧了一把香和一堆钱纸，把杂草清掉，跪拜了一番。返来时，顺便到祖屋里把还能用的物器带走。都没有什么可以用的物器了。铁器都已经生满了锈，筷子条羹巴满了绿霉，老鼠公然在灶门口的柴堆里打起了窝，天井里落了好多鸟屎。只有那只篮球还挂在睡房的床杆上，在薄暗中像一个瞪大了的眼睛。大保双手捧球捏了捏。几年了，篮球的气居然还很足，他的眼眶一下子就热了。

　　大保只把篮球带回了城里，原样挂在睡床的蚊帐杆上。

　　两爷崽是悄悄去，又悄悄回的。

　　大保把自己关在了家里，吃了睡，睡了吃，百无聊赖。母亲天天都买肉菜回来，变着花样做给他吃。他却没有一点胃口，嘴里寡淡的，吃什么都像吃木屑。为了让父母亲高兴，他装作很大口地吃东西。可是到了喉咙口却常常吞咽不下去。没过几天，他病了。

　　他这人好奇怪，在看守所时，心情那样郁结，劳动量那样大，还吃不好睡不安，没有病过；回到家了，自由了，有母亲餐鱼餐肉地伺候，反而病了。他的病也好奇怪，身上不痛也不痒，就是周身乏力，蔫蔫的，连打不起精神，中午、晚上都有点低烧，人在一天天消瘦。

　　父亲带他去了趟西门口伍先生的诊所。伍先生给他把了脉，看了舌苔，还蘸起他脑门上的汗粒放口里尝了尝，就拔笔写下一张方子。大保瞄了一眼，认出方子上写着："银柴胡、胡连、必甲、秦艽……"那个"艽"字没学过，他就权且读作"九"。他问伍先生自己得的什么病，伍先生说："内伤发热。你这病是内心郁滞，情志失调，阴阳不平衡带发的。"孝德问："严重不严重？"伍先生说："若放在你我身上，就有点严重。若放在你的崽身上，就不严重。后生他火大，神气足，几服中药吃下去，过番日子就好了。"伍先生交代他拿了方子先去捡九服药，一天一服，中午、晚上各熬一次喝了，十天以后再来。依他的诊断，只要三个疗程，捡二十七服中药吃了，包好，伍先生又叮嘱说："吃药不如自理。我搭你开的药方子对不对路，有一半要靠你自己配合。后生崽凡事要想得开，有时间多去打打篮球，每天出几身汗，把心里的东西发散出来，以你的体质，还不消三个疗程，肯定好！"

大保拿了单子，转脚到了正街上的中药店。中药店是同学朱慧琴家里开的。

大保出来才听说，朱慧琴已经离开跷脚岭林场知青队，推荐到地区卫校读书去了。大保在看守所时，一直没有得到过她的信息，猛然听说，脑壳里还戳了一下。他有点高兴，有点怅惘，也有点伤心。朱慧琴喜欢读书，到底还是得到读书的机会了。他知道他们之间的鸿沟也许就这样拉开了。他不怨她在给关到看守所期间没有来看过自己一次，但不能有了这么大好的事情都不来报个梦。即使不方便去看守所，难道还不能到家里说一声？他不明白为什么会这样。

大保到了中药店门口时忽然有点胆怯，脚下一踌躇，矮起脑壳进了门。

朱医师正伏在柜台上拨算盘。店堂里很敞亮，算盘珠子噼里啪啦响得炸耳朵。他抬起头，脸上即时笑成了一朵菊花。他见到谁都是这样巴结地笑。"来了？"他尖厉地打着招呼。

"来捡几服药。"父亲孝德公也笑哈哈地说，一边隔着柜台把单子呈过去。

朱医师将单子浏览一过，一只眼睛看着孝德公，一只眼睛瞄着大保，问："是你吃，还是崽吃？"

孝德公叹一声，说："崽吃哩。"

朱医师也叹一声，说："清楚了。"就在柜台上一顺摆开九张黄草纸，拈过戥子，拉开药柜的抽斗开始拣药。

大保呆呆地望着他，身上却像长满了耳朵，捕捉着里屋的动静。他知道这是一间长条形的铺房，前店后家，一共三进，朱慧琴的母亲很多时候都在里屋待着，中间的房门敞开着，店堂里的人说话，里屋听得清清楚楚。他希望朱慧琴的母亲也能出来打个照面，可是他又隐隐地有点怕见到朱母。

朱医师每称好一样药，就端住盘子分作九等分抖在黄草纸上。银柴胡，胡连，必甲，秦芃——噢，这个字读"交"，交代的交。

里屋一直没有响动。

朱医师把药都称好，捆好了包。细麻绳十字交叉捆紧，又把小包摞在一起捆好，把处方单子折起塞在上头，轻轻推过来。他一双眼睛眯细了浊浊地望着大保。朱医师说："几好的后生哩！"

大保分明听到了他心里头轻轻的叹息声。

大保的心重得直往下沉。

他拎过中药包，道了声谢，转身出门。

出门时，他忽然扭头望了一眼里屋，他把眼睛鼓得很大。眼睛里浸满了失望和怅惘。

大保是跌出中药店的。他转头出门时，一只脚绊在门槛上，一下跌出好远，等他赶紧捯脚站稳，已经站在了正街中间。

正街上阳光炽白，行人寥寥，两边的店铺都敞着门，挤密压密，像绝了北门癫子嘴巴里的两排龅牙齿，大保忽然有种如释重负的感觉。他将中药包像抱篮球一下挎在胯下，冒高脑壳，走回了家。

大保开始吃中药了。

大保这世人都没有吃过那么多中药。

每天，柏良婆搞完早饭，就把药罐子坐在煤火上，把煤火掩得很微弱，熬上了。中午滗出来吃一轮，下午再接着熬。晚边子把药汤给大保吃过了，柏良婆就揣着药罐子，悄悄走到墟陂那头，将药渣倒在出城的十字路口上。

大保每天的生活过得很懒散。每天醒得都很晏，醒来了，还要懒在床上愣怔一阵。他这时眼睛是睁着的，望着蚊帐顶，脑壳里像漏了气的篮球，干瘪，空荒。他好像在沉思，其实什么也没有想。他的目光是迷离虚幻的。然后，缓缓起床，拖着布鞋到天井边刷牙洗脸，吃早饭。早饭是四个肉包子一碗豆浆，柏良婆一早就到正街上买回来，放在蒸锅里热着的。早饭后会有很长的一段时间，他常常不知道该怎么打发。看书么？他早已没有了几年前的那种热情和兴头。再回到床上躺下？睡不着，脑子里难免胡思乱想，只会让人越发烦躁。他有时听听收音机。收音机就摆在饭桌一边的矮柜上，随手一旋就打开了。听一段样板戏，听一曲歌，到了开讲时事时，即刻就会关了。他每天都会到后门的矮檐下站一阵。父亲孝德公和母亲柏良婆一早就在那里忙碌了。照例是父亲掌窑，母亲打下手。添柴，和泥，浇模，脱模，搬运铸件，忙得手脚不停，背上的汗水渍湿一大块。大保在门口一露面，母亲的声音就喊起来了："崽啊，回屋里去歇倒。"随即两个人的目光就都转过来了，都看他一眼。母亲的眼光是爱抚的，父亲的眼光是柔和的。这眼光让他心里踏实，也感到很愧疚。

大保每天都巴望夜晚来临，因为那时候家里灶台上总是坐了很多人，很热闹，孝德公为人豪爽、仗义，柏良婆热情、好客，街坊邻居都愿意同他们亲近，有事无事，都会过他们家来坐一坐。这些街坊白天都各忙各的，做买卖的，做手艺的，下劳力的，大多是引车卖浆者流，都不在单位上班，他们忙碌一天，吃过夜饭，难得地空闲下来，顺脚就过到大保家里来了。一进门，从碗柜里揭一只碗，筛满茶，往灶头的长板凳上一坐，深一口浅一口地喝着，有一搭没一搭地念空话。他们真的念的都是空话。说说天气，说说见闻，时常也念一念各家的子女。县城不大，但焦点人物不少，新鲜事情天天有。比如北门口的哑婆，拱花滩头的石生癞牯，西门口的伍先生，住洋房子的李医生，仁和墟陂上的四宰癞子，补扒锅鼎锅的四发老倌，东门头桥头面馆的胡胖子，街上打流的能者八个眼，挑炭的湳桶仔，老地主三姨太灶头婆……这些都是时常给人挂在嘴边提说的人物，熟悉得很。这些人个个鬼灵精怪身怀绝技，无法寂寞，久不久就搞出一点动静来，让人又恼又气又好笑，成为谈资（只有两位医师例外，未曾出口，先存敬意，心里头十分服含）。这些人白天做下的事情，晚上就在大保家里的灶头上互相传播。大保刚从看守所回来，耻于见人，吃完夜饭就缩回睡屋，只把门留出一线缝，好让外面的说笑声挤进来。他在暗夜里依门坐着，半眯了眼，耳朵却尽在灶头上空盘旋。自从从看守所出来，他就对社会上发生的任何事情都充满了兴趣（他以前完全不是这样）。他们念到的人，都熟悉，但感觉上却好生疏了。有一天，人们又说起了北门口的哑婆，大保认识哑婆，她就住在染织厂下来的小溪边头，一间矮小逼仄的黑屋子里。每天上学，都要走她家门口经过。哑婆没有男人，可是膝下拥有三子，且个个红头花色，体格玲珑。是谁会找那又哑又邋遢还不年轻的女人暗自偷欢播下的种？城里有很多猜测，还有人无聊地将日渐长大的小子眉眼跟一些有可能操此行径的老男人做比对，都无所获。这宗无头案拖了很久，虽无定论，却一直在发酵。忽然这天中午，哑婆在镇政府门口揪住了一个干部的衣领。哑婆对围观的人急促地比画了很多手势。有对哑语略知一二的人翻译说，这个干部半夜潜入哑婆家里，打了她的洞，每次丢下一块钱就走了。房里没有开灯，她看不清他的脸，可是她知道他穿的是中山装。哑婆反复强调，几个小子都是他的种。彼干部姓杨，人们平常都喊他作"杨同志"。是个周周正正、不苟言笑的人，走在街上，眼睛都很少斜视。这样的人，会去打哑婆的洞？——不过，也难说，人心隔肚皮哩。这当然是件说不清，不会有结果的公案。它只是给县城的人们多了点谈资。目击者述说完事情的始末，最后还会要模仿一下哑婆竖起一根指头、圈起两根指头舂碓的动作，感叹哑婆的智力并不比正常的人低。众人听了，都嘻嘻大笑。大保也跟着笑了，但笑容一闪而逝。他觉得这样的事情没有什么好笑的。

他常常在门背后听着听着，就睡着了。

有天晚上又说起四发老倌。这人大保打过交道，以前找他补过几次鼎锅。四发老倌补锅的工场就在衙门口右手边拐角的空地上。一架风箱，一蔸炉火，大保很小的时候就看到他在那地方补锅。十几年了，场地没变，家什没变，人也好像没变。见人总是笑眯眯的，什么时候都爱开个玩笑。见了小把戏还好，只是逗他们喊声"爸爸""爷爷"什么的，见了大媳妇小婆娘就不得清场，一边把红红的铁水往漏眼上补，一边就开着荤玩笑，话语很糙，且色，毛牯茸松的，直抵本质，逗得女人们一边大笑一边大骂。他是那样的老不正经，生意却十分的好，一是他手艺好，经他手补过的疤眼光洁圆润，拿手摸去绝无一丝棱坎；二是做事公道，童叟无欺，一个补疤两分钱，按数收钱，绝无冒诈；三呢，也是因为个个家里的扒锅鼎锅搪瓷脸盆都是一用多年，漏了补，补了漏，成全了他。他每天从早到晚做不赢。可是，最近他碰到了麻烦，居委会主任带人收了他的摊子，不准补锅了。理由很简单，国家有政策，要割掉资本主义尾巴。私人做酒、做糖、打铁、倒炉头、补锅，都属资本主义尾巴之列，都要坚决取缔。四发老倌的家私给没收了，他倒没有太恼，只把蓝布围裙解下来，在身上拍拍一遍，背着手就回了家。但他的几个崽却不依了，四发老倌的四个崽都在十几岁的年纪，从小没有读几天书，尽在街上打流，操练出一身打架斗狠的本事，恶的时候比狗还恶，拐的时候比老鼠还拐。这一回几兄弟没有去找居委会主任打架，只是合谋要给他点教训。他们知道居委会主任的家在哪里，知道那家里白天都没有人。他们也知道县城里人家的饭锅菜锅做完了饭就仍坐在炉灶边上，还知道街巷里人家厨房窗户都不关的。他们在那天下午走到居委会主任家的厨房窗户边一看，果然。饭锅坐在灶头，菜锅挂在墙上，脸盆在脸盆架上，茶壶靠在灶口，一切历历在目。兄弟四个从口袋里摸出弹弓，依次上前，趴在窗口上照屋里的家什瞄准了打。他们的弹弓子都是铁珠子，眼法又十分了得，瞄哪里打哪里，无有虚发。"叭""叭""叭""叭"一阵脆响，里头的饭锅、菜锅、脸盆、茶壶就都打穿了洞眼。主任老婆下班回家做饭，拿起饭锅一淘米，水就像泉眼一样漏了出来，再看看菜锅、脸盆、茶壶，件件都不能用了。气得她提着几样家什站在大街上骂了半天街。可是有什么用呢？全城的人心里都知道这事肯定是四发老倌家里四个小扒锅干的，但没有捉到现场终归是不能去拿人问罪的。居委会主任吃了哑巴亏，气得晚饭都没有吃。好多人都看到了主任老婆骂街，学着她的样子，把屁股拍得啪啪地响，又学她的嗓子嘶着喉咙吼："唉呀哩……唉呀啊……唉呀噢……"一边吼，一边笑，笑得上气不接下气。这让大保也受到了感染，张大嘴无声地笑，笑得颈根一嗑一嗑的，也好开心。

他觉得居委会主任实在太恶了。他不明白一个人怎么可以对别人那样恶呢？

大保忽然很想跟人念念空话。他有点怕见人，心里头却常常希望有人来看他。

也久不久地有人过来看他。亲戚、同学、朋友，都有。悄悄来，悄悄去，放下一包点心，或一只鸡一条鱼，都不久坐。来得多的是灰毛砣和转铃崽。灰毛砣一来就坐很久，不停地喝茶，大发牢骚。很多知青都招工回了城，有的还远离家乡去了长沙、湘潭、郴州，好好歹歹都找到了归宿，他却没有一点着落。跑了无数次跷脚岭林场，那里的知青点不肯再让他回去。他也学人家的样，擂了烟和酒，到处给人送礼，想请人帮忙给开个后门，都没有作用。他焦虑万分，气火烧心，无处诉说，只能跑大保这里来发泄。灰毛砣说到恨处，好几次都放言要找个地方放一把火。他说这日子让人过得憋闷，还不如在看守所里，当个监室"老幺"，起码不至于这样受气。严酷的现实竟然让一个人还想回去坐牢，这让大保听得心里一阵一阵发冷。转铃崽和灰毛砣不同，也常来，但都是打个照面就走。每次都是骑着脚踏车，从仁和墟陂后面的斜坡上飞驰而下，进了石板街道上也不减速，直到大保家门口才一脚刹住，车没停稳，人就进了门。如今他在建筑公司找了份临时工做，每天的事情就是挑沙子、和灰泥，早晨八点上工，下午五点收工，中间也得一刻不停地做事情，即使大工们中间歇息了，他还得往一个大瓦罐里倒水泡茶，一碗一碗筛满，再一碗一碗捧到大工们手上。他还在偷偷地学砌砖。每次来看大保，他就是来告诉说，他砌了十块砖了，砌了二十块砖了，砌了五十块砖了。他总记得大保搭他讲过的一句话：万贯家财，不如一技在身。他悟明白了，无论社会如何变化，人都要住房子，盖房子就需要砌匠，学好这门手艺任何时候都有用。他还时不时地背一句砌匠师傅的口诀给大保听：砌匠难起头，木匠难煞尾；砌匠没巧，全靠背填填得好；屋高一丈，墙打八尺；有碎砖，没碎墙；大石要吞，小石要吐……转铃崽已经能独自砌出一堵墙了。他砌的墙没有鼓肚子。转铃崽每天都很辛苦（这从他背后衣服上的汗渍看得出来），可是他每天都很高兴，神气很足。他说等他手艺学精了，就要帮大保家后面的工场精致地砌道围墙，不收工钱。他走时，大保会搂住他的肩膀一直送到门口。

来得最多的是唐红卫。这让大保有点意外。差不多三天两天就要过来看看。她好像同这家里已经很熟，知道米缸在哪里，面缸在哪里，油、盐、酱、醋、茶在哪里，来了，先去后头工场看看柏良婆和孝德公，又去灶头上揭开药罐盖子看看，吹掉汤药上的泡沫。唐红卫很勤快，见事做事。还知道寻事做。大保家常有隔夜泡在脚盆里的邋遢衣服，唐红卫就搬条小凳子坐在天井边，将搓衣板扔里头，一俯一仰地搓洗。她的两只衣袖挽得很高，光着两条圆滚滚像湖藕一样的手臂。她的手臂很白。她是真有劲呀，擂得搓衣板嗞咕嗞咕地叫。搓洗好了，甩在竹篮里提到小溪边漂一道水，一件一件在工场的空地里搭在竹篙上。有时到灶房里择菜，择豆角，择白菜，择红苋菜，择南瓜花，择了，洗净，分门别类盛在捞箕里。做了一阵事，她圆脸上的脑门、鼻尖都沁出了汗球缀着，她就舀一盆热水，扯下柏良婆的洗脸帕（一排洗脸帕在绳子上挂着，她怎么就认得哪条是柏良婆的呢），洗一个脸。她将洗脸帕伸进后颈窝里大力擦刮，洗得满脸通红，一双眼睛晶晶发亮。然后，用力将水泼到天井里。一切都是那么干练、自然。大保很难想象，当年那个穿军装扎皮带领头喊口号的红卫兵女将，会和眼下这位埋头择菜的妹子家会是同一个人；更奇怪她在自己家里像走亲戚一样熟悉随便。他问过母亲。柏良婆说："人家当然熟悉啦，你老子病了眠在床上几个月，动不得摇不得，屋里头、屋外头，靠我一个人哪里做得过来。都是搭帮这妹子家过来帮我。天天来，没有漏脱一天。你可能都悟不到，一个妹子家，端尿端屎的事情她都做。眠在床上只吃不活动的人，屎尿特别臭，她没有一点嫌弃。这妹子家胆子也大，为了你的事情，陪到我到处找人申诉，有一回连县革委的会议室都硬冲了进去。了不起！真了不起！比自己的女崽都过为！"

大保听了。心里也好感动。

唐红卫再来时，大保也不避她了，拖条靠背椅靠在天井边的板壁上，坐矮了身子看她择菜。唐红卫像是打扮过的，穿一件水红色的确良衬衫，头发梳得齐刷刷，打了雪花膏，阳光从天井上头倾泻下来，巨大的光柱映照得里外一片通透，雪花膏香味就在这光影里四处乱钻。

大保慢慢知道了唐红卫这几年的一些事情。

唐红卫的命很苦，但她的命也很硬，唐红卫其实是个很乖很听话的女子家，思想极其单纯，感情朴素。她出身工人，这种家庭成分在县城不多，是很值得炫耀的。在万恶的旧社会父亲是学徒，解放后成了印刷厂的正式工人。唐红卫资质平平，小学、中学读得都很勉强，课堂上很少举手发言，常常要抄同学的笔记。"文化大革命"开始的时候，学校成立红卫兵，红卫兵是比少先队更高级的组织形式，要求出身好、品学兼优。唐红卫的出身很过硬，可是学习成绩拖了她的后腿，第一批没有她，第二批没有她，第三批还是没有她。眼见着班里有一小半同学都戴上红卫兵袖章了，神气地走进走出，让她十分气恼。所以，"文化大革命"运动深入，形势变化，她头一个就站出来自发地成立了红卫兵组织。她还让在部队当兵的二哥寄回一套军装，连夜到缝纫社改一改，紧致地穿在了身上，她自己都不明白那番日子会那么激情高涨，近乎疯狂。她过足了当"司令"的瘾。后来的变化又让她吃足了苦头。她给安上了好几种罪名：打、砸、抢分子，坏头头、学贼、乱世女枭。她给人拿箩索捆起挂黑牌游街，批斗，进学习班，蹲治安联防队的黑屋子，还给抓进看守所去过两回。遭受过好多羞辱，还给人打过耳巴。她心里万分痛苦，有几次都不想活了，想自杀。那番日子她总在心里悟：我有那样可恶么？我为什么会变成这样子的呢？后来悟通了，不管是由于任何原因，打人总是不对的。自己是罪有应得，是报应。她只是一直没有搞明白，自己以前看到树上的毛毛虫都害怕，一身起鸡皮坨，为什么一下就像变了个人一样，敢下手打老师。那一阵就好像中了什么邪，明明知道打人是要不得的，可就是忍不住想要打人，觉得不那样做就表现不出忠诚。如今她才算醒过来了。她也不会去自杀了。一个人好不容易到世上来走一转，就要懂得珍惜，过好自己的日子。她母亲带她到乡下找人算了八字，先生说她十五岁有三年的烧险运。"烧险烧，溜溜板上晒胡椒，十粒就有九粒飘"，是背时运。接下来的一年犯白虎，"白虎当头坐，不损财也有祸"。然后交运脱运，好运连年，一世顺遂，再不得受苦。先生说她是属南瓜神的，越老越红，安分就好。从此唐红卫把一颗心安顿了下来，再不气不恼，一日三餐，天一黑就睡觉，一睡就着，把神气养得很足。很让唐红卫得意的是，那些灾厄不光让她悟清了一些事情，还让她逃脱了上山下乡。这事情说起来真有点荒唐好笑。她是在大批知识青年给动员上山下乡的时候被捉起来的。等她从学习班出来时，和她同时毕业的同学已经下去几个月了。到下一批人下放前夕，她又进了看守所，又避过了。她此几番，老天有眼，总是在她将要遭遇流徙之苦时，及时地拿另一种灾难掩护了她。居委会忘记了这个人，知青办也没有把她登记在册，在轰轰隆隆的知青上山下乡大潮中，几乎无人能够逃脱，她却幸运地成了漏网之鱼。居委会也曾去找过她一回。那时她刚从学习班回到家，两个干部就跟着上了门，动员她下乡。两个人还没有开得了口，就给唐红卫的两个哥哥轰走了。唐红卫家里四兄妹，她最小。上头三个哥哥。大哥在搬运队拖板车，二哥在部队，三哥和父亲同在印刷厂。满门的工人阶级，家门口还悬挂着"光荣军属"的木牌，两个老兄没有把居委会的人放在眼里。大哥撸起袖子说："你们信不信，你们只要再开一句声，我即时一手抓一个甩到门口水圳里去！"三哥说："不要甩水圳，浸到茅厕里去！"母亲哭着在背后说："人都给整得没有个人样子了，你们还来催死，你们是吃屎长大的呀！"两个干部再不敢开声，赶紧走了。从此再没有人去动员她下放。唐红卫不想下放，不是怕乡里做农活辛苦，是怕把户口转到农村，就回不来城里了。其实在城里生活也不容易，街道上到处扯挂着动员人们下乡的标语：我们也有两只手，不在城里吃闲饭！唐红卫一个大妹子家，即算是留在城里也不能吃闲饭。可是，像她这样子的人要找工作谈何容易，只能做点卖力气的临时工。开头做的几件事都很辛苦。推板车。她大哥在前头拉，她在后面推，从县城西边的猫仔岭砖窑上拉一车砖。到北门外的汽车站，下岭上岭，一趟有六七里路。砖头死沉死沉的，一车有两千斤。一趟下来，裤脚上都在滴汗。做老兄的怜恤妹妹，只做了一天就再不肯让她跟着去了。锤石头、捎竹子、挑煤炭、搓草绳、做响炮、扯笋子、到挖过的红薯土里捯红薯，哪样她都做过，哪样都做不长久。做不长久不是因为辛苦，是这些事情的临时性太强了，常常是做一两天，顶多三五天，就又没得做了，没有保障。后来还是她父亲出了个主意，拿出家里的积蓄，又让几个老兄斗了点钱，买回来一架缝纫机，买缝纫机不是给她学做衣服，是做口水夹、打水袜垫子的。这县里的人可能是喜欢吃辣椒的缘故，嫩毛毛都爱流口水，常常流得下巴领口上渍湿一片，一般人家都会给嫩毛毛的颈根上围一个口水夹。也还可能是吃多了辣椒的缘故，这县里的男人都爱出汗，脚底板一天到晚都是湿浸浸的，习惯了在水袜底下塞一个鞋垫子。口水夹、水袜垫子，做的人不多，缝纫社不屑于做，一般人家又出不起这个本钱——一架缝纫机要一百多块哩！唐红卫手巧，很快就学会了踩机子，能把线路踩得十分匀称。她还能把各种碎花布搭配拼接出各种图案，又鲜艳，又打眼，还结实。嫩毛毛喜欢，大人也喜欢。她不光手巧，心也巧。人家做的口水夹都是在后头缝两根布带子，围到颈根上再打个活结，时而松了，时而紧了，松了，嫩毛毛的口水还会漏到衣领里；紧了，不舒服，嫩毛毛会哭。她只做了点小小的改变，只在内圈缝一圈松紧带，对接的地方钉的是暗扣，一下就把那些毛病都消除了。她做的水袜垫子不用旧布，都是到缝纫社买的碎布头。她知道男人的脚底下都是长牙的，旧布做的水袜垫子不经用。她用的不是光一种白线，专门托人到州里买来五彩丝线，白的、红的、黄的、蓝的、黑的，都有。她拿五彩丝线在垫子上踩打了同一彩图案，让人一看就喜欢。她和母亲做了分工，她管做，母亲去卖。要她晚边子在衙门口的街边上摆个筐箩，守着盏煤油灯叫卖，还有点不好意思。她做的口水夹、水袜垫子，卖得都很好。卖的钱，母亲拿一部分贴衬家用，另外一部分到银行营业所开她的名字存起来。她赚的钱完全可以养活自己了。

她还常常去缝纫社，一待待很久，名义上是收集零碎布头，实际上想瞟学点东西。她站在缝纫机边上，跟人念着空话，眼睛却尽往裁缝师傅那边瞟，裁缝师傅姓李，名光照，人都称光照师傅。光照师傅的裁剪手艺，县城第一，人们进了缝纫社，都点名要他裁剪。他接的单子多，常常忙不过来，一些人就宁愿站在旁边等，她要等到给他裁剪。下面踩机子的女师傅为了让他多点发货给自己，中午就到对门面铺里端碗面讨好他。他的柜面上常常一下摆起五六碗面，还都是肉丝面，唐红卫看着，双眼发涨，觉得技术好的人就是了不起。她有时也去端碗面送到光照师傅跟前，然后就凳在那里，看他怎样给人量身长、量腰围、量肩宽，看他怎样在布料上画线，看他怎样下剪刀……她把一个个动作熟记于心，回到家就在旧报纸上实验。她已经瞟学了大半年，剪坏了三大摞旧报纸。再过一段时间，到感觉差不多的时候，她就打算买段的确良回来，先给自己裁剪一套衣服。她一定会做得不比光照师傅差。她的孬心很大。

　　唐红卫的这段经历，是分了好多次，一点一点说出来的。大保默默地听着，有时飞快地看她一眼。他的心也在一点一点地柔软。他感觉到心里有什么东西在生长出来。

　　到后来他会突然一想：她若能也做双水袜垫子送给我，也会很舒服的。

　　这样想时，大保会心下一热，很高兴。

　　最让大保高兴的还是收到钟海仁的信。

　　钟海仁还在长沙的乡下老家待着，全家人在一起。他已经习惯了乡里的生活，每天日出而作，日入而息，三餐都有热饭热菜，睡觉前还会烧盆滚水烫脚，烫得身上滚热，倒下就能睡着，日子过得又安逸，又实在。几年工夫，他已经学会了全套的犁耙功夫，连浸种、育种也都做得很在行，他在队里做的是全劳力的事情，拿的也是全劳力的底分。最让他松快的是，村里没有拿他当外人。他们那里，一村人都姓钟，他家的辈分很高，一些同龄人比他都要晚几辈，按辈分该喊他叔叔、爷爷，甚至太爷。可是喊不出口，于是都喊他作"海仁哥"。常常是，他们父子俩一同走在村巷里，见到的人都跟他们打招呼，喊他父亲作"爷爷"，称他却是"海仁哥"，把辈分都搞乱了。钟海仁回去老家后，一直给大保写信，每月一封，大保有时回，有时不回。就是大保关在看守所期间，他也没有间断，照写照寄。倒是大保回来的这番日子，他的来信就密了些，十天就会收到一封。他应该是知道大保给错打成反革命捉进看守所的事情的，但在信中一句不提。他只是满怀喜悦地描述他的劳动和生活。他说他有一天发猛劲，一天犁了三亩田，把牛累趴了，他却没事；他说他有天晚上做梦上了大学，醒来发了好久的呆；他说村里有个叫海霞的妹子，摘了好大一捧映山红送给他，海霞的长辫子黑又粗，手把子也又黑又粗；他说公社组织篮球队，喊了他去，参加县里的农民运动会，拿了亚军，每人奖了一件红背心……

大保看完信（他每次都要看好几遍），把信压在枕头底下，站起身，张开手板箍住蚊帐杆下的篮球，在心里叹息一阵。

仁和墟陂十字路口上的药渣子已经积起一堆了，柏良婆把它扒散，让过路人踩踏。

吃过伍先生开的几十服中药，大保感觉到身上的神气正在复原，两只拳头攥紧来有力了。他抱着篮球悄悄到水利局的烂泥球场上跑了跑，还不错，一些动作都做出来了。

大保开始想要找工作的事情了。

他很走运。他还刚想这个事情，机会就来了。这天，家里来了位不速之客，他自报家门是县里机电设备厂的厂长，姓李。此人是北方人，却说得一口流利的本地官话，长得高大挺拔，面色红润，声音很嘹亮。穿一身崭新的劳动布工作服，颈根上翻出一线白衬衣领子。大保一见就喜欢这个人。李厂长是来请孝德公出山的。机电设备厂组建了一个铸造车间，有人推荐了孝德公，他就亲自上门来了。说明来意，他提出想先看看孝德公的工场。他跟在孝德公后面看了窑炉，看了模具，看了刚出炉不久的铸件，还特地扒开旁边的灰堆，捏碎几个灰坨，看到里头的炭灰都成了白色，烧得很透。他拍了拍手上的灰，说："老师傅，名不虚传。"

孝德公谦虚说："老师傅称不上，只是在吃着这碗饭，不敢不经心。"

李厂长说："这句话说得好，经心就是认真，凡事认真了就不怕做不好。佩服，佩服。"

"你这样说我承受不起！"

"我说的是真心话。"

李厂长提出想请他到铸造车间当大师傅，拿六级工的工资——这是厂里工人的最高工资，顶到坎了。孝德公请他到灶头上坐下抽烟，饮茶，然后说："实在对人不住，我不得去的。"

李厂长轻轻地"噢"一声，问："为什么？"

孝德公说："不为什么，就是不得去。"

李厂长说："不肯去总有个原因吧。是嫌工资低？或者是不满足只当个工人？其实我们也考虑过的，去了，会要给你当个车间副主任或是大班长，主管生产。"

孝德公啧地笑了声，说："你这话越说越远了。搭你说句不拐弯的话，我这人自由自在惯了的，不喜欢有约束，像那天上飞的鸟崽，没有什么目标，飞到哪里算哪里，只要有点东西吃，有地方睡觉，心里喜欢，就最好。再说句丑话，你们目前是县里最大的厂子，工资高，劳保好，条件没得说，人人都想进去，但是对我不适合。首先那样四面围墙一围，每日早晨八点上班，下午五点下班，好似坐牢样，我不习惯，再说哩，我这人脾气丑，说话不会拐弯，看到事情做不好就容易上火，忍不住会骂人。如今的事情哪里能那样如你的意。人心不古，人家又不是你的崽女，随便说得骂得的，一句话不对，就会记恨你，我不想搭人打交道。话说回来，你确实很有诚意，搭我也想得很周到，我领情。但是，我只想本本分分过自己的日子，不图快活图自在，我不得去！"

事情遭到如此断然拒绝，这是李厂长没有想到的。好多人为了要进他的厂，请客，送礼，找领导批条子，托关系走后门，名堂搞尽。眼面前这个人却来请都请不去，这让他感觉有点失面子。他脸色黑了一黑，又打着哈哈说："既然老前辈这样说，我不勉强。只是希望老能前辈答应我一件事。"

"你说。"

"如果我们以后技术上碰到问题，我会带人来登门请教，希望老前辈不要保守。"

"那好说。"

"有你这句话，我先感谢了！"

"你这样讲就太打生疏了。是我对不住你！"

"好，不打生疏。以后常来常往。"

"这就对了！"

临离开时，李厂长以手撑在门框上对孝德公说："老前辈，虽然今天我没有请动你，但是你让我敬服，让我晓得了社会上还是有一些想法不一样的人，我好高兴！"

李厂长大笑着，一脚踢开脚踏车撑架，跨坐上去，一上一下地踩着，上了墟陂上的斜坡。

孝德公觉得这个厂长，有点意思。

不知什么时候大保走到了孝德公身后。孝德公和李厂长说话，他坐在里屋都听到了，他怪怨父亲自己不想去机电设备厂也就算了，但不该一口回绝，可以推荐他到厂里去呀。

"让你去？人家是来请我，又没有请你去。"

"这是个好难得的机会呀，厂长都到家里来了，你顺便讲一句提个要求。"

"讲什么？讲顺便搭到让你一起进厂？"

"就是这个意思。"

"你这个意思我听不懂。你以为这是街边上砍肉，买块精肉还要搭块骨头？"

孝德公有点来气，返回到灶头上坐下，他把大保也喊了过去。

孝德公接着说："虽然我们是两爷崽，但是在这类事情上，爷是爷，崽是崽，爷代替不了崽，崽也代替不了爷，你要有分明。你要有志气，就要让自己成为'精肉'，做骨头有什么意思？我说的你懂不懂？"

大保点头说"懂"。

孝德公也点头："懂了就好！"他跟着就说出了心里的打算：他要让大保就在家里跟着自己学倒炉头。他说："你只要把我这身手艺都接过去，你这一世人的生活都不会有问题了。"

可是这下大保摇头了，年轻人想的是要进工厂当工人。他知道昔日的同学大多已经回城，好的进了国营厂，差点的进了大集体，最没用的也在小集体落了脚，都穿上了工作服。无论国营厂、大集体、小集体，只要在里头有份事做，领份工资，无不脸上有光，十分荣耀。

大保想的是如何能进到机电设备厂。

他要孝德公带起去找找李厂长。

"你要我去求人？"

"为了自己崽的事，求人也不丑。"

"你不丑我丑。你做我的崽二十多年了，几时看到我求过人？"

"该求的时候也要求。你就带我去一回吧！"

"我不去！你生得有脚，要去自己去！"

大保抿着嘴巴，在心里说：

"我就自己去！"

机电设备厂在县城背面的清陵河边，离城六里路。大保借了转铃崽的脚踏车，一口气就骑到了厂门口。他在铸造车间找到了李厂长。

李厂长见到大保很高兴。他以为孝德公睡醒一觉又改变了主意。他带大保上到厂部办公室，亲自给客人倒了杯茶。脸上一直笑眯眯。

李厂长很自信地问："是你家里老头子喊你来的？"

大保硬邦邦地说："不是。我是背着他来找你的！"

"哦——？"

"我想进你的厂当工人！"

"噢——！那我先问一句，你会铸造？"

"会一些，但还称不得里手。"

"接到你父亲的脚没有？"

"还不曾。不过我相信以后一定会接到脚，还会比他雄！"

"你凭什么这样说？"

"因为我的文化比他高，我也肯学习。"

"好，这话像是一个有为青年说的。长江后浪推前浪，后一辈总要超过前头的人。"

李厂长沉吟着，有一阵没有开声。他已经喜欢上了眼前这个年轻人，可他心里似有什么难言之隐。

大保也局促起来，手板心出了汗。

李厂长忽然抬起眼睛，上上下下打量了他一遍，陡地问道："你身高好多？"

"我？一米八五总有吧。"

大保不自觉地站起来，现了现身高，一时像半堵墙。

李厂长抬手示意他坐下，惋惜地说："一副好身坯啊，可惜不打篮球。"

"我打篮球啊！谁说我不打篮球？"大保一听这话就有点急，说，"我读中学时候就是县队中锋了，灯光球场都是我们那时修的。"

"真的？"

"当然真的！"

李厂长自嘲地笑了笑。他前两年才从地区调到这里，很多事情不知道。李厂长很重视工人的文体活动，指示工会的人多物色点人才进来。他特别想要组建一支能在县里称雄的篮球队。他很奇怪怎么会没有人推荐王大保呢。

"有个叫李石善的人你认不认识？"

"认识，他有个野名，叫奶猪崽。我们从小一起打球，他打后卫，抢板厉害，传球传得好，也有远篮。"

"你这几句话一听就是个内行。李石善也是前不久才招进厂的。我喊他上来见见面。"

李厂长就叫人把奶猪崽喊到办公室来了。

奶猪崽没有想到会在厂长办公室见到大保，颇觉意外。但也就是一凝神的工夫，一团笑容就浮在了脸上。他冲过来，揪住了大保的手臂用力摇晃，连声说着："大保，大保啊大保……"

大保也给他的情绪感染了，一脸涨得通红，嘿嘿傻笑。他哪里想得到，就在他先前进铸造车间找李厂长时，其实奶猪崽就瞄见他了。奶猪崽没有近前招呼，急急跑厕所去了。他能想到的是，早先的奶猪崽是个内向的人，从没见他有过如此激烈夸张的举动，几年不见，人也都变化了。他心里热热的。

李厂长看到两个人亲热的样子，知道了大保所说的都不假，是个实在的人。

他已经在心里接受大保了。

李厂长让李石善先回车间，留下大保等他喝完杯中茶，这才跟他说，目前厂里的招工指标已经用完了，如果他来，只能先作为临时工进来，等以后有了指标，会第一个给他解决。李厂长问他意下如何。

大保点头说："可以。"

李厂长又说，这还只是他个人的想法，还得经政工科外调、政审（政治审查），最后交厂党委会讨论才能定。他让大保回家等消息。

大保又点头，说："我愿意等。"

可是他的心却提了起来。他不知道"政审"这关能不能通得过。

他是在十天后接到通知的。通知要他三天内到工厂报到上班。大保有点喜出望外，这时才把事情告诉给父母亲。柏良婆也很欢喜，赶紧就张罗砍肉买鱼买鸡。孝德公却有点不以为然。孝德公笑他说："你就那样不抵钱，临时工都肯去做？"

大保负气说："临时工也比你雄。"

孝德公脸上波澜不起，只淡淡说："你这话讲早了，三十年后再讲不迟。"

大保不信，但也没有再开声。

大保后来好久才知道，他这临时工的身份来之不易，经历了几波几折，麻烦还是出在他曾经给打成反革命坐过牢这件事情上。搭帮李厂长硬扎。他开了几次会，力排众议，一口咬定现在厂里急需大保这个人。生产上他来了就能用，通过他，将来铸造上出了问题方便随时跟孝德公讨教。何况他还有另外一个无人能及的特长，打篮球。现在一些工厂单位都在挖掘这方面的角色，我们不能把一个求到门口来的厉害马子还推出去。有了王大保，再加上一个李石善，我们厂的篮球队就可以雄起来了。一个工厂有一支好的球队，带来的影响是无形的，但也是很大的。我们这样一家工厂，要有一支跟这个规模配得上的球队。后来李厂长还拍了胸脯，王大保这个人，他要定了。有什么问题，他负责。

大保听说这些时，一个人黑着脸呆了好久。

大保第二天就到机电设备厂报了到。

机电设备厂规模很大，建在一块山坳里。从大马路上折下去，一条宽宽展展的水泥路直通厂门口，两旁的樟树新栽不久，叶子还只有硬币大小，浅绿中藏着鹅黄。这里早先是农田，三面环山，山上树木葱茏。门口不远就是清陵江，一座高高的水泥大桥掠江而过。站在桥上，可以清楚地看到厂里整齐的厂房，可以看到厂区后面的灯光球场，可以看到高高的烟囱上面五个白色大字：工业学大庆。烟囱上面的白烟一缕一缕地吐着，和天上的白云连在了一起。

大保也在单身宿舍给安排了一个床位。一栋宿舍，住了几十个青工。厂里的青工大多是县城里人。不少人都买了脚踏车。下了班，工作服一换，踩着车子一溜烟就回了城。没有脚踏车的也很少在厂里住，六里路，溜溜达达就走到了，能赶上家里的晚饭。

大保也有一部脚踏车，是母亲拿钱给他买的。柏良婆叮嘱他，在厂里没事就多回家来。可是他没有照办。他不想经常回家。

大保的工作分配在铸造车间。这工作很累，很脏，可是劳保福利很好。每年可以领两身工作服，一双翻毛皮鞋，每个月额外还多发一条肥皂、一斤白糖，粮食指标也提高了，每月四十五斤。大保明白，李厂长就是为他懂一些铸造技术，才坚持招他进来的，所以，他很安心。

铸造车间主任姓雷，也是县城里头人。他看过大保打球，同孝德公也认识，他当然很欢迎大保。

厂里的人喊雷主任都不称呼职务，喊他雷公菩萨，这位老前辈天生就是倒炉头的，矮矮墩墩，皮肤黝黑，两只眼睛像锥子一样尖利。身坯很粗，手板很大，很有力，大保握住他的手，像握住了一块铁。大保盯住他看了一会，忽然笑了，心想：雷公菩萨大概就是这样子哩！

雷公菩萨也笑了，一口牙齿洁白。

"我晓得你笑什么。"

大保不知怎么开声，有点窘。

"这不奇怪。李厂长跟我头回见面也是你这样笑的。"

大保心里松了口气。

雷公菩萨脱开手，做了个投篮动作，问："如今还打球么？"

"打得少了。"

"做什么打得少了呢？要常打，日日打。我总记得你转身投篮的那个动作，好欢气哩！"

大保心里一热，好多东西又回到了身上，他一下感觉同雷公菩萨亲近了好多。

雷公菩萨拉他在一个铸件上坐下，摸出烟，"嚓"地划着火柴点燃了。一团烟雾冒起来。

"你对自己的工作有什么想法？"

"我服从安排。"

"好，这样说就对了。"

大保睁大眼睛望着他，不明白这句话什么意思。就听他又说："本来哩，以你的本事，当个师傅是完全够了的，但是你刚来，还是个临时工，一下就当师傅不合适。你听懂我的话了吧？"

"我懂。"

"好，你是聪明人，一点就通。"

雷公菩萨这才正式告知，车间里给他安排的是做普工。这是件特别辛苦、繁杂的工作，是件力气活。运煤炭、清炉渣、搬运铁砣、给铸件脱模，有时还要帮做师傅的传递工具。一个铸件完成了，师傅们都可以到门口坐下歇息，吃烟，喝茶，连学徒也都可以靠在一边偷一下懒，普工们却还得继续忙碌。普工是厂里最底层的工种。大保曾对自己的安排有过几种设想，做普工，他也想到过，可是真正听到宣布时，心里还是一跌，有点难过。但他还是平静地接受了现实。他点了点头，说：

"好！"

也是在那一刻，他在心里发了誓：一定要成为厂里最雄的师傅。

大保很快就融进了厂里的氛围。每天，上班铃声响起时，他已经进到车间里头了。他同比自己到得更早的雷公菩萨打声招呼，就开始做事。把头天做好的铸件搬开，拖一车生炭进来倒在炉前，把煤铲、撬棍、铁抓子归置到一处，扫扫地，捡起散碎木柴甩进炉子里，把模子一个一个搬正了。这时候工人们已经陆续上班，车间里一下热闹起来。师傅们一动手，普工们都要看事做事，跟着忙碌。搬铁砣的，运生炭的，垒模子的，来往穿梭，喊声不断。这里的工人上班都喜欢吼喊，车间里一排鼓风机，开动起来噪声很大，工人们有事没事都喜欢嘶起喉咙喊一声，好像这样才能来劲。大保不喜欢吼喊，也不需要以此提劲。他身高力大，别人要两个人才抬得起的模子，他一双手就兜起来了。他拖的车斗里无论生炭，无论生铁，都比别人装得多，跑得也比别人快。他总是能比别人先做完手头的事，于是就常常可以靠在斗车上，稍微歇一歇。手脚歇了，眼睛没有歇，眯缝的一双眼睛，跟着师傅们的动作在转。他也常常会凑近火孔，单眼盯住窑炉里的火势变化，拿自己的经验去做判断。他不动声色地，一点一滴地将瞟学到的一些技术，来丰富自己。到了中午，离下班还有半个小时，车间里的工人很多就提前走了，敲着饭盆去食堂排队了。食堂的几个窗口前面，排在前头的基本是铸造车间的人。大保总要等到下班铃响，才从工具箱顶上拿下饭盆，在水龙头下洗干净了，慢慢走进食堂。大保的饭盆很大，除了吃饭，似乎拿来洗脸也不嫌小。每天的中饭、晚饭，他差不多是固定的：六两米饭，一个红烧肉，一份青菜。饭票两角钱一斤，红烧肉一份一角五，青菜三分，偶尔打个牙祭，还会加个辣椒炒肉，他每个月三十五块钱的工资，大多吃掉了。他做的事需要体力，不能亏了肚子。

大保每天下班很准时，还隔下班一段时间，他的心思就飞走了，到了篮球场上。下班铃一响，他立即疾走出门，回到宿舍，换了球裤球鞋，一身短打，一路拍着篮球，去了球场。站在篮下，有种神气就从四面八方灌注过来，一身也像篮球一样饱满。篮球就是一面招兵旗，球声一起，一些人就奔球场来了。厂里的青年工人，家属区刚放学的学生崽，站满一球坪。人一多，就有人提出分边打比赛，大保是一边，奶猪崽为另一边，两个为首的划拳喊着石头、剪刀、布挑选出各自的队员，其他的人就自动退场，坐在看台上做观众。也没有裁判，十个人在场上奔跑追逐，肆意地拉扯犯规，非常尽兴。直到夜幕降临，他们才拎起背心，回到宿舍。

晚上，大保就斜躺在宿舍里高低床的下铺上看书。他看的是《铸造学原理》。有时也看小说，他不喜欢串门，但他偶尔会去奶猪崽的宿舍里坐一坐。

奶猪崽要比大保长几岁，下放也早几年。他去的是农场。农场有个响亮的名号：共产主义劳动大学。里头尽是初中生、高中生，大多家庭成分不太好。奶猪崽初中毕业，没有考起高中，就随几个同学去了农场。他是奔着"共产主义劳动大学"这个名头去的。去到那里，他才知道，他们每天的工作就是修理地球，挖山不止，他们跟后面的下放知青唯一不同的地方是，拿工资，每个月有二十四块钱到手。奶猪崽很失望，也很沮丧。他出身小手工业者家庭，父亲母亲都是做面条的，旧社会做面条，新社会还是做面条，做了几十年的面条，身上永远散发着一股面条气味，奶猪崽从小就闻着面条气味长大，后来一闻到这种气味就翻胃、作呕。他不愿意子承父业继续做面条，但更不甘心在农场终老一辈子。仗着他的出身好，下去就分派给他当了个小组长。组长不大，手下却也管着十来号人，他要督促他们劳动，组织学习，还要定期向领导汇报他们的思想动态。他扎实神气过一段时间。但不久他就厌烦了。当组长神气是神气，待遇上却没有半点特殊，相反处处要求以身作则，出工要在前面，收工要走在后面，辛苦的事情要抢着干，"越是艰险越向前"。他曾经很喜欢组里头一个名叫李三娇的妹子。这妹子有一身很白的皮肤和一个很殷实的家境，笑起来特别迷人。奶猪崽对她很关照，干活时安排轻松活，下雨天或晚上，组里学习时，他叫她念报纸。一有时间，他就往她的宿舍跑。打开水，打热水，打蚊子，见事做事。有时看到提桶里泡了衣服，他提出去就都洗掉了。他是跟她接触以后，才知道女人每个月要来次月经。他在心里给她算着日子，提前一天就让她安排休假。还专门回家，偷了母亲的红糖泡水给她喝。这样交往了将近一年，两人越走越近，场里的人都认为他们两人"好"上了，他自己也觉得已经获得了她的芳心。可是他忽略了一件事情，一年来，只有他往她的宿舍跑，她从没到过他的宿舍，两人也从来没有逛过一次山野。（场里的男女一确定了恋爱关系就常会手牵手到山间里去逛，一逛大半夜。）正在他满心欢喜，吟想万端时，场部的一个朋友告诉他，李三娇正和场里的指导员谈对象。他不相信。这怎么可能呢？他天天都要同李三娇打照面，没有看到她跟别人谈朋友的迹象啊！他从此留了个心眼，不再每天晚上往李三娇的宿舍里跑，只在暗中留心她的行踪。一个星期六下午，奶猪崽吃过晚饭，先去打了阵篮球，待天快黑时才回到宿舍，那天场里在露天放电影，人们吃过饭就都赶紧背凳子到操坪上占位置，宿舍里差不多都走空了。奶猪崽绕远路走到女宿舍对门一处山坡，坐在一块岩头上，从那里俯瞰农场。他看到李三娇的宿舍窗户里亮着灯，李三娇坐在窗前梳头发。不一刻，宿舍里黑了灯，一条黑影走出门，贴左一拐，急急地上了一条小路。进了小树林，然后又从另一条小路闪出来。李三娇穿着平常很少穿的荷花裙，款款走着，到了山坡下，忽然从岩石后面闪出一条黑影——奶猪崽一眼认出，那人正是场部的指导员。两人站停一会，指导员伸出手，挽住了李三娇的手臂，两个身子紧紧依偎着，隐没在了前头的油茶树林里。奶猪崽什么都明白了。他心里很难受，无比地难受。他想赶紧起身回去，可是站了几次都没有站得起来。他只好仍坐着，将脑壳深深地勾到了裤裆里头。他哭了，哭得肩膀一抖一抖的。他清楚地听到泪水滴落在岩头上的声音：嘀嗒——嘀嗒——

　　奶猪崽知道了李三娇的心已经另有所属，倒也没有记恨她，也没有难为、报复她。只是每天晚上，都会到对门山坡的岩头上，坐下哭一场。过了一番日子，他的心情逐渐平复下来了，脸上也见了笑容，突然有一天，全体知青都在山上挖土，他的锄头有一下没有挖进土里，滑着地皮飘回来，锄尖削在自己的小腿肚子上，顿时皮肉翻裂开好大一个口子，鲜血滚滚而出，糊满了一只脚杆子。好多人都看到了这幕惨象，有两个女知青惊吓得一直尖叫。晚上，奶猪崽跛着一条腿，胳肢窝里夹了一捆面条，推开场长的门，连同病假条一同放在场长面前。

　　第二天奶猪崽就搭班车回了县城。这一次的病假开了两个月，他需要在家里让父母照顾。他的脚看似伤得吓人，其实只割开了皮肉，没有伤到筋骨，并不厉害。到医院里换了三次药，就基本愈合了。但他还是在脚上包了很厚的纱布，走路仍旧一瘸一拐，在街上招摇走过。回到家里，才松脱纱布，自如行走。脚伤好了，他并不想返回农场，当时生出那个苦肉计，就是为了离开那里，不到山穷水尽，他不会回去。可是留在城里又怎么办呢？他不可能找到工作，连临时工都不能出去做，这样大一个后生整天困在家里，久了，也容易困出毛病来。他有时也会给父亲帮帮忙，推推磨子，压压面条。闻着那淡淡的面香，不但没有丝毫的愉悦，反而生出更多的烦愁。一身的泡肉，在慢慢消瘦，他不知道以后该如何办。正在这时，住在对门的黎叔过来找他了。黎叔已经观察了他好久，看出他在家里装病，见了他就说："你好本事哩，能在家里装这么久的病。"奶猪崽见把戏给人拆穿，却一点没有惊慌，也不辩解，只说："我装不装病，未必你还管得到么？"黎叔笑笑说："我管不到你，可是用得到你。"未等回答，就又说，"你的脚走得长路么？"奶猪崽说："走得怎样，走不得又怎样？"黎叔说："走得哩，就问你一声肯不肯搭我跑一趟长途贩运，走不得就算了。"奶猪崽心里一阵紧张，忽然又像在暗黑的山里看见一丝亮光，起了种莫名的兴奋。他家和黎叔就住对门对户，中间只隔一条街，站在门口就可以打招呼，几十年的老邻居了，两家时有来往，互相的底细大致清楚。黎叔一直没有个正经职业，常年搞长途贩运，到过广东、广西好多地方，还到过长沙、武汉，把本地的土特产贩运到那边，再把那边时髦的东西贩运过来，中间赚个差价。近些年政府禁止搞长途贩运，他给居委会喊进去过几次，安的罪名是"投机倒把"。每次都要关几天，要写了不再重犯投机倒把的保证书，才给放出来。可是他搞长途贩运搞上了瘾，要他收手，不可能。再说，一家五口人，就靠他长途贩运赚钱吃饭，他能收手么？所以，每次放出来没有几天，他就又跑出去了。他的收入应该是很不差的。他口袋里的纸烟，都是大前门、黄金叶，三个崽女热天的确良，冷天灯芯绒，一年四季衣服整整洁洁，老婆长年都打雪花膏。以前他都是单干，一个人独来独往，但这次这单生意有点复杂，他恐怕一个人吃不消，需要找个帮手。想来想去，只有奶猪崽最合适，就过来找他了。奶猪崽没有贸然答应，他要黎叔先说清楚是什么事情。他心里知道黎叔为人很巧，不得不防。黎叔只好告诉他，要运一车活狗过去广东，广东那边有个习俗很特别，立夏那天要吃狗肉。我们本地人也兴吃狗肉，可是都在冬天吃，热天不吃。狗肉大补，热天吃了容易上火。热天的狗肉在本地不抵钱，到广东那边却可以卖高价。只是不好运输。汽车太张扬，只能拿板车拖过去，走夜路、山路，不是一个人做得好的，他需要有个靠得住的帮手。

奶猪崽答应下来。

两人当即就谈妥了条件，本钱、货源、一路上的费用，一点不用奶猪崽操心，他只要出人，出力气，就行了。到时候赚了钱按三七分成。黎叔占七，他占三。奶猪崽觉得这个条件很优惠，非常高兴。他心里满是憧憬。

他们是断黑以后好久才出发的。黎叔一共收到了二十条狗，都是黄狗。他知道广东人喜欢吃黄狗肉。天一黑就喂饱了食，喂了安眠药，装进笼子里，分两层垒到板车上，外面拉块雨布包严实。奶猪崽左肩背了个黄挎包，挎包里装了洗漱用品和几个法饼，右肩背了个能装三节电池的大号手电筒，一按开关，手电筒的光柱能射出十几米远。他抬高板车扶手，轻松地就上了路。狗们都睡死了，无声无息。马路上很安静，少见人迹。奶猪崽心里半是新鲜，半是紧张，脚下走得很快。他清楚地听见板车轮子摩擦路面的"沙沙"声，听见自己的脚步很有节律地响着：嚓——嚓——嚓……

他们那一趟长途贩运很顺利，一路上都没有碰到盘查。半夜出了县界，两人坐在界碑上吃了个法饼，喝了几口水，又走。山路有点崎岖，心情却完全松弛下来，也就没有感觉那么难走了，快天亮时，到了两省交界的地方，那是一个叫黄沙岭的山顶，林木葱茏，散居着三十几户人家。黎叔带奶猪崽进了路边一户人家的院子，住了下来。他同这家人很熟，每年都有几次经过这里，有时吃个饭，有时住一晚，像走亲戚一样。两个人横在一张大床上睡了一觉，醒来时已是中午。这时狗也都醒了，逼仄了喉咙猖猖地低吠。给狗喂了食喂了水，又喂了安眠药，两个自己也吃饱了肚子，就又继续上路，又走大半天，夜深时分到了一个小镇。黎叔引路从镇边头拐进一条小巷，敲开一间堂屋的大门，即刻有两个瘦筋矮小的男人迎出来，帮忙掀开雨布，将狗笼搬进屋里，两人将狗逐条看过，撩撩尾巴，摸摸肚皮，又隔着笼子"噗"地往狗耳朵里吐口气，满意地朝黎叔竖高了大拇指。他们当着奶猪崽的面跟黎叔结清了货款。

那次贩狗，是奶猪崽出世以来最辛苦的一次，却也是赚钱最多的一次，黎叔一下分了五十七块钱给他。来回不过一个星期，抵得他在农场做两个半月的工资，这样的事情，做得。

后来，奶猪崽又跟黎叔跑了两次贩运，一次贩烟叶，一次贩苎麻，都赚了钱。奶猪崽的口袋里，也兜起了郴州烟。

奶猪崽很少回农场了。假期一到，他就瘸着脚到医院找医生（他跟医生也熟了）再续一张病假条，搭车送到场长家里。不久，"文化大革命"来了，农场瘫痪，他干脆连病假条都懒得去开了，长年逗留在城里。农场的知青也成立了造反组织，写大字报，揪斗走资派，到县政府门口静坐，还去省里和北京上访，目的只有一个，要求给他们回城，安排工作。他们也来找过奶猪崽。奶猪崽想了想，把裤脚撸起来，说："我坚决支持你们的革命行动！我也很想去。可是，我去不了。"他的腿肚子上还包着纱布，有股恶臭散发出来。

插友们都很疑惑，他的脚伤快两年了，没伤筋没动骨，怎么就好不了呢？

奶猪崽的脚伤当然早就好利索了，他不想去参与造反，自有他的想法。看到他们那样起劲地折腾，他心里高兴得不得了，只恨动静闹得不够大。他很希望闹得能有成效，大家从此改变命运，参与不参与，有了好处都少不了他。只是他不想去费那个神。

后来，那些人的命运并没有丝毫改变。带头造反的几个人下场都不好。这让他暗自庆幸。

奶猪崽去不了农场劳动，不肯去造反，却可以跑长途贩运，还可以打篮球。

奶猪崽自己都不知道怎么就稀里糊涂地进了县里的中学生篮球队。他早已过了中学生的年纪，但他的那张娃娃脸哄过了很多人。那是他过得最松快的一段日子。几个主力队员都单纯、无邪、活力满满，性格又各有特点，大保沉稳，钟海仁鬼精，灰毛砣李本义开朗，大小腿袁志憨厚，他自己呢，有点狡黠，几个人凑在一起却无比的和谐。他不是太喜欢教练黄知福。为什么不喜欢呢？他也说不出，就是感觉不那么好。但他很听黄知福的话。黄知福说多给中锋喂球，他就能从各个角度把球传到大保手里；球队赢了球，黄知福叫他请客买冰棒，他马上就把裤袋里的钱都抠出来；有时候黄知福出门忘了带哨子，一声招呼，都是他打起飞脚跑去取来的。他和那帮中学生天天搅混在一起，一同训练，一同打比赛，一同到面馆里吃面，还一同在拱花滩头剥光了衣服打刨湫，一年多的时光很快过去了。他已经有点习惯了这种日子，可惜好景不长，忽然那帮小伙伴全部下放去了，一哄而散，只剩下他一个人滞留城里。有一段时间他都感觉不适应。常常在家里坐不住，信步就到了灯光球场，坐在空荡荡的看台上，抽着烟，惆怅一阵。

奶猪崽每个月还会跑一转农场，把生活费领回来。按规定，请病假超过三个月以后只能发工资的百分之六十作为生活费。这样，他每个月拿到手还不到十五块钱，但吃饭是尽够了，他不在乎。一个月跑得一次长途贩运，什么搅用都有了。他已经大致摸熟了几条路线，不必再跟着黎叔跑，一个人单干。他不是很勤快的人，或者说，他的孛心不大，有时两个月，甚至三个月才跑一次，赚到了够用一阵子的钱，就歇住，把钱花得差不多了才又谋划下一趟。

这样过了几年，他渐渐对自己这种生活生出种厌倦。眼看着知识青年一批一批地招工进城，街巷上多了很多穿着工作服神气活现地来往走路的青年男女，他忽然感觉到自己这样不是个长久之计。说得实际点，这个样子要讨个像样点的老婆都不容易。他已经不小，正是到了找对象的年纪，不想耽误了。他四处打听，知道机电设备厂需要会打篮球的人，过去一试，人家很满意。只是他年纪偏大，只能先做临时工进去。这没关系。事在人为，只要一只脚踩进去了，以他的运作本事，另一只脚进去是迟早的事情，他有信心。

他比大保早半个月进的厂。

他没有想到大保也会进这家厂，也是临时工，一山难容二虎。他心里十分清楚这个事理。他对大保怀着尖刻的戒心。他不太想同大保多打交道，却又不能不常打交道。同在一个车间，同在一个球队，交道总是少不了的。

大保却没有他的这些心思。在这个厂里，只有跟奶猪崽最熟，大保一见面就把他作为老朋友来待，走动自然很多。

两人都住单身宿舍（厂里只有一栋单身宿舍，平房，走廊开在中间），大保住在东头，奶猪崽住西头，有时晚上，大保在宿舍坐不住了，就会走过长长的昏暗的走廊，到奶猪崽的宿舍里去待一阵。那里每天晚上都好热闹，一些年轻人聚在一起，有时架张凳子在两铺床中间打扑克，有时，念空话，吹牛，他们都喜欢找奶猪崽吹牛。奶猪崽跑长途贩运时到过广东、广西、福建，见识很多。他吃过广东的陈村粉、艇仔粥，喝过福建的大红袍，在湘西饱逮过野猪肉。他说福建的大红袍茶刮油最厉火，茶盅比酒盅还小，他只喝了三杯，就把肚子里的油刮得精光。那一次回到家，饿得眼睛发花，翻出肉票就跑到肉食水产公司去排队买肉。那次他把家里一个月的五斤肉票抓在手里，打算全部买肥肉回去，扎实吃两餐，把肚子里的油水补起。他忘记了那年头谁的肚子里都油水少，不吃大红袍也没有油水，都想买肥肉。等他排到位时，半边猪肉，肥的都砍光了，只剩几坨精肉。那时的规矩，猪肉都是半边半边地卖，半边卖光了，再卖另外半边。他只好从头再又排起。谁知道再轮到他时，肥肉又没有了。他不甘心，再排。阿弥陀佛，第三轮总算把五斤肥肉买到手。他提着那一吊肥肉，恨不得当时就咬几口。

说到"当时就恨不得咬几口时"，大保看着他笑圆了的下巴，觉得这个人还蛮可爱。

不久，厂里正式成立了篮球队。十二个队员，除了大保，长得一扎齐，还配了裁判，工会的侯主席是领队。每人发了两套背心，一套长运动服。背心和运动服前面都印上了碗大的两个字：机电。每人还发了一双白色的回力篮球鞋，白生生的十分扎眼。当这支球队第一次在厂里的灯光球场亮相时，一片掌声即刻响起来，久久不停。

球队成立，在厂部会议室举行了一个小小的仪式。李厂长亲赴会场，只讲了两句话。一句是："什么事情都讲究开门红，你们要一炮打响，今年给我拿个冠军回来。"他已经了解过县里一些球队的底细，说这话有底气。第二句是："你们不光要做篮球场上的骁将，还要争当生产上的尖兵。以后的工厂，是你们的；以后的世界也是你们的！"大保听了李厂长的鼓动，感觉很振奋。李厂长给他描绘出了一个美好的前景。

球队的训练一开始就很严格。早晨，六点到七点；下午下班以后，五点到六点，是他们的训练时间。白天照样上班。大保每天晚上睡得更早了，临睡前的一件事是把篮球找来放到床底下，第二天早上一起床，抱起篮球就往球场上跑。他每天都起得很早，比别的人要早半个钟头。其他的队员到球场时，他已经绕场跑完十个圈，出过一身透汗了。他是队长，还要带队再跑十个圈，他还兼着教练，要给队员们教怎么站位，怎么防守，又怎么摆脱防守，不停地做各种示范动作。他很认真，很尽力，每个动作都要反复示范。他很严苛，对队员严苛，对自己也很严苛，每个动作都不容有半点误差。下午下班，他照例第一个到球场。一手抱篮球，一手提壶茶水。他们已经大致分出了主力阵容和替补阵容，裁判一到，两个阵容就分边比赛。龙争虎斗，却也打得难解难分。

练过一段日子，兼了领队的工会主席觉得手里这支球队可以出去试试钢火了，就联系了氮肥厂，邀他们过来打场比赛。氮肥厂的球队水平中等，球技、个头，比这边都明显差了一箩片，曾主席是拿他们来祭刀的。

果然，大保和他的队员们很对得起他，对得起厂里的热心工友，对得起脚下那双雪白的回力鞋，更对得起李厂长，他们在家门口的球场上，个个奋勇，人人发狠，如同砍瓜切菜一般把对手打了个落花流水。大保如同腾云驾雾，在场上来回奔跑，只听到掌声一阵阵响起。

他当然知道，李厂长就坐在看台正中间的第一排座位上，左边是曾主席，右边是雷公菩萨。掌声常常从他们那里带头响起。

首战大捷，机电设备厂的声名一下子传扬开去，好多人都在议论他们，议论大保，知道他又重新出山了。他们的比赛多了起来。很多人都想跟大保过过招。篮球场上的新人总是一拨一拨地出来的，挑战高手是件让人向往的事情。他们每个星期至少打两场比赛，一场出外征战，一场在家门口打。大保常常看到一些新面孔，他们都很年轻，个子挺拔，充满活力，这让他很惊奇，激发起强烈的杀伐欲望，每场球都打得很投入，很卖力。

比赛有赢也有输。赢多输少。

每天上班、打球，大保的日子过得很充实。他成了厂里的名人，全厂三百多个工人，没有哪个不认识他的。走在厂区里，随时有人跟他打招呼。饭堂里的大嫂给他打菜时，再不会手抖，一铜勺肉菜直接就扣到了他的饭盆里。车间里的师傅们歇息时，都会喊他一声，雷公菩萨笑眯眯地喊他过去，人没到，纸烟已经递过来了。

家属区里几岁大的细毛毛见到他，好远就"大保大保"地叫，声音像玻璃一样脆亮。

大保心里的伤口结了痂，愈合了。他似乎完全忘记了曾经有过的灾难。他觉得生活还是很美好的，还会越来越美好。他的体力也都恢复了，比过去更硬扎，两扇肩膀像生铁铸件一样地宽厚。他每天看到的太阳都是新鲜的。

可是他万万没有想到，新的打击又在前头等着他。

转眼到了第二年五月。每年的五月都是十分激动人心的。厂区和车间到处悬挂起了大红横幅："大战红五月，生产攀高峰！""革命加拼命，苦干加巧干，奋勇夺高产！""为革命宁流千滴汗，红五月花开百样红！"全厂上下努力，干部们都下到车间里，同工人一起甩大锤，送茶水。上班提早，下班的时间延长，星期天不休息，留厂加班。饭菜全都送到了车间里，保温桶里的绿豆汤尽量喝，工人们上厕所都是带小跑。厂门口的生产进度表上，每个车间的箭头噌噌地直往上冲。

大保每天都很累。因为人手不够，雷公菩萨把他派到了师傅的岗位上，这让他有点受宠若惊，心里憋起了一股劲。他做的是师傅的事，却不敢有一点师傅的派头，不敢支使别人，杂工的活照样做。他格外地经心，格外地殷勤，把自己累得身心困顿。每天晚上九点、十点回到宿舍，洗个澡就睡了。有时连洗个澡的力气都没有，工作服都不脱就倒在了床上。他睡得好沉，好踏实，一觉睡到大天光。他到底年轻，一觉睡醒，体力就又恢复了。他一天到晚都像打足了气的篮球，生气勃勃。

他有好久没有摸篮球了。

将近月底，工会接到通知，全县的篮球联赛将在一个月后开打。工会当天就报了名，一起把领队、裁判、队员的名单也都报了上去。他们是第一个报名的。

球队又开始练球了。早上一个小时，下午两个小时。晚上还要练一阵。大保同队友们说，这回一定要拿冠军。他已经憋足了劲。

他们万万没有想到，工会报上去的名单给退了回来，大保的政审没有通过。曾主席没有想到，大保没有想到，连李厂长也没有想到。事情很突然，也太意外，大家的心一下乱了。这支球队，怎么能没有大保呢？大保很不解，打篮球怎么也要扯上政治身份？何况，当时抓大保就是抓错了，都已经无罪释放，怎么还会来这样一下子？

曾主席去了一转组委会。办公室的人回复他，这是上面领导定的，他们无权决定。没有办法，李厂长只好亲自出面，去找黄知福。黄知福是联赛组委会主任。他的另一种身份是县革委会政治办公室主任，同时还兼着知青办主任。下乡知青已大多招工回城，知青办没有多少事情可做，成了个留守性质的部门，他就调到政治办去了。黄知福很忙，李厂长找了两处办公室才截住他。黄知福坐在办公桌后面，一边批阅文件，一边问："有什么事？你说。"他吐字很慢，说话时头都没抬。李厂长忍了又忍，才没有转身走掉。平常县革委会主任同他说话也不是这个样子的。他黑起了脸，说："黄主任，我是来找你商量一下王大保参赛资格的问题……"黄知福抬起头，飞快地看他一眼，打断说："这个问题没得商量。"又说，"李厂长能这样重视体育，我很高兴，但是你的重视摆错了位置，搞错了方向。我们的社会主义体育阵地，怎么能够让一个反革命分子在上面发挥表演呢！"李厂长说："招他进厂的时候，我们就去调查过了，他是遭了冤枉的，没有证据证明他搞过反革命活动。"黄知福说："但是也没有证据证明他不是反革命呀！个个都晓得，他是坐过牢的，这是事实。如果让他上了场，任何人提出这个问题，我们就下不了台。你不要说话，我晓得你会说你来负这个责。这个责任太重大了，你负得了，我负不了！"李厂长拿眼睛眯出一个笑脸，说："我们再商量商量。"黄知福脸一跌，说："不行！"

曾主席要大保自己去找一找黄知福。他是黄知福带出来的，也算有师生之谊，他去当面说一说，求个情，也许黄知福心一软，就格外开恩了。大保低头想想，又冒起脑壳想想，五根手指把膝盖头都抓出血了，最后说："不去！"

大保不能上场，厂里球队还是得去打这个联赛。他们苦练了一年，不能因噎废食，功亏一篑。大家的激愤写在脸上，也夹藏在举手投足之间。大保也还去参加练球，可是已经没有了往日的神气。开赛在即，曾主席要他每场比赛还是一起去，不能上场，可以在场外做指导。有了他，队员们心里就有主心骨。他摇摇头，说：

"不去！"

大保有一个月没有回县城。他知道黄知福很会来事，这时候通县城里都会是篮球联赛的气氛，他不想再受刺激。球赛一开始，球队的人就抽调出来集中住到了县城的旅社。厂区里没有了篮球声，一下少了种生气，显得非常荒寂。大保也像给抽走了魂魄，心里一派荒空。他每天照样上班、下班，照样瞄火孔、搬铸件，眼神却是虚飘的，常常力不从心。他不停地拼命一样地做事，想借此分散自己的心思，以至要让工友们把他扯到木模上坐下，点燃烟递到口里，强迫他歇息。一到下班，他赶紧就回了宿舍，路上有人喊他，绝不搭腔，他怕给人问起怎么没有去参加比赛。仰躺在宿舍的床上，他牵挂着灯光球场上队友们的厮拼，在心里暗暗为他们着神。

队友们不太争气。没有大保，球队就像没有主干的树，长得不高。小组勉强出了线，到第二轮就磕磕碰碰，每场都以一两分输球；输得令人十分丧气。折戟而返，球队开会总结，喊大保也去参加了。会上，队员们一片骂声，每个人的发言都会激愤地斥责是谁定的鬼规矩，为什么不让大保参赛，又都会说假如大保上场，我们肯定会如何如何。大保低头听着，黑着脸，心里像给汽锤一下一下地击打着：嘭，嘭，嘭……

这次打击让他很伤心，咬牙顿足，好久都没有回过阳来。

打击接踵而至。

过了年，传开一个消息，厂里要来了五个临时工转正的指标，厂党委开会研究了，把这五个转正指标分解到每个车间一个，并承诺一定公开、透明，堵死"后门"。

听到消息，大保很高兴，心想终于等到了出头的日子。自从头年五月当上掌炉师傅，他就一直做下来了。他这个窑炉烧出的铸件，产量不比别人的少，质量也不比别人的差。中间他还做了个小小的革新，让每炉烧炭节省下十多斤。他还一年都没有休过一天病假，出满全勤。年终评比，他得了两个称号：革新能手、先进生产者。以他的技术水平、工作态度，他自信无人能比。他甚至设想过即使全厂只有一个转正指标，也只能是他。更何况，进厂伊始，李厂长就对他有过承诺的。他知道奶猪崽也巴巴地想着转正，可是他有资格么？一个连铸件上的毛刺都经常敲不干净的人，同他根本不在一条水平线上。他不怕他竞争。

有人跟他说，世事难料，没有到手的东西算不得数，劝他找找领导，说一说。他不听。

又有人告诉他，人家都在请客送礼哩。每天晚上，几个领导家门口都有人提着东西走动。那种暗示是很明显的。大保听了，却只是冷笑。他很难想象，自己这样一个大个子，手上提了烟（或是酒）去敲领导家的门，像个什么样子？他还要顾恤自己的脸面。

还有人给他透露，奶猪崽一直在下功夫哩。车间主任雷公菩萨家里的藕煤，长期是他帮忙做。每月一次。一到月初的星期天，奶猪崽一早就挑起半担黄泥巴过去了，和煤，踩煤，把藕煤模子一顿一顿地搞得好响。他同李厂长也交往不浅。李厂长是北方人，爱吃口面食，奶猪崽隔不久就会给他家里送一包面条或精白面。他家是做面条生意的，这类东西不难搞到。大保听说，心里到底动了动。可是，也就心动动而已，还是没有行动。他悲哀地想，如果主任和厂长都徇私，这个社会也就无话可说了。他还是对自己信心满满。

但是现实是残酷的，很多事情都不会按着自己设想的轨道发展，半路会拐弯。喧闹了一阵的临时工转正事情忽然沉寂了下来，人们正惊愕莫名时，不久就有消息李厂长调走了，传说他是漏网的"打、砸、抢"分子，回到地区接受审查去了。新厂长到任后，关起门开了几天会，第一件事就是公布了临时工转正的名单，名单上有奶猪崽李石善，没有大保。据说李厂长打移交时，特别交代了大保的事情，希望能够录用他，这让新厂长十分不快。他断定李厂长和大保有见不得人的交易，断然划掉了大保的名字。他说自己是个嫌恶如仇的人。

　　大保没有想到会是这样一个结果，他一下子就蒙了。他很想去找雷公菩萨，找新厂长，当面斥问，他把宿舍的门拉开，又关上；又拉开，又关上，如此几番，身上的意气销蚀掉几分，胸口才不那么胀了。他仰倒在床上，以手枕头，眼鼓鼓地瞪着高铺的床板，一喘一喘地转不过气来。他似乎想了很多，又似乎什么也没有想，脑壳里头暗糊糊地像堆炉渣，了无颜色。前面厂区里机器的喧嚣声停息了，他没有去吃晚饭。他还感觉到窗外的天光一下就黑了，四周一片暗沉。后来好像迷糊了一会，又一惊就醒了。他跳下床，抬脚就往外头走。他本来是想着到家属区去找雷公菩萨的，却鬼使神差地直往工厂外面走。他没有走直通大马路的水泥道，而是拐上了一旁的土路。这条土路的尽头是清陵河。天气很冷，天上的星子很高，脚下的土路干硬干硬的，两旁的小树像鬼魅一样做出各种怪样子，簌簌直响。一口气走上河岸，一条大河横躺在跟前，放眼望去，河水平阔而安静，水光和星光互相交融，将眼前的一切渲染得迷白空蒙，对岸的山峦黑得紧致又深沉，扭出一道道柔美的弧线。一只水鸟被惊醒了，"呱"地怪叫一声，从树窝上跌下来，抄过水面，一头撞进了对面的黑暗里。马路上出来了一辆汽车，听那沉重的碾压声想必是部拖挂车，走得很慢，两横雪亮的车灯坚硬地探照着，将暗夜刺穿，一抖一抖地辗上了桥头，大桥一下吃紧，顿时抖颤不止，带动起满河水兴奋起来，哼哼地轻声呢喃。卡车驶过大桥，抖晃灯光开进了远处的山里。河水却仍然呢喃不止，索性还唤起了波浪，一下一下地拍击着泥岸。大保慢慢坐下去，眯起眼睛，感受着水波拍击堤岸的节律。一下，一下，一下……他的心慢慢被拍击得柔软起来。他感到脑壳里裂开一条缝，他忽然想起灯光球场，想起井洞大塘的无名死尸，想起烟溪村，想起看守所里的石板地铺。他一时很激奋，一时很哀婉，一时出气粗了，一时又非常平顺，肚子鼓了又瘪。他没注意到什么时候河水停止了涌动，变得安静了。这是黎明前的安静，对面的山峦已经显得晰然。河风好大。

　　大保一弹腿站直身子，扩了扩胸，一口河风灌进肺里，呛得他猛咳起来。好容易止住咳，他忽然想大吼一下，于是就扯起喉咙吼起来：

"噢！噢噢噢噢——"

吼完，又自嘲地笑起来。他觉得像狗叫。

大保转身，双手握拳端在腰间，跑下土路小跑起来。刚探出小半边脸的白太阳把他的影子扯起好长。

这天，大保没去上班，骑起脚踏车，逆着人流出了厂门，刮风似的回到了家里。

父亲孝德公正吃早饭，端着的面碗里只剩了一层油汤，听完大保讲述，笑了，说声："我要恭喜你啊！"把面碗一顿，大声喊柏良婆温酒、炒菜，把大保惊得直瞪眼。

"爸爸爸爸，你要做什么？"

"心里欢喜，我俩爷崽铳一壶酒。"

"我背这样大的时，你还欢喜？"

"欢喜。自然欢喜。"

"不明白这有什么好欢喜的。"

"你觉得是背时，我说是好事一桩。"

"还好事哩，越说越蹊跷了。"

"半点不蹊跷。要不要我拿理由说把你听？"

"我不爱听。"

"爱听不爱听我都要说。爱听哩，我多说几句，不爱听哩，就少说一点。"

说着话，酒菜上了桌。孝德公端起杯子，自己先干了，又喊大保："先吃点东西。我估得准你早饭都没吃就回家里来了。你这样很蠢。有天大的事情都要先吃饱肚子再说。"

大保面前摆着一捧碗油炒饭，撒了葱花，冒着热气，喷香。他吸一口气，几下就把一碗饭扒到肚子里去了。一身热起来，他抚着肚子，感激地望了一眼还在那边炒菜的母亲。

孝德公眯眼望着他，说："看你这饿牢鬼似的样子，还不止一餐没有吃哩。"

大保想起来，昨天晚饭就饿起的。点点头，憨憨地一笑，端起酒杯。

"饮起它，饮了自己再筛。"

大保就接连饮下三杯酒去。

"是个角色！"

孝德公伸过酒杯让他给自己筛满了，说："现在我说话你应该能听得进去了。"

大保说："我一直听到的哩！"

"听到的就好。我搭你说几句真话。"

"我就爱听真话。"

"再一句直话。"

"好。"

"还有一句硬话。"

"你是打算说一上午了？"

"以我经历过的事情，十个上午都说不完。"

"那我就预备听你说十个上午。"

"一次说完就不松快了。要慢慢说，慢慢听，慢慢悟，像这杯中酒，要慢慢饮。"

孝德公就抿了口酒，慢声说道："这人生在世，无非图三样东西，一图官，二图钱，三图自在。图官？像我们这样的老百姓，悟都不要去悟。图钱？那意思当然是说发财。我们也不消去悟，一个人总是先生八字后生命，强求不来。我们生成是老百姓的命，想发财也没有路子。那么就只剩下图自在一条了，我们要图的，也就是自在。"

大保一口一口地抿着酒，一点一点地夹起菜往口里送，低眉听着。孝德公继续说：

"我活起有五十多岁了，经历了民国，又经历了中华人民共和国。民国二十多年，中华人民共和国也是二十多年，加起来五十多年。前头的二十多年年年打仗，后来的二十几年一个运动接一个运动，总是动荡的时候多，太平的日子少。我亲身经历，亲眼所见，那些当官的，发财的，没有几个下场好。当官的时候，发财的时候不可一世，背起时来一钱不值，有的人你也看见的。那些人很好笑，得意的时候看不来我们。到了落魄又眼涨我们。看不来也好，眼涨也好，我都不得当回事。我就是我，只过自己的日子。我这里好有一比，社会像是清陵河里的水，我就是河底下洞眼里的螃蟹。河里刮风也好，涨洪水也好，我只巴在洞眼里不出身，奈我不何。等到风平水静了，我才出来。我有两把硬钳子，不怕寻不到食。不是谁都能做螃蟹的，必须要有点养身的本事。我的本事就是倒炉头。不是吹牛皮，通一个县城，倒炉头称师傅的扫拢来有几十个，没有一个技术比我雄。有了这个本事，就能任凭风浪起，稳坐洞鼓眼，不管哪个坐了龙庭，我都赚得到饭吃。解放以后这样多年，几个单位上门动员过我，先是铁木社，后是铸造厂，再是机电设备厂，都开出优厚的条件喊我去。对不住，我可以请他们饮酒，但是不能答应。我不肯去的理由很简单：图自在。我看来看去，悟来悟去，人生在世，没有比自在更好的东西了。你听清楚我的话了吧？"

大保将筷子攥牢在手里，幽幽地说："你的意思我听懂了。"

"你说给我听听，什么意思？"

"退职。不在厂里做了！"

"对了，这就是我要搭你讲的一句直话。"

"这样轻易，一句话，说退职就退职？"

"当然是轻易的一句话，还有什么悟头，不说还是个临时工，就是真的转为了正式工，我也要劝你一句直话：退职！"

"退职回来做什么？"

"这是摆明摆白的，跟着我做。"

大保低眼盯着酒壶，没有搭话。

孝德公劝了他一杯酒，说："你不要觉得搞单干倒丑，没面子，这样想就错了。大错特错。面子是当得衣穿还是当得饭吃？一个人有不有面子，也不光看他在什么单位工作，主要还是看为人，看有不有本事。我做了一世单干，你能说我没有面子？里子就更不差。乌龟有肉在肚里，无论旧社会、新社会，我的日子过得不比任何人差，这几十年，没有欠过你一餐饭吧？你回来，我们全家人一起着神，日子只会一年比一年好，你要信我！"

大保说："我心里怄不下这口气。"

孝德公哼地笑了："有什么怄得下怄不下的，事情一过，那股气自然就消了。要紧的是过好自己的日子，要搭自己寻一条活路！"

"好，回来！"

"这就对了。——来，我两爷崽铳一杯！"

放落酒杯，孝德公说："最后我就要搭你说一句硬话了，回来做，你要更加发狠，本事要过得硬，要雄得过别人。不管社会怎么变，只要本事到了堂，饿不倒你！"

"就这样定了！"

"定了！"

两爷崽把最后一杯酒干了。杯底朝天，脸上都现了酡红。

大保下午还去厂里上了班。他只是做了些杂活，把煤炭铲做了一堆，把木模子、泥模子分类摆好了，把铁钳、铁钎之类工具归置到一处，又把炉子的几处缝隙补了补，临了还把窑炉周边打扫干净了。下班铃声响起时，他走到车间主任雷公菩萨跟前，郑重送上退职报告。

雷公菩萨很意外，旁边的工友也很意外。

"不要走。"雷公菩萨说，把退职报告要退还大保。大保把他的手用力推回去，雷公菩萨就又说："后生仔不要赌气，这次没有转正，以后还有机会。"

大保很想刺他一句，"你是想让我也去搭你家打藕煤么？"他忍住没有说，只抿了抿嘴。

他远远地看到奶猪崽傍着门边出了车间。

他又看到一些工友远远近近站着望过来，眼里满是同情和期许。他默默地抱拳朝大家打一拱手，喉头忽地有点哽咽，转身走了。

大保又过上了几乎足不出户的日子。他天天在家里待着，也忙碌，也清闲，十分自在。他们的住家和工场是连在一起的，出了后门，就是工场。转铃崽很守信用，年前就来把工场的围墙砌好了，还在围墙那头盖了个小门楼，可供板车进出。转铃崽死活不肯收工钱，只在他家喝了几餐酒。给砖墙圈起来的工场，整洁了，显得宽敞很多，看着舒服。孝德公不是每天都开工，劲头来了，连续烧几炉，不想做时，就休几天，自由得很。大保跟了父亲，自觉放低身段，还打下手。倒是孝德公看到大保回到身边，便渐生退意。头三回开炉都还是他掌舵，只让大保跟着，一道一道工序细细地讲述，几个关节处，比如观察控制火候和浇铸铁水，一定反复演示。孝德公嘱咐，这是给自己做事，务必处处精心，样样着神，一点过不得坳，就是砸自己的牌子。父亲说一遍，大保记一遍。父亲说的是倒炉头，却把一些做人处世的事理也都溶解在里头了。大保把父亲的话都记死在心里了。等大保跟过三次，孝德公就把掌炉的事情全部给他做，自己打下手。大保一下子和父亲的位置倒转过来，难免心虚，但不怯场。他在厂里已经做过大半年师傅，事情都熟练了。开炉前一天，他同父亲一起铡稻草，和泥，做外模，做内模，把生炭锤成拳头大一个，往窑炉里一层一层铺好；到第二天一黑早，闹钟一响，他就起床了，一个人摸到工场的窑炉前头，将窑神扶扶正，掸去上面的灰尘，再点燃蜡烛，点起三根香拜几拜，插进香炉里，又烧化了一捆纸钱，筛起一杯酒淋在上面，抓过叫鸡公，就手一刀勒在喉头上，叫鸡公一声啼叫，鲜血喷洒而出，他赶紧绕着窑炉转走一圈，将鸡血甩上窑壁。鸡叫声将父亲唤出到跟前，也将远处天边的曙光啼亮了，一抹红光打在他脸上，显得非常庄严而兴奋。然后，点火，封窑门，开起鼓风机对着窑炉里头吹，这时候他可以歇下来了，母亲已经把一壶酒和一碟花生米摆在苦楝树下的石桌子上，他就坐在石凳上，喝一口酒，拈粒花生米嚼着，吹着轻轻的晨风，听着树枝上麻雀子叽叽喳喳地吵着，一身松快无比。看着看着，窑顶上吐出的黑烟变淡变轻了，这才起身，走到窑炉的望火孔前，眯眼观看里头的火势，随时调整鼓风机的风力，除去铁水上的炉渣；至午，铁水炽白，模红出窑，即行浇铸，大保使长钳夹稳铁水罐，抿嘴屏息，照准模口筛进铁水。这时就见出真功夫了，铁水要一器一罐，不能多，当然也不能少，要恰恰到位，一口气浇铸一长排泥模，中间不能有一刻停挨。浇铸完毕，照规矩做师傅的就基本没事，可以坐下歇长憩了。可是他坐得住么？他不可能让老父亲一个人在那里松模，打毛刺，他还必须得要一起劳神。这些事不一定当天就能做完，但这天的晚饭必定是很丰盛的，祭神的叫鸡公摆上饭桌做了主菜，柏良婆还会好好炒几个下酒菜，一家人围桌而酌。这时候孝德公很欢喜，频频给大保筛酒。大保也很得意，一杯接一杯地喝着，把叫鸡公的骨头嚼得格喳格喳地响，满面红光。

不开工的时候，大保就跟了父亲去乡下收禾草、谷壳，收松柴、生炭，挑沙泥，进钨砂铁。这都是倒炉头必需的原料，都有固定的进货地方。大保喜欢下乡。走在那种羊肠小道上，两旁的草叶撩打着身体，不时地有蚱蜢子弹起来，嗡一声飞开了。四周满眼青翠，远远地看到村庄了，看到了村头的大樟树，泥墙黑瓦越来越清晰，听到了狗叫声，隐隐地鸡也在啼，咯咯咯地不断。一切都很新鲜，很生动。在路边掬一捧泉水喝了，甘甜清冽，直透肺腑，让人好想张开双手喊叫几声。他们收禾草、谷壳，是直接到农民家里，大摇大摆地进去，大摇大摆地挑出来。收松柴和钨砂矿是在某座山里的一个地方接头。悄悄地过去，收货，付钱，即速离开，再约定下次见面的地方。这有点像战争年代武工队的地下活动，让大保心里充满了好奇。大保问过父亲才知道，他们用的松柴，只有跷脚岭顶上一片向阳的山坡上才出，松树是国家的，严禁砍伐，人家卖的松柴都是偷偷砍来的；而钨砂铁也是禁采禁卖，但总有那种胆子大不怕祸祟的人，偷偷采挖，拿来卖黑市。父亲还告诉他，这些人家里都好穷好穷，家里经常买盐的钱都没有，不然也不会冒那样大的风险去砍松柴、挖钨砂铁矿。这些事一旦给发现，便会抓起游田峒、罚工分，还可能坐牢。这一年把还松了点，早先更紧，连谷壳都不准买卖，每户农民家里只准养两只鸡、一头猪，孝德公只好到广西、广东进原料。大保到几户人家里都亲眼见到的，真是很穷，家里多去个客人连凳子都没有得坐。他还跟着父亲去看过一个给他们供应过钨砂铁的老人，姓邝。邝大伯有次给铁矿石砸断了脚，爬了几里路爬回家，还不敢声张，连到赤脚医生那里拿药都不敢，只是自己到山里寻点草药去敷，耽误了，发了恶，后来只好把一条腿都锯掉了。大保跟父亲去看他的时候，邝大伯还在床上躺着起不了身，屋里弥漫着一股恶臭。大保没有想到还有这么多人比自己还命苦，心里酸酸的。以后再去进原料，再没了那种兴奋和神秘，只感到一种苦涩和暗淡。

窑炉不开工、又不出去进原料的时候，大保就在家里困觉。床上困累了，又移到后头的苦楝树下去困。他在苦楝树下放了把躺椅，困在上面，虽然放松，却了无睡意，只是睁眼看着蓝天上的白云灰云。日影一点点地从西边移到了东边。他似乎想了很多，又似乎什么也没有想，脑壳里混混沌沌的。有时会突然起身，出后门，顺脚走着，在城外曲曲拐拐地包一个大圈，不觉就走到了井洞大塘上面。他坐在看台上，看看下面的篮球场。篮球场已经不是三个，增加到五个了。十个篮球架分头站立，一直排列到了大塘那头，十分壮观。一个小把戏站在三秒线外的弧形顶上投篮。是个左撇子，他单手持球，用力向篮筐投去。篮球斜直地蹿上去，砸在篮圈上，"砰"，弹出好远。捡起球，再投，还是砸在圈上。又捡球，又投。一连投出十几个。篮球终于砸在篮板上，忽一下进圈了。小把戏没有跟过去捡球，双手叉腰，昂头四顾，得意得不得了。大保一直看着他投球、捡球，两个拳头越握越紧。终于，球进了，他也轻轻嘘出一口长气。他忽然有了种骚动，很想也下去摸摸球，投几个篮。这个念头一闪而过，顷然间没有了一点兴头。他站起身，拖着步子，顺原路慢慢走回了家。

他有时也会在工场的空地上打一路拳，清早，或者晚上，逼出一身汗，让绷紧的皮子松弛下来。

他每天都要喝两壶酒。中午一壶，夜饭一壶。他的脸一天到晚都绯红的，带点紫气。

他就那样把日子沉缓地过着。他对生活有点麻木了，很少去想明天会怎么样。

他又做了快一年师傅了。

这一年，发生了三件事。三件事像三块砖头，砸在他心里的那潭死水中，起了波澜。

这年刚过完年，苦楝树蔸下的残雪还没有融尽，大保收到了钟海仁的信。钟海仁在信上说，国家恢复高考了，他准备参加高考。他要大保也抓紧复习功课，一起报名。他说以他们过去的成绩，复习一段时间，应该能够考起大学的。他还强调终于盼到了机会，千万不要错过。切切！大保看完信，发了一阵呆，就翻箱倒柜，又爬到床底下去寻了，都没有找到一本中学时的课本。他把信塞到枕头底下，就又梭到后面工场里搬动铸件模子去了。

第二件事是母亲提说起的。母亲喊应他年纪不小了，该要讨媳妇了。柏良婆心里早已有了对象，唐红卫，大保心里也有过预感，但经母亲的口认真说出，还是一惊，颇出意外。他觉得唐红卫配不上自己。柏良婆从来是个随和的人，那一天却恼火了，粗声地反问大保："人家哪点配不上你哪？"几年交往，柏良婆已经对唐红卫了解得很透彻。唐红卫做人本分，勤快，会持家；人长得高高大大，身体几好，屁股大，奶婆也大，是个会生崽的坯子，奶水也肯定好。她还拿起两个人的生辰八字偷偷找算命先生算过，蛮合。她也承认唐红卫长得不乖气，但也不难看，这样的脸模子经得老。她很反感一些人寻对象先看人家长得乖不乖。她说："长得乖气有那样要紧么？是当得饭还是当得衣？讨老婆就是要一起过日子的。"柏良婆一口气说了一大堆，口水讲干。大保低头听着，只不搭腔。这天晚上，他失眠了。年轻人的身上，本来就蓄满火气。一天到晚绷得胀鼓鼓的，稍经撩发，邪火就奔突起来，势如箭镞，无法遏制。他在暗夜中睁着眼睛，心心念念地总想着一个人：朱慧琴。他好久没有看到她了，可他还清晰地记得她的样子。她读书时候的样子，她领队做广播体操时的样子，她跳橡皮筋时的样子，她当知青时的样子，清楚明白得就像头天刚刚会过面。他还特别记得她送篮球给自己的样子，神情怯怯的，目光却异常地坚执、真诚。他早从帐杆上将篮球摘下来，丢进了床底下，不再理它。他很清楚，以自己现如今的状况，同朱慧琴已经相差太远，起码隔着十条清陵河，再难企及。小城里的人都要面子，一个大学生，怎么可能跟一个没有单位的手工业者结合呢。一万成都没有一成。世态如此，也不能说人家就是绝情。他也痛苦过，伤感过，怪怨过，日子一长，也就都承受下来，伤口慢慢结了痂。他想母亲的话是对的，一个人总会要讨亲。但他会讨个什么样的女子做老婆呢？唐红卫？他很想好好想一想她。可是一想起那坯白肉，身上就泄了气，一点兴头也没有。他把身子侧过去，又侧过来，烦躁得直想一脚把床板跺穿。第二天晚边子，他看见唐红卫同母亲坐在天井边说话，忽然就将头一侧，昂然走过去了。他不想理她。

接着就发生了第三件事。这事同灰毛砣有关。大保好久没有看到灰毛砣了。自从看守所出来，他就四处打流，到过广东、福建，做短工，也做生意，还跟人去盗过墓。饱也饱过，饿也饿过，听说总没有赚到钱。县城里常年见不到他的人，只在过年边子回来，找朋友喝几餐酒，就又跑了，不知所终。他是提着一对五加皮酒走进大保家的。不年不节，突然现身，这让大保很惊奇。进门还带礼信，大保就估摸他是有事要说了。

灰毛砣说出来的事情好办。广东那边有个地方要一批鼎锅，数量不小，他想从大保这里用略低于市场价的钱进货，他要求助于大保的事情是：一、那边要货很急，需要这边赶工；二、他一下垫不出那么多钱，只能先赊账，到那边收到钱就会即时还上，绝不拖欠。灰毛砣说："这事摆明是你帮兄弟我的忙，如果为难，你直说，我再去找别人。"大保赶紧摇头："不为难，不为难。"能有机会为灰毛砣帮忙，他很高兴，赶工，没有问题，即使连日连夜地做，也甘愿。只是赊账这事，他做不了主，要问孝德公。孝德公知道他们是朋友，知道在看守所里时灰毛砣给大保的诸多关照，略一沉吟，说："亲兄弟，明算账，财明义不疏，朋友归朋友，有的话还是要讲在前面。我的意思，一、不拘多少，还是要先给点定金；二、口说无凭，落笔如金，要写张字据给我们。"他把这番话当面给灰毛砣也说了。灰毛砣倒也爽快，当即把身上所有的五十块钱搜出来做了订金，又写张字据双手呈给孝德公收了。孝德公将两瓶五加皮酒咬开瓶盖，三个人轮流嘴吹，喝个精光。

灰毛砣很快拉走第一批货。三天后就打了转身，直接到大保家里把余款结了。大保一次卖这么多锅，收这么多钱，是以前从来没有过的；灰毛砣也从中赚到了钱，荷包一下鼓了起来；大家都很高兴。

跟着灰毛砣又拉走了第二批货，钱款也算着日子送到了家里。一切很顺。

可是第三批货出了事情，灰毛砣收了货款，一早去搭回程的汽车，在大街上给几个小流子挡住了。他们就是盯住他的货款去的。一砖头将他打翻在地，撕开罩衣，从内衣口袋里抢了钱就跑，小镇上的巷道密如蛛网，几个人分头钻进巷口，一下子就不见了踪影。看着灰毛砣脑壳上结了血痂的纱布，还有撕得一粒扣子不剩的罩衣，灯光下脸色蜡黄，大保一时不知说什么好。柏良婆泡了碗芝麻豆子盐姜茶端给他，心痛地直念："遭孽、遭孽哩……"灰毛砣把茶碗捧在手里，抱歉地说："我是对你们不住，那钱是要拿回来还给你们的……"柏良婆忙打断他："先不要说钱的事！"大保见母亲这样说了，跟着说道："你我兄弟，这时候提钱的事就隔生了。"柏良婆又说："我说你这人好蠢，是人要紧，还是钱要紧？人在物在，只要人归来了，比任何物什都要紧，钱么，就似如清陵河里的水，流走了还会来。不提它了！"家里的钱财都归柏良婆总管，她这样一说，就定了音。

孝德公一口一口地吸烟，只不开声。

灰毛砣抬手抚了抚头上的纱布，望着房梁上吊下来的电灯，喉结动了动，说："这些钱，算我欠你们的，几时有了，几时一定还！"

说完打一拱手，告辞走了。

大保送他到门口，返转来时，孝德公从口里摘掉纸烟，忽然开声问道："你猜估他是真的假的？"

大保一时没反应过来，反问："你说谁？"

孝德公朝门外努努嘴："喏，刚才那个人。"

大保说："他讲的应该是真的吧。"

"我估是假的。"

"凭什么这样说？"

"你没看到他头上纱布的血？那血是从外面抹上去，不是从里头浸出来的。"

"啊——这也看得出？"

"我经历这种事不止一回，我有经验。"

大保一下暴躁起来，头上热血直涌。

"我去寻他！"

"坐到。我先问你句话。"

大保在对面坐下来，鼓鼓地望着孝德公。

孝德公唆了口烟，问道：

"你搭他先是同学，后是球友，又都一起下放做知青，还在看守所同一间牢房里待过，前前后后打了有十几年交道，你对他印象如何？"

"他为人不错，特别讲义气。"

"你能肯定？"

"肯定！"

"你们是朋友？"

"是朋友。"

"好，有你这句话就行了。本来哩，有句老话：朋友不行诈，行诈不朋友。十几年交起的朋友，不轻易。我的意思，不管这回真的假的，我们都相信他一回。"

孝德公已经算好了一笔账，三批货物，头两批收回了钱，即使不算上第三批货，本钱还是都收回来了，没有亏本，只是搭上了一家人一个多月的劳力。那批货款不是小数，但我们家里也不是等到那些钱过日子。何况人家还留了话，留了字据的，说了欠债要还。我们就等等看。

"不行！我耐不得，现在就要寻他问清楚！"

"要问，应该当场就问，现在寻起去问，显得我们不仁义。不仁义的事情不能做。"

"你的意思，打算等好久？"

"等个一两年，看看吧！"

"若是等了一两年还没有结果呢？"

"那就只能证明你这个朋友交错了！"

"那就等吧，等吧！"

大保将脑壳勾到了膝盖上，一头乱发在灯光下闪射着幽光。

一晃两年，灰毛砣音信全无。

十二

开炉了，杀生了

大保又要开炉了。

这世人大保少说也开过无数百次炉了，可是每次临要开炉的头天晚上，心里总还是隐隐有种兴奋。只是这种兴奋一点不影响他休息。他照例早早就上床睡觉，倒头就能睡着。不用闹钟，也不用人叫，卯时一到，自然醒来。照例他在这天晚上是不同老婆睡一铺床的，睁眼即起，一刻不挨，三下两下就穿戴整齐了。

瞎子在堂屋的狗洞口上卧着，听到门轴转动，一耸身就到了大保脚跟前。大保摸到后面，开门出去，满天星子都顶在脑壳上面对他眨眼睛。他站停一会，深吸几口气，一把推起电闸，几盏大灯同时亮了，照得工场里如同白昼。瞎子一下狂欢不已，撒开四蹄，追着自己的影子贴住围墙狂跑。如今的工场已经扩大很多，他把隔壁香烛店杨二老倌家的后坪盘了过来。杨二老倌的满崽做生意赚了钱，给他们在新区买了房子，一家人搬走，就把后面好大一块空坪盘给了他。大保将工场延伸过去，又垒起一座窑炉，盖了半方敞棚，三座窑炉一字排开，工场就很有一个样子了。大保围着窑炉走过一圈，看了看；又看了看铁坯、模具，把几样工具摆得更就手一点。其实这些事情头天晚上就检查过了，之所以开炉前还要看一看，是怕有什么意外，比如野猫野狗之类的会不会溜进来撒下野，或比如小偷之类翻墙进来光顾过，都不得不防。一切熨帖了，这才打开围墙大门，不一会，就有工人一个一个进来了。

大保点燃一把线香，给每个工友分了一炷，一齐拜过炉头祖师。他把线香在铜炉灰堆里插好，抬起头来，炉头祖师正笑眯眯地望着他。不知为什么，炉头祖师头上戴的是一顶破草帽，大保曾经要给祖师爷换一顶新草帽，让孝德爷阻止了。老辈子传下来就是这个样子，千祈动不得的。大保想想这话很对，再看炉头祖师时，虽是戴的旧草帽，却只觉得亲和，心里踏实。这时，唐红卫将叫公鸡递过来，大保接住，就手一刀，鸡颈根上的鲜血喷起两尺多高，红得新鲜。叫鸡公嘶叫一声，顿时气绝。大保就绕着窑炉跑起来，将鸡血淋在炉壁上。鸡血一绺一绺地巴在炉壁上，即时黑了。跑完一圈回来，他把叫鸡公往唐红卫脚下一丢，气喘着说："今天这只鸡捉得好，叫声响亮，血气也旺。"

唐红卫接着高声说："旺火，旺火哩！"

工友们也都一齐叫道："旺哩！旺哩！"

大保欢喜地一声大笑：

"哈——"

大保给工友们开了一轮烟，大家散坐在地上抽着，唐红卫倒提着叫鸡公，进灶屋里去了。墙壁上的挂钟一声追一声地响着：

"嗒——嗒——嗒……"

天色一点一点地白了。

挂钟指到七点半时，大保丢掉烟蒂子，噌一下站了起来。右手操起电火枪，左手捞过电皮线扯直了，一脚踢掉炉口上的铁皮口。

另外两个窑炉也有师傅抄起电火枪把在了炉门口。

眨眼间就到了七点三十八分。这是个吉时。此时太阳也探出了半边脸，窑炉上一片红光。大保只把电火枪轻轻一撮，一蓬火焰闪射进了窑炉里头，即刻扯起了一团火光。

鼓风机也轰然吼叫起来，声震屋瓦。

看着看着，蒙在窑炉外面的那层泥巴就变成了灰白色，十分坚硬，炉顶上飘起了若有若无的烟气。大保也感觉如这烟气般一身松快。自从应承了钟海仁寻找无名死尸的葬身之地，他就把心思都放在了那头，自己的事情倒不经意了，打打停停，窑炉好久也不开一次火。他并不甘愿去做那件事情，只是看钟海仁的面子应承下来，就竭力想做好。可是他心里并不松快，有时还很郁闷，他常常骂自己：真是生得贱！只有坐在自家的窑炉前面，吃着烟，喝着茶，看着炉顶上的烟气像蘑菇一样生发起来，长到几尺高就化掉了，融到了空气中无影无踪；看着厂棚披挂着金色的阳光，静静地持守着一种无法言说的尊贵；看着各种模具排列参差，蓄势待发，随时准备红火铁水的浇注；看着工友们散落在各处，有的坐着抽烟，有的摆弄手机，有的把铸件搬起放下，放下又搬起，练力气，也练功夫；看着远处的山峦逶迤蜿蜓，浓绿一片，有白云从山垭口飘移过来，一出垭口就变成了云雾，一缕缕，一绺绺，缠挂在了枝叶间，久久不散，把山林装点得妖娆多姿，迷幻朦胧；这时他的心情也变得非常柔软，松快又安逸。他觉得再没有什么事情好过开炉的日子了。

只要大保的工场一开炉，附近人家种菜的、打猎的、捉鱼捉鳖的，就都知道他家要打牙祭了，纷纷把最好的菜肴送过来，时新小菜、活鱼土鸡、泥鳅黄鳝，自不待说，野鸡野兔野麂子野团鱼，也是时常有的，送上门的东西，往往比市场上要贵，但他们不会。几十年的街坊邻居，交情像屁股下坐着的铸件一样铁，互相之间做点生意就不图赚钱了，图的是热闹、吉庆。他们这时都不走正门，从后头工场的铁闸门里弯进来，手里提着、捧着东西，径直走到苦楝树下，一阵大呼小叫，唐红卫听到声音，紧忙就迎了出来，送来的东西是早就称好、算明了价钱的，唐红卫接过东西，把钱数给对方，自顾回屋里劳神。来人却并不急着就走，在大保旁边一屁股坐下，接过大保递过来的烟叼在嘴里，念一阵空话，这些人大多就不走了，中午就在饭桌上添几双碗筷，同大保一家，连同工友们一起，吆吆喧天地吃一餐酒。大保这里一开炉，他们也像过年一样欢喜。

这天开炉过后，大保正坐在苦楝树下眯着眼吃烟，隔壁人家的宝生从铁闸门边一梭就进来了。人们喊宝生，都喜欢喊赖崽，或是赖崽宝生，只有大保不那样喊，从小到大，只喊宝生。宝生家里是农业户，但他从来没有做过田，也没有一份正当职业，一天到晚不是在河边转，就是在山里转。捉鱼、摸虾、打猎，他只干这些营生。如今河水污染，鱼虾几近绝迹，山里的野物也越来越少，一些人都转行做别的事情去了，只有他还死守在这个行当上，不离不弃。他的本事真是大得别人无法相信。拱花滩头的水湾里，经过了好多人的手，下钩的、撒网的、电搅的，都没有搞上鱼来，他下到水里，一双脚探啊探地往前行，忽然一个眯子没下去，哗一声起水，举着一条大鲢鱼就上了岸。这人胆子特大，脚杆子十分溜刷，上山下山如履平地，什么野鸡野兔野麂子之类只要给他照见，任凭如何死命狂奔，最后都无法逃脱。他经常跑跷脚岭。跷脚岭方圆百里、三十七座山头，他都跑遍了。哪里蛇多，哪里鸟多，哪里野兔子多，连哪棵树上有黄蜂窝，他都知道。他常常不晓得讯就捉回了一些稀奇古怪的野物，黄鼠狼、果子狸、猫头鹰、猴面鹰、斑鸠、鹧鸪、禾雉、狗婆蛇、追风瘰（眼镜蛇）、泥麻蝈、穿山甲，都有。这些野物，专门供给县城里的几家特色酒店，都是出得起大价钱的。而且，都要早早跟他预订。

这天，他给大保送来的是一条追风瘰。

追风瘰装在一个铁丝笼子里，上面铺块旧絮被盖了，宝生单手提着，一摇一晃地走到大保跟前，把笼子一顿，"嗨"地喊了一声。

大保动了动眉毛，抠出一根烟递过去，说声："坐！"

宝生吃着烟，拿脚踢了踢铁丝笼，说："看看我搭你送什么好物件来了！"

大保淡淡地说："你会有什么好物件？"

宝生就"啐"一声，说："我没有好物件？清陵江都没有水！你乍开眼睛看看，笼子里关的是什么。"

"什么？"

"追——风——瘘！"

"眼镜蛇？你还捉到眼镜蛇了？"

大保俯下身去，掀掉旧絮被，眼睛即时就睁大了。一条手把子粗的追风瘘盘卧在笼子里，黑黑的一堆，见到光亮，追风瘘昂起脑壳，蛇信子从张开的嘴巴里乱吐。大保点点头，把旧絮被复原盖回去。

宝生得意地说："没有吹牛皮吧！"

大保问："你从哪里捉到这物件的？"

"这个不能告诉你。"宝生昂起脑壳吐了口烟，说："还是你运气好，有口福哩。"

"什么意思？"

宝生就说："本来这条蛇怪是给王庆生副县长的，拆迁办的人半个月前就寻我说了，这几日上头要来人检查工作，王县长交代要做好接待工作，饭桌上一定要有野味。我在山里转了几天才捉到这条追风瘘。今日打算给他们送去，出门走到半路了，歇憩的时候一掉头看到你家里的窑炉上冒起好高的烟，就晓得你是开炉了。我悟起你有一番日子没有开炉了，今天无论如何要把有的好物件送到你这里来，即时打了转身。"

大保侧脸看他一眼，说："真的？"

"比真的还真。"

"那你把物件带转去。"

"为什么？"

"这是你孝敬县太爷的物件，我担不起。"

"那王庆生又不是我舅老爷，我不消扶他的卵泡。"

"唔，这话听起来舒服。"

大保很高兴，就扯起长声喊道："唐红卫——"

身后即时有了回应："喊冤啊，人就在你背后。"原来唐红卫已经出来多时了。

大保吩咐说："给钱，杀蛇！"

唐红卫把钱数给宝生，却掩脸说："这世人没有剖过蛇，你要喊人给我剖好。"

大保说："现在剖蛇的人就欺在你面前，还到哪里喊人——宝生，搭我剖蛇。"

大保把一根烟筑到宝生嘴里，又侧脸喊住唐红卫："好菜要有好酒送，今天不吃水酒了，去买两瓶五粮液来。"

宝生说："再上一个档次，吃茅台。"

大保说："你要在县城里能买到真茅台，我拿双倍的钱搭你去买。"

宝生按着打火机，软下声来说："我没有这个本事，将就点吃五粮液吧！"

大保撇着嘴说："你嘴巴有毒哩，吃五粮液还是将就的。"

宝生嬉笑着说："不瞒你，茅台五粮液我都还没有开过洋荤，今天傍你的福了。"

笑着，捞过铁笼子，自去溪边剖蛇。

大保也起身，挨着炉子走一圈，在窑壁上搭手摸摸热度。现在他无须通过瞭望孔，只要摸摸窑壁，就能知道里头的炉温了。他感觉到窑壁有点烫手，就把脸颊又贴上去试了试，然后，大声喊炉前的小工将鼓风机调小一点。

大保回到苦楝树下坐了，忽然想想应该给林工打个电话，喊他过来吃蛇肉，如今眼镜蛇越来越难吃到了，有好东西不能忘了人家。

电话响了很久，林工才接了，口气很不耐烦，他在等着电视里的NBA直播比赛。美国的NBA已经进入到季后赛，每场球都是生死大战，他不想漏过一场比赛。可是他听到大保是叫他去吃蛇肉喝五粮液，口气即刻缓和了下来，犹豫良久，说："你们吃吧，我还是不去了。"

大保很意外："看个球赛有那样要紧？"

"要紧哩。今天是湖人队第七场季后赛，生死之战哩，肯定好看。我舍不下。"

大保忽然想起一个笑话：住在街头拐弯的灶头婆有一回同媳妇吵架，一时气短，冲出门就要去投塘自尽，看的人也不拦她，尽她去跑。灶头婆跑到塘边，一犹豫，突然又折返转来。看的人问她，如何又不寻死了？她回答说："我舍不得家里的那坛剁辣椒哩！"大保笑着把这段掌故给林工说了，林工也笑了起来，说："你这是南不扯北，两码事。"

大保说："那你看完球赛再过来，我们等你。"

林工说："比赛要到两点多才打得完，还不知道会不会打加时，莫等了吧！"

"那你是一定不来了？"

"不是不来，是实在来不了。"

林工说着，就挂了电话。电话挂断的前一秒钟，大保听到了"嚯"的一声哨响，想必是球赛开始了。大保握着手机，发了一阵呆。他没有想到一个人对球赛会痴迷到这个样子，工作可以不管（他本来是约了林工去最后落实无名死尸葬身之地的，给推脱了），酒可以不喝，连难得的美味也诱惑不了他，一门心思只在那上面。他撅出一根烟来点燃，一口烟包在嘴里好久没有吐出。他想起自己当年对篮球的痴迷程度，一点不比林工低，若不是受到那么多的打击，他也应该还是个老球迷，享受篮球给他带来的快乐。他还当然是在一个什么单位里领着工资的，凭他的努力，还应该能当上一个小领导，可以神气活现地坐办公桌。他咧了咧嘴角，让一丝烟雾从嘴里漏出来，好多往事在眼前一闪而过。他忽然有种躁动，很想把篮球找出来把玩一下。

大保把半截烟甩在地下，起身进了睡屋。他眯起眼睛似乎想了一会，才想起篮球是好久以前给自己踢进床底下去了的，就伏下身子，一手撑地，将脑壳伸进去，把床底下的东西一样一样地拨出来。一双皮鞋，又一双皮鞋；一双长筒套靴；几双旧袜子；一个纸箱子，又一个纸箱子，还一个纸箱子；一盏马灯；一支手电筒；一捆旧书；一团铁丝；两块洋铁皮；一双回力篮球鞋——这是他的第一双回力鞋，手指按在鞋底上，竟没有了一点弹性……

床底下积年的灰尘被搅动得滚滚滔滔，呛得不停地打喷嚏，喉咙像给一把锯子在锯，脑壳上巴起了蜘蛛丝，旧物件拨出了一样又一样，可是，没有找到篮球。

他现在已经完全记起了那只篮球就是给自己一脚踢进床底下的，怎么会不见了呢？

他听见宝生在门口的地方大声喊：

"大保，大保，蛇剖好了！"

他一撅一撅地退回去，一塌屁股坐在地下，灰尘糊住了眼睛，感觉有泪水潜出了眼眶。睡屋里光线一时间好暗。

他又听见了宝生的喊声：

"大保哩！大保！"

他忽然暴躁起来，恶声应道：

"喊尸啊！喊、喊、喊……"

十三

一路春风一路伤

　　大保的炉头生意向来都不错。

　　这是从每个墟场的热闹都看得出来的。

　　县城里每逢三、六、九是赶墟的日子。墟场就在南门外，从大保家过去几户人家，好大一片场地。墟场叫仁和墟。墟场南边凳着一座戏台，戏台很老旧了，木柱子的油漆已经剥蚀，顶上的檐瓦每年都要翻检，戏台楼头的两头石狮子却是锃亮泛黑。戏台前头是一片空地，一箭开外的地方错落着几栋凉亭。石板街道从凉亭边上拐个弯，一直通到了西门口。墟陂的那头横亘着一条土马路，一头通到清陵河边，一头接到了汽车站。土马路上一天到晚都有拖拉机喷着黑烟"突突突"地驶过，车斗上装着河沙和竹子。竹子尾巴一头拖曳在地上，刮擦起来的尘土浮上半空，久久不散。

　　仁和墟平时很清寂，只在逢墟的日子才会热闹起来。那真是热闹哎！墟场外头的几条路上缕缕连连的都是人，附近乡里的人都进城赶墟来了，手里提着，肩上挑着，身上的衣服是刚刚换洗过的，脚下的草鞋也换上了布鞋或解放鞋。媳妇妹子的头发上都抹了茶油。还不到半上午，墟陂上就一层一层地拥满了人。偌大的墟陂像涨水的池塘，水多得塘里装不住，连附近的沟圳也灌满了——墟陂旁边的街口上都挤满了人。卖菜的（各种时新瓜菜无不青葱鲜嫩），卖鱼仔的（鲤鱼、草鱼、鲫鱼、泥鳅、黄鳝、虾公、螃蟹、脚鱼），卖糖的，卖干红薯藤的，卖炭的，卖糖榨梗的（学名叫甘蔗），还有鸡市、鸭市、牛市、狗市、猪市、木器行、竹器行、铁器行，凉亭下面的黑市肉摊在案板上卖，猪心猪肺猪肚高高挂着，好远就看得见，另一头的牛肉是吊在杠杆上一刀一刀割着卖的，牛头照样挂得很高，牛角跟猪内脏遥遥对峙，卖面卖馄饨的早已支起了大锅，柴火烧得热热烈烈，一片水气氤氲，油炸糍粑的小灶小锅都躲在角落弯里，烈火烹油，香气和声浪糅捏在一起，尖利地往人们的鼻孔和耳朵眼里钻。这天县里的毛泽东思想文艺宣传队也会出来，在戏台楼头出出进进地演唱节目。他们都很年轻，后生很挺拔，妹崽很乖。演唱的都是样板戏的折子戏，穿了戏服，手里抓着枪、刀，脸上却没有化妆。他们唱得都很卖力，可是墟场上的人一点都听不到。墟场上有多少只喉咙在敞开着说话，嘤嘤嗡嗡的声音糅作一堆。他们的声音一出口，就融入浊厚的市声里去了，连自己都听不见。

大保的家紧挨着墟场，这里街两旁的人家，开的都是铺板子门，大门边上，镶的都是铺板，到了要做生意时，就将铺板从门槛槽子里一块一块顺出来，靠墙竖好。卸了铺板的堂屋里外通透，显得宽敞豁亮，再把货板迎门一架，随时可以卖货。大保家的铺板平时不卸，只有到了逢墟的日子，才会四敞大开，早早就把货板在门口支好了。货板上堆满货物。

逢墟这天，大保家里有两轮大的热闹。那真是人来人往，川流不息。语声喧哗，无不开颜。

第一轮热闹在开墟之前。一些人提早进城来了，先到大保家打个转身，寄放一点物件，箩筐、菀箕、扁担、猪笼，或是鸡、鸭、小狗崽。这些人都是好多年走熟了的人。他们站在门口大大声喊一句："王师傅！"不等主人应承，就侧着身子进了堂屋，找地方把东西放好。这些人都走了好远的路，喉咙干渴，讲究的会从碗柜上揭下一只碗，倒碗茶喝，不讲究的就从水缸里舀一瓢井水喝了，抹抹嘴巴，自顾先到大街上逛去了。大保一家人跟这些人并不认识，好多连姓什么都不知道，只是看着脸熟（也是一来二去走熟的），觉得人家愿意来家里叨烦，是看得起自己，堂屋空也是空在那里，给人方便，又不蚀本。所以，但凡有乡里人来寄放点东西，无论生熟，一概笑脸招呼。每到逢墟这天，还早早就把水缸挑满了，烧一大壶茶凉在门口。

然后就到快要散墟的时候了，那些人已经买好了东西或卖脱了东西，在墟陂上逛饱了，纷纷返转大保家取物件。有的人取了物件，道声"吵烦"，侧着身子绕过柜台，径自出门远去；也有的刚刚卖了东西，兜里有钱，或会在柜台前站一站，挑一两件物品买起。他们都知道大保家的出品质量过得拗，价钱也公道，从不讨价还价。只一阵工夫，柜台上的东西就卖得罄空，一边的钱罐里装满散票子。

日子走得很快。这天又是逢墟，大保一家吃过早饭，柏良婆自去洗碗，大保就挨到门口，一块一块地卸铺板。日头已经有几竿子高了，日光打在对门瓦檐下，反射到通透的堂屋里，亮堂极了。街道上过身的人不多，三个两个，也有挑担的，也有提篮的，脚下缓缓地往墟陂上去。大保正要转身回里屋，门口一黑，晃进来一个人。对着逆光看过去，只凭轮廓就望清了来人，欢喜地喊道："六富叔？"

来人正是烟溪村的王六富，卷着裤腿，提着个蓝布袋，一副风尘仆仆的样子。进门先倒碗冷茶喝了，这才蹭到灶头上坐下。

听到大保的喊声，孝德公同柏良婆也都迎了出来。六富叔一手接过柏良婆端过来的热茶，一手接住孝德公的烟，就火抽了一口。

六富叔木着脸，将满口烟气徐徐滤出。

大保也到灶头挨住他坐了。

"你今天哪样得空下山来赶墟？"他问了声。他知道六富叔不轻易到县城赶墟，一年难有一回，心里很奇怪。

六富叔说："我不是来赶墟哩！赶什么墟。"

"那是来耍？来办事？"

六富叔像大白天见了鬼一样惊奇地睁开了眼睛，嘴里含起一包烟，定定地看了大保一刻，然后，将一团烟喷在大保脸上，说："你几时看我来城里耍过？我这世人都没有耍的命。实在话告诉你，我来上访。"

"上访？"坐在灶头的几个人都不知道"上访"是做什么，一齐问。

"就是来伸冤哩！"

"那我明白了！"

大保挫了挫牙巴骨，眼神一黯。

六富叔捏住烟屁股狠狠吸到底，就手甩到灶眼里，说："那年冤里冤枉拿我打成反革命，不清不楚坐了半年多牢，稀里糊涂说喊我回去就回去，任何说法都没有，我不甘心哩！"

"我也不甘心哩！"

"所以我要来伸冤呀！"

"伸冤，是要伸冤。"

这时孝德公开声了，说："你要哪样伸冤？"

"要他们给我平反。"

"事情过去好多年了，领导都换掉几轮了。时过境迁，这事情还办得成？"

"我默起是办得成的。"六富叔又要过一根烟点起，说："铁打的营盘流水的兵，不管他领导换了好多轮，衙门还是那个衙门。是衙门就要理事，我不找人，只找衙门。"

"那我再问一句，你晓得自己吃了冤枉，这样多年，怎么都不去找？"

"你以为我不想去找？心里想得死，日日想，夜夜想，肚子里没有歇过憩。但是那时候我晓得找也没有用，世道没变，时机不到。"

"你的意思是如今世道变了，时机到了？"

"世道没变，政策变了。"

"你是国家主席啊，你晓得。"

"我当然晓得。你不清楚吧？自从出了牢门，我就特别关心国家大事，天天听广播，看报纸，研究国家政策。我白白吃了那样大的亏，不可能就这样算了。我怄不下这口气。无论如何我要给自己讨一个清白，不然死了都合不拢眼睛。"

孝德公又给一根烟六富叔续上，问道："你能肯定如今是伸冤的时候了？"

六富叔说："这我心里有数。我们乡下都要把田土分到个人了，你说这个变化说明了什么问题？说明上边开始关心老百姓的疾苦，尤其是农民的疾苦了。如果一个政府开始关心老百姓了，我有冤枉就不怕得不到平反。"

"你有把握？"

"我也不敢说就有十成把握，六七成是有吧。"

"这话怎么理解？"

"好理解。意思是要看下边执行政策的人怎么做。这几十年你应该比我看得多，经常是上下对不上，有时候上边出了好政策，下边不一定执行到位，有时候来一个馊政策，下边的人又做得特别过大。我真是悟不清有的人的心是什么变的。他们总怕老百姓日子过好了。"

"你说得一点没错。"

孝德公点头。大保激昂地说："我搭你一起去，把平反证明都要到手。"

六富叔似乎顿了一下，搭下眼皮说："这不是搭人打架，需要人多。水怕埝头人怕理，我有政策拿在手里，一个人尽够了。"急急地唆口烟，又说："那会子把你也卷进那起案子里，害你也吃好多亏……"

大保接住说："是哩，冤是冤枉，平白无故，害我一世，悟起来心里的气就不顺！"

六富叔急忙摆手说："不哇了哇了，哇起崖鹰鸡脑壳痛。你放心，在那起冤案里我是主角，你只是跟着背时，只要我的问题解决了，你的平反那还不是顺理成章的事。"

"你的意思，不必要我一起去？"

"不必要，不必要哩！"

"好，我就在家里等你的好消息。"

这时柏良婆已经炒好菜，孝德公就斟满酒，陪着六富叔喝了几杯。六富叔因了要去办事，不敢多喝，盛碗饭吃了，一个人急急忙忙找县政府去了。

这一天大保再无心做事，前头站站，后头坐坐，看看天上的云彩，追索一只黑蚂蚁在树根下的行踪——六富叔把他的心事都撩发起来了。他想起十几年前平白无故给打成"反革命"，还带进看守所吃了大半年牢饭，心里就像有铁钩子在抓，烦躁得卵根子直抽。

到中饭时际，还没见到六富叔打转。本来逢墟这天，他们的中午饭都是很马虎的，装碗现饭，或是捡个煨红薯囫囵着吃了，哄哄肚皮就算一餐。但这天不同，来了客人怎么也得炒几个菜，上桌好好喝一壶。上午六富叔前脚出门，柏良婆跟脚就到墟陂上砍了一斤新鲜牛肉，捉了一条草鱼回来。她让孝德公守在门口照顾生意，自己一个人在灶头忙了一上午。菜炒好了，都拿大碗在桌上罩着，饭锅在火边烤着，一阵一阵香味飘出来，街上赶墟的人流涨了又退了，一些散墟的人扯连线一样进来拿起自己寄存的物件，急匆匆走了，一线日影斜射在堂屋的照壁上，时间已经到了半下午，还不见六富叔的踪影。一家人都有点急了。几个人站在柜板后头，正商议要不要去县政府寻人，六富叔一步一拖地进来了。

大保迎住他，劈头就问："怎么样？"

六富叔疲惫地摇头，说："还不成。"

"为什么？"

"你急什么。"六富叔笑笑，说："有吃的没有？我肚子里饿得直叫了。"

"你先说说为什么不成？"

"一句话两句话说不清，等下告诉你。"

大保扯住他还想再问，孝德公拦住了，说："千事万事，吃饭是大事，任何事都吃了饭再说。"自己先就到饭桌边坐了，一只一只揭开罩在菜碗上头的大碗。菜碗已经没了热气。

六富叔拢到桌边，还没坐下去，抄过筷子先夹起一筷辣椒炒牛肉送进嘴里，嚼都没嚼就吞下肚，"咕"的一声好响。

他又几口扒完一碗饭，这才嗨的一声歇下来，额头上冒起了热气。

他慢慢抿口酒，说起来。他说他到了县政府，进那个衙门还费了好大的事。守传达的麻子好恶，左讲右讲就是不肯放他进门。"真是阎王好见，小鬼难缠哩！"他说。后来是出来一个什么主任，问了问情况。那主任蛮和气，指点他去了落实政策办公室。那里的人也还和气，让他坐下慢慢说，还给他倒了杯开水。他们听了他的申诉，又看了他的材料，回复说这事不归那里管。因为他是农民，还因为他进过看守所。他们让他去找公安局。他在公安局转了几个办公室，这里推那里，那里推这里，推得他团团转，转得发黑眼晕。最后还是没有任何答复，让他找回县政府。那时他又饿又累（他是清早起床走了二十多里山路下来的，又没有吃中午饭），心里窝了一肚子火，准备到了县政府就要闹一场的。谁知后来的事情出乎意料地顺利。先是进政府大门就再没有遇到阻拦，任他大摇大摆地走进院子里。然后他在办公大楼的楼梯口稍微站了一下，拦住一个女干部，打听熊主任的办公室是哪间。他在公安局已经问清楚了，落实政策办公室的主任姓熊，这个姓很少，整个政府大院就一个熊主任，还是个女的，年纪跟自己差不多大，一头短发，慈眉善目，像观音菩萨。她听六富叔讲述的时候，脸上一直是肃肃的，不带点笑容。听他讲完，那观音菩萨一样的主任就手从抽屉里抽出一份文件，翻开看了看，就摇电话喊一个人过来一下，进来的正是上午打过照面的年轻人。他给年轻人送过去一个歉意的笑脸。他清清楚楚地听到熊主任交代那年轻人说："小雷，你负责给这个老同志的事情办一下。"又把那份文件给到年轻人手里，说："就按这文件上面的精神办，一定要抓紧落实！"他过去跟熊主任握了握手（那手好软和啊），就跟着年轻人下楼去了办公室。年轻人坐在自己的位置上，又把他的申诉材料从头看过一遍，皱起眉头说："你这材料不行。"六富叔心里灵醒，知道自己越过年轻人去找主任，人家肯定不舒服，就欠着身子乖笑着说："需要哪样写，还要劳烦你告诉我哩。"说着摸出一包烟压在文件下面，年轻人就说了要怎样怎样写，让他改好了再送过来。

六富叔说完了，才发现大保一直睁大眼睛在听，连筷子都没有动一下，就说："咦，你不吃饭的？"

大保说："不听你说完，我吃不进饭。"

六富叔说："不消担心了，人家主任都那样发了话，跑不脱的。只是今天会要在你们这里歇一夜，把材料写过，明天好送去。"

柏良婆忙说："我们有的是地方，想住好久住好久，只要不嫌弃。"

"那就吵烦了。"

"不吵烦哩！"

当天六富叔就在大保家住下了，一个人关起门，在灯下忙了大半夜，写了改，改了写，到天亮时分才搞熨帖。一双眼睛熬得红红的。

大保也在外头坐了一晚上，陪着。

六富叔只在床上眯了一下眼，就不睡了。睡不着。大保又陪着他在后门苦楝树下坐着念了一阵空话，念的无非是大保下放到烟溪村做知青时的一些旧事。一起吃过早饭，看看快到机关上班时间了，六富叔急忙出门往县政府去了。大保一直送他到正街上。

六富叔到落实政策办公室送完材料，直接就回烟溪村去了。半个月后，六富叔托人搭信来说，他已经收到了县里的书面平反通知。他要大保不必着急，安心在家里等平反通知书。

大保又等了半个月，却迟迟不见平反通知书送来。他决定自己去一趟落实政策办。

大保在落实办扎扎实实碰了个钉子。

他依照六富叔告诉的，在落实办找到小雷，后生仔精瘦精瘦的，在大保庞大的身坯面前，显得极其虚薄。他先是冒起脑壳望了大保一眼，随即双眼平视，挥挥手说："退后去一点！"显得很不耐烦。大保赶紧退到门边拉张凳子坐下了。他感觉到坐着还比对方高，就又将脊背一缩起，脸上绽放开笑容。小雷仍自站着，将申诉材料翻了翻，抬起眼睛乜斜过来，说："你这个事情我们办不了。"

"为什么？"大保一下站了起来，随即又跌坐在凳子上。大保说："王六富的都办了，我的做什么就办不了呢？我们是同一个案子。"

小雷说："他是他，你是你，两码事。"

大保说："当然是一码事。"

小雷说："我讲是两码事就是两码事，你不消搭我争！"又说："抓王六富的那年，人家是生产队长、共产党员。你呢？"

"我是知青。"

"知青，哼，知青！那你现在在哪里上班？"

"没有上班，自己在家里寻些事做。"

"哦，无业。既然是无业，又何必在乎有没有那张纸。"

"你这个同志怎么这样说话，那不是一张纸，是平反书，我是要证明自己是清白的。"

"你现在工作单位都没有，是不是清白有什么意义？看样子你是靠劳力吃饭的，你有这样一副身坯，发狠做事才赚得钱到，何必来这里做些无用功。回去吧，回去多寻点事做才是正路。"

"……"

大保一时气得说不出话来了。他感觉是给人扇了一个耳巴，又兜心窝踢了一脚，那种羞辱和蔑视差不多要把他的脊梁骨都敲折了。他一身的血都往眼睛上冲，双眼一定是血红的，鼓涨得难受。他很想站起来，逼到那后生仔面前去，指住鼻子骂一通；或者，直接抓住脑壳让那张丝瓜脸转个边。然而他硬是忍住了，只是抱住脑壳默默地待了一会，突然起身，昂起脑壳，一步一步走了出去。他听到地皮都在脚下发抖。

大保在衙门口站停了一会，眼面前对直是正街，左边东门口，右边西街。走东门口拐北街，经染织厂门口，上土路，过广场，就是灯光球场。小时候上学读书，后来打篮球，走的都是这条路。这时他的心里还在翻腾，不想回家。他知道回到家里心里那股气不知道怎么发。

大保自己都不知道怎么就走到灯光球场上来了。他记得转身时，一拳头擂在衙门口的石狮子上，四个指关节的皮肉都翻了起来，他感到了一阵锥心的痛。他站在灯光球场的看台上时，看到了手背上已经变黑的血痂。当顶的阳光泻满一地，下面白光光的很耀眼。他听到什么地方传来一阵一阵的口哨声，恍惚想起了当年在这里代表县篮球队打决赛时，塌方一样的欢呼声，骤雨一样的掌声，多少人都是昂起脑壳看过来的哩。他忽然一阵激动，很想蹦跳下去抓个篮球玩一下，可是手上的刺痛立即就让他变得无比沮丧。他想找地方独自喝点酒。

当年广场边上的旅社已经没有了，改了招牌，换了门面，里头也粉刷一新，还是做的饮食业。大保一直走到尽里头的角落湾里拣个位置坐下，要了一壶水酒，点了一碟花生米、一盘辣椒炒牛肉，想想，又加了一份血灌肠。等候上菜的空当，他才后悔不该到这里来了。坐在这里，很自然地就想起了下面广场上的水泥球场，想起自己参加中学生篮球队时训练、比赛的情景，想起第一次参加比赛、投进第一个球，四周欢呼鼓掌的盛况，往事历历，恍如昨天才发生过的。偏偏此地风俗，都是先上酒来，要过一阵才会上菜。而且，本地人喝酒不用杯，用的是碗。一碗酒筛满，至少三两。大保自己把酒筛满，看着热气飘起来，兴头一起，等不及上菜，先就空着肚子把一碗酒倒进口里了。这里的酒很地道，原糟原酒，好甜，喝进肚子里好舒坦。大保接着就又筛第二碗酒喝了。还不止瘾，就又再喝了一碗。转眼间，一壶酒就空了。大保感觉到肚子里有了肿胀的意思，酒劲冲上来，顶到了喉咙口，脑壳也开始晕了。恍惚间，落实政策办的小雷逼到了跟前，刮瘦的身子笔挺着，指点着他说道：“你现在工作单位都没有，是不是清白有什么意义？看样子你就是一个靠气力吃饭的……”大保听不下去了。自从冤里冤枉被打成反革命，他吃过好多亏，受过好多人的白眼，但给人这样羞辱还是头一次。他攘起拳头，照着那张脸一拳擂了过去。

大保的这一拳搉空了。搉空了拳头带着他往前一冲，一个身坏就倾倒在了地下。

大保喝醉了。

大保这回真是醉得很恶。头一触地，喉咙就跟着一垮，一堆秽物冲决而出，污了一地，他听见有人在说："醉了，醉了。"接着就有人跑过来扶他。他那样大的一具身坏，又醉了酒，死沉死沉，哪里扶得起。那人大喊："还来几个人帮忙啊！"就又过来几个人，抬的抬手，搂的搂腰，扶到凳子上坐稳了，他觉得这些人真是混账，自己怎么会醉呢？他喃喃地说："我没有醉，我怎么会醉！"说着就又喷出一团秽物来。他肚子里已经没有东西可吐，吐的是酸水。臭烘烘的酸水喷了一地。他恍恍惚惚听到周边的顾客逃离开去，将凳子踢得乱响，有人骂着说："背时倒灶的，没有教养！"他想回骂一句过去，张了张嘴，却什么声音也没有发出来。他埋着脑壳，听到有人叫服务员赶紧过来清扫。服务员过来了，一看那个样子，就将扫把摔在地下，嫌恶地说："我不扫，熏死人了。"就有人说："让他自己扫。"声音很遥远，大保却听得清清楚楚，有一团云气从脚下蒸腾起来，将他死死地包裹住。他想说："我自己扫就自己扫。"他想站起来去捡起扫把。可都是想想而已。他说不了，也动不了。他想挣扎，却无济于事。他只是气恼地哼哼了两声。但他很快又感到了一种羞愧。他努力睁了睁眼睛，看到了那一摊连绵不绝的秽物。他觉得那种气味真是十分难闻，闻到直想呕。

就在这时候，不知从哪里拱出来一只小狗崽，一路小跑着颠到脚下，只一阵子工夫，就将地下的秽物舔吃得干干净净。难闻的气味一下子消了很多，大保感激地睁眼看了看小狗崽。小狗崽蹲坐在地上，也正瞪着一双清亮的眼睛望着他。他听到有人瓮声说："这只狗崽真瞎了眼哩，那样的东西也去吃。"他又看了小狗崽一眼，小狗崽闭上了眼睛，却依然昂起脑壳对着他，一对耳朵熨帖地支张着。嘴巴上闪着亮光，他在心里嬉笑道："瞎子，你是瞎子哩！"他舒坦地合拢眼皮，意识又模糊起来。

大保是在第二天中午边子才醒来的。他摊手摊脚地板在床上，口里焦干，一身蜡软，脑壳很重，肚子里饿得直叫。他睁开眼睛，一下就看到了卧在床头的茶壶，赶紧捧过来，含住壶嘴就是一顿猛灌。茶水欢快地汹涌而下，在肚子里翻腾搅动，喝完半壶水，一身都松快了。他舒服地打着饱嗝，重又仰躺下去，一点一点地回忆昨天的事情。

大概母亲柏良婆就守在外面堂屋里，听到响动，赶紧进来了，后面跟着唐红卫。

柏良婆很奇怪大保为什么会一个人出去喝酒，又为什么会醉成那个样子。

"哦，我醉了么？"大保迷蒙着眼光，自己也很奇怪。他长到这么大，急酒喝过、饱酒喝过、饿酒也喝过，一餐喝个三四斤酒，根本不在话下，昨天怎么就醉了呢？

"还说没有醉，人都变成了一坨铁，几个人还抬不起，人家是拿板车把你拖回到家里来的。你知道你睡了好长时间？一日一夜哪！那猪婆鼾扯得，门口街上都听得见。"

大保斜眼瞟见唐红卫在门边上掩嘴一笑，赶紧折身坐起，说："老娘你也不要这样倒我的丑。"

柏良婆也笑，说："噢，你还知道倒丑呀！"

唐红卫接住说："不倒丑哩，男子无丑相。男人要喝酒才有气概。"

大保嘿嘿一笑，身上松弛了，清醒很多。

柏良婆问他："是不是昨天去办事没有办成，心里烦，就一个人跑起出去喝酒了？"

大保点头，就将昨天去落实政策办的事情说了一遍，他特别学说了小雷那番话，一边说，一边咬牙。

柏良婆听了，一拍手板说："你爷老子估得一点没错，他悟到你就是事情不顺，心里怄了气，才一个人去喝闷酒的。"顿一顿，沉了沉脸块，又说："老头子要我搭你讲，他本意是不想你去讨那张平反通知书的，看到你兴头那样大，他不好泼你的冷水。老头子说，冤枉已经受了，孽也遭了，未必得了那张纸，心里的伤口就抹平了？就还能回得到过去的样子？政府里头有些那掌权的，遇事只为自己的前途着想，哪里会管老百姓的死活。他们要想往上爬，只会拿老百姓垫脚的。这也难怪，老话早就讲了，人不为己，天诛地灭。从古至今，道理只有一个。老头子还说，世上的好多人就总是给一些虚之又虚的东西迷了心窍，不懂得自己真正需要的是什么。即使讨到了那张纸，又能改变什么？没有那张纸，我们也照样过日子。各人吃饭各人饱，各人生路各人找。我们老百姓，老老实实做好自己的事情才是本分。"

大保探下一只脚在床底下找着鞋子，低眉凝神，好一会才说："这是我爷老子说的？"

"都是他的原话。"

"他还是不了解我们年轻人的心思。"

"为人不过是做事吃饭，吃饭做事，哪里来的那样多心思。"

"我们当然有我们的心思。"

"拿你的心思说出来听听。"

大保就很快地瞥了一眼站在门口的唐红卫，唐红卫把脸偏到一边，望着外头的天井上面。

大保忽然气冲冲地说："我还年轻，以后还要讨老婆，要生崽女，让我一世背着'反革命'的名声，怎么讨老婆，怎么养崽女，崽女大了又怎么有前途！这就是我的心思。"

"说完了？"

"就这些！"

柏良婆"喷"地一下笑出声来，笑过了，又撇嘴说道："你这个心思呀真是多余，依你这样一个人才，还怕讨不到亲？万少千多，我是没有开声，只要开一句声呀，只怕提亲的人把我家的门槛都踩滑去。崽女的事你就更不要操心了。儿孙自有儿孙福，莫替儿孙做马牛，十年二十年以后的事，谁估得到是什么样子？喊，你还担心那些！"

"婶婶说得好呀！"唐红卫忽然开声，一张脸涨得紫红，一只手拍得身后的门板啪啪响，说："王大保你就是自己不认得自己，要人才有人才，要手艺有手艺，人又本分，心地又好，通县城你是第一人。"咽口唾沫，又高声说："我就喜欢这样的人。"

说完，扭身出到堂屋里去了。

柏良婆悄悄一指那边，细声说："听到了吧？"

大保傻傻地睁着眼睛，不开声。

柏良婆又哄着他说："好崽，平反不平反的事情就不要悟它了。小雷的话，也不要记在心上，就当他放了个屁——一个大臭屁！"

大保点点头，幽幽地说："那年拿我打成反革命，抓我去坐牢，都没有这回这么伤心。我就是吞不下这口气！"

唐红卫站在堂屋里，耳朵却留在这边。听到大保这句话，抬脚就走了。白牙齿咬住红嘴唇，招呼都没有打一个。

大保抬起头，似乎在细辨远去的脚步声，却忽然发现床脚那头一团黑影，细看，竟是一条小狗。一对清亮的眼睛，正巴巴地望过来。他问母亲，哪里来的小狗崽？

柏良婆说："你不知道么？这条狗崽是你带回家来的呀。昨天饮食店的人拿板车送回来，这条狗崽就一路跟起来了，进了屋就再不肯出去，赶都赶不走。你睡倒在床上，它就蹲在床脚。你一日一夜没有吃饭，它也一日一夜没有吃东西。我们喂它饭，喂它肉，都不吃。只摇尾巴，只看着你，这真是怪事。"

大保很快想起了昨天的事情。想起自己吐了一地，遭人嫌弃，就是这条小狗给自己解了围。这狗，好有情义哩。他心里一阵感动，忙起身过去，双手将小狗崽拦腰捧起来。小狗崽也很欢喜，嘴里呜呜噢噢地哼着，一条小尾像要摇断一样地摇。

柏良婆说："不知道是哪个家里养的狗崽跑了出来，等人家找来了，就要还给人家。"

小狗崽听懂了，扭过头朝柏良婆汪汪汪地叫，极其愤慨。

大保忙说："不给，不给。任何人来要都不给。花再多的钱都要把它留下来。好不好？"

他的后一句话是对着小狗崽说的。他的语气从来没有这样柔和。小狗崽即刻安静下来，将眼睛眯成一条缝，又开始哼，开始摇尾巴，一身的皮毛乱抖。

终究是没见到有人过来找，小狗崽就在大保家留下来了。大保带它到圳边上，将它浸到溪水里，好好洗了个澡，又拿梳子给它全身的皮毛扒梳一遍。待到水渍一干，皮毛疏松开来，竟是一条十分俊雄的小狗，站在阳光下面，四腿笔直，腰身圆细，非常精神。

大保给它取了个名字：瞎子。

那天大保酒醉，最后意识丧失之前，心里念叨的就是："瞎子，瞎子啊！"他觉得把这个名字给到它，是天意，很好玩，还好记。

瞎子自己似乎也很满意这个名字。无论大保，无论柏良婆，无论孝德公，只要喊一声"瞎子"，他即刻就乐颠颠地跑过来了，在脚跟前趄地打滚，亲热坏了。

只一个下午，瞎子就同这一家人混得溜熟。

晚上，大保正坐在天井旁的石磴上给瞎子喂食，唐红卫进来了。瞎子也是见过她的，知道这是家里人，即刻乖巧地摇尾巴，大保就指着唐红卫，喊道："瞎子，叫姐姐。"瞎子跟着就汪汪、汪汪地叫了两声，逗得一家人大笑。

唐红卫常来这个家里，每次见到她，大保至多点点头，从来没有如此开过玩笑。唐红卫心里一凛，知道他是心里高兴，就也指着他吆喝瞎子："喊哥哥，喊哥哥！"瞎子只汪出半声，就噎住了，它的脖子给大保掐住了，一噎一噎地缩脑壳，眼睛眯得好细。

柏良婆问唐红卫："有事？"唐红卫中午才走，晚上又来了，柏良婆估她是有事。

唐红卫点点头，把手里一个牛皮信封给大保。

大保疑疑惑惑地撕开信封，掉出一张纸来。展开一看：平反通知书。

"我的？"

"不是你的未必还是我的？"

唐红卫说着，歪头一笑。大保突然发现这个笑脸好妩媚，原来唐红卫也是有妩媚的。大保心里一热，身上有好多蚂蚁子在爬，手脚都不自在。他赶紧也嘿嘿笑了声。

柏良婆接过平反书去瞄了瞄，欢喜地说："上头是盖了县政府的大印哩！"

孝德公也探头看过了，说："是县政府大印。"

大保嘿嘿地笑得更开了点。

柏良婆说："这下你满意了吧？"

大保只是笑，不点头，唐红卫就说："我知道大保很在意这张纸。拿不到这张纸，他不会甘心，我就搭他去搞来了。"

大保忽然问道："你怎么搞到手的？"

唐红卫说："事情是死的，人是活的，要想办法哟！"

"想了什么办法？"

"不告诉你。"

唐红卫说着，转身走了。

柏良婆推大保："赶紧，去送送人家。"

大保没有动，只望着那个背影，笑。

柏良婆又同大保提说起了唐红卫，这回大保没有烦躁，也没有打断母亲的话，他默默地听着。听完了，他又默默地将烟盒里剩下的几根烟一根接一根抽完。他同意了这门婚事。

他们很快就结了婚，他们的年纪都不小了，两家的大人都急盼着抱孙子。男方送了一份不薄的聘礼，女方家里也照风俗还回了更重的财物。婚宴很热闹，但不张扬。堂屋里摆四桌、天井边摆两桌、后面工场里摆四桌，十张桌子摆开来舒舒敞敞。这里的婚宴都在中午，大场合搞完，男女双方的家人在晚上还要喝一餐团圆酒，大保这天是完全敞开了，中午时到每桌敬了双杯酒，晚上又敬岳父岳母，还跟岳家兄弟换大杯拼了几下。很多人在这种场合喝酒，都是象征性地抿一抿，偷工减料，或是在酒杯里掺开水，能混则混。他不这样。他好像成心要把自己搞醉，每一杯都实实在在，滴酒不淌，到后来还兴头越来越高，主动找人挑战。连续的两餐酒，喝得他舌头都大了，说话上句接不起下句，筷子都捏不拢。岳母看着场合不对，赶紧拉着一家人告辞了。

新郎新娘送走客人，正要关门落闩，门却忽地给人用力推开了。

谁都没有想到，来的竟是灰毛砣。

灰毛砣打着拱手，哈哈喧天地说："贺喜、贺喜！我是不请自到啊！不会嫌弃吧？"原来此地风俗，一定是要接到请帖才会去参加婚宴，如果没有请帖，再是至亲的人，至好的朋友，断不会贸然过去。这有讲究。

听到声音，柏良婆从厨房里迎了出来，一看客人是灰毛砣，脸块一跌，转身返回去了。

大保也没有开声，只定定地望住他，脸上起了一层雾。

唐红卫大致知道这一家人都不愿意理灰毛砣的原因，知道灰毛砣欠大保好大一笔钱，一走无影，几年了连梦都没有报一个。她听柏良婆念叨过好多次，一家人心里都有气。

灰毛砣仍然打着哈哈说："好手不打上门客，何况你们今日大喜，人都进了门，不搞杯热酒搭我喝喝？"

唐红卫赶紧应道："饮酒，当然要饮酒。"又一扯大保，让他开声。

大保也醒过神来，勉强一笑，哑着声说："上桌，我两兄弟铳一壶。"

"不是两兄弟哩，是三兄弟。我今天特地过来道喜，是要送兄弟你两份大礼。"

灰毛砣一头说着，一头闪开身子，就见暗影里款款走出一个人来。灯光一下将他照亮了。

大保闪眼一看，陡然一喜，大喊出声：

"钟海仁？！"

钟海仁用手点着大保，说："大保，大保啊！"却并不停脚，径直走进屋时，当中坐下了。

几个人紧忙跟过去。大保直问："你怎么来了？"

钟海仁一指灰毛砣："你问他。"

灰毛砣也在一旁坐了，说："你不知道？人家海仁到我们县当副县长，是县太爷了哩！"

大保又是一惊，这又是他万没有想到的。钟海仁大学毕业就分配到了省里的建筑设计院，很快提拔当了副处长，这些，大保都知道，钟海仁给他写信都说过。怎么突然就调到县里来当太爷了呢？大保一下感觉同他隔了好远，心里有什么东西在往下跌。

"海仁是省里的后备干部，这次是放下来锻炼的，以后要回去当大官。今天才到县里报到，我在路上碰到他，十几年没会过面，还是一眼就认出来了。他还不知道你今天讨亲，听我一说，跟脚就同我一起过来了。怎么样，我这份大礼不假吧？"

"是哩是哩！"

说着话，孝德公和柏良婆也过来了。大家都很高兴，柏良婆打过招呼，赶紧就去热菜了，孝德公摸烟递过去，钟海仁忙欠身双手挡开。

"不会？"

"不会。"

"那酒呢？"

"也不会。"

"是个好后生。"

"人家是县太爷哩！"灰毛砣纠正他。

"什么县太爷，"钟海仁说，"在伯伯老人家面前，我就是个后生。"

"这话我听了松快，上酒。"

钟海仁听话地坐下来，他刚吃过晚饭不久。肚子好饱，县政府的接风宴很丰盛，他多吃了一块走油肉，一直胀胀的，饱得难受。但他知道这餐酒是一定要吃的，他抢先擎起酒杯，说："孝德伯伯，我先敬你老人家。"

孝德公一下笑仰了，说："这要不得！"手一抬端起了酒杯，等着敬酒者先干。

钟海仁一小口一小口抿着，到底将一杯酒喝干了，他的脸立时泛出了一层红色的油光。

柏良婆笑眯眯地在一旁看着，这时知道了钟海仁确实不能喝酒的，就说："我不敬你酒了，敬你一块肉。"柏良婆抓起筷子，在菜碗里翻啊翻，挑一块手板大的走油肉夹起来。钟海仁是知道本地风俗的，正要推辞，一下躲闪不及，柏良婆已经将走油肉往他嘴巴上一抹，哈哈大笑着堆进他的碗里。这块肉，钟海仁是非吃不可了。走油肉炸得焦红，煮得稀烂，油汪汪的很是诱人。这样一块肉，足有四两，还能吃得下么？可是不吃，就是对老人的不敬。钟海仁为难地直撇嘴。

好在这时候进来一个人，这个人还在大门口就"钟县长，钟县长"地叫，钟海仁招手叫他过来。这个人手里捧着一个大红的被窝印心，上面还叠了一对枕套。这是钟海仁送给大保和唐红卫结婚的礼物。钟海仁过来得匆忙，没有准备，临时叫政府办的人去敲开百货商店的门，买了送过来的。一屋人都伸长了颈根去看枕套上的喜鹊，钟海仁趁这工夫将走油肉夹到大保碗里，撅了撅嘴。大保笑笑，俯身咬了一口，细细嚼着。

柏良婆一转眼就看到钟海仁的碗里空了，惊叫道："嗨，嗨，给你的走油肉呢？"

钟海仁抹着嘴巴，说："吃了啊。不信？你看我的嘴巴；还有，大保看见的。可以证明。"

大保笑着住了嘴，不开声，只点头。

柏良婆指点着两人，笑道："你这两个鬼呀，小时候就互相打掩护哄我，大了大了，十几年没有会面，会到面了还是老样子。生成就是一对油盐坛子。"

几个人都随声笑了。孝德公也频频点头。

又劝过一轮酒，柏良婆同孝德公自去歇息，唐红卫也回洞房去了。留下三个当年的球友继续喝。他们互相都好久没有见面了。

灰毛砣对钟海仁说："我们有十五年没有会面了吧？"又对大保说，"我们也有两年不见了。"

钟海仁一时有点奇怪："你们就住在一个县城里，都会有两年没有见面？"

"是我不对，是我躲着大保。"

"我悟出来了，这里头有故事。"

"故事还很长哩。"

灰毛砣就将前面的事情说了一遍，如何找大保合作做生意，如何跑福建，跑广东，如何跑到第三趟的时候身上的销售款给人抢走，如何给大保做的交代，一五一十，都很清楚。

大保一直黑脸默着神，听完了，忽然抬头问道："你那钱真的给人抢走了？"

"假的。"

"我就知道你在骗我！"

"我是骗了你。"

"我一拳打死你！"

"你让他把话说完。"钟海仁赶紧说，一手按住他的腿。

"我对不住你。"灰毛砣打个拱手，连连道歉，又说："你听我把话说完，那次是福建有个朋友走私了一批电子手表进来，我也想拿点货，赚点钱，可是我没有本钱，就打起了那笔货款的主意，我本意是要同你借的，怕你不肯，毕竟那不是一点钱，而且有风险，说白了怕吓到你。事情又很急，我怕错过那个机会，只好出此下策，哄你说那笔钱给人抢了，实际上是拿起做生意去了。不过我心里是发了誓的：无论那回生意成与不成，那笔钱一定归还！"

"成了没有？"

"没有。我这人还是过于轻信朋友，没有想到人家是戴的'笼子'，我不光亏完了身上的钱，还给捉进看守所，关了半个月，天天挨打，身上没有一坨好肉，放出来以后我也没脸回家，更没脸见你，就找到另外几个朋友，跟到他们也去搞走私……"

"你胆子也太大了。"

"不胆大不行啊！要生存，要还钱，富贵险中求。我没有任何门路，也没有本事，只有拿这条命去赌。"

"嗨——其实你当面搭我说出实情，我也不至于拿你怎么样，那个钱的事，不说了。"

"你不在乎，我在乎呀。不拿钱还到你手里，我自己良心上过不去。"

"有你这句话我心里就松快了。钱是什么东西，未必比兄弟感情还要紧？那桩事不要再提了。今天难得海仁也来了，我们吃酒。"

"吃酒吃酒，你们的事情以后再去扯。"

"吃酒还等下。我今天一定吃醉再走。今天我先给你把钱还上。"

"你真的赚到钱了？"

"我发过毒誓的。不赚到钱，我敢进你家里的门？"

大保这时才发现，灰毛砣穿了一身西装，还打了领带，颈根上白衬衣领子顿顿的，脚下露出一小截尼龙袜子的花色，打扮得像个嫖客。

"看样子你真是发了财。"

"一点小财。"

灰毛砣就撩开西装，从里头口袋抠出一张存折，说："我连本带息都拿你的名字存在这里了。利息我是乱算的。假如不够哩，也是这样了；假如多了，就算是给你今天结婚的贺礼。你看看吧。"

"不看不看。"大保将灰毛砣的手挡回去，又重重地"嗨"了一声，心情极其复杂。

灰毛砣轻轻把存折放在旁边的炉桌上。

大红的存折在灯光下闪着明暗不定的光。钟海仁提醒该要喝酒了。

灰毛砣欣然同意。他即刻给两人各敬了双杯。一个结婚，一个到任，都是人生中的大喜之事，每轮敬酒，都要双杯双杯地敬，这是规矩。灰毛砣自斟自酌，咕——一杯，咕——一杯，转眼间就将八杯酒灌进肚子里去了，颈根开始红涨起来，好快活，好轻松。

钟海仁也硬起脖子吞下去两杯酒。脸上即时红得像蒙了块大红布。他不再肯动杯，只是尖起筷子在菜碗里挑动。他把每样菜都夹起来吃了一点。油豆腐、墨鱼、猪耳朵、猪腰子、猪肝、血灌肠、猪肉丸子、萝卜丝，他还把一块猪脚啃得精光。他好久没有吃到这里的菜了。他觉得这些菜的味道真好。

"好吃以后你就多来，天天来。"大保说。

钟海仁说："我喜欢的是你母亲做的菜，你老婆进了门，家里还是母亲炒菜？"

"当然是归老婆炒了。"

"唐红卫手艺怎么样？我是指搭你母亲比。"

"不相上下。明天你过来，专门做一桌菜搭你吃，保证你满意。"

钟海仁笑笑，细细声说："我记得以前搭你有意思的不是唐红卫呀。"

大保说："我知道你在说谁。"

"朱慧琴，我说的没错吧。那时候她天天来看我们打球，后来你还写信告诉我，她专门到你下放的地方去看你。今天灰毛砣告诉我，你结婚了，我还以为对象是她。没想到新娘子是唐红卫，差点搞错方向。"

"唐红卫不好看。"

"也不难看。女大十八变，变来变去观音面。读书的时候是不蛮好看。十几年不见，还长好了哩，周周正正，抻抻抖抖的，带点福相。连说话都变了。我记得她以前说话好冲，现在都是慢声慢气，对你很体贴，显得好温顺。"

"这点没得说。"

"做家务事呢，怎么样？"

"勤快。家里的事情她做得完。"

"那就好，过日子就是要这样的人。不过我还是想问一声，搭朱慧琴怎么没有成呢？"

"一句话说不完。也可以一句话就说完了。人家是大学生，我是什么？连个工作单位都没有的人，配不就。"

"你说痴话哩，大学生有什么了不起？"灰毛砣怒道："依我看，是她配不就你。"

"你细点声。"钟海仁忙说，朝里头睡房努努嘴。那头的门开着一条缝，也不知道唐红卫睡着了没有。大保也瞟过去一眼，淡淡地说："没关系，她都清楚。"

钟海仁说："我再问一句，朱慧琴如今在哪里？"

大保说："她大学毕业，分配回了县人民医院。前年结的婚，嫁了个干部，生了个女崽。"

钟海仁"哦"一声。好久无言。

钟海仁看看表，快十一点了，该睡觉了。三个人将桌上的剩酒喝完，都有了很浓的酒意，钟海仁站起身来告辞，说："以后得空了，到我办公室来聊天。"

大保摇头，说："我轻易不去那个地方。你要爱来，就来我这里。"

"好好，我来。"

灰毛砣同钟海仁相跟着走下灶台，那边睡房的门无声地开了，唐红卫走了出来。

"就走？"她说。脸上盈盈笑着。

钟海仁说："今天是什么日子，我们再不走就是太蠢了。"

唐红卫傍在大保身边，说："你这话说差了。你是贵客，你来了你看大保好欢喜。"

"以后我会多来。"

"多来就好！"

新郎和新娘并肩站在门口，目送着两人渐行渐远的背影。新娘子以手掩嘴，打了个长长的哈欠。街道上光影稀淡，夜是有点深了。

钟海仁又来大保家了。

刚刚到任的副县长，工作很忙，但是生活还有规律。他就住在县政府大院，一套两房一厅的家属区房子，如今县政府已经搬离了正街上的老衙门，迁到县城边的北屏山上了。一道砖墙，将一座山包都围了起来。大保没有进去过。听说里头的办公楼好宽敞，有水池，有花坛，有凉亭，有篮球场，有招待所，家属房子连成了片，都是红砖黑瓦水泥路，他知道大院的南边有片小树林，几蔸大松树有上百年的树龄了，春天还可以在里头捡到蘑菇。钟海仁白天在办公室看材料，或者参加一些会议，都是为了熟悉情况，好快点进入角色，晚饭后就到篮球场上打一阵球。他打球还是那样投入，背心短裤，跟一帮家属孩子争抢得黑汗直流，出身透汗，洗一个热水澡，接着看材料，有时在办公室，有时在家里。他的卧室临窗放了盏台灯，每天晚上，台灯都要亮到很晚。

这天，钟海仁参加完一个会议，回食堂打个饭吃了，没有换鞋去球场，径直出了大门。往左走出一段，他在马路边站住了。眼前，一条大马路光敞敞地直通北门街口，马路下边却是一片田峒，一条小路弯弯曲曲时隐时现，约略能看到尽头处仁和墟上的戏台楼头。钟海仁忽然来了兴头，一跃跳下小路，这块地方是他曾经非常熟悉的，跟着小路走过一段，有一片菜地。菜地里刚刚淋过淤水，有一股轻淡的骚臭味。从菜地里斜插过去，就到了拱花滩头。他踩着滩头上的石磴，一步一蹬跳跃而上，很快就到了对面的石板路上。走完石板路，过拱桥，经中医院，上东门头，这里有一条水圳，傍水圳是一条泥路，伸向仁和墟。水圳里的水很满，很清亮，揉出细碎的波纹，漾漾流着。他就踩着泥路，一路往前，一直走到了大保家的后门。

那时天已断黑了。

大保一家在屋后头工场的地坪里刚刚吃过晚饭，柏良婆正收拾碗筷，见到钟海仁进来，忙顺手扯亮电灯，随即，唐红卫就把一杯热茶捧到了他手里。大保招呼他在苦楝树下坐了。

钟海仁想起十几年前，两人常常也是这样坐了，念念空话，无话可说时就冒起了脑壳看远处，远处的天空总是比眼前明亮。

两人这样坐着时，柏良婆总会炒点花生，或是蚕豆、黄豆，给他们香口。

两人都有一会儿没有开声，大约大保也想起了往事。也大约是，他竟有点生疏了。

"忙不忙？"他忽然想起什么似的，问道。

钟海仁说："不忙哩，每天办公室里看文件，看材料，下午还有时间打打篮球。"

"噢，你还能打篮球？"

"能打，这十几年我都没有断过。读大学的时候差不多天天打，工作以后哩，每个礼拜也要打一两场，不打球不松快。你呢？"

"我？"大保发了会愣，幽幽地说："我都好多年没有摸过球了。"

"为什么？"钟海仁惊异地说，"早年子你的球瘾比我都大。你又这样大的个子，本就是打篮球的一块料，不像我，矮起个尸，天生的条件不行，也就是爱好它，玩玩而已。依你的条件，发展下去，至少打个省队没点问题。这'文化大革命'害人哩，打破了好多人的梦想！"

大保没有接话，窸窸窣窣地摸出烟来，叼一根在嘴里，他的手抖得厉害，刮了三根火柴，都折断了。他想说，我不光是梦想破灭哩，还受了好多屈辱，不然怎么落到这个境地。但这是说得清的么？几百句话都说不清。他就想还说它做什么，不说也罢，说起来只会更伤心。

他嚓一下刮燃了火柴。

钟海仁没有感觉到他的情绪。大保的很多事情，他都不知道。他仍然兴致勃勃地说："这番日子，我每天一吃了晚饭就到大院的球场上打篮球，一帮中学生，个子很高，球技很拐。我也打起赤膊搭他们分边打半边场子。他们哪里是我的对手，我想投篮就有篮，想运球过人就过人，耍得他们团团转。我们打球，场边上总站了好多人看，昨天下午，我投了个远篮，旁边一个老干部大声喊好，还问：这是哪个家里的小孩？篮球打得这样好。那个老干部是县里的政协副主席，出去开会刚回来，还不认得本人是新来的副县长。他也没想到这副县长的篮球打得这样好。"钟海仁说着大笑起来，大保也跟着笑了一声，心里却酸酸的。

钟海仁乘着兴头又说："你有时间也过去玩。只要我们两个联手，打遍天下无敌手。"

大保说："现在我不能搭你比了。我一个平头老百姓，天天要寻吃，忙不赢，哪里还有心思打球。"

钟海仁说："你这话说得差矣！有谁规定，老百姓不能打球。忙也不是理由。越忙，越要经常活动，劳动是不能代替体育锻炼的。"

大保说："我不是那个意思，很多事情你不知道。"

"什么事情？"

"现在还不想说，说起来伤心。"

钟海仁默了一下，看着大保将烟头用力弹出去。烟头带着火灰，划了个小小的弧线，跌落在一只扒锅里，有一缕烟雾袅上来，抖闪了一会就消失了。钟海仁说："你不说，我也能大概悟得到。你以为我受的苦比你少么？"

钟海仁于是说起了他们下放回到老家，连房子都没有，一家五口人就住在一间牛棚里。牛棚里只安得下两张床，父母亲睡一张，两个姐姐睡一张，再没地方了，他就只能睡地下。牛棚里牛屎味很重，地下的味道尤其浓烈，熏得眼睛都发酸，常常一夜一夜睡不着觉，他就在那种地方睡了几年。到现在他一闻到牛屎味就眼睛发蒙，心里作呕，住牛棚，不算什么，出工辛苦，也不算什么，最难受的是给人拉去批斗。他们那里很奇怪，周围几个村子，地主成分的就他一家。村里要开批斗会了，站在台上的批斗对象永远就是他父亲。常常为了造声势，会把他母亲、两个姐姐和他也拉上去陪斗。他们那里的批斗会也有任务指标的，周围村子为了完成指标，常常来借地主分子过去做批斗的靶子。母亲担心他父亲在人生地不熟的地方挨打，每次都叫他陪着一起去。父子两人并排站在台上，胸前都挂了黑牌。父亲的黑牌上写的是"地主分子"，他的黑牌上则是"地主狗崽子"。那些人都无比地激愤（不知道为什么会那么激愤），形神愤慨，声音高亢，却没有什么内容，只是一遍一遍地把报纸上的文字当口号喊出来，有时干脆就对着他们扔石头，撒牛屎。石头打在身上，好痛。牛屎撒在脸上，睁不开眼睛。他心里在一丝一丝地渗血。

钟海仁说，批斗会都是在晚上，参加完批斗会回到家，往往都下半夜了。睡不了一下子，第二天照样要起来出工。这样白天晚上连续地搞，身体、精神都有点吃不消了，那段时间他瘦了十多斤，胸口里的排肋骨都一根一根现了出来。他想这样下去不行，身体会要搞垮。身体垮了，一切就都完蛋了。只要活着，身体健康，就有希望。他无论如何不能让身体垮下去。他开始想办法偷懒。比如，装病。他在山坎上正做着事，突然头一栽，就跌到坎下去了。坎下遍布刺丛，他的手上、脸上都给刺得血糊花拉，惨不忍睹。他心里很清醒，眼睛却紧闭做昏迷状，软手软脚地听凭人们大呼小叫，抬他回去敷药。他就让赤脚医生给他身上头上包满纱布，在家里好好睡上两三天。又比如，磨洋工。他看到队上一些社员是很会偷懒磨洋工的，就偷偷学了几手，挖土时他也不会每一镢头都用力挖到底了。摘棉花只摘露在外面的那一层。拔草时也知道坐在地上一根一根地扯。挑谷子，先在箩底絮上一层稻草，虽然上面的谷子堆得溜尖，重量却是打了好大折扣的。他还学会了抽烟，队长一喊"歇息啦"，他即刻找个地方坐下，摸出烟荷包，慢慢卷好一支喇叭筒。他抽烟不会真抽，只让烟气在嘴里打个滚，赶紧就吐了出来。几年时间，他抽了总有上百斤烟丝，却没有上瘾。他也不能让自己上瘾，他只是为了假模假式地做做样子，就可以名正言顺地同大家一起歇息了。挨批斗做靶子他也不再硬挺。他知道台上台下的人都是在应付，做样子给上面看的。他站在台上，低头闭眼，不看，不听，心里默诵着毛主席语录，半年工夫，他就修炼得很到家了，不管站着，坐着，随时可以入定。他表现出来的神态，却是给人感觉十分老实，老实得有点阿弥陀佛。

大保听着笑起来，说："真是看不出，你还蛮狡猾哩！"钟海仁说："在那种环境里，不狡猾不行，还不是为了生存。"大保说："我就没有你这一手，死脑筋不会转弯。"钟海仁说："那不行。买针看针眼，买瓜看瓜皮，到哪座山要会唱哪座山的歌，不然自己吃亏。"大保点头。

钟海仁就又说，其实那些社员也知道他在装宝，只是不揭穿，因为他们一家很快就同村里人处得很好，都认为这一家人可怜，不拐，还有一副侠义心肠。那里的人感情都很朴素，认为一个人好，就不会故意刁难，有时还会帮忙打掩护。后来他们请求在牛棚旁边加盖一间草屋，队里马上同意了，好多社员还自动过来帮忙。再后来他想加入公社篮球队，生产队的队长还帮他找公社书记求情，又破例给了他五天假，让他练球。公社篮球队一举在全县篮球友谊赛中拿到了亚军，最大的功臣无疑是他。公社书记很高兴，他很高兴，村里的社员也很高兴。队里给他把底分提高到最好劳力的十分（当然那也是因为他已经精通了田里工夫，之前由于出身成分不好，没有给他）。他在心里舒了一口气，终于可以昂起脑壳做人了。

钟海仁那时的人生目标其实很低，一个被社会所歧视的"地主崽子"，能像正常人一样劳动、生活，就是最大的愿望了。他给自己的规划是，努力劳动几年，集钱盖一栋砖瓦房，然后，娶妻生子，到老颐养天年。那时他同时在学木工和瓦工，只要把这两门手艺学好学精，又舍得做，相信达成愿望是不难的。

他万万没有想到，国家政策会起那样大的变化，竟然恢复了高考。而且，有教无类，连他这种子弟也都可以报名参加。他高兴得哭了一场，决心一搏。他真是拼了命一样地复习功课。他又单独住回了牛棚，白天晚上都趴在一张小矮桌上用功，他一天只睡三四个小时，常常连续两三天不出房门一步，一日三餐，都是母亲送过来吃。在不到三个月的时间里，要把初中课文复习一遍，再把高中课文学一学，时间是太过紧张。初中课文以前学过，要捡起来并不太难。难的是高中课文，那些数、理、化知识，一定是要人指导的。好在他父亲是老牌大学生，学的是理科，指导高中课文绰绰有余。父亲那么大年纪了，身体又不好，鼻炎很严重，但为了他的前途，常常陪着熬夜，现在想起父亲，首先想到的是老人家经不得煤油灯的熏冲，说几句话就要猛烈地擤一通鼻子的狼狈相。他觉得很对不起父亲，很感激自己的父亲。

高考张榜，钟海仁榜上有名。他成了千军万马中闯过独木桥的幸运者。村里人说：他家的祖坟开坼了。

大学四年，似乎一晃就过去了。钟海仁学习很努力，成绩一直很好，毕业后，分配到了省建筑设计院。就在那一年，父母亲也落实了政策，安排在县财政局按月领取退休工资。回到城里，心情舒畅，父亲每天养花育草，鼻炎竟奇迹般地好了，不再需要用力擤鼻子，这让钟海仁十分松快。

大保默默地听着，一根接一根地续着烟。听到后来，钟海仁一家终于转了运，各安其所，日子过得很如意，他也为他们感到很松快。

他不经意地递了根烟过去，钟海仁居然也接了，凑着火吸了满满一口烟。

"我有十几年没有会到你爸爸妈妈了哩。久不久我就会想起他们二老。"

"他们也常常提起你，总还想回来看看。"

"他们是刚解放就来了吧，在这里也生活了快二十年，是该回来走走。"

"我有打算的，到时候接他们过来。"

大保忽然长长叹口气，说："到时候他们来，看到我这个背时样子，还不知道是个什么心情。"

"你哪里背时？这样不是蛮好么？"

"这样好？你说痴话哩，一路背时，混了半世人，连个工作单位都没有，我自己都不知道好在哪里。"

"好在自由啊！好在发展空间大啊！"

"你在说外国话哩。我听不懂。"

"这都不懂？"

"不懂。"

"自由这个词你懂吧？"

"这个懂。我凭自己的手艺和力气吃饭，想做就做，想不做就不做，想做多就多做点，想做少就缓一点，天管不到，地管不到，一切在乎我自己。当然是自由。"

"这还不好？"

"但是没有地位，做不起人啊。发展空间就更谈不上了。"

"这就是你在说痴话了。有没有地位，做不做得起人，不在乎做什么职业，在乎一个人的为人。你王大保我了解，以你的品性，无论做什么，都只会受人尊重，不会倒自己的丑。"

"到底是当副县长的人，会说话。"

"我说的是实在话。"钟海仁又要了根烟续上，继续说："至于这个发展空间哩，也是在于你自己。你要安于现状，图个吃饱穿暖，容易；你要想发展哩，也是可以做得很大的。事在人为。"

"我不想做大。我也做不大。"

"你完全能够做大，你要立这个志。"

大保忽然烦躁起来，狠狠地说："你不知道我这世人好背时哩，吃好多亏，我一个高高大大、一米八几的人，搞得人前抬不起头，人后直不起腰。我知道我的命就是这样的了。既然是背时的命，就背到底算了。再不得有任何想法。"

钟海仁缓缓地说："你怎么越说越蠢了。我们都好大年纪？也就三十岁出点头吧，怎么就'这世人，这世人'放在口里念？我们这世人还长得很。要说起来，我不比你背时？越背时，我越不服含。我总记得我们小时候喜欢说的一句话：干狗屎也有回润的时候。任何时候都不悲观。现在还不是变出一个人来了。"

"我比不得你。"

"你比我强。很多条件都比我好。只是抗挫折的能力不如我。生而为人哪里会没有挫折。挫折是什么？挫折就是一把锉刀。它能把人的刀口锉钝，也能越锉越锋利。你记不记得我们一起在中学生篮球队时，黄知福教练最爱讲的一句话：志气立得大，雷公拿得下……"

"你不要在我面前提他。"大保又躁了。

钟海仁一顿，很奇怪大保突然发火。他隐约感觉到大保和黄知福之间有过很不愉快的事。

黄知福如今是县里的县长。

"为什么？"他偏过脸来问了声。

"那是个坏人，提起他我就卵根子抽！"大保骂了声粗话，屁股磨得凳子吱吱叫。

这个话就不好接了，钟海仁不想知道得太多。一个是他的上司，一个是最好的朋友，把他夹在了中间，怎么做都会为难、尴尬。

夜很安静。天空很高，星子很疏朗，一幕近乎钴蓝色的雾气横拖在天地之间。风吹着苦楝树叶沙啦沙啦地响。远远的街那头有人在唱花鼓戏，一声长，一声短，只听得见音，听不清词。有人还在水圳边捶洗衣服：砰——砰……

钟海仁说："我们不说别人了，还是说自己的事。"大保粗声问道："自己什么事？"

钟海仁就说，县政府分了工，让他分管工业和乡镇企业，还包括个体户，他看过资料，广东、浙江、福建那些沿海地区，个体户得风气之先，发展非常快速。他觉得这是一个福音，机会来了。他要大保抓住时机，赶紧跟上改革开放的春风，做创业致富的带头人。他已经找人了解过，大保做的扒锅、鼎锅质量特别好。在县里很有名，连广东、福建那边都知道。他建议大保成立一个公司，做大规模，做出自己的品牌来。他说他是分管的副县长，在政策上可以给予尽可能的优惠。他还说连公司名字都给他想好了，就叫大德公司。"为什么取这样的名字？"大保随口问道，钟海仁就说，你叫大保，你父亲名孝德。各取一个字连缀而成。这个名字有内涵，有意思，还好记。

大保张眼望望天，又低头默一阵，说："政策真的有你说的那样好？"

钟海仁说："我是认真学习、研究过的，不会骗你。"

"你当然不会骗我。但上面会不会骗人呢？"

"时代不同了，你不能还拿过去的眼光看现在，那样会耽误了自己。"

"我都已经是社会最底层的了，还有什么好耽误的？"

"你不能这样自暴自弃。你只要敢于走出这一步，我敢说，前途无量。"

"你敢肯定？"

"我当然肯定。因为我了解你。"

"十几年没见面了，你了解我好多？"

"你为人实在、耿直，有一手好手艺，舍得出力，舍得钻，性子好，人缘也好，虽然十几年没见面，我相信你本质不会变。一坨石灰落到水底下，即使散了，溶了，内核还是白的。"

大保心里有团热气冒上来，噎在了喉头上。他的眼睛有点发涨。

但他又冷冷地甩了句：

"你不会是刚下来当副县长，新官上任，急于出成绩，拿我做试验吧？"

"我是那样的人么？"钟海仁一下发火了，站起来，出口长气，又坐下，看也不看大保，仍然气咻咻地说："你这样说我太不厚道了，我是看准了这件事做得，才来找你的。我们是朋友，既然你油盐不进，我也不勉强。当我没说。"

大保咧开嘴干涩地笑笑，欠身拍了拍钟海仁的手膀，说："你把话都说到这个分上了，我就听你一回，我试一试，好吧。"

"这就对了，有鱼没鱼，车干塘水再说。毛主席早就教导过：我们应该相信群众，应该相信党。你信我一回，没有错的。"

钟海仁拿了"文化大革命"中常说的一句话调侃一回，回手拍拍大保，两个人都笑了。

事情谈好了，心里放松了，话题又回到老路上来。

钟海仁要大保事不宜迟，打个报告，明天就送到工商局去，他建议可以找灰毛砣合伙。他觉得灰毛砣这个人守信用，脑子活套，胆子大，走南闯北，见识广，门路也广，是个搞销售的人才。他预计有了灰毛砣的加盟，销路当能很快打开。他劝告大保创出品牌以后，千万不能故步自封，要趁势出击，做大做强。他跟国土局长打过一回交道，那人很有想法，到时候他会出面协调，在县城附近划一块地，把厂子建起来，做大规模，不光做扒锅鼎锅，还要做更多产品。当然，那是后话，以后再说。最后他自己也兴奋起来，调侃大保说："不久的将来你就是王总，王老板了。这个头衔厉火哩，比我这副县长还威。"

大保淡淡一笑，说："通一县城的人，谁还能威得过县太爷？你真是说痴话哩。"

不知不觉，夜很深了。街那头的花鼓戏早已偃声息鼓。水圳边的捣衣声也没有了。夜色很重。风更大了，撩得苦楝树叶"哗——哗——"地喧闹。露水是不知什么时候下来的，头上、身上，渍湿一片，凳子的扶手上湿漉漉的。

钟海仁起身告辞。

到了门口，他又再次叮嘱大保，一定要尽快去工商局把公司批下来，以后的产品，一律都叫"大德牌"。

大保点头说"好"。但他又说："我还是想把名称改一改。"

"你想叫什么名称？"

大保说："也只是把两个字倒过来。公司叫德大公司。生产的东西都叫德大牌。"

"哦，明白了，德大，德大，爷在先，崽在后，这个名字有意思。"

钟海仁大笑着，一路把石板街踩得咚咚响，快步走了。

大保第二天就去了工商局。

他在工商局碰了好大的壁。

他知道求人办事不容易，下午去工商局时，特意买了包"大前门"兜口袋里。其实那些人也不生疏，他们经常在街上晃，偶尔还在粉摊上隔桌吃过酸辣粉，叫不出名字，但是脸熟。他还尽量做客气的搞，进门先赔了笑脸。办公室里坐了三个人，他给每个人装了烟。他给一个年纪稍大鼻头酡红兴估是股长的送上报告，就垂手站在旁边，听候发话。他估对了。那人正是股长。只是股长很严肃，一直黑着脸，慢慢从办公桌一角的一摊散烟中挑出一支叼上，揿燃打火机，晃动着火苗吸燃了，然后开口问道："谁叫你来送这个报告的？"大保一惊，心里翻腾了一会，小心回道："我是听说可以个人开公司，悟起这是利国利民的好事，就赶紧打了这份报告。"股长把一声冷笑搅在一口烟里喷出来，说："你想办公司？"大保点头称是。股长又说："办公司想赚大钱，做万元户？"大保将头点了一半，收住了说："想是那样想，不晓得做不做得到。"股长又说："你好想做老板，是吧？"大保瞪着眼睛，想要稳住自己。他感觉到一口气在往胸口上撞，出气有点不均匀了。

大保到底没能稳得住，吼一声："你批就批，不批就不批，说这些空话做什么？"

大保到了走廊上，听到股长在后面还在说："文件昨天才发下来，局里都还没有研究，这些人怎么就知道了？真是乱弹琴！"

大保脚步散乱地出了工商局大门，心里也冷笑道："哼，是乱弹琴！"

大保怄了气，却无法对人言说，只在心里憋着，一直黑着脸。晚饭也只吃了两碗饭，就放了碗，一个人到苦楝树下坐了发呆。

夜里头钟海仁又来了，见面就问大保把报告送到工商局去了没有。大保哼哈了一会，才淡淡地说："送去了哩！"

"批了么？"

大保没有开声。他不想跟钟海仁絮说在工商局里怄的气。只是脸色更黑了。

正好唐红卫端茶过来，顺嘴接道："没有批哩。兴估还胀了气。"

大保突然暴躁地吼道："你乱话三千哩，我胀什么气？"

唐红卫说："还讲没有胀气。从工商局回来就黑起个脸，一句话不说，晚饭都筑不进。妈妈爸爸都说你十成有九成是胀了气，叫我不要惹你。是胀了气就胀了气，钟县长不是外人，说出来心里松快些。"

大保又吼一声："起开去。"已经怒不可遏了。

唐红卫把茶端给钟海仁，笑笑，回屋去了。

钟海仁心里大致明白了，脸色变得有点难看，不再催问大保，念了几句空话，放下茶杯，拔脚走了。

第二天，大保吃过早饭，照常去卸铺门。他心头的气还没有完全消，铺板也不顺，别住了。他使了蛮力正撬着，有人一拍他的后腰。他反转脑壳一看，后头站了四个人。

那四个人都穿了制服，里头有三个昨天下午在工商局打过照面，印象深刻。大保不想理他们，就又把头掉了回去。

红鼻头股长又一拍他的后腰，开口说道："王大保，你是王大保同志吧？"话里带了笑意。

大保没有开声，也没回头，直挺挺地杵着。

股长只好耸身绕到他前面，红鼻头一颤一颤的，说："大保，这是我们吴局长看你来了。"

大保犹豫了一霎，孝德公在里头发话了："大保，欠钱不欠礼，转过身去，让客人进来坐。"

大保只好转过背，朝来人一笑："吴局长，寻我有事？"

吴局长是位矮个子，要冒起脑壳才能看到大保的脸。他上下打量了大保几眼，说："噢，王大保就是你，你就是王大保啊！我十几年前就认识你了。"他看到大保脸上现出错愕的神色，就又转脸对着几个下属说："这个王大保的篮球打得好啊！那个三步跨篮，一步能跨出一丈远，无人能挡，几个人拉起手来都卡不住他。每次比赛，只要他一出场，那些小妹子小媳妇巴掌都拍烂。那阵子的王大保，比牛×还牛×啊！你们还年轻，难怪有眼不识'秦山'。"他有意把"泰山"说成"秦山"，逗得几个部下哈哈大笑。

大保也一笑，侧身让他们进屋。

吴局长带头往里走，一边又说："我记得那时候你打7号，钟县长是打8号，一高一矮，你抢篮板，他投篮，配合得最好。没错吧？"

"一点没错。"

说到当年打篮球，大保也高兴起来，脸上活彻了。他让吴局长在上位坐下。

吴局长分开腿坐好了，继续说："好像有好多年头没看到你打球了？"

大保沉了一会儿，讪讪地说："现在天天要寻饭吃，哪里还有工夫打球。"

吴局长说："这话说得也对，毕竟打球当不得饭吃。如今在哪里发财？"

大保在心里说，本来打球是当得饭吃的啊，只是给人害惨了，害得回到家里来了。他将脑壳偏到一边，说："如今就在家里做点小手艺，小打小闹，赚点吃饭的钱。"

"自己有工场？"

"有哩，就在屋后边。"

吴局长提出想看看他的工场，大保同意了。吴局长在工场里走了一个来回，看了窑炉，看了模具，提过一只鼎锅敲了敲。鼎锅嘣嘣嘣地响，声音清亮单细。吴局长点头说："不错。"

孝德公一直不远不近地跟随着。

一行人又返转灶头坐下。吴局长对大保说："你是打了报告要办公司？"

大保说："不办了。报告我收回。"

"为什么？"

"不为什么。我就是不想办了。"

股长一听就急了，红鼻头上的绺绺血丝涨得鲜红，急忙说："你昨天下午才送来的报告，哪里能一个晚上就反悔？"

大保说："报告由不得我打，还由不得我反悔？我现在要求收回。"

股长还想说什么，吴局长摆手制止了。吴局长和悦地说："大保同志，你昨天下午到局里送报告的事，他们跟我汇报了。如果我们的同志在工作方法上有不妥当的地方，我代表他们向你做检讨。好吧？"

大保仍然犟着说："这不关任何人的事，是我自己打错了主意。你这样说我哪里担得起。"

股长更急了，红鼻头更红了，绺绺血丝像要绽破了。他用两个手指摁着鼻头，说："大保同志，昨天下午我们是做得不好，晚上局长把我喊去，刮了一顿鼻子。今天一上班我们就开了会，给你把报告会签了，局长也签了字。现在局长亲自带队，给你把营业执照送到家里来，我们的诚意够可以了吧。"

股长说着就从公文包里拿出营业执照，展开来，递给大保。

大保不接。

股长一时僵住了。从来是老百姓要看他的脸色办事，他哪里受过这样的气。

吴局长讪笑着，嘴里啧啧连声。

同来的两个人低头坐着，不知所措。

屋子里的空气变得很僵硬。

孝德公一直坐在堂屋边上的竹椅上，凝着眉抽烟，这时说话了：

"大保，人家局长、股长亲自上门，拿营业执照送到家，心意够可以了。赶紧接到。"

"来、来，接到、接到。"

吴局长拿过营业执照，放到大保手上。

大保只好接了，脸上没有一点表情。

吴局长走下灶台，装了根烟给孝德公，说："老前辈，吃根烟。"

孝德公也回敬了一根烟给吴局长。

吴局长手上夹着烟，在堂屋里走走，四处看了看，说："老前辈，你们是殷实人家哩。"

孝德公谦谨地笑道："托你们的福，小日子还过得下去。"

吴局长热情地说道："如今政策越来越开放，你们把公司办成功，发狠做，我们也会尽力做好服务工作，那就不是过小日子的问题了，是要发财过大日子哩。"

"承你吉言，大家发财！"

孝德公眯笑着，过去给每个人装了根烟。

事情搞妥了，大家都很高兴，几根烟枪同时点燃，堂屋里一时烟雾蒸腾，祥云缥缈。

大保把营业执照轻轻放在炉桌上，脸上也松弛下来。

吴局长就此告辞。柏良婆从灶屋里窜出来，张着双手说："吃饭走啊，饭菜即时可以上桌了。"

吴局长只当客气，推辞着，柏良婆就拉住他拐进灶屋，一看，一大锅饭已经香了，煨在火边，唐红卫正将一条草鱼下锅，"滋啦"一声，一股明火蓬起来，鱼尾巴还在锅沿上弹跳。丁板上放着切好了的大块走油肉。吴局长怔住了，心想：这家人好实在。

吴局长说："饭就不吃了。"

柏良婆说："你不吃，让我们吃一天剩饭啊！"

"心领了，心领了。"

吴局长说着就出了门。一行人尾随而出。红鼻头股长在后面一拉大保，细声说："以后有什么事需要我们办的，尽管开声。"

大保在鼻子里哼了一声，停下脚步。红鼻头股长也停住，又说："一回生二回熟，我们就是朋友了。以后在钟县长面前，还请老兄帮我们多吹点好话。回见了！"

大保低了低眼睛，看到股长的红鼻头光鲜潮润，微微翕动。大保在心里说："放心，我不会搭钟海仁说你的坏话，也不得说你的好话，什么话都不得说。"他又哼了一声，微微一笑。

股长只当大保默许了。好多人在他们面前都没有多话，那就是默许，也一笑，紧着走了。大保平眼望着街的尽头，轻轻说了声——什么人！

大保亲自从标牌厂背回了一块招牌，长可一丈，宽尺五，白底黑字，上书：德大铸造公司。每个字大如脸盆。这是比照着县机电设备厂的招牌尺寸做的。灰毛砣要把招牌挂在临街的前门门框上，这里来往人多，名声一下就传播出去了。招牌挂上去了，可是怎么看都不合适，十分别扭。一条街上都是做小买卖的，铺面很小，门面不大，且木质都老旧发黑，陡然间在门口杵起这样一块招牌，顶天立地的，又怪诞，又扎眼，孝德公一看就生气了："搬开，搬开，这像什么样子。"灰毛砣嬉笑着说："怪诞才好，怪诞了才出效果，才能吸人眼球。"孝德公说："我不要什么效果，我只不喜欢给人多话说。"灰毛砣说："以后进入商品社会了，做生意当然要讲究效果。"孝德公更生气了，说："你们要讲效果到别处去讲，不要顿在我的门口影响我过日子。搬走！"话说得很决绝，没有一点商量的余地。公司成立，孝德公就退出江湖，只在公司挂了个技术顾问的名义。大保是公司的总经理，灰毛砣是副总经理，按说，两人的职权都在孝德公之上。但是，这个家是孝德公的，他是一家之长，有些事还是他说了算。

大保把招牌移到后面工场的门口挂了起来。

这个位置也很好。远远地站在汇水河边的拱花滩头，一眼就能看到。太阳出山，第一缕阳光就是投在这招牌上面，十分喜气。

开张那天，孝德公却是依了两个年轻人的主意，摆了八桌酒席，请了花鼓戏班子，放了几盘万子鞭，还点了两排冲天炮。工场里、瓦背上，都落了一层红红黄黄的鞭炮屑子，苦楝树的枝叶间也缠夹了星星点点的花纸屑。

大保将窑炉进行了改造，盘大了近一倍。公司招进了三个工人，都是二十岁上下的小后生，眼睛里充溢着对新生活的向往，一身劲鼓鼓的。三个后生都很勤快，踩泥、和泥、做模子，着力认真，一丝不苟，脱模、除渣、锉毛刺，上身动下身不动，手到渣落，绝不马虎，完工了的炉锅鼎锅扒锅分门别类摆整齐，他们又去清炉渣、拣块煤、打扫工场，还会殷勤地给大保端茶打洗脸水，见事做事，没事找事做，一刻不闲。这样，大保就可以完全腾出手来专心关注炉里的事情。这窑炉也怪，自从公司开张烧了冲天炮，福祉就驻扎在里头了。炉火一点就着，一着就旺，一座炉膛里的火焰都红红的，红中带白，还飘着蓝色的火苗，烧什么成什么，不会这里凸一块那里裂一点，瑕疵很少。徒弟勤谨，窑炉争气，大保也不再三天打鱼两天晒网，只管一炉接一炉地烧发下去，产量成倍地增长。

产量增多，产品却一点也不愁卖不出去，常常还供不应求。这当然得力于负责销售的灰毛砣。按照灰毛砣的设想，产品销售首先还是立足于县城，辐射四乡，同时扩张到福建、广东；等过段时间，在本土本乡站牢脚跟以后，再重心外移，主打福建、广东，毕竟那里的市场更大。他甚至还考虑说，到时候还可以把厂子迁出去；或者，在那边成立分公司，又产又销。他拟了两条很震撼的广告语，四处张贴。一条是"德大德大，走遍天下"；另一条是"用了德大，补锅匠都怕"。为什么补锅匠都怕呢？因为德大牌的锅子质量好，经久耐用，搞得补锅匠都没有生意了。他接连几个墟期都在仁和墟场上打场子做广告。他打广告很简单，也很特别，先拿各种铁锅围个圈，占下地盘，敲着铜锣，嗵嗵嗵绕场两圈以后，平端起一口铁锅，放至齐胸高，一松手，铁锅咚一声跌落在地。若是平常铁锅，如此一跌，不破也会裂几条缝。他的德大牌铁锅却完全没事，只在锅底上隐隐现出一点白印子。这里的人们看过耍猴子把戏，看过耍杂技，看过敲锣卖老鼠药，像他这样砸锅打广告的，还是头一回，都很新鲜，也有点刺激，一层靠住一层地围紧了看。人们似乎对他只将铁锅端齐胸口嫌不过瘾，有那好事者就喊："再高一点。"灰毛砣于是略略抬高。又喊："还要高。"灰毛砣就又高。又喊，又高。再又喊，再又高。如此反复好多轮，灰毛砣已经将铁锅高举过头顶，还踮起了脚，无法再高了，才开声问道："这下可以了吧？"其实他是可以一下做到这个样子的。但他不会这样做，故意拖延时间，为的是把更多的人吸引过来。看看周围人已经围得够多，远处还有人站在翻转了的箩筐上往这边看，这才轻轻一松双手，铁锅飘然而下，就听"咣"的一声巨响。响声过后，灰毛砣拎起锅子，绕着场子让人们察看。铁锅当然是完好无损的。众人就喊一声"好"，无不做出惊奇莫名的样子，啧啧赞叹。于是人们都把"德大"这个牌子记死了火。其实好多人一直用的就是大保家的铁锅。大保家的铁锅手艺从孝德公手里传下来，几十年了，一直信誉很好，只是以前没个牌子，人们就用人称和地域指代了。"城里哪家的铁锅牢靠？""你去孝德公家买吧。"或是"南门口、戏台楼头下面那一家"。现在经灰毛砣一炒，人们恍然明白了，满舅舅原来是外婆的崽。德大牌出自大保家，大保家就是德大牌。"德大"的牌子很快播散得很远，差不多妇孺皆知。

大保没有参与灰毛砣的广告活动，也没有去看过，但他听好多人说起过。他觉得灰毛砣的点子是很好，若要他去做，打死也不得去的。这真是什么歌该得什么人唱。他的本事，或说他的本分，就是认认真真地把每一炉铁水精心烧好。他明显地感觉到生意是很好了，越来越好。他家门口的摊子上，总是围着一些人选购货物。常常有乡下老头挑着箩筐从衙门口那头一路打听着过来买东西。县里几个最边远的公社供销社，像石桥、普满、龙潭，货架上都摆起了他们的产品。倒炉头要用的原材料，泥巴、禾草、木柴、煤炭、铁锭，都有人送上门来。再没有人跟他讨价还价，也不会盯着磅秤的戥子左看右看，只在一旁陪着大保喝杯茶，吃根烟，念几句空话，等那边过好秤，结好了账，把钞票往兜里一塞，道声："吵烦！"就走了。他们都知道大保的公道和信誉是不用怀疑的。他家后门口那条土路稍稍拓宽了点，能够一部板车通过。土路不长，那头接到仁和墟陂的马路，每天清早，就有一部货车停在路口，将材料卸到板车上，拖到大保家的工场。到了傍晚，又有板车把铸造好了的成品拖出来，装上汽车，运往外地。现在大保更少出门了。每天早晨起来，第一件事就是从后门出去把工场的大门打开；晚上，睡觉前做的最后一件事也是在工场关门落锁。早晨、晚上，他都会在工场里细细摸摸地蹓一圈，然后，就坐在苦楝树下的躺椅上，默默地抽烟。常常地，忽然一蹿起身，走到敞棚下面，盯着铁锅的耳子看一阵，又轻柔地摩挲几下。铁锅的耳子上都铸了字：德大牌。一边摩，一丝一丝的笑意就在眼角边漾开来。

大保的眼角，已经聚起了浅浅的细纹。

过完年，灰毛砣邀大保一起南下，到广东去走一走。他们的很多产品，都是销往那里，他觉得作为总经理的大保实在应该去看一看。

"到那里好远的吧？"

"说远不远，说近不近。"

"这话怎么听？"

"走路很远，坐车不算远。"

"你说痴话哩，当然是坐车。"

"坐车去不算远，两天时间包你能到。"

"要两天？有那工夫，我一窑货都烧出来了。"大保弯起指头算了算，去两天，回两天，在那里还住两天，盘钱费时不说，几百块钱的收入就没有了。

"账不是这样算的，事情也不是一天两天做得完的。磨刀不误砍柴工，要把事情做大，就要多长见识。"

"未必去了广东就长见识了？"

"当然。那里是沿海地区，政策开放，经济活跃，人的观念也大不相同。"

"都是中国人，观念有什么不同。"

"原来相同，现在不相同了。"

"哪里不相同？"

"不相同的地方多哩，一句话说不清，你去了那里就知道了。还有，那里热闹啊，好耍哩，好多事情你悟都悟不到。"

"我们这种年纪的人了，还要什么热闹好耍，能过好日子就不错了。"

"我们年纪有好大啦？才三十多岁，前面的路还好长，人家外国人七八十岁了还全世界去旅游、去耍。"

"我们是我们，外国人是外国人，不一样。"

"一样都是人。是人就要过人的日子。"

"说起来是这个道理。"

"所以啊，你一定要同我去走一转。"

"一定要去？"

"一定要去。说不定你到了那里一看，就同意了在那里设分公司的想法。"

"那不一定。看看再说。"

"好，看看再说。"

大保到底同意了过广东去看看。一年来，人家销了自己那么多货，也是应该过去会个面，拜访一下，这是礼信。

大保把家里的腊肉、腊鱼从横梁上取下来，拿报纸包好，又用塑料桶灌了一桶茶油带上，就同灰毛砣上路了。坐汽车到郴州，再转火车。火车是慢车，是站都停。咣当几下，就又停了。闹哄哄地下去一些人，又闹哄哄地上来一些人。大保一路都睁着眼睛，看下去上来的人，也看脚下的行李。他时刻提防着有强盗拐子偷东西。早晨再转汽车。过了两次轮渡。坐在汽车上随轮渡过河，大保还是头一次，新奇地从船头走到船尾，又从船尾走回船头，一路把栏杆拍遍，很是意气风发。越往南走，天气越暖和，大保先是脱了棉衣，又脱了卫生衣，再又脱掉毛线衣，最后只穿了一件里衣和外套，身上才松快了，下午边子到了一个叫作东莞的地方，灰毛砣领着到一个旅社住下。

放好行李，洗了把脸，灰毛砣一刻没停就又拉着大保出了门。门口停了很多摩托。灰毛砣一招手，一个人单脚点地把摩托推了过来。灰毛砣说："去虎门。"摩托手说："一个人三块钱，两个五块。"灰毛砣说："五块就五块，只是要快。"说着就跨到了摩托后座上，双手搭住摩托车手的肩膀，又叫大保紧挨自己坐下，双手也照样搭住肩膀，刚一坐稳，摩托车呜一声就窜出去了，顺着公路往前飞跑。

大保死死地抓牢灰毛砣的肩膀，侧头看着路旁的香蕉林飞快闪过。不知为什么，他心里有种隐隐的激动。他中学时读过林则徐虎门销烟的课文，对那里有过不少向往。他很想看看虎门销烟的炮台，看看虎门对面的大海，还有大海下面的白珊瑚。

不过一个多小时，车到虎门，摩托车手刹住车，问道："去哪里？"灰毛砣说："渔村码头。"

渔村只一眨眼工夫就到了。摩托把他们卸在村口，掉转车头，呼啸而去。

大保站在村口，一时间有点傻。这是渔村么？怎么会都是一色的新房子，都是三层楼、四层楼，石头基脚垒起一人多高，窗户上都安了花玻璃，屋顶是橙色的，门前还坐一对石狮子。在他的印象中，县城里只有衙门口才放石狮子，只有大地主李家大屋的窗户上才装花玻璃——那是他家祖先在抗日战争时期贩苎麻赚了大钱。他不明白这里的人怎么这么有钱。

"你没有来过，当然不明白啦。"灰毛砣说，夸张地张开两臂，"这里的人靠走私，个个发了财，家里的钞票要拿蛇皮袋装。"

灰毛砣说着，抬脚往村里走，大保跟在后面问道："去虎门炮台还有好远？"

灰毛砣一愣，回过头来笑笑说："这时候哪里有空看虎门炮台？到这里来的都是买走私货。"

大保默了默，不再开声，只好随着往里走。

村子不小，石板路曲曲拐拐，不时还有岔路。村里人很多，一部分是走来走去东张西望的外地人，另一部分是穿花格衬衫、外罩劣质西装的本地佬，他们或蹲在街边的石磴上，或袖手靠在街角，只拿眼睛漠漠地望着来往行人。有那录放机放出的歌声从什么地方飘出来，有点嗲，有点腻，软绵绵娇滴滴的，直酥到人的骨头里去了。大保惊问道："这是什么人在唱？"灰毛砣说："听说是邓丽君，台湾歌星。"大保说："哦，在这里还可以听到台湾人唱歌。"灰毛砣问："听起松快不？"大保说："松快。像有人拿野鸡毛在心里撩。"灰毛砣说："等下我买两盒回去，天天放给你听。"

两人边说边走，脚步很缓，似在溜达。走过石磴时，那蹲着的年轻人小声问：

"要手表吧？"灰毛砣显得很内行地问："什么牌子的？""双狮的、三星的，要乜有乜。"说着，敞开西装衣服，里头竟一排一排别满手表。灰毛砣张开五指，说："我要这样啊。"年轻人张眼两边看看，说："你们随到我来。"就要两人跟在后面，插进一条巷子，上斜坡，拐弯，推开一道小栅门，仔细落好锁，走过一条碎石铺成的曲径，进了大门。年轻人拖出一只鼓鼓囊囊好大好大的蛇皮袋甩在他们跟前，撕开袋口现了现光，又将拉链半拉上了。蛇皮袋里都是手表，各种式样都有。灰毛砣用土话告诉大保，里头的表真真假假，有电子表，有塑料芯子的表，混杂一起。表是论"抓"买的，就是闭眼伸手进去，尽你的手板抓一把出来。五块钱一"抓"。运气不好的话，一"抓"手表可能没有一块电子表；运气好时，也可能抓到一块机械表，那就赚大了；一般来说，总能抓到两块三块电子表，也不会亏了。是亏是赚，全凭各人运气。正说着，年轻人开价了："你是五块钱一'抓'。"一指灰毛砣，又一指大保："他要七块。"灰毛砣生气地问："为什么？"年轻人抓过大保的手板拍了拍，不说话。大保的手板摊开来，像个小簸箕。三个人都笑了。

这次的生意没有做成。谁都不会头一家就掏钱买货。何况，灰毛砣的本意就只是让大保开开眼界，见识一下，买卖不成，年轻人倒也没有不高兴。这种事他经得多了。他仍然笑嘻嘻地带他们回到街上，嘱咐一句："别处看看吧，欢迎再来。"就又兀自蹲到石磴上去了。

两人继续徜徜徉徉地往下去。后来的生意人主动多了。常常小跑过来拦在前面问询。卖蛤蟆镜的，手臂上挂满，眼睛上戴一副，胸口上还挂几副，镜片上的商标十分惹眼。卖遮阳帽的，一大摞帽子套在脑壳上，总有两尺多高，那真是名副其实的"高帽子"。大保数了几遍，却怎么也没有数清楚。卖自动伞的，一个蛇皮袋子装满了货，就那样吊在肩上四处游走，你一问价，哗一下就倒在地下让你看，红的、黑的、黄的、蓝的、花的，什么颜色都有，随意捡起一把，啪一声弹开，转动着伞面向你炫耀。卖尼龙袜子的，一大堆拿玻璃纸包着的袜子像烂白菜一样堆在地上，随便翻拣。还有，卖西装的，卖膨琪纱连衣裙的，卖胸罩的，卖磁带的，卖香皂的，卖发卡的，卖香水的，卖女式皮鞋的。一个士多店里的双卡录放机堆积如山，几部录放机同时在放磁带，放的都是邓丽君的歌。两个小妹子站在街边拿根竹签吃牛肉丸，锅里的牛肉汤沸腾着，香味飘满一街。有个小把戏大声喊："我的鞋，我的鞋。"

大保紧随着灰毛砣走走停停，停停走走，什么东西都想看一看，眼睛有点忙不过来。他自然地想起老家县城的赶墟。可是那种热闹同这里的热闹简直不能比。那里的人抠一分钱比抠鸡屁股还困难，这里却只见金钱的流动，空气里都能闻见钞票的气味，他觉得新鲜、惊奇、刺激。每见一样东西，他会问一声："哪里的货？"灰毛砣不断地回答："台湾的，台湾的。"偶尔也会回一句："香港货哩！"

本来大保出门时没有打算买东西。原来只听说广东出墨鱼，准备买两斤墨鱼回去就行了。如今面对如此花花世界到底忍不住了。只听到钞票在荷包里嗷嗷地叫，见到什么都想买。那当然是做不到的。他只能有目的地买。他给父亲买了条洋烟，给母亲买了件乔琪纱罩衣，给老婆买了发卡、皮鞋，还买了两块电子表，一块自己戴，一块送给钟海仁。后来走下海滩时，他又一个人返回去，悄悄买了瓶香水藏口袋里。他想好了以后晚上睡觉前给唐红卫身上洒一点。

灰毛砣比大保舍得。他是有备而来。买了双卡录放机，买了磁带（其中五盒是邓丽君的歌）。他把现买的遮阳帽和蛤蟆镜一戴上，手提双卡录放机，派头一下就出来了，神气活现。

走完街区，下到沙滩上，那时太阳已经挂到了西边，斜射的阳光打在海面上，一派金黄耀眼。大海真大啊！在敞阔的大海面前，大保一下感觉到了自己的微小。从来没有感觉那么微小过。他屏住呼吸，好一阵才把一口气呼出来，心里只觉得一种畅快。

沙滩边的海湾里停了好长一溜船，一条靠一条，紧排着延伸出去。船是木船，船舱盖了蓬，两头挂了帘子遮着。走一块木跳上去，船与船之间又有木板连着，一直走下去，可以通到最后一条船。灰毛砣神秘地说："知道么？那是花船。""花船？"大保不懂，一脸迷茫。灰毛砣暧昧地一笑："花船、花酒。古书上都有说的，就是搞那种路子的地方。""啊？"大保还是不懂。灰毛砣就干脆说白了："就是嫖娼哩！""啊？！"大保深深地吃了一惊，看看灰毛砣，又看看那排船只，不相信这里还会有这等勾当。

"不相信？我带你上去看看就知道了。"

大保犹豫了一会，他很想去看看妓女是什么样子，心里又很怕。他看到灰毛砣已经走上木跳了，心一硬，拖着步子跟了过去。

走完木跳，板壁后面忽地闪出一条大汉挡住去路，低声喝问道："做乜？"这个"乜"字跟家乡土话"乜"一个音，大保听懂了。他看到大汉颈根上挂了条手指粗的金链子，手膀上文了身，脚下只穿双拖鞋，心里忽然没来由地怯惧起来，说："我们回去吧！"

"莫熊！"灰毛砣说过，又对大汉笑嘻嘻地说："我们是熟客啦，来玩玩的。"

大汉咧起嘴巴笑了。大汉的笑容有点恐怖。

大保稳着步子上了船，小心地绕过大汉。他紧紧跟随灰毛砣从木板上走向下一条船。又下一条船。他看到每条船头都或坐或蹲着一男一女。男的粗黑，女的老相，但穿扮很精致，船舱的帘子都垂耷着，严丝密缝，但他知道里头都有人。有窸窸窣窣细碎得近似于无的声音。他一用心捕捉，却又什么声音都没有。哪里突然有个女声"啊"地嘶叫一声，接着又嗷——呀嗷——呀地喘着。他心里一抽，还有这样叫法的么？他的腿一阵一阵地颤抖，像打摆子。他踩了踩脚，想让自己镇定下来，却怎么也镇定不了，膝盖骨那里兀自只是抖，人像踩在棉花上面一样不得力，心里一股邪火直冲，全身膨胀得眼睛都模糊了，喘气不赢。

大保急忙转身，连跑带跳回到沙滩上。

灰毛砣也跟着转了回来。

灰毛砣连声问做什么、这是做什么？

大保一直走，不回答。

灰毛砣又说，回去吧，回去搞一盘。

搞一盘就是操一回。

大保还是走，不开声。

灰毛砣再又说，难得出来一次，偷个腥，尝个新鲜。

大保走得更急了，上了街区。

大保终于开了声。他说：邋遢！

灰毛砣低头想了想，点头说，悟起来是有点邋遢喔，那样窄的舱，那样小的床，枕头黑麻麻，垫子一团糟，什么人都在上头放水，是很邋遢。

两人站在那里默默地抽起了烟。

灰毛砣忽然用力将烟屁股甩下沙滩，说，我再带你去个地方看看。

大保犹豫一霎，还是跟着灰毛砣，到了街区的一条横巷上。

横巷很短，深不过百米，两边人家也不多，门楣宽大，砖墙很高，家家门口的对联都很新鲜。玻璃上贴着同真人差不多大小的美女招贴画，眼睫毛很长，很鬼魅。横巷中间挡了一苑大榕树。榕树应该很老很老，成精了，树身苍黑，要两个人才围抱得过来。树冠庞大浓郁，枝叶间密不透风。枝子上吊了很多祈神的红布条。气根从四处爬出来，粗的粗，细的细，可以当凳子坐。这里几乎每个门口都站了几个女子。大保已经从灰毛砣嘴里知道了，那叫站街女。说白了是暗娼，是可以带走去搞的。横巷时不时有三三两两男人徜徉而过，看看天，看看前面，再装作不经意瞟过去几眼。这些人都是慕名而来，看新鲜的多，付诸行动的少，满足一下那种说不清道不明的欲望。灰毛砣显得很熟，有那热辣辣的目光和招呼打过来，他就招招手，说声"哈罗"，却并不停步。他带着大保一直走到大榕树下。那里聚集了好多站街女，有的站着，有的坐在榕树气根上，有的嗑着瓜子，有的对着小镜子拿无名指的指甲勾眉毛。都二十多岁年纪，嘴唇红得像涂了猪血，衣衫都很单薄，很露。大保远远地站着，第一次看到了传说中的"妓女"，他很想再走近点，脚下却不由自主地定位了。他想起小时候玩鞭炮，想看又总有点怕，只是捂住耳朵不远不近地站着。

灰毛砣带着两个站街女过来了。灰毛砣眼光很厉害，两个女子都不错，脸块、身材都很好，胸脯很饱胀。大保一下想到了同床笫有关的勾当，血就冲到脑壳上头了。

灰毛砣说："你挑一个，剩下那个归我。"

大保问："做什么？"

灰毛砣说："带起回旅社去。"

大保吓住了，紧忙摇手说："不行不行。"

灰毛砣哼哼笑着说："你怕什么？没关系的！"

大保还是硬硬地说不行。

灰毛砣只好说："你不想搞，我想搞哩。"

大保嫌恶地说："你想搞你搞。"

灰毛砣嬉笑着说："那我就不客气了噢。"就挑了那个稍矮稍胖的女子留下，把另一个退了货。三人分头搭上两部摩托，一飚回了旅社。大保懂味，在旅社门口就同那对狗男女分了手，只说要出去逛一逛，兀自上了街。

街上已经亮了灯，到处好热闹。霓虹灯炫化出各种颜色，将一条街都笼在光怪陆离的光影中。家家店铺门大开，灯光倾泻而出，晃照着涌进涌出的人流。收录机都放到了最大音量，播着港台流行音乐，或是声嘶力竭语速极快极夸张地放着商品广告。也有的店门口是站了女子在放广告信息。沿街的人行道一个接一个地摆起了地摊，货物一堆一堆，但也都是下午在渔村看到过的那些东西，摊主们不断地走动，不断地吆喝，挽留行人过去看一看。大保慢慢地走着，不时停下来看一看。他看到了与县城赶墟完全不同的热闹景象，他还不适应这种热闹，但似乎又有点喜欢。他朦胧地意识到这里的人发财了，但竞争意识却是很强的。他们都在想要努力地赚钱。

大保在街上信步流连，却心不在焉，总在想着他们住宿的旅社那个房间。他想那个站街女是长得蛮乖顺的样子。这样的女子怎么会出来以这种方式谋生呢？也不知道她是哪里人。听灰毛砣说那些人都是外地人。四川、贵州、湖南，都有。还有的是从东北过来的。书上又说新中国妓女已经绝迹了，怎么现在又有了？变来变去，又变回去了。他想起灰毛砣正在同那女子在床上折腾，心里忽然燥热起来，口里干渴得难受。

他似乎有点后悔，不该那么坚决地拒绝。

随即他就在心里狠狠地骂了自己一声：

"屌他妈的！"

后来大保在街上一条椅子上坐下来，有点渴，有点饿，也有点累了，但他不想动，默默地抽了小半盒烟。

灰毛砣找过来了。大保看见他目光炯炯，还精神得很。

"完事了？"

"完事了。"

"怎么样？"

"松快。"

大保懒洋洋地站起来，两人在旁边一家粤菜馆吃了顿海鲜，就溜溜达达地回了旅社。

旅社的房间里好凌乱。两个床铺上的被窝都滚作了一团，床单皱巴巴，地下丢着几团用过的纸巾，一个床头柜还移到床尾去了，完全是一场大战后的情景、一次劫后的乱象。大保只踏进去一只脚，赶紧又退了出去。等灰毛砣收拾过了，才又进去。脸上黑黑的。

灰毛砣嬉笑地说："不要黑脸不要黑脸，今天兄弟进洞房，也算喜日子哩。"

"你说什么屁话，这是什么喜日子？"

"即算跟妓女搞，也似是露水夫妻。既有夫妻之实，大小也是个喜吧。"

"你这是扯乱弹！"

大保骂一声，却破颜笑了。他想坐一坐，看到木沙发上还丢着用过的毛巾，感觉到了脏，挨都不再敢挨。他又看了看床铺，两张床铺都很乱。他又发火说："今晚上你让我睡哪里？"他知道妓女睡过的床是有忌讳的，他不想沾上晦气，跟着背时。

灰毛砣不明就里，说："一人一张床啊，你睡哪张都可以。"

大保说："哪张我都不能睡。"

灰毛砣就提出让服务员来换床单。

他不肯。

灰毛砣又提出给他另外开间房。

他也不肯。

灰毛砣没奈何了，说："那你要怎么办呢？"

大保不说话，自己跑到服务台要了床被盖和席子，铺在门口地上，躺下睡了。

他忽然觉得这天好累，躺下了好松快。

灰毛砣折身坐在床上，说："这就对不住了。"

大保感觉到自己有点过分，解释说："我这人生得贱，广东的床那样窄短，睡在床上脚都抻不直，不如在地上宽展松快。"停停，又说："我们那年子在看守所，几个月睡在地上，不也是上好的。你还把草垫子都让给我睡。"

"哦，你还记得。"

"怎么不记得。记得一世。"

灰毛砣跳下床，赤脚过来给大保装了一根烟，划火柴点燃了，又回到床上盘腿坐下。灰毛砣自言自语地说："我就是觉得自己前半世人活得太不抵了，要吃没有吃，要穿没有穿的，一点小事就搞进去坐牢，吃那样大的亏。好不容易盼到了好日子，我不得放过。该吃就吃，该穿就穿，该要就要——不要白不要。我不偷不抢，钱是自己辛苦赚到的。赚了钱就是给花的。修成一个人不容易，我不能冤枉过一世。"

大保说："你的话有你的道理，不过我做人有我做人的原则。我记得我父亲搭我说过，没有受不了的苦，只有享不了的福。各人的福分都是有定数的，有些享得，有些享不得。"

灰毛砣说："搞下女人算什么享受。你是没有看到那些有钱人怎么享受的。好多事情恐怕你悟都悟不到。"

大保说："我不想看，更不想悟，我只想过好自己的日子。现在如今眼目前，我就只想放倒身子，好好扳一觉。"

"对了，扳觉。"

"好，扳觉。"

大保在墙角摁灭烟头。不大一会，屋子里就响起了粗重的鼾声。

窗外的霓虹灯，闪烁了一夜。

大保家的狗长大了。这条取名"瞎子"的狗并不高大，但很壮实。浑身圆滚滚的，脖子很短，鼻唇很厚，耳朵尖耸，尾巴很翘，四根腿把子像擂锤，通体黄亮亮的，没有一根杂毛，走起来好沉稳，一步捱一步，有种内敛的威慑，跑起来像支箭，胯骨几耸几耸，转眼去了好远。也许他们不该给它取名叫"瞎子"的。每天"瞎子、瞎子"地叫，把它的眼睛越叫越细，最后眯成了一条缝。

一条街上的都知道大保家的狗叫瞎子。

瞎子也应该是草狗子的种，但它没有草狗子的陋习，一不吃屎，二不啃骨头。俗话说，是狗改不了吃屎。可知吃屎是狗的天性。县城里有些人家不讲卫生，家里小把戏要屙屎了，拉到门口街边上就屙。有的大人还"嘀啰嘀啰"地朝远处召唤。闻到屎臭，远处近处的狗狂奔而至，见了屎就腆起嘴巴去吃。随屙随吃。完了，狗还会拿舌头给小把戏的屁股舔干净。有一次一条狗吃完舔净了，意犹未尽，顺势将小把戏的卵泡一口咬了下来。有一次瞎子闻到屎臭，也拔脚往那边跑，大保见了，一声断喝："回来！"瞎子折返头跑回他的脚下，大保踢它一脚，骂道："那样的东西你都去沾？下次你再去，我一脚踢死你。"那时候瞎子还小，大保的一脚踢在它屁股上，应该是很痛的，它却忍痛没有叫，像个做了错事的小学生，只是低垂着脑壳，把一根尾巴猛摇。瞎子不啃骨头好像没有原因，它天生地就知道那个样子很猥琐，从不去拢边。

瞎子吃东西还很讲究，定时，大致定量。大保一家人很爱惜它。人是一日三餐，狗也定时三餐。每餐都会拿只铝盆子给它另外蒸钵饭，砍了肉回来，也会割一块放在铝盆子里，人狗同时开餐。瞎子吃饭也讲究秩序，先从盆边下嘴，一圈吃过去，不饱，就再吃一圈，若饱了，就停住，剩下的留在下一餐再吃。它不像别人家的狗，从不在人吃饭时到饭桌下拱来拱去，拱得人心里起腻。吃饱了，它就到门口去静静地蹲着，保持着一种尊严，也尽它看家护家的职责。一家人都说，这狗通人性。

瞎子做过两件事，让大保一家人都很感动。有年中秋节，柏良婆砍回一块新鲜猪肉丢在丁板上，出去解个手回来，猪肉就不见了。柏良婆认定是瞎子偷吃了，气得大骂一餐。瞎子感到很冤枉，也十分气恼，竖着尾巴在灶屋里不断地转圈。听柏良婆骂完了，它掉头冲出门去，随即又顺着楼梯上了楼，随即就听到楼上哒哒哒一阵追逐。过一阵，两条狗从楼梯上一前一后下来了。前面是隔壁杨二老倌家的狗，瞎子在后。瞎子押着杨二老倌家的狗一直走到柏良婆跟前。柏良婆惊异地发现，杨二老倌家的狗嘴里叼着的正是她早上砍回来的那块新鲜猪肉，知道冤枉瞎子了，一下抱住它的颈根，顺着毛直摸。瞎子闭着眼睛，骄傲地直甩鼻头。又一次是，大保爬到床底下寻东西，意外地把篮球扒了出来。可是，篮球已经给老鼠咬破了两个洞。这篮球还是下放时朱慧琴送给他的，虽说时隔多年，但还很新。篮球也曾经带给他很多辉煌和太多伤痛，如今竟让老鼠给咬了，这让他十分伤心。他失神地抱着篮球，在床脚下呆坐了很久。瞎子陪着在旁边站了一会，似乎明白过来，一窜，出门去了。瞎子撅着厚厚的鼻头，从堂屋嗅到灶屋，从灶屋嗅回睡屋，又到后头工场里嗅了一圈，还跑到旧城墙上张望了一阵。半下午时分，瞎子返回来了。它将口里咬着的一只老鼠往大保跟前一放，退到一边，抬起眼睛望着大保。老鼠已经死得梆梆硬，半条尾巴都给咬断了。大保一声大笑，顺手赏了它一巴掌，嘴里说：

"瞎子啊，瞎子！"

瞎子很少出门游荡，每天守在屋里，从前头踱到后头，又从后头踱到前头，很多时候就卧在前门门口，将下巴搭在门槛上，眯细着眼睛，探察周围。只在大保上山打猎的时候，它才有机会跟随一起出门。那是它最欢喜的时候，一跃而起，箭射出门，先不先就在路口等着了，一路上颤晃腰身，摇动尾巴，跑前跑后，蹦高伏低，是松快，也是献宠。

大保是从广东回来以后开始喜欢打猎的。那时候广东是个让很多人向往的地方，有人去过那里回来，无不向人炫耀，大谈见闻。只有大保不同，闭口不谈，谁问他都摇头。他也不再同灰毛砣提说到广东办分公司的事情，只是一门心思把家里现有的窑炉烧好，把周围的市场巩固、扩大。他想着时机到了，就按钟海仁建议的，在周边地方买块地，另外建个工场，那样心里才踏实。广东一行，收获还是有的，其一，他看到了那里人的商品意识、竞争意识；其二，那里的海鲜让他印象深刻。俗话说：山珍海味。自己这边没有海味，山珍却不少。竹鸡、野鸡、斑鸠、山麻雀、画眉、黄鹂；野兔、泥蛙、石蛙、脚鱼、五步蛇、竹叶青、四脚蛇、眼镜蛇、银环蛇；果子狸、野猪、箭猪、竹鼠、麂子……天上飞的，地下跑的，泥里歇的，都有。听说跷脚岭上还有穿山甲、猫头鹰、大蟒蛇。哪样都是好东西，剁碎了拌上辣椒蒜苗酸菜一炒，鲜美无比。于是，打猎的想法油然而生。

大保很快就成了打猎里手。大保本就极具运动天赋，打猎和打篮球，很多特点本就相似。跑、跳、追、擒，自不用说。最重要的是瞄准放铳，那也不难。他长年搬运铸件，手膀很有力，很稳，又长年眯眼观看火势，眼力极好。练过几次，眼法就练出来了。天上有鸟飞过，地下有野物掠过，只要让他瞄上了，基本无有逃脱。偶有失手，他还有瞎子帮忙。

瞎子真是个猎场上的好帮手。它灵敏，跑得快，有韧劲，还舍得死。大保的铳一响，它跟着"嗖"一声窜了过去。一会儿，它就叼着一只野鸡（或野兔、或斑鸠、或竹鸡）颠颠地返回来了。县城里慢慢有了几拨打猎的人，气枪、小口径步枪，有时甚至五四手枪都偷偷上了阵，跷脚岭上的野物越来越少，有时在山里头转悠一天，一无所获。这时瞎子就施展出它的另一种本事，帮他搜寻猎物，并且，负责驱赶出来。那时它会显得十分活跃，在小径上不时窜进草丛里，过一阵又从更前面钻出来，蠕着鼻子在地下探寻几下，再一头扎进草丛。忽然在什么地方"汪"地吠了一声，大保急忙将火铳平举过肩，随即就有一只野鸡冲上高空。这时铳响了，中了弹的野鸡一头栽下来。也有的时候，它干脆连铳都不劳大保打了，直接咬住野兔，悄悄回到大保脚下，给主人一个惊喜。这时候的大保确实是又惊又喜的。每次出猎，都不空手，他觉得很有面子。

　　大保每过十天半个月，就会上山打一次猎，打猎成了他主要的业余活动。经常爬山，让他的体质越发地强健。山上有树，有花，有草，有百年的粗藤和偌大的岩石，山上的风也劲冽、水也清柔，到了冬天，一场雪两场雪下过，千树万树，千山万岭，一派冰雪世界，满目皆白，让人的胸襟无比开阔。忽然一声铳响，雪花纷纷跌落，絮到身上，絮到头上，有的还钻进了颈根里，一阵透心凉。大保缩起颈根弯下腰，冷不防攥起一个雪团砸在瞎子脑壳上。瞎子嗷的一声弹起三尺高。

　　大保也哈哈大笑着扑倒在雪地上。

　　大保好久没有这样松快过了。

　　生意稳定，收入节节上升，家里陆续添置了电视机、电冰箱、洗衣机，生活也大为改善，餐鱼餐肉，还间常能喝上瓶子酒，大屁股的唐红卫果然肚子争气，婚后一年，就给他生下一个胖"狗狗"，再过两年，又悄悄产下一个女崽。儿女双全，他感到甚是满足。

　　大保胖了。

　　大保做了件轰动全城的事情。

　　他铸出了四口大铁锅。铁锅很大，高三尺半，口径有五尺，一次能煮六百斤猪潲。

　　铁锅是给奶猪崽做的。

　　奶猪崽本来在机电设备厂做得好好的，可是工厂破产了，他成了下岗工人。他还这样年轻，当然要再谋一份职业。但他不想再给人打工了，谋划着自己做老板。他兜着买断工龄的几万块钱，考察了好几个项目，最后定下办个生态养猪场。这个养猪场他是打算办得很大的。打算先养一百头猪，再扩大到一千头，一年内要发展成万头猪场。这是一个很激动人心的计划，主意已定，他去找了钟海仁，钟副县长自然十分支持，很快给他批了建猪场的场地，协调银行落实了贷款资金，又牵头联系了大米厂定期供应米糠，还让一个乡政府到时提供红薯藤，可是具体到猪场的各种设备时，问题来了：煮潲的锅怎么解决呢？百把头猪还好说，若发展到一千头、一万头呢，这就不好解决了。奶猪崽的意思是一次到位，铸几口大铁锅。他找过几个铸造厂，都没有办法，表示爱莫能助。

这时候钟海仁说："找王大保。"

奶猪崽当然也想到过找大保。他知道那是个能人，会有办法。可是他实在拉不下这个面子。自己当年挤抢了本该属于他的转正名额，结下的怨隙一直没有消散，好几年了，两人再没见面。路上碰到，赶紧跌路，他有点怕见他。

钟海仁约略知道一点内情，愿意出面协调。

钟海仁带着奶猪崽到了大保家。大保看到奶猪崽，脸块一下就跌下来了，坐着没动。一家人只跟钟海仁打声招呼，避到后面工场里去了。钟海仁没有料到大保一家人对奶猪崽会有这么大的积怨，一时尴尬，便逗了点气说："不欢迎啊？那我返回去了！"

大保说："有的人欢迎，有的人不欢迎。"钟海仁说："我们一起来的，要欢迎都欢迎，要不欢迎都不欢迎。"

大保沉了沉，挪挪屁股，说："坐吧！"

奶猪崽把一包点心放在灶桌上，说了声："大保，好久不见了。"挨住钟海仁坐好。

钟海仁将来意说了一遍。奶猪崽又加一句："要请你帮忙。"

大保说："我做不了。"

钟海仁说："想点办法，我相信你做得到。"

大保说："你这人也怎么这样络连，我要有办法，也就不至于今天这个样子了。"

钟海仁说："你今天这样子很差么？"

大保说："差不差那是自己的造化。"

钟海仁说："在今天这个社会里，谁的造化都离不开政策的优惠，政府的支持。"

大保说："你不要搭我打官腔！"

钟海仁说："这不是官腔，这是事实，大保，我们以前都是一个篮球队的球友，有的事情过去了就过去了，不要总记在心里，凡事朝前看。"

大保说："我就是个小人啊！"

钟海仁也带点气了，说："你这样作践自己有什么意思呢？我今天带石善登门，一来是道个歉，把以前的事情做个了结，大家住在同一个城里，以后好会面；二来哩，石善现在碰到了困难，请你一起想想办法，帮他走下去。"

大保仍然气哼哼地说："各人吃饭各人饱，各人生路自己找，有你这番话，以前的事，我也不说了。但是，今天这个事，我真的做不了。"

钟海仁说："你都没有去做，怎么就知道做不了呢？搭你说句实话，今天这个事情，真还不是石善个人的事。他是下岗工人。政府有责任把他们以后的工作安排好。我是负责这方面工作的政府官员，把他的工作安排好了，我也算是做了一件事情。不看僧面看佛面，你要给我一个面子。"

大保说："你能代表政府啊？"

钟海仁说："这件事情上我就能代表政府。"

"嗬，好大的面子。"

"这也是给你一个面子。"

"怎么倒转来成了给我面子？"

"你自己去悟。"

大保默了默，叹口气说："你都把话说到这个分上了，我就试一试吧！"

钟海仁欢喜地说："试就要试成。"

"不一定。"

"一定。"

"不一定。"

"我说一定就是一定。"

"好好，你的官大，胡子都能压倒人。"

钟海仁哈哈笑起来："压别个不行，压你还是可以的。"

奶猪崽知道事情有了转机，赶紧装根烟过去。大保伸手挡开了，对钟海仁说："我把话说明，我要做也是搭你做的。"

"好好，我领你这个情。"

事情说好，大家的脸色都开了。钟海仁带着奶猪崽告辞。大保说："把点心拿转去。"

奶猪崽正想开口，钟海仁探身把点心拿在手里，说："正好给我消夜。"一路哈哈地走了。

此后大保两天没有出门，日里夜里，只独自待在后面的工场里，比比画画想主意。要铸那样大的铁锅，泥模不难，问题是窑炉不够大，一次烧炼不出那么多铁水。

到第三天上午，大保喊人拉来砖和黄泥，垒了三个简易窑炉，又亲自铡草和泥，做成了一个巨大的泥模，还把早已备好的块煤一块一块过了手。泥模周围搭了台子，有六条木梯通上去。

这天晚上，大保带着几个工人悄悄开了工，四座窑炉同时起火。孝德公、柏良婆和唐红卫也都出动帮忙打下手。到天亮时分，炉水炼好了，大保指挥四个工人先把大窑炉里的铁水抬上台子。浇铸到泥模里头，紧跟着分头抬起三个小坩埚里的铁水，压着木梯上到台子上，加铸到泥模里。铁水撞动铁水，火光炎炎，溅起的火花升上天空，像过年晚上的礼炮，艳丽无比。铁水全部浇进模子里了。大保一直站在台子上，嘴里叼着烟，眯着眼睛死盯着模子。铁水变成暗红，又变黑了。

一只手板伸到他的下巴上，唐红卫在他耳边轻悄地说："烟灰，烟灰。"

大保低下眼睛，看到嘴里的纸烟早已熄灭，长长的烟灰打了弯。他轻轻嘘了口气，烟灰跌落在手板上。

大保欣喜地说："成了！成了！"

忽然，一阵鞭炮声在门口炸响。人们屏住了呼吸凝神谛听。是那种夹了冲天炮的万头鞭，响一会儿，爆响一声。

噼里啪啦——砰、噼里啪啦——砰……

开门一看，是奶猪崽，原来他在门口守了一夜，听到大保说"成了"，赶紧点响万头鞭。

"你说痴话哩，我那样小声，你都听到了？"

"听到了哩，清楚不过。"

奶猪崽笑眯眯地递过一根烟去，大保接住叼上了，冲他一笑。

四口大铁锅铸成了。台子和简易窑炉都已拆除，四口铁锅敞开来摆了一地坪。城里很多人专门跑过来看新鲜。铁锅漆漆黑，锃锃亮，敞口向天，把满天的云彩都盛了进来。人们议论纷纷，说："这样漂亮的锅，拿去熬猪潲真是糟蹋了哩！"说："办食堂那阵子有这样大的锅就好了，煮一锅饭能给一城人饱一天。"说："大保师傅你不要把这锅卖了，我天天过来做镜子照。"说："这个锅要做洗澡盆就好哩，底下点些火慢慢热，可以两口子一起在里头洗。"几个人都点头说："这个想法好，松快！"两个大后生荡起一个学生崽丢进锅里，竟半天没有爬出来。

钟海仁也专门带一班人过来看了。他双手握住大保，连连摇晃着说："你这么快就把大铁锅做出来了，还做得这么好，我真是很高兴！毛主席早就说过，人民群众有无穷无尽的创造力。真正的能工巧匠就是在民间。我代表县政府感谢你！还要嘉奖你！"

钟海仁很会造势，第二天就在仁和墟的墟陂上召开了大会。来的人很多，不少都是个体老板。四口大铁锅，分装在四部胶轮大板车上，铁锅四周扎了红绸。大保胸前戴着红花，记者们让他站在大铁锅旁边。拍了很多照。大保机械地摆着姿势，闪光灯闪着的时候，想起十八年前带领县学生队夺得地区冠军，跟真人一样大的照片就嵌在照相馆门口的橱窗里，心里一时有点恍若隔世。钟副县长站在戏台楼头，热情洋溢地讲了一番话，并当场代表县政府奖励给大保一千块钱。一千块钱也用红绸扎着，让老板们一下子睁大了眼睛，一下子又眯细了眼睛，暗暗点头。

会后，进行了巡游。四部板车打头，锣鼓齐鸣，唢呐高奏，一队人马自南门口入城，过正街，经衙门口，绕道东门头，出北门，在县政府的大门口稍作停顿，直奔奶猪崽的万头猪场。

四口大铁锅在万头猪场的工地上摆了三天，供人参观、照相。

铁锅周围，落了好多鞭炮屑子。

这件事情很快就上了地区的报纸，同时刊登了大保的照片，还顺带把他的"德大牌"铸造做了介绍。年底，大保出席了地区的个体工商业表彰大会，会餐的时候，地区的领导过来敬酒，要他干杯。他就红着脸，仰头把酒干了。不是一杯，是三杯。会后回到县里，县领导集体给他们接风，他又一下接连干了九杯。九杯下肚，居然没事，脸上的气色都没有变化。他的豪气让所有的人倒吸一口凉气。

大保决定要买块地，建处新厂房。

他已经留意了一段时间，看好了一块地。地方就在井洞大塘附近。井洞大塘早已没有了，灯光球场也没有了，那地方早已填平，盖过仓库，后来仓库又毁平做了他用，于是一些地块就空了出来。那块地有五亩多，就在食街背后，十分周正。大保偷偷请地生看过。地生称许那是块宝贵雄豪的旺地。地段好，朝向也好。旺丁旺财。大保认真写了报告，跑了好几个衙门，该请客请客，该送包封送包封，还请了钓鱼、唱歌——他不唱歌，只坐在门口结账，发小费。他小心地侍奉着各路神仙，一路攻关夺隘，眼看就要到手，不想突然杀出个程咬金。

横刀夺爱的是能者八个眼黄德傲。

他一听是能者八个眼也想要这块地，就知道事情有点麻烦了。这能者八个眼从来就不务正业，通一个县城里的人，谁都知道他，但谁也不想惹他，完全是个癫崽头。虽说无权无势没本事，但鬼名堂多。他整天无所事事，只在街上晃荡。夏天一身的确良，鞋袜齐全，冷天穿咖啡色西装，皮鞋锃亮，茶馆里坐坐，棋牌室晃晃，哪里人多往哪里凑，哪家新店开业了，哪家要买房子了，哪家的学生考上了名牌大学，哪个人买彩票中了大奖，他都有办法去敲一笔。胃口倒不是很大，给顿酒喝，塞个包封，也就了了。总之，要让人放点血。也有那不信这个邪的，就不给酒喝，就不塞包封，看他奈得我何。西门口的德贵就试过，捋起来德贵同他还带点粑糟亲，但两人从不来往。德贵看不起这个人。那次是德贵的中药铺开张，能者八个眼也过去放了挂小鞭炮，德贵也给他开了烟。开过烟后，却再没理睬他。中午喝酒也没有人领他入席。第二天中药铺一开门，能者八个眼第一个进到里头，德贵按方子给他捡了五服中药。他接过药包就走了。从进门到出门，他都没有开声，一言不发，只打手势。过了一个时辰，一部板车拉着能者八个眼返回来了。板车横在药铺门口，能者八个眼躺在上面。一脸煞白，头发蓬乱，大腿边上血痕糊拉。他断断续续地说，回去就把从这里捡回去的中药熬汤喝了，喝下去不到十分钟，就开始拉稀，拉到后来又屙脓屙血，好容易才止住，不消说，肯定是德贵的中药出了问题。他也不想跟德贵理论，打算直接告到法院，打官司。状纸和药方就放在他的颈根旁边，药罐子和没有拆包的四服药躺在屁股下。德贵拿起药方又看了一遍。药方是正街上老中医朱医师开的，那是几代相传的世家，信誉极好，不光县城，在周围十里八乡都是有口碑的，家里的牌匾和锦旗挂满。药方自然没有问题。他是毫厘不爽地按药方捡的药，也不会有问题。他明白能者八个眼是找岔子、砸他的牌子来了。按说，他不怕打官司，他也有把握能赢。可是，赢了能者八个眼的官司又能占到好多面子呢？赤脚的不怕穿鞋的，真正吃亏的还是自己。他在心里叫一声"背时"，拿出一个大包封打发出去，才算把难了了。

大保听说能者八个眼也来争这块地，还把状告到了县长黄知福那里，要求招投标，心里有点好笑。凭能者八个眼的那个家底，能拿得出钱来买地？他同灰毛砣打了个商量，灰毛砣的意见是不消理他，蜈蚣再毒有公鸡，耗子再鬼有猫咪，不怕他头上长角鬼名堂多过米筛，他要来邪的老子捶他一顿。大保不放心，又跟孝德公说了说。孝德公劝大保千万不要去斗狠，说：世上三不惹，女人、小孩、癫崽头。他要大保提两瓶酒、打个包封过去，让他熄火。

他们都低估了能者八个眼。

能者八个眼没有要包封，只把酒接在手里，咬开瓶盖，一口喝掉半瓶，一抹嘴巴，说："你的意思是要我不要搭你争那块地？"

大保说："我是请你不要搅场合。"

能者八个眼说："你不要烦我用了'争'这个字。我知道在你们的眼睛里，我就是个癫崽头，是个要包封贪小利的角色。这样想也没错，但那是老皇历了。如今社会发展了，我也要堂堂正正做人了。我就是想要块地做点事情。"

大保说："你这样说我心里好欢喜。不过你想买地，可以找另外的地方。"

"为什么你不可以另外打主意呢？"

"你这话说得蹊跷，做事总有个先来后到吧？"

"你怎么能肯定是你先到的？"

"我的报告上都盖好七八个章了。"

"我梦里都把章盖完了。"

大保气得差点噎了喉咙。"你这样横起来，不讲道理！"

能者八个眼冷笑一声，又抿了口酒，说："如今是什么时代了，你懂不懂？竞争时代！个个都想发财。要想发财就不能讲道理！"

"浑蛋逻辑！"

"骂得好！骂得松快！你打开眼睛看看，如今发了财的，有几个不是浑蛋？"

"你就甘心做浑蛋啰？"

"只要能发到财，做浑蛋就做浑蛋。"

"这样搭你就没有话说了。"

"这样说就对了。如今我们是竞争对手，少说点话也好。"

"搭你是竞争对手？丑了我哩！"

"你怕丑，那你退出啊！"

"先到为君，后到为臣，没有让我退出的道理！"

"那我们就争一下。不过我可以早早告诉你一句实套话，你争我不赢的。"

"你那样有把握？"

"我当然有把握！"

"好吧，你吃得生米，还有吃得生谷的人哩。我就不信这个社会总让癫崽头得势。"

"好，你是个角色。不过请你给灰毛砣搭个信，要他不要搭我来邪的。他说他牢都坐过，什么鬼都不怕。好笑哩！他也不看看对面的是什么人，说这样的话。我什么没有见识过。我会怕鬼啊！只有鬼怕我的。"

"只要你不来邪的，没有人会来邪的。"

能者八个眼嘿一声笑了。笑得脸块一皱起。

"有什么好笑的？"

"好笑，很好笑。若要人不知，除非己莫为，你以为我不晓得你搭钟县长关系好，老早就把关系疏通好了的？"

大保听出了他的话里有话，忍住性子说道："我搭钟海仁是朋友，这没错，但是我不会去找他疏通关系。"

能者八个眼冷冷地说："这种事情没有必要辩白。如今金钱社会，没有利益，他会那样努力搭你讲话？人都不是蠢子，心里都清楚……"

大保到底没能忍住，一拳冲过去，能者八个眼弹出好远，跌坐地下。

大保转身出了门。他听到能者八个眼在后面骂道："王大保，我屌你的娘，你不要以为靠着钟海仁就可以来横的。他这县长也还是副的，他上边有的是大官能管他。王大保，我屌你的娘哎！"

大保返身回去，一直逼到能者八个眼跟前，晃着拳头，说："你再骂一声，我捡掉你的性命。"

像簸箕那样大的拳头就杵在眼前，能者八个眼努了几次喉咙，到底没敢再开声。

大保回到家，才发觉一路上拳头还攥着的。他在苦楝树下坐下，抽完三根烟，气才慢慢顺了。他知道能者八个眼这回是来真的了，必须好生应对。他不明白能者八个眼怎么那样有底气，还非赢不可。他估计他是找过人了的，那人的来头还不小。因为他想到了能者八个眼最后说的那句话，"他上边有的是大官能管他"。能管到钟海仁的，当然是县长。他想到了黄知福。可是他又怀疑，能者八个眼名声那么臭，堂堂一县之长会肯搭他扯上去？

灰毛砣否定了他的怀疑。灰毛砣说："你忘了？他们都姓黄呢。我们这里，黄姓的宗族观念是很重的，黄知福还尤其重。他到今天能一步一步当到县太爷，好多地方还就是沾了姓黄的光。何况，这里还可能有另外的交易。能者八个眼那人，是什么事都做得出的。"

灰毛砣要他去找钟海仁扯一扯。大保赶紧摇手。他不想给朋友添麻烦。他心里还是疑惑不定。但疑惑归疑惑，心里打定主意，以静制动。练过武的人都有说道，在不明对方底细的时候，只能先扎好桩子，看他如何出手。

不几天，大保买地的报告给退回来了，同时，通知他去国土局参加一个协商座谈会。会议是由县政府牵头召开的。

大保特意提早了一个小时去。他带齐资料，花一块钱搭摩托去的。谁知别人都比他到得早。他进到会议室时，长条桌两旁已快坐满。前排位置空着，那是给政府的人留着的。只在后排的角上还有一个空位，大保拐过去坐下了，他端起脑壳，看到能者八个眼坐在右边的最前头，面前摆了一摞材料、一盒名片、两包软芙蓉王，还有一个好大的打火机。能者八个眼今天好精神，穿一件咖啡色西装，花衬衣的顿领子立起好高，大红的领带打得结结实实。一双眼睛梭来梭去，那种猥琐之气遮都遮不住。再看其他人时，也都是西装领带，却一个也不认识。据说这天到会的都是民营企业家，通一个县城就是那么大，能称得上角色的也就那些人，即使不熟，多少也打过照面，怎么会突然一下子拱出了这么多生疏的面孔？莫非有诈？但怎么可能。这次开会明明说是政府行为呀。大保忽然有点坐不住了，很想找人问一问。

正疑惑间，门口一阵喧哗，卷进来一团人，打头的是副县长王庆生，后面簇拥着政府办、国资委、国土局等各个部门的人，依次坐下。王副县长平和着脸，锥起眼睛挨个望过去。看一个，点点头。看到大保时，忽然一笑，起身绕过来，握住大保的手，说："你也来了。好久不见哩！"大保反握住他的手，说："是哩，有年头了。"王副县长说："我抽时间去看你。"大保赶紧客气道："担不起，担不起！"

本来，大保看到王庆生进来，心里就一紧。他没想到这个会是王庆生牵头。插队两年，这个人在他心里留下的阴影是太重了，他一直鄙视他。不知为什么，每次看到他，总会一下想起给他那年的那笔安家费，一百三十二块一角五分，那是自己一年多的生活费哩。二十多年了，这个数字一直清清楚楚地记在脑子里，记死了火。王庆生自从举报了六富叔他们以后，仕途一直很顺。一下当这个官了，一下当那个官了。大保听到，只在鼻子里"哼"一声，卵根子抽一阵，很不屑，他只是不明白为什么这种人总能得到提拔，他更没想到王庆生会当着众人来搭自己握手，心里的戒备一下垮了，感到了一种虚荣。他的心情松缓下来。

王副县长回到主持人位置坐下，能者八个眼随即起身，躬腰把名片和烟一齐递过去，然后又给在场的每个人发了一轮名片。

他没有发名片给大保。大保好奇，从旁边捡起一张瞄了一眼。名片上赫然写着：傲氏高科技投资集团，董事长黄德傲。大保一看就笑了：他也懂高科技？

这天的会议就一个意思：请到会的企业家把自己准备在城郊那块地上的项目做个介绍。王副县长简单说了几句开场白，能者八个眼就抢先发了言。先介绍公司，公司有员工三十六人，大学生若干，研究生若干，技术人员若干；公司自有资金一千万，常年流动资金七八百万；年利税一百五十万；公司地址现设在地区，现在准备搬迁回来，为家乡的经济发展做贡献。他说准备投资五千万来建设一个地标性的高科技基地。最后，唰一下展开一张图纸，请人帮忙钉在墙上。那是一张公司建设蓝图，科研室、实验室、车间、仓库、办公楼群、员工宿舍，还有花坛和喷水池，标注得一清二楚。图纸表现了一种气派。

能者八个眼是照着一份材料念的，念得结结巴巴，有几个字不认识，跳过去了，可是他的介绍激起了很大的反响。每说几句，就有人给他鼓掌，好像那些人都不是来竞标，是给他捧场的。到了最后，连主位上的干部们也跟着鼓掌。掌声响成一片。

只有大保没鼓掌。从看到能者八个眼的名片起，他就知道这个赖崽今天是吹牛皮来了。能者八个眼说一句，他就在心里驳一句："公司有三十六个人？你屄毛都没有三十六根哩！""自有资金一千万？把你家里的东西搜拢来看能不能抵一万块！""利税一百五十万？若是赚到了钱，头一个逃税的就是你能者八个眼！"……最后听到说要投五千万搞基建，他一下笑了。他真佩服这赖崽敢吹哩！这样的牛皮谁信呢？可是在座的人都信了，手板拍得"叭叭"地响。连王庆生都朝他伸直了巴掌，一下一下地拍，兴奋得一脸灿笑。这让大保完全看不懂了。他怀疑他们是在耍猴把戏。

第二个做介绍的是坐能者八个眼对面的人。他一站起来，大保就在心里一噤：这人怎么长得比我还高，块头比我还大？他同样有个大得吓人的名头：巨人房地产开发有限公司总经理。他操一口长沙腔，嗓门很粗，口音很重，会把北京说成"伯京"，把重庆说成"成庆"，爱在一些颜色上加重点，白是"嫩白"，黑是"妙黑"，黄是"供黄"，灰是"乌灰"，他似乎对"撮桂桂"一事深恶痛绝，好几次神色严苛地说到"撮桂桂"（大保后来才问清楚，"撮桂桂"就是把人当蠢子骗的意思），他的思路大概有点问题，七不扯八，一下说建筑，一下却说火车好挤，正说着规划，突然呲出一句：你们这里的倒缸酒过瘾。他好喜欢说"卵"、说"鳖"，提到人名就要在后面加上这两个字。不过他最后一句话激起了很多掌声。他最后说：打算拨出四千万来在这里建一座三星级的宾馆。

接着又有两个人发言，一个做饮料，一个是做汽车配件的。许诺的投资都不少，一个一千万，一个两千五百万。口一张，气一喷，说那么大的钱数连舌子都没有卷一下，大保听得心里一拱一拱的，惴惴不安了。

又有人要继续发言，王庆生摆手制止了。王庆生说："先让王总王大保讲吧。"

大保听到点名，心里更忐忑了。人家说起投资，开口都是上千万、几千万，口气大得能把人吓晕，自己的那点东西能上得台面么？虽说感觉是在吹牛，但也不至于胆子那么大，吹得太离谱吧？即使人家打个对折，或者退一万步说，十成里头只有一成、两成，也是自己望尘莫及的。既然知道争不赢，那又何必浪费口水还去丢丑呢？他打算放弃了。

然而要他就这样放弃又好不甘心。花那样多功夫（还有打点），求爷爷拜奶奶，劳神费力，眼看事情就要做成了，却遭人打横一炮，顿时黄了，想起来要好恼火有好恼火。而且，看着能者八个眼那种小人得志的样子，他怎么样也恨不下这口气。宁可擂穿鼓，不能放倒旗，即使死，也应该死得壮烈点。一声不做就打了退堂鼓，以后还怎么叫他做人？

正思量着，王庆生在那头又说了："大保，拿出你当年打篮球中锋的劲头来，好好说一说。"旁边有人接话说："王总的'德大牌'铸造，是我们县的一个品牌哩！城里头没有哪个家里不用他做的锅的。"旁边的那位巨人房地产开发公司总经理就嘲讽地说道："哦，原来是个做锅子的啊！"说完竟大笑不止。笑声十分夸张。

大保一下恼了，横眼说道："做锅子很好笑么？你家里做饭不用锅子？"

王庆生大声说："对哩，锅子是关系到千家万户的民生问题，我们要鼓励，要支持。"

大保说："其实我也不光能做锅子，我也知道要有发展，我要这块地，就是打算做更大的窑炉，做一些机器的部件。"

王庆生兴奋地说："你这想法好啊！事物都是发展的，我们就是要在发展中争取最大效益。"

有人轻声问道："你懂这个技术么？"

大保说："懂一点。我在机电设备厂的时候做过。再说，不懂可以学啊。"

王庆生说："我补充一点，你还可以请师傅。"

大保说："好的师傅不容易请到，但是我会想办法。"

王庆生说："有困难你同我说，政府会采取措施帮助招揽人才。"又问："具体是哪方面的业务，有方向了么？"

大保顿了顿，说："当然有方向了我才敢想。广东那边的。只要我这边把厂房建起来，那边即时给我下订单。"大保说时，膝盖有点发软。这事影都还没有，是他临急编出来说的。

王庆生笑着说："好，好，这属于商业机密，会上不方便说，我们私下再交换意见。我们还是落实到今天的议题上，你准备投好多资金进来？"

大保的膝盖又软了，全身在慢慢绷紧。他的投资比起今天各路诸侯报的数，真是微不足道，有点说不出口。"可以暂时不说么？"他问。

"也可以。不过还是说个大概数字吧！"

大保的眼睛余光扫到了能者八个眼，那家伙正同旁边的人挤眼睛，偷偷阴笑。大保的膝盖骨一下硬衬起来，搭在上面的手抓成了拳头，一梗颈根，大声说道：

"一百万！"

他也不知道怎么一下就说出了这样一个数字。他本来预备只投四十万，顶多五十万的，他的全部家当也就这个样子了。说完，只觉一阵心虚，像刚出完一窑铁水，吁吁带喘，眼神也变得闪烁而无助。

有笑声在那头嘎嘎地嘈起。是阴笑变作了嘲笑。大保嗖一下将眼光锥过去，钉在能者八个眼脸上。笑声一下冻住了。

片刻的冷场之后，王庆生笑吟吟地说："不少了，已经不少了。大保是个实在人，在我们村里插队的时候就是这样，任何事情只会说少，不会说多，不带一点水分的。我说的没错吧？"

大保点点头。他心里忽然对王庆生渗出了一丝好感，甚至有点感激，眼神缓和下来。后头又有两个人说了什么，他都没有听进去了，心心念念地，想着自己刚才的讲话有哪里不得体，又想着王庆生在官场上混这么多年，好像变了一些，到底变了什么，一时也捉摸不透。

散会了，大保独自先走。出了大门，忽然有人叫他，侧脸就看到灰毛砣站在一排矮树后面朝这边招手。大保拐过去，两人在矮树丛后面的阶基上坐下，灰毛砣摸出烟盒，急急地问道："怎么样？"他在这里等了一下午，很想知道结果。大保把一口烟含在口里，好久才沉沉地说道："不怎么样！"就把开会的情况约略说了。灰毛砣激昂地说道："你没看出这里头有问题么？这是人家给我们戴笼子哩！"大保明白戴笼子就是设局让人钻的意思，但他实在不想承认自己会蠢到那个地步，那很倒丑。他说："我也怀疑他们是串通好了的。只是怀疑啊。"灰毛砣说："不消怀疑，一定是的。不光串通，还是设计好的。"灰毛砣就说了他的依据，一连问了几个为什么！他说世人都知道能者八个眼穷得连烟都买不起，能拿得出五千万投资？为什么敢夸这个海口？他说通一个县城里百万富翁都不多，怎么会一下拱出那么多千万富豪，出手就是上千万、几千万，说出来鬼都不信的事，为什么有人就是相信？能者八个眼为什么来争这块地，还有本事搞到政府出面开会定夺？大保反问道："那你说为什么？"灰毛砣刚想回答，却又噤声。他们透过树缝看到一堆人走出国土局大门，王庆生和政府部门的人分头钻进两部小包车，一溜烟走了。能者八个眼同那帮"老板"伴随在后面，点头垂手相送，一直到看不见小包车的踪影了，才一起往城里走去。

灰毛砣和大保在后面远远地跟着。灰毛砣说："你说的这个大个子我认识，在市里的紫竹宾馆就见过，那是个到处混吃混喝的骗子，不知道能者八个眼是怎么跟他勾搭上的？"

大保说："那人一开口就知道不是正经人。"

灰毛砣说："了解的人看他不起，不了解的人常常把他当宝贝。他就凭一张寡嘴，走到哪里骗到哪里，日子过得比我们哪个都自在，住宾馆，坐包车，餐鱼餐肉，夜夜做新郎。"

大保说："这样的日子未必过得很有意思？"

灰毛砣说："你看没有意思，人家觉得很滋润哩！"

大保说："这样的人就该拉到猫仔岭上去枪毙了！"

灰毛砣努着嘴巴说："我敢断定，那些都是搭他差不多的货色。"

大保说："那不用讲。跟着秀才学读书，跟着强盗去偷猪。"

灰毛砣感叹说："如今还有几个愿意学读书的人？要我都不愿意。"

大保拍着脑壳说："什么世道！"

眼见着那伙人拐入北街，进了丽丽餐馆，两人靠拢去，透过窗玻璃看进去，他们在里头一张圆桌上围坐下了，每个人嘴里都叼起了一根烟。仰着脑壳吞云吐雾，一种十分自得的光景。能者八个眼正在点菜。

等他把菜点完了，两人拐到后头厨房里，找相熟的厨师要过菜单看了看，鸡鸭鱼肉自不在说，竟还有口味蛇、烧脚鱼、红焖鹧鸪、猫头鹰炖天麻。灰毛砣抚着菜单，失声说："你看看人家这日子！"大保半天没有做声。

两人往家走时，天色暗了，路灯有气无力地闪起来，照得地面明一块灰一块。两个人的脚都有点打飘。大保感觉到肚子饿得急，饿得好难受，就在路边摊子上买了两个油炸糍粑。灰毛砣狠狠地咬了一口糍粑，囫囵着嘴巴说："人家吃的是什么，我们就吃这个。"大保说："这个也很香啊！若是二十年前，这个你还吃不起。"嚼两口，又说："你要想吃口味蛇，等那块地批下来，我请你去吃。"灰毛砣冷笑说："你以为那块地还轮得到我们么？你做梦吧！"

大保没有开声，只在心里还隐隐存着一线希望。他想起王庆生在会上说的一些话，灵醒点的就会听得出是拉偏架，是向着自己的，由此他还感念王庆生。

大保就在家里挨着日子等。过了几天，还不见有消息，耐不住了，提脚走到国土局去探问。到了那里才知道，那块地已经给能者八个眼买下，手续都办完了。大保一听急了，抖着声音问："怎么我一点讯都没有就卖掉了呢？"对方说："你是什么角色，卖地还要告诉你？"大保说："我什么角色都不是，但这块地是我先动手搞的，为什么一下就给了能者八个眼？"回答说："这是上头的意思。我们只是办事的，上头要我们怎样做就怎样做。"大保问："你告诉我，上头是谁？"又回说："你才问得蹊跷，我知道上头是谁？"大保吼起来："你们还讲不讲道理？"就有人绕过办公桌近前劝说道："王总，你这样灵醒的人，有些事你应该都懂的，你就不要为难我们了。"大保更大声地吼道："我就是不灵醒，我就是太蠢。我若是灵醒，会给你们耍猴公把戏一样地耍……"大保还想咆哮一阵，有人就一手揽住他，谄笑着，拥推着出了办公楼。

大保转身还想返回去，谁知一转头就撞在一蔸树干上，额头上即时有一线血挂下来，一点一点地濡湿着他的脸。他瞪眼看了树干一会，猛然一发力，一拳擂在上面，树干喀嚓一声，折断了。碗口粗的树干断口上丫丫杈杈的一片惨白。趴在楼上窗口往外探看的几个脑壳赶紧缩了回去。

大保扯下一把树叶，擦了擦脸上的伤口，一扬手甩在了门口地上，他倚里歪斜地走到灰毛砣家，灰毛砣拿湿毛巾给他把伤处擦干净，又涂上紫药水消毒。大保灌下一碗老末叶酽茶，心里的气才稍稍平息了一点。

灰毛砣说："这个结果是我早就悟到的，只是没有悟到会这么快。真是神速哩。"

灰毛砣要他还去找找钟海仁，看还能不能挽回。大保说："不找了。我已经彻底死了这条心。"他又拿回毛巾，把额头上的紫药水抹干净。

大保不肯找钟海仁，钟海仁却找他来了。当天晚上，钟海仁就来了他家。那时大保正坐在后头工场的苦楝树下歇凉，唐红卫出来告诉他，要他进去会一会，他断然说："不会！"

不会就不会，钟海仁他也不勉强。他一小口一小口地吃完一杯茶，留下一句话："有些事情，不是我能决定的。什么原因，我也不方便说。告诉大保，工厂还是要扩大，什么时候想买地了，方便的话，还希望告诉我一声。"

大保听了这句话，只慢慢点燃一根烟，含在口里紧吸，没有出一句声。

过两天，灰毛砣来告诉大保，他把事情打探清楚了，能者八个眼背后撑腰的人果然是县长黄知福。那天开会，只是为把那块地搞过去演的一场戏。王庆生其实也是局外人，他还把那场戏当了真。黄知福指派王庆生去主持那个会，会后单独给他汇报。王庆生还有点奇怪，他都不是分管这一块的，怎么叫他去主持会议呢？王庆生也听出来能者八个眼是吹牛皮，感觉另外几个也不靠谱，只有大保讲的都是实在话。他是倾向于大保的。谁知黄知福一听就黑了脸，还训了他几句。黄知福说："一个投资五千万，一个才一百万，哪个大哪个小摆明摆白，难道我们还有弃大留小的道理？"王庆生刚刚从发改委主任的位置上升任副县长，是搭帮黄知福力主才得到这个位置的，即使黄知福训他、骂他，他都只能服服帖帖，声都不敢出。他又是何等灵醒的人，黄知福的意思还能领会不到？到了县长办公会上，他的口气就完全变了，力主把那块地给能者八个眼。钟海仁也一反常态地不放让。因为他是下来挂职锻炼的干部，一贯来说话做事都很谨慎，十分随和，从不与人争执。那次他很激动，说自己管这一块管了六七年了，县里的个体户、专业户都很熟悉，很了解，没有听说过谁能有这么强大资金的。还说对能者八个眼也略知一二，那就是个社会上的赖崽头，怎么可能拿得出五千万来投资这块地？他还怀疑能者八个眼拿了这块地是做什么的。他极力主张，无论从支持县里的品牌、支持县里的中小企业积极健康发展上说，都应该把这块地给王大保，让他扩大生产，做大做强，把"德大铸造"的品牌做得更响。两人相持不下，最后只能由县长黄知福表态拍板。结果当然是把那块地给了能者八个眼。

让灰毛砣万没有想到的是，能者八个眼拿到这块地，转手就分给了另外一个人。那个人同县长黄知福的关系，却是任何人都不知道的。县政府的人不知道，城里百姓更不知道。那个人是黄知福远房舅妈的一个外甥女婿。那个人在邻县当个副科长。那个人的名字，他不肯说。

灰毛砣忽然发现大保闭拢眼睛，睡着了。他推大保一下，说："你没有听我说？"

大保动了动眼皮，说："我在听哩。但我不爱听。"

灰毛砣说："你不爱听，我还不爱说哩！"

"那你还说给我听做什么？"

"是啊，我要说给你听做什么？对了，我意思是要你再不要打那块地的主意，另外买地。"

"我不买地了。"

"怎么，你不打算建厂房了？"

"我还建厂子做什么，我是欠吃，还是欠穿，还去找那样的气来怄。不建了！"

"不建厂子了也好，我今天来，主要还是搭你说一声，我打算退出公司，不做了。"

大保睁开眼睛，略略吃惊地问："为什么？"

灰毛砣说："一句话、两句话也说不清，我只是再不想这样劳神费力地赚辛苦钱了。"

大保说："我们这样是辛苦，但心里踏实。"

"我要那样踏实做什么？到手就是财，我问你，那些赚冤枉钱的人心里会不踏实？"

"我不管别人心里面踏实不踏实，我只想知道，你到底想做什么？"

"跟到秀才学读书，跟到强盗去偷猪，你不要让我把话说得太白。"

大保的眼神慢慢暗淡下去，叹着气，喃喃说："世上什么钱都可以赚，冤枉钱不要去赚。"

　　灰毛砣"哼"了一声，神情变得冷酷而决绝，让人一望而生凉意。

　　大保又将眼睛咬合住了，心里说：只好各顾各了，我们都好自为之吧！

十四

看不透的江湖

大保终于找到了无名死尸葬身的准确地方。那天他霸了点老蛮，凭记忆在早先井洞大塘左边兜圈慢慢寻找。后来在塘背好远的一处崖塝上寻到了一个防空洞的进口。砖砌的洞口已经有点塌陷，荒草凄凄蔓蔓地披盖在上面，一把大铁锁锈死了。大保用力一拧，铁锁断了，铁门悄然洞开。大保举着电筒，摸摸探探地直往深处走。防空洞里长久没有人来过了，却一点不显得阴湿，相反还很干爽，洞内够宽够高，就是大保这样硕大的身坯在里面也可以直胸抬头，行走自如，这让他很感慨当年修建时的质量和眼光。他凭着直觉一直往前，遇有岔道便右拐，再右拐，走着走着，就站停了，忽然觉得要寻找的地方就在这一块了。他蹲下身子，把电筒竖在地下，让一根光柱直插在洞顶上，摸出一根烟来点着了。烟雾飘袅开来，碰到光柱即被弹了开去，竟是拢不了边。光柱似一根玻璃一样透亮的。大保死盯着光柱，无端地有了种紧张。恍惚中，他想起了小时候在广场的旅社门口碰见的那对父子，想起在井洞大塘遭遇的那两具无名死尸，想起黄知福让他和钟海仁将死尸浇铸进了水泥坯子中……忽然，不知从哪里搅起一股阴风，烟头忽地一亮即刻熄灭了。他身上一凛，陡然爬起来，掏出鸟崽撒了一泡热尿，他一边转着圈地把尿线飚向远处，一边急急念道："绚起你，绚起你……"电筒光柱摇晃了几下，又定住了，只是光线变得昏黄了一点。他捞起电筒，转身想顺原路返回去，转念一想：这是在给政府做事哩，我怕个鬼啊！就从身后抽出铁锤，一路敲打着两边砖墙，屏息往前走。走不几步，铁锤砸在砖墙上的声音不一样了，"咣咣"的声音变成了"咚咚咚"。他往手上一发力，"嗵"地砸下去，一口砖烂了；再一锤下去，又一口砖烂了。很快一片墙都烂了，现出很大的豁口。又往里的泥墙挖进去几锤，果然，碰到了硬块，好大一堆水泥凝结成的硬块。他一下子断定，这就是当年自己和钟海仁拿水泥拌出的灰泥坨。他拿电筒四处照了照，大致估摸出自己现在所处的方位，应该就是隔能者八个眼的"八个眼客栈"不远。他心里有点欢喜，终于可以向钟海仁交差了。他打算马上告诉给林工，从此洗手，以后就再不来探这些闲事了。他又点起一根烟，对着灰泥坨道声："对不住了！"提着气，赶紧离开。他没有顺原路返回，只是一直往前走，他知道前面不远就是"八个眼客栈"，那里有个小门通到宾馆的地下室。

大保顺利地走到地下室，走一张木梯上去，拉开窄门，一阵稀里哗啦响过之后，一扇亮光砍过来，砍得眼睛炸炸地痛。他赶紧闭住眼睛，拿手捂住耳朵。他听人说过，在暗路上走久的人，猛一见到亮光，只有即时停下，闭眼捂耳，才不会发晕。

他只待了一会，耳朵里的轰鸣声没有了，这才睁眼再往前走。他怕突然出现会吓住别人，就在走廊口上大喊一声："能者八个眼。"

无人应答。一栋楼里好像都空了，喊声转了一圈，又打转回来，在他耳旁嗡嗡地响。

他几步就走到了大门口。

呵，大门口好热闹。

这天是拆迁办给能者八个眼发出限令拆迁的最后一天。八个眼客栈在商业城建设的红线之内，属于拆迁范围，拆迁办的人往这里跑过无数次，几经交涉，讨价还价，一让再让，双方签好了协议。谁知早几天能者八个眼突然反悔，又要求加价。那是个天价，明白人一听就知道完全没有诚意，是在要赖，存心拆烂污。拆迁办接到指令，不再理他，到时间只管把队伍开了过来，声势汹汹地就要强行拆屋。能者八个眼也早有准备，请了一帮兄弟朋友守在大门口，老老少少，有男有女，还把那位声称已经八十一岁的远房老姨妈搬了出来，端坐在一把太师椅上。拆迁队伍里的两台钩机一直没有熄火，吼吼吼地怪叫着，街巷里涌动着手持钢钎头顶藤条帽的后生，像车干塘水的鱼一样四处钻游。这边把瓦片、茶杯甩打过去，那边也捡起回敬过来，一边甩，一边笑骂，闹得竟像小把戏们分边打要架。相持很久，忽然那边有一股淡黄色的烟雾轰地喷射过来，台阶上，大门口的人霎时就倒下一片。能者八个眼跳脚大喊道："喷毒气了！政府的人喷毒气了……"

大保就是这时候走到门口的，他跟前的太师椅上，老太婆双眼紧闭，脑壳歪在靠背上，枯白的头发上巴了一匹树叶。他看看老太婆，看看台阶下横倒的几个人，一时有点发愣。

能者八个眼还在跳着脚喊："喷毒气了！政府的人喷毒气了……"

大保忽然吼道："你喊我条卵哩！还不赶紧打120喊救护车来！"

能者八个眼没有理他，跳得更高，喊得更来劲了："喷毒气了！政府的人喷毒气了……"

大保就一步抢过去，从他口袋里抠出手机，拨了120，能者八个眼吊住他的膀子，不肯让他拨，他是举高了手臂拨完电话的。

他接着又打110报了警。

等他打完电话，再低头看时，戴藤条帽的都已经走散了，钩机也熄了火，街上静悄悄的。

大保把手机给回能者八个眼，抬脚也要离开。这样的是非之地，他不想久留。

可是他走不脱了，他的裤腰带给能者八个眼紧紧实实地揪住了。

"你不能走！"能者八个眼说。

"我为什么不能走？"大保觉得好笑，"你还想留到我吃晚饭啊。"

"晚饭另说。你要留下给我作证。"

"作证？我作什么证？"

"证明他们喷了毒气。"

"这个证我作不了。我什么都没有看见。"

"作不了（证）也要作，今天你走不脱了！"

大保甩了几下，都没有把他甩开。那双手像焊在裤腰带上了。大保只好无奈地站下。

救护车很快到了。

警察也来了。几队警察分开拉起了警戒线。救护车和警车在街口并排蹲着，警笛一直在叫。

警戒线外边聚起了很多人，都觑起眼睛往这边看。看地下躺着的人，也看大保。

大保有点懊恼。他想这是怎么搞的，自己稀里糊涂地一下子就卷到中间来了。

救护车上跳下几个白衣护士，开始抬人。

能者八个眼摆手叫道："不能抬！"

几个人停下手，都拿眼睛望过来。

能者八个眼又说："要保护现场，等领导来了才能动。还不知道死了人没有呢！"

大保忍不住说："你是唯恐天下不乱啊，哪里就会死人哩！"他瞥见地下躺着的一个人睁开眼睛直往这边翻，眼神活溜了的。他感觉这里头有诈。

能者八个眼仍然咬着说："那是喷的毒气哩，不死人才怪！"就转着脑壳四处一看，忽地蹦到台基上，俯身一看，叫了声"姨妈"！姨妈不响。他又叫了声："姨妈——"姨妈还是不响。就拿手一摇，失声惊叫道："啊，死了哩！"

能者八个眼抬抬头，看到几个警察和白衣护士正小跑着过来，一跺脚，嘶声号起来："我的个姨妈哎，我可怜的姨妈啊，早晨我还端了稀饭给你喝，煮了鸡蛋给你吃，稀饭鸡蛋都吃得精打光，人是活溜的，怎么就死了呢……"

能者八个眼号过一阵，也没见泪水，只把两筒鼻涕引出来了。他甩掉鼻涕，对着警察说道："你们不要动，哪个都不准动！"

大保说："你先把人抬进屋里去放在地下，扯住地气，不然老人家的魂魄会归不了宗。"

能者八个眼说："不行！你搭我把钟海仁喊来，我要看看钟海仁怎么办！"

大保一下来了火气，说："关我什么事啊，还要搭我去喊钟海仁。"

想想，又说："这又关钟海仁什么事？"

能者八个眼说："怎么不关钟海仁的事？我问你，建商业城是不是钟海仁的主意？"

"你问我？问不就！"

"我再问你，拆迁办是不是钟海仁的手下？"

"不知道！"

"我又还问你，钟海仁喊出的那些拆迁口号，是不是在为自己捞政治资本，搞形象工程？"

"你发癫吧？搭我讲这些。"

"你以为我发癫？我心里有数得很。你不要维护钟海仁了，他神气不得好久了！"又举起一个拳头，像喊口号一样喊道："就是他指使人喷的毒气，就是他害死了我的姨妈，我要咬死他！"

"真是发神经哩！歪栽相！"

大保冷笑一声，看看警察，又看看白衣护士。警察也都望着他，嘴角挑着一丝嘲笑；白衣护士们都抄手站着，一个人拿出指甲刀在剪大拇指。他在心里奇怪：这些人都怎么了？

正在这时，街口上飞快开来几部小轿车，车门开处，几股人汇作一起，急急地走过来。打头的正是县长钟海仁。后头跟着政府办主任、秘书和几个局长。

钟县长走过台基下面时，几个躺着的人忽然都爬了起来，退在一边。

钟县长一直走上台基，转身时，顺势扫了众人一眼。眼光在大保身上顿了顿，又沉下去，看了看太师椅上的老太婆。

钟县长问："怎么回事？"

"死人了！"能者八个眼说，气势弱了好多。

钟县长点点头，神色凝重，他就是接到报告，即刻赶过来的。他已经意识到了事情十分严重。他问能者八个眼："这是你什么人？"

"姨妈。"

"好大年纪？"

"八十一岁了。"

"亲的？远的？"

"……亲的。"

"有人反映说从来没听到过你有姨妈，怎么突然出来个这么老的亲戚？"

"别人都有姨妈，我为什么就不能有姨妈？"

"什么逻辑！"

大保记起了前番日子同林工到八个眼客栈时，见到过这个老婆婆，当时就感到来历可疑，现在大致能推测出是一回什么事了。为了利益，这些人真是什么事都做得出。只是也太狠了点，怎么也不能拿人家的性命来做工具。他更加鄙视能者八个眼了。"这样的人要遭雷打！"他在心里狠狠地咒道。

大保退开去几步，站到了墙角弯里，他其实是不便待在这里的，但走掉也不好，这让他尴尬，只好走远点，吃着烟，默默地看着。

警笛声一直叫得不断牵。警戒线外面已经黑压压地聚满了人，还有人不断往后面加码，警察在意图维持秩序，场面有点紧张。

一个警察走过来，跟大保借火。拿过火机的一瞬间，警察小声说道："去喊钟县长赶紧离开！"警察是个老公安，在城里工作好多年了，大保认识他。大保一时没有醒过神来，木木地看着他，没有开声。

老警察打着了火，更小声说："我知道你搭他是朋友。要赶紧！"说着就夹起烟返了回去。

大保听到钟海仁正大声对能者八个眼说："不管这个是不是你亲戚，先送医院。"

"不行！"能者八个眼挡到太师椅前头，瞪起眼睛说，"我要先讨个说法。"

"你想要什么说法？"

"人是给你们的人喷毒气熏死的，这样大的事情，不给个说法无论如何不行！"

能者八个眼很高声，口水都飙到钟海仁脸上了。政府办主任走上一步，隔在两人中间，说："你不要在这里乱话三千！"

能者八个眼说："我没有乱话三千。你们的人就是喷了毒气，就是熏死了人。"

政府办主任说："你讲话要有证据，是要负责任的。"

能者八个眼说："我有的是证据。下面倒的那一片人都是证据。我也是证据！"

下面几个人都站起来响应道："我们看到喷毒气的，我们都是受害者。"

主任黑着脸道："要是给毒气熏到了，你们还站得起来，还能喊？真是无稽之谈！"

能者八个眼指着太师椅，说："这里呢，你有本事喊她站起来看看，看是哪个在扯乱弹。"

主任说："你不要纠缠了。有什么问题，你跟我到政府办去解决。"

能者八个眼说："我不会跟你去政府办。哪里我都不去，人都死了，你还讲我胡搅蛮缠？我就要胡搅蛮缠到底。我还要告你钟海仁大县长。"说着就要伸手去揪钟海仁，给政府办主任挡开了。几个警察和局长们也都挤过去，呵斥道："你要做什么？"

场面有点混乱，大保几步走到秘书身边，附耳说道："赶紧喊县长走。赶紧！"

秘书认识大保，略一沉吟，点点头，走上去，揽住钟海仁的肩膀就往阶基下走，一边走，一边低声说着什么。钟海仁似乎不想离开，用力地掰秘书的手。主任见状，忙叫几个警察和局长跟过去，簇拥着钟海仁往街口上走。到了小车跟前，分头上车，转眼就不见了。

主任自己留了下来，这种事他有经验，知道热闹还在后面。他是本地人，长期在县城工作，朋友亲戚无数，谅他们也不敢把他怎样。

这次他想错了。

他不知道那些人是从哪里拱出来的，一下就挤满了一街筒子。警察好像也有默契，悄悄地就撤了。那些人像洪水一样漫上阶基，一脸凶煞。主任前后看看，居然一个也不认识。如果是县城里的人，无论哪个阶层的，他总会认识个把两个，起码也是脸熟。他想这些人会不会是民工？如今到处都在施工起楼，外来的民工很多，经常闹纠纷。民工跟民工斗，民工跟县城里人斗，民工跟老板斗，狠得心，下得手，抓起什么就用什么扑，喊打喊操，血糊血海，让人心惊。正想着，后脑勺上就挨了一拳。他听到骨头撞击骨头的咔吧声，眼前有金星冒起来。他不敢回头，知道回了头也是挨打。前后左右都是人，都把拳头攥得咔咔响，有人还拿出了短棍，随时都会袭击。他大声喊着："你们不要乱来！"一边拿手护住了脑壳。接着就有拳头和短棍雨一样打在他的背上、腿上。

主任很快矮了下去。他恍恍惚惚地听到有人说："打错人了，打错人了！"

他想冒高脑壳看看，可是眼睛睁不开了。

这时大保拨开人群冲了进来。大保看到一群人围住主任，就拔步往这边走。他把挡路的人一个一个拨开。他身大力沉，发了狠劲，把人拨得直往两边倒。有人一棍子打在他腰上，他顺手抓住棍子，只往前一送，就把一路人顶下了阶基。他背起主任，赶紧往街上跑。在街口上挡了部汽车，把人送到了人民医院。

他一直在医院守着主任。

后来听说警察很快到了八个眼客栈。可是那帮打人的早已四散走掉，不见了踪影。那帮人有点操蛋，打了人还不过瘾，顺便又把客栈也洗劫了一下，把门、窗都敲烂了。警察们查问了一遍，没有问出个所以然，就撤了。能者八个眼叫了几个弟兄，摘下门板，把老太婆放在上面，抬着，往县政府去。能者八个眼不知从哪里拿了面铜锣出来，走几步，敲一声："噔——"又喊一声："大家看啊，县政府的人搞拆迁把我姨妈搞死了啊！"一路拐过几条大街，最后停在了政府大院门口。他们将门板横放在门口地下，口口声声点名要县长钟海仁出来给个说法。一路的锣声、喊冤声，招来了很多看热闹的人，都围住在县政府门口，里头的人出不来，外头的车进不去，人头攒动，嘤嘤嗡嗡，比赶墟还嘈乱。

县里紧急调集了上百的公安和武警过来维持秩序，县政府大院的人倾巢出动，堵在大门口，组成了几重人墙，如临大敌。县长钟海仁接到电话报告，第一时间就从外面赶过来了。他已经知道了政府办主任挨打的事，明白他是替自己挨的打，心里很内疚，后悔不该临阵走脱。他天真地认为，如果自己不走，也许那些人就不敢动手打人了。他告诫自己，以后无论碰到任何场合，绝不再走避。所以，他一接到电话，立即就让司机掉转车头赶过来了。随后，分管这摊工作的王庆生副县长也到了。几个人轮流跟能者八个眼做工作，谈说了一个下午，晓之以理，动之以情，大道理说了一簸箕，小道理说了几麻箩，好话说尽，还许出了一些条件，能者八个眼就是不松口，油盐不进。傍晚，工作人员送来盒饭和矿泉水。能者八个眼倒不客气，一个人吃了两盒饭，还往两个裤口袋里各塞了一瓶矿泉水。饭后换了几个主任、局长继续劝说。到半夜两点，能者八个眼才终于松了口，同意先把尸体存放到医院的太平间。但有个条件：要钟海仁给死人下个跪。

"这不可能！"信访办的主任说。几个局长也不同意。有个局长很气愤，说："胡搅蛮缠！"

县长钟海仁坐在一边也听到了，说："我给老人家鞠个躬吧！"说着就起身过去，双脚并拢站好，恭恭敬敬地鞠了一躬。

信访办主任劝能者八个眼说："可以了。县长也算做到仁至义尽了。"

几个局长也劝他见好就收。

能者八个眼没有开声。磨了一天，他也有点熬不住了，眼皮重得像吊了秤砣，直往下坠。他也想着怎么收场，赶紧回去扒一觉。

没有开声就算是默认。信访办主任一招手，救护车怪叫一声直撞过来，几个人抬着担架下车，将死尸往担架上一转，只眨眼工夫，救护车就呼啸着往医院去了。

救护车一走，能者八个眼好像才醒过神来，舞手舞脚地叫道："做什么做什么？我还没有同意哩，把人就强行拖走，你们逞雄是吧？"

几个局长也起了高腔，呵斥他："你这人真是死卵不会转弯哩！这样给足你面子了，你还要怎样？"又软下声来推他走："赶紧回去休息吧！你岁数也不轻了，经不得这样宕了！"

能者八个眼还嘴硬，说："我经不得宕？只怕有人更经不得宕哩！"一边却半推半就，脚下已经飘出去了好远。

好远了他还在放狠话："这件事不能算完了，绝对不能完！"

他的一帮兄弟也跟脚走了。

看热闹的也溜着墙边悄悄散了。这个夜晚，通一个县城的人都知道了能者八个眼家里搞拆迁死了人，都在议论县长被逼不过，给死人鞠了躬，有人惊讶，有人感叹，也有人抚掌快慰，各怀心思。

钟海仁让司机送他去了人民医院住院部，独自走上三楼，走进政府办主任的病房。

主任已经睡了。主任挨了打，但伤得不重，没有伤筋动骨，只在头上、腰上、腿上有些淤伤，青红紫绿，看起来有点吓人。他头上包了纱布，浊重地打着鼾，一声长一声短。矮柜上堆了些水果和营养品。

钟海仁轻轻敲醒了他。

"对不起，这么晚了还吵醒你的瞌睡。"

"没关系，我已经睡过两觉了。你怕是还没挨一下枕头吧？"

"我没问题。我心里有些事情，急于想跟你聊聊。你就躺着，不要起来。"

"我能起来哩。你也坐。"

钟海仁从主任的口袋里摸出烟和火机，给他点上。主任烟瘾很大，平时总是烟不离嘴。但这天他只抽了一口，就又自己掐熄了。

钟海仁说："你对今天发生的事有什么看法？"

主任说："县长，我在你面前从来是有什么说什么。我觉得今天的事情有些蹊跷。"

"说说看。"

"第一，我怀疑拆迁队是不是喷了所谓的毒气，假如真的有这回事，又是谁喷的，谁的胆子会有这么大。当然，拆迁队伍里什么人都有，比较混杂，喊出的有些口号很极端，有的事也有点离谱，但要做出喷毒气这样的事来，那也太狠了。这要传到社会上，对政府的影响会非常恶劣，甚至上头也可能会追责，局面会十分被动。"

"继续说。"

"而且，这事好像主要是对着你来的。因为能者八个眼家里突然冒出个八十多岁的姨妈，他又口口声声只喊要跟你讨说法，还有，在我挨了几拳头以后，有人在旁边直喊：打错人了。这说明他们是有目标而来的。而打人的那帮小子，我怎么会一个都不面熟。显然是有预谋、有组织的。"

钟海仁频频点头。

"说完了？"

"说完了。"

"我觉得你还有些话没有说出来。"

"……请县长明示。"

"还有些事好蹊跷，你看是不是？王庆生副县长没有安排去市里——没有吧！怎么会一早就去了市里？接到告急电话，正常情况是应该马上往县里赶，一个小时就能到，但他在路上走了两个小时零九分钟，为什么会拖延这样久？另外，公安这边，事情一发生，他们接到报警很快就到了现场，但是到了现场以后都做了些什么呢？既不维持秩序，也不迅速把死人搬走，避免把事态扩大，一个个都吊起手站那里看热闹，典型的不作为，你不觉得这是明显得到了某种指令？那么，问题来了，谁会下这种指令呢？又是谁才有权下这种指令？"

这时钟海仁的手机响了。趁他接电话的空当，主任抓过火机，重又点燃烟，低头抽起来。他听到县长不断地"嗯""嗯",声音凝重。

接完电话,钟海仁将手机往病床上一摔,说:"老太婆的尸检报告出来了,她没有受到任何毒气的熏染,是一种窒息性死亡。"

主任仍然低着头,"噢"了一声。

钟海仁又说:"其实,已经查明,老太婆根本不是黄德傲的什么姨妈,是石塘乡水头村的一个孤寡老人,黄德傲在半个月前接到家去的。他们没有任何亲戚关系。"

"这个烂崽头!"

"黄德傲这种烂崽头做出这种烂崽事,一点都不奇怪,但把这一系列事情联系起来看,造谣拆迁队喷毒气,王副县长有意回避,公安干警不作为,黄德傲指名道姓要跟我讨说法,不明身份的一帮人打了人就跑,到现在无法查实,等等等等,看来都不是孤立的,都是有目的的,是一种蓄谋。你看呢?"

主任丢掉烟蒂子,又点上一根吃起。

他想了一会才说:"这狗屁的事情说不好。"

"是说不好还是不想说?"

"是说不好哩。"

钟海仁也拿过烟来点起一根,抽着,想着,突然问道:"听说老县长黄知福最近很活跃?"

主任一缩脖子,给一口烟呛住了,咳了几声,才摇摇头说:"我没有听说过。"

"真没听说过?"

主任没接话,只把一根烟吸得明灭闪烁。

钟海仁拍拍他的被子,体谅地说:"也可能是没有听说过。不过我是听说了。我是县长,你是我的办公室主任,相当于大内总管哩,有什么事听到了,要提醒我。"

"这我知道——当然。"

钟海仁说:"黄知福退休都两年了,突然四处活动,他是想干什么呢?"

主任抬高了眼睛,突然问:"你是不是有什么事得罪他了?"

"不会啊,我们有好长时间没见面了。"

"他的小娃子在拆迁队工作。"

钟海仁想了想:"哦,我记起来了,有人提议要提拔他当拆迁队副队长,我没同意。是这件事?"

主任点了点头。

"这样一点小事就得罪他了？"

"黄县长那人很讲义气，但也很容易记仇。他对小娃子的事情看得很重。"

"他那小子我认识，那样素质的人能当领导么？何况是在拆迁队当个领导，有什么好？"

"这你可能就不清楚了，在拆迁队当领导，好处多哩。"

"哦？"

"我听说的就是为这件事，他发了大脾气。"

"如果是为这件事，我还会坚持原来的意见。那小子素质不行，不能当领导。"

"可是这一下你就扎实把人得罪了哩。"

"对不起，那也只好得罪了！"

"这个人啊（咳），怎么讲呢？"

"你照直讲！"

"他报复心大。"

"他硬要报复，就报复吧！"

"他下手很重。"

"这我知道。"

"你都知道我就不多嘴了。"

钟海仁明白主任没有说出来的意思。黄知福是个心机很深的人，权欲很重。在县里工作多年，也经营多年，培植了很多亲信，权重一时。县里有条清陵江，直贯南北，县里的干部以江划线抱团，分为江左和江右，各为派系。黄知福的老家属江左，自然地就成了江左这个派系的核心。虽已退休，但余威犹在，还是那个阵营的主心骨。这人也是奇怪，进了官场，反而变得心虚，不自信，总要找个依附，要抱团，心里才踏实稳当。黄知福就像一苑大树，多少人在上面抱着、附着、攀着、挂着。大树给了这些人做官的底气，这些人也壮大了大树的气势。如今，黄知福退休了。大树倒了，但根须仍然深深地密密地盘扎在这块土地上，好多人都还是看他的眼色行事。他家的真皮沙发上，每天晚上都坐了好多客人，谈笑风生，议论纷纭。县里发生的一些事情，大到人事安排、工程立项，小到谁跌了一跤住了院、谁的小孩没有考上大学、谁家的媳妇偷了人，当天发生，当晚就都知道了。常常是，会议上正在讨论的事情，他就已经在电话上听说了。这些情况，钟海仁也都知道。他当然很了解黄知福这个人。他明白黄知福总在想以威势给自己施加影响，这怎么可能呢？他可以尊重他，呵护他，给他的生活诸多关照，过年时第一个去他家里慰问，同桌吃饭时头一个向他敬酒，恭敬有加，但绝不会听从他的调摆，只是敬而远之。他清白黄知福想要什么，不想要什么，却给了他不想要的，就不给他想要的，这很伤人。也许会要为此付出代价，这个代价会有多大，难说。这是他无法预测，也无法控制的。无论如何，他不能违背自己的意志。他只想做个堂堂正正的官。

主任是江右乡里的人，这是钟海仁起用他的原因之一。

主任说："我还想提醒你一声，公安局长和黄知福县长的关系不一般。"

钟海仁说："这我知道。他们两个是隔壁村子的老乡，局长是黄知福从派出所干警一步一步提拔起来的。两个人现在还经常走动。"

"他们还是亲戚。"

"啊？这我不知道。"

"他们的亲戚关系还很近。局长的侄子讨了黄知福县长的外甥女做媳妇，据说还是黄老县长老婆做的介绍。"

"哦，这有意思。这很有意思。"

"他们就在上个月成的亲，没有在城里搞，是回乡下去摆的酒。"

"这个事你怎么今天才告诉我？"

"我也是前两天才听说。这几天你都在乡下跑，我都没有见到你的面。"

钟海仁自言自语说："这个人，到底想干什么？"他的背脊嗖地一凉，有种不祥的预感。

不知不觉地，天亮了。窗玻璃上灰蒙一片。

县城里忽然热闹得一塌糊涂。如今资讯发达，发达得不可思议，似乎是一夜之间，拆迁队喷洒毒气致老人死于非命的消息就传遍了大江南北。北京的调查组来了，省里的调查组来了，市里的调查组来了，各地的记者蜂拥而至。宾馆、酒店到处客满。大街小巷随处可以看到身穿马甲、肩挎照相机的生疏面孔。一些过来人都说，好像又回到了几十年前"文化大革命"起势时，红卫兵大串联的情景。县城里的人都怀着新奇、惊讶、紧张、看险、担忧的心情，听候事态的发展。人们都变得有点亢奋，都没有心思做事了，有些直接去了商业城拆迁地游荡，有些三个五个聚在一起，互相打探、议论。

所有的议论，都离不开县长钟海仁。

好多人都说，这回钟海仁要背时了。

大保很快就知道了这些情况。第一拨记者扑到县城时，他就听说了。每天晚上，吃完晚饭，他家的灶台上就高朋满座，这些人什么身份都有，做小生意的，做小老板的，做包工头的，做苦力的，提篮子做中介的，在政府部门当小干部的，在小区做保安的，打铁的、补锅的、开诊所的，还有走街串户收古董古家具的，信息都多得很。白天得到的信息，晚上就成了这里抽烟喝茶念空话时的话题。说者乱说，听者有意。这些议论给了大保一个突出的感受是：惊诧莫名。他直觉到钟海仁只怕会有大麻烦。

大保决定去看看钟海仁。一家人吃早饭时，他说："今天不开炉了，我要去县政府打个转。"

父亲孝德公问："有事？"

他说："去会会海仁，看看他。"

母亲柏良婆默了默神，说："要说起来，这阵子是应该去看看他。不过呢，他一县之长，哪里轮得到我们去操心。"

孝德公呵斥她："你这老婆头越活越不分明了哩，说得出这种话。"

笑笑抬起头说："奶奶说的没错哩。钟海仁当这么久县长，都没有想起过关照我们一点什么，这时候去看他做什么！扶他的卵泡啊！"

大保一下恼了，骂道："你是黄眼畜生哩，我一脚踢死你！"

大保从来没有这么恼过，没有这样骂过人。他的脸都黑了。他没有想到自己养的崽会说出这种话。

珍珍朝笑笑做个鬼脸，诡笑道："你要说到钟县长那里去拿包封，保证笑笑即时就走。"

柏良婆笑着骂了声："没名堂！"

大保赌气地喊着唐红卫问道："你也开句声看，我要不要去看看钟海仁？"

唐红卫正在舀稀饭，头都没抬，随口答道："我现在一点都不关心这种事。你要问我哩，我就说一声，你应该去。毕竟你们是老朋友。"

大保说："这还是个话。"

唐红卫转过脸来，又说："衙门里头的事情，我搞不清，悟起你也搞不清，到了海仁那里，不要多话。"

大保点头："这不要你教。"

孝德公问："要不要我搭你一起去？"

大保说："不消了。我带'瞎子'去做伴。"

大保就吮了声"瞎子"。这狗东西好灵醒，似乎知道要出门，早已蹭在他身边摇尾巴。

大保带着瞎子，走正街，上大路，一路见了熟人就打招呼，大模大式，穿城而过。

大保没有会到钟海仁。

他还在政府办公楼的传达室就给拦住了。年轻的工作人员以为他是上访的，指点他出门到另一条街上找信访办。后来搞清了他的身份，脸色才和缓了很多，口气也柔软了，告诉他："县长清早就下乡去了，我看到他出的门。"

大保忽然有点惆怅，一时又感觉轻松了。如果见到海仁，他真还不知道说点什么。接着他又在心里怨怪海仁："这种时候了，还下乡去做什么。我们老百姓都懂的事情，他怎么不懂。"

他返身出来，站在大院的树下吃了根烟。院里很空阔，也很安静，不时有干部出来进去，脚下都很悠闲，汽车从大门进来，也是静悄无声，只有车门关上时，才会听到"砰"的一响。

他看到进来的汽车，有几部都是拐到办公楼后面去了。他知道办公楼后面是清风宾馆。他想起既然到了这里，就去会会林工，把无名死尸在地下的确切地方告诉他，将事情了了。以后，他不会再探这些事了。

大保敲了很久的门，先是轻轻地敲，后又重重地擂，门才轻轻打开了一条缝。大保挤身进去，说："我听到电视机在响，就知道你在里头，怎么这么久不开门？"林工说："看篮球赛哩，美国NBA东部决赛第一场，过瘾得死。"他似乎有点怪大保去得不是时候，炒烦了他看球。他听大保说明来意，忙摇手说："那个事情放以后再说。现在我第一重要是看球，第二重要还是看球。"一头说，一头只拿眼睛去觑电视屏幕。大保知趣，再无多话，赶紧走了。

他在心里对林工尽是责怨。

大保脑子里乱哄哄的，像扒开了窑炉，紧一脚慢一脚地乱走，不知怎么就走到了商业城拆迁指挥部。

指挥部外面好热闹。里头的人挤不下，好多都站到外面来了，一堆一堆的，每个人堆里都有一个人在激烈地诉说什么。大保在人堆后面站住，侧耳听了听，很快明白了，这些人都是来找拆迁指挥部讨说法要钱的。一位大嫂，年纪应该比大保略大，早先在美食街开了家冷饮店。拆迁通知一出，她很支持，头一批就签了协议，领到补偿款搬走了。可是这位大嫂粗心，没有及时给老房子里的大冰柜断电，大冰柜照旧轰轰转。拆迁工作拖了一年，她家的大冰柜就转了一年。一年耗电，数额巨大，供电所给她开出的通知书上累计已达十几万块钱。供电所限期让她交款，不然，就要上法院。大嫂不甘愿交这笔钱，说："十几万哪，老天爷，这是要我的命。这都是拆迁办害的，这钱只能拆迁办去交，不然的话，我就要把命宕上！"又一位大嫂，年纪似乎比大保小一些，但是好富态，脸上抹了红，头发染了黄，金戒指，金耳环，颈根上还吊好大一粒红玉坠。她也是头一批签了协议搬家走人的。拆迁款是老早拿走了的，这次她回来要求增加一笔"娱乐费"，理由有点荒唐：原来她是个麻将鬼，天天要打一场，不能一日无此物。原先在这条街上的老家里打麻将，手气好得恶，杠上花、海底摸、板板和、酱酱和、碰碰和，无所不有，真是要风得风，要雨得雨，赢钱赢到自己都不相信。可是搬到拆迁办给她租的房子里，手气就完全变了，要什么不来什么，不要的牌一张一张接连上，常常是，上下三家都叫和了，她的闲张还没有打完，更要命的是，她这里三飞叫、四飞叫还和不到牌，人家卡张却自摸了。她做了统计，搬出去打了二百三十四场牌，只赢了十六场，输得天天黑脸发无名火，几次把麻将桌都掀了。她认定这都是拆迁办给她带来的背时运，天天过来拍桌子骂人，她把拆迁办的杯子砸得一个不剩，硬要给她赔偿。还有更离谱的。一个老头子，年纪不轻了，总有七十多快八十了吧，他自己糊涂，把五千块私房钱拿塑料纸包好扎牢，塞在瓦背上藏起，搬家时忘了。等他记起来再去找时，哪里还有。找不到贼牯子，他只能要拆迁办赔钱。他天天来。来了，也不说话，就往门角湾里一坐，若有人问，他的眼泪唰一下就满出来了，嘴歪鼻歪，声泪俱下，反反复复一句话："那是我一世人的积蓄哪！一世人、一世人哪！"

大保不想再看下去了。再看下去自己都会气饱。他觉得这些人怎么可以这样不讲理，明明是自己把事情搞闹了，却要霸蛮栽到人家头上。他很奇怪拆迁办的人怎么那样屌，个个像做了什么亏心事，随别个闹，随别个骂，水浸的卵子就是硬不起来，平时的威风再也看不到。

大保从人堆里退出来，就看到一些记者在四处走动，举着照相机频频拍照。他们拍拆迁办公室，拍围观的人群，拍哭诉的大嫂，拍了正面拍侧面，还拍远处已经被风雨剥蚀得不成样子的大标语，拍房屋墙上大大的"拆"字。他看到一个记者单腿跪下，歪头眯眼正要拍他的狗，就猛然喊了声："瞎子。"瞎子一下惊觉，猛地对着镜头耸高上身，喷鼻龇牙，吓得记者往后便倒，一双脚朝天竖起乱踹。人们轰地笑翻了，纷纷退让。大保管他笑不笑，又大喊一声，吆了瞎子就走。

大保避开人，走了美食街背后一条窄巷回家。他现在什么人都不想看到，只想赶紧回家。他觉得这世界好没味道。

窄巷久不走人，地下淤积的水渍都起了绿毛，气味呛鼻。大保埋头紧走，忽然前头一部板车挡了道。板车上摞着拆下来的钢窗、水管之类，摞了很高，拖得很长。板车很重，又是只比窄巷窄了那么一点点，前头拖车的人十分吃力，走得很慢。大保就上去搭一把手，车轮顿时转得快了，只一阵阵，就出了巷口。拖车的人停住，转身过来要给帮忙的人道谢。两人一打照面，都哈哈地笑起来：拖车的是奶猪崽。

大保说："要知道是你啊，我就不搭这把手了，苦死你。"奶猪崽也说："我要早看到是你啊，宁愿停在巷子里不动，也不肯让你搭手帮忙。"

说完两人又笑。奶猪崽一连声地道谢。

"谢什么。我帮了你，实际上是好了自己。"

"这话听起来有点意思。"

"巷子里空气那么臭，我不帮你一下赶紧出来，不会熏晕去啊？"

奶猪崽点着头，递过一根烟来，两人就靠在巷口的砖墙上站了一会。大保看一眼板车上堆的东西，说："你什么时候也学到做强盗拐子了？"奶猪崽歪起脑壳嘻嘻笑着说："你看现如今还有几个不做强盗拐子的？只是手段不同而已。"大保说："你这话说得过火了，一篙子打了一船人。"奶猪崽说："过火了？说得一点不过火。"

大保转过话题，问起他的万头猪场怎么样了。奶猪崽一下来了火，说："还能怎么样？不好！"

"搭我还打什么马虎眼？我听说是办得很红火哩。"

"你听什么人抽胡说？我都快办不下去了！"

"有那么严重？"

"就有那么严重！"

"养猪是个亏本生意，这我知道，但是政府有补贴啊。"

"政府是有补贴啊，补贴还不少，不过那钱能顺顺当当到你手里？"

"啊？——有人还敢克扣补贴款？"

"那倒还不至于。现如今政策都是公开的，我们都清楚，只有蠢卵才会去做那种违法的事，那叫明目张胆，知法犯法。"

"那你还讲个卵。"

"我没有讲克扣啊。我讲的是不会顺顺当当到我手里。"

"什么叫顺顺当当，什么又叫不顺顺当当？"

"我打个比喻给你听，政策规定是一头猪婆补贴五百块钱，我喂了四十头猪婆，补贴的钱不过两万块吧。两万块，你走账上一次打给我不就行了？他们不走账，要亲自送过来——你先不要下结论说他们这是负责任，还不是一次送足，要分几次送；还不是来了一两个人，一来就是挤满一车，差不多一桌人；还不早不晚，掐好了是中饭边子到，你就得招待一餐中饭。吃饭就得喝酒。他们都是吃惯了的，五百块钱以下的酒眼皮都不爱搭。一餐饭吃个三瓶四瓶是常事。人家是给你送钱来的，走的时候，总要表示点什么吧，一人一条烟还感到有点拿不出手。你算算，这样一来，我还能剩下好多？"

"他们这样也好意思？"

"有什么不好意思的？人家来是有理由的，说是来实地查看我喂的猪婆是不是有那个数，怕我瞒报。屌他的娘，我还会瞒报？既然怕我瞒报，你就去猪栏点数啊。他们根本不拢猪场的边，一来就往包厢里一坐，先打一圈麻将，然后才吃饭。吃饱喝足，坐起汽车就走了。你说这不是比强盗拐子还强盗拐子？"

"难怪总听到人说怪话，现在上头的政策是好，到了下头执行的时候就变了味。"

"这不是怪话，是现实。未必你做这样多年个体户就没有兜过灾？"

"兜灾就是吃亏。吃亏是福。"

"也只有你才这样想。"

"不这样想这日子还过得下去？"

"古人厉害，早就把一些道理悟得明明白白。只是事到临头，一时很难想得通。就说我这养猪场，办了几年，就兜了几年的灾。工商、税务、卫生防疫，就连附近的村民，什么人都可以欺你一下。"

"村民？村民怎么欺你？"

"我租的是村子里的地，猪场那边围墙就挨着村民的房子，算是隔壁邻舍。是猪场就经常要卖猪、杀猪。一听到猪叫，那些村民就走过来了。那里的土俗都知道，哪家杀猪，都要招待隔壁邻舍吃一餐新鲜瘦肉和血灌肠。我经常杀猪，就经常要招待这些无亲无故的人。我把他们当亲人待，他们呢，反过来把我作唐僧肉看，只想往死里剁。"

"说得这样吓人？"

"你不信？我只给你举一件事。有次落大雨，猪场的粪凼给大水冲垮了，猪粪水冲到下头的田里，把田埂冲塌了。冲塌田埂，我负责给你把田埂修好；冲倒了一些禾苗，我负责请人给你补苑，这样很公平合理吧。可是村民不肯，只喊要赔偿损失。开口要好多钱？五千块。为什么？他说我的猪粪水破坏了他的土壤结构。我说猪粪水肥了你的田，怎么反转来要我赔偿？他说现在田里都施化肥，早就不用猪栏淤了。猪粪水进到田里，只会破坏土壤结构，影响收成。理怕反理，水怕倒流，我长这么大，还没听说有这样的歪理。人都会给气死。我不给钱，他就喊一些村民堵在猪场门口，不准开工。后来喊村主任过来调解。村主任同他们一个姓，同一个祖公发下来的苋，还会帮我说话？好好歹歹，只答应把赔偿款降到三千块钱。"

"给了？"

"当然给了。一张一张顿票子数出去的哩！"

大保给一口烟一呛，噎住了。他抬头望望天，天上的日头给烂絮一样的云朵胡乱裹住，总也挣不出来；低头望望远处，拆迁指挥部那边仍有隐隐的人声传来。想必那两个穿金戴银的大嫂和那位失了私房钱的大爷还没有收场。大保不明白，这些人要钱的理由明明是不经一驳，怎么就能够那样理直气壮，说得出口。

大保说："你那养猪场越养越亏，那还办他做什么，你走啊，哪里的谷米不养人。"

奶猪崽幽幽地说："走不脱了。我搭村里签了三十年的租地合同，毁约就得罚款，那样会要了我的命。现在我是上上不得，下下不得，左右为难。"

"你不能困死自己，赶紧想办法。"

"是有了打算，转行养梅花鹿。"

"这倒是个新鲜东西。会有效益么？"

"我联系过，也考察过了，销路没有问题。鹿肉卖得起价，鹿角泡酒更是供不应求。如今人的生活水平提高了，尽想着怎样保健和养生。"

"悟好了就赶紧动手啊！"

"我是动了手呢。搞这些钢窗钢管回去，就是搭建鹿场用的。"

"这点钢窗钢管能花好多钱？还要到这里来打主意，说起来都不该。"

大保本来想说得恶毒点，话到嘴边，那个"偷"字终究没有出得口。

奶猪崽憨憨地一笑，说："我这真不是偷哩！"

"这还不是偷，那叫捡？"

"真的就是捡。这些房屋，喊拆迁就要拆迁，到时候钩机一挖，全都做了垃圾。可是我们要拆点回去作用就不行。要拆也可以，你只要给保安筑一条烟，想怎么拆就怎么拆。我不是出不起那点烟钱，是心里怄不过。你卵屎大一点权力，都要用完用尽，我若是拿了烟给你，心里不舒服。只好出此下策。"

"趁火打劫，是吧？"

"不是。是浑水摸鱼。"

两个人都笑了。一个得意。一个无奈。又吃完一根烟，奶猪崽抄起板车扶手，说："这个机会好难得，趁保安都过那边去了，我要抓紧还返来多搞一车。先走了。"

"走吧走吧——你走好！"

县城里的气氛越来越紧张了。北京和省里来的调查组已经返回，只有市里的调查组没动，还增派了人员，名称改作工作组。记者们也走了大半，一部分留下继续采访，说是要做深度报道。早酒店的生意依然火爆，每天清早都要排队。各种飞短流长像肥皂泡一样拥塞在县城的各个角落，揉搓得人心发皱发硬。县里过度拆迁的消息开始在一些媒体上登载。每天吃过晚饭，人们都暂停了去城边的九老峰绿道散步，守在电视机前等着看中央台的新闻节目。报刊亭也受到格外青睐，每天的报纸一到，好多人就围拢去，直问："有'本地早酒'没得？"他们像说暗语，把"本地新闻"比喻作"本地早酒"。这是特殊时期，暗语很快就流行开去。有两份登了"本地早酒"的小报，五角钱一张涨到了五块钱。有人干脆复印了，也卖五块钱一张。

报纸上没有点名，可是谁都明白，说的是县长钟海仁。

电视上的报道，报纸上的文章，大保也都看了。他本来是已经不大看电视和报纸的。他心里感到很难过。听到人们的议论，他会想起"文化大革命"刚开始那阵，衙门口贴出第一张"炮轰县委书记×××"时的情景，那时的心情很亢奋，现在却觉得有种情绪很难接受。他很为钟海仁担心，可是帮不上忙，只有空急。他整天待在后面的工场里，埋头做事，铡稻草、和泥、做模具、架煤炭、点火、察看火候、浇铸铁水、卸模具、锉毛刺，大工的活做，小工的活也做，一刻都不让自己闲下来。他怕自己一闲下来就会想起钟海仁。想起钟海仁他就会不安、烦躁。他还没有这样心心念念地牵挂过衙门里的人。

这天，收了工，天已经很晚了，铸件散发一地。工友们都走了，家里人也都回屋休息，只有大保还不想走，叫唐红卫送过一壶茶来，熄了灯，兀自坐在苦楝树下的躺椅上，自斟自饮。这天他很想让自己静一静。

忽然，后门开了，一方灯光泻了出来，送出两个人来。小门随即关了。大保看清了来人是灰毛砣和转铃崽。

这两个瘟神送来了一个让人发瘟的消息。

消息是转铃崽偷听到的。几年前，转铃崽自立门户，办起了一个装修公司。转铃崽很用心，也鬼聪明，办公司之前，到长沙、广州、深圳去转了一圈，瞟学了几招，虽不精到，但很新潮。新潮，却不奢华，而且实用，这很符合县城里人向往都市且不乏虚荣的心理，只一年就做出了名声。县城里买了新房的人要搞装修，首先想到的是找转铃崽，以致老县长黄知福家的旧房改造，也求到了他的名下。接下这单工程，转铃崽自然不敢懈怠，每天守在工场上，亲自监工，处处经心。过了元宵节开的工，用三个月时间才煞尾。这天黄知福带了家人验收，从楼上看到楼下，看了卧室，看了客厅，看了阳台，看了厕所，还爬梯子看了吊灯的固定螺丝紧不紧，又拿皮尺量过仿古墙的两头，看看够不够水平。黄知福十分满意，说："不错，比我想象的还要好。"黄知福请他到清风宾馆小酌，以示慰劳。两人在小包厢里分宾主坐了，推杯换盏，喝得很尽兴。老县长兴头很足，别看年纪大了，酒量还不小，一杯接一杯，哈哈连天。席间，黄知福接了一个电话。黄知福太高兴了，又多喝了几杯，竟然一点没有避讳转铃崽。转铃崽从他断断续续的回话中，听清了大概意思：北京方面对县里的拆迁事件十分震怒，已经有了定性，钟海仁这回是死不脱了。黄知福接完电话，心里更加松快，似乎也不想再跟转铃崽多待，将瓶子里的酒一分两半，两个人都一口干了，就匆匆分了手。转铃崽没有马上回家，站在政府门口的灯影下吃完一根烟。他心里有种莫名的惊悚。他知道大保同钟县长是老朋友，觉得应该马上把消息告诉大保。他没敢一个人来找大保，走北门口拐个弯，叫上灰毛砣一起来的。

大保听转铃崽啰啰嗦嗦的说完，心里已经急得坐不住了，他嘟囔着问道："不知道钟海仁知道这个消息了没有？"

转铃崽说："可能还不知道哩。听说他人都不在县城里，去了你的老家烟溪村。"

"他去那里做什么？"

"好像说是那里的大塘发洪水垮了坝，他去那里指挥抢险去了。"

灰毛砣顿足说道："这是什么时候了，还跑到跷脚岭上去抢险，他这官是怎么当的？"

大保横他一眼，说："他这样做才是对的！"

灰毛砣仍然梗着颈根说："自己的乌纱帽都不晓得还戴不戴得牢靠，还跑去指挥抢险，这种事没听说过。如果不是蠢到了家，那就只有另外一种可能——"

"什么？"

"作秀。"

大保发火吼道："你小人之心！"

转铃崽劝道："两位老哥先莫斗嘴了，赶紧想办法告诉钟县长一声吧。"

大保说："我给他打电话。"就把手往转铃崽一伸："拿你的手机给我。"

转铃崽迟疑了一霎，眨着眼睛说："手机没带。"他说了假话。他一个做工程的，手机怎么会不随时兜在身上呢？他怕在钟海仁那边留下手机号码，以防今后带来不必要的麻烦。

好在灰毛砣带了手机。他让大保报了一遍钟海仁的手机号码，一边撸一边说："你这人跟不上形势哩，当老板的，连手机都不舍得配一个，办事好不方便。告诉你，我这要收电话费的啊！"

电话打了，不通。

再打。还是不通。

灰毛砣说："拐了，山上没有信号。"

大保捋了捋袖子，又弯腰将裤脚抹平了，站起来说："上山，当面去搭海仁说。转铃崽你赶紧去搞部车来。"

转铃崽很快把车搞来了，但他临时有点事走不了，让灰毛砣陪大保上山。

车到烟溪村，大保打发汽车先回去了。站在村子后头的马路边上，脚下是栉比的瓦脊一层层地推下去，越往下越暗。月亮正挂中天，月光浮托着地，让他有种虚幻的感觉。他打眼往对面的油茶山望过去，大塘就在那头的山坳里。隐约能看见那里一片灯火灿亮，灯影里的塘基下头一片狼藉，好多人在那里忙碌。大保心里发躁，一脚跌下路墈，顺了小路便往前急走。路上到处是大暴雨过后的痕迹，路面稀泗垮烂，一摊摊积水阴黑着脸埋藏了无尽的凶险，等你一脚踩进去，立即溅湿一身。大保也没顾那么多了，不管路面是白是黑，只管大脚踩下去。灰毛砣跌跌撞撞地在后面跟着。两个人的裤脚都溅满了泥水，皮鞋裹了一团稀泥巴。

下到山底，横过一截大路，过烟溪桥，又走上去一段，就清楚地看见了，钟海仁正站在塘坝上，两手叉腰，凝神看着往缺口上堆放沙包的人们。临时接上去的铱钨灯光投射在他身上，闪现出一圈毛茸茸的光影，显得十分凝重。大保心里忽然一阵刺痛，想起他马上就要给摘掉乌纱帽了，却还在这里指挥抢险，真让人无话可说。

大保的眼眶热热的，有点想哭。他好久没有这种感觉了。

大保隐在一蔸松树下面，直到有人走来搂起裤子撒尿，才托他把钟海仁叫了过来。

钟海仁见到大保很惊讶，不知道他为什么深夜找来，来了还不直接上去，要拐个弯叫到松树下会面。他意识到一定有急事，有大事。

"事情当然急，当然大，未必你还蒙在鼓里不知道一点讯？"

大保急忙就把事情说了一遍。

钟海仁坐在一块石头锅上，单手扶膝，眼睛静静地望着远处。远处是一片缥缈的山岚。他的脸颊上泛着一丝淡淡的浅笑。

钟海仁指一指旁边一坨石头锅，说："坐吧，今天我们两兄弟扯一扯。"

灰毛砣说要方便一下，避到远处去了。

钟海仁说："刚才你说的这些情况，我还不知道，但是我早就猜估到会是这个结果。"

大保摸出一盒烟递过去，自己从另一盒烟里抽出一根来点着了。他没有开声。

钟海仁摸摸索索地撕着烟盒上的胶纸。他的手有点笨拙，摸了好久才把胶纸撕开。他抠出一根烟慢慢筑到口里。大保伸长手臂把火机递过去，给他打着了火。火光一闪，他看到了钟海仁纠紧的眉头，心里一颤。

钟海仁吸着烟，好久，才说："我来县里工作这些年，得罪了一个人，你可能想不到，也可能想得到，谁？黄知福。"

大保说："你怎么会去得罪他。"

钟海仁说："我也是一百个不想得罪他。可是他当了几十年的官，当官当上了瘾，退了休也不甘寂寞，当慈禧太后想垂帘听政。你知道我这人的性格，我能是那种甘心当傀儡的人么？我既为一县之长，必然有我自己的工作思路。我知道他在县里的根基很深，在上面的关系也很多，退休后就没有停止过活动。他做得出，几次话里有话地敲打我，我当然都听出来了——能坐到县长这个位置上的人，有谁不是人精？但我装宝，不接他的话。我会尊重你，但不会听你的调摆。这就惹恼了他。"

大保垂着头，默默听着。他还是头一回听说人有官瘾。抽烟可以上瘾，吃酒可以上瘾，打牌可以上瘾，甚至看电视都可以上瘾，还没有听说当官也可以上瘾的。他觉得人真是怪物。

钟海仁接了根烟续上，继续说："所以我在工作上是非常谨慎的，做人做事一律低调。我生怕决策上有错误。如果决策失误，首先是怕给县里的工作带来损失，其次是也怕给人家抓到整我的把柄。每天晚上睡到床上，我都要把一天的事情检讨一遍。我经常是整晚整晚地睡不着觉。这种心理压力你可能体会不到。"

大保点点头。稍停，又摇摇头。

"其实，这回修建商业城，我是反复思考，反复论证过的。我知道，做这样大的一件事情，要拆迁那样多房子，肯定会有很多困难和阻力，会有风风雨雨，甚至还会有一些风险。但是，这个项目确实是件大好的事情，功在当代，利在子孙。你要说我是搞政绩工程，我也接受。为官一任，不做点政绩留下来，我觉得窝囊。我只是想，只要我们做事依法依规，有点风浪也翻不了船。我还是简单了。我把什么困难都想到了，就是没有想到黄知福会来插一手，私底下同他的亲信合谋做了那么多手脚，把事情一下推到极端，搞得影响很大、很坏。我不能不承认，在政治上我还是太幼稚、太天真了。"

钟海仁沉默了一会。灯光射过来，他的脸一边白，一边黑。大保摘掉他口里的烟蒂子，换上一根，小心地点上了。钟海仁的情绪感染了他，心里袭上了一种压抑和沮丧。

"你是不是早知道这种结果？"大保问。

"早知道哩，有预感。"

"早知道了还跑到乡下来抢险？连灰毛砣都说你蠢，他说别人碰到这种事情赶紧跑上面活动去了，不会像你这样坐以待毙。"

"你以为到上面去活动会有作用？"

"我不知道——我哪里知道你们官场的规矩。不过社会上如今都是这种风气，一有事情，马上悟的是想办法找人疏通关系。"

"官场是一样。官场的这种风气更厉害。可是这时候去活动找人有用么？有意思么？"

钟海仁一顿，忽然问道："这村里的王六富你认识吧？"

"认识啊。很熟很熟。"

"他死了。"

"啊，他死了？"

"死了。他死得非常悲壮。"

原来这大塘垮堤，首先是六富叔发现的。这几天跷脚岭上下暴雨，那雨好大，有筷子那么粗，在空中看得清清楚楚，砸在瓦背上像擂鼓，人都说十几年没有看到过这样大的雨了。溪满了，塘满了，沟沟圳圳都满了，连村巷里的洪水都淹过了脚背。这天中午，六富叔坐在自家的大门口，一阵子睁眼，一阵子闭眼，也看雨，也听雨，担着很重的心。他务了一辈子农，还当过好多年生产队长，知道这样的天气容易出事情。果然就出事情了，他看到对面山上的大塘垮了堤，一瀑白水喇喇地往下冲。下面的山峒里零零散散地住了几户人家，可是水冲下去，那些住家没有一点动静。他着急了。那时候家里就他一个人，老婆翠花婶去上家家里打麻将去了。他是个瘫子，平时走路都是要人扶的。他起不了身，就捡起一个铜脸盆猛敲。敲了一阵没有人应，他又抱起一堆盆碗，爬过门槛，爬到门口台基上，他就趴在雨地里，抓起碗一个接一个地往下面的瓦背上砸。等到砸醒下面的邻居，他已经晕死过去，半边身子横在台基上，手臂举着，两根手指直指对面的大塘。

村人们一面派人过去通知大塘下面的人家疏散，一面抢救六富叔。可是六富叔终究没能救得过来，走了。死时，他的手一直举着、指着……

大保听得一身燥热。猛地站起，又坐下，哎哎直叹。

钟海仁又续了根烟抽着，说："听说这个王六富也受过好大的冤枉……"大保点头说："是哩，苦了一世。"钟海仁微微颔首，说："我不想用任何语言去赞美他。我只想同你说一说我心里是如何想的。就是这样一个老农民，受过大冤屈，还带着病，但在看到危及别人生命财产的时候，首先想到的是如何解救别人，连自己的命都不顾了。而我作为一县之长，人称父母官，这里垮了堤死了人，我怎么能够不管不顾，跑开去为保自己的乌纱帽找人活动，那样的话，不说做官，做人的资格都没有，猪狗不如。记得我们读中学的时候学过一篇课文：《县委书记的好榜样焦裕禄》。我一直记得里头一个情节，焦裕禄得了癌症，医生说他只能活二十多天了，在他生命的最后一段日子，他心里牵挂的是县里的农民粮食能不能接上新麦上场。我不敢拿自己同焦裕禄去比，我永远达不到那种境界。但我可以向他的精神靠拢。毕竟我们都是那个年代受过的教育，好多传统的东西不能丢。做人要有做人的本分，做官也要有做官的本分。"

起风了。风中满是湿意，有点凉了，人们还在半山腰的塘基上忙碌着，语声喧哗，时高时低。石头底下，矮树丛里，到处藏了蟋蟀，瞿瞿瞿瞿的叫声像雨一样密集，一阵一阵地扑来。一只石蛙在什么地方叫着：哇——哇——哇……一声比一声有力。大保听声音就知道，这只石蛙好大，至少半斤。如果不是今天这种场合，他一定会摸过去把石蛙捉了，说不定还能同时捉条蛇怪。因为他知道，虽说石蛙同蛇怪是天敌，但有石蛙的地方，必有蛇怪，它们相克相生。

可是这时候他了无兴致。

他心里有种情绪在涌动，涩涩的。

他听到钟海仁又说："大保，我再跟你说句老实话，我的免职通知很快就会下来——也可能就是今天。"

"今天？"

"现在已经半夜两点钟了。就是今天了。"

"还真的会免职？"

"当然是真的。"

钟海仁忽然笑了一下，又说："不过我心里很坦然。因为工作的过失给免职，不倒丑。问题是绝不会免了职就到此为止，接着还会有很多审查。"

"审查什么？"

"首先是经济问题，其次是男女关系问题，光一个工作过失，可以把人整倒，还整不死。有了这些问题就不同了。可以整死，整臭，搞不好还会整到牢里去，这辈子就惨了。"

"你……那些事不会有份吧？"

"你也有这个担心？"

"是不是担心我也不清楚。社会上对当官有权的人说法好多哩。"

"那些说法我都知道。最流行的是说，把我们这些当官的排起队挨个抓起，可能会有冤案；如果隔一个抓一个，不会错。是这样说吧？"

"意思大概差不多。"

"所以你就跟我也担着这个心？"

大保没有开声。他怎样回答都不好。他的十个脚趾头在鞋子里面紧张地屈憋着。

"你放心，我一没有过贪污，受贿，二没有沾过女人，在这两件事情上都很清白。"

"哦、哦。"大保胡乱地点着头，脸上还是默着，一根烟抽得吱吱地响。

"你不要以为我说的是假话，在你面前装宝——我不可能在你面前还装宝。老实说，如今社会风气，官场风气都这么坏，我心里也很气，很着急。一筐桃子烂起来时，我能有什么办法制止？我能做的只是：好自为之。我这样要求自己，也要求下面的人。这么多年，因为经济问题犯错误，双规、判刑，身败名裂，家破人亡，我看得还少么？我不是境界有多高，我是怕。粽粑做不得枕头，贪来的钱终归是个祸害。在全县科局长以上的大会上，我说，在座的几百人，起码有百分之九十五的人不知道我的家在哪里。为什么这样说？现在的人送礼，都喜欢往家里送。我给家里人交代过，如果是县里的人上门，遇茶吃茶，遇饭吃饭，热情接待，如果带的是一袋苹果，一桶茶油，可以收，但出门的时候一定回送一盒茶叶或是两瓶酒。如果是送卡、送钱，一分都不能收。我的老婆小孩还是明事理的，这么多年，硬是做到了。"

大保摘掉烟蒂子，点头说："不轻易哩！"

钟海仁轻笑一声，又说："另外一个，社会上都知道，最有名堂的是跟老板打交道。因为工作关系，我不能不和很多老板打交道，我只坚持一条：绝不单独会面。任何时候他们要求跟我见面，我至少叫上两个人一起，而且要求一直陪着，不准离开一步，想屙尿都先给我憋着。每次到市里、到长沙、到广州、到深圳，都有县里出去的老板接待，吃饭、喝酒，我去，再多的活动我就不参加了。每次的住宿费，我都让工作人员结得清清楚楚。"

大保又一点头，又说："不轻易不轻易。"

钟海仁说："今天同你说了这么多，就是想跟老朋友交个底，让你放心。上面还会来查的，到时候你就知道我是个什么样的人了。"

大保由衷地说："我一路来都相信你。"

钟海仁说："有你这句话，比什么都抵钱。"

大保一时不知高兴还是伤感，左右脚轮换着踢了踢，十个脚趾头咔咔响，松快了。

他忽然想同钟海仁开开玩笑，就说："女人呢？未必没有个把两个？"

"那么少？"钟海仁也用玩笑的口吻说，"人家有的县长，十个八个的都有哩。"

"那不出奇，有也是正常的。没有倒是不正常了。男人嘛。"

"那我就是不正常的男人了。"钟海仁敛色说道，"不是不想，也是不敢啊，老弟。而且，也真还没有让我看上眼，又对上眼的。"

"你的眼光也太高了吧？我看你们宾馆里的服务员，接待办的干部，都长得好乖一个。"

"长得乖就可以上床？我们是人，不是畜生。人是有感情的，我有自知之明，长相是这样，又矮起个尸，如果不是有官帽戴着，有权掌着，别人会看得起我？一想到是带着目的来的，有事以后还不知道有多少烦恼，即刻会索然无味，下面都硬不起来。这就是我实实在在的想法。"

"机会应该还是很多的吧？"

"有。但也不能说是很多。近的不说，说点远的。那时候我刚刚下来挂职，亲自带计划生育工作队的人上门做工作，让一个妇女去结扎。那妇女很年轻，样子也不错。她要工作队的人都出去，只讲有几句话要单独跟我说。我那时刚来没经验，以为她真有什么事情不好当着众人说，就依了她。鬼知道这狗屄出的把门一闩，动手就脱裤子。我一下就蒙了，但是还镇定，坐在凳子上一动不动，训她：'你以为你那东西我没有看到过？你不要想唬我，更不要想巧我，我不吃这一套！'那妇女也没有想到我会是这样子，只好乖乖提起裤子。怎么样，我的定力还可以吧？"

大保笑起来说："你才是在巧我哩，我要问的根本不是一回事。"

钟海仁先是眯眼笑着，后来越想越好笑，就猛然大笑了三声，笑毕，踢着大保的脚，说："原来你一点都不蠢哩！"

大保嗨嗨地笑着，没有搭腔。听到钟海仁笑了，他心里很松快。

钟海仁的脸，却很快又沉了下来。他忧虑地说："只是这样一折腾，商业城这个项目会要停顿了。以后还搞不搞得成，都难说哩。"

大保忽然想起来说："你交代我的事，办好了，我回去就把准确的位置到宾馆告诉林工。"钟海仁说："你不用去找林工，他走了。"

"走了？怎么招呼都没有来打一声。"

"他跟我都没有打一声招呼哩。"

"那是几时的事？"

"昨天上午。我要秘书去宾馆找他，想要他过来谈谈图纸设计的事情。秘书敲了好久的门，里面电视的声音还有，就是没有人开门。秘书叫服务员上去打开门，房间里哪里还有人。只是电视还开着的，里头直播美国NBA东部决赛的篮球打得正热闹。"

"他怎么是这样的人？不辞而别。"

"我想他是听到了关于我的什么消息。那是个超级球迷，为了看NBA比赛，天塌下来都不管的。这次走得这样匆忙，可能也是紧张了。"

"那这个人不义道。"

钟海仁摇摇头，说："这件事辛苦你了，你也不必要再跟任何人去说，就沤在心里吧。"

"这我心里清楚。"

天快亮了。远处的村子里传来了鸡叫声。蟋蟀们早已停止了喧闹，石蛙也不再嘈叫。夜色溶进天光，变成了一种蛋清色，眼前的草木依稀可见。上头大塘边上的碘钨灯光显得软弱苍白，一点一点地暗淡下去。钟海仁的秘书下来报告说，塘基已经全部修好加固了。钟海仁站起来，冒高脑壳看了看天。天空很高，浅白中带了点蓝，一条条云彩胡乱地扯动着，缠绕在月亮下面。月亮浅了，白了。周边盘起一圈茸茸白毛。钟海仁说："我到这里，又学到了一条农谚：月亮生毛，大水冲成潮，看来还会有大雨哩。"

大保说："趁大雨还没下来，赶紧回城吧。"

钟海仁说："我还不能走，先把这里工作安排一下。"说完还想抽根烟，才发现烟盒已经空了，就用力揉作一团，踩进脚下的泥地里。

这时灰毛砣从树后面闪出来，走到钟海仁面前，恭恭敬敬地递上一根烟，说："钟县长，我以烟代酒，敬你一支。"他坐在树后面，也一夜没睡，钟海仁和大保说的话，他都听到了。他心里很受感动。

钟海仁接烟在手，说："灰毛砣，我们也是几十年的老朋友了，直呼其名就是。"

灰毛砣说："平素日子我都是喊你名字，今天我要尊你一声：钟县长！"

灰毛砣双手打着火机，给三个人把烟点燃。三绺烟雾喷吐出来，很快搅和在了一起。

钟海仁说："我给自己算过了，我这次最坏的结果无非是打回原形，回到原单位。最好的结果，也是回原单位。其实以我的性格，还是做点技术工作最适合，你们以后到了长沙，无论办事，路过，一定进屋。"

"那当然！""那当然！"

"一言为定！"

"好，一言为定！"

三个人站着抽完了烟，钟海仁把司机叫来，吩咐他先把大保和灰毛砣送回城，再返回来接自己。他跟两人都握了握手。他的手劲还很大。

大保带着两人下到山脚。让他们先上马路，独自拐进村里，径直去了六富叔家。堂屋里换了大灯泡，灯光很亮。六富叔已经装进了一口黑漆棺材里，棺材盖斜搭在上面，前头一盏长明灯幽幽地晃着。大保点起一炷香，给六富叔跪拜过了，从兜里摸出三百块钱，塞到翠花婶手里，又跟旁侧两张麻将桌上的父老乡亲一一打过招呼，就匆匆走了。

大保和灰毛砣坐在钟海仁的包车上，一路风驰电掣，刚进县城，大雨哗的一声就下来了。

那雨好大。

大雨一直下，一直下，到半下午才止歇。雨一歇，躲在乌云后面的太阳即刻就露了脸，阳光亮得刺眼睛。这真是一个发了癫的春天天气。大保也睡到半下午雨停才醒来。醒来后的大保懒恹恹的，闷闷不舒，总觉得哪里不松快。他在后面工场的苦楝树下呆站了一会，嫌烦阳光刺眼，就又回到前屋，抬脚出了门。顺脚走了一阵，他还不知道出来做什么。口里涩苦的，摸出烟来却一点不想抽。他把烟夹在手里摩挲了一阵，又筑回烟盒。于是悟起了，他是想去买份报纸看看。

老城区没有报刊亭。最近的报刊亭也在西门口同新城区搭界的丁字路口上。大小腿袁志天天坐着轮椅在那里卖报纸。

袁志很敬业。大雨一停，他就下了板子端坐在报刊亭前面守着了。看到大保，他很惊奇。

"呀呀，太阳从西边出来了，你也要看报纸关心国家大事了。"

"国家大事隔我那么远，想关心也关心不到。我想看点县里的新闻。"

"县里有什么新闻？"

"拆迁啊，这么大的事。"

"那算什么新闻，拆了几年的事了。"

"最近不是有文章登在报纸上？"

"你说的是倒钟县长丑的报纸？"

"差不多吧。"

"没有！"

"卖完了？"

"我没有进过那报纸。"

"为什么？听说那报纸几好卖呵。"

"不为什么！那种报纸再好卖我也不进。不进，也不看，看了眼涨。"

接着又愤愤地说："别人不讲良心，我不能也把良心长到背上！"

大保明白他的意思了，觉得心里热烘烘的。他扶了扶轮椅，摸出烟来想敬袁志一根，想起他不抽烟，就转手叼在嘴上，狠吸了一口。又就手从摊子上抓过一瓶矿泉水，一下喝干了。

他觉得那水一直凉沁到心里去了。

"你这水放了糖。"

"嫌甜了不收你钱。"

"我是说甜得松快哩！"

"松快就要加倍收钱。"

"你要多收钱我到工商局投诉你。"

"那就再加一倍收钱，等你去告。"

"你以为给人投诉是好事？"

"如今这社会，什么是好，什么是坏，谁又分得清？"

"分得清分不清，我们心里总该有个定准。"

"是哩，心里是该有个定准。"

袁志偏了偏身子，扯住大保的衣袖，轻声问道："这番日子也会到过海仁没有？"

大保说："你问这个做什么？"

袁志就说："我想知道他过得松快不松快。"

大保说："这个样子了，还能过得松快？"

袁志说："我这话也是问得没名堂。"

大保叹息说："可惜我们这些平头百姓，无权无势，连个说话的资格都没有，帮不上一点忙，只能在心里干着急。"

袁志说："听说来了调查组专门驻在县里？"

"是哩。我在清风宾馆门口看到过挂的牌子，天天找人了解情况。门口派了人守卫。"

"了解钟海仁？"

"应该是以他为主吧。"

"那我们也可以去反映点情况啊！"

"我们？……反映什么情况？"

"当然是搭钟海仁说点有用的话。"

"好话？"

"好话。"

"人家要了解的不是这些，恐怕不合时宜哩。"

"有什么不合时宜？钟海仁是你们用的人，如今有了过失，总还不至于到了该死的地步，就不要一棍子打死。我是帮你们了解这个人。"

大保忽然有点惭愧。他怎么就没有想到这样去做呢？但他很怀疑："这有作用么？"

袁志本来苍白的脸涨红了，说："有不有作用我不管。我只希望有人能听到我想说的话。"

"你打算什么时候去？"

"我即时就想去。"

"好，我陪你。"

大保立即帮他把报刊亭的台子翻转上去，上好板子，落了锁，两人就上路了。

袁志摇着轮椅，一路走得飞快。他似乎有点兴奋，又有点急切，苍白的脸上泛着活气。

他们在清风宾馆三楼会客室里见到了调查组的人。听说是来反映情况的，调查组的人很热情，问了姓名，问了职业，问了住址，让他们先喝口水，有话慢慢说。

"钟县长是个好人……"袁志开口说。他显得局促，两只手紧紧攥着轮椅扶手，话开了头，下面却不知怎么接上来。

调查组的人微微塌下眉头，互相对看一眼，其中一个站起来说道："你们带了书面材料么？"

"没有。"

"那你们回去吧，写好了再送过来。"

调查组的人都站起来了，一副送客的样子。

袁志有点失措了，只拿眼睛去瞭大保。大保黑着脸，一声不吭，站起来推着袁志就走了。

进电梯，出电梯。过大堂。出门。这里的门槛怎么这么高，袁志双手用力，才将轮椅辗了过来。甬道也这么长，青砖地圪圪坎坎，把一身的骨头震得好痛。经大院，一溜烟地就到了门口大马路上。本来太阳好亮，一下就给黑云拥住了，天空暗了下来。

袁志顿住轮椅，仰天喊了一声：

"打冤枉的啊——"

不知瞎子受到了什么惊吓，一晚上都在躁动不安。它总在堂屋里转着圈走动，然后蹲伏在狗洞口，闷住嘴猹猹地低吠几声，嗖一下窜出去，过一会又钻回来，又在堂屋四角走动。如此反复，折腾不休。大保也让它搅得烦了，几次开门出去，大声呵斥，让它安静。可它就是不肯安静，等大保一回屋，就又开始走动，低吠，钻出狗洞，又钻回来。大保又把灯全部打开，四处察看一遍，几张门都锁好的，也不见老鼠的踪影，更没有强盗拐子，也就懒得去管它了，尽它去折腾。

瞎子折腾了一夜。大保也一夜没睡安稳。

吃过早饭，大保还没有醒过神来，怔怔地，正坐在灶台上喝茶，几个警察进来了，给他看过证件，就带他要走。瞎子一直警觉地在灶下溜达，这时，几窜就到了门口，横过身子挡在前面。一名警察喝道："把狗喊开！"大保抚了抚狗颈根，让它退到一旁去了。几个人一拥出门。

走完南街，瞎子又从后面跟上来了。大保偏头看见，它也正拿眼定定地看过来。两眼一对上，大保心里暖暖地一热，柔声喊了句："偏开。"瞎子听话地避到了街边上。

过衙门口，一直往北，将出老城北门口时，瞎子又在前边巷口候着了。瞎子喷着响鼻，一动不动地望过来，眼里蓄着怨艾，光闪闪的，像是泪水。大保从旁走过，这回没有吆它了。

大保直接给带进了公安局的讯问室。

大保直撅撅地站着，问道："带我过来有什么事，现在可以说了吧？"

他们问大保前几天是不是进了五吨生铁。

大保说是啊，五吨饱的。

他们又问花了好多钱。

大保说花了一万块钱。

他们又问是便宜？还是贵？

大保说不算贵，也不便宜，还合适吧。

他们忽然厉声问道："你知不知道这是赃物？"

大保胸口一闷，知道事情拐场了。忙说："这我不清楚了，他们把货送到我家里，我看到质量没问题，价钱也合适，就收了。"

他们没听解释，陡然又喝问："你们是怎样从物资仓库把东西偷出来的？"

大保一点没有防备，惊诧地鼓起眼睛，说："我偷东西？我做强盗拐子？你们搞错人了。"

"我们是做什么的，还会搞错？赃物现在就在你的工场里，事实摆明摆白的！"

"我说了那是我买的。"

"人家都供了，你还狡辩？"

"那你把人喊出来和我对质。"

"我们会让人跟你对质的。现在先看你的态度。你老实交代了，处理从轻。"

"我没有犯罪，交代什么？"

"即算如你说的，没有一起偷盗，但你买了赃物，也是犯罪。犯了销赃罪，也要处理。"

"怎么处理？"

"没收赃物，罚款至少十万块。态度不好，判你坐几年牢也不是不可能。"

"你们滥用职权。"

"你说谁滥用职权？哎！"

说着话，一个警察就逼到跟前来了。警察还很年轻，嘴唇上的茸毛都还没有长黑，他很恼怒，牙骨锉动，下巴撅起很高，一双眼睛溜圆。大保心想怕是要挨打了，忙将双脚宽开，膝头下沉，收紧肚腹，在全身运足了气。假如对方只用拳头和脚，挨几下就挨几下，他还不怕。他只拿眼睛盯住对方的眼睛。

大保忽然一笑，开声说道："这位小同志，你腰骨刚受过伤，再动手还会吃亏的。"

警察一怔，一只手就探到了背后的腰上。他的腰骨真是受伤刚好。他很奇怪大保怎么知道的。大保看到他的举动，知道自己没有说错。他早年习武，父亲就告诉过他，人若腰骨受伤，眼睛里就有色点显示。黑点旧伤，白点新伤，一看便知。大保有点得意，缓缓又一笑，身上松弛下来。

警察见他还笑，恼了，拳头又握起来。大保一看会要吃亏，忙说："小同志我劝你不要动手。你抓我来，问我，是办公事，我不怪你。你若动手打了人，那就是私仇了。即算我在不清楚的情况下买了赃物，也顶多是没收、罚款，不至于会砍头枪毙。等我出去，这个仇就结下了。即使这个仇我不记，我还有崽有孙。他们也不会放过你。县城就这么卵屎大，今日不见明日见，明日不见后日见，总有一天奈何得到你。所以我劝你有事说事，不能动手。"

"你还威胁我？"

"不敢。我是告诉你一些做人做事的道理！"

"你会做人就不得到这个地方来了。"年轻警察嘟囔一句，到底没敢动手，回到桌子后面拿过烟抽。大保的脚杆子也松弛下来。他以为没有事，应该放他回去了。

谁知事情还刚开始，折磨还在后头。

讯问的人忽然问起了他同钟海仁的交往。他们问他，给钟海仁送过多少钱？

听到这个问话，大保一下子蒙了。他们不是调查生铁的事情么？怎么扯到钟海仁身上去了？他们到底想要问我什么？他想起了学功夫时学到的一句术语：虚晃一枪。瞬间他有点明白了，他们是要从自己这里找子弹，去打钟海仁哩。他忽然有点恼火。觉得这些人做事真不地道，他在心里暗暗为钟海仁担着心。

大保听话地在凳子上坐了下来。那凳子四处无靠，很高，即便他这样的长子，坐在上面双脚也着不了地，只能悬着。

他带点俯视地远远看着对面坐着的几个人，说："我从来没有给钟海仁送过钱。"

"送礼呢？"

"什么送礼？"

"问你给钟海仁送过好多礼！"

"没有。我为什么要给他送礼？"

"他给过你那样多关照。没有回报的？"

"什么关照？"

"什么关照你心里清楚！"

"他是县领导，支持我们是他的工作职责，他关照过我的公司，也关照过很多人。"

"所以你这人不义道哩。得到过他关照的人，有回报给他。你赚了钱自己一个独吞。"

　　"我不义道？南门口一条街上认得我的人，还没有哪个说我不义道的。"

　　"我们也知道你是个特别义道的人，特别知恩图报，你不会不感谢钟海仁。"

　　"有的事情我是很感谢他……"

　　那一瞬间，大保想起了钟海仁，想起他鼓励自己办公司，做品牌，想起他专门约见银行行长，给自己解决资金周转问题，想起他提名给自己当上了个体户先进代表，去地区开会，在会上到处介绍推荐"德大牌"产品……自己能有今天这个样子，海仁确实帮过很多忙。可是自己感谢过人家么？细想也是有过的。十几年前头一次去广东，回来送过他一块电子手表，那不过是按当地礼俗，出了远门，总要给至亲好友带点礼信。东西不贵重，在乎情义，海仁接了电子表，随即送了两条烟给自己，算是回礼。回礼比电子表贵重几倍。让他几天都不自在。有次过年，他送了海仁一个包封，内装三千块钱，要他给老婆小孩买点新衣服，可是第二天海仁就把包封原封不动地还了回来，大保明白海仁是个什么样的人了，从此不再送钱送物，连吃饭都没有正经请过一餐，只在心里感念他。

　　大保想得很入神，有点恍惚，眯细了双眼。

　　"想好了没有？想好了就说。一次一次说。"

　　"想好了，没有！"

　　"王大保，你要清楚这是在什么地方。"

　　说话的人抬手指了指后背墙上。那里贴着八个大字：坦白从宽，抗拒从严。

　　大保问道："从宽怎样？"

　　"马上放你回家。五吨生铁不没收你的了，罚款也免了。"

　　"从严又怎样？"

　　"后果你自己去想。"

　　"那我已经坦白了，没有。放我出去吧！"

　　"王大保你要我们？"

　　"没有做过的事情，我不能生编。"

　　一个人一冲站起，几步走过来了，拧眉瞪着大保。瞪着瞪着，忽然起腿，一脚踢在凳子脚上。凳子一裂，大保扑地跌坐在地下了。他听到后脊骨咔咔地响，生痛。

　　大保双手撑地站起来，他压着火气问道："你们，为什么打人？"

　　"谁打了你？谁打了你？"

　　"就是你！你打了人！"

"这叫打人？你再不老实，把你跟那些杀人犯、抢劫犯关在一起，你才晓得什么是打人。贱麻皮！"他用土话骂了句痞话。

大保从小到大，没有给人这样骂过。

他心里的火气腾腾地冒，一种屈辱油然而生。

他又乖乖地坐回到木凳上。

头上的灯忽然亮了，房间里白得晃眼。大保感觉到一股热浪直罩下来，头皮热得发炸。热汗随即从脸上身上冒了出来，一身都在膨胀。

大保在昏蒙中听到一个声音问道："最近你跟钟海仁会过面没有？"

大保小声说："会过面。"心里却想：厉害呀，他们这么快就知道了。

"在哪里会的面？"

"烟溪村。"

"为什么会选在烟溪村会面？"

"烟溪村是我的老家，听说那里的大塘垮了堤，死了人，我就赶紧过去看看，没想到钟县长也在那里，顺便也会了会他。"

"不对吧，你是专门去找钟海仁的。"

"我说了是顺便的。"

"顺便的会在一起谈到三个多钟头，连身上的烟都抽得没有了？"

大保一惊，身上的热汗变作了冷汗，心想：这就真的是有鬼了，是谁这么无耻？他想到了灰毛砣，但又以为不可能。

"老实坦白，你们都谈了些什么？"

"谈了好多。"

"好，慢慢说，详细说，越详细越好。"

头上的灯光轰一声灭了，大保眼前一暗，身上松快了很多。摸摸裤子，一手的汗水。

大保就慢慢说起了烟溪村的六富叔如何发现大塘垮坝，如何敲脸盆砸人家的屋瓦舍死报警，钟海仁如何指挥抢险，又如何小时候一起打篮球，如何选派下来挂职当副县长，如何慢慢适应县里的生活，还谈到了焦裕禄……

对面的人不耐烦了，打断他："不要东扯葫芦西扯瓢，不要捏白扯谎。"

大保赌咒说："我要有一句假话天打雷劈！"

"你只讲你们怎么订立攻守同盟的。"

"我们的交往坦坦白白，干干净净，不需要订什么攻守同盟，我说的都是老实话。"

"你就是顽固，不老实！"

于是头上的大灯又拉亮了，大保在大汗淋漓中吃完一个盒饭，换了一拨人继续讯问。大保渐渐适应了头上的烤热（他是个炉头师傅，跟炉火打了几十年交道，早已练就了一副冷热不侵的皮肉），心绪也平缓了很多。他知道进了这里，最忌的是焦躁、上火。焦躁了，上火了，头脑容易混乱，头脑一乱，什么昏话乱话都可能说出来，那就拐场了。自己拐场不要紧，千万不要害了钟海仁。后来，他身上不出汗了，口里焦得似要冒烟，他嘶哑着喉咙请求给点水喝。他已经大半天没有喝水了。他受得了热，可是经不得干渴。经受不住了就要喊，这样大年纪了，你们也不能这样折磨人。

水拿过来了，一瓶清亮亮的矿泉水，看着都凉快，但有条件。条件是先交代钟海仁的问题。大保迟疑了一霎，运了运气，忽然一跳下地，劈手夺过水瓶，拧开盖子就往口里倒。

他一口气把一瓶水都喝光了。

喝完水他就要去厕尿，他也有半天没有厕尿了。他听说过，进到这里头，只有两件事可以提要求：一是喝水，二是厕尿。

其实他没有尿厕，烤了半天，身上的水分早都焦干了。他鼓了几次劲，才憋出几滴尿液。他只是找借口放松一下自己。

从厕所出来，监看的人带着他没有返回原来的讯问室，直接去了旁边一间小屋，交给了几个辅警。小屋里没有桌子，没有凳，空无一物，显得有点宽荡，他们要大保坐在墙角的地下，从外面抬进一张八仙桌，一丢就架在了他头上，把他一个人都罩起来了。大保不知他们要怎样摆布自己，心里慌乱，歪出头问道："你们要做什么？"他们嘻嘻哈哈地笑说："你放心，不会把你怎样。反正今天也问不出什么了，先在这里休息，睡一觉。"大保说："睡觉就睡觉，拿桌子架我上头做什么？"他们仍然笑说："你不是会武功么？怕你跑啊。"又有人说："你害人哩，害得我们也没有觉睡，要来陪着你。"一面说着，一面又搬了几张凳子进来，三个人分三面坐下，打起了纸牌。

大保只得在八仙桌下坐好了。他有点高兴，以为不消通宵讯问，可以睡一觉了。可是他马上就发觉高兴得早了点。他在下面怎么都坐不熨帖，按说，八仙桌够高的，若是常人，坐在下面刚好，腰可伸直，脑壳也可以冒起，可以舒舒服服，但他不行。他比常人要高出那么十几二十厘米，腰长颈根长，在下面只能缩颈弯腰才坐得住。八仙桌也有那么宽，直着坐不行，歪点斜点大约也是可以把身子放妥帖的。可是不能够。有三双脚安在里头架着哩。三双脚一架，下头的空间就基本挤满了。更可恨的是，那几双脚都像装了弹簧，稍微一挨，即刻弹跳起来，顺势一脚。挨了踢，你还没有地方喊冤。大保只好忍气吞声，双手抱脚，弓腰缩颈，贴墙坐着，只一阵子，他的手脚就都麻木了，腰身、屁股，到处难受。脑壳像要爆炸。

大保用力闭着眼睛，想让自己睡着过去。也许睡着了就没有那么难受了。可是哪里睡得着。打牌的几个人似乎都有多动症，精力旺盛，脾气暴躁，每一手牌都甩得啪啪地响，为几角钱的赌资，可以争得烟生火爆，把桌子播得随时都像要垮塌，让人听得心惊肉跳。上头鏖战激烈，下头的脚也不安分，随时就会飞起来，踢在下面那团肉身上，防不胜防。这时候他们也会过意不去，往往隔桌说一声："对不住啊！"后来倒是不闹了，却像约好似的一起脱了鞋，光脚踩在地下。这几双脚起码半个月没洗过了，臭气澎湃，汹涌而发，横冲直撞，直往眼睛和鼻子里钻。

大保被熏得晕死过去了。

大保是被一阵撞门的声音惊醒的。

撞门的声音很有节奏，隔一分钟一次——"砰！"隔一分钟又一次——"砰！"……那家伙的力量好大，每次撞在门上，都连带着旁边窗户上的玻璃咔咔地响。夜深人一静，其声锐利，有点瘆人。几个打牌的都住了手，带点惊恐地望向门口。

撞门声还在响着，越来越猛烈：砰，砰，砰……

又响了有十几声，撞门才停止了。最后一声的力道显然小了很多，撞过门后，同时就听到有什么怪物"嗷"了一声，听到"噗"的倒地声。坐的几个人同时起身，蹑着手脚走过去，猛一下打开了门——

大保一眼就看到了，门口蜷卧着他的瞎子。心里一惊，钻出桌子，几步就窜到了门口。

门口地下，蜷卧着的果然是瞎子。这狗家伙的脑壳上已经撞得血糊血海，皮肉翻起，面目模糊，红血顺着眼睛和嘴巴往下流。瞎子的下巴抵在地上，前腿曲着，后腿绷直，尾巴竖得像棒槌，显然还要积蓄力量，再又撞门。但它明显不行了，已经连喘息的力气都没有了。看到大保，它的嘴唇嚅了嚅，昂竖着的尾巴轰然倒下。大保分明听到了它轻轻的欢呼，看到了它眼睛里的笑意。大保的眼泪哗哗地流。

他看到瞎子的眼睛一下一下闭拢了。

他在心里一声叹息：哦，它死了。

旁边的几个辅警都松了口气，嗬嗬嗬地怪笑，乱说道："今天走运了，可以打一餐狗肉平伙了。"说着就去拨瞎子的爪子。

大保一脚踩在了那只手腕上。火气把他的一张脸烧得通红。他从来没有这么恼火过。他拳头上的青筋胀起好高。他锉着牙槽，一个字一个字地说："要敢动我的狗一下，我跟他宕命。"

几个人给他的气势吓住了，有人悻悻地说："不知道是你的狗，我们不挨它。"

大保蹲下去，一只大手轻轻地抚在瞎子背脊上。他能感觉到瞎子的体温在很快地冷却下去。他能想象到瞎子寻了自己一夜。它知道自己就在这个院子里头，一定是绕着围墙转啊转，终于找见缺口拱了进来。它急于想见到自己的主人，以为凭忠勇就可以把那扇阻隔的门板撞开。它不明白人世间好多事情单凭力气是撞不开的。也许，它是明白的，就是要以死相撞。

这样想着，大保眼里又有几粒浊泪滚下来。泪珠滴在瞎子身上，瞎子像给烫着了，一颤。

大保心里也微微一颤。

天亮了。

辅警请求了上面，同意让大保暂时回去，但不能离开家里，随时等候传讯。

大保脱下罩衣，把瞎子蒙头包起来。天一亮，街上就有人走动了，他不想给人看到瞎子的惨状。他双手托住瞎子抱起来，像抱着一个熟睡中的毛毛，慢慢走出大院。

银白色的拉闸门哗啷哗啷打开了，门口台阶上坐着的两个妇人一下站起，转过头来。大保不用看就知道她们是母亲柏良婆和老婆唐红卫。

柏良婆望着他手里托抱着的狗，问了句："这是——我们家的瞎子？"

大保没有回答，说："我们回家。"

唐红卫说："回家回家。回到家里就好了。"

唐红卫挥手拦下两部摩托，三个人分头坐上去，走小巷曲里拐弯，到仁和墟陂的戏台楼旁就下了车。唐红卫问："走前门走后门？"大保看了看柏良婆。柏良婆说："这种事啊，按规矩是要走后门进。"大保望一眼光荡荡的石板街道，一横膀子，说："我们走前门！"唐红卫立即说："我赞成，走前门进！"柏良婆说："就依你们吧！"

大保抖了抖手膀，将瞎子托稳当了，一脚踏上石板路，一步一步往家里走。柏良婆和唐红卫分左右两边伴随，颠颠地跟着。他们两眼直视，脸上的神色十分凝肃，表露出一种不可动摇的尊严。太阳还没有出来，晨风轻软温润，撩拂着几头略显苍老的白发，两边的铺门都开了，那些熟悉不过的老街坊倚门站着，没有惯常的招呼寒暄，默默地注视着他们过去。

孝德公已经在门口候着了。本来他在后门守着，守了一夜，听到动静，赶紧转到前门来了。一等大保走近，他就在一口旧泥模里点着了火。他没有说话，只将一只手板朝上轻摇。大保知道，这是当地风俗，碰到背时的事情回来，一定要从火盆上跨过，意思是把晦气烧掉，不要带回家里。大保一步跨过火盆，略一迟疑，又倒退回去，轻轻放下瞎子，将身上衣裤全部剐掉，只剩一条短裤。他将衣裤团成一团，甩进火盆，又抱起瞎子跨过去，直往后面去了。

大保把瞎子埋在了后面工场的围墙下头。他一个人把五吨生铁搬开，挖了一个坑，烧起蜡烛，点了香，还放了一挂鞭炮，郑重下葬。

做了一天事，大保没有吃一点东西。他完全没有食欲，坐到饭桌前，他就会想起八仙桌下那几双臭脚，想起皮肉翻翻血迹模糊的瞎子，想起不清不白受到的屈辱，心里筑满了臭气、郁气、恶气，翻滚搅动，让他感到反胃、恶心，根本不想进食。中午，柏良婆做了一桌菜，孝德公又买来了一瓶酒，他筷子都没有动一下。只喝了一杯酒，就默默地走开了。下午，卖野味的宝生来了，左手提只鱼篓子，右手提只铁丝笼。鱼篓子里兜了半篓黄鳝，铁丝笼里藏了只野兔。大保坐在苦楝树下吃烟，半天才说："今天我家的窑炉不点火，你送野味来做什么？"宝生笑扯扯地说："你先看看东西。"大保就拿过鱼篓子，看到里头半篓子黄鳝有粗有细，尖头，尾巴细长，沉沉浮浮，翻搅出一堆白色的泡沫，再看铁丝笼里，一只杂毛的野兔正瞪着一双黑豆一样的圆眼睛略显惊异地看过来。大保叹一声说："东西是好东西。但是窑炉没有开工哩。"宝生说："有哪条规定说窑炉不开工就不吃饭了？"大保说："不过年不过节，吃这样好的东西，太奢侈。"宝生正色说："大保兄弟，你平平安安地回来，我比过年还松快。说实话，听到消息，我一刻不挨就过来了。再说实话，这鳝鱼是泵来的，野兔是我自己捉到养起在家里的，我也不能做蚀本生意，鳝鱼要收钱，野兔送你，买一送一。生意是生意，人情归人情。你收也收，不收我筑到你也要收。我亲自下厨，酒钱你出，我两兄弟好好铳一壶。"大保听了心里一热，这才是兄弟说的话，一旁的柏良婆赶紧说："收下收下，再不要有二话了。"

只有她和宝生明白，是她去把宝生招呼过来的。她提过鱼篓和铁丝笼，转身进厨房去了。

晚饭的桌上很丰盛，主菜是红焖野兔，鳝鱼有三吃，一是口味太极图，二是鳝段焖黄瓜，三是鳝丝炒韭菜，还有鸡、鸭、鱼、红烧大肘子，堆满一桌，真的像过年。客人来了不少。最早到的是大小腿袁志。他摇着轮椅，在街巷上走走停停颠了快一个小时。然后，来了灰毛砣、奶猪崽，还有隔壁开香烛店的杨二老倌，对门做陶瓷生意的雷老板，下头街口弹棉花的细崽狗，墟陂上补扒锅鼎锅的老扒锅，儿子笑笑的一帮狗肉朋友也过来凑热闹，开起一部车，抱了一箱白酒一箱啤酒，看到人多，放下酒，打个拱手，就又挤上车跑别的地方疯去了。转铃崽是最后一个到的。他的业务多，几个地方同时在开工，哪个地方都要亲自到场察看，一天到晚忙得歇不住脚，他的西装上面，总是站着灰泥点子，一双手也像总没洗干净过。

转铃崽一落座，酒就筛起了。

酒席就设在堂屋里，两桌并作一桌，十六个人像虾子一样攀附在圆桌周围。孝德公带头扯了三杯，感谢各位朋友和街坊的赏脸。接下来轮到大保敬酒，他端着酒杯，却喉头哽咽，说不出话来。袁志就说："大保心里不松快，什么都不要说了，饮酒吧。"

灰毛砣捂住酒杯，说："你这话就说得岔乎了，心里不松快，就要把那不松快倒出来。沤在心里不说，会把人沤蠢。来，你不劝酒，我来劝，扯起——"他扯头把酒喝了，又说："我清楚大保是难过，一些事情是过不得悟。其实这有什么不得了的呢？我经的事比你多到哪里去了。早年子我们一起坐黑屋，我比你进去得早，坐的时候也比你长吧，后来常年四季在外头跑，搭警察不知道打过好多回交道。在外面肯定是住旅馆，好多回半夜里不知道讯警察就渗进来了，做什么？查身份证，查暂住证，抓打牌赌钱，抓嫖娼卖淫。你手脚慢一点，态度差一点，即刻对你不客气，先抓进去关一晚再说。有一回我包里装了十万块钱现金，那是刚刚收到的货款，但是怎么解释都没有用，先请你进去喂一晚蚊子再做分解。还有一回，把我抓进去的原因是下午到发廊洗了个头。我这人是有点好色，偏偏那天下午什么事都没有做。但是讲得清的？讲不清。拿你反手铐起脚不挨地吊了一个晚上，就是天大冤枉你也只能认，赶紧交罚款走人。我这人就是心宽得好，吃了再大的亏，背了再大的时，转背就不去记它了，照样快活溜的。该吃就吃，该玩就玩，不然怎么办呢？还去怄气？怄也是怄到自己，你还气得到别人？我没有那么蠢！"

孝德公赞许说："是这个道理哩。"

袁志说："道理是这个道理，但不是每人都做得到的。比如我——"他说他刚刚残疾的头几年，没有工作，没有经济来源，家里就给他置办了一部小拖车，挂搭在轮椅后头，做了流动摊贩，卖点小菜、瓜果，赚点小钱，借以谋生。有回转到北门出口的新街上，碰到了城管。走避不及，东西没收，还把秤杆子也折断了。他气愤不过，骂了句："你们真是比蹺脚岭下来的强盗拐子还恶！"一句话惹恼了城管那帮太岁，几个人一齐上前，搬的搬手，搬的搬脚，抬起他就丢到了十几米外的街边上，可怜他袁志一个残疾人，躺在地上动不得挪不得。后来是路人看着过意不去，帮他把轮椅推了过来。他慢慢回到家里，几天没有出门，他一个人坐在家里想，想不明白，为什么世上有些人会那样歹毒、那样做得出呢？他们也是人生父母养的，怎么可以对一个残疾人做出这样缺德的事情。他们不是在执法，是羞辱他，而且那么随意。袁志一个人在家里越想越气，也无人诉说，只几天工夫，头发就白了一大半。

一桌人都静默了。几个女人啧啧叹息。好久，大保说："这事怎么没有听你提说过。"

袁志说："这么倒丑的事，说它做什么。"

大保说："你不倒丑，是那些人倒丑。"

袁志高兴地竖了竖大拇指，说："你这样悟就对了。我今天把这件事拿出来说，就是你爷老子刚才那话的意思，遇到不平的事情，先要自己在心里解开，不要给那口气压倒了。"

大保说："我自己会调整好，你放心。"

"那就好，来，我劝你一杯。"

袁志同大保喝了酒，又劝了众人一杯，就告辞了。他家隔得远，得早点回去，第二天还要早起卖报。他红红的额头上泛着一层亮光。他让众人都不要起身，继续喝，喝好。

大保和唐红卫送他出来。到门口了，他抬手握住大保，说："今天看到你很好，我心里真是很欢喜。我们这样的老百姓，不图什么，只图好好过日子，得空了常来报刊亭念念空话。"

大保扶着轮椅跟了几步。他的眼窝热了。

大保回到酒桌，刚才的话题还在继续。转铃崽正说着他同大保、灰毛砣一起关在看守所里的旧事。"那阵子假如不是大保搭灰毛砣罩着我，只怕我早就没命了。"他说，一眼看到大保回来，即刻就要劝一杯，柏良婆赶紧劝阻说："等一下。你让我的崽先吃点菜啊。"

大保已经把一杯酒又干了。

杨二老倌奉承转铃崽说："你现在变了好人了哩。当着大老板，西装一穿起，屋里的钱多得只怕几世人都用不完。"

"表面现象，表面现象。"转铃崽说。左手拈起一条太极图，右手掐住背脊轻轻一扯，鳝鱼就分离开来，骨刺是骨刺，身子是身子。他把一条鳝鱼都筑进口里，一边用力嚼着，说："这钱不好赚哩，吃好多亏。"

奶猪崽点头说："不轻易。都不轻易。"

众人大约都想起了自己的身世，感叹一回，又扯了几杯酒，话题转到瞎子身上。

弹棉花的细崽狗说："从乡下到城里，我活了几十岁，还没有看到过这样忠义的狗。"老扒锅说："不说看到，听都没有听说过。"对门的雷老板说："我早就看出来那不是条凡狗。"隔壁的杨二老倌调笑说："我只听到有'凡人'的说法，哪里拱出个'凡狗'。"雷老板说："凡人就是一般的人，凡狗就是一般的狗。瞎子不是一般的狗。这都不懂？"杨二老倌说："你说得对，这回不搭你争。"雷老板说："你哪回都争我不赢。"

柏良婆说起了昨晚上的经过。

柏良婆说，大保给警察带走，她和唐红卫随后就跟到了公安局门口，公安局的拉闸门关着，小门也关着，只有瞎子在门口走来走去。柏良婆拍门要进去。一个警察隔着拉闸门说没有抓过人进里头。柏良婆就抚着瞎子的脑壳，问它："大保是不是在里头？"瞎子用力点头。问了三次，点了三下头。柏良婆就说："你不要瞒我了，大保就是在里头。"警察很好笑，说："你这老人家不信我的，信狗？"柏良婆说："你不要看它是畜生，它心里清白。"柏良婆和唐红卫都相信大保在里头，就坐在门口台阶上等。过一阵，瞎子不见了，又过一阵，听到里头院子有人声喊叫。两人赶紧站起，就看到里头一大帮人，手里都拿了家伙，警棍、木棒，有人还竖着盾牌，往外驱赶瞎子。瞎子没有退缩，不哼不哈，一边躲避棍棒，一边找机会往里头钻。她们担心瞎子吃亏，大喊："瞎子，回来。"后来喊得急了，瞎子才从打开的小门跑出来。她们就又坐在门口等。柏良婆怕瞎子进去闯祸，一直搂住它的脖子。下班了，很多人从小门出来。拉闸门也开关了几次，那是有汽车出来进去。唐红卫买了三个盒饭回来，自己一盒，柏良婆一盒，还有一盒打开给瞎子。瞎子不吃，连闻都没有闻一下，只把眼睛一直盯着里头的大楼。它是好有灵性的啦，肯定知道大保就在那里头。天黑了，她们还不想走。"其实笑笑和珍珍都来喊过几次我们回去，我只是不甘心这样没有见到人就走。哪怕坐穿眼，我也要打听清楚我的崽在哪里才会离开。我不该那样坚持的。如果我不那样坚持，瞎子可能不会死。"她说，半夜过后，她和唐红卫都有点坚持不住了。坐在台阶上栽瞌睡。有一阵子，瞎子显得特别烦躁不安，在拉闸门前面来来回回地走。嘴里呜呜啾啾地低噪。不消说，肯定它是感觉到大保在里头有危险了。后来，它一蹦就从拉闸门上面跳进去了。说起来那拉闸门差不多有一个人高，我都不知道这瞎子怎么就跳过去了……

雷老板说："我说了的嘛，这瞎子就不是凡狗。"杨二老倌接嘴说："是二郎神的哮天犬转世。"雷老板说："这句话算你说对了。"

柏良婆摇着头，说："我哪样都没有悟到它会那么刚烈，要拿自己的命去救大保。"

唐红卫说："也搭帮它那样一搅，不然大保可能到这阵还出不来。"

大保暴躁地说："我宁肯在里头再关一晚上！"

说完又端起一杯酒喝了，即刻感觉到身上的血往头上冲，一阵眩晕，就趴下了。

几个人都惊叫："啊，醉了？"他们知道，大保酒量很大的。

柏良婆注意到，满桌肉菜，大保连筷子都没有沾一下。她木着脸，轻轻一叹。

大保听到有人轻声叫着："中锋持球！中锋持球！"恍惚中裂开一只眼睛，看到一只篮球慢慢滚过来。篮球好大，亮得透明。

篮球在屋中间凳住了，立地顶天，让他只能仰视。有个声音说："大保，你还打篮球么？"

"不打了。老早就不打了。"

"为什么不打了呢？你那么喜欢篮球，你的身体条件那么好，那么适合打中锋。"

"是的，一听到教练喊'中锋持球'，观众也喊'中锋持球'，我就热血沸腾，一身是劲。"

"那你真是应该一直打下去的。"

"我是好想一直打下去啊。可是别人不让我打。"

"不让你打球，还有这种怪事？"

"就是有这种怪事，所以我想不通。"

"那你打球是为了什么？"

"开头是为了兴趣，后来是为了出人头地。"

"你出人头地了么？"

"我在县城里打出了名。"

"你知道县城以外的世界有多大？"

"我知道县城很小。但如果让我一直打下去，我能走出县城。"

"你以为自己能打进专业队？"

"当然！"

"不可能！"

"为什么？"

"那时候专业队的人都下放种地去了。"

"哦——"

"其实那时候是你自己陷进了一个误区。打球的主要目的是什么？强身健体。只要你自己有兴趣，谁也禁止不了你。"

"——是这个道理哩！"

"明白了这个道理就应该再把篮球捡起来，有空就打一打。"

"现在？"

"对，现在。"

"你是在说国际玩笑哩。现在日子过得这么不容易，哪里还有心思打球。"

"你又想错了。其实活着都不容易。人生来就是受苦的。你看看每个人的脸上，眉毛，眼睛，鼻子，嘴，组合起来就是一个'苦'字。这个苦那个苦，你问问周围的人，谁没有受过苦？一条河流到海里，一路上都要经历好多坎坷；一棵树要长成大树，又要经受多少风霜雨雪……何况是人。"

"什么苦我都吃得，就是吃不得冤枉。"

"冤枉也是受苦的一种，你不要把它看得那样不得了。事情过去，你不是照样还得过日子？平和心态，守住本分，好好过日子，世世代代不都是这样过下来的？"

"你这话好实在……你是谁？"

大保倏然惊醒，发现竟是南柯一梦。房里很暗，夜黑如漆。迷迷瞪瞪地打开灯，一眼看到停在房子中间的篮球。那个篮球一直放在床底下的，什么时候滚到房中间来了？

篮球在灯光映照下闪耀出一线线黄光。大保喝了一壶茶，盯着那个篮球发了好久的呆。

十五

积德存仁

　　大保做了件让很多人不可思议的事情：他把东北角那座窑炉毁平，挨墙凳起一个篮球架，地下铺了水泥，变成了半个篮球场。这完全就是他的私家球场。每天早晨、傍晚，他都会在上面跑跳一阵。他恍如又回到了几十年前的时光，身上蓬发着一股生气。他站在罚球线的边角上，直听到声音越空而来："让中锋持球！让中锋持球！"背身过人，低手运球，跨步上篮，一点不输当年。听到篮球砸在地上砰砰响，心里松快；看到篮球唰一声进网，心里松快；偶尔做出个高难动作在空中勾手进球，他会松快得像小把戏一样双脚直跳。出身透汗，玩累了，他就把球停在地板上，坐在苦楝树下，吃一根烟，喝半壶滚茶，仰望高远的天空，四体松快，心境竟是无比地澄明。

　　大保不再像以前那样死做呆做，他的开工规律起来，每两天烧一次窑，然后给自己和工友放一天假，各自休息。他的生意还是很好，供不应求，家里没有一件存货。

　　这天，他正投进一个好球，欢喜地在地上跳，小门一响，进来一个人。

　　"好球。"那人高声大喊。

　　大保转身一看，咦，是钟海仁。

　　大保把球滚过去："来，投个篮。"

　　钟海仁几下把球拍得弹跳起来，持球在手，抖腕一投。动作很好，抛物线很高，篮球划了一道漂亮的弧线，急速坠落，却连篮圈篮板都没有碰到——是个三不沾。

"生疏了。"钟海仁给自己解嘲。

"是太生疏了。"大保又补了一句。

钟海仁是来跟大保辞行的。他的事情已经调查清楚，有了结论。经济上没有问题，生活作风上没有问题，工作很努力，纪律观念很强；但基层工作经验不足，急于求成，作风粗率，在群众中造成了极其不良的影响。评价：总体上还是个好干部。组织上让他先回省建筑设计院等候通知，也许在原单位安排工作，也许到党校去学习一段。

钟海仁显得很轻松，一直眯眼笑着。他一屁股在躺椅上坐下来，摊手摊脚，尽量把双腿抻得很长，苦楝树上指甲大小的叶子已经长得很浓密，阳光漏下来，斑斑点点地在他身上弹跳，看得出他刚刚理过发，脸色有点苍白。

他忽然勾起脑壳左左右右地看身下的躺椅说："这是什么鬼？坐到这躺椅上，一身松快。"

大保靠坐在石桌上，说："松快你就扯常过来坐。"他想起小时候两人经常争着坐这把躺椅，也笑了。

钟海仁苦笑一下，摇摇头，神情很复杂。

柏良婆端了碗莲子煮蛋过来。钟海仁也不客气，几口就把莲子和两个鸡蛋都吃光了。

柏良婆说："海仁你瘦了哩。回去要你老婆多燉点鸡汤给你吃，好生补一补。"

钟海仁说："伯娘放心，我会胖回来的。"他站起来看着柏良婆端碗走回小门，又转头对大保说，"说起来好玩哩，我这里人还没有走，那头好多人为争这个位子打破了脑壳。"

大保冷冷地说："爱争不争，我不感兴趣。"

"你会感兴趣的。你知道谁最有可能当到县长？"

"谁当都不关我事，反正不认识。"

"你猜一猜，是你认识的哩。"

"懒得猜。"

"那我告诉你，他名叫王庆生。"

大保冲口说道："他还欠我钱哩，一百三十二块一角五，一分不少。"他很奇怪过去几十年了，自己怎么还清楚地记得这个数字，随即，又淡淡地说，"那我更不感兴趣了。"

钟海仁一下子意兴全无，甚至有点自惭形秽，又念了几句淡话，就告辞走人。

一家人都出来送钟海仁。原来钟海仁是坐车过来的，小车就停在墟陂的土马路上。司机还是原来的司机，大保认识。一家人挥手看着小车绝尘远去，都很感慨，议论纷纷。

　　笑笑伸长颈根一直望着远处，说："当官就是好，犯了错误还有包车坐。"

　　珍珍颠着怀里的小毛毛，说："我的狗狗快点长噢，长大了跟着海仁伯伯当官坐包车噢！"

　　柏良婆嗔怒地呵斥两个孙崽孙女："你们不要乱话三千，你们以为海仁这官当得轻易啊。"

　　孝德公眯着眼说："以前海仁过来，从不坐车，这回破例，是要告诉世人，他没有事！"

　　大保骄傲地说："海仁就是搭别人不同。"

　　孝德公说："所以哩，他就吃亏。"又自语，"也抵得。抵得。"

　　唐红卫焦急地叫着："赶紧赶紧，给廖老师熬的绿豆稀饭还在灶头燉着哩。"

　　大保没有随家人一起走，他跑了点远路，慢慢绕过戏台楼头，走后门回去的。

　　大保把门口"德大铸造公司"的牌子摘了下来，把模子里的"德大牌"字样也都拿锉刀刮平了。他本来还想把招牌劈了放窑炉里做引火柴的，一刀下去没有砍得动，看看板质实在不错，就横放在篮球架后面做了挡板。

　　日子悠悠地过着，苦楝树上已经结起了米粒大的白花，大保袒着肚皮坐在躺椅上，常常有碎花飘下来落在他肚子上，一粒、两粒、三粒、四粒、五粒……粒粒晶莹。

　　灰毛砣打来电话，邀他喝酒。东塔岭下新开了一间酒店，推出几款新菜，其中一款"浪里雪花"，十分出名。灰毛砣去吃过一次，果然可口。他请大保也去尝尝新。大保放落电话，立即起身，走南街插小巷出了老城，眼前现出一片工地。早先这里还是一块坡地，几个月没来，就毁平了，几栋大楼正在开工，到处是预制板、水管、沙堆、砖垛，几台搅拌机哐哐乱叫。大保看到一个人在一堵土壁下正撸下裤子撒尿，就选了上面一条小路走。走不几步，忽然看到几个小家伙从砖垛后面探出脑壳瞄了瞄，接着猫腰蹿上土壁，站成一排，一齐掏出小鸡鸡，朝下屙尿。一边屙，一边唱："癫子癫，挖土方，一个卵子两个蛋……"就听到下面有呜里哇啦的骂声传上来。大保明白了：这帮小家伙没名堂，往下面屙尿的人身上撒尿哩。正想喝止，小家伙们已经撒完尿，捧着裤裆往这边跑。大保不动声色，等他们跑过身边时，忽然出手，一手揪住了一个小家伙。这时土壁下的癫子顶着一头尿水上来了。大保扫眼一看，怔住了：癫子竟是能者八个眼黄德傲。

能者八个眼一路跑着，扎脚舞手，呜哇乱叫。跑过大保身边时，分明瞥了他一眼，却没有认出他来，脚不停步，继续追下去了。

大保闻到了他身上一股浓烈的尿骚味。

大保松了手，两个小家伙挣脱开去，其中一个小胖子怒目望着他，狠道："你抓我做什么？"大保说："你们太没有名堂。"小胖子说："那是个癫子。"大保说："癫子也是人，更不能欺负。"小胖子说："我回去告诉爷爷，整死你！"大保不觉好笑，问道："你爷爷是哪个？"小胖子昂起脑壳，大声说道："黄知福！"大保一时气粗，说道："你回去告诉他，我叫王大保。"

大保没再看他，转身走了。

后面又飞过来一声骂："我屌你老娘！"接着就一串脚步声跑远了。

大保找到酒店，灰毛砣已经在一个卡座上等着了。大保喝了口茶，问道："你知道么？能者八个眼癫了？"灰毛砣说："早知道了。"很奇怪大保怎么这时提起他。大保就把刚才的事讲说了一遍。灰毛砣说："他癫起好久了哩。"

原来上次事件以后，拆迁工作就停了，一连撤了几个人的职，好像连拆迁办都撤销了，好多房子就空在了那里。这就苦了能者八个眼。他的八个眼客栈已经完全毁了容。门板卸下几扇，窗户都损坏了，墙上还挖了几个大洞。他原先是想以此要挟索要高额赔偿的。这下好了，房子再不能使用，连索赔的地方都找不到。他跑了无数个部门，谁都不理他这根筋。他进一个部门，见人就喊爷爷："爷爷，你们要给我做主啊！"喊"爷爷"？就是喊"太爷爷"都没有用！而那一头，医院又天天过去催账。他的那个不明来历的"姨妈"还停在医院太平间，停尸费是按天收费的。奇怪的是，他家里又闹起了鬼，睡到半夜，他听到衣柜旁边窸窸窣窣地响，还有哭声。睁眼一看，一大一小两个黑影互相搀扶着一晃，又不见了，一连几天都是如此，他吓得眼睛都不敢闭，整天恍恍惚惚的，神魂颠倒。有天早上，好好地站在自家门口台阶上，忽然一下扑在台阶下，人就癫了。

"他把事情做得太绝，这是报应哩。"

"这报应也太重了，看着遭孽哩！"

正说着，大保看到能者八个眼走到门口，倚在门框上，巴巴地往里头看，进出的人无不掩鼻侧身而过。酒店伙计抓了扎扫把往外轰他。大保起身过去，还没拢边就闻到了冲鼻而来的尿骚味，夹杂着一股汗臭。大保揪住他的衣领子，带到旁边一个水龙头下，摁住脑壳，让他自己抓搓了一阵，又扯过一手卷筒纸，给他揩干了。然后，喊服务员送过一个盒饭，筑在他手里。能者八个眼牢牢地抓着盒饭，说声："爷爷，你是好人啊！"兀自走了。

他到底没有认出大保来。

大保特地去八个眼客栈看了看。五层楼房还伟岸地矗立在阳光下，可是招牌没有了，大门没有了，一眼看进去，厅堂里歪倒着一张桌子，两条折叠椅，地下丢着空饭盒、矿泉水瓶，一双筷子斜插在门槛角上。右边好大一块墙皮脱落了。每层楼上的窗户都空着，像张开的黑黑的大口，看着慑人。垮掉一角的台阶上，长出了几茎嫩草，在轻风中微微颤抖。

大保默了一会神，赶紧走开了。

大保请人来家给堂屋门口的对联拿桐油油了一遍，给几个字又上了一道金粉。大保家的房屋已经很显老态，飘檐上的斗拱朽粉如炭，乌焦乌焦的了，只有这副对联显得特别鲜亮、打眼：

积德前程远
存仁后步宽

2013年10月至2015年6月

后记

我自觉算得是一个超级球迷。从小玩球，得空就要把球抱在手里，吃饭还把球踩在脚下，慢慢慢慢把一个球都玩熟了；老了看球——看电视上的NBA直播，一到季后赛，我天天像过节一样兴奋，手头的事情全放下，什么事情都不能把我从电视机前拉走。我怀着无比崇敬的心情告别了一批又一批NBA球星。我对美国的NBA巨星们可以如数家珍。

我说的当然是篮球。

我十五岁就给选进了县里的中学生篮球队，同时进去的还有葛增富和江金山。我们同年生人，又同在县城的中学上学，是从小一起长大的朋友。有一年多的时间，我们这拨人差不多天天在一起，就在县城北边的广场上，训练，比赛。我们那时精力充沛，兴味盎然，可以一天从早到晚地练球，直到夜色完全降临了才意犹未尽地回家。那时的我们年纪尚小，思想单纯，懵懂而天真，虽然生活清苦至极，但对未来的朦胧向往和对现状的满足，几乎不知愁滋味。那时文化大革命已近尾声，我们这支生气勃勃的球队横空出世，一时给无聊而沉闷的县城居民带来了无比的乐趣，成为亮点。四十多年后，我回去家乡，在老城的街巷里踱走，忽然就会有老人喊进家里坐下喝茶。他们都还记得当年我的球衣号码，记得我的野名，记得我打前锋，葛增富打中锋，江金山打后卫，三个人是三根台柱子，把一场场比赛打得烟生火爆，精彩百端，让观众的手板都拍红，喉咙喊哑。后来再没有看到那样热闹的场合了，也好多年没有看到我们了，犹自唏嘘。他们都会问到葛增富和江金山的近况。

当年在县城里，各依家庭背景，能玩到一起的同学大致分为三类：干部子弟、工人子弟（这都是吃国家粮的），还有农业户子弟。我的父亲是个小干部，母亲工人，属于第一类和第二类家庭之间，但我跟葛、江走得更近，大约也是性情、志趣、爱好相同的缘故。葛增富父亲是"倒炉头"（铸造）的，江父是木工师傅，都是当年所谓的"手工业者"，论成分是跟"工人"挨边的。我无事就去他们两家玩，因此对他们的生活状况都很熟悉。两家的父母对我都很好，遇茶吃茶，遇饭吃饭。葛家的铸造自产自销，生意一直红火。手艺好，人缘也好，葛增富的父母亲是典型的传统的男人和女人。江父则是位十分勤作的老师傅。每次去他家，任何时候都看到他趴在木头上又锯又刨又凿，头发、眉毛上都落满木屑。他胸前长年围块蓝布兜，双手各套一只蓝袖套，连吃饭时都没见解下来。老人们的品行性格给我留下十分深刻的印象。葛家就在南街街头的丰和墟边上，一栋很大的老屋，直溜四进，屋后是工场，前头做门面，货摊上摆放着各类铜铁锡器皿，堂屋里乱堆了好多杂物。他家的一只铜茶壶特别膨大，可以蓄下小半桶水，一次要筑进一碗茶叶。他家的大门永远是敞开着的，似乎什么人都可以随意进出。大声说话，大口喝茶，咳嗽擤鼻涕，一片嘈乱，粗糙又温馨。后来，我们三个人都离开家乡，出到外面闯世界去了。我们应该都受惠过篮球。我下放不到一年，就因为打篮球被点名招工进了长沙卷烟厂。江金山则连下放都没有去，直接进了县邮政局（当年的邮政局在县里是最好的单位）。一到改革开放，他最早下了海，把生意一直做到长沙、广州。葛增富参了军，在省军区打了几年球，便转业去了长沙海关，官至技术处处长。我一直不太明白，他应该是没有文凭的，专业技术大约也不会很强，却在技术处长的位置上做得热闹红火，年年被评为先进，让人佩服。

我是最早一个离开家乡的，但每年都要回去几次。县城早已不是原来的县城，扩大了几倍，新城的高楼林立，马路宽直，但凡有点本事的都搬进了号称四居室五居室的新房，或是别墅（我们那里原先是叫洋房子，现在改了口。随着时间流逝，好多东西都改变了叫法）。每次回去，都要到老街上走一走，一直走到丰和墟的戏台楼下。葛家的父母早已去世，现在守家的是他哥哥。这位老兄早先在外面有份很好很体面、让全家人引以为傲的工作，却因故打回原形，又回到了老家。他家兄弟三人，只有老大继承了父亲的衣钵，在家娶妻生子，据守本分。他的老婆我也认识，早年是我母亲在服装厂的年轻同事，不很漂亮，但很周正，稍显富态，胸脯很大，屁股带点翘，白白胖胖的，像是剥了壳的熟鸡蛋。每次经过，我都要进去坐一坐，陪他抽根烟。有次看到他坐在对门屋同几个婆婆老倌打纸牌，下巴上粘了几绺因输牌而受罚的纸条，两边耳朵都夹了木夹子（现在的人打牌打麻将都兴有点彩头，不拘大小而已，他们都还打的斋牌，也是少见）。他将纸牌像扇面一样散开在手里，眯眼抿嘴，意定神闲，恬静而沉迷，一点看不出曾经遭受命运严重挫伤过的痕迹。风刀霜剑，岁月磨砺，竟没有改变他多少容颜，脸面仍似孩童般光洁红润，头发乌黑稠密，抬眼一笑，还显出稍许的天真。

看到他，难免会想起他的老弟，想起我们最初一起打球的岁月。

其实我不是打篮球的料。不过一米六三的个头，要在长人扎堆的篮球场上逞能，说起来很多人难以置信。然而，明知不可为而为之，我硬是太喜欢这项运动了。在场上，我总是非常专注，十分勇猛，常常是场上最具威胁性的一个点。我在每个球队都没有坐过冷板凳（如若沦为板凳，宁可不打，我这人倔）。我先后参加过十几支球队，打过县队、厂队、大学校队，每到一个单位，都会拉起一支球队，有时参加短期学习，也会临时组合，四处征战。我先后合作过的球友，应以百数计，长的八年，少则半月，不少都有深交。我们大多都是同辈人，都是从那个时代过来的，经见过的事物颇多相同。风风雨雨，浮浮沉沉，也顺遂，也坎坷，身上心上多少都留有创伤。这是些非常活跃、鲁直而又十分可爱的人。赢了球，容易得意忘形，一起宵夜时什么话都敞开了对你说；输了球，落寞却不沮丧，一边猛灌啤酒，一边照样口若悬河，借着酒劲想到什么说什么。这些人性格迥异，带着各自的经历和家庭背景碰集在一起时，就会在你面前展示出一幅幅丰富繁杂的人生图景，把世道的险恶和人性的幽微揉碎了讲给你听。这些人绝非"四肢发达，头脑简单"之徒，能把篮球打好，也是要有智慧的，球队的主力一个个都是人中龙凤，在各自的领域里都非常出色，不会甘于平庸。我们这个社会有个很奇怪的现象，人若平庸了，往往日子就过得平安平淡平和，谁也不会去惹你碰你挤你；而一旦拒绝平庸，想努力做点事情，出点头冒点尖，各种纷扰就都来了，人生也于是变得跌跌撞撞，坎坎坷坷，自然，人生也因此精彩。我认识的不少球友情商也不低，情缘不错。这些家伙本来就本钱很好，又打得一手好球，是很容易得到年轻妹子青睐的。我在工厂打球的时候，场外观众大多是女性，每回出征，坐在汽车前面的都是他们几位的女朋友。这些幸运崽在得意的情场上一路欢歌，将人生演绎得更加精彩。他们的精彩，成为我写作上丰富的养料。写作时，一些细节和情节突然闪现，常常让我惊喜不已。那情状极似麻将桌上的"杠上花"，可遇不可求。

我在小说中写到的人物，大多都有原型。有真人，也有真名，有的连野名都是真实的。大小腿、灰毛砣、奶猪崽、海脑壳、能者八个眼……都有真实存在。一想起这些名字，一个个鲜活生动的形象就在眼前晃动。这些人我都很熟悉，他们的穿着打扮、语气神态，都熟，知道他们喜欢吃咸还是吃淡，知道他们打麻将是用两根手指夹还是拿三根手指抓，眼眨眉毛动，一抬手，一投足，就大概能知道他们在想什么，想要说什么和怎么说。生活中的这些人，并不是小说中的人物形象，我只是借用了他们的一个名字，故事与他们完全无关（有的也会稍许使用一点素材）。作为写作者，心里应该储存有一些熟人形象（越多越好），有人将其比喻为"人干"，需要时，拿出来用水泡发了，就是一个个活生生的人物。我觉得这个比喻有一定的道理，但不会完全照搬。在写作中，我只是把这些熟悉的人物和名字作为一个依据，一个酵母，借以发酵出各种故事，表现自己想要表现的内容。因为熟悉他们的文化背景、思维定式、行为方式、语言习惯，心里有底，提起他们的名字时，略一凝神，就知道人物在情节进展的场景中会怎么想怎么说，能有真实感。

小说里写到的一些事情，有的我都亲身经历过。文化大革命开始时，我是第一批加入红卫兵的。我的成分好，成绩好，按比例每十个同学推选一个，我有幸上位。我和几个同学结伴徒步串联，我们的目的地是井冈山，因为那里冰灾，只走到郴州就返回了。我没有随大批知青下乡，回到了原籍老家。我确实是做了扎根农村当一辈子农民的打算的。进工厂干的是烧锅炉。厂长是个球迷，他让篮球队五个主力队员可以挑选工种，我选了锅炉房。我的选择让所有人不解。改革开放后，专程去了趟福建石狮，由当地朋友带着，看了服装市场，看了音响市场，看了化妆品市场，坐了摩托，吃了海鲜，出了海，亲身感受了特区的蓬勃景象，让人叹奇，让人振奋。而有的不想为人所道的经历，好多细节不记得了，但那种痛感还在，成为我成长中的营养，写作中的资源。六十年一甲子。我们这辈人，经历过乱世（"文化大革命"），也经受过盛世（改革开放），我们是不幸的，我们也是幸运的，我希望能用笔忠实地记录下我们这辈人几十年的心路历程。

同时，看到经济大潮中人性的扭曲，各种怪象乱象让人心痛、心焦，我想表达普通老百姓的很朴素的一个愿望：再使风俗淳。

我是五十七岁以后不再打篮球的了。以我的体质，应该再打个十年八年也不成问题的，可是那年在一场比赛中把右手腕摔伤成了粉碎性骨折，由此中断。那时球赛已近尾声，比分很胶着，奔跑中我接到一个长传球，急忙转身，三步上篮，嚓，一步，嚓，又一步，然后高高跳起，腾至高处，单手托篮的动作也基本做出来了。我心里有点得意，这个年纪还能做出这种动作，爽哩！快哉！可是这时，对方一个小年青斜冲过来，一下就把我撞飞到了场外。第二天一只手腕肿得像馒头。去医院照了片：粉碎性骨折。年底我到美国是包了夹板吊了绷带去的，从洛杉矶过关时，海关人员盯住了我的手臂，一边拿手指指着白纱布白绷带，一边叽里哇啦地不停询问，庞大身躯上的脸色十分严肃。我听不懂他说什么，但心里明白，索性装傻，问一声摇一下头，到后来忽然灵光一闪：洛杉矶，不是篮球之城么？这里有奥尼尔，有科比哩！就抬起右手做个投篮动作，旋又将手掌变作大刀狠狠砍向右手腕。海关人员真是醒目，心有灵犀，一点就通，脸上即刻绽开菊花般的笑容，大拇指往后一挑。"OK！"让我过了。篮球的肢体动作竟成为一种特殊的世界语言，这是我万没想到的，让我十分开心。几个月后手好了，赶紧跑到球场，接球运球，传球投篮，一切似无大碍，但我知道，再没必要上场打比赛了。于是，一门心思做了NBA的看客。

看球似乎比打球更让人过瘾。

我一直想写写业余打球的这块生活，三十多年前写过《左撇子球王》《中锋王大保》，后来又写过《中锋宝》，但都是短篇、中篇，总觉意犹未尽，还不足以表达心里的很多东西。好多次都想写作长篇，无奈冗务缠身，时间由不得自己做主，而且，几十万字的篇幅，要一个字一个字地写出来，想想也可怕，于是就搁置下来了。一搁多年，直到退休，才如释重负，重新提笔，把我最熟悉的这块生活拿出来，开始写作长篇。

我想了很久，还是把小说中人物生活的场景放在了我的家乡。我在家乡生活十七年，长沙二十五年，到广州也已经二十一年了，但自觉最熟悉最热爱的还是家乡。有一首歌《谁不说俺家乡好》，小时候经常唱，我不好说家乡多么好，但我对家乡最熟悉。熟悉那里的人，熟悉那里的景物，熟悉那里的氛围，熟悉那里的语言——离开家乡快五十年了，遇到家乡人，还能说一口流利的土话，让他们大感惊奇。我常常想起家乡的剁辣椒，想起酸豆角，想起血灌肠，想起红焖狗肉，想起第二刀割下来的颈根肉（他们说第一刀割下的肉带有腥气，不纯粹）。我笔下的人物一进入到那个场景，便如鱼入水，游刃自如，能得大自在。所以，我的小说场景，大多放在家乡——湘南之南的那块土地上。我也少量地写过以长沙为背景的东西，但对广州，一个字没有。我在广州已经生活了二十一年（大约还会要生活很长一段时间），但我对这座城市一直没有感觉，至今听不懂广州白话，没有归宿感。有过很多写广州的文章，只要碰到，我都会看。看了后的感觉是：不以为然。一座城市，以一己之体验、一得之见，就能勘破她的精神内核？人口汇涌，南腔北调，众心攘攘，能有那么多共性的东西可以归纳？顺风顺水高歌，猛进和一路磕磕绊绊，遇到"托举哥"和遇到冤枉挨整，那感觉和认识是完全不一样的。说到底，也只能是见仁见智。我想终归是要写自己这辈子后半截的这段生活的，但得经过时间沉淀，得把心里的伤痕抚平了（有的伤害是抚得平的么），把一些事情想明白了（有些事情，想明白了，不一定写得明白），才会着手。我还想在看球之余（我在有意识地追着看CBA联赛中广东队的行踪），安静地读点书，再扩大点社会接触面，也学学广东话，争取还能写点东西，希望能写得好一点。

算是自勉。

2015年12月2日